漢武大帝

張雲風◎著

序言 雄才大略，文治武功

吳錫清

在中國歷史上，漢武帝劉徹是一位赫赫有名的皇帝。他生於西元前一五六年，死於西元前八十七年，於西元前一四〇年即位，當了五十四年皇帝。這段時間，佔了整個西漢王朝（西元前二〇六年——西元八年）的四分之一。在這半個多世紀裡，漢武帝以其雄才大略，發現和任用各方面的傑出人才，在政治、經濟、軍事、文化、外交等領域實行一系列重大的措施和改革，創建了輝煌的文治武功，使中國變得空前興盛和強大，也使中國封建社會進入第一個鼎盛時期。

大地出版社有幸得到張雲風先生新創作的長篇歷史小說《漢武大帝》書稿。這部小說透過「紀事」的方式，以時為經，以事為緯，清晰、準確、生動地描繪了漢武帝的生平事蹟，全面反映了西漢中期的社會生活，刻畫了眾多的人物形象，具有深厚的歷史文化內涵。小說中的主要人物、重大事件、故事發生的時間和地點，包括許多細節等，均有史實依據。作者善於運用小說的藝術形式，忠實地展示歷史，而非隨心所欲地歪曲歷史或編造歷史，更無荒誕不經的「戲說」之類。因此說，這樣的小說是真正意義上的歷史小說，在尊重史實的前提下，將「死」的歷史形象化和藝術化，讀來真實可信，饒有興味。

從這部小說中，讀者可以看到，漢武帝的確是一位了不起的皇帝。他十六歲登基以後，既重文治，又重武功，畢生致力於加強中央集權統治，在中國歷史上創造了許多個「第一」。是他，第一次確立儒家思想為統治思想，由此開了中國封建社會二千多年以儒家思想為中心思想的先河；是他，第一次北擊匈奴取得輝煌的勝利，堅定地維護了國家主權和邊境安寧；是他，第一次派遣使臣通使西域，開闢了舉世聞名的「絲綢之路」；是他，第一次平定四方，開發江南、西南和西北地區，拓展了中國的政治版圖……漢武帝時期的中國，是一個真正統一，幅員遼闊，民族眾多的強大國家，不僅稱雄於世界的東方，而且威揚四海，譽滿天下。從此以後，中國人始稱「漢人」，古華夏族始稱「漢族」。從中國統一的歷史過程看，秦始皇統一了中國，但很快失敗了，加強中央集權的諸多措施半途而廢，統一實際上是虎頭蛇尾。真正鞏固和發展中國統一的歷史任務，實是由漢武帝完成的。人們習慣上把秦始皇和漢武帝相提並論，稱作「秦皇漢武」。這是因為他們都是新生地主階級的代表人物，具有朝氣蓬勃、昂揚向上、奮發有為的進取精神。前者最早統一了中國，後者則把這個統一變成了實實在在的現實。他們對於中國歷史的發展和社會的進步，都發揮了特殊的作用，做出了不朽的貢獻。

諸侯叛亂，權臣謀逆，后妃干政，宦官禍國，這是封建社會歷朝歷代的通病。漢武帝總結歷史的經驗教訓，大力加強中央集權統治，使得這些通病沒有了產生的土壤和溫床。縱觀漢武帝朝，國家政治基本上是清平的，社會也是比較安定的。這期間，湧現出了一大批出類拔萃的優秀人才，如著名的哲學家董仲舒，文學家司馬相如，史學家和文學家司馬遷，軍事家衛青和霍去病，外交家和探險家張騫、音樂家和歌唱家李延年、經濟學家桑弘羊、農學家趙過等。他們是那個時代的寵兒，相對寬鬆的政治環境，使之能夠各顯其能，施展才幹，從而有所建樹，取得卓越成就，為漢武帝的文治武功抹上了濃墨重彩，光照千古。

漢武帝一生，功業顯赫，過失也很突出。他好大喜功，追求享樂，尤其是在四十歲以後，迷信神仙，奢望長生不老和長生不死，熱衷於巡遊封禪，幹了許多蠢事。為了維護皇權統治，橫徵暴斂，任用酷吏，制定苛刻的刑律，殺人之多，遠遠超過前代皇帝。為了獲得汗血馬，不惜勞民傷財，徵調十餘萬大軍，跋涉數里，發動攻伐大宛的掠奪性戰爭。晚年更是思想僵化，相信什麼巫蠱，導致家破夢碎。他造就了一個強大、富庶的封建帝國，同時又使這個帝國「海內虛耗，人口減半」，民不聊生，怨聲載道。值得稱道的是，漢武帝最後幾年，意識到了尖銳的階級矛盾和深刻的社會危機，透過「輪台悔過」，承認自己「狂妄悖亂」的錯誤，說出一個「愧」字，並及時採取一些切實可行的補救措施，又使治國方略走上了正確的軌道。人非聖賢，孰能無過？漢武帝作為至高無上的皇帝，能夠自責自律，更弦易張，也屬難能可貴的了。

《漢武大帝》即將由大地出版社出版。應作者之請，撰此短文，姑且為序。期盼張雲風先生能夠創作出更多有價值有分量有品味的作品，以饗讀者。

目錄

第一章

少年登基

西漢景帝後元三年（西元前一四一年）正月甲子日，北風呼嘯，烏雲翻滾，天空和地面昏沉沉的。午時過後，紛紛揚揚地飄起雪花，風攪著雪，雪裹著風，天地間渾然一片，迷迷茫茫，混沌朦朧。

京師長安未央宮前殿裡，聚集了皇家和朝廷的所有重要人物。他們面色愁苦，神情莊重，靜靜地而又耐心地等待著，等待著一個重要時刻的來臨。

未央宮是長安城裡主要宮殿群之一，位於城中西南部位，佔地面積約五平方公里，宮垣周長八千五百六十公尺。宮內各種高大建築七十多處，殿台樓閣，綿延起伏，蔚為壯觀。前殿是未央宮的正殿，東西五十丈，進深十五丈，高峻巍峨，雕樑畫棟，設施豪華，金碧輝煌。前殿是皇帝舉行登基、朝會、慶典和喪禮的的地方，至為神聖。這天，這裡的情況有點異樣，神聖中增添了幾分肅穆和凝重。大殿中央的御榻上，平躺著一位年紀並不算大的中年人，金冠冕服，面色煞白，頭枕黃綾包裹的長條枕頭，身蓋繡著龍鳳的彩色錦被。這，顯示出了中年人的高貴身分。他，不是別人，正是大漢王朝第四代皇帝劉啟。劉啟時年四十八歲，在位十六年，因為病重多日，正處於彌留之際。太醫經過診斷，得出結論說：「若無意外情況，未末申初，當是皇上駕崩之時。」這一時刻越來越近了，人們懷著沉重的心情，恭送這位值得尊敬的皇帝，從陽間走向冥國。

御榻前面，跪著一位少年，方臉大耳，眉清目秀，沉穩中顯露出昂然的英武氣概。他是皇太子劉徹，劉啟的法定接班人。御榻跟前，還有四個女人，一是劉啟的生母竇太后，一是劉徹的生母王皇后，一是劉啟的姐姐館陶長公主，一是長公主的女兒、太子妃陳阿嬌。竇太后，六十四、五歲，雙手拄著鑲金嵌玉的楠木拐杖，坐在一張鋪了墊子的圓杌上，身體挺直，兩眼平視，形如一尊雕像，臉上沒有任何表情。王皇后，四十五、六歲，眼圈兒紅紅的，忽兒俯身聽一聽將死人的呼吸，忽兒彎腰掖一掖無須整理的被角，舉動純是下意識的，沒有實質性的意義。館陶長公主，五十歲開外；陳阿嬌，約莫二十歲。母女二人姿色平平，完全是靠華麗的衣飾顯示身分。她倆站在竇太后的身後，目不轉睛地注視著御榻上的動靜。

稍遠處，跪著的是劉啟的嬪妃和兒女。他們想到皇帝快要斷氣，有的就要失去丈夫，有的就要失去父親，心中悲哀，眼含淚水，低聲啜泣。再遠處，以丞相衛綰為首的文武百官，黑鴉鴉地跪了一地。他們略顯焦急，因為皇帝到這個時候還未口述遺詔。若無遺詔明示，那麼，泱泱大漢，日後該如何走向呢？

御榻上的劉啟似乎輕輕地動了一下。王皇后慌忙向前，輕聲呼喚說：「皇上！皇上！」劉啟微微睜開眼睛，有氣無力地說：「筆……筆墨……伺候。」王皇后知道皇帝是要口述遺詔了，忙召丞相衛綰和太史令司馬談近前。記錄皇帝遺詔，那是他們的職責。所有人都屏聲斂氣，大殿裡死一樣的靜寂。

衛綰和司馬談跪地，恭聽聖訓。劉啟使出最後的力氣，調動全部的思維，一字一字地吐露出所要表達的意思。劉啟每說一句，衛綰重覆一句，司馬談記錄一句，斷斷續續，歷時很久，皇帝的遺詔終於問世了。大意是這樣的：「朕死，皇太子繼位，尊皇太后為太皇太后，皇后為皇太后。皇帝年幼，當以仁孝為本，遇事多請太皇太后和皇太后決斷。祖制不可輕改，外和匈奴，內恤黎民，重農桑，輕賦役，安分守成為要。賜諸侯王和列侯馬各八匹，二千石以上官員金各二斤，小吏及百姓戶錢一百緡，遣散宮女回家，終身不再服役。」

衛綰從司馬談手中接過遺詔，逐字宣讀，意在請示皇帝，看有無遺漏和錯訛之處。而這時，劉啟已經一動不動了。王皇后伸手去探鼻息，嚇得驚呼起來：「太醫！快傳太醫！」一位年老的太醫快步向前，把脈，觀色，翻看眼皮，無奈地搖著頭說：「皇上仙逝了！」

「皇上——！」山崩地裂一聲響，所有的人都哭了起來，哭聲響徹整個大殿。竇太后老淚縱橫，說：「兒啊！你這是讓白髮人送黑髮人啊！」王皇后撲在劉啟的身上，說：「皇上！你怎麼就將臣妾和徹兒撇下了呢？」劉徹淚流滿面，說：「父皇！你這樣走了，兒子不能盡孝，這是為什麼呀？」其他人有的嚎啕大哭，有的低聲嗚咽，有的淚水嘩嘩，有的乾號無淚，三六九等，情態各異。

衛綰扶起劉徹，說：「太子節哀，且商量大事要緊。」他扶著劉徹，走到竇太后跟前，說：「國不可一日無君。當務之急是遵從先帝遺詔，擁立太子即位，然後發喪，布告天下。」

竇太后點頭，說：「按照既定的程序，你們去辦吧！」

衛綰迅速做出安排，一面命人布置靈堂，一面招呼文武百官，簇擁著劉徹，到了前殿西側的昆德殿。那裡早就收拾齊整，寬大敞亮，富麗堂皇。因為先帝剛剛去世，所以劉徹不能舉行登基大典，只能舉行一個簡單的即位儀式。他頭戴金冠，身穿冕服，端坐於殿中的龍榻上。群臣跪拜，高呼：「吾皇萬歲萬歲萬萬歲！」

昆德殿外面，整個未央宮，整個長安城，雪花飛舞，白茫茫一片。這一天，大漢王朝一個皇帝駕崩了，一個皇帝誕生了。駕崩的皇帝劉啟，諡號曰「景」，史稱漢景帝；誕生的皇帝劉徹，後來的諡號曰「武」，史稱漢武帝。正是這位漢武帝，雄才大略，勵精圖治，改革創新，發展經濟，北伐匈奴，通使西域，平定四方，開疆拓土，從而使中國封建社會進入第一個鼎盛時期，以其高度文明的不世輝煌，稱雄亞洲，享譽世界。

漢武帝劉徹遵從父皇的遺詔，尊祖母竇太后為太皇太后，尊生母王皇后為皇太后，同時冊立太子妃陳阿嬌為皇后。然後，他改穿白色孝服，返回前殿，向太皇太后和皇太后叩頭。竇太后古板著臉，依然沒有表情。王太后喜極而泣，跪地向著景帝的遺體說：「皇上！你的兒子已經即位，臣妾請你保佑他吧！」武帝向著太皇太后和皇太后叩頭，其他人則向武帝叩頭，異口同聲地改稱他為「皇上」。

未央宮前殿很快改變了面貌。原先的繡帷珠幕已被撤去，取而代之的是黑色的輓幛和白色的團花。靈堂布置起來，景帝的遺體被移到屍床上，金冠冕服，藍田玉枕頭，五彩繡被褥，嘴裡含玉片，手中握玉佩，頭前長明燈，腳下安魂香，薰爐裡煙絲嫋嫋，銅盆裡木炭泛紅，樂隊奏響哀樂，低沉，紓緩，悲切。武帝說：「太皇太后和皇太后請回宮歇息，其他人等亦可退去，朕……朕在這裡為父皇守靈。」這是他第一次自稱「朕」，乍說起來，還有點彆扭。

王太后關切地說：「皇帝行嗎？」

武帝說：「母后放心，孩兒要與父皇一訴衷腸。」

於是，竇太后和王太后離開了，館陶長公主、陳阿嬌及皇家其他成員離開了，衛綰等文武大臣也離開了。負責守候靈堂的宮監、宮女以及侍衛退至殿外，空曠的前殿裡只剩武帝一人。燈光搖曳，寒氣逼人。武帝恭敬地跪在屍床跟前，回想起父皇的功業，親身經歷和聽說過的往事，一幕幕地湧現……

漢景帝是漢高祖劉邦的孫子、漢文帝劉恆的兒子，於西元前一五七年登基。他在位期間，忠實地執行西漢開國初年制定的「與民休息」政策，重視農業，發展生產，薄徭輕賦，節省開支，使社會經濟出現繁榮景象，國內殷富，府庫充盈。武帝曾經去過朝廷的庫藏，但見那裡的錢幣和糧食堆積如山，錢幣有幾百億緡，串錢的繩子因為時間太久而朽斷了，以致散錢的數目無法計算；糧食年年積累，下層的腐爛變質，人不能吃，更有大量的露天堆放，聽任風吹雨淋。皇家的馬廄裡圈著三十萬匹高頭大馬，百姓的騾馬拴滿街巷，有的乾脆散放在田野裡，夜不歸牧。文帝和景帝兩朝，創造了國富民強、家給人足的奇蹟，赫赫功業，彪炳史冊。

漢景帝的時候，諸侯王的勢力極度膨脹，嚴重地威脅了中央政權。景帝採納御史大夫晁錯《削藩策》的建議，實行「削藩」，即削弱地方割據勢力，鞏固中央集權制統治。這一重大舉措觸動了諸侯王的根本利益，於是吳王劉濞、楚王劉戊、趙王劉遂、膠西王劉卬、膠東王劉雄渠、菑川王劉賢、濟南王劉辟光，狗急跳牆，聯合起來，打著「誅晁錯，清君側」的旗號，公然發動叛亂，挑戰皇權。七王代表七國，那是一支多麼強大的力量啊！漢景帝受其要挾，只好腰斬了晁錯。可是，七王叛軍得寸進尺，仍向長安進發，劉濞甚至自稱「東帝」，公開與中央分庭抗禮。景帝忍無可忍，任用名將周亞夫，率兵鎮壓。經過三個月的戰鬥，周亞夫一舉平定了叛亂，七王相繼被殺或自殺。平定七國之亂，是漢景帝政治上濃墨重彩的一筆。對此，武帝經常引以為豪，說：「父皇端的好氣魄！」

漢景帝對兒子的要求是相當嚴格的，這使武帝受益非淺。武帝清楚地記得，自己十一、二歲時，因為貪玩，屢屢荒廢學業。父皇非常生氣，經常給自己以嚴厲的懲罰，或罰站罰跪，或罰背誦課文，或罰抄書寫字。一次，武帝逃學，跑出宮去看演百戲。景帝知道了，雷霆大怒，拿起銅製的鎮尺，批打兒子的手心，並關了兒子的禁閉，不准吃飯，直到武帝認錯並表示悔改為止。景帝語重心長地告誡兒子說：「兒啊！你是太子，乃國家根本，日後是要擔當大任的。因此，必須學會自律，抓緊少年時光，學好知識和本領。父皇嚴格要求你，是為你好，希望你能夠成才，若過於溺愛或放任不管，那是害你。孩子，你懂嗎？」這件事這番話，使年幼的武帝受到了深刻的教育。從那以後，武帝牢記父皇教誨，學習倍加刻苦和勤奮。他學諸子百家，學書算曆象，學兵書陣法，學騎馬射箭，身心各個方面都得到了很好的發展。武帝想到這些，動情地說：「父皇！孩兒衷心地感謝你，沒有你的教導，孩兒哪有今天？」

武帝跪在靈堂，自然而然地想到了父皇的遺詔。遺詔的核心是中間幾句話：「祖制不可輕改，外和匈奴，內恤黎民，重農桑，輕賦役，安分守成為要。」這相當於國策，規定了武帝治國理政的方向。武帝模模糊糊，一時還弄不清它的真正含義，只是隱約覺得，似乎不大符合自己的心意，作為少年天子，哪能僅僅滿足於安分守成呢？

當漢武帝劉徹在前殿守靈的時候，王太后回到了椒房殿。椒房殿位於未央宮內北面，歷來是皇帝和皇后的寢宮。圍繞椒房殿，兩側另有八座宮殿，它們是昭陽殿、飛翔殿、增成殿、合歡殿、蘭林殿、披香殿、鳳凰殿、鴛鸞殿，合稱「後宮八區」，是皇帝嬪妃居住的地方。和王太后一起回椒房殿的還有她的女兒平陽公主劉玫。因為漢景帝剛剛駕崩，劉玫需要留下來陪伴母親，以免母親過於傷心。

王太后並非漢景帝的嫡妻，她的經歷極富傳奇色彩，說來饒有興味。王太后，槐里（今陝西興平東南）人。父親名王仲，母親名臧兒。王仲和臧兒生有一兒二女，兒子名叫王信，長女名叫王娡，次女叫王姁。這是一個比上不足比下有餘的普通家庭，兩輩五口人，有房數間，有地數畝，和和睦睦地過著平靜的生活。

王娡和王姁漸漸長大，或許是天地造化，兩姐妹沐浴著陽光雨露，竟然出落得像海棠花一樣美麗。這期間，王仲患了絕症，久醫不癒，竟至一命嗚呼。臧兒盛年守寡，哪能耐得床笫寂寞？於是經人說合，改嫁咸陽（今陝西咸陽）一個姓田的財主。王信、王娡、王姁隨母遷至繼父家中，農村裡有個說法，叫做「拖油瓶」。臧兒生育能力很強，改嫁後又生了兩個兒子，一叫田蚡，一叫田勝。

轉眼間，王娡到了出嫁的年齡。臧兒一手拍板，讓她嫁給了富家公子金王孫。越年，王娡生了一個女兒，取名金俗。

王娡嫁夫生女，本可以做一個賢妻良母的。可是一個算命瞎子的幾句話，卻改變了她的命運。算命瞎子是臧兒找來的，她要給兩個女兒算命，看看她們命中的成色。臧兒說出了女兒的生辰八字。算命瞎子翻著白而無光的眼皮，一邊掐著手指，一邊念念咕咕，思量許久，突然驚訝地說：「呀！大富大貴，大富大貴，了不得啊！」臧兒說：「請問怎麼個富貴法？」算命瞎子神祕兮兮地說：「天機不可洩露。這麼說吧，老朽算命幾十年，還從未遇見過貴府千金這樣好的命相呢！」

臧兒打發了算命瞎子，笑逐顏開。轉而一想，女婿金王孫，遊手好閒，浪子一個，女兒王娡跟著他，何能大富大貴呢？長女不能發達，勢必影響次女，那麼所謂的富貴還不是一句空話？臧兒是個很勢利的女人，一心想沾女兒的光，眼珠子一轉，計上心來，決定鼓動王娡和金王孫離婚，重新嫁人。

王娡和丈夫還算恩愛，死活不肯離婚。臧兒大為惱火，使出潑婦手段，胡攪蠻纏，忽兒罵女兒，忽兒罵女婿，鬧得天翻地覆，雞犬不寧。金王孫年輕氣盛，哪能受得這樣的窩囊氣？他一跺腳，賭氣地說：「離婚就離婚，天下黃花閨女多的是，離婚了，我難道打光棍不成？」

就這樣，金王孫和王娡離婚了，女兒金俗跟隨父親。王娡暗暗叫苦，埋怨母親說：「娘啊！你把女兒害苦啦！」

事有湊巧，就在王娡離婚後不久，朝廷選取良家女子，充實宮掖。臧兒想著「富貴」二字，尋情鑽眼，買通選美的宮監，居然使王娡中選了。王娡盛妝豔飾，眼含淚水，告別母親和兄妹，登輦而行，進了一個完全陌生的世界，當了一名供人使喚的宮女。

王娡進了皇宮，被分在太子東宮服役，管理太子的飲食起居。當時的皇帝是漢文帝劉恆，太子名叫劉啟。劉啟時年二十多歲，妃姬成群結隊，無不貌美如花。王娡是個結過婚的女人，而且生育過孩子，與那些娉娉婷婷的妃姬相比，自慚形穢。然而，鬼使神差，在劉啟看來，偏偏這個王娡體態豐腴，面紅齒白，乳大臀圓，具有一種誘人的成熟美。一天晚上，劉啟趁王娡鋪床攤被的時候，一把將她摟在懷裡，那右手迅速穿過胸衣，抓住了熱呼呼軟綿綿的酥乳。

王娡頓覺一陣目眩。她對發生的事情毫無思想準備。在她的心目中，太子是天上的太陽和月亮，自己不過是一朵殘花一株野草，二者相比，猶似天壤，彼此間怎會相干黏連呢？

這時，劉啟已將王娡按倒在床上，扯掉了她的內衣內褲。王娡知道太子要幹什麼，且驚且喜且羞。她不再考慮什麼太陽月亮和殘花野草的界限了，索性伸展雙臂，將壓在自己身上的太子緊緊地抱住……

劉啟和王娡都從野蠻的瘋狂中得到了快樂和滿足。一年後，王娡生了個女兒，取名劉玫。劉啟歡喜異常，遂將王娡喚作美人，宮中人則稱為夫人。這樣一來，王娡就成為太子的正式妃姬之一，由供人使喚的宮女變成有人伺候的夫人，果真大富大貴起來了。她感到心滿意足，不由想起那個算命瞎子，偷偷發笑，說：「瞎子瞎子，你的話還真靈驗哩！」她也想起母親臧兒，看來，娘逼自己和金王孫離婚，這步棋走對了。

劉啟問及王夫人的家世。王夫人回答說自己尚有一妹，正當妙齡。劉啟大為興奮，命請妻妹入宮相見。王姁得知姐姐和姐夫相請，歡喜得什麼似的，須知那裡是東宮，人間天堂啊！她特意梳妝打扮，登車而行。及至東宮門前，早由姐姐接著，姐妹攜手來見太子。劉啟看那小姨子，但見身材婀娜，舉止輕盈，溢嬌透媚，姿色一如其姐。他欣喜難禁，當夜設宴，由王氏姐妹花左右陪侍。酒酣興至，情不自持，一雙醉眼，只在王姁臉上瞄來瞄去。王夫人知情識趣，藉故走開。劉啟不由分說，抱起王姁，直入寢殿。那一夜，神女初會高唐，襄王合登巫峽，行雲布雨，歡樂無比。從此，王姁也成了劉啟的妃姬之一，亦喚作美人，同樣富貴起來了。

王氏姐妹雙雙受到太子的寵幸，時人傳為佳話。在其後的幾年裡，王夫人繼劉玫以後，又生女兒劉玢和劉玫，分別封平陽公主、南宮公主、隆慮公主。王美人連生四男，名字依次叫做劉越、劉寄、劉乘、劉舜，後皆封王。

西元前一五七年六月，四十六歲的漢文帝劉恆駕崩，太子劉啟順理成章地繼承了帝位，他就是漢景帝。這一年，住在崇芳閣的王夫人又懷孕了。其間，景帝曾夢見一頭赤色大彘，自空而降，雲霧迷離，落進崇芳閣。醒來猶見赤氣如林，紅霞滿天，遂命將崇芳閣改名為猗蘭殿。王夫人則曾夢見一輪太陽，火紅火紅，撞入懷中。景帝和王夫人各說其夢，徵兆怪異。景帝樂得哈哈大笑，說：「你我夢境，均非一般，此乃貴兆。這一次，你篤定能生個兒子！」

第二年，王夫人臨盆，果然生了個男孩，虎頭虎腦，哭聲洪亮。景帝大喜，根據赤彘之夢，給兒子取名劉彘。「彘」者，豬也，終屬不雅。很快，景帝將兒子的名字改為劉徹。不曾想這個劉徹福大命大，十六年後竟當了大漢的皇帝——漢武帝。

王夫人只是漢景帝眾多嬪妃中的一員。劉徹也只是漢景帝眾多兒子中的一個，在兄弟排行中位列第九。按照常規，王夫人和劉徹是很難脫穎而出的。然而，殘酷的宮廷鬥爭為之提供了機遇，特別是在館陶長公主劉嫖的干涉和提攜下，王夫人得以成為皇后，劉徹得以成為太子。因此，漢景帝駕崩，劉徹繼位，王夫人成為太后，那是再自然不過的事了。

王太后回到椒房殿，進入寢殿。她看到景帝生前用過的各種器具，睹物思人，再次淒然淚下，說：「好端端的一個人，怎麼說去就去了呢？」

劉玫扶著母親坐下，說：「人死不能復生，娘且保重，身體要緊。好在弟弟已登大位，他會繼承父皇的事業。」

「唉！」王太后歎氣，說：「徹兒今年才十六歲，你說他能當好皇帝嗎？」

「能！」劉玫肯定地說：「弟弟心雄志壯，文武雙全，當個好皇帝，沒問題。」

王皇后想到威嚴的太皇太后，想到霸道的館陶長公主，心存憂慮，說：「只怕諸事由不得他啊！」

幾乎在王太后和劉玫回到椒房殿的同時，館陶長公主劉嫖和女兒陳阿嬌回到了北宮裡的太子宮。北宮位於未央宮外東北方向，宮內有前殿、壽宮、太子宮等。太子宮，即劉徹和陳阿嬌的寢宮。這天，劉徹繼位當了皇帝，陳阿嬌由太子妃升格為皇后，劉嫖格外高興，她到太子宮來，是要和女兒說說知心話。

劉嫖是漢文帝劉恆和竇皇后的女兒，漢景帝劉啟的嫡胞姐姐。漢文帝時，劉嫖嫁堂邑侯陳午，生了女兒陳阿嬌。漢景帝時，尊生母竇皇后為皇太后，封姐姐劉嫖為館陶長公主。因為竇太后非常喜愛劉嫖，所以景帝對這位姐姐十分敬重，只要姐姐說話，他立刻照辦，毫不含糊。

景帝即位時，所立的皇后姓薄。薄皇后終生沒有生育，所以不受寵幸。景帝最寵愛的嬪妃是栗姬，栗姬生有三個兒子：劉榮、劉德、劉閼。另外，還有王氏姐妹王娡、王姁，以及程姬、唐姬、賈夫人等。她們都生有兒子，以致皇子猛地增加至十四人。皇子多矛盾多麻煩多。各位嬪妃都想倚重兒子取得更大的利益，由此開展了爭奪皇儲的激烈鬥爭。

漢景帝四年（西元前一五四年），周亞夫平定七國之亂，七國諸侯王喪命，空出了一些諸侯王位。景帝趁機將自己好幾個兒子封作諸侯王，其中年僅四歲的劉徹被封為膠東王。劉榮因是長子，則被立為太子，成了帝位的繼承人。

栗姬沾沾自喜。因為兒子劉榮已是太子，母以子貴，前程無量。她的近期目標是先當皇后，種種跡象表明，景帝對於薄皇后的態度越來越冷淡，廢舊立新只是早晚的事。薄皇后一旦廢黜，那麼，新皇后捨我其誰？

精明過人的劉嫖當然清楚當時的形勢，眼珠子一轉，想到了一條攀龍附鳳的捷徑。她要把女兒陳阿嬌嫁給劉榮為妃，這樣，劉榮日後繼承帝位，阿嬌就是皇后，自己就是皇帝的岳母，那該多麼尊崇，多麼顯貴！

劉嫖託人向栗姬示意，表達了兩家聯姻的願望。她以為憑自己的身分，這樁婚事十拿九穩。沒料想事出意外，栗姬的心裡正恨著她哩！這是因為景帝後宮中的嬪妃，人人掂得出長公主的分量，經常給她行賄，請她在皇帝跟前美言，以求獲得皇帝的寵幸。劉嫖見錢眼開，樂於效勞，結果行賄的嬪妃全都走紅，得以接近皇帝，分雨沾露。這可把一向專寵的栗姬給氣壞了，她認為劉嫖沒安好心，故意拆自己的高臺。因此，當劉嫖託人提親時，她一口回絕了，而且還撇著嘴說：「哼！想讓榮兒娶那個阿嬌？沒門兒！」

劉嫖大傷臉面，惱羞成怒，決心報復栗姬。王夫人王隱隱聽說此事，主動親近劉嫖，傾心巴結。一天，二人閒話中說及提親遭拒的情節，劉嫖狠狠地說：「她栗姬算什麼東西？給臉不要臉，真不識抬舉！」

王夫人附和著說：「可不是嗎？阿嬌的條件多優越呀，栗姬有眼不識金鑲玉，倒是想怎麼著啊？」

劉嫖忽然想到王夫人的兒子劉徹，說：「聽說妹妹懷孕時，曾夢見太陽撞入懷中，是嗎？」

王夫人說：「可不是嗎？那是一輪又大又紅的太陽哩！」

「好啊！」劉嫖猛地一拍手，說：「日入母懷，此乃貴兆，徹兒必大有出息。這麼著，我們兩家聯姻怎麼樣？讓阿嬌嫁給徹兒，氣死她栗姬！」

「這……」王夫人巴不得有此一語，而嘴上卻說：「只是徹兒不是太子，不敢高攀，恐會誤了阿嬌。」

「嗨！有我哩！只要我們兩家聯姻，我包讓徹兒當上太子！」

王夫人大喜，滿口應允，同意兩家聯姻。於是，劉嫖去找景帝，提出阿嬌嫁給劉徹的問題。景帝想了想，說：「他們年齡太小，不用急嘛！再說，阿嬌比徹兒大三歲，婚配合適嗎？」

劉嫖說：「我是想把婚事定下來，親上加親。至於阿嬌比徹兒大，那算什麼？俗語說：『女大不算大，女大更會生娃娃。』阿嬌成為弟弟的兒媳，會給你生下一大堆龍子鳳女，不好嗎？」

景帝大笑，說：「哪有這樣的俗語？」停了停，又說：「姐姐！是不是這樣？此事先緩一緩，待日後再說。」

劉嫖可不是一碰壁就回頭的女人，急於促成這門婚事。一天，景帝舉行家宴，所有的家人出席。劉嫖故意將劉徹抱坐在膝蓋上，指著來往往的宮女說：「徹兒！姑姑將她們中的一人許給你做媳婦，可好？」

劉徹搖頭，說：「不好。」

劉嫖又指著穿紅著綠的陳阿嬌，說：「你的小表姐阿嬌好不好？」

劉徹點頭，說：「阿嬌好，我最愛和阿嬌玩耍了。」

「那麼，等你長大，姑姑就讓阿嬌給你做媳婦，可好？」

劉徹樂得直拍小手，說：「最好最好，我有阿嬌做媳婦，就用黃金蓋一座大房子讓她住。」

劉徹稚聲稚氣的回答，把所有人都逗樂了，哄堂大笑。竇太后笑得咳嗽起來，漢景帝笑得翻了酒杯，王夫人笑得手捂肚子，還有很多人笑得前仰後合。席間，只有栗姬沒有笑，陰沉著臉，自顧飲酒吃菜。

這段故事給後世留下了「金屋藏嬌」的成語，常常被人引用。事後，劉嫖和王夫人達成默契，彼此結為兒女親家，終生不悔。

漢景帝六年（西元前一五一年）秋天，一直不受寵愛的薄皇后被廢黜了。皇后的位置虛懸，嬪妃們看到了晉升的希望，曲意奉承景帝，目的自不待言。然而，她們縱有天大的本事，也不及長公主的能耐。長公主既為王夫人的親家，豈能讓皇后之位歸於他人？她三天兩頭去找弟弟皇帝，無非是說栗姬如何如何刻薄，王夫人如何如何賢淑，劉榮如何如何遜於劉徹等等，說到嚴重處，故意撂下一句話：「栗姬若為皇后，恐怕又要出現人彘的慘禍了！」

「人彘」是漢高祖死後，高后呂雉殺害戚姬所使用的手段，凶惡殘忍，駭人聽聞。景帝聽此二字，未免心驚。這天，他和栗姬做愛作樂以後，平躺著身子，試探著說：「朕日後駕崩，後宮妃姬就交給你了。她們都有兒女，你應善待，幸勿忘懷。」

這分明是要立栗姬為皇后的意思了。可是，栗姬心高氣傲，覺得自己是太子的生母，理所當然地應成為皇后。其他妃姬受長公主的唆使，跟自己爭寵，實是冤家對頭，自己憑什麼要善待她們的兒女？她拉長著臉，氣呼呼地說：「榮兒有幸即位，怎樣對待弟妹，那是他的事。我嘛，管不著！」景帝受此搶白，深感不快，心想：長公主常說栗姬尖酸刻薄，看來果不其然。此人若成為皇太后，皇子皇女們還能有好日子過嗎？從這一刻起，景帝不由地萌生出廢掉太子劉榮的念頭來。

劉嫖依然三天兩頭來找景帝，反覆誇獎劉徹如何聰俊，如何孝順，天生一副天子相。景帝想到劉徹出生前的夢兆，多主吉祥，如或立為太子，必能垂承大統；同時想到王夫人侍奉自己多年，恭謹謙和，如或立為皇后，必能母儀天下。這麼一想，他已有了主意，栗姬的厄運臨近了。

流光如逝，又是一年。王夫人覺察到景帝對栗姬的冷淡態度，暗暗高興。她和劉嫖祕密商量，採用一條欲擒故縱的計策，指使負責外交事務的大行令焦政奏言，催促景帝立栗姬為皇后。焦政不明其中底細，果然在朝會上啟奏說：「常言道：『子以母貴，母以子榮。』如今皇后位置空缺，臣請陛下立太子生母栗姬為皇后，統領後宮。」

焦政所奏，根本不合景帝的心意。景帝赫然大怒，說：「朕的家事，難道需要你來饒舌嗎？」他懷疑焦政是受了栗姬的指使，蓄意說項，不容分辯，命令將其推出去砍了腦袋。景帝怒猶未消，當即頒旨，宣布廢黜太子劉榮，降為臨江王。

劉榮被廢，栗姬直覺得天旋地轉，山崩河決。她平日裡恃寵任性慣了，這時仍不明白自己的處境，索性耍起潑來，一哭二鬧三上吊。景帝並沒有像往常那樣來寵她哄她，使她沒了脾氣。她去找景帝理論，景帝派人擋駕，使之吃了閉門羹。栗姬恍然醒悟，意識到自己失寵了，或者說是被遺棄了。從此，她一蹶不振，又羞又惱，又氣又恨，生趣全無，在一個風狂雨驟之夜，投繯自盡，一縷芳魂，忽忽悠悠，去了冥國。

兩個月後，景帝宣布立王夫人為皇后，劉徹為太子。皇宮裡的事情，就是這樣變化無常，一個離婚的女人能當皇后，一個在兄弟排行中位列老九的皇子能當太子，盛衰榮辱，誰能說得清呢？

漢景帝後元元年（西元前一四三年），太子劉徹十四歲，太子妃陳阿嬌十七歲。長公主劉嫖積極張羅，為太子和太子妃舉行了盛大的婚禮。這樣一來，劉嫖既是太子的姑姑，又是太子的岳母；王皇后沒費力氣，有了兒媳，當了婆婆。她倆心中的喜悅，難以描述。新婚之夜，劉徹還不大懂得男女情事，未免忸怩。相比之下，倒是陳阿嬌大方老練，俯仰顛倒，教習示範。劉徹漸漸入門，一試身手，床笫旖旎，枕席風光，歡情無限。

而今，劉徹當了皇帝，陳阿嬌當了皇后。劉嫖母女像是整個身子掉進糖罐裡，裡裡外外甜了個透。劉嫖說：「阿嬌！娘的眼力怎樣？我早就看出徹兒是人中之龍，這才拼著法子讓你嫁給他。這不？他當了皇帝，你當了皇后，滿足了吧？」

陳阿嬌抿嘴一笑，說：「可我聽說，娘最早是想讓我嫁給劉榮的呀！」

劉嫖略顯侷促，說：「那是哪一輩子的事？早是陳芝麻爛穀子了。現在的問題是你當了皇后，可有享不盡的榮華富貴啊！」

陳阿嬌滿臉春風，說：「那倒是。我只希望皇帝遵守金屋藏嬌的諾言，別生花心就好。」

「你把他看緊點不就得了！」

「他一個大活人，我能看住嗎？」

劉嫖矜持而笑，滿有把握地說：「這，別操閒心。你的婆婆和男人是我一手舉上去的，他們能忘了我的恩情？再說，還有太皇太后給你我撐腰哩！你舅舅遺詔裡不是說『遇事多請太皇太后和皇太后決斷』嗎？有太皇太后在，他劉徹成不了精！」

陳阿嬌說：「但願如此吧！」

皇帝駕崩，是為國喪。漢景帝的遺體停在未央宮前殿的屍床上，供人憑弔。三天後大殮，少不了又是一番哭泣。靈柩再停留七天，二月癸酉日，出殯安葬。景帝的陵墓是早就建造了的，叫做陽陵。陽陵位於長安東北四十五里，建在咸陽原上。按照規制，陵的底部和頂部平面近似方形，底部邊長一百七十公尺，頂部邊長五十公尺；封土堆呈覆斗形，高三十六公尺。地宮深入地下，那裡早已放置有各色各樣的陶製器物，大起宮殿，小至盆盂，還有無數的俑男俑女、俑車俑馬等等。

當日，從長安到陽陵，車馬填道，人頭攢動。遠遠看去，靈棚輓幛，孝服喪紗，滙成了一條黑白相間的滾滾水流。在陵地，舉行了簡短的儀式，然後開始喪葬。當景帝靈柩放進地宮，仵作開始埋土的時候，送葬的人無不放聲大哭，淚水嘩嘩。王太后和嬪妃們大哭，因為她們再也沒有了丈夫，從此成了寡婦。漢武帝和兄弟姐妹們大哭，因為他們再也沒有了父親，從此失去父愛。文武大臣們大哭，因為他們長期侍奉景帝，蒙受皇恩，從此陰陽兩隔，再也無法謀面，聆聽聖訓。景帝雖然性格多疑，動輒殺人，但從總體上看，他畢竟是個好皇帝啊！

葬禮結束，武帝起駕回宮。這些天，他太累了，回宮後蒙頭睡覺，睡了三天三夜。第四天，他起來了，先是舉行朝會，隨後調整寢宮。太皇太后仍住長樂宮，

王太后及景帝的所有嬪妃亦移居長樂宮。長樂宮和未央宮一樣，也是長安城內最大的宮殿群之一。它位於未央宮的東面，佔地面積六平方公里，宮垣周長一萬零六百公尺。宮內有十四座主要宮殿，包括前殿、長信殿、長秋殿、永壽殿、永昌殿、大夏殿、臨華殿、宣德殿、通光殿、高明殿、建始殿、廣陽殿、神仙殿等。從漢惠帝劉盈開始，長樂宮專供皇太后居住，其後成為定制。太皇太后一直住在長信殿，該殿所在之處單獨建宮，成為宮中之宮，稱長信宮。長信宮的北面是長秋殿，

改由王太后居住。長秋殿的北面是永壽殿，改由王夫人居住。王夫人即王太后的妹妹王姁，早在姐姐為皇后時，她就由美人升為夫人了。程姬、薄姬、賈夫人等，則在他殿居住。服役的宮監宮女，長信宮定額為一百二十人，長秋殿為一百人，其他各殿六、七十人不等。

王太后移居長樂宮，騰出未央宮椒房殿。此殿歷來是皇帝和皇后的寢殿，武帝和陳阿嬌遂從北宮的太子宮移居這裡，服役的宮監宮女，等同長信宮，也是一百二十人。椒房殿雕樑畫棟，鋪陳華麗，說不盡那光搖朱戶金鋪地，雪照瓊窗玉作宮，猶如天堂一般。陳阿嬌住了進來，喜得一蹦三尺高，瞇著眼睛拍著手，陶醉地說：「哇！真是太美啦！」

武帝住進椒房殿，自然喜悅和興奮。然而，他同時感到一種責任，一份使命。他是大漢的皇帝，理應全力以赴，勵精圖治，開創大漢王朝的新局面。

第二章

雄心受挫

山嶂疊翠，溪水瀲灩，柳枝泛綠，桃花吐豔。這是漢武帝劉徹即位後的第一個春天，自然景色清新，人的精神爽朗，預示著一切都很美好，新皇帝將會有個順順當當的開局。

武帝少年登基，急於了解和熟悉各個方面的情況。他舉行朝會，聽取大臣們奏事。他召見官員，商談興國安邦大計。他走遍許多重要官署，檢查那裡的公務，考察官吏的政績。他還愛微服私訪，有時扮作派頭十足的公子王孫，身著錦緞，手提鳥籠，穿行於大街小巷和坊里之間；有時又化裝成賣貨郎，肩挑貨郎擔，手搖撥浪鼓，到長安近郊走村串寨，體察農民的生活。

當然，武帝更多的時間是待在未央宮裡。他要閱讀很多很多的書籍，處理很多很多的奏章。這時，他面臨著一個很棘手的問題，那就是怎樣看待父皇景帝的遺詔。那份遺詔就放在案頭醒目的位置，他看了不知多少遍了，既有啟示，也有困惑。遺詔告誡要「恤黎民，重農桑，輕賦役」，這無疑是正確的，因為民乃國之本，農乃民之本，捨此必然會動搖國家的根基。遺詔還告誡「外和匈奴」，「安分守成為要務」，這使武帝感到不解。匈奴屢屢侵犯大漢的國土，殺害人民，搶掠財物，為什麼要跟它「和」呢？安分守成實是黃老之學，只求滿足現狀，不思進取發展，為什麼要視它為「要務」呢？更要命的是前邊一句話：「祖制不可輕改」。如果一切皆遵循祖制，那麼，自己的手腳就會被捆得死死的，如何去幹一番轟轟烈烈的大事業呢？

武帝不停地在思索和權衡著事關國家和未來的重大問題。武帝生性好動，尤愛標新立異。越年，他命改元，啟用年號，稱作「建元」。建元元年，就是西元前一四〇年。中國古代利用年號紀年，自此開始，其後垂為成例，這恐怕也算是武帝的一大發明吧？

新年伊始，武帝頒布聖旨，命丞相、御史、列侯、二千石以上官員，以及諸侯王的相國，大力舉薦賢良方正、直言極諫之士，以備擇優選用。他要通過此舉，改變朝廷官員的年齡結構和知識結構，補充新的血液。聖旨頒布，全國為之轟動，一大批學有所長的士子雲集長安，躍躍欲試。武帝大喜，逐一接見，親加策問，主題是為政之道，治國方略。各位士子見皇帝年少英武，禮賢下士，無不感動，遂將寒窗所學，生平抱負，盡情地抒展出來。士子所言，就其思想類型劃分，黃老之學的道家佔了主流，此外還有儒家、墨家、法家、名家、陰陽家、縱橫家等，形形色色，五花八門。武帝聽後，頭腦發脹，莫衷一是，反倒不知孰是孰非，孰優孰劣了。

這一天，他又策問一個名叫董仲舒的士子，但見他年約四十歲，身穿長袍，頭戴儒冠，寬額廣頤，長眉秀眼，舉止莊重，溫文爾雅。經問，知他是廣川（今河北棗強）人，漢景帝時已為博士，專心治學，精通《春秋》，曾經三年不窺園中景色。武帝面向董仲舒，虛心地問：「關於治國宏旨，請問有何見教？」

董仲舒胸有成竹，答：「最重要的在於確立國家的統治思想。」

武帝眼睛一亮，忙問：「這是怎麼說？」

董仲舒不慌不忙，回答說：「統治思想是一個綱領，是一面旗幟，有了它，國家才會有向心力和凝聚力，政令才會有感染力和號召力，從而使國人有統一的意志和行動。否則，必是一盤散沙，什麼事也做不成。」

武帝點頭，說：「先生所言，正合朕意。那麼，我朝應有怎樣的統治思想呢？」武帝不知不覺地稱董仲舒為「先生」了。

董仲舒說：「儒學，只有儒學，方可使我大漢國富民強，長治久安。」

武帝大感興趣，說：「哦？請先生往細裡說。」

董仲舒目不斜視，從容鎮定，說：「自孔子創建儒學，至今已有四百多年，但它的精髓和內蘊，一直無人認識。戰國時期，百花齊放，百家爭鳴，儒學只是其中的一花一家，難以顯示威力。秦國從商鞅變法開始，實行法家路線，鑄就了輝煌，也鑄就了罪惡。秦始皇統一中國，法家獨霸，濫施刑罰，做出了焚書坑儒之類的愚蠢之事，這正是秦朝迅速滅亡的原因之一。高祖皇帝建漢以來，崇奉黃老之學。黃老之學是以傳說中的黃帝、春秋時的老子為祖師而得名，其思想核心是『貴清靜而民自定』，也就是通常所說的『無為而治』。我朝初建，經濟凋敝，國力衰微，民心思安思定，實行這種思想是必要的，實踐中也取得了成效。但黃老之學，歸根到底是一種消極頹廢的學術流派，鼓吹清靜無為，不思進取，墨守成規，現在看已不合時宜。陛下登基，萬象更新，正應用新的統治思想來取代黃老之學，大展宏圖，威服天下。而要達到這個目的，只有確立儒學為統治思想，著眼於天下大一統和中央集權制，獨尊儒術，罷黜百家，重視教化，興學求賢。這樣無須多年，大漢肯定會更加強盛，陛下也肯定會創立不朽之功業，名垂青史。」

武帝聽了這番話，字字合心，句句中意，直覺得渾身燥熱，激情洋溢。他興奮地說：「先生說得太好啦！朕是聽了一席話，勝讀十年書啊！是不是這樣，先生且留於京城，將言猶未盡的經綸寫成策論，待後詳議，如何？」

董仲舒意識到自己遇見了一位具有雄心和膽識的英明之主，滿心歡喜地說：「遵旨。」

武帝轉而對侍立在一邊的丞相衛綰說：「將董先生安置於公車，好生照應。」

「是！」衛綰恭敬地回答。公車，相當於驛館，屬衛尉管領，置有令史，凡朝廷徵求的四方名士，皆由公車接送，故名。

董仲舒在公車住了下來，衛綰動開了花花腸子。衛綰在漢景帝時曾任太子太傅，原是黃老之學的忠實信徒。他的為官之道是唯皇帝的意志為意志，竭力表現出敦厚老成的樣子，因此官運亨通，先任御史大夫，再升任丞相。他還仰承太皇太后的鼻息，有事無事，每天都要去長樂宮請示問安，顯示忠誠。他回答皇帝和太后的問話，總愛說三個字：「對」，「是」，「行」。因此，時人都稱他為「三字丞相」。這時，他看到武帝重視儒學，覺得應當有所表現，討好地奏言說：「各地所舉賢良，有人治商韓（商鞅、韓非）之學，有人好蘇張（蘇秦、張儀）之言，無關盛治，反亂國政，請予一律罷歸。」

武帝說：「沒錯。跟儒學有關的士子留下，待詔公車，其他人就讓回去吧！」

衛綰表現自己，原想迎合武帝意旨，沒料想武帝早就厭煩他的為人，心中罵道：「老庸物，慣於見風使舵，滑頭！」幾天後，武帝頒下旨來，衛綰的丞相職務被罷免了。

武帝利用皇帝權力，第一次罷免了一位大臣，而且是堂堂丞相衛綰，引起了很大的震動。太皇太后不願意了，派人傳召武帝到長信宮，她要問個究竟。武帝應召而至，跪地叩頭，說：「孫臣給太皇太后請安。」

竇太后年逾六十，常害眼病，視力一直不好。她端坐於自己習慣坐的軟榻上，手拄那根從不離手的楠木拐杖，威嚴地說：「坐吧！」

武帝坐於一張圓杌上。竇太后說：「聽說你把衛綰罷免了，這是為什麼呀？」

武帝說：「一件事情牽連到他，不能不罷。」

「哦？」

「事情是這樣的：父皇晚年多病，衛綰負責處理政事。廷尉大牢裡關押著上百名無辜的囚犯，急待審理。廷尉請示衛綰，衛綰奉行什麼『無為而治』，總是說『對』、『是』、『行』，可就沒個具體的意見。事情一拖再拖，一直拖了一年多，以致上百名囚犯，十成死了七成，最後只有二十多人無罪釋放。最近，那些已死囚犯的親屬鳴冤叫屈，要朝廷給他們個說法。所以，孫臣只能罷免衛綰，否則無法面對國人。」

竇太后聽武帝批評「無為而治」，心中略顯不快，只是沒有說出來。她停了停，又說：「衛綰可是你父皇器重的老臣，還任過太子太傅，教授過你的學業呢！」

武帝說：「老臣也好，新臣也好，關鍵要盡職盡責。衛綰為相數年，關於國計民生，未見獻一計進一策，遇事只會哼哼哈哈，佔著茅坑不拉屎，要他何用？」

竇太后看到眼前的這個孫子皇帝頗有些銳氣，想為衛綰辯解幾句，也不能夠了。她轉變話題，說：「衛綰罷就罷了，那你打算任用誰為丞相呀？」

武帝說：「孫臣尚未想好。」

「我倒有個人選」，竇太后瞇著眼睛說，「竇嬰，就是我的侄兒，你把他叫舅舅。他曾參加平定七國之亂，立了功的，封魏其侯。經過這些年的歷練，各方面都有長進，可以擔當大任了。」

武帝是知道這位舅舅的，還知道父皇景帝對他的評價：「沾沾自喜，輕薄無檢，難以為相持重。」現在，竇太后既然提出任用竇嬰為丞相，他也不好反駁，答應說：「孫臣一定考慮太皇太后的意見。」

武帝從長信宮出來，順便到了長秋殿，看望母親王太后。王太后聽說竇太后提名竇嬰為丞相，反應很快，說：「太皇太后這不是要重用外戚，擴張竇氏的勢力嗎？」

武帝說：「誰說不是？」

王太后說：「這不行！竇氏外戚一旦得勢，還不把人吃了？兒呀！你可得慎重點。不過，倒也有辦法，她要重用竇氏外戚，你為何不重用王氏外戚？娘有兩個弟弟，你把他們叫舅舅，也可以重用呀！」

王太后所說的兩個弟弟是指田蚡和田勝。王太后的嫡胞哥哥王信已死，同母異父弟弟田蚡和田勝卻很健壯，上年分別被封為武安侯和周陽侯，就連王太后的生母臧兒也被尊封為平原君。田勝封侯，只知吃喝玩樂，沒有什麼出息。田蚡卻有些能耐，伶牙利齒，善於雄辯，官任中大夫，算是一名新貴。

武帝暗暗發笑。在長信宮，出了個竇嬰舅舅；在長秋殿，又出了田蚡、田勝兩個舅舅。自己哪來這麼多的舅舅呢？一邊是祖母太皇太后，一邊是母親皇太后，都想讓外戚顯貴，自己又能怎樣呢？武帝自有武帝的手段，回到未央宮後，馬上頒旨宣布，任命竇嬰為丞相，田蚡為太尉，一人管政，一人管軍，竇氏和王氏外戚在朝廷上平分秋色。這樣一來，太皇太后和皇太后都不吭聲了。

竇嬰和田蚡都是時髦派人物。他倆看到武帝尊重董仲舒，尊重儒學，心領神會，亦步亦趨，共同檢舉儒生趙綰和王臧，使前者當了御史大夫，後者當了郎中令。漢朝，丞相、御史大夫和太尉合稱「三公」，郎中令則是宮廷中的侍衛長。他們都成了儒學的支持者，那鬧騰勁兒可就大起來了。

他們做的第一件事，是鼓動武帝建明堂，開辟雍。明堂是皇帝宣明政教的地方，辟雍是學校。武帝說：「好啊！儒學注重教化，此事可辦。你等可仿照古制，從速施行。」

可是，竇嬰、田蚡等人不知古制，如何仿照？趙綰、王臧推薦一人，就是他們的老師，魯國人申培。申培，人稱申公，信奉儒學，教學授徒，門下弟子，超過千人。武帝同意。於是，趙、王駕著朱輪馬車，攜帶金玉絹帛，親自前去迎聘申培。申培應聘，全不推辭，來到長安，拜見武帝。武帝見他年近八十，精神矍鑠，道貌高古，格外尊敬，說：「申公大名，如雷貫耳，今日得見，不勝榮幸。而今，朕欲興國興政，但不知有何見教？」

申培注目武帝，見他年輕而又謙恭，暗暗讚歎，一字一頓地說：「為治不在多言，貴在身體力行。」說完便即住口。武帝還想聽下去，卻無下文，未免失望。轉而一想，申公的兩句話，恰也是金玉良言，「身體力行」四字，不正是自己所要遵循和堅持的作風嗎？

武帝任命申培為大中大夫，任務是和趙綰、王臧一起，按照古制和儒家規定，規劃建明堂、開辟雍，以及制定各項禮儀等事項。

竇嬰、田蚡做的第二件事，是建議取消各諸侯王國之間設置的關卡，以顯示國家的統一，便於人員往來和物資流通。接著，他們開始糾察皇親國戚的不法行為，以維護國家綱紀。竇太后的弟弟竇廣國，封章武侯；竇太后另一個侄兒竇彭祖，封南皮侯。這二人依仗是皇親國戚，橫行霸道，作惡多端，民憤很大。即使竇嬰，對於本族人仗勢欺人、無法無天的行徑，也覺氣憤。竇嬰、田蚡決意糾察皇親國戚，原本是件好事，不想卻觸動了竇氏外戚的利益，闖下了大禍。

建明堂，開辟雍，取消關卡，糾察權貴，諸事走上正軌。年輕的武帝又想到另外一件大事，那就是北方的匈奴。邊境上時時傳來奏報，都是匈奴侵邊擾民的消息。這使他不安，更使他氣憤，堂堂大漢，怎能容忍外敵如此猖狂？他聽說過，漢朝的西方，玉門關（今甘肅玉門）以外，曾經有個強大的月氏國，多年前被匈奴攻滅，匈奴單于砍下了月氏國王的頭顱當作酒器，雙方結下了世仇。月氏國被迫遷移，去了一個很遠很遠的地方。那麼，這個月氏國到底去了哪裡呢？大漢能不能和月氏國聯合起來，共同對付匈奴呢？再說，玉門關以外，泛稱西域，那麼，這個西域到底是什麼樣子呢？是山是海？有人無人？出於國家安全的考慮，這個情況是必須搞清楚的。自己作為大漢的皇帝，不清楚大漢境外的情況，那是井底之蛙，不足稱道。

武帝雄心勃勃，在朝會上提出了一個大膽的主張：派遣使臣，出使西域。任務有二：一是聯絡月氏國，商討共擊匈奴的可能性；二是考察西域，了解那裡的真實情況。朝臣們對於武帝的主張，贊成的多，反對的少。可是當決定誰為使臣的時候，卻無人吭聲。因為西域是個遙遠而陌生的世界，出使等於送死，誰也不願冒那個險。

武帝並不勉強朝臣，說：「你們不願冒險，情有可原。那好，朕就頒旨出榜，招募勇士出使，如何？」

「皇上聖明！」朝臣們齊聲高呼，沒有異議。

次日，長安城門懸出皇榜，黃帛黑字，寫得分明：「大漢皇帝昭示臣民：招募勇謀智識之士一人，出使西域。凡有志者，即日到大行署報名，經審查合格，即為大漢使臣，奉命出使。欽此。」一時間，全城為之轟動，人們爭相議論，說：「皇帝出皇榜，招募出使人，亙古未有，真是太稀奇太罕見啦！」

武帝出了皇榜，心中喜悅，相信一定會有揭榜的勇士，前去完成艱難的使命。這天，他又到長樂宮拜見祖母太皇太后和母親皇太后，順便到了永壽殿，拜訪王夫人。王夫人即王姁，武帝稱她為皇姨。王夫人見武帝前來拜訪，歡喜連天，臉上笑成一朵花。禮數略過，王夫人命侍從迴避，坐下和武帝說話。王夫人問：「見過母后了？」

武帝答：「剛剛見過。」

「你母后沒說什麼？情緒怎樣？」

「沒說什麼，她老人家情緒可以呀！」

王夫人看著武帝，說：「你母后有椿心事，你知道嗎？想跟你說，卻又無法開口。昨天我去見她，她還流淚來著。」

武帝的心一下子緊了起來，說：「母后有心事？那為何不明說呢？」

王夫人覺得這件事只有自己好說，便問：「皇帝知道自己的大姐嗎？」

武帝一怔，說：「大姐？不就是平陽公主劉玫嗎？我當然知道。」

王夫人輕輕搖頭，說：「不！劉玫前面還有一個。」

武帝詫異，說：「怎麼？還有一個？」

王夫人點頭，說：「對，還有一個，叫金俗。」於是，她從姐姐第一次婚姻說起，將其入宮前後的詳細情況說了一遍，最後說：「金俗和你同母異父，實是你的大姐。這麼多年，不知是死是活。你母后經常惦記著她，卻又不便跟人說起，心裡苦啊！」

武帝陷入沉思，沒想到生母入宮前還有這樣一段情事，夠滑稽的。武帝是個孝順兒子，當下說：「既然有這個大姐，自當迎她入宮，以解母后思念之苦。」

王夫人說：「這事，你得斟酌。皇宮裡除你母后和我之外，大概沒有第三個人知道這個金俗。迎她入宮，別人會怎麼想怎麼說？會不會影響你父皇和母后的聲譽？」

「皇姨放心」，武帝毫不在乎地說，「人生在世，親情為重，管他別人怎麼想怎麼說。再說了，我是皇帝，說話辦事，天經地義，誰敢說半個『不』字？」

武帝返回未央宮，當天就派了好友韓嫣去咸陽一帶密訪金俗。這個韓嫣是弓高侯韓頹當的孫子，年齡和武帝相仿，聰明靈巧，眉目清揚，長得像美女一般。武帝為膠東王時，就和韓嫣親密，及至即位後，韓嫣官任上大夫，仍侍在側，有時同吃同睡，猶如自家兄弟。密訪金俗之事，交給韓嫣去辦，那是再合適不過了。

數日後，韓嫣回來報告，說咸陽長陵有一女子，姓金名俗，確係金王孫之女。武帝大喜，當即乘坐御輦，帶著韓嫣，前引後隨，從騎如雲，前往長陵。長陵乃漢高祖劉邦的陵寢，位於咸陽北原，設有縣邑，徙民聚居，街巷店肆，人煙稠密。百姓看到御輦前來，以為是掃陵祭祖，紛紛迴避，不想御輦逕入小市，拐彎轉角，停於一金姓人家門前。武帝侍衛，呼令開門，連叫不應，咚咚敲門，亦無反應。難道家中沒人？非也。原來金俗是個女流，獨自在家，聽得大呼小叫，當是役吏抓人，嚇得渾身發抖，篩糠似的，蜷縮在房角，氣都喘不過來。

武帝等候許久，下令破門。侍衛抬腳將門踢開，一擁而入。金俗嚇得連滾帶爬，鑽到床下藏身。侍衛四處搜尋，發現床下縮作一團的女子。韓嫣料定她是金俗，喚她出來見駕。金俗魂飛魄散，哪敢出來？侍衛們七手八腳，使勁拖出。韓嫣悄聲對她說：「去！快去見皇上，包你有榮華富貴。」金俗驚魂未定，半信半疑，拭去臉上塵垢，且行且卻，好不容易出得門來，什麼也沒有看見，戰戰兢兢地跪地，不知該怎樣稱呼，乾脆一聲不響，屏住呼吸等候發落。

武帝見金俗粗布衣裙，蓬頭垢面，跪在地上，仍在發抖，趕緊下了御輦，向前幾步，微笑著說：「大姐不必害怕，快快起來說話。」

金俗微抬雙眼，只見面前一位華貴公子，竟叫自己為「大姐」，這是怎麼回事呢？她聽他聲音柔和，語氣親切，料無惡意，一顆懸著的心總算落了下來，因而徐徐站起。武帝依然微笑，拉起金俗的雙手，說：「大姐！弟弟接你回宮，看望母后去！」

弟弟？回宮？母后？金俗越發惶惑，如墮雲裡霧中。

武帝盈盈而笑。金俗猛地想起什麼，不大相信地說：「你說的母后得是我娘？怎麼？她還活著？」

武帝含笑點頭。

「哇——！」金俗突然放聲大哭起來，邊哭邊喊：「娘！娘啊——！」

金俗是從別人口中知道有個娘的。當初，王娡和金王孫離婚的時候，金俗還在襁褓之中，長大後，金王孫說她的娘早就死了，而鄰居們卻說，她的娘和金王孫離婚，進了皇宮。至於到底是怎麼回事，誰也說不清楚。現在，華貴公子說她的娘還活著，而且是什麼「后」，她怎能不驚喜不傷心呢？

武帝請大姐上車。金俗返身回家，匆匆梳洗，換了一身半新半舊的衣裙，再出來登上一輛裝飾華麗的馬車。車上的韓嫣告訴她，御輦上的華貴公子乃當今皇帝，其實是她的弟弟。金俗驚得目瞪口呆，一路思想，莫非做夢不成？不到一個時辰，便到京城，仰望是高宮華殿，平看是寬街通衢，還有一班官吏，分列道旁，畢恭畢敬，真是見所未見，聞所未聞。片時進了一座巍峨華美的皇宮，直至一座大殿前。韓嫣請金俗下車。武帝迎了過來，笑著招呼，並引著她走進殿內。殿內金玉輝映，香氣氤氳，簡直就是天堂。武帝讓金俗止步稍候，先行進入內室。不一時，出來七、八個花枝招展的宮女，簇擁著金俗，亦進內室。金俗凝神看去，但見正面端坐著一位雍容華貴的老夫人，左側站立的正是引她入殿的皇帝。武帝告訴老婦人說：「母后！兒臣前往長陵，把大姐金俗給接回來了！」隨後招呼金俗說：「大姐！快給母后叩頭！」

老婦人和金俗的心都為之一震。金俗快步走至老夫人座前，跪地叩頭，說：「娘！你想得女兒好苦啊！」

王太后和女兒分離二十多年，根本記不得女兒的模樣，俯身，顫顫巍巍，說：「你就是俗女？」金俗應聲說是。王太后撫摩著金俗粗糙的臉龐，左看右看。金俗想到鄰居們所說的生母，悲從中來，泣不成聲。王太后一把將金俗摟在懷裡，熱淚縱橫，呼喚說：「俗女！娘的苦命的孩子！」

母女意外重逢，只是抱頭痛哭。武帝早命宮監吩咐御廚，速備酒菜，設宴慶賀。同時派人去請皇姨王夫人和平陽公主劉玫、南宮公主劉玢、隆慮公主劉玟，前來團聚。三位公主皆已出嫁，俱住京城。王太后見金俗衣飾粗劣，引她至另室，予以更換。俗話說，佛要金裝，人要衣裝。金俗經過宮女們的梳妝，塗脂粉，抹口紅，簇新衣裙，琳琅珠翠，居然也像一位公主，與前判若兩人。只是金俗貧窮慣了，乍一那樣打扮，顯得彆扭，很不自然。這時，皇姨和三位公主漸次到來。王太后引著金俗，一一相見，彼此開心，一片歡聲笑語。酒宴擺出，王太后首座，王夫人次座，武帝居左，金俗居右，舉杯共飲，全家合歡。王太后樂得心花怒放，她一生中的唯一缺憾，因金俗失而復得，變得非常非常的圓滿了。

當夜，金俗陪王太后住在長秋殿，母女兩個說了一宿悄悄話。金俗告訴母親說，父親金王孫早已病死，自己無兒無弟無姐妹，招贅了丈夫，生了一兒一女。目前家境貧寒，勉強糊口。王太后唏噓嗟歎，又流了不少眼淚，說：「孩子！真苦了你了。從此，你會苦盡甘來，我和皇帝都會呵護你的。」

第二天，武帝頒旨宣布，封大姐金俗為修成君，賜錢一千萬緡，田一百頃，府第一座，奴婢三百人，另加湯沐邑一處。金俗千恩萬謝，幾天後即回長陵，將丈夫和兒女接到長安居住，一家人蒙受浩蕩皇恩，大享其福，再不為吃飯穿衣問題發愁了。

轉眼一年過去。建元二年（西元前一三九年），武帝十八歲，標誌著少年時代已經結束，大步跨進了青年時代的門檻。青年是人一生中最具想像力和最富挑戰性的階段。武帝雄心勃勃，意氣風發，決心以充沛的精力治理國家，振興大漢，做一個超越前人、名揚後世的真龍天子。

皇榜招募勇士出使西域的大事已經有了眉目。負責外交事務的大行令王恢報告說，一個名叫張騫的人揭了皇榜，經過審查，各方面的條件不錯，符合使臣的要求。武帝大喜，親自接見張騫，他要把出使的目的和任務交代清楚。

張騫，漢中城固（今陝西城固）人，二十四、五歲，時為皇家禁軍的郎官。身材魁偉，體格健壯，勇於吃苦，敢於冒險，具有堅強的意志。當他揭那皇榜的時候，其實並不知道西域是怎麼回事，只是為了去嘗試，去冒險，用實際行動報效國家和朝廷。

武帝在未央宮宣明殿接見張騫，見他高高大大，相貌堂堂，眉宇間有著一股逼人的英氣和豪氣，兀自歡喜。武帝說：「張騫！你出使西域，知道自己的使命嗎？」

「知道」，張騫響亮地回答說，「一是聯絡月氏國，二是探明西域的情況。」

武帝點頭，說：「不錯。我們聯絡月氏國，是為了共同對付匈奴；探明西域情況，是為了擴大視野，強我大漢。此行山高路遠，什麼樣的事情都有可能發生，你有心理準備嗎？」

「有！臣既然敢揭皇榜，那就做好了葬身大漠的心理準備，無怨無悔。」

「不！朕不要你葬身大漠，朕要你活著回來！」

「是！」

「此去西域，道路不熟，語言不通，你是怎麼打算的？」

「回皇上的話：臣已物色了一個匈奴人，名叫堂邑父，又叫甘父，忠實可靠，他可以充當嚮導和翻譯。」

「很好！」武帝見張騫把事情做在了前頭，更加歡喜，停了停，又說：「張騫！你知道出使西域，最重要的是什麼嗎？」

張騫回答說：「維護大漢尊嚴，不辱君命。」

武帝非常滿意這個回答，加重語氣說：「對！維護大漢尊嚴，不辱君命。你是大漢的使臣，代表國家，代表朝廷和朕，不論在什麼時候，什麼地方，你都要光明磊落，堂堂正正，始終保持一種氣節，一種精神，克服困難，不負朕望。」

張騫抱拳，宣誓一樣地說：「臣謹記聖諭！」

「好！」武帝興致高昂，說：「朕提升你為中郎將，賜予節杖，撥給百人，以作隨從。你可抓緊做好準備，待命出使。出使之日，朕要親自為你壯行！」

「謝皇上！遵旨！」

就在這時，韓嫣匆匆忙忙進殿，在武帝耳邊說了什麼。武帝心裡一驚，臉色略變，接著迅速恢復常態，對張騫說：「好啦！你回去準備吧！」

張騫退去。武帝連忙問韓嫣說：「怎麼回事？」

韓嫣說：「趙綰和王臧被逮捕下獄了。」

武帝說：「這是怎麼說的？趙綰為御史大夫，王臧是郎中令，沒有朕的旨意，誰敢逮捕朝廷大臣？」

「聽說是太皇太后的命令。還有，丞相竇嬰和太尉田蚡，恐怕也要……」

武帝臉色由白轉紅，由紅轉青，說：「她管的也太寬了！」

韓嫣說：「此事風頭不小，陛下需要謹慎對待才是。」

二人正說著話，長信宮宮監進殿，向著武帝叩頭，說：「奴才奉太皇太后懿旨，宣召皇上去長信宮議事。」

武帝警惕地問：「太皇太后要議何事？」

宮監答：「奴才不知。」

武帝一揮手，說：「你去吧！朕隨後就到。」

宮監離去。武帝料知是趙綰和王臧之事，搖著頭說：「秋風乍起，山雨欲來呀！」

韓嫣陪著小心說：「臣的意見還是四個字：謹慎對待。」

武帝乘輦，前往長信宮。路上，他想起太皇太后以前的一件事。

漢景帝在位期間，太皇太后還是皇太后，信奉黃老之學達到了癡迷的程度，打心眼裡厭惡儒學。一次，她召儒生轅固講解《老子》。轅固崇尚儒學，貶斥黃老，猝然回答說：「《老子》有什麼可講的？那裡面不過是家人常言，庸人見識。」竇太后聽轅固這樣貶黜《老子》，勃然大怒，命將轅固置於野豬圈中，狠狠地說：「你一個儒生，不學無術，有何能耐？既然你口出妄言，我就讓你和野豬格鬥。勝了，是你的造化；敗了，或被野豬咬死，活該！」可憐轅固，一句話招來了禍殃，面對凶悍的野豬，不知如何應對。幸虧景帝心地仁慈，命人給了轅固一柄利刃。轅固鼓起勇氣，孤注一擲，拼死格鬥，好不容易將野豬刺死，這才保住了性命。

武帝想著想著，御輦進了長樂宮，到了長信宮前。武帝下輦，步入長信殿，只見太皇太后手拄拐杖，正襟危坐，古板著臉，威嚴陰沉。母親王太后也在，坐在一邊，顯然是受了訓斥，眼圈兒紅紅的，強忍淚水。武帝跪地，向太皇太后和皇太后請安。太皇太后說：「起來吧！」跟往常不同，她並沒有讓武帝坐下。武帝只好站著，等候問話。

竇太后用手指抹了抹眼睛，說：「我已下令，將趙綰和王臧逮捕下獄了，你知道嗎？」

武帝說：「孫臣剛剛聽說。」

「你知道為什麼嗎？」

「不知。」

「這二人存心不良，挑撥皇家關係，」竇太后氣呼呼地說，「他倆不是在你跟前說過嗎？『陛下年少有為，各項舉措深得人心。你如果想成就超越先皇的大事業，就要敢於獨斷，不要受制於人。太皇太后已經老邁，朝廷大事，不必向她請示，更不必請她決斷。』是不是這樣的？」

武帝暗暗吃驚，心想這些話是趙綰和王臧私下跟自己說的，她太皇太后是怎會知道的呢？

「哼！他倆是在挑撥我你祖孫的關係，引導主子不孝，這樣的小人不該逮捕下獄嗎？」竇太后理直氣壯，繼續說：「你父皇的遺詔裡專門有句話，叫做『遇事多請太皇太后和皇太后決斷』。趙綰、王臧居心叵測，鼓動你不向我請示，不讓我決斷。這樣的人，唯恐天下不亂，豈可重用？豈可留在你的身邊？」

武帝默然。竇太后話鋒一轉，更嚴厲地說：「你，也該檢討一下你的作為了。你父皇遺詔說的明確：『祖制不可輕改』，『以安分守成為要務』。可你是怎麼做的？不知天高地厚，忘記祖宗教誨，聽信那個董仲舒的蠱惑，竟想用儒學取代黃老之學，作為國家的統治思想。這能行嗎？我朝自高祖皇帝以來，一貫實行的是黃老之學，這有什麼不好？我且問你，你知道『蕭規曹隨』的典故嗎？」

武帝回答說：「孫臣聽說過。」

竇太后沒好氣地說：「聽說過不行，還要領會它的實質。那是高祖皇帝駕崩以後，惠皇帝劉盈繼位。丞相蕭何死了，曹參出任丞相。曹參一天到晚只顧飲酒，不問政事。惠皇帝很不滿意，批評曹參。曹參回答說：『請問陛下，你同先帝相比，誰更聖明？我同蕭何相比，誰更賢明？』惠皇帝說：『我比不上先帝，你也比不上蕭何。』曹參說：『對呀！既然如此，我們就遵從先帝確定的治國方略，貫徹蕭何制定的法令制度，不就很好嗎？何必另出什麼新花樣？』——這就叫『蕭規曹隨』，核心是遵循祖制，安分守成，不出新花樣。惠皇帝以後，你曾祖母高后、祖父文皇帝、父親景皇帝都是這樣做的，所以才有衣食滋殖、天下晏然的大好局面。你倒好，登基才幾天？就要實行什麼儒學，建什麼明堂，開什麼辟雍，還把那個糟老頭子申培從千里之外請到長安來，修訂什麼禮儀制度。你這樣做，說遠點，是違背了祖宗的定制；說近點，是違背了你父皇的遺詔。」

「我……」武帝意欲分辯。竇太后一擺手，說：「你不用分辯，我知道你想說什麼。你是想說，現在世事變了，國力強了，百姓富了，總該有新作為新氣象，對不對？不過，我要告訴你，新作為新氣象，不會靠改變祖制得來，你若胡亂折騰，只會斷送祖宗開創的基業。」

「我……」武帝張了張嘴，什麼話也說不出來。竇太后又抹了抹眼睛，說：「還有，我聽說你專門出了皇榜，招募勇士，出使西域，企圖攻打匈奴，荒唐！」

她重重地將拐杖頓了頓，戳得地板咚咚作響，說：「匈奴是那麼好打的？想當年，高祖皇帝曾親統三十萬大軍，攻打匈奴。結果怎麼著？先鋒部隊反被匈奴單于圍困於平城白登山（今山西大同東北），七天七夜，險些全軍覆沒。那是冬天，天寒地凍，要吃的沒吃的，要穿的沒穿的，饑寒交迫，困頓至極。後來，虧得陳平想出一計，用重金厚禮賄賂了匈奴單于的閼氏，閼氏說服單于撤兵，高祖皇帝才得以突圍。」

武帝說：「高祖皇帝時，我朝的國力還不如人家嘛！再則，高祖皇帝用兵的時間不對，戰術上也欠妥，犯了孤軍冒進的錯誤……」

「大膽！你詆毀高祖皇帝不是？」

武帝嚇得一吐舌頭，說：「孫臣不敢。」

竇太后接著說：「從那以後，我朝對於匈奴，一直採取息事寧人的態度，實行和親政策。和親政策好啊！用一個女人，換取邊境安寧，免得兩國兵戎相見。假若匈奴容易征服，文皇帝、景皇帝早就出兵了，何必等到今天？你父皇遺詔裡特別有『外和匈奴』一句話，那是我朝的對外方針，是國策，懂嗎？你呀，年紀輕輕，難道比你祖父、父親皇帝還高明不成？」

武帝心中不服，意欲爭辯。王太后朝他擠眼示意，意思是說忍，唯有忍，方可平息太皇太后的怒氣。

竇太后言猶未盡，又說：「我把趙綰、王臧逮捕下獄了，一定要從嚴懲處。還有竇嬰和田蚡，也該罷職。他倆上臺，不務正業，竟然糾察起權貴來了，豈有此理！章武侯竇廣國是我的弟弟，南皮侯竇彭祖是我的侄兒，平日裡是失於檢點，仗勢欺人，橫了些，但畢竟是皇親國戚，糾察權貴，先拿他倆開刀，不是存心抽打我這老臉嗎？皇權皇權，就是要為皇家謀取福利。我若連自己的弟弟和侄兒都保護不了，那還算什麼太皇太后？」

武帝說：「竇嬰任丞相，是太皇太后推薦的，怎能說罷就罷了呢？再說，他也是皇親國戚呀！田蚡也是……」

竇太后打斷武帝的話，說：「彼一時此一時也。我將趙、王下獄，將竇、田罷職，就是要讓人知道：太皇太后還活著，跟太皇太后作對的人，不配擁有權力！」她覺得有必要順便對武帝發出警告，特地加重語氣說：「包括你，別以為你是皇帝，我就奈何你不得。你若一意孤行，惹惱了我，我照樣會……」她本想說「廢了你」，可這三個字到了嘴邊，沒說出來，改口說：「你給我記住，遵從你父皇的遺詔，好自為之。小事，你可以自行處理；大事，你必須向我請示，由我幫你決斷。」

這簡直是恫嚇，是威脅。武帝心火突突，剛想發作，一眼看到王太后示意的眼神，立刻控制住了激動的情緒，嘻嘻而笑，說：「行！我的祖母奶奶、太皇太后大人！從今往後，大事小事都向你請示，都請你決斷，總可以了吧？對了，現在就有一事，你得決斷：罷了竇嬰和田蚡，那麼由誰接替他倆的職務呢？」

竇太后見武帝服軟了，心中得意，想了想，說：「柏至侯許昌可任丞相，武彊侯莊青翟可任御史大夫。至於太尉和郎中令二職，暫且空著，以後再說。」

許昌和莊青翟都是黃老之學信徒。武帝感到惱火，嘴上卻說：「行！孫臣照辦便是。」

竇太后痛痛快快地訓斥了武帝，人事安排又達到了目的，只覺得渾身爽朗，說：「好啦！今天就到這兒，你們去吧，我也累了。」

王太后和武帝巴不得可以告辭，如釋重負地出了長信殿。武帝沒回未央宮，隨著母親進了長秋殿。進了殿，武帝摘下帽子，往桌上一摔，大發其火，說：「倚老賣老，欺人壓人，這算什麼？好端端的四位大臣，兩人下獄，兩人罷職，這還是朝廷嗎？尊重儒學不對，攻打匈奴不對，出使西域不對，糾察權貴不對，反正都是不對，就是她的黃老之學是對的，世上哪有這個理？而且還恫嚇我和威脅我，我倒要看看，她究竟能把我怎樣？」

王太后趕緊捂住武帝的嘴，說：「我的小祖宗！謹慎為好，不要這樣口不擇言。」

武帝坐於杌上，內心不平，呼呼喘氣。王太后說：「兒呀！現在不是賭氣的時候。你要明白，太皇太后在位四十年，朝廷大臣多是舊人，根深本固，枝葉纏繞，她的勢力大著哪！而你呢？即位不久，腳跟未穩，羽翼未豐，雞蛋不能硬跟石頭碰啊！俗話說：『忍一時，乾坤大；退一步，天地寬。』眼下，你只能忍，只能退，學會收斂鋒芒，不可頂牛任性，懂嗎？留得青山在，不怕沒柴燒，來日方長啊！」

武帝忽然想起什麼，問母親說：「她得是為難母后了？」

「唉！也不算為難」，王太后歎口氣說，「還不是金俗的事？太皇太后嫌我隱瞞入宮前的經歷，欺騙了先帝，還說接回金俗，是丟了皇家的體面，你給金俗的賞賜，忒多忒重了些。」

「老不死的！怎麼什麼事都管？」武帝又冒出一句不敬的氣話。

「不許謾罵太皇太后！」王太后制止武帝。

「這……這……」武帝覺得憋氣，直想大吼一聲，把壓抑在胸中的鬱悶統統發洩出來。

第三章

祓祭豔遇

劉徹遵從太皇太后的命令，罷免了竇嬰和田蚡，任命許昌為丞相，莊青翟為御史大夫。這兩個人老態龍鍾，渾渾噩噩，什麼事也辦不成。廷尉大牢裡突然傳來消息：趙綰和王臧自殺了。武帝萬分驚愕，心靈受到強烈的刺激。原來，宮廷的權力鬥爭，就是這樣的殘酷無情啊！

武帝立刻想到張騫，這個人可不能落到太皇太后的手裡。他決定，讓張騫盡快悄悄出使，免得夜長夢多。這天，他再次召見張騫，說：「朕原想大張旗鼓地為你壯行的，現在看很難了。不瞞你說，朝廷對於出使西域的決策，意見並不統一。但朕堅信，這是一項壯舉，它將載入史冊，流芳千古。所以，你可即日出發，不宜拖延了。」

張騫說：「臣服從皇上安排。」

武帝站起身來，目視張騫，鄭重地說：「中郎將張騫聽旨。」

張騫慌忙跪地。武帝朗聲說：「朕任命你為大漢使臣，賜予節杖，即日出使西域。」說著，將節杖親手遞給張騫。節杖是一根結實的竹竿，長約八尺，塗以黃漆，上端懸有犛牛尾製作的穗穗，中間刀刻五個大字：「漢天子御賜」，字呈朱紅色。張騫雙手接過節杖，恭敬地說：「臣遵旨！」當時，雖然沒有隆重的儀式，但氣氛是莊嚴的。武帝和張騫都意識到，那節杖沉甸甸的，象徵著榮譽，象徵著尊嚴，此外還有信任和期待。張騫和隨從上路了，這一去便沒了消息。

武帝覺得待在皇宮裡乏味，恰逢三月三日上巳節，於是發出話來：上巳節去霸上祓祭，百官隨行。所謂祓祭，也叫祓除，是西周遺留下來的習俗。這一天，人們到野外水邊去，或舉火，或沐浴，或用牲血塗身，祭祀遊玩，據說這樣可使身心純潔，除凶祛惡，全年無病無災。

皇帝出行，那場面，那陣勢，真是無限的壯觀和氣派。前面百名騎兵為前驅，騎快馬，執號旗，開闢道路，驅趕行人。接著，五百名儀仗，鮮衣鮮甲，手舉五色龍虎旗，魚貫而行。中間是御輦，即皇帝乘坐的車輛，車廂裹錦，車輪塗朱，駕四匹馬，馬匹矯健。武帝年輕，不願坐車，騎著一匹毛色純淨的大紅馬，身著戎裝，腰懸佩劍，颯爽英姿，氣宇軒昂。他的身後，緊跟著四個青年人：上大夫韓嫣，軍校公孫賀和公孫敖、宦監令黃順。他們均騎著高頭大馬，英氣勃勃，威風凜凜。後面隨行文武百官，文官乘車，武官騎馬，服飾鮮麗，神情莊重。再後面是五千名雄赳赳氣昂昂的皇家禁軍，手持刀槍劍戟各種兵器，邁著整齊的步伐，全神貫注地前進。

武帝的鑾駕出了長安城南面中門安門，折向東，上了大路，很快到了灞河。灞河古名滋水，春秋時秦穆公稱霸於西戎，為顯示其武功霸業，改滋水為霸水，後稱灞河。灞河上架有灞橋，是長安東向的咽喉要衝。鑾駕越過灞橋，沿灞河東岸向南，約莫十餘里，到了一片高敞開闊的地帶，那裡就是霸上了。

霸上一稱灞上、灞頭，地域廣大，泛指灞河東岸，南起終南山、北至灞橋的遼闊原野。武帝選擇在這裡祓祭是有用心的。他知道，高祖皇帝劉邦當初進兵關中，就駐軍霸上，接受了秦王子嬰的投降，繼而與關中父老約法三章，深受人民的擁戴。西楚霸王項羽後進關中，駐軍鴻門（今西安臨潼東），企圖攻殺劉邦。劉邦採納張良等人的意見，親赴鴻門，在鴻門宴上巧妙地和項羽周旋，終於化險為夷，保存了有生力量。後來，經過數年的楚漢戰爭，劉邦打敗項羽，創建了大漢江山。祖父文皇帝死後，葬在霸上，其陵稱霸陵，放眼便可望見。父親景皇帝時爆發七國之亂，名將周亞夫也是從霸上出兵，一舉平定叛亂，鞏固了中央集權。霸上，從一定意義上說，堪稱大漢的福地，象徵著順利和吉祥。武帝選擇在這裡祓祭，意在重溫先朝的歷史，表達自己開拓進取的志向和抱負。

大隊人馬停下。武帝傳下話來：今日祓祭，官吏將士不必講禮儀，禁軍輪流禁衛，大家盡情盡興的遊玩。此話一出，眾人歡呼，呼喇喇地散開，五人一群，十人一夥，笑著鬧著，遊玩開了。

有人揀來樹枝，燃起了幾堆火，火苗閃耀，輕煙飄蕩。有人脫掉上衣，敞胸裸腹，舒展四肢，平躺在綠茵茵的草地上，欣賞天空的白雲。有人跑到灞河邊，用沙土圍成小堰，捕捉魚蝦。還有人乾脆脫光衣服，跳進清澈冰涼的水中游泳，邊游邊打起了水仗。

武帝見官吏將士玩得起勁，很是開心。他站在一個土崗上，遠望南山，巍峨的秦嶺橫空出世，蒼茫綿延，滔滔不絕的灞河發源於此。再向北看，霸陵突兀，宛若矗立在大地上的一座豐碑。面對灞河和霸陵，他想起了秦穆公和漢文帝，心裡說：「大丈夫在世，就當有所作為，切莫枉活一生！」

這時，那匹大紅馬扯長脖子，昂首嘶鳴。武帝來了興致，對身邊的韓嫣、公孫賀和公孫敖說：「走！射獵去！」說著，縱身上馬，揚起一鞭，大紅馬風馳電掣一般，飛了出去。韓嫣歷來是緊隨武帝的，公孫賀和公孫敖的任務則是護駕，迅疾上馬，追了下去。四匹馬在草地上奔馳，躍過溝壑，馳進樹林。恰有兩隻梅花鹿，驚見不速之客，嚇得一東一西，撒腿逃跑。武帝瞅準東邊的一隻，策馬追趕，同時騰出手來，取出弓箭，左手把弓，右手搭箭，說時遲，那時快，對著梅花鹿射出一箭，口中喊道：「著！」

「著」字出口，梅花鹿的腹部已經中箭，四蹄騰空，骨碌碌地跌翻在草地上。韓嫣、公孫賀和公孫敖喝采道：「皇上神箭！」搶上前去，下馬，將鹿緊緊按住。武帝神采飛揚，說：「抬回去，吃烤鹿肉！」武帝射殺梅花鹿的精采場面，許多官吏和將士都是目睹了的。眾人情不自禁地發出歡呼。又上來幾名士兵，幫著把梅花鹿抬了回去。有人拔出腰刀，俐落地剝了鹿皮，將肉切成小塊，用樹枝挑著，置於火上燒烤。一個士兵抓了一把鹿血，冷不防地抹在另一個士兵的臉上，那個士兵立時成了大花臉。那個士兵反過來也抓了鹿血，去抹惡作劇的士兵。兩個人追逐著，互相抹血，一時間都成了「血人」。武帝大笑，其他人也笑，說：「牲血塗身，大吉大利。你兩個，今年篤定無病無災。」

火堆上烤著鹿肉，油脂滴在火上，火苗騰得老高，吱吱作響，廣闊的原野飄溢著誘人的肉香。鹿肉烤熟了。宦監令黃順挑選色澤金黃的一片，敬呈給武帝。武帝接過，吃了一口。呀！綿綿爛爛，真香啊！其他人吵鬧著，爭搶著鹿肉，吃著的擠眉弄眼，沒吃著的直流口水。那些捕捉魚蝦和游泳的士兵自認倒楣，因為他們回來時，鹿肉早分吃光了。

不知不覺到了申末酉初時分，太陽偏西，輕輕地颳起了風。丞相許昌啟奏說：「時已不早，皇上該回宮了。」武帝點頭，說：「回宮！」忽然，他又靈機一動，吩咐宦監令黃順說：「你快馬前去平陽侯府傳旨，就說朕去看望平陽公主和平陽侯，片刻就到。」

黃順答應說：「遵旨！」跳上一匹棕色大馬，疾馳先去。隨後，大隊人馬起動，緩緩返回長安城。返回時，武帝改坐御輦。他的心情舒暢，暫時忘卻了太皇太后給予他的不快和煩惱。

平陽侯府位於長安城南面東頭第一門覆盎門內，長樂宮南側，座東向西，面臨寬闊的覆盎門大街。漢景帝時，武帝的嫡胞大姐劉玫嫁給大漢開國功臣之一曹參的孫子曹壽，曹壽封平陽侯，劉玫因而封平陽公主。曹壽和劉玫接到黃順傳達的旨意，且驚且喜，立即召集僕役，迅速忙碌起來，打掃院落，置辦酒菜，恭迎聖駕光臨。劉玫特別叮囑自家的歌舞班，命她們精心打扮，盛妝等候，一會兒要給皇帝敬獻歌舞。

這個歌舞班是劉玫特意創辦的。劉玫生長在皇宮，深知音樂歌舞在上層社會的重要作用。為此，她出嫁後，專門在家中辦了一個歌舞班，歌舞班的成員是清一色的妙齡少女，另有一支小小的樂隊。她們的身分相當於僕役，然而卻過著遠遠優越於僕役的生活。平時，她們聚集在花園旁邊的一座大房裡，鼓琴弄瑟，練歌習舞。逢年過節或有貴客來訪時，她們披紅掛綠，佩金飾銀，表演歌舞兼陪伴客人，珠光寶氣，輕歌妙舞，頓使滿堂生輝。平陽侯府是京城裡的知名府第，平陽侯和平陽公主是顯赫的皇親貴戚，三天一小宴，五天一大宴，赴宴的都是有頭有臉的大人物。他們一邊山吃海喝，一邊欣賞歌舞，既飽了口福，又飽了耳福和眼福，興高采烈，其樂悠悠。

歌舞班共有二十多人，人人貌美如花，個個娉娉婷婷。其中衛氏三姐妹尤其出色，色藝俱佳。三姐妹中，最數小妹衛子夫，不僅長得天姿國色，而且歌舞技藝精湛。她一出場，人們都會驚呼：「哇！得是月宮嫦娥，夢裡西施？」

說起衛子夫，不能不說她的家世。衛子夫，祖籍平陽（今山西臨汾西南）。父親衛老大是個老實的農民，娶妻郭氏。一年平陽遭災，衛老大和郭氏遷徙到長安城外，在一個叫做凹凹莊的村子落了腳。衛老大給財主家打工，郭氏進了覆盎門內的曹府當女僕。當時，曹壽還是少年，由郭氏照料其飲食起居。郭氏的丈夫姓衛，因此，曹府裡的人多叫她「衛媼」，也就是衛婆婆的意思。此後多年，衛媼連生了三個女兒，分別叫做大妞、二妞、三妞。一家五口，生活相當艱難。衛老大老家有個哥哥，害病死了，留下兒子衛長君，無依無靠。衛長君遵照父親的遺囑，輾轉到了長安，投奔叔母。這樣，衛家就又增加了個男孩，生活更加艱難。天有不測風雲。就在三妞出生後不久，衛老大害病死了。衛媼哭得死去活來，一家人以後的日子可怎麼過啊？

曹府裡有個趕車的中年人叫鄭季，身體強壯，心地善良。他見衛媼孤苦，生起憐憫之心，經常幫她做些事情。有時還把自己的工錢塞給衛媼，讓她撫養家中的四個小孩。日久情深，衛媼遂和鄭季好上了，偷起情來。偷情必有結果，衛媼又生了個兒子。兒子是鄭季的種，取名鄭青，由鄭季抱回家去餵養。鄭季家中自有老婆孩子，鄭妻豈能容得一個野種？沒奈何，鄭季又將兒子抱了回來。衛媼一下決心，說：「抱回來就抱回來，反正就這麼個窮家，有他不多，沒他不少，湊合著過吧！」於是，鄭青不再姓鄭，改名衛青。鄭季呢？再也不回他的家了，平時睡在曹府的馬廄裡，有時夜間去凹凹莊，偷偷地和衛媼親熱一番，恰也恩愛快活。

日復一日，年復一年。這一年，曹壽大婚，娶的是堂堂公主劉玫。婚禮的盛大和熱鬧，自不必說。劉玫進了曹府，主持家務，發現衛媼為人誠實，乾淨，勤快，俐落，十分喜歡。她聽說衛媼一人，含辛茹苦，撫養五個孩子，喜歡中又添了幾分關愛。恰好，劉玫要辦歌舞班，便讓衛媼帶領三個女兒前來過目。大妞、二妞、三妞時已十好幾歲，分別有了大名——衛君孺、衛少兒、衛子夫。三姐妹出身農家，裝束一般，長相卻很端正，清純秀逸。劉玫滿意地說：「好！就讓她們進歌舞班學習歌舞吧！」衛媼聽了這話，喜從天降，趴在地上磕頭，說：「我的公主奶奶！你真是王母娘娘轉世，大恩大德，專門降福於我們這些窮苦人！」

衛家三姐妹進了歌舞班，吃的穿的有了著落不說，每月還有三五百緡工錢。對於她們來說，簡直是一步跨進天堂了。

為了辦好歌舞班，劉玫特地從皇家樂署請來一位姓楊的樂師，兼職充當女孩們的老師。楊樂師五十多歲，歌舞造詣精深，完全按照宮廷的規矩和標準，嚴格訓練他的學生。女孩子們都是純潔無瑕的玉石，經過能工巧匠的雕琢，漸漸成才，大放異彩。尤其是衛子夫，按照楊樂師的指點，練歌習舞，十分投入，一句歌詞，一個舞姿，總要練習百次千次，直到精益求精、無可挑剔為止。她在歌舞班，不僅學習歌舞技藝，而且學習歌舞知識，那是她從不知道也從未聽說過的東西。比如，楊樂師講述歌舞的由來和發展，說早在黃帝時就有音樂了。古籍記載：「樂，清明象天，廣大象地，終始象四時，周旋象風雨。」「樂有五聲八音。五聲者，宮商角徵羽。八音者，金石絲竹匏土革木。」「歌者，樂之聲也。情動於中而形於言。言之不足，故嗟歎之；嗟歎之不足，故詠歌之；詠歌之不足，不知手之舞之，足之蹈之。」這些理論方面的內容，衛子夫並不十分懂得，但從楊樂師的講述中，她確切地知道：黃帝作《咸池樂》，顓頊作《六莖樂》，帝嚳作《五英樂》，帝堯作《大章樂》，帝舜作《簫韶樂》，夏代作《大夏樂》，商代作《大濩樂》，周代作《大武樂》。這些都是古代著名的樂曲，其中帝舜作的《簫韶樂》尤為美妙，傳到春秋時期，孔夫子老先生聽後陶醉不已，以致「三月不知肉味」，足見音樂的魅力。其後有《詩三百》，有《楚辭》，它們都是可以演唱的，配上舞蹈，就更有韻味了。秦亡漢興，祭祀天地和宗廟，舉行大典和宴會，都離不開音樂歌舞。高祖皇帝祭祀宗廟時，歌舞就有《嘉至》《永至》《登歌》《休成》《永安》《白雪》《赤鳳凰來》等名目。先朝傳承下來的《安世房中歌》有十七章，《郊祭歌》有十九章，樂曲清雅，歌詞華贍，舞蹈優美，樂、歌、舞完美結合，達到了極高的藝術境界。

衛子夫從凹凹莊到曹府，從無知無識的農家丫頭到能歌善舞的美麗歌女，生活發生了巨大的變化，眼前展現出一個全新的世界。她的思想，她的心態，也逐漸改變。過去，她穿粗布衣服，寬領長袖，紐扣扣得嚴嚴的，胳膊都不外露，頭上紮一紅繩，插朵野花，就算很標致了。而今，平時穿紅著綠，衣料都是絲綢的；歌舞時則要穿上很輕很薄的衣裙，講究透明，舉手踢腳要露出雪白的胳膊和大腿，彎腰俯身要露出多半個乳房。這有什麼關係呢？因為歌舞是給男人欣賞的，男人就愛看女人的胳膊、大腿和乳房嘛！

當平陽公主劉玫宣布歌舞班要給皇帝表演歌舞時，衛子夫的心情格外激動，格外興奮。在她的心目中，皇帝是天上的神仙，住在另一個世界，遙不可及。像自己這樣的凡人，哪能見到神仙呢？更不用說給神仙表演歌舞了。激動和興奮之外，又有幾分緊張。因為在皇帝面前獻藝，非同小可，必須全身心投入，用最美的歌和最美的舞去贏得皇帝的歡心，皇帝喜歡了，沒準兒自己就會……自己就會怎樣？一片混沌，一片模糊，衛子夫看不清楚也說不清楚。

武帝的鑾駕返回城內，越來越近，已經進了覆盎門。平陽侯曹壽和平陽公主劉玫穿戴整齊，率領男傭女僕二百餘人，聚集於府門外，恭迎聖駕。前驅過來了，儀仗過來了，御輦過來了。御輦慢慢停下，黃順向前，撩起帷簾，說：「請皇上下輦！」這邊，曹壽、劉玫以及男傭女僕，齊刷刷地跪地，口呼：「恭迎萬歲！」武帝下輦，快走幾步，說：「姐姐和姐夫免禮，請起。」

曹壽和劉玫說：「謝萬歲！」起立。男傭女僕亦跟著起立。武帝轉身對韓嫣、公孫賀、公孫敖說：「朕是看望姐姐和姐夫，你們回去吧。並通知官吏和將士，盡行散去。」

黃順說：「奴才和御輦得留下來伺候皇上。」

門前一陣騷動，官吏回家，將士回營。黃順和馭夫由曹府的人招呼著，去耳房裡休息。武帝由劉玫和曹壽陪同，徐步跨進曹府的大門。武帝站在開闊的廣場上看了看，說：「好景致啊！」

劉玫和曹壽說：「承蒙萬歲誇獎。」

須臾，進入大廳。大廳裡窗明几淨，富麗堂皇。武帝在正中的錦榻上坐定，侍女進茶。武帝確實渴了，端起茶杯飲了兩口，滿口清香。武帝讓劉玫和曹壽坐下，說：「現在是我們自家人說話，不必講什麼禮節。」劉玫笑著說：「那我可得叫你弟弟了。」武帝說：「行！你們叫我弟弟，我叫你們姐姐、姐夫，更親近些。」說罷，三人大笑，果然親近。

曹壽張羅著，設宴款待武帝。一桌熱氣騰騰、香味撲鼻的酒宴擺了出來，無非是山珍海味，美酒佳釀。武帝上坐。劉玫居左，曹壽居右，熱情相陪。

曹壽首先斟酒，起身舉杯，禮敬武帝，說：「萬歲，啊，不，弟弟！弟弟駕幸敝舍，姐夫深感榮幸，來，姐夫先敬弟弟一杯。」武帝也不推辭，端杯一飲而盡。

劉玫亦敬武帝，說：「弟弟即位後，今天是第一次來姐姐家，姐姐也敬弟弟一杯。」

武帝說：「是啊！弟弟怠慢姐姐了，姐姐的酒，我喝。」端杯又一飲而盡。

武帝回敬曹壽和劉玫。三人一邊飲酒，一邊吃菜，親親熱熱說些家常話，骨肉情深，無拘無束。酒過三巡，菜過五味，劉玫一揚手，大廳外進來十名輕輕盈盈的花綠女子。劉玫笑著對武帝說：「姐姐怕弟弟冷清，特讓自家的歌舞班，獻醜助興。」

門外的樂隊奏響樂曲，絲竹管弦，琴瑟笙笛，悠悠揚揚。十個女子應著樂曲的旋律，翩翩起舞，邊舞邊歌，大廳裡頓時添了生氣。

武帝放眼四顧，略略評量，用宮廷的標準來看十人的歌舞，顯然遜色多了。眼前的歌女，雖然打扮得花枝招展，不過是尋常脂粉，無一出眾者。他心裡這樣想，嘴上卻沒有說，只管微笑飲酒。劉玫聰敏過人，知道弟弟心高眼高，根本看不上這十個歌女。她令她們退下，另召一班歌女進來。

進來的歌女還是十個，其中九人穿著綠絲綢長裙，獨有一人穿著紅絲綢長裙。紅綠相映，穿紅者特別醒目，就像片片蓮葉中綻開的一朵荷花，亭亭玉立。她們踏著輕盈的碎步，翩翩而來，恰似微風中的楊柳，細雨裡的飛燕，伴隨著她們的，是一股濃郁的脂粉香。

武帝的心為之一振，仔細端詳這十名歌女，人人妖冶，個個絕色，與前面的十個大不相同。尤其是紅衣女子，身材頎長，骨肉勻亭，豆蔻年華，芙蓉顏面，低眉斂翠，暈靨生紅，嫵媚豔麗，可喜可愛。更有頭上萬縷青絲，挽作飛天樣式，黑油油的光可鑒影。最動人的還是一雙俏眼，珠眸閃動，如星似月，那裡面含著無窮無盡的情意，足以奪人魂魄。

綠衣女子面向武帝，橫向站定，紅衣女子處於橫隊前面中央位置，離武帝最近。樂隊奏響樂曲。綠衣女子揚臂甩袖，左穿右行，前旋後轉，輕輕悠悠地舞蹈起來。霎時片刻，紅衣女子啟朱唇，振嬌喉，邊歌邊舞。那歌清音曼豔，逸韻鏗鏘；那舞輕宛柔和，翩躚婆娑。武帝聽那歌詞，原來是古代的《關雎》：

關關雎鳩，在河之洲。
窈窕淑女，君子好逑。
參差荇菜，左右流之。

窈窕淑女，寤寐求之。
求之不得，寤寐思服。
優哉遊哉，輾轉反側。
參差荇菜，左右采之。
窈窕淑女，琴瑟友之。
參差荇菜，左右芼之。
窈窕淑女，鐘鼓樂之。

紅衣女子顯然是受過專門訓練，得到名師指點的，深刻領會了歌詞的含義，並抑揚頓挫、字正腔圓地將它唱了出來。綠衣女子其實是在伴舞，紅衣女子輔之以幅度不大的肢體語言，恰到好處地表達了歌詞的內蘊，濃情蜜意，含蓄熱烈。武帝直怔怔地注視紅衣女子，目不轉睛。紅衣女子早已覺察，乜斜俏眼，頻送秋波。唱到那「君子好逑」處，有意嫣然一笑。這一笑，宛若孔雀開屏，花蕊綻放，直使武帝魂馳魄蕩，意奪神搖。

劉玫從旁湊趣，故意問武帝說：「這個歌女色藝如何？」

武帝依然目不轉睛，反問劉玫說：「她是哪裡人氏，叫何名字？」

劉玫回答說：「祖籍平陽，姓衛名子夫，今年十六歲。」

武帝一拍手，脫口讚道：「好一個平陽衛子夫！」

這時，樂曲終止，歌舞暫停。紅衣女子也就是衛子夫，發著嬌喘，對著武帝彎腰施禮，鶯啼燕語般地呼了一聲：「萬歲！」

武帝看到她頭上的青絲，聞到她身上的香氣，從低垂的袖領下面，清晰地看到她半裸著的雪白的酥乳。武帝按捺不住，望了劉玫一眼，佯稱體熱，起座更衣，進入大廳後面的一間內室。

劉玫體心察意，朝子夫擠擠眼，努努嘴，小聲說：「快去侍候皇上呀！」

子夫臉飛紅雲，心跳如鼓，答應說：「是！」隨後緩步進入內室。只聽得一聲輕響，內室的門已從裡面關死。

武帝急不可耐，一把將子夫抱在懷裡，張嘴就吻她的頭髮，她的眉毛，她的眼睛，她的面頰，繼而停在她柔軟紅嫩的唇上。這一切是在片刻之間發生的，子夫感到突然，感到驚慌，來不及考慮和思索，只覺得渾身發熱發軟發酥發麻，本能地伸出舌頭，聽任武帝吮吸。她從別人口中聽說過當今皇帝，說他年輕英俊，瀟灑風流，說他文韜武略，心比天高，說他多情多意，最能征服女人的心。她原先不以為然，及至剛才表演歌舞時，看到他那雙火辣辣的眼睛，聽到他那聲「好一個平陽衛子夫」的讚歎，立刻意識道他果真不同凡響，所有女人都會一見傾心。他年輕，他健壯，他有氣度，他有權力，他是天下第一人！世界上的事情真怪，剛才還是兩個互不相識互不相干的人，怎麼突然間會擁抱在一起，並瘋狂地親吻呢？迷迷糊糊，恍恍惚惚，子夫像是失去了知覺，由著武帝擺布。

內室裡有寬大的臥榻，整潔的被褥，以及鋥光發亮、一塵不染的梳粧檯。武帝將子夫抱起，輕輕地放到臥榻上，幫她解扣鬆帶。子夫半推半就，脫去衣裙，露出貼身的大紅色肚兜和絳紫色內褲。解下肚兜，褪去內褲，但見她膚色如雪，溫潤似玉，酥乳高聳，兩個乳頭像熟透的櫻桃，紅紅豔豔。武帝亦脫光衣服，赤裸著壓到了子夫身上，撫摸她的脖子，她的乳房，她的肚臍，她的大腿，以及女人家的最隱私處。子夫嬌滴滴，羞答答，紅霞泛面，笑靨蘊情。霎那間，壯男俏女呼吸急促，熱血沸騰，心靈匯合，血肉交融，猶似電閃雷鳴，山呼海嘯，疾風勁吹，大雨傾盆，骨骼酥了，魂魄飛了，身心融化了。直覺得太陽在燃燒，光焰萬丈；江河在奔騰，驚濤裂岸；白雲在蔚藍的天空飄蕩，錦鹿在碧綠的草地上追逐；雲雀沐浴霞光唱歌，小鳥穿越花叢跳躍；海鷗翱翔，帆檣點點，百花盛開，萬紫千紅；天地宇宙間處處絢麗，一片輝煌……

一番雲雨，一陣瘋狂。武帝再看子夫，面紅膚軟，香汗涔涔，烏黑的長髮平鋪在枕上，一雙俏眼蘊蓄著無限柔情。武帝親她的面頰。她將臉緊貼在武帝的胸前，輕聲說：「臣女一介平民，微賤歌伎，幸蒙萬歲垂愛。」

武帝輕搓子夫乳頭，說：「平民、歌伎有什麼不好？朕從來不注重什麼出身、門第。」

二人說著話，興致又起，顛鸞倒鳳，再度雲雨。

大廳裡，劉玫和曹壽飲酒等候。過了許久，才見武帝出來，滿面笑容。又過片時，衛子夫也姍姍出來，星眼微餳，雲鬢斜嚲，一種嬌怯羞澀之態，更顯情韻。劉玫故意瞅了子夫一眼。子夫嬌羞低頭，手拈衣帶無語。

曹壽和劉玫再給武帝敬酒。武帝允諾，賜予姐姐和姐夫黃金千斤，以酬盛情。

劉玫去武帝耳邊悄聲說：「姐姐願送子夫入宮，侍奉弟弟，弟弟以為如何？」

武帝笑著向劉玫作揖，說：「那就多謝姐姐了。」

劉玫於是拉著子夫，再進內室更衣，換飾整妝。劉玫說：「你此去宮裡，可謂一步登天，可要精心侍奉皇上。」

子夫要跪地行禮。劉玫一把拉住，笑著說：「使不得，使不得，你現在是皇上的人，也就是我的弟媳。日後大貴，可別忘了我哦！」

子夫粉臉通紅，說：「公主大恩，子夫至死不忘。」

武帝由曹壽陪同，出門登上御輦。劉玫扶著子夫，款款而至。按規定，皇帝的御輦是不許別人乘坐的。可這時已是夜間，此外別無車輛。武帝招呼子夫，說：「上來！與朕同坐好了。」宮監黃順早向前幫忙，扶著子夫，登上御輦，心裡說：「怎麼突然出來個仙女？皇帝竟然讓她乘坐御輦，這是多大的面子！」

劉玫和曹壽拱手說：「萬歲保重！」武帝亦說：「姐姐和姐夫保重！」黃順說：「起駕！」馭夫一揚馬鞭，御輦啟動回宮。

劉玫和曹壽轉身回府。衛媼和她的兩個女兒衛君孺、衛少兒站在府門前的一角，目送著御輦遠去。她們沒有資格送別皇帝，自然也無法和子夫話別，心甚怏怏。衛媼自言自語地說：「三妞總算熬出頭了。」君孺說：「但願她命好運好。」少兒略有不平，說：「皇上也真是的，我三姐妹中，他為什麼偏偏看上小妹呢？」衛媼沒好氣地衝她說：「不看上她看上你？你那些破事，還有臉說哩！」少兒臉一紅，再沒言語。

夜色朦朧，萬家燈火，馬蹄得得，車輪吱呀。衛子夫坐在御輦裡，心情激動而又忐忑不安，做夢也沒有想到，自己一介民女一個歌伎，居然受到皇帝的寵幸，而且和他並肩而坐，馳往那個神祕莫測的皇宮。皇宮裡是什麼樣子呢？等待著自己的會是怎樣的命運呢？她不知道，也不可能知道。御輦輕快地有節奏地顛簸著，衛子夫的心也一上一下，起伏難靜。御輦進了未央宮。黃順向前詢問說：「請問皇上何處歇駕？」

「鴛鸞殿。」武帝早想好了，他要在鴛鸞殿歇駕，和心愛的子夫歡度良宵，重新領略鴛交鸞配的旖旎風光。

鴛鸞殿是「後宮八區」中的一座宮殿，位於椒房殿的西北方向。那裡一直有宮監宮女守候著，因為皇帝隨時都有可能到此歇駕。御輦停下，一名宮監和兩名宮女跪地，口呼萬歲。武帝和子夫下輦，手挽著手，逕直進殿。黃順當天的任務已經完成，交代宮監和宮女說：「好生伺候皇上！」宮監和宮女說：「是！」

殿內紅燭閃閃，熏香撲鼻。武帝四向看了看，詢問宮監宮女的名字。宮監彎腰回答：「奴才李貴。」宮女垂手回答：「婢女春月、秋花。」武帝說：「好！朕和衛貴人今夜在此歇宿，你們先給衛貴人沐浴更衣。」李貴、春月、秋花答應說：「是！」

衛貴人？衛子夫意識到顯然是指自己。其實，漢朝皇帝的嬪妃並無「貴人」這個名號，武帝當時只是信口一說而已，不然讓下人怎樣稱呼子夫呢？春月、秋花扶了貴人，進入殿左的一間大房，那裡有精緻的衣櫃、浴盆、梳粧檯。皇帝在各殿御幸嬪妃，嬪妃是必先沐浴更衣的。

大房裡生有火爐，暖烘烘的。浴盆裡倒滿熱水，灑了早就準備的各種乾花，乾花泡開，香氣氤氳。春月、秋花幫貴人寬衣解帶，扶她坐進浴盆。火旺，水熱，香飄。春月、秋花看到貴人那萬縷青絲和嬌嫩肌膚，相視一笑，沒有說出口的話是：「尤物！尤物！難怪皇帝著迷哩！」

沐浴完畢。子夫輕攏長髮，淡施脂粉，身穿一件粉紅色絲裙，足蹬一雙淡青色繡鞋，婀婀婷婷地走出來。武帝已進寢殿。春月和秋花將她送至寢殿門口，推門，輕聲說：「貴人請安歇。」

子夫移步入內，但見紅燭高照，陳設華美。武帝身穿睡衣，斜靠臥榻，睜著一雙明亮的眼睛，正凝視著自己。寢殿的門關上了。武帝在燭光下端詳著沐浴後的子夫，見她眉不描而黛，髮不漆而黑，頰不脂而紅，唇不塗而朱，端的是沉魚落雁，閉月羞花。武帝伸手拉子夫坐到腿上，替她解開絲裙，露出春雪一般的胴體，任憑鐵石心腸，也難以自制。他將子夫平放到榻上，俯身吻她，吮吸她櫻桃一樣的乳頭，進而咬住她半個乳房。子夫嬌裡含羞，緊緊地將他抱住。他又撫摸她身體的各個部位，有意撓她的癢癢。她怕癢癢，一面扭曲著身子，一面咯咯地甜笑。笑聲柔和清脆，像是鶯啼柳枝，珠落玉盤。

武帝和子夫調情逗樂，正在興頭上。猛然，大殿裡李貴通報說：「稟皇上，皇后求見！」

武帝直覺得掃興，大聲說：「不見不見！什麼時候，出來這麼個瘟神？」

李貴說：「皇后就在殿外，說非見皇上不可。」

武帝氣呼呼地說：「打發她回去，要見明天見！」

「喲——！皇帝正享豔福呀！連我都不見麼？」門外傳來一個女人的酸不溜丟的聲音。她不待武帝批准，已經進了鴛鸞殿。

子夫的身子一緊，料知來人是皇后。她聽說過，皇后叫陳阿嬌，是一個非常厲害的女人。她不安地對武帝說：「皇上！皇后既然來了，你還是出去見見吧！」

武帝極不情願地下榻穿衣，嘟囔著說：「喪門星！這時候來，真不知趣！」他在子夫額上親了一口，說：「朕去打發她。」說罷，開門而出。子夫披上絲裙，拉被子蓋住身子，側耳傾聽門外說話。

武帝於殿中落座。陳阿嬌向前，略一施禮。武帝說：「說吧，何事？」

陳阿嬌依然扯著長腔，陰陽怪氣地說：「喲——！沒事就不能見皇上啦？臣妾牽掛皇上白天祓祭，至夜不見回宮。後來聽說帶了個野女人回來，夜宿鴛鸞殿，所以就趕來看看呀！」

「什麼野女人？」武帝衝著陳阿嬌，半吼著說：「她是平陽公主府中的歌伎，你說話放乾淨點！」

陳阿嬌可不買帳，說：「喲——！我當是哪家官宦仕女名門閨秀，原來不過是個歌伎。歌伎不是野女人是什麼？十個歌伎十個騷。她呀，我看還是個騷狐狸呢！」

「你……你……」武帝氣得咬牙，說：「朕的事，你管不著！」

陳阿嬌一甩手，說：「管不著？我還管定了！你名正言順地納妃收嬪，我是管不著；而你背地裡偷雞摸狗，我為什麼管不著？莫忘了，我是皇后，是國母，是……」

武帝見陳阿嬌擺出皇后的身分，企圖管束自己，氣得臉色發青，心火突突，說：「皇后怎麼樣？國母又怎麼樣？農家養一隻母雞會生蛋，養一頭母豬能生崽。你呢？會嗎？能嗎？」

「母雞母豬」之喻，直嗆得陳阿嬌瞠目結舌，啞口無言。是啊！她結婚三年多了，至今沒有生兒育女，這犯了女人之大忌。更何況她是皇后，生個皇子，繼承皇統，這是她的義務，她的責任。可是，自己的肚子為什麼這樣不爭氣呢？盼星星盼月亮，就是盼不來個兒子。她又羞又惱，「哇」地一聲哭了起來，邊哭邊說：「這……，這只怪我一個人麼？」

武帝不想和陳阿嬌多費口舌，說：「你回去吧！有話明天說，朕要歇息了。」

陳阿嬌見武帝下了逐客令，惱羞成怒，放大嗓門說：「喲——！皇上急於和野女人、騷狐狸睡覺啊！我倒要看看，她長得什麼模樣，怎麼個野法，怎麼個騷法？」說著，緊隨武帝，走向寢殿，想拿衛子夫出氣。

武帝著了急，回頭大喝一聲：「站住！」陳阿嬌可不想站住，繼續向前。武帝性起，伸手推她一把。陳阿嬌打了個趔趄，險些跌倒在地。她意識到自己鬧下去，必定吃虧，於是掏出手帕，捂著嘴大哭，邊哭邊出大殿，嗚嗚咽咽地說：「你好狠心！喜新厭舊，見異思遷。什麼『金屋藏嬌』？鬼話！騙人！」

陳阿嬌走了。武帝灰灰地進了寢殿。衛子夫聽見了皇帝和皇后的所有談話，心裡惶恐不安，不知說什麼好，只是睜大眼睛看著武帝。武帝搖頭苦笑，脫衣上榻。經過陳阿嬌的攪和，他的興致大減，隨意和子夫溫存一番，蒙頭睡去。

當夜，子夫不曾合眼。幾個時辰裡發生的一切，清晰地印在腦海裡，夢幻似的，吉凶難辨。自己受到武帝寵幸，進了皇宮，原指望能夠榮華富貴；可是，皇后陳阿嬌能容得下自己嗎？自己進宮的頭一夜，就被陳阿嬌罵作是「野女人」、「騷狐狸」，那麼日後又會怎樣呢？子夫想到這裡，不禁打了個寒顫，眼角淚水像一條小溪，靜靜地流落在繡著鴛鴦戲水的大紅枕頭上。

五更時分，武帝起榻上朝。他見子夫似睡非睡，酥胸微露，眉黛春濃，俏眼含珠，青絲鋪雲，一副嬌憐姿態。他親了一下她的面頰，輕拍她的香肩，說：「朕要上朝，去去即回。」

武帝去了。子夫起榻梳妝，等著武帝歸來。不想這一等，竟等了一年多時間。

武帝上朝，百官跪拜，山呼萬歲。這是每天例行的儀式，沒有什麼大事，隨即退朝。按照規定，武帝每隔五天，須拜謁一次太皇太后和皇太后。這天恰好是拜謁的日子，武帝遂乘輦到了長樂宮。長信宮長信殿裡，竇太后已經升座。武帝向前叩頭，說：「孫臣給太皇太后請安。」

竇太后抬一抬手，說：「平身，坐下說話。」

武帝謝過，落座。竇太后問：「朝中有什麼大事啊？」

武帝回答說：「大事沒有，小事倒有一件。近日，有人提出要為孫臣建陵寢，地點選在槐里縣（今陝西興平）茂鄉，故稱茂陵。孫臣以為，孫臣剛登大位，而且年輕，這事是不是早了點？」

「不早」，竇太后抹了抹眼睛，果決地說，「皇帝即位之始，就建陵寢。這是祖制，懂嗎？祖制！高祖皇帝長陵、惠皇帝安陵、文皇帝霸陵，還有你父親景皇帝陽陵，都是這樣的。他們即位以後，即建陵寢，而且遷徙民戶，設置陵邑。你也不能違背祖制，現在就派人主持建造茂陵，懂嗎？」

武帝恭敬地回答說：「經太皇太后指點，孫臣懂了，照辦就是。」

竇太后自上次訓斥了武帝以後，發現武帝老實多了，竇嬰、田蚡罷職，許昌、莊青翟上臺，明堂、辟雍之事再無人提起，所以難得地笑了一笑，說：「嗯！你懂了就好。」

這時，館陶長公主劉嫖和皇后陳阿嬌，臉色陰沉地走進殿來。武帝趕緊起身向長公主施禮。劉嫖愛理不理的，說：「罷了！」她和陳阿嬌向太皇太后請安，隨後站在太皇太后的身後。

武帝同時面對眼前的三個女人，心裡有點發毛。太皇太后以老自居，死抱著祖制不放，恨不得把所有的權力都攬在自己手裡。劉嫖是她的女兒，陳阿嬌是她的外孫女，二人素來驕寵，最受疼愛。她倆此來，肯定是為昨夜之事告狀的，看來自己只有吃不了兜著走了。

劉嫖首先說話：「我說皇上，你翅膀硬了不是？欺侮人竟然欺侮到阿嬌頭上，怕是太過分了吧！」

竇太后眨了眨眼皮，喉嚨裡哼了一聲：「嗯？」

陳阿嬌嘴撅臉吊，帶著哭腔，說：「外婆奶奶！你可得給外孫女作主啊！」

竇太后說：「這是怎麼回事？」

「他，他」，陳阿嬌指著武帝說，「他夜裡帶回來一個野女人，宿在鴛鸞殿，我去找他，他還罵我。」

竇太后說：「有這號事？皇帝罵你，罵你什麼啦？」

陳阿嬌羞於啟齒，半晌才說：「他，他罵我不如母雞和母豬。」

竇太后笑了，身子往後一仰，說：「我當是什麼重話，不過如此。母雞母豬怎麼啦？不下蛋不生崽不是？那是因為還小嘛，長大了自會下蛋生崽的。」

劉嫖氣惱地說：「母雞母豬事小，皇家名聲事大。堂堂未央宮，怎能住進一個野女人呢？再則，徹兒有言在先，說要金屋藏嬌，這個『嬌』，只能是阿嬌，而不能是別的女人。」

竇太后說：「你們說的野女人是誰？」

陳阿嬌陰陰地說：「這，要問問你的孫子皇帝呀！」

劉嫖說：「那個野女人是平陽公主家的一名歌伎，叫什麼衛子夫。」

陳阿嬌補充一句：「她不光是野女人，還是騷狐狸，專會狐媚男人。」

竇太后似乎明白了，喉嚨裡又哼了一聲：「噢！」

這當口，武帝坐在那裡，沒說一句話。他成了一個被告，面對老、中、青三代女人，無言以對，只能靜靜地等待判決。劉嫖和陳阿嬌告狀完了，氣猶未消。竇太后是偏愛和袒護女兒與外孫女的，嚴厲地對武帝說：「你呀，嘴上沒毛，做事毛躁。皇帝納妃收嬪，本屬正常，但要門當戶對，明媒正娶。你，你怎能將一個歌伎，擅自帶進宮呢？但凡歌伎，都是風月場上的人，跟煙花女子差不了多少。這種人進了皇宮，不是，不是，不是……」她一時找不到恰當的詞語。

武帝想要解釋。竇太后壓手阻止，說：「這事這麼辦：第一，你立即將那個衛子夫禁錮冷宮，從此不得再和她見面；第二，你和阿嬌和好如初，小夫妻嘛，來日方長，她會給你生個龍子麟兒的。」

將衛子夫禁錮冷宮？武帝覺得這不公平，因為她是無辜的。他想爭辯。可是，竇太后板著面孔，冷冷地說：「這事就這麼定了，不許更改！」

武帝見太皇太后這樣專橫霸道，心裡憋火。可他接受了上次的教訓，硬是把心火壓了下去，告辭，垂頭喪氣地離開長信宮，到了長秋殿。王太后見兒子情緒低落，詢問原因。武帝如實相告，憤憤地說：「朝廷上的事，她管；生活上的事，她也管。這還讓不讓人活了？」

王太后知道了事情的原委，歎氣說：「太皇太后那裡，我們惹不起。館陶長公主那裡，我們得罪不起。問題在於後宮，無論如何，後宮不能起火。後宮起火，會給人以口實，對你非常不利。兒啊！娘還是那句話：該忍得忍，得退得退，省得生出不必要的枝節。」

武帝會意，說：「母后！孩兒知道怎麼做。」他在長秋殿沒有停留，乘輦返回未央宮，召來宦監令黃順，鄭重地說：「你速去鴛鸞殿，將衛貴人安置到延年殿居住。宮監李貴和宮女春月、秋花隨去侍候。記住！衛貴人名義上是禁錮冷宮，但那是做給外人看的，宮中人等不得有半點歧視。她的俸祿待遇，一如嬪妃，適當從優。此事若有絲毫差錯，朕唯你是問！」

黃順覺察到武帝威嚴的神情，知道事非小可，跪地說：「奴才遵旨！」

武帝五更離開鴛鸞殿時，不是對子夫說「去去即回」嗎？是的，當時他是想退朝後就回到子夫身邊的，不料去了一趟長樂宮，情況發生變化。他想見子夫，卻又怕見子夫，見了怎麼跟她說呢？說讓她重回平陽侯府？說將她禁錮冷宮？說他仍然愛她？都不行。沒有辦法，只好由宦監令黃順出面，先將她安置好了再說。宦監令掌管皇宮裡的事務，統領宮監和宮女，由他安置子夫，不會出什麼問題的。

第四章

馳騁山林

漢武帝劉徹無法抗拒太皇太后的嚴令，暫且安置了衛子夫。當天，他回到陳阿嬌身邊，嘻皮笑臉，故顯殷勤。陳阿嬌裝腔作勢，揶揄說：「你去陪伴那個新來的美人呀！」

武帝裝聾作啞，說：「美人？阿嬌不正是朕的美人嗎？」

陳阿嬌心中暗喜，思量著外婆奶奶和母親確實厲害，硬是把桀驁不遜的皇帝給鎮住了。

武帝穩住了陳阿嬌，後宮暫時不會起火。隨後，他在舉行朝會之餘，經常帶領一幫志同道合的隨從，穿著輕裝，騎著快馬，到野外去遊玩射獵，投身於大自然的懷抱，鍛鍊體格，錘煉意志，陶冶性情，盡情享受青年人好動愛玩、無拘無束的生活。

武帝的隨從除了韓嫣、公孫賀、公孫敖外，新近又增加了一位東方朔。東方朔能夠親近武帝，完全是他的聰明機智、幽默詼諧所致。

東方朔，字曼倩，平原厭次（今山東惠民東）人。身材頎長，皮膚白淨，細眉毛，小眼睛，整天笑瞇瞇樂呵呵的，從沒有發愁和苦惱的時候。他讀了很多書，聽說武帝設立公車，招攬賢才，於是千里迢迢，趕至長安，毛遂自薦，給皇帝上了一道奏書。書云：

臣朔少失父母，長養兄嫂，年十二學書，三冬文史足用。十五學擊劍，十六學《詩》《書》，誦二十二萬言。十六學孫吳兵法、戰陣之具、鉦鼓之教，亦誦二十二萬言。凡臣朔固已誦四十四萬言，又嘗服子路（孔子學生）之言。臣朔年二十二，長九尺三寸，目若懸珠，齒若編貝，勇若孟賁（戰國時秦國勇士），捷若慶忌（春秋時吳國王子），廉若鮑叔（春秋時齊國大夫），信若尾生（古時傳說中信士），若此，可以為天子大臣矣。臣朔昧死再拜以聞。

這種奏書，若遇老成皇帝，定然視作瘋狂，一笑了之。偏偏武帝喜新愛奇，認為東方朔敢於自吹自擂，沒準兒是個人才，特命留於公車待用。留於公車的人，俸祿一般是每月粟米一囊，錢二百四十緡。如此俸祿，東方朔僅夠活命而已。

數月過去，武帝早將此事忘記。東方朔等待皇帝召見，遲遲沒有動靜，眼珠子一轉，計上心來。一天，他見一幫侏儒，嘻嘻哈哈地從街上經過。侏儒是為優伶，職責是說笑逗樂，取悅於皇帝。東方朔趕忙向前一步，故意嚇唬說：「哎！你們死到臨頭了，怎麼還這樣開心？」

侏儒們大駭，說：「我們怎麼死到臨頭了？」

東方朔一本正經地說：「你們哪，一個個都是傻蛋！朝廷召入你等，名為侍奉天子，實是設法翦除。試想，你們這些人，一不能做官，二不能務農，三不能經商，四不能當兵，無益國家，徒耗衣食，有何用場？朝廷早想誅殺你等，只是沒個藉口，所以才將你等集中起來，準備祕密處死哩！」

侏儒們聽了這話，信以為真，涕泣俱下，說：「這可怎麼好？」

東方朔裝出同情的樣子，說：「唉！我看你們無辜受戮，怪可憐的。要不，我給你們出個求生的主意？」

侏儒們求之不得，打躬作揖，說：「但請先生救救我等。」

東方朔說：「你們可去求見皇帝，叩頭請罪。如或皇帝詢問，就把責任推到我東方朔身上，包管你們無事。」

侏儒們將信將疑，果真前去求見武帝，泣請死罪。武帝感到奇怪，說：「這是哪裡話？誰說要

生』。」

武帝一摸額頭，說：「噢！記起來了，他說他『勇若孟賁，捷若慶忌，廉若鮑叔，信若尾

丞相許昌說：「就是數月前上書，自我吹噓可以為天子大臣的那個人。」

侏儒們說：「東方朔？這個名字好熟。」

誅殺你們啦？」

侏儒們說：「東方朔，是他親口說的。」

許昌說：「對！就是他，顯然是個狂妄之人。」

武帝說：「那倒未必，既然口出大言，想必有些能耐。好，可將東方朔召來，朕要見他。」

許昌派人去召東方朔。東方朔片刻到來，跪拜武帝。武帝高坐殿上，說：「東方朔！你好大膽，長安城裡，天子腳下，竟敢造謠惑眾，是何居心？」

東方朔辯解說：「臣沒有啊！」

武帝說：「你跟侏儒們是怎麼說的？你說朝廷設計翦除他們，不是造謠惑眾，又是什麼？」

東方朔說：「哦！原來是侏儒的事。臣朔生亦言，死亦言。想那侏儒，身長不過三尺，每月尚且領取一囊粟米，二百四十緡錢；而我東方朔身高九尺有餘，待在公車，待遇卻和他們一樣。侏儒飽能撐死，臣朔饑要餓死。陛下既然求賢召才，那麼可用即用，不用即可放令回家，大可不必使之在長安索米，空度時日。」

武帝大笑，說：「哈哈！你的牢騷倒不小啊！」

東方朔說：「物不平則鳴嘛！」

武帝一下子就喜歡上了東方朔，說：「那你就待詔金馬門吧！」金馬門在未央宮內，到了這個地方，便可以經常見到皇帝了。

武帝愛玩一種叫做射覆的遊戲，就是把物件扣在銅盂下面，眾人猜對，猜中者為勝，可獲賞賜。一次，武帝扣了一枚三銖錢，讓群臣猜對。群臣屢猜不中。東方朔向前，說：「形體圓圓，兩面光光，有字有孔，流通市場。——此三銖錢也。」

武帝驚訝，復命宮監取來一物，扣於銅盂下面，說：「你再猜。」

東方朔緊閉雙睛，比比劃劃，說：「說它是龍卻無角，說它是蛇卻有足，跂跂脈脈長尾巴，專善夜間牆上爬。——此蜥蜴也。」

武帝更是驚訝，說：「神了神了！」當即命賜白帛十匹，再猜他物，無一不中。優伶郭舍人見東方朔出盡鋒頭，心中嫉妒，進見武帝說：「東方朔是瞎貓碰著死耗子，僥倖猜中，不足為奇。臣扣一物，東方朔若能猜中，臣願受笞一百下，他若猜不中，亦當受笞。」

武帝問東方朔說：「如何？」

東方朔回答說：「行！」

再看郭舍人，去到殿外，手中攥回一物，小心翼翼地扣於銅盂下面，得意地說：「東方朔，你猜！」

東方朔不慌不忙，說：「生肉為膾，乾肉為脯，樹上寄生，青色寸許。——此毛毛蟲也。」

郭舍人大驚失色。武帝命人揭起銅盂，果然是一條一寸多長的青色毛毛蟲。郭舍人嚇得俯伏在地，甘願受笞。宮監奉武帝命令，操起竹板，笞罰優伶。郭舍人撅著屁股，挨一竹板，哼哼一聲。

待在武帝左右。

東方朔樂得拍手，嘲笑說：「咄！嘴無毛，聲嗷嗷，身子軟，尻子高。」這幾句話形容郭舍人當時的情狀，生動形象，唯妙唯肖，一時惹得哄堂大笑。郭舍人無地自容，一張刀削臉，紫得像豬肝。武帝高興，當殿宣布東方朔晉升為侍郎，伴駕侍候。從此，東方朔成了武帝的親近侍從之一，時時

東方朔侍候武帝，講故事，說笑話，張口就來，妙語連珠，使得武帝心情舒暢，樂不可支。武帝正值青年，最愛和同齡人親近。他說：「一朝天子一朝臣，這話沒錯。我朝就是要大膽起用青年人。因為青年人不保守，沒框框，敢想敢說，敢作敢為，具有進取精神和蓬勃活力。朕和他們相處，既是君臣關係，又是朋友關係，彼此間推心置腹，不存在任何隔閡和芥蒂。」

這一天，武帝帶領年輕的韓嫣、公孫賀、公孫敖、東方朔四人，再次外出射獵。他們的後面，自有一些宮監隨行，有牽獵犬的，有架獵鷹的，有背酒肉和乾糧的，無不精神抖擻，氣概昂揚。武帝一行出了長安西面中門直城門，一路疾馳，到了鄠縣（今西安戶縣），向南，直抵秦嶺山下。那裡有座圭峰山，山勢陡峭，突兀挺拔，更有高冠峪瀑布，急流飛瀉，狀如白鍊，流水撞擊岩石，聲若雷鳴。武帝飽覽了那裡的景色，沿山東行，到了長安縣（今西安長安）境的子午道。武帝說：「當年，高祖皇帝封漢王，就是從這條道穿越秦嶺，前往漢中（今陝西漢中）的。大軍通過以後，燒毀了所有棧道。」

東方朔說：「高祖皇帝在漢中積蓄了力量，採用韓信『明修棧道，暗渡陳倉（今陝西寶雞東）』的策略，一舉平定三秦（今陝西關中，亦指陝西），從而拉開了楚漢戰爭的帷幕，最終創建

了大漢王朝。」

武帝說：「是啊！高祖皇帝創建了大漢，朕有責任振興大漢，一展雄風。」

武帝一行在子午道用膳，面對茫茫群山，耳聽陣陣松濤，飲酒高歌，心頭充滿激情。膳後，繼續向東，到了藍田（今西安藍田）縣境。藍田縣有玉山，一名王順山，以產藍田美玉而馳名。玉山集險、奇、幽、秀為一身，茂林修竹，雲籠霧罩，景色如詩如畫，好一派風光！

武帝等改向北行，前面到了新豐縣（今西安臨潼東）。新豐縣有鴻門宴遺址，那是一處風水寶地，當年，西楚霸王項羽在鴻門宴上企圖殺害高祖皇帝，高祖皇帝憑藉張良、樊噲等人的大智大勇，逃回霸上，避免了一場劫難。武帝等到了新豐鎮的時候，天色已晚，決定就在新豐鎮住宿。

韓嫣說：「我們騎馬飛快，隨行的宮監跟不上趟，不知撂到哪兒了。」

武帝說：「別管他們，我們住下再說。」

公孫賀、公孫敖去找驛舍。驛舍即私人開設的旅店和飯店，住宿和吃飯配套的。片時，驛舍找到，那是懸著「薛記驛舍」的兩層小樓，寬敞而又乾淨。一主四僕入內。驛舍掌櫃三十多歲，笑臉油光發亮，熱情相迎。夥計上前，牽了馬匹去後院飲水餵料。坐在櫃檯裡面的掌櫃婆娘，忙著出來點亮油燈和蠟燭。

武帝等落座。掌櫃說：「請問客官，吃點什麼？」

韓嫣說：「好酒好菜，儘管上。」

掌櫃答應說：「好哩！」朝著廚房高聲吆喝，吩咐說：「好酒好菜，儘管上嘍——！」霎時間，四盤涼菜、六盤熱菜和一罎酒擺到桌上。涼菜是：豬心、鳳爪、醬牛肉、炸排骨；熱菜是炮豚、胎肩、鹿脯、膾鯉、黃口、雁羹；酒是當地產的新豐酒。武帝等騎馬跑了一天，確實餓了，風捲殘雲似的，吃了個痛快。

武帝邊吃飯邊問掌櫃說：「哎！你可知道你們這個新豐鎮的來歷嗎？」

掌櫃笑呵呵地說：「嗨！太知道啦！想當年，高祖皇帝開國建漢，定都長安，尊奉父親劉太公為太上皇。太上皇老家在豐邑（今江蘇豐縣），平日裡愛在鎮上閒逛，愛和街坊鄰居喝個酒，看個鬥雞鬥狗什麼的，快活得像個神仙。老人家住進長安皇宮，穿的是綾羅綢緞，吃的是山珍海味，事事有人伺候，反而不自在起來，整天唉聲歎氣。高祖皇帝孝順，特地派人在這裡新建了一個集鎮，街道、房屋，包括牛圈、羊欄、雞舍、狗窩等，都和豐邑的一模一樣。然後，將豐邑的父老鄉親全遷來集鎮居住，人識其家，牛、羊、雞、狗也認得棲息之處。太上皇懷舊，願意住到這裡，老人家一下子又開心了。從那以後，這裡就叫做新豐鎮了。」

武帝點頭，說：「嗯！你知道不少嘛！」

掌櫃得意地說：「那是！家鄉人應當知道家鄉事。」

飯罷，公孫賀和公孫敖侍候武帝去樓上歇息，韓嫣和東方朔辦理住宿登記事項。掌櫃問道：「請問你家主人怎樣稱呼？家住何地？」

武帝外出，為了安全，住宿登記歷來都用姐夫平陽侯曹壽的名字。韓嫣沿用慣例，回答說：「平陽侯曹壽，住京城。」

掌櫃目視韓嫣，疑惑地說：「你家主人是平陽侯曹壽？」

韓嫣說：「怎麼？這還能有假？」

「啊！不，不。詢問清楚，小人方好登記。」掌櫃陪著笑臉，按照官府規定的事項，登記了客人的姓名、性別、年齡、家庭住址等。

韓嫣和東方朔亦上樓歇息。東方朔說：「我看掌櫃對我們頗有疑心。」韓嫣說：「疑心咋的？主子以往外出，都用曹壽的名字。」

樓上一間大房，一主四僕聯榻而睡。因為他們太累，所以一挨枕頭，立刻就進入了甜蜜的夢鄉。

約莫半夜時分，只聽得一陣喧鬧，火炬閃亮，掌櫃帶領十餘名身強力壯的夥計，破門而入，將熟睡中的五人一一按住，並用麻繩捆了個結實。這一下，非同小可。公孫賀、公孫敖大叫，說：「你們幹什麼？」韓嫣說：「你們捆我們可以，但不能捆那個人。」他所說的「那個人」，顯然是指武帝。

掌櫃哈哈大笑，說：「你們好大膽，竟敢冒充平陽侯曹壽！平陽侯我是認識的，他經過新豐鎮，都在我這裡吃飯住宿。你們冒充侯爺，非奸即盜，肯定不是好人！」

東方朔說：「你要把我們怎樣？」

「怎樣？送官府唄！」掌櫃說：「官府早有明文，凡冒充朝廷王侯和官員者，一律緝拿，送官府嚴辦！」

韓嫣、公孫賀、公孫敖、東方朔叫苦不迭。武帝倒是冷靜，說：「送官府就送官府，看能把我等怎樣？」

掌櫃以為幹了一件大事，很是得意，一揮手，說：「夥計們！捆結實了沒有？走！睡覺去，天明即送他們去官府！」

「好哩！」夥計們下樓。掌櫃最後離去，離去時在房門上鎖了一把大鎖。房裡一片漆黑。武帝等被反翦著手臂，動彈不得。大約過了一個更次，聽見鎖響，「吱呀」一聲，房門開了，但見掌櫃婆娘手端一盞油燈，小心地走了進來。韓嫣警惕地問：「你要幹什麼？」

那個婆娘輕輕一笑，說：「對不起，讓客官受驚了。我那死鬼死心眼兒，捆了你們，要去送官。可我看你們，骨相非凡，衣著體面，怎麼也不像壞人。所以，我將那死鬼灌醉了，這就放你們走。」說著，她逐一解開繩索，催促說：「走吧，快走吧！」

武帝等沒想到掌櫃婆娘如此仗義，說了個「謝」字，次第出門，下樓，去後院牽了馬。掌櫃婆娘已經開了院門。武帝等上馬，拱手對掌櫃婆娘說：「你是好人。」隨後一揚馬鞭，疾馳而去。

武帝一行馳過灞橋，東方天空泛起魚肚白。通過城門，回到未央宮，恰是五更早朝時分。武帝說：「朕這就上朝去。公孫敖！你可帶二十名禁軍，去新豐鎮，將那掌櫃的兩口子拿來！」

公孫敖說：「是！」

韓嫣插話說：「對！應該拿來，重重治罪！」

武帝匆匆換了朝服，隨即上朝。百官跪拜，山呼萬歲。丞相許昌請示兩個問題：一是遷徙茂陵的農戶，擬由朝廷賜田二頃和錢二十萬緡；二是在渭河上新建一座便門橋，以利於長安至茂陵的交通。武帝照准。正事議過，君臣閒話。武帝突然說：「平陽侯曹壽來了嗎？」

曹壽出班，說：「臣在。」

武帝手指曹壽，笑著說：「你呀，你把朕害苦啦！」

曹壽嚇得「撲通」跪地，說：「皇上何出此言？臣誠惶誠恐。」

武帝說：「起來！這也不全怪你。」接著，便將夜宿新豐鎮的經歷，繪聲繪色地敘述了一遍。他這一說，大殿裡頓時炸開了鍋。有人勸諫皇上再不可出宮冒險，有人責備韓嫣、公孫賀、公孫敖、東方朔護駕不力，有人大罵那個掌櫃的應當千刀萬剮，有人稱讚掌櫃婆娘通曉大義。

曹壽說：「那個掌櫃姓薛，臣是認識的。」

武帝說：「難怪！他口口聲聲說朕冒充平陽侯，還說朕等非奸即盜哩！」

「豈有此理！豈有此理！」大殿裡一片憤憤不平之聲。

這時，公孫敖將掌櫃兩口子拿到。那兩口子不知何故被拿，更不知這是什麼地方，匍匐在地，不敢抬頭。武帝笑著說：「薛掌櫃！你看看我是誰？我像奸像盜嗎？」

掌櫃不看猶可，一看三魂丟掉兩魂，小雞啄食似的，連連說：「草民死罪！草民死罪！」此時此刻，他方知夜間捆縛的五個人，原來是至高無上、至尊至貴的皇帝及其隨從，嚇得一堆爛泥一般，腦子裡「嗡」的一聲，暈厥了過去。許久方醒，只顧磕頭，還是那句話：「草民死罪！草民死罪！」

武帝大笑，說：「不知者不為罪，你也是按照官府章程辦的嘛！不過，朕倒要誇誇你的婆娘，她比你有頭腦有眼力。」

掌櫃婆娘也只是不停地磕頭，什麼話也說不出來。

武帝說：「好啦！一回生二回熟，從今日起，我們就算認識了。看在你兩口子誠實厚道的份上，朕賜予黃金千兩，並封薛掌櫃為羽林郎。當然，這個羽林郎只是榮譽性質，你呀，還開你的驛舍去！」

掌櫃兩口子就像做夢似的，迷迷糊糊地磕頭，迷迷糊糊地謝恩，迷迷糊糊地領了黃金，迷迷糊糊地回家去了。

自從有了新豐鎮的教訓，武帝外出再不敢麻痹大意了。王太后聽說了這件事，把武帝狠狠地教訓了一通，說：「你是皇帝，天下所繫，萬民之尊，萬一出個差錯，怎麼得了？」武帝做個鬼臉，一吐舌頭，說：「孩兒知錯了。」

王太后說：「近來，御醫不停地到長信宮去，你知道為什麼嗎？」

武帝說：「孩兒問過御醫，說太皇太后雙眼失明了，而且害病，身體一天不如一天。可我前去請安，並未發現有什麼異樣啊？」

「她是強打精神撐著的，就是不想讓你看出有什麼異樣。」王太后說。

「哼！她失明，她害病，還抱著權力不放，真是……」武帝有點氣憤。

「這是一個非常時期，」王太后指點兒子說，「越是在這個時候，你越要謹慎，莫去惹她和惱她，懂嗎？」

武帝自然而然地想到一個詞語：「百足之蟲，死而不僵」。不過，他沒有說出口，只是回答母親說：「懂！」

朝廷沒有什麼大事，武帝待在宮裡，渾身不自在。侍中中郎吾丘壽王摸準了武帝的秉性，一天進言說：「陛下得是因為不能出宮而煩惱？」

武帝說：「可不是嘛！整天守在宮裡，悶死了，煩死了！」

吾丘壽王說：「陛下何不建個上林苑呢？把京城郊縣圈起來，闢為皇家禁苑，那樣……」

武帝一拍腿，說：「是呀！朕怎麼就沒想到呢？快說說，你有什麼想法？」

吾丘壽王比畫著說：「陛下可頒聖旨，徵發民工，圈他兩三個縣，高築苑牆，廣植樹木，再栽上奇花異草，放養各種動物，建造幾座離宮。那時，陛下在苑中射獵，縱橫馳騁，絕對安全。累了，就在就近的離宮歇息，欣賞歌舞，吟詠詩賦，豈不快哉！」

武帝搓著雙手，興奮地說：「好！很好！不過，上林苑的範圍，不是兩三個縣，而應是十幾個縣。做事嘛，就應該有大手筆大氣魄，小爐匠之類，沒意思，不幹！」於是，建元三年（西元前一三八年）九月，武帝頒旨，任命吾丘壽王為將作大匠，全面負責建設上林苑之事；苑內的土地全由皇家收買，改稱皇田，皇田分配給農民耕種，農民交納一定的賦稅；清查苑內的人口，凡作奸犯科之徒，一律遷出，不准在苑內居住。

這是一項規模浩大的工程，僅徵發的民工就有三十萬人，日夜勞作，風雨不停。侍郎東方朔看到工程耗費巨大，而且涉及到京郊農民的切身利益，毅然上了一道奏書，說：

臣聞謙遜靜愨，天表之應，應之以福。驕溢靡麗，天表之應，應之以異。今陛下壘築廊台，恐其不高也；弋獵之處，恐其不廣也。奢侈越制，天為之變，上林雖小，臣尚以為大也。夫南山，天下之阻也。厥壤肥饒，陸海之地，出產金、銀、銅、鐵和各種樹木，異類之物，不可勝計。此百工所資取，萬民所仰給也。今規以為苑，絕陂池水澤之利，而取民膏腴之地，上乏國家之用，下奪農桑之業。其不可一也。且盛荊棘之林，大虎狼之墟，壞人塚墓，毀人家廬，令幼弱懷土而想，耆老泣涕而悲。其不可二也。斥而營之，苑而囿之，騎馳東西，車鶩南北，縱一日之樂，致危無堤之輿。其不可三也。故求苑囿之大，不恤農時，非所以強國富人也。

夫殷（指商紂王）作九市之宮而諸侯叛，靈王（指楚靈王）作章華之台而楚民散，秦（指秦始皇）興阿房之殿而天下亂，陛下奈何蹈之？糞土愚臣，自知忤旨，但不敢以沉默誤陛下，謹昧死以聞。

武帝閱讀東方朔的奏書，御批一個「善」字，提拔東方朔為大中大夫給事中。但是，上林苑照建不誤，他不能因為臣子的反對而改變自己的決定。

歷時一年，規模宏大的上林苑終於建成了。這是一處佔地遼闊，山水相映，樓臺隱現，絢麗多姿的皇家園林，同時又是一個罕見的植物園和動物園。它位於終南山北麓，涵蓋了長安郊區各縣，東南起自藍田縣，西南起自盩厔（今陝西周至）和鄠縣，北繞槐裡縣的黃山，畫了一個不規則的大圓，圓長約三百四十餘里。苑的周圍築有夯土苑牆，開有十二個苑門。苑內共有八條河流：渭河、涇河、灞河、滻河、灃河、滈河、潦（澇）河、潏河；十處池沼：初池、麋池、牛首池、蒯池、積草池、東陂池、西陂池、當路池、太乙池、郎池；十二座離宮，主要有建章宮、承光宮、儲元宮、包陽宮、望遠宮、昭台宮、五柞宮等；三十六座台觀，主要有陽祿觀、上蘭觀、豫章觀、昆明觀、華原觀等。以河流、池沼、宮觀為中心，形成三十六個小區域的苑囿，各具特色。苑內豢養或放養各種珍禽異獸：虎、豹、熊、獅、鹿、象、兔、犀牛、鴕鳥、孔雀等，有的是土生土長的，有的是邦國進貢的。至於名果異木，更有兩千多種：桃有秦桃、檎桃、緗核桃、金城桃、綺葉桃、紫文桃、霸桃、胡桃、櫻桃、含桃，李有紫李、綠李、朱李、黃李、青綺李、青房李、同心李、車下李、含枝李、金枝李、顏淵李、羌李、燕李、蠻李、侯李，梅有朱梅、紫葉梅、同心梅、麗枝梅、燕梅、猴梅，梨有紫梨、青梨、芳梨、大穀梨、細葉梨、金葉梨、瀚海梨、紫條梨，棗有弱枝棗、玉門棗、棠棗、青華棗、赤心棗、西王母棗，此外還有杏、栗、柰、楂、棠、橙、林檎、枇杷等等。端的是琳琅滿目，氣象萬千，煌煌赫赫，亙古未有。

上林苑是武帝登基後的第一大傑作，足以顯示他的個性：標新立異，好大喜功。他帶領他的侍從和宮監們，騎著快馬，在上林苑裡縱橫馳騁，天空獵鷹盤旋，地上獵犬追逐，箭射鹿兔，手格熊羆，有時登山，有時盪舟，有時摔跤，有時游泳，盡情遊玩，快樂無比。夜間，歇宿於就近的離宮，飲酒賦詩，欣賞歌舞，另有一種情趣。

武帝自小受到良好的教育，喜愛文學，擅長辭賦。這一天，他在盩厔縣境的五柞宮過夜，興致勃勃地談起了文學，說：「文學是時代的一面鏡子，大凡盛世，必然會出現偉大的文學家和不朽的文學作品。」

武帝的侍從中，韓嫣是紈袴子弟，公孫賀和公孫敖出身騎士，不懂文學。東方朔和吾丘壽王讀過很多書，具有一定的文學修養。東方朔說：「陛下所言極是。西周至春秋時，社會鼎盛，所以產生了《詩三百》；戰國時代，群雄逐鹿，風雷激盪，所以產生了《楚辭》以及大詩人屈原。」

吾丘壽王說：「臣很喜歡李斯的《諫逐客書》，慷慨陳詞，有理有據，運用排比、對偶、鋪陳等手法，極富文采。」

武帝說：「高祖皇帝建漢以來，出現了一種新的文學形式，那就是辭賦。這種形式上承《楚辭》，但又有了新的發展，賈誼的《鵩鳥賦》，枚乘的《七發》等，可以說是漢賦的代表作品。」

東方朔說：「臣讀過賈誼的《過秦論》，卻沒讀過《鵩鳥賦》。」

吾丘壽王說：「枚乘的《七發》，臣聽說過，只是無緣拜讀。」

武帝說：「嘿！《七發》寫得可好啦！它從酒肉、聲色寫到觀濤，真是絕了。尤其是觀濤一段：『其始起也，洪淋淋焉，若白鷺之下翔；其少進也，浩浩溰溰，如素車白馬帷蓋之張；其波湧而雲亂，擾擾焉如三軍之騰裝；其旁作而奔起也，飄飄焉如輕車之勒兵……』怪異詭觀，形象生動，堪稱神筆。」

東方朔和吾丘壽王拍手說：「呀！用行軍作戰比況觀濤，新穎而不落俗套。」

武帝說：「朕近日還讀了一篇《子虛賦》，寫楚國的子虛在齊國的烏有先生面前，誇說楚國雲夢之大和楚王田獵的盛況，烏有先生批評他奢言淫樂而顯侈靡，並把齊國誇耀一番，那景象又遠遠勝過楚國。這篇賦立意巧妙，文筆優美，比起《七發》來，更勝一籌。」

東方朔和吾丘壽王說：「那麼這篇賦的作者是誰呢？」

「司馬相如。」

「司馬相如？」

「對！司馬相如。只可惜朕沒能和作者生在同時啊！」

說者無心，聽者有意。負責馴養獵犬的狗監楊得意聽到了武帝的感歎，忙說：「皇上得是說司馬相如？嗨！這個人是奴才的同鄉，現住成都（今四川成都）。」

「什麼？司馬相如還健在？」武帝大為驚奇。

楊得意說：「沒錯，他還健在，極有文才，寫了好多辭賦的。」

「太好啦！」武帝激動得幾乎跳了起來，立刻命令楊得意說：「這樣，你這就去成都，用朕的名義，請司馬相如到長安來，朕要見他。」

「奴才遵旨！」於是，楊得意前往成都，將司馬相如請到了長安。

司馬相如，字長卿，蜀郡成都人氏。少時好讀書，學擊劍，名犬子。成人後因欽佩戰國時期的藺相如，故改名相如。漢景帝時曾入長安求官，受封郎官，遷武騎常侍。後隨漢景帝弟弟梁王劉武去了梁國，結識了著名文士鄒陽、枚乘等人，同遊齊地（今山東），創作了《子虛賦》。梁王死後，司馬相如返回成都。這時，他的父母已經亡故，剩他孤身一人，家徒四壁，窮愁潦倒，常常連口飯也吃不上。幸好他有一位摯友叫王吉，時任臨邛（今四川邛崍）縣令。王吉見友人困窘，遂伸出援助之手，將其接到本縣驛館居住。相如已經四十餘歲，尚未娶妻。王吉樂於成人之美，密與相如商議，特別設下一條滑天下之大稽的妙計來。

司馬相如安居驛館，杜門不出。王吉則天天前來造訪，殷勤恭敬。一時間全城轟動，都以為驛館住了一位貴客，極有來頭，不然，父母官怎會天天往那兒跑呢？臨邛縣城多有富豪，其中首富當推卓王孫，以冶鐵發家，家有千頃良田，無數房屋，僅男傭女僕就有八百人。他聽說本縣來了貴客，有心交結，便和其他富豪一起出面，通過王吉，設宴相邀，以盡地主之誼。王吉故意推諉。卓王孫等情意更熾，恰恰鑽進了圈套。

王吉答應約貴客赴宴，轉告相如，叫他如此如此。這一天，相如精心穿戴，衣帽鞋襪煥然一新。王吉派了手下十餘名僕役，充作隨從。卓王孫三番五次派人來請。相如這才出門，和王吉且笑且語，攜手登車，前往卓府。隨從騎馬，緊跟其後。

卓王孫等翹首以待，許久方見貴客車馬到來，打躬作揖，笑臉迎接。相如慢慢下車。眾人看去，果然雍容大雅，文采風流。經過王吉介紹，始知貴客叫做司馬相如。賓主進入大廳，酒宴已備。卓王孫禮讓相如坐首席，王吉坐次席。二人全不推辭，欣然落座。宴會開始，少不了互相敬酒，寒暄恭維，歡聲笑語。

宴會中途，王吉目視相如，說：「君善彈琴，何不一勞貴手，以飽我等耳福？」相如略顯難色。卓王孫說：「舍下正有古琴，願聽司馬公雅音。」王吉說：「不必不必，司馬公琴劍隨身帶著，就在車上，取來即可。」早有隨從出去，取了琴來。那是一張綠綺琴，琴身殷紅，光可鑒影。

相如不好再辭，端坐一側，撫琴調弦，叮咚一響，按指成聲，雅韻鏗鏘，抑揚有致。眾人齊聲喝采，說：「果然是韶樂華章，不同凡響。」相如自顧彈琴，忽聽得帷幔後面有環珮之聲，抬眼窺去，天緣輻湊，巧巧打了個照面，頃刻心猿意馬，目迷神奪。

帷幔後面藏著何人？原來是卓王孫愛女卓文君，年齡十七歲，長得國色天香，妖冶動人，更兼琴棋書畫，無一不精。她已出嫁，不想半年後丈夫病死，只好返回娘家，鬱鬱嫠居。當天父親請客，聽說請的是一位華貴人物，不禁芳心搖動，情不自主地藏到帷幔後面；及至聽到悠揚的琴聲，音律雙諧，又情不自主地探出嬌容，恰恰和相如打了個照面。相如窺見文君，覺得遇見了絕世尤物，豔興所致，遂變動指法，彈出一曲《鳳求凰》，並高聲唱出一段歌詞來：

鳳兮鳳兮歸故鄉，遨遊四海求其凰。有一豔女在此堂，室邇人遐毒我腸。何由交接為鴛鴦！鳳兮鳳兮從凰棲，得託子尾永為妃。交情通體必和諧，中夜相從別有誰！

相如彈罷琴唱罷歌，眾人拍手叫好。俄而酒闌席散，相如和王吉等離去。文君回到自己房中，猶如丟了魂魄一般，眼前浮動著相如的面影，耳中迴盪著相如的歌聲，心想：他的《鳳求凰》顯然是為自己而唱，而他，不正是自己的意中人麼？

忽然，門外踉蹌著進來一個侍女，聲稱是受縣令王吉委派，前來轉告文君：那位華貴人物名叫司馬相如，為求紅顏知己，至今尚未娶妻；今日見了文君，頓生愛慕之情，文君若亦有意，可往驛館一會。

文君且驚且喜，受了情魔驅使，也就顧不得什麼嫌疑，什麼名節，當即草草裝束，趁著天黑，隨了侍女，直奔驛館。

驛館裡，相如憶念文君，心煩意亂。驀然間，門環輕響。相如開門，恰見兩個女子魚貫進來，後面的正是彈琴時所見的那位大美人。相如大喜過望，對著文君鞠躬三揖。文君含羞帶笑，彎腰答禮。侍女說：「我的任務完成了，得回去交差。」相如將她送出門外，千恩萬謝。相如回來，隨手關了房門。燈下端詳文君，但見她眉如遠山，面如芙蕖，膚若凝脂，手若柔荑，嬌豔嫵媚，真個銷魂。這時候，一切話語都是多餘的，彼此擁著抱著，同入幃帳，極盡男女之歡，無限的綢繆和纏綿。天明時分，二人擔心卓王孫尋釁鬧事，稍一商量，索性逃之夭夭，收拾收拾，乘車逕往成都去了。

這便是卓文君私奔的故事。在那個時代，卓文君作為富豪之女和嫠居之婦，跟心愛的男人私奔，是需要極大膽量和勇氣的。她這樣做了，表現了愛情的強大力量。導演這個故事的，正是臨邛縣令王吉，他用熱心和智謀，成就了司馬相如和卓文君的美好姻緣。

卓王孫發現愛女文君和司馬相如私奔，氣得五臟冒火，七竅生煙。然而家醜不可外揚，只能暗暗懷恨。文君到了成都，總道相如衣裝華美，定有些許家產，哪知他家卻是空空蕩蕩，只有幾間破屋，聊可安生。沒奈何，文君只得變賣佩戴的首飾，換取柴米，以度時日。一年過後，生活漸無著落。文君歎息，說：「夫君貧寒至此，終非長策，不如再往臨邛，探探家父信息，謀求生計。」一文錢撂倒英雄漢。相如別無他法，勉強應允，賣了房屋，買了一馬一車，攜帶一琴一劍，再往臨邛，權且住於驛館。聽得人說，卓王孫自文君私奔以後，幾乎氣死，揚言要斷絕父女關係，從此不認女兒。文君和相如聽後，像是兜頭挨了一盆涼水，信心全無。文君卻有剛氣，說：「父親既然不仁，女兒也就不義。我乾脆拋頭露面，開它一爿酒肆，寒磣寒磣你！」相如到了這一步，全聽文君主張，賣了車馬，當作資本，租賃房屋，購置器具，選個吉日，就在卓府的對面，高懸酒旗，開起了酒肆。他們無錢雇傭夥計，文君當爐，相如跑堂，大聲吆喝，招徠酒客，倒是配合默契，相得益彰。這件事成了臨邛的一大新聞，一傳十，十傳百，早就傳到卓王孫耳中。他嫌丟人現眼，羞愧難當，不敢出門。故舊親朋出面相勸，責備卓王孫嫌貧愛富，以致文君當街出醜，說：「你那億萬家財，難道帶進棺材不成？何不周濟文君，反辱為榮呢？」卓王孫實在丟不起這個人，說：「罷了罷了，我周濟她便是。」於是命給文君銅錢二百萬緡，僕役一百人，就連文君過去的衣物，也一併送了過去。文君收了錢、人、物，隨即關了酒肆，陪著相如，再回成都去了。

轉眼之間，司馬相如成了富翁。他在成都廣置田產，修建房屋，又在自家院中築了一座琴台，終日與文君在臺上飲酒彈琴，夫唱婦隨，好不逍遙自在。

這一天，同鄉楊得意突然找上門來，傳達了當朝皇帝相請的旨意。相如不好推卻，只得暫別嬌妻，輕裝北上。不日即到長安，武帝盛情接見。武帝問：「那篇《子虛賦》是你寫的麼？」相如回答說：「那是臣多……多年前的作品，寫的是……是諸侯情事，氣魄尚顯遜色，不足一觀。陛下如……日有興趣，臣可再作一賦，專寫天……天子遊獵的場景，以酬聖……聖恩。」司馬相如天生口吃，所以說話不大俐落。武帝並不在意，聽他說要寫天子，要寫自己，高興極了，說：「好啊！你可盡興遊覽上林苑，然後作賦呈上。」

相如說：「遵旨！」其後，相如由楊得意等陪同，遍遊上林苑的各處景致，苑囿的廣大和景致的壯美，令他歎為觀止。遊覽結束，據案構思，濡墨揮筆，洋洋灑灑，寫出一篇《上林賦》來。該賦緊承《子虛賦》，又虛擬一個人物，盛讚天子的上林苑，把諸侯的苑囿比得黯然失色。且看描寫「上林八川」的一段：

獨不聞天子之上林乎？左蒼梧，右西極，丹水更其南，紫淵徑其北。終始灞、滻，出入涇、渭，灃、鄗、潦（澇）、潏，紆餘委蛇，經營乎其內。蕩蕩乎八川分流，相背而異態。東西南北，馳騖往來：出乎椒丘之闕，行乎洲淤之浦，經乎桂林之中，過乎泱漭之。汩乎混流，順阿而下，赴隘狹之口，觸穹石，激堆埼，怫乎暴怒，洶湧澎湃，滭弗宓汩，偪側泌瀄，橫流逆折，轉騰潎洌……

全賦寫得規模宏偉，氣勢磅礴，正合武帝的愛好和氣質。武帝讀後，只覺得語語流麗，字字珠璣，通篇琳琅，目不勝賞。他稱讚司馬相如為奇才，封為郎官。司馬相如因此成了武帝的文學侍從。

跨進青年門檻的武帝，就像一頭初生的牛犢，充滿朝氣和活力，一時一刻也沒有安分過。他馳騁上林，他遊玩射獵，他談詩論賦，生活得充實而愜意。這為他日後的文治武功打下了堅實的基礎。

第五章

衛氏姐弟

當漢武帝劉徹馳騁上林的時候，他所豔遇的美人衛子夫移居至延年殿，由等待而失望，再由失望而絕望，經歷了一段痛不欲生的心路旅程。

延年殿是未央宮東北角的一座小殿，緊挨宮垣，小小院落，偏僻得很。建元二年（西元前一三九年）三月，也就是上巳節的第二天，宦監令黃順遵從武帝吩咐，將衛子夫和宮監李貴，宮女春月、秋花，安置在這裡。一主三僕，單獨開伙，過著幾乎與世隔絕的生活。

李貴，三十歲左右年紀，矮個子，白面皮，生性憨厚，話語不多。春月和秋花是親姐妹，年齡比子夫略小，父母雙亡，無依無靠，自幼入宮當了宮女。他們侍候子夫，忠於職守，細心周到。這不僅因為皇帝和黃順發了話，而且因為子夫長得美貌，性格綿和，從不把他們當作下人看待，可親可愛。他們原先稱子夫為「貴人」。子夫覺得刺耳，紅著臉說：「什麼貴人不貴人的？我和你們一樣，再別這樣叫了，我們互稱兄妹、姐妹最好。」

「這怎麼行呢？」

子夫給三人約略講了自己的身世，說：「我們都是苦命人，貴在哪裡？」

春月和秋花同情地點頭，說：「那好，在延年殿裡，我們就叫你衛姐，叫李貴為李哥。」

李貴憨笑，說：「這，這……」他不敢奢望，自己怎配有子夫這樣的妹妹呢？

子夫起初並不明白移居延年殿的原因，只當是正常的搬家而已。延年殿的條件雖然不如鴛鸞殿，但比她凹凹莊的老家還是強多了，有吃的，有穿的，不經風，不挨雨，還有人侍候，多好啊！她內心充滿期待，期待著武帝能夠回來。武帝那天臨走時不是說「朕去去即回」嗎？她相信他會回來的。她細細回憶著他熱烈的狂吻和緊緊的擁抱，回憶著他壓在自己身上的那股瘋狂勁兒，斷定他是愛她的。他是皇帝，皇帝可以有三宮六院七十二妃。但是，他的后妃能像自己這樣年輕美貌嗎？能像自己這樣多情多意嗎？比如皇后陳阿嬌，自己雖然沒有見過她，只是在鴛鸞殿聽到過她的聲音。那聲音沙沙的啞啞的，就像母鴨子叫喚。聲如其人。僅從聲音上判斷，她既不年輕也不美貌，若非皇帝的表姐，她怎會成為皇后呢？即使成為皇后，皇帝能喜歡她嗎？

子夫在期待中回憶，在回憶中期待，日復一日，月復一月，卻始終未見武帝的影子。她漸漸顯得不安和煩躁。尤其是在夜間，一盞孤燈，一張大榻，獨自臥著，寂寞冷清。大凡女人，沒有破身以前，沒嘗過男女情事的滋味，倒還安穩。一旦破了身，懂得了男女之間，赤裸著身子顛倒翻滾的的樂趣，再讓她獨自睡覺，那是很難熬的。破了身的女人，渴望得到男人的撫摸和擁抱，渴望得到愛。子夫現在就是這樣的，面對孤燈空榻，常會急得面頰緋紅，芳心亂跳。

隨著時間的推移，春月和秋花從別宮的小姐妹口中探聽到了消息。原來，武帝寵幸她們的衛姐，引起了皇后陳阿嬌的嫉妒。陳阿嬌拉著母親館陶長公主劉嫖，去竇太后那裡告了黑狀。竇太后訓斥武帝，硬是下令，將衛姐禁錮冷宮，從此不准見面。也就是說，衛姐移居延年殿，實際上是被打入了冷宮，恐難再有出頭之日。春月和秋花氣憤極了，沒輕沒重，回來便將情況告訴了子夫。子夫聽了，驚得目瞪口呆：原來是這樣！難怪武帝再不見蹤影了呢！

子夫聽母親衛媼講過，歷朝歷代，凡是失寵的后妃，都要被打入冷宮的。打入冷宮，意味著失去一切自由，任人宰割，直至老死，蘆席一捲了事。可是，那是后妃呀！我衛子夫算什麼？既非皇后，又非嬪妃，只是被皇帝睡過一回而已，何至於此？

從夏天到秋天，子夫的期待一掃而光，取而代之的是怨恨，是揪心扯腸的怨恨。她怨恨自己進了曹府的歌舞班，怨恨那天遇見了皇帝，怨恨糊里糊塗地進了皇宮，更怨恨陳阿嬌、長公主和竇太后。自己招誰惹誰了？她們憑什麼把自己打入冷宮？子夫一下子變得灰心了，沮喪了。她很少說話，更沒了笑容。李貴私下埋怨春月、秋花說：「你們不該把情況告訴她嘛！」

春月說：「這情況瞞得過初一，瞞不過十五，衛姐遲早會知道的。」

李貴說：「皇上也真是的，貓還能叫老鼠嚇著了？」

春月說：「皇上興許有難處。」

秋花說：「什麼難處？我看他是無情無義！」

三個僕人為主子打抱不平，絲毫改變不了子夫的心境。轉眼到了冬天，冷宮裡很冷，子夫的心裡更冷。因為憂傷，她生病了，兩天沒進飲食，渾身沒有力氣。這天晌午，皇后陳阿嬌在一群宮女的簇擁下，突然到了延年殿，一副驕矜高傲的樣子。李貴、春月、秋花深感意外，慌忙跪地迎接。陳阿嬌旁若無人似的，沙啞著嗓子說：「起來吧！我來瞧瞧皇帝的心上人，半年多了，我還沒見過這個野女人、騷狐狸的模樣哩！」

陳阿嬌大搖大擺，逕直進了子夫的房間。春月緊跟在後面，對子夫說：「這是皇后娘娘。」並對陳阿嬌說：「衛貴人這幾天一直病著。」

陳阿嬌冷笑，說：「喲——！還是貴人哪！癩蛤蟆想吃天鵝肉。呸！我看貴個屁！」

子夫正躺在榻上，本想起來行禮，可見陳阿嬌的架勢，知她不懷好意，所以索性躺著沒有動彈，只拿眼睛瞅著來人。瞅著瞅著，她不禁想笑，原來眼前的這位皇后，一隻眼大一隻眼小，塌鼻子，還是個腫眼泡，圓圓的，鼓鼓的，像是池塘裡的青蛙和金魚。陳阿嬌也看清了子夫，但見她青絲黑亮，秀目生輝，唇紅齒白，淺淺的酒窩裡蘊蓄著無限風情，雖說沒有化妝，但那雪膚花顏，足以征服任何一個男人。她不由得吸了口涼氣，心想這個女人的姿色勝過自己百倍千倍，難怪皇帝一見傾心呢！

陳阿嬌故意一笑，說：「喲——！果真是個美人胚子，只是別忘了自己的斤兩！一個民女，一個歌伎，也配做皇帝的嬪妃？你就死了這條心吧！實話告訴你：憑你那婊子手段，想狐媚皇上，沒門兒！你就給我在這冷宮待著，死後，我送你一張蘆席，裹了拖出城去，餵狗！」說罷，一轉身一揚手，搖擺著而去。

子夫自始至終沒說一句話。她明白，陳阿嬌是專門來奚落和羞辱她的，在她心靈的瘡口上再撒上一把鹽。人家的話固然尖酸刻薄，然而說的卻也實在。自己出身微賤，怎能高攀皇家？武帝之所以寵幸自己，那不過是一時心血來潮，圖個快活。這不？他快活之後，便將自己忘得一乾二淨，而且還打入了冷宮。世界就是這樣殘酷，這樣無情。高高在上的人，永遠高高在上，榮華富貴，花天酒地。而像自己這樣的弱女子，除了遭受欺凌遭受侮辱外，又能怎樣呢？皇權和傳統是一座大山，高大無比，沉重無比。這座大山，注定是要壓在沒有權勢沒有背景的窮苦人身上的。你想擺脫，擺脫不了；你要掙扎，掙扎沒用。子夫想到這裡，徹底地失望和絕望了，因此想到一個「死」字。待在冷宮裡，早晚是死，那麼晚死不如早死。死了死了，一死全了。死並不困難。可以一頭撞向牆壁或房柱，也可以懸樑自縊，立時便玉殞香銷，再也沒有折磨，沒有痛苦，沒有屈辱。轉而一想，她又猶豫起來，為什麼要死呢？自己才十六歲，正像一株枝葉繁茂的海棠，剛剛孕育出粉嫩的花苞，尚未綻放，忽然死去，豈不可惜？再說，自己究竟為誰而死呢？為皇帝嗎？為皇后嗎？為其他什麼人嗎？好像是，又好像不是。所以，自己暫時還不能死，好死不如賴活。俗話說得好：「生死由命，富貴在天。」應當順其自然，自己為什麼跟自己過不去呢？

子夫自顧胡思亂想，春月、秋花、李貴老大不平。春月說：「陳阿嬌那德性，真讓人噁心。」

秋花說：「她若不是皇后，我直想抽她兩個耳光。」

李貴素來厚道，這時也憤憤地說：「跑上門來欺侮人，不像話，不像話！」

他們三人知道子夫內心淒苦，照料子夫更加精心。越年便是建元三年（西元前一三八年），春天平平靜靜地過去，夏天姍姍來臨。五月的一天，未央宮裡傳出一個消息：為給太皇太后祈福，朝廷決定裁撤宮內富餘人員，遣散回家。春月、秋花立刻將消息告訴衛姐。子夫睜大眼睛，說：「是嗎？」她的心隨之動了起來，似乎黑暗的大門露出一點縫隙，讓人看到了飄飄忽忽的一絲光亮……

裁撤宮內富餘人員，確有其事。那天，武帝前往長信宮，拜謁太皇太后。館陶長公主劉嫖也在那裡。武帝看到，太皇太后確已失明，加之害病，精神大不如前。她仍坐在那張繡榻上，頭髮花白，眼窩深陷，兩頰瘦削，面色灰暗，完全失去了往日的那種威嚴。武帝叩頭請安，心想人為什麼會老得這樣快呢？劉嫖代替竇太后，命武帝平身。劉嫖接著說：「太皇太后病成這樣，我們兒孫總該做點什麼，以敬孝心。」

武帝說：「是啊！做點什麼呢？」

劉嫖說：「最好是積德行善的事，為太皇太后祈福。」

武帝心裡說：「還祈福呀？我巴不得她早點……」可嘴上卻說：「行！我可以派人祭祀天地山

川，祈求神靈，保佑太皇太后福壽綿長。」

劉嫖說：「還有，宮內那些富餘的宮監宮女，也該裁撤一些，讓他們回家去和家人團聚，以體現太皇太后的恩德。」

武帝說：「行！行！我這就去辦，這倒是積德行善之舉。」

就這樣，武帝做出了裁撤宮內富餘人員的決定。他召來宦監令黃順，命他審視優劣，分別去留，速速提出一個裁撤人員的名冊來。數日後，名冊擬就。名冊上共有二百餘人，多是年老體弱的宮監和宮女。他們長期在皇宮裡服役，充當奴隸，耗費了美好的青春年華，現在不中用了，純屬多餘的了。不過，他們離開皇宮，等於跳出火坑，脫離苦海，恰也是一件幸事，所以無不歡欣鼓舞。

陳阿嬌身為皇后，對於裁撤宮監宮女這樣的大事，自然是要過問的。她從黃順手中要了名冊，逐一細閱，沒有發現什麼不妥之處。忽然，她想起了延年殿，想起了延年殿的衛子夫。按照常規，衛子夫是武帝寵幸過的女人，不當視為一般的宮女，當然也就不在裁撤之列。可是，陳阿嬌別有心眼，覺得衛子夫太年輕太漂亮，待在皇宮裡總歸是個麻煩，說不定那一天，武帝會突然記起她來，再去和她幽會，重溫舊夢，那可就糟啦！既然如此，何不趁這次裁撤的機會，將她遣散出宮，釜底抽薪，消除隱患，徹底斷了武帝的念想呢？陳阿嬌想到這裡，嘴角露出笑意，命令黃順說：「你把延年殿的衛子夫，還有那兩個宮女，叫什麼來著？」

黃順回答說：「春月和秋花。」

「對！春月和秋花，也登記在名冊上，一併裁撤遣散。」

黃順搖頭，說：「這怕使不得。衛子夫上年遷居延年殿時，皇上特別叮囑，要將她當作嬪妃看待，不得歧視，不得出現差錯，若有差錯，唯奴才是問的。」

陳阿嬌警覺地問：「皇上這樣叮囑過？」

黃順說：「這是大事，奴才不敢撒謊。」

這樣一來，陳阿嬌更加堅定了裁撤遣散衛子夫的決心。武帝特別偏愛和關照那個狐狸精，那麼此人必是個禍害。她定定神，說：「衛子夫算什麼嬪妃？充其量也只是個宮女。你把她，還有那個春月、秋花，寫到名冊上。」

黃順略顯遲疑，說：「這恐怕得請示皇上。」

陳阿嬌不耐煩地說：「叫你寫上你就寫上，皇上那裡，我會去說。」

黃順不敢得罪皇后，只得說：「是！」

延年殿裡，子夫、春月、秋花得知她們的名字上了裁撤人員的名冊，情不自禁地一陣欣喜，一陣激動。尤其是子夫，當初入宮，曾經充滿嚮往和憧憬，很想陪伴風流天子，風風光光地度過一生。然而，命運偏偏同她開了個天大的玩笑，她入宮僅僅一夜，就被打入冷宮，至今未見天子的面。這一年多來，她像棄婦，更像囚犯，過的是什麼日子啊？所幸老天有眼，自己終於能夠出宮了，出宮以後，可以和家人團聚，可以大聲說笑，可以唱歌跳舞，自由自在，快快活活。哈哈！真是太好太美啦！

春月和秋花在欣喜、激動之後，卻又傷感起來，說：「我倆既沒有家，又沒有父母，出宮後無依無靠，怎麼辦呀？」

子夫說：「這，不用擔心，你倆出宮後就住我家，我們姐妹今生今世永不分離。」

春月、秋花說：「你家人多，怕是不成。」

子夫說：「嗨！娘最疼我，她有辦法。」

李貴很不願意，說：「你們都走了，我一個人待在這裡，多沒意思啊！」

子夫說：「你可以常去凹凹莊看我們呀！我們釀椒花酒給你喝，做粉蒸肉給你吃，包你喝個夠，吃個夠。」

當夜，子夫幾乎沒有合眼。她的思緒插上了翅膀，飛出延年殿，飛出未央宮，飄蕩在藍天白雲下，流連在綠草花叢間。那裡地域廣袤，空氣清新，沒有牢籠，沒有羈絆，人是自由的，心是自由的，盡可以享受屬於自己的逍遙、悠閒的生活。

第二天，便是遣散宮監宮女的日子。武帝親臨龍興殿，正襟危坐，察看遣散事項的進行。龍興殿是未央宮的一座便殿，宮中的瑣雜事務，多在此殿處理。

殿外，宮監和宮女聚集，排成長隊。他們當中，許多人年過六十，還是漢文帝和漢景帝時代的人手，入宮時間一般都超過四五十年了。出宮固然是好，但出宮以後，丟了飯碗，需要另謀生計，前景茫然。子夫、春月、秋花也排在隊中，因為年輕，分外顯眼。人們紛紛投過來疑惑的目光，意思是說：「她們尚未成年，怎麼也被遣散了呢？」

宮監宮女依次進入龍興殿。黃順手捧名冊，每念一人的名字，那人向前，跪拜武帝，說：「謝萬歲恩典！」武帝沒有什麼表示，即意味著同意，那人便可退去，算是獲准遣散了。

遣散事項進行得非常順利，眨眼間一百多人通過了程序。武帝靜靜地坐著，雙目凝視，沒說一句話，表明跪拜的宮監宮女可以遣散，無須囉嗦。

「衛子夫——！」黃順又念了一個名字。

衛子夫？武帝聽到這個名字，像是遭了電擊一般，渾身一震。怎麼？她也在裁撤和遣散的人員之列？

這一年多來，武帝其實是天天惦記著和想念著子夫的。可自己當時出於江山重於美人的考慮，因而冷落了子夫，甚至違背諾言，沒有回去見她一面，實在辜負她和委屈她了。他還記得，自己當時是吩咐宦監令黃順的，妥善安置子夫，不得有半點歧視。怎麼？今天遣散富餘人員，其中竟有子夫？

這時，子夫款款進殿，冉冉而至。武帝傾身，睜大眼睛，但見子夫穿一身綠色長裙，簡約梳妝，不施脂粉，眉黛唇朱，膚白如雪，鴉鬢蟬鬢，亭亭玉立，猶如出水芙蓉，嬌豔清純。她還像上年那樣嫵媚，只是清瘦了幾分，眉眼間有著淡淡的哀愁。

子夫行至武帝座前，跪地施禮，逼住嬌喉，嗚咽著說：「奴婢自願出宮，謝萬歲恩典。」那聲音依然像鶯啼柳枝，撩人心扉。

武帝看著子夫，觸起前情，又驚又愧，又憐有愛，當即起身，扶起子夫，抓著她的雙手，囁嚅著說：「朕……朕有負於卿。」

子夫聽了這話，淚如雨下，一滴一滴，滴落在武帝的手背上。武帝越發憐惜，說：「卿的苦楚，朕能想像，只是往日之事，朕也是迫不得已，願卿諒解。好在今日不同往日，還望卿能留在宮中，留在朕的身邊。」

子夫仍在流淚，欲語未語。武帝轉身命黃順說：「你立即將衛貴人安頓在合歡殿，其他人遣散之事，以後再說。」

「遵旨！」黃順恭敬地回答。

春月和秋花是緊隨在子夫後面等候遣散的，子夫被留下，她倆也就出不了宮了。

這一切是在瞬間發生的，不容子夫有過多的考慮。當武帝抓著她的雙手的時候，她看了他一眼，眼神裡有愁苦，有悲哀，有怨恨，同時也有愛戀。她的身子畢竟被他佔有了，她已是他的人，誰也否定不了這個事實。他雖然無情無義，對待女人像對待衣服一樣，想穿就穿，想扔就扔，然而人家是皇帝，乃天下至尊啊！自古以來，有幾個皇帝是有情有義的？況且，他冷落自己，或者說拋棄自己，也是事出有因，他的祖母、姑母、皇后聯手施加壓力，他不低頭行嗎？因此，當他提出要她留在宮中的時候，她很想回答個「不」字，然而「不」字到了嘴邊，卻又嚥了回去。實實在在地說，她又何嘗不想跟他重新和好，歡度那銷魂奪魄的美好時光呢？

子夫正在出神，黃順說話了：「衛貴人！請吧！」

子夫又看了武帝一眼。武帝正含笑凝視著她。她的面頰一紅，低首移步，由春月、秋花扶著，緩緩地出了龍興殿。

李貴正坐在延年殿的門口，心裡空落落的，見子夫她們回來，忙問：「讓走啦？」

秋花拉著長腔，說：「走不成啦！」

李貴不解，說：「怎麼啦？」

春月說：「皇上又讓衛姐留下了。」

李貴高興起來，說：「那好啊！我們幾個人不又在一起了？」

秋花噘著嘴，衝衝地說：「好什麼呀？還不知是福是禍呢！」

黃順帶領幾名宮監宮女，前來幫忙，幫著子夫等移居合歡殿。合歡殿是未央宮「後宮八區」中的一座宮殿，位於椒房殿的西南。殿內寬大高敞，彩飾藻繡，處處鑲嵌著珍珠、瑪瑙、翡翠，玉階彤庭，珊瑚碧樹，景象極其華麗侈靡。武帝讓子夫移居此殿，顯然是對她另眼相看了。

當晚，武帝興致勃發，微笑前來。子夫盛裝迎接，正欲下拜。武帝急忙攔住，攬她入懷，重敘一年多的離情別緒。子夫故意說：「皇上不必如此，倘若被皇后知道，奴婢死不足惜，恐於皇上也有諸多不便。」

武帝說：「今非昔比。太皇太后病入膏肓，誰也奈何不得朕了。」

子夫說：「誰也奈何不得皇上，奴婢可又要進冷宮了。」

武帝說：「不會不會！沒有朕的命令，誰也沒有那個膽！」

子夫說：「但願如此吧！」

武帝說：「朕午睡做夢，夢見卿站在花園裡，身後有幾株梓樹。『梓』與『子』同音，朕尚無子，此夢莫非應在卿的身上，該給朕生個皇子不成？」

子夫紅了臉，說：「哪能呢？」

此時此刻，二人都是欲火燃燒，激情澎湃，遂攜手進入內殿，再圖好事。有道是：「久別勝過新婚。」武帝和子夫相隔一年多，重新歡聚，情濃意熾，酣暢淋漓。

一宵湛露，特別覃恩，十月歡苗，就此布種。衛子夫二度得寵，偏偏的就懷孕了。

衛子夫重新得寵，而且堂皇地住進了合歡殿，這是皇后陳阿嬌始料所未及的。她後悔在名冊上增加了衛子夫的名字，反使武帝和情人得以見面，致有今日。早知如此，不若不予理會，讓那個騷狐狸無聲無息地死在延年殿算了。錯！錯！錯！臭！臭！臭！自己走的這步棋太錯太臭了！她異常恚恨，前去找武帝理論，哭著鬧著，要武帝莫忘金屋藏嬌的諾言。武帝冷笑，說：「金屋藏嬌？沒錯，朕說過這話。可你這個『嬌』得下蛋生崽呀？大漢江山需要皇嗣，懂嗎？皇嗣！你不生兒子，朕得另找人生，不行嗎？衛子夫剛得寵幸，她就懷孕了。你呢？你也懷孕給朕瞧瞧。沒有這個本事，就回到你的椒房殿去，省得丟人現眼！」

武帝一番話，揭到陳阿嬌的短處。她無詞辯駁，憤憤而去，一面出錢求醫，服用各種祕方，以求懷孕；一面絞盡腦汁，多方設計，欲害得寵的歌伎。怎奈老天偏不作美，任她怎樣謀劃，自己的肚子沒有反應，衛子夫卻順順當當地生了個女兒。武帝當爸爸了，又喜又樂，正式封子夫為夫人。夫人是皇帝嬪妃的名號之一。也就是說，衛子夫不再是什麼野女人，而是堂堂正正的嬪妃了。宮中規矩，每月初一、十五兩天，嬪妃要到椒房殿向皇后請安，接受訓示。武帝擔心子夫謁見皇后，可能會受到虐待或羞辱，所以特地頒旨宣布：初一、十五，衛夫人不必去向陳皇后請安。陳阿嬌聞旨，心口像被捅了一刀，恨恨地說：「皇帝這樣袒護那個騷狐狸，她不是比皇后還皇后了嗎？」

陳阿嬌憤憤不平，回家去找母親竇太主商量對策。竇太主即館陶長公主劉嫖，武帝的姑母，因為年齡大了，女兒又是皇后，所以從太皇太后姓，改稱竇太主。竇太主和丈夫陳午，一直住在長安南面中門安門外的莊園裡，那裡高房廣舍，綠樹環抱，荷池假山，曲徑通幽，環境靜謐，景色優美。竇太主見寶貝女兒受到冷落，自然生氣，拉了陳阿嬌，說：「走！找太皇太后去，她會給我們作主！」她剛想出門，卻又退了回去，說：「不行啊！太皇太后一直病著，氣息奄奄，她是管不了咱娘兒倆的事啦！」

陳阿嬌哭喪著臉，說：「娘總得想個辦法呀！」

竇太主來回走動，說：「是啊！總得想個辦法，總得想個辦法。」

竇太主有個家僮叫董偃，十六七歲，長得眉清目秀，唇紅齒白，而且聰明伶俐。他見主人母女著急，湊向前說：「小人倒有一法。」

竇太主和陳阿嬌忙問：「快說，你有何法？」

董偃說：「衛子夫新封夫人，在她身上不好下手。衛子夫有個弟弟叫衛青，最近到建章宮當差，不如將他抓來，給點厲害，讓衛子夫知道，她是幾斤幾兩。」

陳阿嬌一撇嘴，說：「那又怎麼樣？我們就是把衛青殺了，她衛子夫不還是待在合歡殿？」

董偃說：「不！這叫敲山震虎。整治衛青，是為了觀察各方面的反應，如果沒有動靜，就再……」

竇太主沉思片刻，說：「這個辦法治表不治本，不過倒可一試。」她停了停，又說：「小董子！你去叫幾個家丁來，我要當面安排任務。」

董偃討好地一笑，說：「好哩！小人這就去叫人。」

花開兩朵，各摘一支。且說衛青，他是怎麼到了建章宮的呢？

衛青是鄭季和衛媼私通所生的兒子，年齡小衛子夫兩歲。衛媼一手拉扯著五個兒女，生活極其艱難。衛青卻有志氣，在艱難中磨練了積極上進、不屈不撓的性格。他六七歲的時候，被衛媼送進凹凹莊的私學讀書，識字以後，給自己取了個字，叫做仲卿。私學的老師姓梁，身體瘦弱，髫鬚稀疏，常年穿一件藍布長袍，說話走路總是慢慢悠悠。梁老師很有學問，通曉歷史，肚裡裝著許許多多的故事。他最愛給學生講故事，故事的題材相當廣泛，什麼虞舜孝悌、大禹治水、武王伐紂、商鞅變法、完璧歸趙、荊軻刺秦、秦滅六國、垓下之戰，什麼妲己妹喜、褒姒西施、牛郎織女、呂不韋和秦太后私通、孟姜女哭倒長城，等等。他講每個故事，都是繪聲繪色，扣人心弦。學生們聽得津津有味，喜得抓耳撓腮，忘乎所以。

衛青是在聽梁老師的故事中長大的。相比而言，他更喜歡那些真刀真槍打仗的故事，駿馬嘶鳴，戰車滾滾，設謀施計，刀光劍影，那樣的故事聽起來，解饞，過癮。

衛青從梁老師的故事中，知道春秋時期有個孫武，齊國人，當了吳國的將軍，戎馬生涯四十多年，多次打敗強大的楚國和晉國，使吳王稱霸諸侯，顯赫一時。孫武著有《孫子兵法》一書，那是歷代將帥必讀的經典著作。他還知道戰國時期齊國大將田單，施用反間計，使燕王貶逐了樂毅，而後使用火牛陣，夜襲燕軍，大獲全勝，一舉奪得七十餘城。此外，還有孫臏、吳起、廉頗、王翦、尉繚子等，都是赫赫有名的武將，統帥大軍，四處征戰，為各自的國家建立了功業，威名永傳。

衛青從梁老師的故事中，還知道漢朝北方有個敵國叫匈奴，匈奴單于很壞很壞，動不動就興兵南侵，踐踏大漢的國土，殺戮大漢的百姓，搶掠大漢的財富，危害極大。衛青非常氣憤，一次詢問梁老師說：「匈奴這樣壞，我朝為何不把它消滅呢？」梁老師很驚訝他的學生會提出這樣的問題，一字一頓地說：「是啊？為何不把它消滅呢？原因很多，主要是國家實力問題，力不如人，就要挨打，就要受辱，沒有辦法呀！所以，老師希望你們趕快長大，學好本領，報效國家，成為棟樑之才！」

梁老師的這幾句話，在衛青稚嫩的心靈上打下了深刻的烙印。他決心鍛鍊體格，學習武藝，日後能成為一名戰士，抵抗匈奴，殺敵立功。當然，他更希望能成為一名將軍，統領千軍萬馬，馳騁疆場，一顯威風。他開始閱讀《孫子兵法》了。他明白，若想成為將軍，就必須懂得軍事理論和戰略戰術，否則，只能是庸才和蠢才，很難有所作為。

衛青十四五歲的時候，曾隨哥哥衛長君去了一趟甘泉（今陝西淳化）。當地一個相面的，直怔怔地看著衛青，驚訝地說：「小兄弟！別看你現在不怎麼起眼，將來定當大貴，前程無量呢！」衛青靦腆地一笑，說：「嘿！瞧你說的。」相面人說：「沒錯沒錯。我這個人相面，從不說假話。你呀！要不了多久，必定拜將封侯！」衛青回家，將此事告訴母親衛媼。衛媼一聽，笑出了眼淚，說：「託他吉言，但願我兒能有出息。」

建元二年（西元前一三九年），武帝豔遇子夫，子夫進了皇宮。平陽侯府的歌舞班缺了子夫這個主角，大不如昔。平陽公主劉玫一狠心，遂將歌舞班撤了。子夫的姐姐衛君孺、衛少兒沒了職業，回到家裡。衛媼家中地方狹小，兒女住宿成了問題。她無可奈何，只得厚著老臉，央求劉玫，請給衛青謀個差使。劉玫沒說二話，同意讓衛青到府中牧馬。衛媼歡天喜地，磕頭作揖，感謝公主的大恩大德。到了建元五年（西元前一三六年），衛青十七歲了，長得身材魁偉，相貌堂堂，儼然一個美男子。劉玫看著喜歡，提拔他當了騎奴。所謂騎奴，就是牧馬的奴隸，平時牧馬，主人外出時，騎馬相隨，充當護衛，兼起儀仗的作用。

這一年，子夫生了女兒，取名劉妍。武帝異常興奮，除在宮中陪伴嬌妻愛女外，還常去上林苑射獵。一天，他帶領一幫侍從，射獵直至滻河邊。草叢中竄出一隻白兔。武帝發現，策馬追逐，追到一個土丘旁邊，白兔不見了，卻見十餘匹馬在那裡吃草。

那些馬匹匹高大健壯，毛色溜光，紅色白色黃色棕色，映襯著綠油油的草地，煞是好看。可是牧馬人呢？怎麼不見影呀？武帝大喊一聲：「哦——！有人嗎？」

「人在這裡！」

武帝循聲望去，但見土丘一角，坐著一個壯實的青年，方臉大耳，虎氣生生，背靠楊樹，正在讀書。武帝覺得好奇，跳下馬來，走前幾步，說：「呵！一邊牧馬，一邊讀書，好興致啊！」

青年見來人一身獵裝，英氣勃發，料非等閒之輩，說：「反正閒著，讀書權當消遣。」

武帝說：「讀的何書，如此專注？」

青年沒有答話，雙手將一片竹簡遞給來人。武帝接過，展開讀道：「兵者，國之大事也。死生之地，存亡之道，不可不察也。故經之以五事，校之以計而索其情。一曰道，二曰天，三曰地，四曰將，五曰法……」武帝大驚，說：「你讀《孫子兵法》？」

青年微微一笑，說：「怎麼？牧馬人讀《孫子兵法》，稀奇不是？」

「這……，啊！不，不」，武帝掩飾著尷尬，說，「不過，敢問這位兄弟，你讀兵書，為了什麼？」

「為了當戰士當將軍，抗擊匈奴，保家衛國！」青年朗聲回答，語氣堅定。

「好！有雄心，有氣魄！」武帝喝采，豎起大拇指，又說：「敢問兄弟尊姓大名，何方人氏，從事何業？」

青年抱拳說：「在下姓衛名青，祖籍平陽，現住京城，為平陽侯府中騎奴。」

武帝大笑，一拍青年的肩膀，說：「嗨！原來是自家人呀！」

青年莫名其妙，疑惑地說：「你是……」

這時，韓嫣、公孫賀、公孫敖、東方朔等驅馬飛馳而來，見了武帝，翻身下馬，說：「皇上跑得太快，臣等……」

皇上？衛青驚詫萬分，原來眼前這位來人竟是皇上，當然也就是平陽公主的弟弟和自己的姐夫。他驚得不知所措，慌忙跪拜在地，說：「小民有眼無珠，怠慢皇上，罪該萬死。」

武帝笑呵呵地扶起衛青，說：「朕聽平陽公主和子夫說起過你，沒想到會在這裡見面，也算有緣。」他非常欣賞衛青的體格、儀表和精神，說：「你呀，就不必再當什麼騎奴了。這，朕會跟平陽公主招呼。從明日起，你可到建章宮當差，加進騎士的行列，陪朕射獵，怎樣？」

衛青跪地叩頭，說：「謝皇上！」

武帝轉而對軍校公孫賀、公孫敖說：「這事，你倆好好安排。」

公孫賀、公孫敖說：「遵旨！」他倆是叔伯兄弟，也是從軍校升任衛尉的，趕忙走過去和衛青說話。從這一刻起，他倆和衛青成了最要好的朋友。

武帝和衛青告別，帶領侍從，飛身上馬，呼喇喇地馳去。衛青打一個呼哨，放牧的馬匹聚攏來。他摸摸紅馬白馬的額頭，拍拍黃馬棕馬的肚皮，內心充滿喜悅，趕馬回城。

這一天，對於武帝和衛青來說，都是不平常的一天。他們不僅結識了，而且在未來的歲月中，一人決策帷幄，坐鎮指揮，一人金戈鐵馬，統兵征戰，攻伐匈奴，轟轟烈烈，演出了一幕威武雄壯的史劇來。

建章宮位於長安城的西側，是上林苑中的一座離宮。武帝射獵，一般多從此宮出發，射獵歸來，也常在此宮歇息。衛青從平陽侯府到建章宮，從騎奴到騎士，跨越了人生里程的一個重要階段，眼前展現出了全新的絢麗的圖景。對此，衛媼咧著嘴笑，鄭季偷偷地樂。子夫和劉玫更是高興，她們相信衛青會大有作為，從而成為武帝振興大漢的得力幫手。

這一天，武帝和騎士們約定，下朝以後即從建章宮出發，去咸陽原射獵。衛青早早起身，按照常例，準時地到建章宮外遛馬。太陽升起，霧氣瀰漫，花瓣和草葉上閃動著晶瑩的露珠。衛青牽著馬在城河邊遛達，接近一片樹林。冷不防，樹林中竄出幾個蒙面的彪形大漢來。衛青一愣神兒，一個大漢眼尖手快，將一隻黑布口袋套在了他的頭上。衛青尚未反應過來，其他大漢手腳麻利，用粗粗的繩索將他捆了，橫抱著放到馬背上，然後發一聲口哨，各個上馬，急馳而去。

「救命——！救命——！」遭人綁架的衛青掙扎著，發出求救的呼喊。

建章宮門前恰有一名宮監在掃地，聽到了衛青的呼喊，匆忙跑進宮內，大聲喊道：「快來人哪！衛青出事了！衛青出事了！」

公孫賀、公孫敖兄弟正和騎士們整理馬具，急急地跑出宮來，順著宮監手指的方向，看到了遠去的幾個騎馬人。公孫敖性烈如火，把手一揚，說：「快！追！」他和十餘名騎士轉身牽馬，躍上馬背，雙腿一夾，發一聲「駕」，風馳電掣，流星趕月般地追了下去。

不用說，綁架衛青的蒙面人不是別人，正是竇太主指派的家丁。竇太主給家丁下達的命令是：「去！到建章宮去把衛青給我抓來，活要見人，死要見屍！」董偃站在一邊，加重語氣說：「事情要做得俐落，但要保密，不可暴露你們的身分！」

蒙面人得手以後，飛馬馳回竇太主的莊園。他們樂於幹這種事兒，因為事後得到的賞賜相當可觀。家丁綁架了衛青，沿著護城河岸一陣疾馳，轉眼到了城的西南角，折向東行，過了長安城南面的西安門，前面就是安門。他們見後面沒有動靜，隨即放鬆韁索，緩緩前行。

就在這時，公孫敖和十餘名騎士呼喇喇地擦肩馳過，掉轉馬頭，截住了他們的去路。公孫敖圓睜怒目，大喝一聲，說：「呔！何路強賊？大白天敢到建章宮綁架騎士，真是狗膽包天！」

衛青聽出是公孫敖的聲音，掙扎著喊道：「公孫哥哥！快快救我！」

蒙面人沒料到情況突變，策馬欲逃。公孫敖命騎士向前，兩三個對付一個，揮拳踢腳，便將蒙面人統統打下馬來。公孫敖去馬背上解下衛青，揭去黑布口袋，說：「好兄弟！你受驚了！」

衛青揉揉眼睛定定神，說：「無妨，只是我平白無故，這夥混蛋為何要用下三濫的手段，綁架我？」

公孫敖說：「這好辦，問問這夥混蛋便知。」

騎士早已扯去蒙面人的面罩，他們共是五人，均為五大三粗的壯漢。公孫敖板起面孔，問其中一個領頭模樣的人說：「敢問你們是哪路神仙，為何綁架我衛青兄弟？」

那人叫朱大頭，腦袋很大，鬢角一縷白毛非常顯眼，支支吾吾，不想回答。公孫敖怒不可遏，朝他臉上猛擊一拳。朱大頭打了趔趄，頓時鼻青臉腫，鼻孔裡已流出血來。騎士們看到公孫敖動手，也就拳擊腳踢，把另外幾人收拾得跟龜孫子似的，老老實實，服服帖帖。

朱大頭害怕挨打，硬著頭皮說：「我們是奉命行事。」

公孫敖說：「奉誰之命？」

朱大頭遲遲諉諉，牙縫裡擠出三個字：「竇太主。」

衛青火冒三丈，說：「什麼竇太主？我跟她無冤無仇，她為什麼要綁架我？」

朱大頭說：「這，我們不清楚。」

公孫敖見事情涉及到皇后的母親和皇帝的岳母，不由皺起眉頭。這時，公孫賀帶領騎士趕到。公孫敖說明情況。公孫賀沉思，說：「看來事與後宮有關，非同小可，得奏明皇上。」他倆放掉了其他人，只押了朱大頭，回建章宮盤問。

公孫賀等剛剛回到建章宮，武帝帶著韓嫣、東方朔等，亦到建章宮。他是按照約定去咸陽原射獵的，相當準時。騎士們跪地接駕，口呼萬歲。武帝說：「準備好了沒有？好了這就出發。」

公孫賀跨前一步，說：「臣有一事奏告皇上：此前一個時辰，有人到建章宮綁架衛青。幸虧我們發現的早，公孫敖及時將衛青救回。」

武帝大驚，詫異地說：「什麼？綁架朕的騎士，誰有那個膽？」

公孫賀說：「綁架人招認，他們是受了竇太主的指使。」

武帝又是一驚，說：「竇太主指使？她想怎麼樣？」

公孫敖推出朱大頭。朱大頭跪地，一個勁地磕頭，如實地敘說了竇太主的命令，綁架衛青，活要見人，死要見屍，云云。

武帝勃然大怒，說：「豈有此理！豈有此理！」他自然而然地想到，這肯定是皇后陳阿嬌，嫉妒子夫得寵，回家搬動劉嫖，企圖殺害衛青，敲山震虎，殺雞給猴看。她們母女，竟然不把自己這個皇帝放在眼裡，哼！這還了得？武帝的臉漲得通紅，一擺手，說：「今天不射獵了，回宮！」說著，步出建章宮，憤憤而去。

公孫賀喚過朱大頭，厲聲說：「回去告訴你家主子：到建章宮來抓人，等於玩火，當心點！權且饒你一命，滾！」朱大頭不敢吭聲，灰溜溜地離去。

武帝回到未央宮，越想越氣，說：「哼！你們欲害衛青，朕偏偏擢用衛青，看誰敢動他一根汗毛！」當即頒旨，任命衛青為侍中。侍中是自列侯以下至郎中的加官職銜，侍從皇帝，沒有實權。數日後，武帝再次頒旨，任命衛青為大中大夫。大中大夫是大夫中最高的職務，相當於皇帝的高級顧問。衛青升任此職，就是朝廷的高級官員，銀印青綬，年俸千石，地位超過韓嫣、公孫賀和公孫敖，而和東方朔平起平坐了。

衛青得到重用，子夫心中喜悅。她想到衛青、春月和秋花，都已到了婚嫁的年齡，請求武帝給予賜婚。武帝高興，遂命春月嫁衛青，秋花嫁公孫敖。子夫的姐姐衛君孺，尚未出嫁。武帝成人之美，索性命她嫁公孫賀。子夫為使武帝開心，提議讓公孫賀和衛君孺、衛青和春月、公孫敖和秋花，同日成婚。武帝拍手叫好，命在覆盎門內，給三對新人各賜一座府第，並贈送豐厚的喜禮。婚禮之日，覆盎門內一條街，鑼鼓嗩吶，吹吹打打，紅紅綠綠，人聲鼎沸，三對新人，同時成就了美滿姻緣。

接著，又有聖旨下達：公孫賀升為太傅，公孫敖升為大中大夫，連衛青的哥哥衛長君，也升任侍中。這真是皇恩浩蕩，喜上加喜，人人山呼萬歲，個個感謝聖恩，衛府和公孫府內外，一片歡騰。

第六章

獨尊儒術

竇太主和陳阿嬌聽了董偃的餿主意，派人綁架衛青，結果偷雞不著蝕了米，衛青平安無事，反而惹惱了武帝，使衛氏滿門榮寵，驟躋顯貴。母女二人氣得翻腸倒肚，兩眼發直。屋漏偏逢連夜雨，船破卻遭頂頭風。時過一年，也就是建元六年（西元前一三五年）五月，她們的靠山太皇太后生命垂危。這像是雪上加霜，竇太主和陳阿嬌擺架勢耍威風的好日子快到盡頭了。

竇太后靜靜地躺在長信殿裡。武帝、王太后等皇家成員，以及她的侄兒竇嬰等外戚成員，會聚殿中，等待著她走完生命里程的最後幾步路。沒有人哭泣，更沒有人傷心。因為這位太皇太后歷來專橫霸道，實在沒有給人留下什麼好的念想。竇太主劉嫖跪在竇太后的榻前，想哭卻哭不出來，思想時時走神。第一，她想到自己派人綁架衛青，做了一件蠢事，侄兒皇帝若是認真起來追究起來，自己能有好果子吃嗎？第二，她想到太皇太后的遺產，其數目相當可觀，太皇太后的兒女唯有自己活著，理當繼承這筆遺產，可是太皇太后快斷氣了，怎麼還不趕快交代後事呢？

竇太后輕輕地動了一下。她已經很瘦很瘦了，瘦得皮包骨頭，身體蜷縮，短小得像一條犬像一隻貓。武帝湊向前去，說：「太皇太后還有什麼話要說嗎？」

竇太后蠕動著乾癟的嘴唇，抽著最後的油氣，含含糊糊地說：「我死……死後，你……你要善……善待嫖兒、阿……阿嬌。長……長信宮的財……財產，全……全歸嫖兒……」

武帝說：「行！孫臣照辦就是。」再看竇太后，微張著嘴，一動不動，氣息全無。武帝轉身宣布說：「太皇太后升天了！」

這時，劉嫖「哇」的一聲哭了起來。她想到母親給予她的無數好處，眼角終於有了幾滴淚水。王太后、陳阿嬌等也跟著哭泣，那只是掩面乾號而已，淚水難得下來的。

武帝表面上自然要盡孝盡哀，內心裡卻充滿欣喜，說：「捆縛朕的最後一條繩索沒了，謝天謝地，謝天謝地呀！」從這時起，他意識到自己已是真真實實的皇帝，親政決事，號令天下，再不會受到任何約束了。

武帝把太皇太后的喪事交由丞相許昌和御史大夫莊青翟辦理，自己騰出手來，召見董仲舒。他要和這位大儒進一步商談，以確定獨尊儒術的大事。

董仲舒到長安已經六年，原在公車待詔，後在長安安家，大門不出，二門不邁，一心一意研究孔子的《春秋》。《春秋》是孔子根據魯國國史刪訂的一部史書，文字深奧，一般人很難讀懂。於是，許多學者為之注釋，著名的有左氏、公羊、穀梁三家。董仲舒研究的是《公羊春秋》，它是戰國時人公羊高對《春秋》的闡釋，觀點比較新穎。董仲舒研究此書，恣意發揮，使之內容更加豐富和實用。

武帝依然稱董仲舒為「先生」，說：「朕在即位之初，就和先生討論過國家的統治思想問題。先生推崇儒學，朕甚贊同。但這些年來，由於眾所周知的原因，儒學沒有得到它應有的地位。現在，形勢改變，舊話重提，先生可以盡吐經綸，暢所欲言。」

董仲舒說：「當年，陛下有旨，讓臣把自己的想法寫成策論。臣遵聖命，謹根據《春秋》巨集旨，視前世已行之事，觀天人相與之際，寫了三篇論著，姑且叫做《天人三策》，現在敬獻陛下。」說著，雙手捧著數片竹簡，恭敬地遞呈給武帝。

武帝看那竹簡，密密麻麻地刻著蒼勁的秦篆小字，即興而讀，讀著讀著，喜得手舞足蹈，眉開眼笑。因為董仲舒的策論以史為據，結合實際，廣徵博引，把「大一統」作為首要大事，把「忠君」作為最高準則，闡述儒家思想，縱橫捭闔，開張有度，太合自己口味啦！

如策論中說：「《春秋》謂一元之意，一者萬物之所從始也，元者辭之所謂大也。謂一為元者，視大始而欲正本也。《春秋》深探其本，而反自貴者始。故為人君者，正心以正朝廷，正朝廷以正百官，正百官以正萬民，正萬民以正四方。四方正，遠近莫敢不一於正，而無有邪氣奸其間者。」

策論中還說：「夫天令之謂命，命非聖人不行；質樸之謂性，性非教化不成；人欲之謂情，情非制度不節。是故王者上謹於承天意，以順命也；下務明教化民，以成性也；正法度之宜，別上下之序，以防欲也。修此三者，而大本舉矣。人受命於天，固超然異於群生。故孔子曰：天地之性人為貴，明於天性，知之貴於物，然後知仁義；知仁義，然後重禮節；重禮節，然後安處善；安處善，然後樂循理；樂循理，然後謂之君子。……道之大原出於天，天不變，道亦不變，是以禹繼舜，舜繼堯，三聖相授而守一道。由是觀之，繼治世者其道同，繼亂世者其道變。」

最使武帝感興趣的還是結尾一段，帶有總結的性質：「《春秋》大一統者，天地之常經，古今之通義也。今師異道，人異論，百家殊方，指意不同，是以上無以持一統，法制數變，下不知所守。臣愚以為諸不在六藝之科、孔子之術者，皆絕其道，勿使並進。邪僻之說滅熄，然後統紀可一，法度可明，民乃知所從矣。」

武帝興奮地說：「先生所言，精闢之至。朕決定，徹底摒棄黃老之學，即以儒學為國家的統治思想，使之成為大漢的綱領和旗幟。」

董仲舒說：「這正是臣之意願。」

武帝放下竹簡，說：「需要指出的是，正統的儒學，祖述堯舜，效法文武（指周文王和周武王），崇尚禮樂和仁義，提倡忠恕和中庸，主張德治和仁政；而先生所闡發的儒學，實際上是吸收了其他各家的長處的。比如，『道不變，天亦不變』，實是道家的天地觀；『正法度之宜，別上下之序』，實是法家的主張。先生巧妙地進行融合，使儒學包容了各家之長，為我所用，這是再好不過的。」

董仲舒說：「是的。自戰國以來，出現了百家爭鳴的局面。但諸子各家歷來是互相吸收和彼此融合的。臣的論著，是以儒學為核心，吸收其他各家的長處，創造一個新的儒學思想，以作為陛下治國安邦的理論基礎。」

武帝點頭，又說：「先生提出『諸不在六藝之科、孔子之術者，皆絕其道，勿使並進』，說白了，就是『獨尊儒術，罷黜百家』。這沒有錯，但在實踐中存在個度的問題。朕以為，儒術應該『獨尊』，但百家不必全『罷』。比如法家，就應該有它的一席位置。一個國家，一個社會，必須要有強有力的法制。如果沒有法制，光講仁義和教化，那麼這個國家和社會是很難保持穩定的。所以，我朝獨尊儒術，同時要加強法制，實際上是外儒內法，或者叫做尊儒尚法。當然，這話是不能明說的，明說了容易引起誤會。」

董仲舒十分欽佩武帝的獨到見解，說：「陛下聖明。外儒內法，或尊儒尚法，一語道破了《天人三策》的玄機所在。臣要補充的是，除了儒學以外，還要實行孔子『君君、臣臣、父父、子子』的正名說，確定『君為臣綱，父為子綱，夫為妻綱』。這樣，神權、皇權和『三綱』緊密結合，陛下受命於天，下牧萬民，順天意，應人心，必能開創盛世，震古爍今。」

「太好啦！」武帝興奮得快要跳起來，說：「神權、皇權加上『三綱』，這是先生改造了的儒學，自成體系。朕用這樣的儒學作為國家的統治思想，名正言順，渾然天成。」

武帝採納董仲舒的意見，獨尊儒術，這是中國哲學史和思想史上的一件大事。此後兩千多年，歷代封建王朝皆以儒學為正統的統治思想，對於中國的古代文化，以及社會生活的各個方面，都產生了巨大而深遠的影響。

建元六年（西元前一三五年），漢武帝劉徹二十二歲。太皇太后的喪事結束，武帝舉行親政後的第一次朝會，明確宣布儒學為大漢的統治思想，其他學派可以存在，但不得衝擊或削弱儒學的獨尊地位。

這時的武帝比先前的武帝成熟、老練多了。他預見到統治思想的改變，必然會在一些老臣中遭到非議，所以先入為主地申明了自己的觀點，說：「我朝從信奉黃老之學到獨尊儒術，這是思想、政治領域的一場重大變革。變革的目的，在於發揚積極進取精神，加強中央集權，富我大漢，強我大漢。」

武帝做了這樣的開場白以後，接著分析說：「從歷史發展的進程看，秦始皇帝統一了中國，實行了一系列加強中央集權的措施。但是，秦朝很快就滅亡了，加強中央集權的任務實際上沒有完成。大漢開國六十餘年來，高祖皇帝時忙於戰爭，文皇帝和景皇帝時注重建設，社會經濟發展了，國家實力增強了，但還遠遠不夠。應當看到，我朝目前的繁榮和昌盛，僅僅限於黃河流域，尤其是以長安為中心的關中地區。這裡的土地佔全國的三分之一，人口不到全國的十分之三，而財富卻佔全國的十分之六。也就是說，關中以外的廣大地區，還很窮很弱，是不是這樣呢？因此，我們面對北方強大的匈奴，只能採用屈辱的和親政策，以求表面的短暫的安寧。長江以南和西南地區，尚未得到開發，地方政權割據獨立，中央政府在那裡的影響微乎其微。即使在黃河流域，地方豪強勢力越來越大，稱霸鄉里，魚肉百姓，甚至與官府爭奪權力和利益，對此，朝廷沒有什麼好的辦法，只能睜一隻眼閉一隻眼，聽之任之。」

武帝高瞻遠矚，縱論天下形勢。文武百官聽了，大有一種振聾發聵的感覺，心想：皇帝就是皇帝，看問題的角度和想問題的高度，總會超出常人，非同凡響；大漢能有這樣的皇帝，國家幸甚，百姓幸甚。

武帝覺察到自己的話深深地吸引了和震撼了朝臣，精神亢奮，目光炯炯，繼續說：「幾年前，朕就想用儒家思想取代黃老之學。但是，那時的阻力很大，只能半途而廢。有人曾搬出先皇的遺詔來壓朕逼朕，說景皇帝遺詔說得明白，『祖制不可輕改』，『當以安分守成為要務』，你即位伊始，怎麼就要改變祖制，另搞一套呀？說實話，朕當時也有點膽怯，害怕落個違背祖制、不敬不孝的名聲。經過這些年的思考和歷練，朕可以明確無誤地告訴你們：祖制不是不可改的，安分守成不合朕的性格。戰國時期商鞅變法，說過一句話，叫做『便國不法古』。朕想套用這句話，就叫『便國不法祖制』。祖制中好的東西，我們應當繼承，而且要發揚光大；但是，有的東西不怎麼好，或者說不合時宜，為什麼還要死抱著不放呢？為什麼還要效法呢？再說安分守成，那是黃老之學的為人之道和處世哲學。匈奴時時南侵，你想安分，安分得了嗎？天災人禍不斷，你想守成，守成得住嗎？所以，朕治國理政，主張從實際出發，從時事出發，著眼於一個『新』字，新朝廷新人手，新思想新舉措，新成果新氣象。通過我們的共同努力，實現『大一統』的任務，使大漢更加強盛，使百姓富足安康。」

武帝這番話，等於是他的施政綱領和宣言。他不滿足於祖輩和父輩已有的業績，他要百尺竿頭更進一步，他立志開拓進取，努力創造不世的輝煌。

武帝的目光充滿睿智和堅定，接著說：「獨尊儒術，這是我朝既定的國策，毋庸置疑。現在的問題是要付諸行動，大力實施。朕想，可以先從三個方面入手：一是將儒家的五部主要著作尊為經典，即《詩三百》《書》《易》《禮》《春秋》，合稱『五經』，並置五經博士，授予那些研究經典有造詣有成就的儒生；二是各郡國廣舉孝廉和賢良，開辦各類學校，朝廷籌辦太學，培養成千上萬的有用人才；三是擴大樂府的規模，掌管朝會宴饗音樂，兼管采風，採集民間的詩歌和樂曲。這些事情必須先做起來，而且要盡快取得成效。怎麼樣？」

百官見武帝從大政方針到具體事項，想得長遠而周全，無不佩服，拱手說：「皇上聖明。」偏有丞相許昌不識時務，咳嗽一聲，說：「皇上獨尊儒術，置五經博士，臣無異議。但也應顧及其他各家，比如道家，老子的《道德經》早就稱『經』了，可否也置博士呢？」御史大夫莊青翟和許昌一樣，也是黃老之學的信徒，附和著說：「丞相所言，不無道理，還請皇上考慮。」

武帝覺得好笑，駁斥說：「道家的著作也置博士，和儒家平起平坐，那麼這還叫獨尊儒術嗎？再說，老子的《道德經》稱『經』不假，但它鼓吹的是小國寡民思想，也就是『鄰國相望，雞犬之聲相聞，民至老死不相往來』。請問二位：若置《道德經》博士，那麼，它同國家『大一統』與中央集權制，對勁嗎？合卯嗎？」

許昌和莊青翟挨了批駁，不敢吭聲。武帝心裡說：這兩個人是太皇太后器重的，看來必須將他們罷職了。

這次朝會後數日，恰好有人上書，指責許昌和莊青翟辦理太皇太后的喪事倉促草率，禮儀欠周。武帝以此為理由，果斷地罷免了許昌和莊青翟的職務。因為這二人佔據高位，勢必會給貫徹落實獨尊儒術的國策造成阻力。

丞相乃百官之首，御史大夫乃丞相副手。兩位高官同時罷免，重演了當年竇嬰、田蚡同時罷免的一幕，引起很大震動。武帝胸有成竹，一面任命大農令韓安國為御史大夫，一面精心物色丞相人選。丞相一職，金印紫綬，秩祿萬石，掌承天子，助理萬機，職權無所不統，無所不包，若非德才兼備之人，那是絕難勝任的。

武帝要選丞相，重新勾起了竇嬰和田蚡的官癮。他倆均為武帝的舅舅，自建元二年（西元前一三九年）被罷職以後，僅以列侯身分參加朝會，沒有官職也就沒有權力，清閒得難受。現在見有丞相這一肥缺，豈不動心？

竇嬰迅速行動起來，專門拜訪竇太主劉嫖，懇請劉嫖在武帝跟前說情，以使自己能當丞相。他稱劉嫖為姐姐，說：「姐姐！太皇太后過世了，我能依靠的只有姐姐了。姐姐既是皇上的姑母，又是皇上的岳母，德高望重，說話最有分量。弟弟出身顯貴，而且當過丞相，論能力和經驗，遠遠強於別人。這，姐姐都是知道的。所以，這一回務請姐姐幫忙，請在皇上面前代為美言，使弟弟能夠重登丞相寶座。」

劉嫖暗暗叫苦。她是武帝的姑母和岳母不假，可是因為派人綁架衛青，弄得非常被動，武帝沒有怪罪，已屬大幸，若再去為竇嬰說情，那話怎麼出得了口呢？劉嫖是個要強要臉的女人，不想叫竇嬰小瞧了自己，硬著頭皮答應說：「行！姐姐幫你說情。不過，我不能直接去找皇上，而要來個迂迴戰術，去找王太后，讓王太后給皇上施加影響。」

竇嬰滿心歡喜，說：「姐姐出面，沒有辦不成的事。不管找誰，只要事成就行。」

就在竇嬰拜訪劉嫖的同時，田蚡則進了長樂宮的長秋殿，拜訪同母異父姐姐王太后。田蚡身材矮而胖，天生一張八哥嘴，能說會道。他見王太后，先提竇太后的遺產，說：「弟弟剛才路過長信宮，見宮門都封了，這是怎麼回事？」

王太后說：「太皇太后死前叮囑，她的遺產全歸長公主，早由長公主搬去自家的莊園了。長信宮空著，自然是要封了宮門的。」

田蚡故作驚訝，說：「我的娘哎！太皇太后在位四十多年，金銀珍寶數以億萬計，長公主得了，豈不成了天下第一富婆！」

王太后說：「那是自然的。前些日搬運時，長公主親自打點，裝箱裝櫃，二三十輛大車，整整忙了三天，才算搬運結束。」

田蚡意味深長地說：「太皇太后可真會為自家人打算啊！」他見王太后沒有反應，接著說：「姐姐可知許昌丞相被罷職了？」

王太后輕輕一笑，說：「怎麼？你盯上丞相的位置了？」

田蚡恰也老實，笑著說：「姐姐最摸弟弟的心思了。弟弟依仗姐姐的德蔭，貴封侯爵，而且當過太尉，位列三公，若不是太皇太后，何至於罷職？現在，丞相位置空缺，弟弟正想輔佐外甥皇帝，一顯身手。於公，可以振興大漢；於私，可以光宗耀祖。姐姐你說，是不是這樣？」

王太后的娘家，除了田蚡以外，其他人包括生母臧兒、妹妹王姁等，幾年間都陸續亡故了。因此，她視田蚡為親人，田蚡想當丞相，光宗耀祖，這個忙是不能不幫的。她想了想，說：「眼下能當丞相的，也只有你和竇嬰了。衝著王、竇兩家外戚爭權這一點，我肯定會站在你這一邊。過去，竇氏一直壓著王氏；今後，要翻過來，王氏要勝過他竇氏。」

田蚡喜不自禁，又是打躬，又是作揖，說：「全仗姐姐了！全仗姐姐了！」

田蚡剛剛離去，竇太主劉嫖緊跟著又進了長秋殿。王太后笑著迎接，說：「喲！長公主呀！什麼風把你大駕給吹來了？快！請坐請坐！」在王太后的心目中，劉嫖永遠是個大恩人，她對她歷來是十分敬重的。

劉嫖未坐先笑，說：「我來和妹妹說話呀！太皇太后升天了，我也只有妹妹一個能說上話的人了。唉！想來想去，還是你我姐妹好啊！」

王太后說：「瞧你說的！你不是還有堂邑侯陳午和女兒阿嬌嗎？有話不能跟他們說？」

劉嫖落座，說：「嗨！陳午那個人，病病歪歪的，三棒槌打不出個屁來，跟他有什麼說的？至於阿嬌，驕縱任性慣了，恨不得把我吃了去，我們娘兒倆壓根兒就尿不到一個壺裡。」

王太后笑著說：「那倒是。」

劉嫖湊近王太后，說：「我今天來，也是受人所託，就是竇嬰，他想當丞相，請我去找皇帝說情。妹妹知道的，為了衛青的事，弄得我裡外不是人，我怎好去找皇帝？沒有辦法，所以只好來找妹妹，好歹給遞句話，就說竇嬰有那個心，還請皇帝予以考慮。」

王太后心想，你這個長公主手也伸得太長了，徹兒定誰為丞相，你管得著嗎？不過，她礙於情面，不想使恩人難堪，說：「長公主的話，我一定轉告徹兒，讓他考慮。」她覺得有必要把話說活，接著說：「只是徹兒已經親政，凡事都有主見，像選定丞相這樣的大事，怕早就心中有數了，別人的話很難管用。再說，我也沒有太皇太后那樣的權威，一言九鼎，到時候事沒辦成，長公主可別怨我。」

劉嫖說：「不會不會，妹妹只需把話遞到，你我就都算完成任務了。」

這以後不久，武帝頒旨，宣布田蚡出任丞相。這在很大程度上取決於王太后的影響。她對武帝說：「肥水不流外人田，胳膊只能朝裡拐。田蚡是我的弟弟，你的舅舅，他不當丞相，誰當？」武帝是孝敬母親的，而且田蚡多少有些能耐，所以就做出了決定。聖旨頒布，田蚡笑逐顏開，竇嬰垂頭喪氣，王氏外戚遠遠勝過竇氏外戚了。

至於董仲舒，雖然滿腹經綸，武帝卻沒有讓他在朝中任職，命去江都（今江蘇江都），在武帝的哥哥、江都王劉非帳下任相國。董仲舒到了江都，聽說漢高祖劉邦的陵廟失火，心血來潮，援據《春秋》，推理失火的原因，胡說這是上天對於武帝什麼過錯的懲戒。他的文稿被人偷了呈給武帝。武帝召集群臣討論此事。儒生呂步舒，本是董仲舒的大弟子，不知文稿出自老師的筆下，指斥文稿的觀點荒謬愚蠢，明顯是攻擊和誹謗皇上。因此，董仲舒被下獄，幾乎論死。幸虧武帝器重董仲舒的才華，降詔赦罪，免其一死。董仲舒保住了性命，丟了官職，從此再不敢妄論什麼天人感應的災異之類了。

漢朝前期，丞相之職，位尊權重，朝會的舉行與奏事，官吏的選用與升降，誅罰的決定與執行，郡國的上計與考課等，都屬丞相的職權範圍。因此，丞相官署為朝廷第一衙署，主要屬官有長史、司直、丞相徵事、丞相史、丞相少史、東曹掾、西曹掾、集曹掾、奏曹、議曹、侍曹、主簿、丞相屬、大車屬、從史、令史、計相、計室掾史等，大小官員近四百人。田蚡當了丞相，首握朝綱，總領百官，一人之下，萬人之上，真個是尊貴榮崇，一時無倆。

新官上任三把火。田蚡既居丞相高位，急於自我表現，貫徹執行武帝獨尊儒術的國策，不敢鬆懈，使出了渾身的力氣。他按照武帝的指示，尊儒家的五部著作為「經」，從全國各地挑選數百名儒生，再經篩選，最後確定十餘人為五經博士。「博士」一詞，始見於戰國前期，是對學者的泛稱，而不是官名。戰國後期，秦、齊、魏等國禮賢下士，任用賢才輔佐國政，相繼設立博士官，博士遂由學者名稱變成了官職名稱。秦始皇統一天下後，博士為朝廷的文化官吏，其職責是通古今，備諮詢，參預議政。但任此職的不限於儒家，凡有才能者均可為博士。漢朝前期，仍有許多博士。漢武帝獨尊儒術後，博士職便被儒家所壟斷，其他各家的學者，不管學問多麼高深，也一律不得稱作博士了。

田蚡在置五經博士的同時，還積極籌辦太學，即全國的高等學府。不過，此事比較複雜，田蚡所能做的只是籌辦而已。至於各郡國，則必須興辦學校，通過學校教育，培養各類人才。當時的學校分官學和私學兩種，主要是私學。私學一般稱作「書館」，老師稱作「書師」，學習分為三個階段，一曰蒙學，二曰學《論語》《孝經》，三曰讀經。入蒙學旨在識字習字，學《論語》《孝經》旨在接受封建道德教育，學經旨在入仕治民。這幾個環節，使漢朝初步形成了育人用人的有效機制。

五經博士設置了，郡國學校興辦了，田蚡頓時成了風雲人物。不光天下的郡守豪傑要巴結他，就連各國的諸侯王也要依託他，爭相趨附，四方賄賂，輦集門庭。但凡小人情性，失志便諂，得志便驕。身為丞相的田蚡，早非昔日的太尉可比，漸漸地顯露出驕態，公然招權納賄，利用任命官員之便，大把大把地撈取錢財。他在長安修建了豪華的府邸，在京郊購置了肥美的良田，派去郡國採辦器物的人相屬於道，郡國進獻的狗馬珍玩不可勝數。他的生活更加排場和腐朽，前堂羅列鐘鼓和旗幟，後房廣儲嬌妻和美妾。據說妻妾總數超過百人，其中許多人，他叫不出姓名，只知她是自己的妻妾而已。

小人得志，必然猖狂。田蚡的權勢迅速膨脹，不僅不把百官放在眼裡，就是對武帝，有時也要拿出舅爺的派頭來，指手畫腳，趾高氣揚。武帝看在王太后的面上，開始還能忍耐，保持克制態度。可是，田蚡得寸進尺，越來越不像話，每次入朝奏事，坐語移時，說來說去，都是推薦給他行了賄的官員。賄賂少的，推薦為縣令；賄賂多的，推薦為郡守。他把皇家的官職，都換成金銀珠寶，攬進自家的腰包了。一天，田蚡又念了一長串名單，說：「這個人可當縣令，這個人可當郡守。」

武帝勃然變色，怒氣沖沖地說：「你完了沒有？朕還有幾個人，需要任命呢！」

田蚡受了武帝的訓誡，羞赧而退。沒多久，他卻將此事忘記，又起貪心，請求武帝將少府所屬的一塊土地，劃撥給他，以供擴充府邸。武帝好生氣惱，冷嘲熱諷地說：「行呀！你乾脆將羽林軍的軍械庫拆了吧！」

田蚡此時方知外甥皇帝是個厲害角色，羞得面紅耳赤，謝過而退。從此，他的言行略有收斂，意識到自己雖是皇親國戚，但若惹惱了武帝，那麼尊崇和臉面，恐怕很難保全哩！

田蚡招權納賄，假公濟私，激起了官民的強烈憤慨。民間很快流傳一首民謠，唱道：

橫豎一張嘴，
毒蟲八把刀。
今貝林女烈，
禍害亂天朝。

民謠四處傳唱，許多人不解其意。武帝一天詢問東方朔。東方朔回答說：「橫豎一張嘴，是『田』字；毒蟲八把刀，是『蚡』字；『今貝』合成『貪』字，『林女』合成『婪』字。民謠是說，田蚡極度貪婪，終將亂我大漢。」武帝心有所悟，說：「原來如此。這就是民心啊！」他後悔讓田蚡當了丞相，但礙於王太后的情面，暫且未免田蚡的丞相職務。不過，他心中有數，決定收攏權力，按照自己的意志，去施展宏大的政治抱負。

武帝親政後的第一件大事是獨尊儒術，第二件大事便是改變對匈奴的屈辱和親政策，決心用武力回擊這個侵擾邊境、擄掠邊民的北方強敵。然而，這時南方卻起了事端，閩越發兵進攻南越，南越火速求援於漢。於是，武帝先將視線轉向南方，因為南方若不安定，那麼勢必影響北伐匈奴的戰略部署。

漢朝的南方大體上指東南和五嶺以南廣大地區。秦始皇統一中國時，南方已經進入秦朝版圖，分別設立了閩中郡、桂林郡、南海郡和象郡。秦末動亂期間，這幾個郡因為山高皇帝遠，所以鬧起了割據和獨立，越王勾踐的後裔騶氏和真定（今河北正定）人趙佗分別建立了地方政權，稱國稱王。其中，閩中郡一分為二：騶無諸建立的政權稱閩越，佔今福建省境內，都冶城（今福建福州）；騶搖建立的政權稱東甌，佔今浙江省境內，都東甌（今浙江溫州）。趙佗建立的政權稱南越，佔地最大，包括桂林郡、南海郡和象郡，相當於今廣東省和江西、湖南、廣西部分地區，都番禺（今廣東廣州）。漢朝開國後，無力征服這三個地方政權，只好承認它們的獨立性，但規定它們是「外臣國」，必須臣服於漢朝。漢高祖時，封了騶無諸為閩越王，趙佗為南越王；漢惠帝時，封了騶搖為東海王，一稱東甌王。當時，閩越、東甌、南越一帶，尚未充分開發，經濟和文化發展比較落後，所以中原人多稱那裡為「蠻夷」，稱謂中含有某種鄙視的意思。

閩越國和東甌國地理鄰近，同屬騶姓，但閩越王和東甌王歷來不和，常因一些利害問題而發生紛爭。漢景帝時，周亞夫平定吳楚七國之亂，吳王劉濞逃至東甌，劉濞的兒子劉駒逃至閩越。東甌王和閩越王對於漢朝的叛臣採取了截然不同的態度：前者殺了劉濞，後者允許劉駒避難。因此，就和漢朝的關係而言，東甌比較親近，閩越則顯得疏遠和狂傲。

建元三年（西元前一三八年），閩越國新任國王騶郢，受了劉駒的挑唆，再次發兵進攻東甌國。東甌王騶搖無力抗擊敵人，只好向漢朝皇帝告急求援。武帝時年十九歲，第一次遇到這樣的問題，詢問舅舅田蚡，說：「這該怎麼辦？」

田蚡回答說：「閩越和東甌，結怨太深，互相攻擊，此乃常事。早在秦朝的時候，朝廷就將這兩個蠻夷之國捨棄不管了，現在我們何必多事，插手他們之間的糾紛呢？」

中大夫嚴助不同意田蚡的觀點，反駁說：「堂堂大漢，只怕自己的武力不能救援小國；煌煌天子，只怕自己的恩德不能覆蓋天下。如果力量能夠做到的話，那麼為何要捨棄外臣國而放任不管呢？現在，東甌告急求援，天子若不扶困救危，那麼以後小國有難，還指望誰呢？大漢天子又怎能鎮撫萬邦呢？」

武帝聽了這番話，年輕的心沸騰了，說：「對！朕君臨天下，外臣國的事不能不管，我們應當救援東甌。」他當即命嚴助為使者，賜予節杖，前去會稽郡，調集兵馬，救援東甌國。

嚴助火速到了會稽郡。會稽郡守見嚴助只有皇帝賜予的節杖，沒有調兵的虎符，依法不予理會。嚴助一時性起，憤怒地將一司馬官斬首，宣諭皇帝的旨意。會稽郡守害怕了，趕緊發兵，從海上救援東甌。閩越王騶郢自料無法與大漢相抗衡，慌忙撤兵解圍，退回閩越。

這一次，漢朝和閩越並未直接交鋒。但武帝以其天子的胸懷和果斷的舉動，震懾了閩越，贏得了外臣國的尊敬。從此，東甌和漢朝的關係更加密切了。東甌王騶搖畏懼閩越再來侵擾，請求率領國民內遷。武帝表示同意。於是，東甌四萬多百姓拖家帶口，遷移到長江以北、淮河以南的地方居住，正式成為大漢帝國的臣民。

建元六年（西元前一三五年），當武帝準備北伐匈奴的時候，狂妄的閩越王騶郢又生事端，興兵進攻南越，激起了武帝的滿腔怒火。這時，趙佗的孫子趙胡為南越王。趙胡景仰大漢天子的威德，上書武帝說：「南越和閩越，都是大漢之屬國。大漢天子曾有命令，不許屬國之間互相攻伐。現在，閩越擅自舉兵攻我南越，臣不敢背約，唯請天子裁奪！」

武帝召集群臣討論此事。已任丞相的田蚡還是原先的老腔調，說：「蠻夷之國，互相攻伐，誰對誰錯，沒個準頭。臣以為，我們應當隔岸觀火，由他們鬥去，鬥得兩敗俱傷，最好。」

武帝討厭田蚡這種冷漠、陰沉的態度，批駁說：「這是什麼話？南越王上書，請朕出面裁奪此事，這是對朕的高度信任，朕若隔岸觀火，豈不讓人恥笑？你們給朕記住：大漢的敵人在北方，而非南方。我們要全力對付北方的匈奴，因此南方必須保持穩定。閩越以前進攻東甌，現在又進攻南越，它若得勢，吞併南越，必將成為南方的匈奴。所以，不能聽之任之，必須發兵征討。」

武帝著眼於全局，分析形勢，做出了用兵閩越的決策。群臣折服，齊聲說：「皇上聖明！」武帝當機立斷，任命大行令王恢、御史大夫韓安國為將軍，率領兵馬，一出豫章（今江西南昌），一出會稽（今江蘇蘇州），兩路並進，征討閩越。

淮南王劉安居心不善，上了一道長篇奏書，反對武帝的軍事行動。書中說：「陛下君臨天下，布德施惠，緩刑罰，薄賦斂，哀孤寡，養耆老，振匱乏，盛德上隆，和澤下洽，近者親附，遠則懷德，天下懾然，人安其生，皆以不見兵革為幸事。今聞有司舉兵，以伐閩越，臣以為萬萬不可。閩越，方外之地，翦髮文身之民，不可用冠帶大國的法度治理也。自古以來，胡越不與受正朔，非強弗能服、威不能制也。那裡是不居之地，不牧之民，不足以煩中國也。故古者對內甸服，對外侯服，侯衛賓服，蠻夷遙服，戎狄荒服，遠近勢異也。自漢開國以來，諸越相攻，不可勝計，然天子從未舉兵而入其地也。」

武帝閱書，心中納悶：他一個諸侯王，為什麼要插手朝廷政事呢？武帝且將劉安的奏書扔在一邊，飭令王恢和韓安國加快進兵。閩越王騶郢聽說漢軍南下，恰也驚慌，趕緊回軍據險，改攻為防。騶郢的弟弟騶餘善，料定閩越難與漢軍對抗，所以聚集族人磋商，決定除去騶郢，歸附大漢。族人多半贊同。騶餘善於是暗藏利刃，去見哥哥，出其不意，將騶郢刺死，割下首級，派人獻給王恢。其時，王恢大軍剛過五嶺，遂按兵不動，一面通告韓安國，一面將騶郢首級送至長安，請旨定奪。

武帝沒有想到這次用兵如此順利，樂得眉開眼笑，隨即下令罷兵。他派出一名中郎將為使者，改立騶無諸的孫子騶丑為新的閩越王，奉閩越祭祀。騶餘善誅殺騶郢，威行國中，民多歸附。武帝考慮到他的功勞，一並立他為東越王，地位和騶丑相當。武帝同時派嚴助為使者，前往南越，撫慰趙胡，表彰趙胡一貫臣服於大漢的忠心。趙胡頓首致謝，說：「天子興兵誅滅閩越，臣只能以死報德！」趙胡為了表示對漢朝的感激之情，自願將太子趙嬰齊送到長安，入侍武帝。這一來是用太子做人質，表明南越永不叛漢；二來是讓太子學習漢朝的文化，以便將來更好地治理南越。

南方戰事，基本上是兵不血刃，便宣告結束。武帝以他的氣魄和才智，在那裡樹立了大漢帝國的崇高威望。接下來，武帝的精力轉移到北方，他要和強大的匈奴展開正面較量了。

第七章

馬邑計敗

漢武帝劉徹親政的第二年，也就是元光元年（西元前一三四年），北方匈奴單于又派使者來到長安，請求和親。在這以前，漢朝先後已將七位公主送到了匈奴單于的帷幕之中，而且把數不盡的美酒、糧食、絲帛等送往塞外，以此來換取長城下的暫時和平。這是匈奴單于第八次請求和親，那麼年輕氣盛的武帝如何應對呢？

武帝召集群臣商議此事。他說：「知己知彼，百戰百勝。議事之前，我們不妨先說說匈奴的歷史，了解一下北方這個很不安分的鄰居。司馬談！你是太史令，說說你所掌握的情況。」

司馬談，夏陽龍門（今陝西韓城）人，三十五六歲，瘦高個兒，方臉大耳，面皮白淨，一看便知是個文人。他任太史令，掌管起草文書，策命諸侯，記載史事，編寫史書，兼管國家典籍、天文曆法和祭祀等事宜。他被武帝點名，趕忙出班回答，說：「是！匈奴是我朝北方的一個古老民族，繁衍在河套地帶，游牧於大漠南北。他們逐水草遷徙，居無定所；舉國上下咸吃畜肉，衣其皮革；男女老少均善騎射，苟利所在，不知禮義。相傳匈奴人是夏人的後代。商朝甲骨文中稱其為『鬼方』，西周稱其為『葷粥』或『獫狁』，春秋戰國時則稱其為『狄』、『戎』或『胡人』。從秦朝起，始稱匈奴。秦朝末年，匈奴漸趨強大，出了位傑出首領叫冒頓。秦二世胡亥元年（西元前二〇九年），冒頓射殺父親頭曼，奪得單于權位，自為單于。『單于』是廣大的意思，用作匈奴最高首領的稱號，其嫡妻則稱作閼氏。正是這位冒頓單于，使匈奴最終完成了由分散的氏族、部落聯盟向統一的奴隸制政權的過渡，從而成為一個強大的國家。」

武帝插話說：「這位冒頓單于很有些能耐嘛！」

司馬談說：「沒錯，這位冒頓單于的確有些能耐。當初，冒頓剛剛登位時，國基尚未穩固，強鄰東胡發出挑戰，指要冒頓的千里馬。冒頓的部下非常氣憤，紛紛反對，說：『千里馬是單于的寶馬，怎能輕易給人？』冒頓卻說：『雙方既是鄰國，我們何必愛一匹馬呢？不如送給他們算了。』東胡得了千里馬，猶不滿足，又派人索要冒頓寵愛的閼氏。冒頓的部下更加氣憤，說：『東胡欺人太甚，要了千里馬又要閼氏，不能答應，應該進攻他們！』冒頓卻平靜地說：『雙方既是鄰國，怎能為了一個女人而大動干戈呢？』他硬是把自己的閼氏送給了東胡單于。」

武帝「嘿嘿」一笑，說：「呵！這個人倒是大方。」

司馬談接著說：「東胡單于以為冒頓軟弱可欺，更加狂妄驕橫，又派人讓冒頓讓出一千里土地。這一回，冒頓火了，勃然大怒，說：『土地是國家的根本，別說一千里，就是一分一寸，也不能讓給他人！』他立即率領全國的士兵，猛烈地進攻東胡，一下子就把東胡消滅了。」

武帝聽得入神，說：「好！這才是大丈夫！我們大漢也應當這樣，國家的土地，一分一寸也不能讓給別人！」

司馬談最後說：「冒頓單于用武力統一了匈奴各部，控制了南抵長城，北抵貝加爾湖，東至遼河，西逾蔥嶺的廣闊地域，擁有騎兵三十餘萬，因而成為我朝北方的強勁敵人。」

武帝的目光掃視群臣，說：「匈奴早在西周的時候，就對中原構成威脅。戰國時期，秦、趙、燕三國修築長城，就是為了抵禦匈奴入侵。秦始皇帝將各國的長城連接起來，西起臨洮（今甘肅岷縣），東至遼東（今遼寧遼陽西北），形成一道防禦屏障，號稱萬里長城。但是，萬里長城並不能阻止匈奴的貪婪野心。高祖皇帝建漢以來，匈奴三代單于時時南侵，踐踏我國國土，殺戮百姓，搶掠財物，六十多年間，共有二十餘萬邊民被匈奴人擄去，充當奴隸。你們說，這種情況能容忍嗎？」武帝威嚴的目光掃向王恢，說：「大行令王恢！你是主管外交事務的，說說大漢和匈奴的幾次交往。」

王恢，燕地（今河北一帶）人，中等身材，皮膚黝黑，山羊鬍鬚，臥蠶眉毛，顯得幹練而精神。他跨出班列，說：「皇上剛才所說的匈奴三代單于，是指冒頓單于、老上單于和軍臣單于祖孫三代。高祖皇帝時，交往的是冒頓單于，那年的『白登之圍』，人所共知。冒頓鐵騎南下，直逼晉陽（今山西太原）。高祖皇帝親統三十萬大軍迎敵，先頭部隊在平城白登山（今山西大同西北）被匈奴騎兵包圍，整整七天七夜，受盡了屈辱。後來，陳平設計，用重金買通了冒頓單于的閼氏，閼氏說動冒頓撤圍，高祖皇帝才得以安然無恙。事後，大漢和匈奴開始和親。高祖皇帝駕崩後，惠皇帝即位，高后呂雉執政。冒頓單于曾寫一信，向高后求婚，信中詞語污穢，帶有挑釁和侮辱性質。高后大怒，召集群臣計議。樊噲要求發兵十萬，攻擊匈奴。季布從中斡旋，認為憑當時的國力，不足以和匈奴較量，說：『狄夷比如禽獸，得其善言不足喜，惡言不足怒也。』高后審時度勢，聽從了季布的意見，忍辱回信冒頓，婉言拒婚，重申兩國友好的願望，使事情得以平息。文皇帝時，堅持實行和親政策。冒頓死後，其子繼為單于，即老上單于。老上單于依據『小入則小利，大入則大利』的思想，更加猖獗，曾率騎兵十四萬，到達甘泉宮（今陝西淳化北）一帶，距離長安不過百里之遙。老上單于死後，其子繼為單于，即軍臣單于。景皇帝時，就是和這個軍臣單于交往，主要是和親。然而，匈奴欲壑難填，每次都是前腳和親，後腳就又侵我大漢，從來不講信用。」

武帝點頭，說：「我們了解了匈奴的歷史，以及大漢和匈奴的交往，總而言之，受害的是大漢，得利的是匈奴。現在，軍臣單于又提出和親請求，我們該怎樣應對呢？這涉及到對匈奴的政策問題，還請各位暢所欲言，充分發表意見。」

大行令王恢歷來是反對和親的，首先發言，說：「自高祖皇帝以來，我朝和匈奴和親次數不少，可是結果怎樣呢？每次總是過不了幾年，匈奴就違背誓約，照樣興兵南侵，燒殺搶掠，恣意逞凶。因此，臣以為應當停止和親政策，積極做好準備，隨時發兵攻伐匈奴！」

武帝見王恢明確地表述了主戰的觀點，心中有些快慰，但也有些不安。因為他知道，朝臣中老人多，新人少，有形無形地存在著一股守舊勢力，這股勢力求穩怕亂，斷難同意王恢的觀點。他注目群臣，希望有人站出來支持王恢。可是大臣們有意迴避武帝的目光，他們都想看看事態的發展，然後做一個穩妥的表態。這時，御史大夫韓安國步出班列，發言反對王恢的提議。

韓安國，字長孺，成安（今河北成安）人，五十五六歲，大高個兒，粗眉圓眼，一副老成持重、洞察世情的姿態。他是漢景帝時期的名將，參加過平定七國之亂，深受竇太后的賞識。後因捲進一宗人命案子，丟官居家。漢武帝即位後，田蚡任太尉。韓安國賄賂田蚡五百兩黃金，得以復出，任大農令，進而升任御史大夫。韓安國向著武帝一拱手，說：「王恢的提議不可取。大漢軍隊，遠赴千里之外去作戰，是不會得到任何好處的。如今匈奴，心懷鳥獸之心，足有戎馬之利，隨意遷徙，忽東忽西，誰也捉摸不定他們的去處。而我們呢？即使得到他們的土地，也無補於大漢疆域的廣闊；得到他們的人口，也無補於大漢國力的強盛。自古以來，匈奴就不屬於中國，而我們要奔赴幾千里去征討他們，人馬必定疲憊不堪，匈奴如果趁機反撲，我們勢必要吃大虧。所以，臣以為還是和親為好。」

韓安國資格老，地位高，一番話立刻招來一些附和。有人說：「是啊！不管怎麼說，匈奴單于提出和親，總是一種友好的表示，我們應當禮尚往來才是。」有人說：「攻伐匈奴不是沒有道理，只是我們現在一點準備也沒有，貿然拒絕和親，實非明智之舉。」

武帝臉色鐵青，詢問田蚡說：「田丞相！你有什麼高見呀？」

田蚡關注的是他的巨額家產和嬌妻美妾，若擊匈奴，自己將會受到很大損失。他聳了聳肩膀，回答說：「在目前情勢下，臣以為還是和親為上策。」

王恢據理力爭，終因寡不敵眾，孤掌難鳴，主張和親的一派最後佔了上風。武帝迫不得已，只好同意和親，硬是從民間物色了一位姑娘，冒充皇家公主，同時陪嫁了大量的金銀絹帛，送給了軍臣單于。

這次辯論，給了武帝一個強烈的刺激。他嚥不下這口惡氣，暗暗地說：「和親，這是最後一次。朕就不信，我堂堂大漢，竟不敵你一個區區匈奴！」

武帝為了和親之事，憋了一肚子的火。第二年春天，事情突然發生變化，大行令王恢轉交給武帝一封信，使得攻伐匈奴問題再次提上議事日程。

信是雁門郡馬邑縣（今山西朔縣）一位土豪聶壹寫的。信中說：「我朝與匈奴剛剛和親，他們非常得意，邊備肯定鬆弛。這時，我朝可以施展計謀，引誘他們入侵，然後埋伏重兵襲擊，定能打敗匈奴，大獲全勝。」武帝閱信，怦然心動，立即召集群臣，再議攻伐匈奴之大計。

滿朝文武聚集於未央宮前殿。大家見武帝緊繃著臉，略帶著怒容，不由地屏聲斂氣，肅然侍立。武帝的眼光從大臣們的臉上一一掃過，鄭重地說：「去年，我朝和匈奴和親，朕把一位漂亮的姑娘，裝飾得齊齊整整，連帶金銀絹帛，送給了匈奴單于。可是怎麼樣呢？匈奴單于反而以為我大漢無人，態度更加傲慢，不斷地派兵侵擾我國，弄得邊境上人心惶惶。朕身為大漢皇帝，萬分關切邊境軍民的安危，並為他們生命財產所受到的損失而感到痛心。現在，朕已打定主意，舉兵攻伐匈奴，你們以為如何？」

武帝旗幟鮮明地表明了立場，使那些猶豫觀望的大臣，不得不重新考慮自己的態度。而一貫主戰的王恢受到鼓舞，膽氣更加豪壯，首先回應說：「陛下的決策非常英明！臣聽說戰國時期的代國（今河北西北部），北面有強大的匈奴為敵，南面要與中原的各國交戰，但是仍然能夠養老撫幼，種植以時，倉廩充實，使得匈奴不敢輕易侵犯。而今我大漢，陛下神威，海內統一，天下同心，派遣壯士登邊城守關隘，還從全國各地轉運糧草，以為防守之備。儘管如此，匈奴仍然侵擾不止。這是為什麼呢？原因在於和親政策，在於我國一向妥協求和，以致匈奴毫無懼怕之心。因此，臣主張兵擊匈奴。」

「你說的不對」，主和派的代表人物韓安國站出來反駁王恢，說，「天子的氣度應該寬大，不能以一己的私怒而動用天下的人力和財力。高祖皇帝遭遇『白登之圍』，事後並不記恨匈奴，反而派劉敬奉上千金與匈奴和親。文皇帝也曾想攻伐匈奴，然而勞而無功，所以依舊沿用和親的老辦法。二位先聖已為我們做出了榜樣，應當遵循不變。因此，臣反對兵擊匈奴。」

武帝聽了韓安國的話，緊皺眉頭，但看在韓安國乃元老重臣的份上，不便發作，只對王恢使了個眼色，鼓勵他和韓安國辯論下去。王恢精神抖擻，接著說：「韓大人說的太片面了。常言道：五帝之禮不相襲，三王之樂不相復。這不是聖王們故意搞成與前王不同，而是各自依據時勢的變化而採取適宜的禮樂制度。高祖皇帝當年不報白登之仇，是因為天下初定，國力疲憊，不適宜調動天下人力和財力。而今天，邊境不安，軍民死傷，運送屍體的柩車，一輛一輛地馳回內地，這難道不讓人痛心嗎？有血氣的公卿大臣和黎民百姓，都為匈奴的暴行而憤怒，韓大人怎麼能說這是皇帝一人的『私怒』呢？況且，現在大漢國力強盛，不僅高祖皇帝時無法相比，就是文、景皇帝時也無法比擬。手握強兵而見死不救，卻標榜什麼帝王的寬宏大度，實在是荒謬至極。因此，臣主張兵擊匈奴。」

韓安國受到王恢的批駁，臉色有些難看，說：「王恢所言，實是強詞奪理。臣聽說沒有十倍的利潤不經商，沒有百倍的功業不打仗。這是古訓，切莫忘記。匈奴，輕疾悍勇之兵也，至如飆風，去如收電，畜牧為業，弧弓射獵，逐獸隨草，居處無常，難得而制。果真打起仗來，我邊境各郡必然要長期廢耕廢織，支援戰事，害大於利，失大於得。因此，臣反對兵擊匈奴。」

「韓大人是長他人志氣，滅自己威風」，王恢朗聲說，「今以中國之盛，萬倍之資，只需拿出百分之一的財力對付匈奴，就像以強弩射擊潰爛的膿瘡，保證萬無一失。因此，臣堅決主張兵擊匈奴。」

韓安國面對咄咄逼人的王恢，漸漸招架不住，說：「不然。臣聽說用兵者以飽待饑，正治以待其亂，定舍以待其勢，故接兵覆眾，伐國墮城，常坐而役敵國，此聖人之兵也。臣還聽說沖風之衰，不能飄起羽毛，強弩之末，不能射穿魯縞。攻伐匈奴，必然要捲甲輕舉，深入長驅，人馬乏食，恐怕難以為功。因此，臣還是反對兵擊匈奴。」

王恢微微一笑，說：「臣主張兵擊匈奴，並未說一定要深入長驅呀！我們可以利用匈奴單于貪右，或當其前，或絕其後，單于可擒，百全必取。」

這場辯論持續了數日，主要是王恢和韓安國唇槍舌戰，最後韓安國理屈詞窮，無話可說了。那些原先支持韓安國的大臣，揣摩武帝的心思，紛紛轉變立場，站到了王恢一邊。這樣，主戰派就擊敗了主和派，取得了論戰的勝利。

武帝異常興奮，說：「好！我們既然決定攻伐匈奴，那麼舉朝上下，就要同心協力，精心準備，把仗打好！朕相信，依仗大漢的國力和將士的英勇，打敗匈奴，不成問題！這裡，朕宣布一條禁令：從今往後，『和親』二字，免談！和親政策，使大漢受盡了屈辱，朕有信心也有能力使它成為歷史！」

一場辯論，一個結果。大漢攻伐匈奴的戰爭，就此揭開了序幕。

元光二年（西元前一三三年）春夏之交，長安城內外一片忙碌。武帝坐鎮未央宮，發出一道又一道備戰的命令。軍隊動員，馬匹聚集，調運軍械和糧草的車輛來往穿梭，熱火朝天。武帝親自部署具體的用兵方略，心頭湧動著一股難以抑制的激情。可不是嗎？從高祖皇帝以來，大漢對於匈奴，一直是和親和親，而今他要對匈奴動武了，做一件列祖列宗沒有做過的大事，怎能不激動不亢奮呢？

武帝專門召見馬邑土豪聶壹。聶壹，年紀在四十歲左右，胖胖的，黑黑的，三角眼，短劍眉，眼睛一閃一閃，目光中透露出精明和智慧。他是一個商人，經常去匈奴做買賣，見過軍臣單于，彼此間存在著很不錯的友情。

武帝召見聶壹，王恢在座。武帝說：「朕讀了你的信，知道你是具有愛國心的商人。現在派你去做一件大事，你可願意？」

聶壹拜伏在地，說：「草民能為國家效力，榮幸之至。皇上儘管吩咐，赴湯蹈火，草民萬死不辭。」

武帝親手扶起聶壹，說：「這事非同小可，關係到國家利益。你若做成了，便是大漢的功臣。」

聶壹說：「功臣不敢當，只要能為國家效力就行。」

武帝示意王恢。王恢說：「皇上決定兵擊匈奴，需要你去充當奸細，施行誘兵之計，誘他匈奴單于前來馬邑，怎樣？」

聶壹滿口答應，說：「行！草民跟軍臣單于很熟，我去見他，他斷然不會懷疑的。」

武帝說：「很好！你的具體任務，由王恢安排，凡事想得周到些和細緻些，不可露出破綻。」

召見結束。王恢和聶壹又密商幾天，確定了許多細節問題。然後，聶壹興沖沖地回到馬邑，前往匈奴。

時值六月，中原地帶，處處蔥綠，生機盎然，而塞外卻是一片沙漠，荒無人煙，灼熱難耐。偶爾可見一條水流，水流兩岸長著茂盛的青草，散布著白色的帳篷，那裡便是匈奴人聚集的地方。聶壹騎馬跋涉數天，終於在一個很大的牧場見到了軍臣單于。

軍臣單于，四十多歲，粗大的腰圍，四方的脊背，有稜有角的臉上長著些疙瘩，鬍鬚散亂，目光深邃，身穿一件沒有袖子的羊皮背心，背心敞開，露出青筋隆起的胸膛和胳膊。他見了聶壹，非常高興，說：「哈哈！歡迎你，尊敬的朋友！這次給匈奴帶來了什麼稀罕的物品？」

聶壹笑著說：「稀罕的物品很多很多，只怕單于買不起喲！」

單于招待聶壹飲用奶茶，說：「匈奴有的是牛羊、馬匹和駱駝，即使你有一座金山，我也能把它買下來。」

聶壹大笑，說：「我恰好有座金山，不過，不是賣，而是送給單于來了。」

單于疑惑地注視聶壹，說：「金山？送給我？」

聶壹請單于屏退僕人，悄聲說：「我要送給單于一座馬邑城，豈不是金山？」

「怎麼講？」

「事情是這樣的，」聶壹按照和王恢所定的計謀，湊近單于說，「我新近做了一筆生意，賺了百萬緡錢。不想馬邑令眼紅，硬說我非法經商，把那百萬緡錢給沒收了，還要將我治罪。這不？我就逃出來了，前來見你單于。馬邑城裡，我有二百名家丁，他們可以為我出生入死，殺了馬邑令和馬邑丞，將城池獻給單于。我主要是為了報仇，你可以得到馬邑城裡的全部財物，這可比金山還要貴重哦！」

軍臣單于和聶壹有著長期的交往，相信聶壹的話全是真的。他立刻來了興趣，說：「你們果真能殺死馬邑令和馬邑丞？」

聶壹說：「嗨！那還不是小菜一碟嘛！」

單于大喜，說：「好！你我就進行一次合作，我幫你報仇，你幫我獲得金山，雙方得利，划得來！」

「合作」的事項確定，聶壹告辭單于，返回馬邑。馬邑有王恢的人在等著，飛快地將情況報告長安。

武帝大為興奮，立即調兵遣將，任命御史大夫韓安國為護軍將軍，大行令王恢為將屯將軍，衛尉李廣為驍騎將軍，太僕公孫賀為輕車將軍，大中大夫李息為材官將軍，統歸韓安國節制，統領三十萬兵馬，埋伏於馬邑城外的山谷之中，單等軍臣單于進入埋伏圈內，然後一起出擊，將敵人全部殲滅。

聶壹按照預定的計劃，從死囚牢裡提出兩個犯人，砍了腦袋，冒充縣令和縣丞的頭顱，高懸於馬邑城頭。匈奴的偵探探明情況，快馬飛告單于。軍臣單于信以為真，立刻親率十萬鐵騎，從武州（今山西左雲）侵入塞內，撲向馬邑。

軍臣單于進至馬邑以北百餘里處，但見牛羊分布原野，卻無人放牧，心中不由生疑，便去攻取鄰近的一座邊哨，以便弄明情況。說來也巧，雁門郡的尉史焦化巡視邊防，正從此地經過，發現匈奴大軍到來，慌忙退進邊哨躲藏。單于輕而易舉地就攻佔了邊哨，將焦化抓獲，逼問漢軍有無埋伏。焦化一副軟骨頭，為了活命，一五一十地供出了漢軍的軍事行動方案。單于大驚失色，說：「我固疑之。」趕忙下令撤軍，順著原路，退至塞外。他定下神來，高興地說：「吾得尉史，天意也。」當即封了焦化為天王。

漢軍三十萬人馬埋伏在山谷中，焦急地等待著匈奴軍進入埋伏圈。可是等了多日，一點動靜也沒有。這時，有人報告韓安國說：「匈奴軍侵入塞內，不知什麼原因，卻又退回去了。」韓安國指揮漢軍追擊，追至長城下，可惜為時太晚，連匈奴軍的影子也沒有看到。一場精心策劃的軍事行動夭折了，而且是一無所獲。武帝惱火透了，因為這樣一來，不僅主戰派，就連武帝本人，臉上都沒了光彩。漢軍班師，武帝把全部怒火發洩到王恢的頭上，責問說：「你的任務是攻擊敵人的輜重，匈奴軍雖然逃竄，你總該用輕騎出擊，奪取一些輜重呀！而你卻臨陣怯敵，沒有出擊，貽誤戰機，該當何罪？」

王恢振振有詞，說：「原先給臣的命令是，等到匈奴軍進至馬邑，雙方交火以後，臣部攻其輜重，這樣是可以穩獲勝利的。但匈奴軍根本就沒到達馬邑，雙方也未交火，臣部怎敢輕出？況且，臣部只有三萬人，而匈奴軍卻是十萬人，盲目出擊，只能是全軍覆沒，一敗塗地。臣知道回來以後難免一死，但總算給陛下保存了三萬人馬，這樣死亦無憾。」

武帝怒猶未息，命將王恢交付主管司法的廷尉審決。廷尉揣摩武帝的心思，以貽誤軍機罪，判處王恢死刑。王恢不甘心就此喪命，囑令家人取了千兩黃金，賄賂丞相田蚡，請求田蚡出面說情，或許能有一條活路。

田蚡接受了王恢的賄賂，自然要為王恢開脫。可是他不敢直接去找武帝，拐彎找了王太后，說：「王恢謀擊匈奴，伏兵馬邑，本是一條好計。不想計策偏被匈奴識破，無功而返。細細想來，王恢雖然有罪，卻罪不至死。如果殺了王恢，反長了匈奴氣焰，豈不是一誤再誤麼？這事，姐姐得給皇上說說。」

王太后這幾年來安居長樂宮長秋殿，頤養天年，心寬體胖，事事如意。朝廷的事，她是滿可以不管的，可是田蚡是她的弟弟，且是丞相，有事找上門來，不管有點不合人情。她滿口答應田蚡說：「行！我給徹兒說說。」

次日，武帝拜謁母后。王太后便將田蚡的話轉告武帝，說：「王恢死刑，可以寬大處理嘛！這個人說到底是個好人，何不放他一馬呢？」

武帝覺得奇怪：母后為何要插手王恢的案子呢？轉而一想，明白了：原來田蚡在充當說客。他很生氣，說：「馬邑之計，原是王恢主謀，出兵三十萬，本想有所建樹。匈奴中途逃竄，王恢應該邀擊一陣，殺獲數人，藉慰眾心。可他卻貪生怕死，逗留不出，若不按律加誅，那麼孩兒如何得謝天下？」

武帝恨恨地回到未央宮，命令廷尉執行王恢的死刑。王恢在獄中得知消息，長歎一聲，自殺而死，免得身首分離。

武帝和王太后之間，可謂母子情深。現在為了王恢一案，武帝居然不給母后情面，這是為何呢？表面看武帝是大公無私，實際上他是懷恨母后和田蚡，藉著王恢來出氣哩！

原來，武帝的好友韓嫣，官任上大夫，家境豪富，任情揮霍，甚至用黃金做彈丸，彈取鳥雀。他每次外出彈鳥，後面必跟隨一群兒童，專門拾取彈鳥的金丸，一粒金丸，足夠平民家一年的吃用。因此，長安城裡流傳兩句歌謠，叫做：「苦饑寒，逐金丸。」武帝耳有所聞，但從未責備過韓嫣，寵信如故。韓嫣恃寵驕縱，把誰都不放在眼裡。一次，他帶領一幫侍從外出，途中遇見武帝的哥哥、江都王劉非。劉非以為武帝的鑾駕經過，拜伏在地。韓嫣裝作沒看見，揚長而過，連個招呼也沒打。劉非好生氣惱，將所見所聞告訴了王太后。王太后派人暗中調查韓嫣，發現他竟與宮女私通，穢不可聞。王太后大怒，命賜韓嫣自盡。武帝曾替韓嫣說情，懇請饒他一命。怎奈王太后就是不准，反而訓斥了武帝一頓。結果，韓嫣年紀輕輕，飲鴆斃命。

因為韓嫣事件，武帝覺得母后沒給自己面子，很是介意。現在，王太后替王恢說情，他以眼還眼，不予理睬。何況，田蚡還在其中摻和，他實在瞧不起這位舅爺，所以硬使王恢死在獄中。

馬邑計敗，王恢丟了性命。然而，武帝決心已定，下令修築邊塞，籌集糧草，訓練軍隊，物色將領，準備著更大規模的攻伐匈奴的戰爭。

漢武帝劉徹親政以後，獨尊儒術，攻伐匈奴，凡事都有主見，表現出了堅定、果斷和雷厲風行、大刀闊斧的性格特徵。隨著年齡的增長和閱歷的豐富，他駕馭群臣和處理政事的能力更加提高，技巧更加圓熟，稱得上是一位年富力強、文韜武略的皇帝。

為了準備對匈奴的戰爭，武帝要求君臣同心，舉國合力，圍繞一個共同的目標，把各項事情做好。可是丞相田蚡貪得無厭，私心太重，總愛擺出國舅的派頭，擅作威福，生出一些麻煩的事端來。這在很大程度上分散了武帝的精力，干擾了攻伐匈奴的戰略部署。

田蚡升任丞相以後，首握朝綱，百官趨附，送禮的，求事的，絡繹不絕，門庭若市。相比之下，原丞相、魏其侯竇嬰失職家居，冷落得讓人心寒，門可羅雀。偏有一位灌夫，不重勢利，時時拜訪竇嬰，二人沆瀣相投，始終交好，結為摯友知己。這使竇嬰在失落中感到些許安慰。

灌夫，子仲孺，潁川（今河南禹縣）人，乃漢初開國功臣灌嬰之子。五十歲左右，身材魁偉，膀大腰圓，方耳長鼻，絡腮鬍鬚，一對眉毛尤具特點：內側堆積在一起，向外伸展，漸漸變細，看去就像兩隻肥碩的蝌蚪。此人性格粗獷剛直，不好面諛，使酒任性，最愛交結豪猾朋友。當年參加平定七國之亂，因功受封中郎將。武帝即位後，受封太僕。後因時運不濟，幾起幾落，終被免官，閒居長安。他的老家廣有錢財，常年養有食客上百人，倚官託勢，魚肉鄉民。潁川百姓頗有怨言，編出四句歌謠唱道：「潁水清，灌氏寧；潁水濁，灌氏族。」

灌夫每次拜訪竇嬰，酒後無非是大發牢騷，感歎時移勢易，今不如昔。他們談論最多的還是田蚡，依仗裙帶關係，從小小的郎官爬上丞相寶座，居然成了個人物。當然，他們見了田蚡的面，還是挺客氣的，因為人家是丞相，大紅大紫，神氣著吶！

這一天，灌夫經過田蚡府邸門前，忽然靈機一動：何不拜訪一回丞相大人？田蚡對於灌夫來訪並不在意，笑著問道：「敢問灌將軍平日閒居，如何消遣？」

灌夫回答說：「閒人閒情，只和魏其侯飲酒聊天而已。」

田蚡隨口說：「好興致啊！我也想去拜訪拜訪魏其侯哩，仲孺可願同行？」

灌夫是個爽快人，欣然說：「丞相屈駕拜訪魏其侯，灌某自當隨行。那麼，就定在明天如何？」

田蚡又隨口說：「行！」

田蚡所說，不過一句虛言，誰知灌夫卻認起真來，告辭田蚡，直奔竇府，告訴竇嬰說，田蚡次日將要來訪。竇嬰一聽，且驚且喜，趕忙命令家人買酒買菜，殺雞宰羊，打掃庭院，預做準備，整整忙了一夜，未曾合眼。天明時，自己即在府門前面等候，唯恐怠慢了丞相。灌夫也早早趕來，陪著竇嬰，一同等候。從早晨一直等候到中午，望眼欲穿，卻遲遲不見田蚡大駕光臨。竇嬰焦躁起來，說：「丞相莫非忘記了不成？」

灌夫憤憤地說：「豈有此理！我去接他。」說著，再次前往丞相府邸，問明門吏，方知田蚡剛剛起床，正在梳洗哩！灌夫勉強耐著性子，坐著等待。又過了一個時辰，田蚡這才慢條斯理地出來。灌夫臉色陰沉，說：「丞相答應今天拜訪魏其侯的，人家夫婦安排酒席，等候多時了。」

田蚡本無拜訪竇嬰之意，這時只好假裝說：「夜間醉臥不醒，竟然忘記此事。好吧！現在即與將軍前去，如何？」他一面命人備車，一面又進入內室磨磨蹭蹭，直到日影西斜時，才和灌夫登車同行。

竇嬰終於候到了丞相大人，延入大廳，開筵共飲。灌夫喝了幾杯悶酒，話語多了起來，句句帶著諷刺和奚落，無非是小人得志，故意拿大云云。竇嬰見他話帶鋒芒，恐致惹禍，連忙推說醉酒，將灌夫扶至外廂休息，然後入內，殷勤地陪田蚡飲酒。田蚡不動聲色，談笑自若，飲至半夜，盡歡而歸。

自有這番交際，田蚡打起了竇嬰的主意，專派幕僚藉福去見竇嬰，要竇嬰將城南的十頃土地讓給自己。這片土地係竇嬰祖傳家產，平坦肥沃，豈肯讓於他人？竇嬰面對藉福，忿然作色說：「丞相家裡富得流油，難道還在乎老朽的幾畝薄地麼？」灌夫恰好在場，厲聲指斥藉福，實是指桑罵槐，有意將田蚡臭罵了一頓。藉福回報田蚡。田蚡大怒，說：「竇嬰的兒子曾經殺人，虧我從中圓場，救得那小子的性命。現在我要竇嬰的幾畝田地，他竟如此吝嗇，真不夠意思。再說，此事與灌夫何干？他罵罵咧咧的，算是老幾？」田蚡想到灌夫的不恭，渾身是氣，當下上書武帝，劾奏灌夫家屬橫行潁川，請飭有司懲治。武帝批答說：「懲治豪強權貴，乃丞相分內之事，何須奏請？」田蚡手持這道聖旨，便要捉拿灌夫家屬。偏偏灌夫也不是省油的燈，放出話來，說要告發田蚡陰事，作為報復。田蚡作賊心虛，行動之時卻又膽怯了。

那麼，灌夫究竟掌握著田蚡的什麼把柄呢？原來，還在田蚡任太尉的時候，武帝的叔父、淮南王劉安入朝，田蚡奉命前往霸上迎接。劉安詢問武帝起居情況。田蚡祕密相告說：「皇上沒有太子，將來帝位，當屬大王。大王為高祖皇帝嫡孫，又有賢名，若非大王繼立，此外尚有何人？」劉安聞言大喜，厚贈田蚡大量金銀，拜託田蚡多多留意，隨時通報消息。灌夫偵悉這一機密，熟記於心，作為對付田蚡的有力武器。此事關係重大，如果抖落出來，別說一個田蚡，就是十個百個田蚡，那也是誅家滅族的死罪。恰有和事佬出來調停，雙方只好引而不發，暫且罷議。

轉眼進入元光四年（西元前一三一年），田蚡又娶燕王劉嘉之女為夫人。王太后頒出懿旨，王公大臣，盡去賀喜。竇嬰尚為列侯，應去道賀，遂邀灌夫同往。灌夫記著和田蚡的隔閡，不願前去，怎奈竇嬰死活相邀，只好硬著頭皮同行。二人進了丞相府邸，只見車馬喧闐，人聲鼎沸，熱鬧無比。田蚡笑臉相迎，不見絲毫記恨的痕跡。

須臾開筵，眾人入席。田蚡首先敬酒，挨次捧觴，客人不敢當禮，無不避席俯伏。古人皆席地而坐，酒宴禮儀有避席和膝席之分：避席是先起身，再拜伏在地，表示恭敬；膝席是只膝跪席上，聊表敬意。田蚡貴為丞相，給人敬酒，客人自然是要避席的。接下來，客人輪番敬酒。輪到灌夫，遇到故舊，故舊避席；遇到新貴，新貴膝席。他只覺得世態炎涼，心中不快，及至田蚡跟前，田蚡只是膝席相答，且說：「不能滿觴。」灌夫忍不住調笑說：「丞相乃當今第一貴人，這杯酒是要乾的。」田蚡愛理不理，只將杯裡的酒舔了舔，拒絕乾杯，自顧和他人說話。

灌夫當眾受到冷落，心火突突，轉敬別人，到了臨汝侯竇賢跟前，只見他和將軍程不識竊竊私語，並不避席。灌夫一把無名火起，開口大罵說：「平日裡你說程不識不值一錢，今日長者敬酒，反學那兒女情態，絮絮耳語麼？」

竇賢未及答話，田蚡卻高聲說：「程不識和李廣俱為知名將軍，灌夫凌辱程將軍，獨不為李將軍留些餘地，未免欺人！」事情本來不涉及李廣，田蚡硬將李廣拉扯進來，明顯帶有故意挑釁、擴大事態的性質。灌夫正在酒後，性子發作，眼睛睜得溜圓，厲聲說：「今日便要斬頭洞胸，我也不怕，管他什麼程將軍李將軍？」

滿座賓客見灌夫鬧酒，大煞風景，紛紛站起，陸續離去。竇嬰慌慌忙忙，拉了灌夫，亦要離開丞相府。

田蚡可不放過灌夫，喝令侍衛說：「給我把他拿下！」侍衛抓住灌夫，逼他向田蚡陪罪。灌夫一蹦三尺高，說：「他一個貪丞相，我憑什麼要向他陪罪？」

藉福在側，強按灌夫脖子，說：「你就認個錯吧！」

灌夫一把推開藉福，說：「老子沒錯！」

田蚡惱羞成怒，命侍衛將灌夫捆縛了。竇嬰好說歹說，不起作用，只好怏怏離去。

田蚡召來長史，說：「我奉太后懿旨，設宴待客。灌夫公然罵座撒野，違旨不敬，應該劾奏論罪。」長史唯命是從，自去辦理。田蚡索性一不做二不休，派出役吏，分頭逮捕灌夫的家屬，統統定了死罪。灌夫遭受囚禁，因有侍衛嚴密看守，想要告訐田蚡陰事，全無門路，只能束手待斃。

竇嬰回到家中，後悔不該邀灌夫同去賀喜。為救朋友，他上書武帝，說明灌夫只是酒後得罪田蚡，罪不至死。武帝覺得事情牽扯到外戚和權貴的是非曲折，決定親審此案，弄個水落石出。

次日，武帝在長樂宮前殿召見群臣，聽取竇嬰和田蚡陳說緣由。竇嬰指責田蚡恃權弄勢，挾嫌誣控；田蚡極言灌夫私交豪猾，居心叵測，捎帶著攻擊竇嬰和灌夫祕密往來，圖謀不軌。兩下裡公說公有理，婆說婆有理，唾沫星子飛濺，越說越是離譜。

武帝心裡說：「哼！你們都不是好東西！」他顧問群臣，究竟誰是誰非？群臣大多面面相覷，不便發言。只有御史大夫韓安國說：「魏其侯和丞相所言，都有道理。到底如何處置，還請皇上聖裁。」

武帝說：「你這不是廢話嗎？」

主爵都尉汲黯和內史鄭當時相繼奏陳，態度偏向於竇嬰。田蚡橫眉怒目，注視二人。汲黯素來剛正，神態自若。鄭當時畏懼丞相淫威，趕忙改口，說話變得模稜兩可。武帝斥責鄭當時說：「你平日總愛議論魏其侯和丞相的長短，今日廷論，忽左忽右，游移不定，什麼意思？像你這號人，朕當一併斬了才是！」鄭當時嚇得龜縮一團，再也不敢吭聲。

廷論沒有結果，散朝。田蚡追上韓安國，說：「長孺！你應和我一起，共同整治竇嬰那個禿翁才是，為何首鼠兩端，不偏不倚？」

韓安國說：「你們二人都是國舅，我們這些外臣能說什麼？你呀！也欠自重。竇嬰詆毀你，你詆毀竇嬰，好似鄉村婦孺，互相口角，你不覺得有失丞相體面嗎？」

田蚡尷尬地一笑，說：「廷論性急，哪想得那麼多。」他和韓安國分手，轉腳進了長秋殿。為了徹底推倒竇嬰，他還需要走王太后的內線。

王太后正密切地關注著此事。因為這關係到兩家外戚的榮譽，自己的弟弟田蚡只能勝不能輸。

田蚡向姐姐彙報了廷論的情況。王太后大怒，說：「朝臣偏向竇嬰，這算什麼？太皇太后早就死了，竇氏外戚還想死灰復燃不成？」

次日，武帝拜謁母后。王太后正在用膳，見了武帝，把筷子重重地扔在桌上，憤憤地說：「我尚在世，外人就敢凌辱我的弟弟；等我死後，我的親戚恐怕就要變成魚肉了！」

武帝陪笑，說：「母后請先用膳，切莫氣壞身體。」

王太后見武帝服軟，索性再來一手，予以威脅，說：「你若不將竇嬰和灌夫治罪，我就絕食讓你看，直到餓死！」

武帝煞是為難，不得不遷就讓步，說：「母后請先用膳，孩兒遵命就是。」

王太后面色稍解，說：「嗯！這才是娘的好兒子。」說著，三口兩口，喝了一碗小米粥。

武帝迫於母命，權且將竇嬰和灌夫逮捕下獄。他的本意在於以此警示二人，過些日子，即放出獄。誰知竇嬰沉不住氣，慌了手腳，猛然記起漢景帝時曾受一詔，允許他在關鍵時刻，上書皇帝，陳述事情真相。竇嬰此時遂動用這一法寶，貿然上書，請求面見武帝。武帝派人調查先帝遺詔一說。田蚡指示尚書，聲稱查無實據。這樣一來，竇嬰的罪名可就大了：矯詔當誅。武帝怒不可遏，命將灌夫斬首，家屬族誅；竇嬰押往咸陽，處以棄市。「棄市」是一種嚴厲的刑罰，即將犯人斬於鬧市，暴露屍骨。

灌夫斬首，竇嬰棄市，田蚡志得氣驕，好不快活。出與文武百官會聚朝堂，頤指氣使；入與嬌妻美妾尋歡作樂，珠圍翠繞。不想時過數月，田蚡一身盡痛，就像有人棒笞拳擊似的，暈厥倒地，狂言譫語，只喊：「饒命饒命！」原來他是害人心虛，只覺得竇嬰、灌夫兩個冤鬼，提著血淋淋的人頭，向他索命。家人又是驅鬼，又是祈禱，始終無效。前後折騰了三五天，田蚡滿身青腫，七竅流血，嗚呼斃命。王太后追悔莫及，早知如此，何必聽信田蚡讒言，逼著武帝殺了竇嬰和灌夫呢？

竇嬰和田蚡之死，標誌著竇氏、王氏外戚徹底退出了政治舞臺。武帝恰也感到欣慰，任命平棘侯薛澤為丞相，繼續做著攻伐匈奴的準備。十年後，武帝鎮壓淮南王劉安叛亂，得知田蚡和劉安在霸上所說的話，異常氣憤，說：「田蚡若還活著，當滅族矣！」

第八章

後宮變故

漢武帝劉徹是一位事業心很強的皇帝，凡事要麼不做，做，就要做得轟轟烈烈，講究闊氣和排場。他全心全意地準備著攻伐匈奴的事宜，可是干擾卻是不斷。這不？田蚡死後一年，皇后陳阿嬌又生出了變故。

變故是因衛子夫而引起的。這幾年，衛子夫非常得寵，不僅成為正式的夫人，而且連著生了三個女兒，名字依次叫做劉妍、劉媚、劉娟。三個女兒完全繼承了母親的優點，長得娟秀水靈，活潑可愛。武帝在處理朝政之暇，多數時間都是待在合歡殿，陪著子夫說笑，逗著女兒玩耍。皇家女兒屬於金枝玉葉。武帝分別封她們為陽石公主、諸邑公主和旬鄉公主。

椒房殿裡的陳阿嬌百無聊賴。她名義上還是皇后，可是武帝很少理她。尤其是在綁架衛青的事件發生以後，武帝討厭這個驕縱任性的女人，再沒去過椒房殿歇宿。陳阿嬌感到冷清寂寞透了，特別是在夜間，獨臥錦榻，想像著武帝摟著衛子夫，調情做愛的情景，她渾身就像被蟲子叮咬一般，翻來覆去，難以成眠。她恨死衛子夫了，恨子夫姿色美貌，恨子夫能夠生育，恨子夫迷住了奪走了武帝的心。衛子夫連生三個女兒，使她非常嫉妒，嫉妒之餘又有點幸災樂禍。因為皇女不等於皇子，只要衛子夫不生兒子，那麼自己就還有機會，就還有可能把失去的寵愛奪回來。

陳阿嬌整天整月整年地盼望著，盼望著武帝能夠到椒房殿來，盼望著武帝在她身上耕耘布種。可是，盼望的結果都是失望，武帝根本就沒有到椒房殿的意思。她感到心灰意冷，由此更加遷恨於衛子夫，此人不死，自己就無法恢復昔日的風光。

陳阿嬌打聽到，宮外有個叫做楚服的女巫，擅長祈禳，能夠咒人致死，十分靈驗。她聽後大為興奮，立刻派遣心腹宦官召楚服進宮，命其祈禳，咒死衛子夫，許諾事成之後，酬謝黃金五十斤。楚服滿口應承，自誇玄法精通，保證指日見效。陳阿嬌大喜，心裡說：「衛子夫啊衛子夫！這下子有了剋星，看你還能狐媚幾天？」祈禳一稱「巫蠱」，就是用一木刻或布製小人，寫上某人的姓名，埋在地下，然後由巫師日夜詛咒，據說能將那人咒死。這實際上是一種荒唐的騙術，不足為信。陳阿嬌鬼迷心竅，相信騙術，實是病急亂投醫，自欺欺人。楚服自有一幫女巫助手，她帶著她們，鬼鬼祟祟地進入椒房殿，在一間小房裡，設壇齋醮，焚香念咒，嘰里咕嚕，誰也聽不懂念些什麼。祈禳每日兩次，兩個月過去，並不見靈驗。

陳阿嬌不耐煩了，責問楚服說：「你的法術怎麼不靈呀？」

楚服回答說：「皇后放心，再過一個月，衛子夫必死無疑。」

俗話說：「要得人不知，除非己莫為。」時間一長，陳阿嬌讓女巫祈禳的風聲傳了出來。那個侍奉過衛子夫的李貴，已經取代黃順，升任宦監令，皇宮裡的宮監和宮女都歸他管。李貴當即傳喚椒房殿的宮監、宮女，連哄帶嚇，詢問實情。宮監、宮女不敢隱瞞，遂將祈禳之事和盤托出。李貴暗暗吃驚，打發宮監、宮女回去，反覆叮嚀說：「此事萬萬不可聲張！」

李貴匆匆來到合歡殿，將所獲悉的情況，一五一十地告訴了衛子夫。子夫更是吃驚，說：「你不會弄錯吧？」

李貴說：「錯不了！皇后身邊的宮監和宮女已經招認，而且這些日子裡，確有幾個不三不四的女人，天天出入椒房殿的。」

一向溫順的衛子夫，此時不由得黛眉倒豎，俏眼冒火，咬牙切齒地說：「好個歹毒的陳阿嬌！我一再讓你，你反得寸進尺，竟要置我於死地。罷了罷了，兔子急了也會咬人呢！」

這天早朝過後，武帝照例到了合歡殿，只見子夫低聲抽泣，眼淚汪汪。武帝忙問：「愛卿為何傷心？」

子夫「哇」的一聲大哭起來，說：「皇上！你還是把臣妾打入冷宮吧！」

武帝莫名其妙，說：「愛卿為何說這種瘋話？」

子夫嗚咽著說：「臣妾乃一介民女，承蒙皇上垂愛，封為夫人。只是皇后不容臣妾，臣妾早晚得死啊！」

武帝眉頭皺起，說：「皇后怎麼啦？」

子夫邊抹眼淚，邊將李貴的話隻字不漏地告訴了武帝。武帝不聽猶可，一聽肺都要氣炸了，立命郎中令石建，率領侍衛前去椒房殿，將楚服及其女徒一一捉住，五花大綁，交付廷尉審訊。廷尉侍御史張湯升堂問案，頃刻間使三百餘人命喪黃泉。

張湯，杜陵（今西安長安）人，童年敏悟，性剛強。他的父親曾為長安丞，有事外出，令其看家。張湯時年十歲，只顧貪玩。父親回來時，發現廚房中所藏肉食，被老鼠吃了個精光。父親動怒，狠狠地將兒子鞭笞一頓。張湯因鼠挨打，很不甘心，掘薰鼠穴，捉到一隻老鼠，穴中還有些許剩肉，一併取出。他將老鼠按在地上，以肉作證，當場做出一篇判決書來，處老鼠以死刑，擊斃，砍頭，剝皮。父親讀了那篇判決書，竟與老獄吏相似，暗暗驚奇，從此便教兒子攻習律令。皇天不負有心人。張湯從長安吏起步，逐漸成為一位法律專家，升任廷尉侍御史，以尚嚴務猛著稱。如今，他主持審訊楚服之流，不過是小菜一碟，由此及彼，橫加羅織，做出判決：首惡楚服受皇后指使，在皇宮祈禳，大逆不道，罪應凌遲；其他女巫參與祈禳，椒房殿的宮監、宮女知情不報，視為從犯，還有他們的親屬，統統連坐，均應處斬。判決書呈給武帝。武帝朱筆一揮，批了個「准」字。於是，楚服一夥三百餘人，被推至市曹，當眾行刑。

陳阿嬌自從楚服被捉，嚇得魂不附體，坐立不安。及至楚服等伏法，她更嚇得魂飛魄散，渾身發軟。須臾，聖旨下：廢去陳阿嬌皇后名號，沒收皇后冊書和璽綬，即日徙居長門宮。陳阿嬌一下子懵了傻了，一屁股癱坐在地上，想哭哭不出來，想喊喊不出來，臉色煞白，兩眼發直，簡直像個木頭人，肉體完全麻木，精神徹底崩潰了。

武帝通過審訊祈禳案，發現張湯是個人才，更予器重。他提拔張湯為大中大夫，作為高級法律顧問。同時又有大中大夫趙禹，亦主張用嚴法治國。武帝遂命二人同修律令，貫徹自己尊儒尚法的統治思想。張湯和趙禹秉承武帝的旨意，特別創出「見知法」和「故縱法」來，用於箝束官僚。凡官吏見人犯法，必須出面告發，否則與犯人同罪，這就是「見知法」。法官斷獄，寧可失入，不可失出，失出便是故意縱犯，應該坐罪，這就是「故縱法」。自經「兩法」創行，漢朝的獄訟更加繁苛和嚴厲了。這完全合乎武帝的思想，因為他說過：「一個國家，一個社會，必須要有強有力的法制。如果沒有法制，光講仁義和教化，那麼這個國家和社會是很難保持穩定的。」

陳阿嬌失去了皇后名號，徙居長門宮，昔日的威風一掃而光，就像秋後嚴霜打過的花葉，徹底蔫了。長門宮位於長安城外東南，原名長門園，說來還是陳阿嬌娘家莊園的一部分。當陳阿嬌哭哭啼啼徙居長門宮的時候，她的母親竇太主正摟著年輕情夫董郎，睡得香甜，做著美夢呢！

董郎就是董偃。竇太主過去稱他為「小董子」，現在則稱他為「董郎」了。董偃原是一個賣珠婦的兒子，跟隨母親賣珠，走南闖北，到過很多地方。一天，賣珠婦賣到竇太主莊園，竇太主見其兒子年少美貌，眉清目秀，唇紅齒白，頓生憐愛之心。問及年齡，方知只有十三歲。竇太主情不自禁地對賣珠婦說：「我替你教養此兒，你可願意？」賣珠婦正嫌帶著兒子賣珠是個累贅，聽了這話，喜從天降，感謝不迭。從此，董偃便成了竇太主的家僮。竇太主派人教他書算，並及騎射等事。董偃是秀外慧中，有所教授，無不心領神會。當然，他最擅長的還是侍奉女主人，曲意承旨，馴謹無違，端茶倒水，搔癢捶背，幹得特別出色，極討竇太主的喜歡。他也有許多歪點子，那年綁架衛青，便是他出的主意。

光陰匆匆，轉瞬五年。堂邑侯陳午突然患病死了。竇太主說不上是高興還是傷心，哭了幾聲卻沒有眼淚。董偃是竇太主最信任的男人，喪葬事項，均由他全權辦理。董偃天生聰明幹練，裡裡外外忙了多日，一切按部就班，井然有序，順順當當地辦完了喪事。竇太主年過五十，垂老喪夫，也是意中情事。偏她出身皇家，華衣美食，保養得好，看上去尚像四十歲左右的貴婦。就連性情，也還似中年模樣，花心俏意，不耐嫠居。可巧身邊有個董偃，年滿十八歲，出落得一表人材，強壯風流。陳午死後，董偃穿堂入室，不避嫌疑。竇太主由近生愛，由愛生情，居然降尊就卑，放下長公主身分，勾引起家僮來。董偃雖然不甚情願，卻也不敢違慢，只好勉為效力，日夜承歡。老婦得了少夫，自然愜意，許諾自己的億萬家產，任由董郎揮霍。董偃呢？人財兩得。五十多歲女人的身子，沒有什麼稀罕，那些閃光發亮的金銀珠寶，才真正讓人頭暈目眩呢！

竇太主和家僮私通，一時傳遍京城，無人不知，無人不曉。竇太主根本不顧什麼臉面名聲，親自出面，招邀一幫趨炎附勢的官吏，令董偃和他們交往，以此抬高身價。董偃交往賓客所需資財，任令恣取。董偃好像平白得了一個金窟，揮金如土，花錢似水，取之不盡，用之不竭。以致朝廷的大小官吏樂得與之交往，爭相趨附，統統稱董偃為「董君」。

論年齡，董偃比陳阿嬌還小八九歲。因此，陳阿嬌對母親私通董偃，覺得彆扭，甚至覺得噁心。一天，她回莊園看望母親，拐彎抹角地說：「娘！你能不能給女兒找個門第、地位相稱的繼父？」

竇太主瞪了女兒一眼，沒好氣地說：「我的事，你少管！你呀，還是管好你自己吧！」話不投機半句多。陳阿嬌嘴噘臉吊，扭身回了皇宮。

董偃花天酒地，其樂悠悠。他有個好友叫袁叔，一次誠懇地告誡說：「足下私侍太主，蹈不測罪，難道能夠長此安享麼？」

董偃經人提醒，似有所悟，忙問：「袁兄可有妙計？」

袁叔說：「我為足下設想，必須討得皇上的歡心，這才是長遠之策。」

「怎樣才能討得皇上的歡心呢？」

「可以這樣：太主的莊園很大，其中那個長門園距離文皇帝祠廟不遠。皇上每次祭廟，恨無歇腳之地。足下不妨稟告太主，將長門園獻給皇上。這樣，皇上必定歡喜。皇上若知這個主意是足下出的，那麼對足下能不另眼相看嗎？」

董偃一聽，說：「這事好辦。」當即稟告竇太主。竇太主對董郎歷來是言聽計從，立即奏告武帝，願獻長門園。武帝果然大喜，命將長門園擴建，改名長門宮。不曾想，這個長門宮，現在竟成了陳阿嬌的冷宮！

陳阿嬌被廢，竇太主又愧又懼。因為陳阿嬌是她的寶貝女兒，她為使女兒坐穩皇后的寶座，花費了無數心血。不想阿嬌竟在椒房殿裡祈禳咒人，以致獲罪，丟了皇后名號，還被貶進冷宮。真是丟人現眼，罪有應得啊！自己雖說有著武帝姑母加岳母的雙重身分，可又怎麼救得了阿嬌呢？太皇太后已經命歸西天，武帝的羽翼已經豐滿，彼一時此一時，自己再沒有先前的那種能耐和神通了。那年綁架衛青，已經犯了一個天大的過錯，武帝若再翻臉，問一個教女無方、私通家僮的罪名，那麼自己還不是吃不了兜著走？

竇太主想來想去，決定先到長樂宮去見王太后，求她在武帝跟前美言，莫要虧待阿嬌。然後再到未央宮，找到武帝，當面陪罪。武帝懷念舊情，好言撫慰，答應不會讓阿嬌吃苦。竇太主千恩萬謝，一掃往昔的驕矜之色，恭敬退去。

陳阿嬌已經是死豬不怕開水燙了。竇太主且將女兒放過一邊，更多的是在考慮自己，考慮董偃。她和董偃不算正式夫妻，但同正式夫妻也差不了多少，無論如何，總得給董偃謀個前程。怎麼個謀法呢？她卻沒有主意。還是那個袁叔鬼點子忒多，建議說，最好如此如此。於是，竇太主即刻假裝生病，並放出風說，病得很重，怕是很快就要追隨太皇太后和陳午而去了。

武帝得知竇太主病重的消息，信以為真，一天親臨竇太主莊園，探疾問候。竇太主故意唏噓，且泣且謝，說：「我蒙先帝遺德，陛下厚恩，列位公主，受賜食邑，天高地厚，愧無以報，若有不測，屍填溝壑，遺恨實多。所以許有私願，願陛下政躬有暇，養精遊神，隨時駕幸莊園，使我能奉觴上壽，娛樂左右，死無恨矣！」

武帝不想拂卻病人美意，說：「太主不必憂慮，但願早日病癒，朕自當常來遊宴就是。只是隨從太多，免不得太主破費哩！」

竇太主詭祕地一笑，說：「陛下就是把皇家禁軍統統開來，酒宴也是管得起的。」

武帝說：「那就好，那就好。」

武帝剛剛離去，竇太主喚來董偃，笑眯眯地說：「我的親蛋蛋！我給你把皇帝請到家裡來了！」董偃嘻皮笑臉，高興地摟著老婦親熱了一番。

數日後，竇太主自稱病癒，進宮去見武帝，表示謝意。武帝取錢千萬，賜予竇太主，並設宴與飲，夫人衛子夫作陪。這是竇太主與衛子夫第一次見面，太主見子夫那國色天香的容貌和雍容淡雅的氣質，不由暗暗吃驚，心想天下竟有這樣天造地設的大美人，難怪武帝被她所迷，阿嬌鬥她不過呢！自己若是男人，也會迷戀子夫而摒棄阿嬌的。武帝隨便地和竇太主說笑，暗寓諷詞，意謂少夫陪老婦，神仙都羨慕等等。竇太主聽出了話中的意思，微微紅了臉，只顧左右而言他，含糊應付數語，宴畢離去。

子夫笑著對武帝說：「皇上剛才所言夠尖刻的，臣妾直怕太主承受不住。」

武帝也笑著說：「她呀，臉皮比城牆還厚，才不在乎哩！」

武帝遵守諾言，半月後再次駕幸竇太主莊園。竇太主聽得武帝到來，急忙除去華麗服飾，改穿平民衣衫，還特地繫了一條蔽膝的圍裙，彷彿一個燒火做飯的婢女似的。武帝入堂就座，見了這般模樣，早就看透她的心思，笑著說：「別裝了，快叫主人翁出來吧！」

竇太主聽了「主人翁」三字，不禁赧顏，跪拜在地，自卸簪珥，連連叩頭，說：「臣女自知無狀，有負陛下恩德，罪當伏誅。陛下不忍加誅，足見皇恩浩蕩。」

武帝微笑，說：「這是什麼呀？好啦，快叫那人出來，朕也認識一下姑父。」

武帝又是「主人翁」，又是「姑父」，等於承認了竇太主和董偃的關係。竇太主鬆了口氣，當下引了董偃，拜謁武帝。董偃穿著一身布衣，打扮得像個廚師，惶恐伏地，不敢言語。竇太主代他回答，說：「館陶長公主廚人董偃，昧死參見陛下！」

武帝大笑，命董偃更衣，坐下說話。不一時，酒宴擺出。武帝、竇太主、董偃互相敬酒，開懷暢飲，直至月掛中天，方才盡興。

武帝鑾駕回宮。竇太主格外大方，取出許多金銀絹帛，賞賜給武帝的隨從，旨在買動人心。隨從們吃了喝了，且得賞賜，人人歡欣，表示感謝。俗語有言：錢可通靈。這樣一來，無論何等人物，既然受了竇太主的好處，就沒有不巴結逢迎的道理。況且，連天子都稱董偃為「主人翁」和「姑父」，其他人何不順著竿子爬呢？因此，這個董偃，一時竟成了大紅大紫的新權貴，年紀輕輕，卻有人尊稱他為「董公」了。董偃平步獲寵，名聲鵲起。竇太主樂得美滋滋的，全部心思都在董郎身上，早將寶貝女兒陳阿嬌忘得一乾二淨了。

廢后陳阿嬌住在長門宮，武帝寬宏大度，確實沒有讓她受苦。她有不少宮監、宮女伺候著，吃的穿的和在椒房殿裡沒有什麼兩樣。但長門宮既是冷宮，她當然不能自由行動，活動範圍僅僅限於宮內，想要出宮，那是絕對不行的。

陳阿嬌自小就是個驕縱任性的女人，受不得半點約束。如今，她被圈在狹小的天地裡，遠離權勢中心和上層社會，心裡老大不平。特別是意識到皇后的位置有可能被那個野女人、騷狐狸衛子夫所取代，更感到惱火和憤恨。她默默地祈求上蒼，但叫那個賤人永遠不要生兒子，生不了兒子，那就很難成為皇后。皇后，一個聖潔、榮耀的名號，豈能叫衛子夫玷污和糟蹋？

陳阿嬌時年三十歲。在她看來，自己尚是一朵含苞待放的鮮花，正香正豔著哩！雖說自己的姿色難能盡如人意，但脫光衣服，都是女人，照樣具有吸引力。她已很長時間沒和男人做那種事了，每當想起那種事，總覺得渾身燥熱，饑渴難耐。

陳阿嬌住在長門宮，消息還是靈通的。她知道母親曾經裝病，騙得武帝兩次駕幸莊園，默認了母親和董偃的關係。她痛恨母親和董偃，他們只圖自己快活，哪管長門宮的苦人？她更痛恨武帝，武帝駕幸莊園，就不能到一牆之隔的長門宮來看自己一眼？自己畢竟曾是堂堂的皇后呀！

陳阿嬌思前想後，忽然有所領悟，領悟到母親極有心計和本事。母親和董偃私通，一老一少，相當於祖孫兩輩偷情。可你瞧，她多會安排和周旋？獻出長門園，假裝生病，使錢買通武帝的侍從，介紹董偃和達官權貴交往。這不？她和董偃的關係，完全合法化了，誰也不認為那種曖昧是醜事，而且董偃的地位不斷高升，竟有人稱他為董公了。看來，改變命運只能靠自己謀劃，不能指望別人。我，陳阿嬌的心計和本事，並不比母親差嘛！

陳阿嬌決心效法母親，施展計謀，改變命運。最重要的在於設法打動武帝的心，促使他回心轉意，赦免自己走出長門宮。當初，她當皇后時曾聽武帝極口稱讚過一個人，譽他妙筆生花，舉世無雙。這個人便是大名鼎鼎的司馬相如。倘若能夠搬動司馬相如，請他寫出一篇聲情並茂的文章來，上達武帝，或許能使武帝追念舊情，柳暗花明……

陳阿嬌想到這裡，心中暗喜，立命心腹宮監張才，打聽司馬相如的下落。

司馬相如自到長安寫了《上林賦》以後，封為郎官，成了武帝的文學侍從。就在陳阿嬌被廢的前些日子，他又回成都去了。

事情是這樣的。漢朝的時候，中原人對西南方向的情況還是相當陌生的，統稱那裡為「西南夷」。番陽令唐蒙曾向武帝上書，說西南夷有個夜郎國（今貴州西部和北部，並包括雲南東北、四川南部及廣西北部部分地區），從其國可以直通南越。武帝出於開疆拓土和制服南越的戰略考慮，立刻提拔唐蒙為中郎將，通使夜郎。為了安全起見，批准唐蒙帶兵千人。唐蒙一行克服艱難險阻，從蜀郡南面的筰關南行，好不容易進入夜郎國境。夜郎國國王姓竹，名多同，長期偏居大山叢林間，坐井觀天，以為世界上只有夜郎為大，唯我獨尊，後世「夜郎自大」的典故即由此而來。竹多同會見唐蒙，首次目睹漢官威儀，及與交談，方知山外有山，天外有天。唐蒙鼓動唇舌，極力誇說漢朝如何廣大，如何富饒，如何強盛，並贈送絲綢繒帛等禮物，那可是五光十色，燦爛絢麗。竹多同見所未見，聞所未聞，不由得瞠目伸舌，當下召集各部酋長，簽訂約章，願意歸附大漢。唐蒙將情況飛報武帝，並建議徵調士卒，開通蜀郡至夜郎的道路。武帝大喜，命在夜郎新置犍為郡，同時徵調蜀郡士卒三十餘萬人，築路架橋。唐蒙急功好利，利用軍法管束那些士卒，不准懈怠，逃亡即誅。因此把好事變成壞事，地方百姓，大加惶恐，訛言百出，物議沸騰。

武帝獲悉這一情況，立刻派司馬相如前去宣撫，一面責備唐蒙，一面慰諭人民。司馬相如馳至蜀郡，憑著一枝生花妙筆，寫出《喻巴蜀檄》《難蜀父老》兩篇布告，通俗淺顯地說明修築道路、開發西南的意義，四處張貼。地方百姓通情達理，讀了布告，事漸平息。恰好，西南夷的其他各國，如邛都（今四川西昌）、筰（今四川漢源）、徙（今四川天全）、冉駹（今四川茂汶）、白馬

（今甘肅成縣西）等，仿效夜郎，主動聯絡蜀郡官員，也欲內附。司馬相如返回長安，報告武帝。武帝非常高興，隨即任命司馬相如為中郎將，賜予節杖，命其再赴蜀郡，撫慰西南夷各國。

司馬相如這次出京，早非昔日可比。他是朝廷特派正使，相當於欽差大臣，侍從護衛，鳴鑼開道，聲威煊赫，冠冕堂皇。抵達成都之時，蜀郡太守率員出郊迎接，縣令身負矢弩作為前驅，道旁士女，無不歎羨，就連臨邛富翁卓王孫，也趕來敬獻禮物。司馬相如記著卓王孫當初的勢利，推說皇命在身，拒見岳父大人。卓王孫羞愧難當，喟然歎息說：「只恨目光短淺，本該早將女兒嫁於司馬公！」他在成都訪到女兒卓文君，連陪不是，回家後重新分配家產，卓文君也有一份，數目等同兄弟。司馬相如為妻子掙足了面子，放心出使。他及副使分別到了邛都、笮、冉駹、徙、白馬諸國，宣播大漢天子威德，贈送絲綢等物。諸國國王歡欣鼓舞，都願奉表稱臣。從此，西南夷各國正式劃進了漢朝的版圖。

司馬相如順利地完成使命，攜帶卓文君回到長安。武帝甚為滿意，慰勞有加。司馬相如沾沾自喜，漸有驕色。這時，偏偏有人上書，揭露他出使期間曾經收受賄賂，以至坐罪免官，徙居茂陵。武帝畢竟愛惜人才，重新任命司馬相如為郎官、孝文園令。期間，司馬相如又寫出《長楊賦》《哀秦二世賦》《大人賦》等作品。文人才子多半好色。司馬相如見卓文君華色漸衰，曾想納一茂陵女子為妾。卓文君好不傷感，專作一篇《白頭吟》，譏諷丈夫薄倖。司馬相如且羞且愧，打消了納妾的念頭，因為患了糖尿病，所以便和卓文君一起回了成都。

張才將打聽到的情況報告陳阿嬌。陳阿嬌遂讓張才攜帶黃金百斤，前往成都，請求司馬相如代作一文，黃金權當酬金。張才到了成都，尋到司馬相如，獻上黃金，說明事情原委。司馬相如並不推辭，筆走龍蛇，片刻成文。此文係為廢處長門宮的皇后所寫，採用的是流行的賦體，後人便將它定名為《長門賦》。

《長門賦》同司馬相如的其他賦文一樣，寫得富麗華贍，有聲有色。它著重寫陳阿嬌幽居長門宮的孤寂愁苦，以及盼望武帝降恩光臨的心情，字閃句灼，真切動人：

夫何一佳人兮，步逍遙以自虞。魂逾佚而不返兮，形枯槁而獨居。言我朝往而暮來兮，飲食樂而忘人。心慊移而不省故兮，交得意而相親。伊予志之慢愚兮，懷貞愨之歡心。願賜問而自進兮，得尚君之玉音。奉虛言而望誠兮，期城南之離宮。修薄具而自設兮，君曾不肯乎幸臨。廓獨潛而專精兮，天飄飄而疾風。登蘭台而遙望兮，神怳怳而外淫。浮雲鬱而四塞兮，天窈窈而晝陰。雷殷殷而響起兮，聲象君之車音。飄風回而起閨兮，舉帷幄之襜襜。桂樹交而相紛兮，芳酷烈之誾誾。孔雀集而相存兮，玄猿嘯而長吟。翡翠脅翼而來萃兮，鸞鳳翔而北南。心憑噫而不舒兮，邪氣壯而攻中。下蘭台而周覽兮，步從容於深宮。正殿塊以造天兮，鬱並起而穹崇。間徙倚於東廂兮，觀夫靡靡而無窮。擠玉戶以撼金鋪兮，聲噌吰而似鐘音。刻木蘭以為榱兮，飾文杏以為梁。羅丰茸之游樹兮，離樓梧而相撐。施瑰木之欂櫨兮，委參差以槺梁。時彷彿以物類兮，象積石之將將。五色炫以相曜兮，爛耀耀而成光。致錯石之瓴甓兮，象玳瑁之文章。張羅綺之幔帷兮，垂楚組之連綱。撫柱楣以從容兮，覽曲臺之央央。白鶴噭以哀號兮，孤雌跱於枯腸。日黃昏而望絕兮，悵獨託於空堂。懸明月以自照兮，徂清夜於洞房。援雅琴以變調兮，奏愁思之不可長。案流徵以卻轉兮，聲幼妙而復揚。貫歷覽其中操兮，意慷慨而自卬。左右悲而垂淚兮，涕流離而從橫。舒息悒而增欷兮，蹝履起而彷徨。揄長袂而自翳兮，數昔日之諐殃。無面目之可顯兮，遂頹思而就床。摶芳若以為枕兮，席荃蘭而茝香。忽寢寐而夢想兮，魄若君之在旁。惕寤覺而無見兮，魂迋迋若有亡。眾雞鳴而愁予兮，起視月之精光。觀眾星之行列兮，畢昴出於東方。望中庭之藹藹兮，若季秋之降霜。夜曼曼其若歲兮，懷鬱鬱其不可再更。澹偃蹇而待曙兮，荒亭亭而復明。妾人竊自悲兮，究年歲而不敢忘。

張才返回長安，將《長門賦》交給陳阿嬌。陳阿嬌似懂非懂，讓手下的宮監宮女照文誦讀。一時間，長門宮內外，賦聲響徹，悠悠揚揚。

武帝很快知道了這件事，派人詢問，方知陳阿嬌讓人讀賦，旨在促使自己感動舊念，回心轉意。他搖了搖頭，苦笑著說：「你為什麼就不懂得自責呢？」

《長門賦》的文采和情思，頗讓武帝折服。但是，武帝清楚一個基本的事實，那就是陳阿嬌的境遇不值得同情。他將陳阿嬌和衛子夫做了一番比較，認為她倆屬於不同類型的女人。陳阿嬌出身豪門，從小嬌生慣養，受其母親的影響很深，自以為尊貴，驕縱任性，心毒手狠。她有干政的欲望，心地狹窄，嫉妒子夫，必欲置於死地而後快，公然在椒房殿裡祈禳，實屬無法無天。況且，她久不生育，犯了皇后第一大忌。這種女人一旦得勢，必然會攪得上下不得安寧。而衛子夫出身寒微，年輕美貌，最大的長處是沒有政治背景，也就沒有野心，性格溫順，恪守本分，從不會陷害他人。比方說，陳阿嬌被廢以後，衛子夫沒有幸災樂禍，沒有投石下井，沒有說過過激的話語。這是一種品行，一種操守，並非任何女人都能具備的。后妃嘛，只能是皇帝的附屬物，一切唯皇帝是從，若是位置擺得不當，甚或想左右皇帝的意志，那就大錯特錯了。

武帝決意不去理會陳阿嬌，對於姑母加岳母的竇太主，則是恩威並重，絕不讓她東山再起。

竇太主利用心機和錢財，替情夫董偃爭得了尊崇的地位和良好的聲譽。她很得意，完全不顧人們的背後議論，經常大模大樣地攜帶董偃進宮，招搖過市。武帝不想使竇太主難堪，同時也喜愛董偃的伶俐，允許他們自由出入宮禁。董偃使出渾身解數，蹴鞠騎射，鬥雞耍狗，樣樣精通，大獲武帝的歡心。沒有多久，武帝便和這位年輕的姑父結成了很好的朋友。

董偃親近天顏，竇太主喜不自禁。她常常到合歡殿看望衛子夫，有說有笑，好像她們之間從未發生過什麼過節。子夫心地單純，不記前嫌，敬畏竇太主的身分，以禮相待，一片真誠。她們的話題多半集中在三位小公主身上，三位小公主出落得鮮嫩的花蕾似的，著實惹人疼愛。一次，竇太主突然笑呵呵地說：「子夫啊！你也該生個牛牛娃了！」

子夫甜甜地一笑，說：「生兒生女，哪裡由得人呢？」

竇太主說：「我相信，你第四胎一定能生個兒子。」而她心裡卻說：「呸呸！千萬莫生兒子，你生不了兒子，就永遠當不了皇后！」

這天，竇太主又到合歡殿。武帝為了表達盛情，命在宣室殿設宴，並召董偃出席，要和竇太主共飲盡歡。宣室殿是未央宮前殿的正室，皇帝多在這裡召見大臣，齋居決事，處理重大機密問題。可巧這天輪到中郎東方朔當值，執戟為衛，筆直地站在宣室殿門前。

這個東方朔，渾身都是故事。上年伏日，即夏季三伏中祭祀的一天，按照慣例，皇帝要給大臣們賜肉，由大官丞負責宣詔分配。豬肉早在案上擺著。正值酷暑，天氣炎熱，眾人大汗淋漓，從早晨等到中午，卻遲遲不見大官丞露面。東方朔不願再等，拔了佩劍，逕去割了一塊肥肉，舉示同僚，說：「三伏天熱，應早回家，我只自取一份，告辭了！」說著，提了肉自去。其他大臣拘於禮法，不敢動手。

許久，大官丞前來宣詔分肉，單單不見東方朔，問明他人，方知東方朔割肉自去。大官丞好不惱怒，立即報告武帝。次日早朝，武帝批評東方朔說：「昨日賜肉，你不待詔命，割肉自去，這是何故？」

東方朔面不改色，免冠跪地，從容請罪。武帝笑著說：「你也不用請罪，盡可自責罷了。」東方朔站起，假裝自責，說：「東方朔啊東方朔！你受賜肉不待詔命，為何這樣無禮呢？拔劍割肉，志何壯哉！割肉不多，節何廉哉！歸慰妻兒，情何仁哉！難道敢稱無罪麼？」

武帝捧腹大笑，說：「朕讓你自責，你反自譽，真是……」大臣們跟著大笑，無不佩服東方朔滑稽多變的能力。武帝高興，命再賜東方朔酒一石、肉百斤，使之歸慰妻兒。

東方朔官任大中大夫給事中，屬於朝廷高級官員，然而總是任情任性，不大注意小節。一次，武帝在未央前殿宮舉行酒宴，招待群臣。許多人要看東方朔的笑話，於是輪番向前，和他比酒。東方朔仗著海量，來者不拒，大杯小盞，也不知喝了多少酒。結果喝得酩酊大醉，手舞足蹈，自笑自唱，胡說一氣，出盡了洋相。當夜，他醉臥殿中，醒時急於小便，乾脆就在大殿裡尿了一通。打掃大殿的宮監發現此事，報告武帝。武帝好生氣惱，遂以大不敬罪，將東方朔免官，貶為庶人。可是不久，武帝想到東方朔的滑稽才能，就又任命他為中郎。中郎屬於中級官員，地位比大中大夫低了好多。

東方朔滑稽歸滑稽，但在原則問題上，還是嚴肅的。他見武帝命在宣室殿設宴，招待竇太主和董偃，連忙跪地，進言說：「董偃犯有三條大罪，不可擅進宣室殿。」

武帝猶疑，說：「哦？三條大罪？你倒說說看。」

東方朔挺直腰桿，朗聲說：「董偃以賤臣身分，私通太主，便是第一大罪；董偃敗常瀆禮，敢違王制，便是第二大罪；陛下春秋日富，正應批覽經典，留心庶政，而董偃不遵經勸學，反以靡麗紛華，蠱惑聖心，便是第三大罪。董偃乃國家大賊，人主火蜮，罪無逾此，死有餘辜！況且，宣室殿是先帝規定的處理國政之重地，弄臣小人不得入內。董偃他算何等人物？陛下若是引進，無異於養虎為患。為此，臣深以為憂！」

武帝默然未答，良久方說：「朕已吩咐下去，不好變更，今日不妨暫行，下不為例，卿以為如何？」

東方朔正色說：「不可不可！宣室正殿，佞人斷不可入內！自古以來篡逆大禍，多由淫亂釀成。春秋時，豎刁為淫，齊國大亂；慶父不死，魯難未已。陛下若不預防，就會從此埋下禍根！」

武帝聽了東方朔的錚錚諫言，想到歷史上豎刁亂齊、慶父禍魯的教訓，心情悚然，點頭稱是，於是改變決定，命移酒宴於北宮，董偃從東司馬門入宴。北宮主要是皇帝遊樂的場所，其地位、性質遠遠遜於未央宮宣室殿。

竇太主開始聽武帝命在宣室殿設宴，滿腔喜悅，就像騰雲駕霧一般，心想武帝對於自己和董偃是非常看重的，大漢自開國以來，得以在宣室殿飲宴的，能有幾人？接著，武帝命移酒宴於北宮。

竇太主的喜悅蕩然無存，心裡沉沉的。她知道肯定有人進言，促使武帝改變了主意。她感到沮喪，強作笑顏，前往北宮赴宴。董偃也從東司馬門進入北宮，與竇太主會合。從此，東司馬門改稱東交門。北宮酒宴，索然無味，各人有各人的心思。竇太主意識到，她在武帝的心目中，已不再具有政治分量，充其量只是一個親戚而已。董偃有點緊張，不明白以後會發生什麼事情。武帝熱情地勸酒勸菜，心裡卻說：「這對狗男女不是好人，我得提防著！」

武帝天資聰穎，一經旁人提醒，看人看事，豁然貫通。北宮酒宴的次日，他命賜東方朔黃金三十斤，以表彰其正言直諫的膽略和氣魄，而且此後不再寵信董偃。竇太主和董偃遭到冷落，心灰意冷，一蹶不振。後來，竇太主年逾六十，頭禿齒豁，怎麼打扮也引不起董偃的興趣。董偃不再顧念老婦，穿街過巷，尋花問柳，只管自己快活。竇太主責怪董偃忘恩負情，董偃諷刺竇太主枯花老柳。武帝耳有所聞，趁機定了董偃一個死罪，賜死。竇太主到頭來人財兩空，氣出一場大病，隨之嗚呼哀哉。

竇太主劉嫖死了，廢后陳阿嬌再也沒有親人，心情更加悲鬱。一篇《長門賦》，根本挽不回武帝的心意。陳阿嬌感到徹底的絕望，萬念俱灰，緊跟著也病死了。

第九章

衛青建功

太皇太后、竇太主和陳阿嬌老少三代女人相繼去世，武帝長長地吐了口氣，頗有一種如釋重負之感。這些年來，他艱難地和這三個女人周旋，空耗了不少精力，徒生了許多閒氣。現在謝天謝地，他解脫了，自由了，可以放開手腳做大事了。

武帝的大事是什麼呢？一言以蔽之：攻伐匈奴。他以為，堂堂大漢，地大物博，人口眾多，國力強盛，老受匈奴欺凌，有損國威，太不像話！四年前，馬邑計敗，武帝沒有灰心，相反，更加堅定了攻伐匈奴的信心和決心。他毅然斷絕了先前奉行的和親政策，決定使用武力，捍衛國家主權和尊嚴。

元光六年（西元前一二九年）春天，山嶂疊翠，溪水瀲灩，柳煙籠罩，百花待放。長安城覆盎門裡衛府門前，車水馬龍，花團錦簇，一片喜慶氣氛。

衛府係大中大夫衛青的府第。大中大夫，地位僅次於九卿。衛青自任此職以來，鳥槍換炮，今非昔比。他成了武帝的妻弟，朝廷的要員，精通軍事，俸祿優厚。他的府第是武帝賞賜的，南面挨著平陽公主劉玫的府第，北面連著好友公孫賀、公孫敖的府第，朱門闊宅，豪華氣派。

衛青的母親衛媼早就不在平陽公主家當女僕了，一掃當年的寒酸相，而成為雍容富態的貴婦人。衛媼的一生是先苦後甜的一生，先賤後貴的一生。她一生經歷的酸甜苦辣太多太多了，現在該到享福的時候了。這些年來，她遇到的全是喜事。三妞子夫重新得到武帝恩寵，連生了三個女兒。衛長君官侍中，衛青官大中大夫，可以隨時出入宮禁，陪伴皇帝。衛青娶妻春月，生了兒子衛伉和衛伐。大妞衛君孺嫁公孫賀，生了兒子公孫敬聲。秋花嫁公孫敖，小日子過得甜美。春月和秋花，由於子夫的關係，把衛媼當作親娘，親熱得了不得。相比而言，二妞衛少兒差了些，但她生了兒子霍去病，恰也給衛媼帶來了不少歡樂。

說到霍去病，那要追溯衛少兒的一段風流韻事。原先，平陽公主家中不是有個歌舞班嗎？衛媼的三個女兒均為其中的成員。突然有一天，衛媼發現，二妞少兒的肚子漸漸大了起來，未免驚慌，三問兩問，方知她肚裡的孩子是霍仲孺的。霍仲孺是平陽公主府中的管家，利用管家之便，給了少兒一些好處，並用甜言蜜語，引誘少兒上鉤。少兒生性輕佻，經不起誘惑，竟糊里糊塗地和霍仲孺睡到了一塊，於是肚子便大了起來。十月懷胎，一朝分娩，少兒生了個壯實的兒子，隨霍仲孺姓，取名去病。霍仲孺在城裡租賃一間房子，常把少兒和去病接去住上幾天，忙中偷閒，尋點趣味。霍仲孺比少兒年長十七八歲，二人且又不是合法夫妻，所以經常鬥嘴吵架。少兒一賭氣，抱著霍去病，回了娘家。霍仲孺光棍一個，一人吃飽，全家不餓，逐漸也就將少兒和去病淡忘了。少兒當時還在歌舞班，無暇照顧去病。這樣，衛媼又當外婆又當母親，一把屎一把尿地拉扯著這個外孫。

建元二年（西元前一三九年）三月，武帝祓祭，豔遇子夫，子夫進入皇宮，平陽公主家的歌舞班隨之解散。少兒回到凹凹莊，鬼使神差，很快又和一個名叫陳掌的人鬼混上了，私相往來，親親熱熱。這個陳掌，據說是漢初開國功臣陳平的曾孫，為長安縣衙小吏，身材修長，眉清目秀，玉樹臨風似的。少兒看中陳掌的長相，執意要和他結婚。霍仲孺那邊不答應，吵鬧了幾回，終因無媒無證，吵鬧不起作用，眼睜睜地看著少兒嫁給了陳掌。霍去病呢？隨母等於是個「拖油瓶」，那是要受虐待的，所以只好留在凹凹莊，仍由衛媼撫養。

衛青發跡以後，衛媼搬進衛府居住。霍去病和衛伉、衛伐成了衛媼的心肝寶貝，須臾離開不得。兩年前，衛媼的情夫鄭季死了。衛青為生父辦理了喪事，風風光光。衛媼不便出面，只是偷偷地哭泣了幾次，默默地禱告上天，但願來世，自己能和鄭季堂堂正正地做一對夫妻。

轉眼到了元光六年，恰是衛媼六十歲生日，兒女們吵嚷著要替她祝壽。衛媼的本意是盡量從簡，全家人聚在一起吃頓團圓飯就得了。可是衛青和春月堅持說，六十歲是大壽，娘辛苦一輩子，說什麼也要大操大辦，熱鬧一番。子夫也是這個意思，並把意思告訴武帝。武帝滿口贊成，還說要親臨衛府，給岳母賀壽。這樣一來，事情可就鬧大了，衛府上下人來人往，紅紅火火，忙得不可開交。

祝壽之日，公孫賀和衛君孺領著兒子公孫敬聲，陳掌和衛少兒，公孫敖和秋花，早早地到了衛府。接著到來的是衛青的同事和部下，包括蘇建、李蔡、李息、李沮、張次公、郭昌、荀彘等。他們都是軍中校尉，由於敬重衛青，所以也就敬重衛媼，主動前來給衛媼賀壽。所有的人進門第一件事是給衛媼磕頭，祝福老人家壽比東海，福如南山，怎麼著也要再活六十歲。同時敬獻帶來的壽禮，吃的穿的用的玩賞的，各式各樣，精緻玲瓏。

此外，王太后命宮監送來二斤人參，平陽公主派人送來十匹錦緞，客氣地傳話說：「本該前來替衛老夫人祝壽，但考慮這是衛氏家人團聚，所以就不打擾了。」一位太后，一位公主，能稱衛媼為「衛老夫人」，真是給足衛媼的面子了。

約莫巳時，衛府門前喧鬧起來。儀仗、侍衛和宮娥彩女過後，皇帝乘坐的御輦和皇后乘坐的鳳輦緩緩停下。宦監令李貴高聲通報說：「皇上和皇后駕到——！」

衛青、春月率領家人，以及公孫賀、蘇建等，齊刷刷地跪地迎接，口呼：「皇上萬歲！皇后千歲！」

武帝笑盈盈地步下御輦，子夫笑盈盈地步下鳳輦，三位小公主劉妍、劉玟、劉娟，由子夫的貼身侍女夏荷和冬梅招呼著，亦下了鳳輦。武帝一揚手，說：「平身！」

衛青、春月等說：「謝萬歲！」隨後眾星拱月似的，簇擁著武帝和子夫，進了府門，步入大廳。

衣飾齊整的衛媼端坐在一張碩大的繡榻上，滿面春風，神采飛揚，見了武帝和子夫，起身要跪地行禮。武帝快走幾步，按住岳母，說：「今天是你老人家壽辰，大禮且免，只行家人禮。」子夫早已跪地磕頭，說：「女兒恭賀娘洪福齊天，健康長壽。」李貴、夏荷、冬梅，以及三個小公主等，也一起跪地，磕頭賀壽。劉娟年齡太小，不會磕頭，全身趴在地上，說：「外婆……天，外婆……壽。」逗得所有的人哄堂大笑。衛媼笑出了眼淚，俯身抱起劉娟，使勁地親著她的小臉蛋，說：「真是外婆的好外孫女！」

武帝和子夫吩咐李貴，呈上他們送給衛媼的壽禮：黃金百斤，彩綾百匹，玉如意一個，鑲著珍珠瑪瑙的楠木拐杖一支。

衛媼說：「人來了比什麼都強，還送什麼禮嘛？」

子夫說：「這是皇上和女兒的一點心意。」

衛青和春月禮讓武帝和子夫坐。武帝笑著說：「讓她們女人說話，我們男人到演武場去看看。」

演武場實是衛府的後院，那是衛青在家練武的地方。武帝由衛青等陪同，走向演武場，老遠就聽得駿馬疾馳的聲音。及至演武場的門口一看，但見一位少年，一身戎裝，手持長槍，騎著一匹火紅色的高頭大馬，正在跑馬練武。前方豎立幾個草人，草人胸前掛一木牌，上寫「匈奴」兩個大字。那位少年飛馬馳至草人跟前，嘴裡喊著「殺」字，「唰唰」幾槍，每槍刺中一個草人，颯爽英姿，氣概不凡。

武帝脫口稱讚說：「好個豪勇少年！」

衛青介紹說：「他是臣的外甥，名叫霍去病，跟臣一樣，最愛騎馬射箭，使槍弄棒。」

霍去病聽得人聲，發現武帝和舅舅等進了演武場，顯得不好意思，趕緊下馬，摘下頭盔，丟了長槍，跪地說：「霍去病拜見皇上！」

武帝見霍去病身體壯實，濃眉大眼，額上汗珠，亮亮晶晶，歡喜地說：「好樣的！幾歲啦？」

霍去病說：「十三歲。」

武帝說：「好！十三歲就能跑馬扎槍，不錯！朕且問你：練武為了什麼？」

「斬殺匈奴，保家衛國，報效朝廷，報效皇上！」霍去病稚聲稚氣地回答，話語中具有一種鏗鏘作響的力量。

武帝臉上露出欣慰的笑容，說：「嗯！有雄心，有志氣！那麼，朕再問你：上陣殺敵，靠的什麼？」

「兩個字：『勇』和『謀』。」

衛青插話說：「這個小鬼頭，天不怕地不怕，成天跟臣說，長大了要當將軍，把匈奴消滅乾淨哩！」

公孫賀、公孫敖、蘇建、李息等說：「把匈奴消滅乾淨，也是臣等的願望。皇上！你就下命令吧，讓臣等去和匈奴真刀真槍地較量一番！」

武帝命霍去病平身。他環視身邊這些虎氣生風的年輕臣屬，心頭充滿激情，說：「是啊！我們早晚要和匈奴真刀真槍地進行較量的。」

眾人抱拳，說：「臣等願為前驅，效力疆場！」

武帝點頭微笑，說：「很好！你們效力疆場，建功立業的機會，很快就會到來！」

寬敞的大廳裡擺出了豐盛的酒宴，招待前來賀壽的武帝、子夫和所有客人。兩張大圓桌，一桌男席，一桌女席，武帝和衛媼各坐了首席。衛青以主人身分簡單致辭，敬祝衛媼高壽，感謝皇帝、皇后和親朋好友光臨。他先飲了一杯酒，接著向武帝敬酒。武帝說：「你別喧賓奪主哦！今天是岳母大人六十歲壽辰，我們應該向老壽星敬酒才對！」眾人附和，說：「對！應該先敬老壽星！」武帝帶頭，大家都向衛媼敬酒。衛媼老臉笑成一朵花，說：「真是折煞我了！」端起酒杯，緩緩乾杯。大家齊聲叫好，接著向武帝和子夫敬酒。推辭，謙讓，單飲，共飲，大廳裡歡聲笑語，喜氣洋洋。

酒過三巡，菜過五味，話語多了起來。女席的中心話題是三個小公主，她們長得漂亮水靈，太可愛了，子夫下一胎肯定會生個牛牛娃。男席的中心話題是出征打仗，攻伐匈奴，堂堂大漢，國富民強，哪能老受他匈奴人欺侮？

酒宴在歡快熱烈的氣氛中進行。忽然，丞相薛澤匆匆忙忙來到衛府，向武帝報告說匈奴又一次大舉侵漢，一直攻到上谷郡（今河北懷來東南），一路上殺掠百姓，搶奪財物，氣焰囂張。武帝聽了，萬分震怒，一拍桌子，說：「朕正準備攻伐匈奴，他們倒找上門來了！好！朕這就給他們一點顏色瞧瞧！」隨即起駕，先行回宮。

次日早朝，武帝宣布，集中力量攻伐匈奴。他說：「戰爭是國家的大事，關係到軍民的生死，國家的存亡。我們不希望戰爭。但是，匈奴一而再再而三地進行挑釁，要把戰爭強加給我們，我們只有奉陪。朕說過，大漢的土地一分一寸也不能丟，大漢的百姓應該過上和平的生活。現在，匈奴再次入侵，我們的回答只能是兩個字：回擊！」

武帝的話鏗鏘有力，擲地有聲。文武百官，包括那些主和派，無人提出異議。武帝於是調兵遣將，任命衛青為車騎將軍，率騎兵一萬，出上谷；公孫賀為輕車將軍，公孫敖為騎將軍，李廣為驍騎將軍，各率騎兵一萬，分別出雲中（今內蒙托克托東北）、代郡（今河北蔚縣東北）、雁門（今山西右玉東南），兵分四路，共擊匈奴。

四路大軍統帥，資格最老的當數李廣。李廣，隴西成紀（今甘肅秦安）人，先祖李信曾是秦朝的名將。早在漢文帝的時候，李廣就已領兵打仗，射箭技術尤精，百發百中，天下無雙。漢景帝時，李廣為驍騎都尉，隨周亞夫平定七國之亂，後出任上谷太守和上郡（今陝西榆林南）太守，任務就是抵禦匈奴。他在任上郡太守期間，一次率領百名士兵巡邊，途中突然和匈奴三千名騎兵遭遇。部下驚恐，主張快馬逃跑。李廣說：「不行！敵眾我寡，逃跑只能送命；不如留在這裡，敵人會以為我們是誘兵之計，或許不敢攻擊。」說著，帶領士兵緩緩前行，距離敵人軍陣二里開外，一起下馬解鞍，坐地休息。匈奴騎兵看著這些漢軍，摸不著頭腦。一個騎白馬的頭目，出陣張望。李廣迅速上馬，疾馳向前，張弓搭箭，一箭射中那個頭目的前心，然後回到原地，依舊下馬解鞍，坐地休息。匈奴騎兵認定漢軍是在實施誘兵之計，始終未敢出擊，半夜時分自行退去。李廣及其部下化險為夷，平安地回歸大營。

武帝即位後，李廣任未央衛尉，負責守衛未央宮。如今，他已五十多歲，紅紅的臉膛，長長的鬍鬚，粗眉環眼，聲如洪鐘，渾身透露出一種豪壯氣概。此人領兵出征，讓人一百個放心。公孫賀也和匈奴打過交道，略有領兵的經驗。相比之下，衛青和公孫敖則是新手，他倆能夠勝任一軍之統帥嗎？

薛澤遲疑地提醒武帝說：「陛下用衛青和公孫敖為將，是不是……」

武帝說：「朕和衛青、公孫敖相處多年，發現他們武藝高超，具有將帥之才，況且年輕英勇，爭強好勝，相信能夠不負重任，帶給我們一個驚喜。」

薛澤說：「陛下英明，慧眼識人，臣就無須饒舌了。」

武帝召見四將，給他們規定了進兵的路線，嚴肅地告誡說：「這次並非大規模地征討匈奴，你們只須在邊塞的各個要口，迎擊敵人，給他們一點厲害嘗嘗，就算完成了任務。真正地收拾他們，還需時間，還要做充分的準備。」

四將齊聲說：「謹遵聖命！」

衛青、公孫賀、公孫敖、李廣領兵出發。家人親朋相送，千叮嚀萬囑咐，依依情深。宦監令李貴受衛子夫委託，特地傳話給衛青和公孫兄弟，說：「戰場上真刀真槍廝殺，不比尋常，務要小心！」

衛青等抱拳謝恩，說：「感謝夫人牽掛！」

四路大軍開往前線。武帝騰出手來，解決開鑿漕渠的問題。當時，長安是全國最大的城市，人口超過五十萬，每年都要經由渭河航道，從關東運進大量的糧食和物資。大農令鄭當時建議，可以從長安向東北方向開鑿一條漕渠，直通黃河，全長三百餘里，這比渭河航道縮短三分之二的路程，有利於漕運，省時省力。武帝經過斟酌，覺得這是一條利國利民的建議，遂命水工徐伯表主持，徵發民工五六萬人，全力開鑿漕渠。

薛澤、韓安國等人表示反對，說：「我們又要攻伐匈奴，又要開鑿漕渠，哪裡顧得過來呀？」

武帝力排眾議，說：「這二者並不矛盾，其實是一回事。打仗靠什麼？表面看是靠將士，其實是靠糧食，靠物資。攻伐匈奴不是一天兩天的事，更大的戰爭還在後面。因此，我們必須保證京城儲備足夠的糧食和物資，這樣才會掌握主動，克敵制勝。從這個意義上說，開鑿漕渠，勢在必行，我們應該抓緊時間，使它盡快發揮效益。」

實踐證明，武帝是有戰略眼光的。這條漕渠竣工後，每年從關東漕運進長安的糧食高達六百萬石，並灌溉農田二萬餘畝。這對於攻伐匈奴的戰爭發揮了重要的後勤保障作用。

是年夏天，前線的戰報源源不斷地送達長安。最先送達的戰報是衛青的。衛青兵出上谷以後，並未遵從武帝據守要口迎擊敵人的諭旨，而是從戰場的實際情況出發，突破長城，一路北上，直抵匈奴腹地龍城（今蒙古鄂爾渾河西側和碩柴達木湖附近），擊殺匈奴將士七百餘人。這一戰績不算輝煌，但它有力地表明：大漢的軍隊可以到達匈奴腹地，能夠擊殺飛揚跋扈的敵人！

武帝閱讀戰報，喜形於色，脫口稱讚說：「衛青！好樣的！」

然而，其他三路的戰報卻令武帝沮喪。公孫賀兵出雲中，根本就沒有遇到匈奴軍隊，無功而還。公孫敖兵出代郡，被匈奴騎兵打敗，損兵折將七千餘人。最糟糕的還是李廣，兵出雁門，恰遇匈奴主力，部隊被擊潰，自己也被匈奴軍俘擄，幸賴騎射技術高超，途中奪馬逃歸。

四路兵馬回到長安，武帝且喜且恨。喜的是衛青初步顯露出卓越的軍事才幹，深入敵境，斬殺敵人，算是給漢朝和自己掙得了面子；恨的是公孫賀、公孫敖、李廣全不爭氣，辜負聖望，還損失許多兵馬。為了賞罰分明，武帝封衛青為關內侯，公孫敖和李廣獲罪當斬。漢朝律令規定，死囚可以用金錢贖罪。公孫敖和李廣的家人趕緊變賣家產，總算保住二將的性命，贖為庶人。

衛青一部深入到龍城一帶，擊殺匈奴將士七百餘人，這使匈奴軍臣單于大丟臉面，暴跳如雷，說：「自從匈奴和漢朝交手以來，匈奴從未處過下風。這回倒好，人家攻到龍城來了，在我們的心窩捅了一刀。這種情況能容忍嗎？不！我們要更大規模地進攻漢朝，我們的損失，要讓他們加倍償還！」

侵略者有侵略者的邏輯。這年秋天，軍臣單于發出命令，匈奴軍隊多次入侵漢境，以漁陽郡（今河北密雲西南）一帶尤甚。武帝接到邊報，全面布置防守事宜，特派御史大夫韓安國為材官將軍，鎮守漁陽。越年便是元朔元年（西元前一二八年），匈奴又派出兩萬騎兵，大舉侵漢，殺死遼西（今遼寧義縣西）太守，掠去邊民二千餘人。接著侵犯漁陽，包圍了韓安國，幸好燕地漢軍及時趕到，才將匈奴軍驅逐出境。匈奴軍轉而進攻雁門，使千餘名邊民慘遭殺戮，無數牲畜財物被搶掠一空。

武帝面對匈奴的殘暴罪行，怒不可遏，果斷地命衛青統領騎兵三萬，兵出雁門，反擊匈奴。校尉李息升為將軍，統兵出代郡，配合衛青作戰。同時，重新起用名將李廣，出為右北平（今遼寧凌源）太守。這位李廣雖是名將，然而心胸狹窄，難能容人。他在贖罪居家期間，常在藍田山中射獵自娛。一天，深夜時分方才回城，路經灞橋。灞橋上設有霸亭，亭尉巡夜，按照規定，禁止行人夜間通過灞橋。李廣的僕人向前，說：「我家主人是故將軍，煩請行個方便。」亭尉堅持原則，悍聲說：「就是現將軍也不准犯夜，何況故將軍乎？」李廣無奈，只得恨恨地在坐於河邊，天明時才得過橋回城。現在，他出任右北平太守，奏請武帝讓那個灞橋亭尉隨行。亭尉奉命向李廣報到。李廣記恨，當時就將亭尉殺了。

衛青統兵，注重集中優勢兵力，殲滅分散敵人，這次出塞，共擊殺匈奴將士四千多人，取得了漢朝對匈奴作戰以來第一次的大勝利。

衛青凱旋長安。武帝龍顏大悅，興致勃勃會見朝臣，說：「怎樣？朕用衛青為車騎將軍，你們放心了吧？」

文武百官欽佩武帝用人的膽略，齊聲說：「陛下聖明！」

當衛青建立軍功返回長安的時候，他的姐姐衛子夫正臨盆生產。武帝守候在合歡殿，既興奮又焦急，坐立不安。他已經二十九歲了，渴望得到一個皇子。有了皇子，大漢江山才後繼有人吶！王太后和平陽公主劉玫，衛媼和兩個女兒君孺、少兒，還有衛青妻子春月、公孫敖妻子秋花，不約而同地聚集到合歡殿，等待著這個特定時刻的來臨。

子夫躺在內殿的榻上，肚痛一陣緊似一陣。她過去懷孕的時候，愛吃辣的；這次懷孕，愛吃酸的。按照酸男辣女的說法，這次懷的應該是個男孩。而且這次懷孕，肚子特別圓大，胎兒蹬踢格外有力，這也是男孩的徵兆。子夫和武帝一樣，太想生個男孩了，老生女孩頗有一種負疚之感。她明白，生男孩，不僅使武帝皇嗣有繼，而且對自己對衛氏也大有好處。母以子貴，這是皇宮裡亙古不變的法則。自己若要在未央宮站穩腳根，趕快生個皇子是最關鍵最要緊的啊！

宮女們端湯送水，進進出出。接生婆淨手等待，老成穩重。武帝陪著王太后和衛媼說話，有點心不在焉。人人都在期盼：子夫啊子夫！你一定得生個牛牛娃！

宮女不時向武帝等人報告，說：「快了！快了！」

這是一個緊張、微妙的時刻，一時無人說話，目光一齊射向子夫的寢殿。

猛然聽得「哇——」的一聲，嬰兒降生了，啼哭了。那聲音洪亮有力，震撼人心。一個宮女飛快地跑出來，跑至武帝跟前，興奮地說：「恭喜皇上，夫人生了個皇子！」

武帝身心一振，搓著雙手，來去走動，說：「太好啦！太好啦！」

王太后和衛媼眉開眼笑，說：「難為子夫了！」

平陽公主、衛君孺、衛少兒、春月、秋花喜笑盈盈，齊聲向武帝道賀。平陽公主意味深長地說：「我早就看出來，子夫絕非等閒女子，今日靈驗了吧？」

武帝向平陽公主作揖，說：「感謝皇姐！感謝皇姐！」

約莫過了半個時辰，接生婆將嬰兒包裹嚴實，抱出來讓武帝觀看。武帝心情激動，抱著嬰兒，左看右看，溫和地在嬰兒的臉上親了一口。王太后抱過嬰兒，仔細端詳，見他活像武帝剛出生時的模樣。衛媼和平陽公主等圍上來，有說像武帝，有說像子夫，有說融合了二人的長處，淨是些喜慶的恭維話。武帝樂得心花怒放，咧著嘴笑，一時不知說什麼才好。

武帝壯年得子，真正嘗到了做父親的滋味。此前，他雖然已是三個女兒的父親，但是並不滿足，認為只有做兒子的父親，才是真正意義上的父親，名副其實的父親。於公，大漢江山有人繼承；於私，劉氏香火得以綿延。因此，他內心深處充滿欣喜，有著一種莫大的成就感。不是嗎？正是他和子夫，共同造就了一個皇子，一個可以繼承皇位，可以傳宗接代的人！

武帝進入寢殿看望子夫。產後的子夫略顯睏倦，明眸皓齒，雪膚青絲，倍顯嬌媚。武帝握著子夫的手，說：「我給我們的兒子取名為據，你說怎樣？」

子夫溫順地一笑，說：「臣妾給皇上生了兒子，總算沒辜負皇上的垂愛。至於兒子叫什麼名字，聽憑皇上作主，臣妾沒有意見。」

武帝說：「我們的兒子叫劉據。『據』是證據、憑據的意思，意味著兒子是你我相愛的憑證；『據』又有憑依、依靠的意思，意味著大漢江山，日後要靠兒子來繼承和發展。」

子夫說：「皇上想的就是深遠。」

自從劉據出生以後，武帝就考慮立子夫為皇后的事了。為此，他徵求過母親王太后和皇姐平陽公主的意見。太后和公主說：「子夫生了兒子，理當立為皇后。她比那個陳阿嬌，可是強多了。」武帝還徵求過丞相薛澤等大臣們的意見。薛澤說：「衛夫人除了出身寒微外，其他方面無可挑剔。」武帝說：「出身由不得人，關鍵在於人品。再說，出身寒微自有出身寒微的好處，起碼知道世事的艱難，懂得怎樣做人。陳阿嬌出身高貴，可是怎麼樣呢？驕縱任性，淨添麻煩。」

薛澤見武帝主意已定，不便多言，順水推舟地說：「陛下聖明！中宮位缺多時，立后之事，不宜拖延。」

三月底，春風和煦，鳥語花香。武帝為子夫舉行了隆重的冊后典禮，授予皇后金冊及璽綬，並專門頒發詔書，曰：

天地暢和，陰陽調順，萬物之統也。天地不變，不成施化。陰陽不變，物不暢茂。《易》云：『通其變，使民不倦。』《詩》云：『九變復貫，知言之選。』朕嘉唐虞（指堯帝和舜帝）而樂商周（指商朝和周朝），據舊以鑒新。茲有衛氏子夫，環姿豔逸，溫順賢淑，且生皇子據。今依《關雎》之義，冊立衛氏子夫為后，其赦天下，與民更始。欽此。

從這一天起，平民出身的衛子夫一躍而成為皇后，移居椒房殿。子夫非常激動，難以相信所發生的一切。她初進宮時，只是嚮往榮華富貴，擺脫清貧苦寒的生活。不想剛進宮門，卻因美貌惹惱了陳阿嬌，以致被禁錮冷宮，失去了自由。悠悠蒼天使她重新得寵，受封夫人，先生三個女兒，再生一個兒子，命運陡然發生了天翻地覆的變化。皇后，皇后意味著什麼？意味著正位宮闈，體同天子，意味著第一夫人，母儀天下。這一切的一切，簡直不可思議啊！

衛青兩次出擊匈奴都取得了勝利，聲名大震。如今，衛子夫又成了皇后，衛青的地位更加顯赫了。武帝十分器重這位小舅子，凡軍事方面的重大問題，必和衛青商量。這天，武帝和衛青又在未央宮前殿的宣室殿商量軍情。他們的面前放著一個巨大的沙盤，沙盤上顯示出漢朝和匈奴接壤的地理情況。武帝說：「多少年來，都是匈奴犯我，我犯匈奴。我們打的是防禦戰，非常被動。」

衛青說：「這是國力所致。過去，國力不濟，攻伐匈奴總是心有餘而力不足，所以難免被動挨打。現在情況不同了，陛下親政以來，尊儒尚法，萬象更新，經過這些年的準備，兵強馬壯，物資充裕，所以應當變被動為主動，實行主動出擊，深入匈奴境內，殲滅敵人的有生力量。」

「對！從戰略防禦轉為戰略進攻，這是徹底解決匈奴威脅的根本大計。」武帝完全同意衛青的觀點。他停了停，又說：「那麼，你以為戰略進攻，當以何處為首要目標？」

衛青手指沙盤，說：「這裡，河南之地！」

武帝大笑，說：「哈哈！朕也是這樣想的，正可謂英雄所見略同啊！」

衛青謙遜地說：「臣不敢和皇上相提並論。」

所謂「河南」之地，是指黃河流域的河套地區，黃河流經這裡，向北向東向南形成一個大的彎曲，包括今內蒙古和寧夏境內賀蘭山以東，狼山和大青山以南，黃河沿岸的地區。這裡土地肥沃，水草甘美，不僅適宜於農業生產，而且是難得的天然牧場，距離長安不足千里，實是長安的北部屏障。秦朝的時候，名將蒙恬北征匈奴，收復了這一地區，築城立塞，派兵駐守。秦末動亂，匈奴又趁機佔領了這片富饒的寶地，並以此作為侵擾中原的基地。漢朝前期，這種情況仍未改變，因而對中原構成了嚴重的威脅。現在，武帝和衛青同時確定進攻匈奴，首先要收復河南之地，表現出軍事家特有的敏銳見解和戰略眼光。

元朔二年（西元前一二七年），匈奴仍以大部分兵力侵擾上谷、漁陽地區，只留少數兵力鎮守河南之地。武帝抓住這一戰機，採取避實就虛的戰略戰術，命令衛青率領騎兵，進軍河南。他指示衛青說：「你這次出征，權且不管上谷和漁陽，大膽地西進，抄襲匈奴的西部陣線，打他個首尾難顧。」

衛青遵命，兵出雲中，進擊盤據在河南的匈奴樓煩王和白羊王。同時，武帝命李息兵出代郡，以牽制匈奴的東方主力。武帝明確地指示李息說：「你的任務是只守不攻，拖住敵人就是勝利。」

衛青兵出雲中，祕密北上，忽而掉轉方向，沿著黃河西進，突然出現在樓煩王和白羊王的後方。樓煩王和白羊王是匈奴軍臣單于的親信，長期佔據河南，目光只盯著南面，沒有發現漢軍有什麼動靜，思想麻痹，毫無戰備。衛青的騎兵略加休整，自北向南，突然發起攻擊。樓煩王和白羊王以及匈奴軍，以為是神兵天降，驚慌失措，暈頭轉向，不知道是怎麼回事。衛青身先士卒，躍馬舞刀，突入敵陣，大砍大殺。漢軍發著吶喊，奮力殺敵，人人逞勇，銳不可當。匈奴軍未及還手，頓時土崩瓦解。樓煩王和白羊王見勢不妙，捨棄地盤，只帶了部分親兵，倉皇逃命。衛青命令漢軍乘勝追擊，一直追到高闕（今內蒙古杭錦後旗附近）。樓煩王和白羊王因為是在匈奴地界，所以最終還是逃脫了。漢軍在高闕進行了休整，然後沿著黃河溯流南下，直抵隴右（今甘肅東部）。

這次戰役，漢軍取得巨大的勝利，共斬殺匈奴軍二千三百餘人，俘擄三千零十七人，繳獲牛羊馬一百餘萬頭，收復了整個河南地區。而衛青的騎兵、車輛、輜重等，幾乎沒有遭受什麼損失。

捷報飛快地傳到長安。武帝高興極了，說：「好個衛青！朕為你驕傲，大漢為你驕傲！」他回後宮，把消息告訴子夫，並把兒子劉據高高舉起，搖晃著說：「舅舅又打勝仗嘍！舅舅又打勝仗嘍！」

子夫滿臉含笑，說：「這是皇上決策英明。」

武帝說：「決策歸決策，要實現決策，還要靠衛青和全體將士的浴血奮戰。」他迅速頒旨，說：「匈奴逆天理，亂人倫，暴長虐老，以盜竊為務，行詐諸蠻夷，造謀籍兵，數為邊害。故興師遣將，以征厥罪。《詩》云：『薄我獫狁，至於太原；出車彭彭，城彼朔方。』今車騎將軍衛青，率兵深入敵境，直至高闕，盡收河南之地，全甲兵而還，功莫大焉！特封衛青為長平侯，賜食邑三千八百戶。欽此。」

衛青凱旋。長安人民傾城出動，迎接這位抗擊匈奴大獲全勝的民族英雄。武帝異常興奮，設宴招待建功立業的將士。衛青絕口不提自己的功勞，只是稱讚隨征的校尉蘇建和張次公。武帝再行頒旨，分別封蘇、張二人為平陵侯和岸頭侯。

河南之地收復了。為了牢固控制長安北面的這一戰略要地，中大夫主父偃建議在那裡設立朔方郡和五原郡。武帝贊成這一建議，立刻命設二郡，並命蘇建主持，新築朔方城（今內蒙古烏拉特前旗南）和五原城（今內蒙古包頭西北），作為其郡治所在地。重新修整秦朝所築的長城，設置烽燧，同時募民十萬人，徙邊屯田，以增強邊防力量。此後，朔方郡和五原郡遂成為京師長安的北部屏衛和出擊匈奴的重要基地，匈奴西部戰線的實力大大削弱了。

第十章

通使西域

北國風光，千里冰封，萬里雪飄。一座座山巒被白茫茫的冰雪覆蓋著，沉穩中顯得格外的雄奇和壯麗。所有的河流都結了冰，失去了往日波濤滾滾的氣勢，平靜中流露出幾分溫順和神祕。凜冽的西北風，強勁而凶悍，恣意地在草原上盤旋、衝撞和嘶吼，風借雪勢，雪乘風威，攪得天昏地暗，混混沌沌，朦朦朧朧。

河套的東北方向，大青山麓，大黑河畔，坐落著匈奴軍臣單于的王庭（今內蒙古呼和浩特一帶）。這是由無數帳篷組成的城市，相當於匈奴的國都。元朔三年（西元前一二六年）初的一天，匈奴軍臣單于特地在王庭舉行會議，專門商討下一步進攻漢朝的軍機大事。

匈奴的所有頭面人物都出席了會議。匈奴統治集團的體制大致是這樣的：單于以下，設左賢王和右賢王。這三人形成統治集團的核心，統領全國的兵馬和土地。通常情況是，單于居中，居守王庭；左賢王的勢力在東方，右賢王的勢力在西方。他們二人，亦有自己的王庭。左、右賢王以下，又設左谷蠡王和右谷蠡王，這二王一般由單于的直系親屬擔任，統領精兵，負責保衛單于的安全。此外還設左骨都侯和右骨都侯，相當於丞相和副丞相，輔佐單于處理政事。其他人員，視其出身和功績，由單于封作王號，如昆邪王、休屠王、樓煩王、白羊王等。他們一方面臣服於單于，一方面又各有地盤和軍隊，自設千長、百長、什長、裨小王、相、都尉、當戶、且渠等官屬，具有相對的獨立性。匈奴歷來崇尚武力，缺少禮儀和人倫觀念。所以各王之間互不服氣，矛盾很深，為了一己之私利，動輒火拼，大開殺戒，常常鬥得死去活來。

軍臣單于在位已經三十餘年，立定兒子于單為太子。他對河南之地的失守極為惱火，意欲將鎮守河南的樓煩王和白羊王處以斬首，以謝國人。樓煩王和白羊王逃得性命以後，早就買通了軍臣單于的弟弟伊稚斜，願意幫助伊稚斜奪取單于之位。伊稚斜時任左谷蠡王，手中掌握著萬名精銳騎兵，懷有野心，一直覬覦著單于的寶座，樂得招降納叛，趁機發難。他在軍機會議上，竭力為樓煩王和白羊王辯護，並指責軍臣單于說：「河南失守，難道只怪樓煩、白羊二王麼？陛下尊為單于，亦有罪咎。想當初，漢將衛青率兵深入龍城，就使匈奴蒙受了恥辱。那時，陛下幹什麼去了？為何不及早謀劃，加強河南的防禦？現在，兵敗地失，秋後算帳，妄殺二王，豈能服眾？」

軍臣單于慣於妄自尊大，剛愎自用，聽了這番話，勃然大怒，說：「胡扯！河南失守，罪在樓煩王和白羊王，與我何干？現在處治二王，此乃國法軍規所繫，怎能說是秋後算帳呢？若按你的說法，你們打了敗仗，難道都要我單于承擔責任不是？」

伊稚斜存心挑釁，說：「冒頓單于和老上單于時期，我們匈奴就從沒打過敗仗。可陛下呢？先是龍城之敗，繼是雁門之敗，接著是河南之敗。為什麼？陛下難道不應該自我反省嗎？」

這等於是說軍臣單于無能了。軍臣單于氣得臉色發青，指著伊稚斜，說：「你……你……」

太子于單為了維護父親的權威，呵斥伊稚斜說：「左谷蠡王不得無禮！」

伊稚斜陰險地一笑，說：「無禮？哼！主子昏暗不明，有禮能當肉吃當奶喝嗎？」

會議不歡而散，匈奴王庭的氣氛緊張起來。軍臣單于惱羞成怒，準備罷免伊稚斜的王號，削奪其兵權。伊稚斜不會坐以待斃，聯絡樓煩王和白羊王，斷然地發動了政變。他指揮手下的精銳騎兵，先發制人，包圍了軍臣單于的營帳，殘酷地將軍臣單于殺死，然後自立為單于。左賢王、右賢王等懾於伊稚斜的淫威，不得不承認政變後的現實。而于單，不願臣服於叔父，率部反抗。伊稚斜予以鎮壓，大肆殺戮，數千人喪失性命。結果，于單兵敗，帶領百餘名親兵，南奔雁門，投降漢朝。

這是一場突如其來的事變。雁門太守將情況飛快地報告武帝。武帝命將于單護送到長安，親自接見。于單跪拜武帝，痛哭流涕，自稱「番臣」。武帝詢問事情的經過，方知匈奴內訌的原委。他說：「你父親軍臣單于素來和大漢作對，按說朕不能收留你。但是大漢有大漢的胸懷，不能見死不救。你既然投奔大漢，朕當以禮相待，視為臣民。」武帝當即封于單為陟安侯，暫居長安。于單叩頭流血，說：「感謝皇上聖恩。」

武帝接見于單，突然想起了一件往事，問于單說：「對了，朕且問你：十三年前，朕曾派一使者通使西域，途中肯定要經過匈奴，你可知道此事？」

于單回答說：「那位使者是不是叫張騫？」

武帝眼睛一亮，說：「是呀！他叫張騫。怎麼？你知道此人？」

于單說：「臣略有所聞。當初，張騫被匈奴騎兵抓獲，押在王庭，後來聽說逃跑了，多年沒有消息。直到去年，匈奴騎兵又將張騫抓獲了。至於詳細情況，臣也不甚明白。」

武帝說：「這麼說，張騫還活著？」

于單說：「他應該活著，而且就在匈奴王庭。我父親將他當作重要囚犯，派有專人看管的。」

武帝欣喜地說：「活著就好，活著就好。朕正盼著他能回歸大漢呢！」

春末夏初，正是關中平原最美麗最宜人的季節。藍湛湛的天空像寬廣安靜的大海一樣，沒有一絲雲彩。空氣濕潤潤的，蘊含著泥土和青草的氣息。山坳裡，河流旁，道路邊，各種花朵競相開放，紅的、紫的，黃的，白的，粉的，色彩絢麗，芳香飄溢。紫燕穿行，蝴蝶翩舞，喜鵲、麻雀、黃鸝等鳥兒，或在展翅飛翔，或在梳理羽毛，自在地唱著悠揚悅耳的歌曲。

陽光明媚，暖風和煦。長安城西面中門直城門外，風塵僕僕來了兩位中年漢子。其中，一位身材高大，三十七八歲，手持一根竹竿；一位身材矮胖，三十三四歲，肩背一個包袱。二人衣服襤褸，膚色黝黑，頭髮很長，幾乎覆蓋了半個臉面。他倆到了直城門外，面向巍峨的城垣和高聳的城樓，「撲通」跪地，熱淚盈眶，深情地說：「祖國！長安！你的兒子回來了！」城門外面的來往行人目睹這一情景，都很詫異，心裡說：「得是兩個討飯的？」

兩位中年漢子進入城內，快步來到未央宮北闕，那是未央宮事實上的正門。二人向著北闕，再次跪地，說：「未央宮！我們終於回來了！」

守衛宮門的侍衛也當二人是討飯的，呵斥說：「去！去！這地方是你們能來的嗎？」

高大的漢子說：「我是大漢使臣、中郎將張騫，這位是我的嚮導甘父，出使西域歸來，煩請通報皇上。」

侍衛不屑地一笑，說：「你是大漢使臣？笑話！有叫花子當使臣的嗎？」

張騫手捧竹竿，威嚴地說：「御賜節杖在此，不得無禮！」

侍衛接過竹竿，仔細察看，黃漆早已脫落，犛牛尾穗穗全無，但隱約可見刀刻的字樣：「大漢天子御賜」。侍衛立時傻眼了，害怕了，慌忙說：「小人有眼無珠，務請大人原諒。」說著，將節杖交還張騫，飛快地去向武帝通報。

武帝正在舉行朝會，聽了侍衛的報告，又驚又喜，說：「張騫果真回來了？快！宣他進殿！」

侍衛遵旨，前去宣召張騫。武帝轉而命令百官說：「走！我們出殿迎接大漢的英雄！」

武帝和文武大臣步出未央宮前殿，只見張騫雙手捧著節杖，甘父緊隨其後，神情莊重地走來。張騫重睹聖顏，悲喜交集，遠遠就跪在地上，叩頭說：「臣張騫奉命出使西域，今日歸來，恭祝吾皇萬壽無疆，萬壽無疆！」甘父也跪在地上，說：「臣甘父拜見皇上！」

武帝走前幾步，親手扶起張騫和甘父，說：「到家了，快平身！」

張騫和甘父說：「謝皇上！」

武帝仔細地打量二人。他清楚地記得，張騫出使的時候，正值美好年華，青春勃發，渾身洋溢著青年人特有的朝氣和活力；如今歸來，已是滿臉鬍鬚，滿額皺紋，甚至出現了少許白髮。但張騫的精神還像當年一樣，目光堅定，聲音洪亮，具有一種出生入死、百折不撓的氣概。武帝是第一次見到甘父，甘父雖然破衣爛裳，蓬頭垢面，但一看便知是個憨厚和忠誠的奴僕，即使把刀架在脖子上，他也不會出賣主人和朋友。武帝動情地說：「你們受苦了，受苦了。」

張騫和甘父就像迷失的孩子重新見到了親人，淚水嘩嘩，泣不成聲，許久才說：「受苦算不了什麼，好在又回到了祖國，回到了家鄉。」

文武百官和張騫見面。張騫有的認識，有的不認識，寒暄問候，感慨系之。

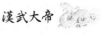

眾人返回未央宮前殿。武帝端坐於殿上，說：「張騫出使西域，整整十三年，信息全無。直到詢問匈奴太子于單，朕方知道他還活著。現在，他終於回來了，不容易啊！我們不妨讓張騫講講出使的經歷，這對我們了解匈奴、了解西域，肯定會大有好處。」

張騫再次手捧節杖，跪拜武帝，朗聲說：「臣大漢使臣、中郎將張騫，出使西域歸來，謹奉還御賜節杖！」

宦監令李貴接過節杖，恭敬地呈給武帝。武帝手持光滑的節杖，端詳許久，說：「這根節杖，隨著張騫，跨越千山萬水，見證了大漢通使西域的鑿空業績，不簡單吶！天祿閣或石渠閣應該將它永遠珍藏。」天祿閣和石渠閣均位於未央宮內，是漢朝珍藏圖書、典籍和文物的地方。

張騫起立，面向武帝，理出思緒，講起了十三年來的非凡經歷——

建元二年（西元前一三九年）三月，張騫接受武帝的派遣，肩負著聯合月支國、共同抗擊匈奴的政治使命，帶領嚮導甘父及隨從一百多人，離開長安，向西進發，踏上了出使的漫長征途。他們溯渭河西行，翻越秦嶺，折向西北，到達隴西（今甘肅臨洮西南）。從隴西向西，便是著名的河西走廊（今甘肅西北部祁連山以北、合黎山和龍首山以南、烏鞘嶺以西地區）。那是一條狹長的綠色地帶，東西長約一千公里，南北寬約一百至二百公里，因地處黃河以西而得名。河西走廊遍布沙漠、溝壑和丘陵，也有很多河流，片片綠洲斷續相連，是通往西域的唯一交通要道。穿過河西走廊，再往西，便是通常所說的西域了。

漢朝前期，河西走廊正在匈奴的統治之下。張騫一行小心翼翼，盡量避開匈奴的騎兵，晝伏夜行，匆匆趕路。可是，匈奴騎兵還是發現了他們，張騫的隨從盡被殺害，而張騫則被抓獲，連同甘父，幾經輾轉，押送至匈奴王庭。

匈奴軍臣單于命將張騫拘禁起來，嚴加拷問。張騫堅貞不屈，推說打獵誤入匈奴國境，拒絕招認自己的真實身分和政治使命。軍臣單于憑著那根節杖，斷定張騫是漢朝的使臣，前往西域，必然懷有政治目的。軍臣單于惱怒地說：「西域在匈奴的西面，漢朝憑什麼派使臣和他們聯繫？如果我們想和漢朝南面的南越國聯繫，漢朝會同意嗎？」

軍臣單于威逼張騫，要他投降匈奴。張騫堅定地回答說：「不！你們既然知道我是大漢的使臣，就應當知道對待使臣的規矩。我生為大漢人，死為大漢鬼，要我投降叛國，絕不可能！」

軍臣單于威逼不成，改以利誘，迫他就範。張騫不為所動，賞賜的金銀珠寶和牛羊馬匹等，一概不要，如數退回。他只要回那根節杖，因為那是國家和皇帝的象徵，不能落到敵人的手裡。

軍臣單于無計可施，暗暗欽佩張騫的品質和氣節。他考慮到匈奴和漢朝的和親政策尚未破裂，所以沒有殺害張騫，而是決定將他長期扣留，終生不許歸漢。為此，他強命張騫娶了匈奴女子為妻子，並命匈奴士兵嚴加監視，防止張騫逃離。甘父敬重張騫的為人，矢志不渝地待在張騫的身邊。

張騫困居匈奴，一住就是十年。這期間，他念念不忘祖國，念念不忘使命，表現了頑強的決心和堅定的意志。每天早晨，他的第一件事是供奉武帝賜予的節杖，節杖是他的精神寄託和力量源泉，比自己的生命還要貴重。晚上睡覺前，也要供奉一次節杖，並將它置於身旁，方能入眠。張騫的妻子叫彌切，是一個溫柔敦厚的女人，很快生了兒子。面對妻子和兒子，張騫心志如鐵，始終保持著漢朝使臣的體面和尊嚴。

張騫和甘父早就結成生死相依的摯友。他倆幾次謀劃逃離匈奴王庭，可是受到匈奴士兵的嚴密監視，都沒有成功。彌切熟知張騫的心思，多次流著淚說：「夫君光想回歸漢朝，撇下我和兒子，忍心麼？」張騫將妻子攬在懷裡，陪著流淚，無言以對。

十年光陰，何等漫長！張騫不甘心碌碌無為，老死匈奴，一直在尋找逃跑的機會。元光六年（西元前一二九年），也就是衛青、公孫賀、公孫敖、李廣四將攻伐匈奴的那一年，軍臣單于忙於戰事，放鬆了對於張騫的監視。張騫和甘父抓住時機，假稱外出射獵，鳥出樊籠魚脫鉤似的，意外地逃離了匈奴王庭……

張騫和甘父逃離了匈奴王庭，依然牢記使命，沒有向南返回漢朝，而是繼續向西，前往西域。這時的張騫已經學會了匈奴語言，習慣了匈奴風俗，這為他西行提供了極大的方便。他們再次通過河西走廊，匈奴騎兵以為他們是匈奴人，並未阻攔和刁難。

他們走出河西走廊，到達西域的車師國（今新疆吐魯番盆地）。從那裡穿過溝通天山南北的交通孔道，進入焉耆國（今新疆焉耆）。再從焉耆溯塔里木河西行，經過龜茲國（今新疆庫車東）、疏勒國（今新疆喀什）等地，翻越蔥嶺（今帕米爾高原），到達了大宛國（今中亞費爾干納盆地）。一路上，他們跋山涉水，備嘗艱辛，忽而浩瀚的沙漠，忽而茫茫的雪山，有時連走數日，荒涼不見人煙，野獸出沒，斷糧缺水，飽受饑渴的煎熬。幸虧甘父一手好獵藝，獵取野物，可以充饑。

大宛國盛產稻、麥和葡萄酒，尤以國寶汗血馬而出名。大宛王早就聽說漢朝的富饒，很想和漢朝交往，只是路途遙遠，中間隔著匈奴，願望無法實現。漢朝使臣的到來，使大宛王喜出望外。他熱誠地詢問張騫出使的目的。張騫以實情相告，說明是要前往月氏國，希望大宛王能夠提供便利。大宛王滿口答應，特意派出譯員和嚮導，引送張騫和甘父到達康居國（今鹹海以東、費爾干納盆地西北）。康居國人熱情友好，轉而把張騫和甘父送到月氏國。

然而，月氏國的情況已經發生了很大的變化。月氏國原先位於河西走廊的西面，素來輕視匈奴。匈奴冒頓單于小的時候，曾在月氏當過人質。後來，匈奴強大了，打敗了月氏。老上單于非常殘暴，不僅殺死月氏王，而且把月氏王的頭顱做成酒器。月氏人忍受不了匈奴的奴役和凌辱，忍痛捨棄世代居住的家園，向西遷移，徙居至天山北麓的伊犁河流域，改稱大月氏國。可是，當地另有一個烏孫國（今伊犁河、伊塞克湖一帶），不容許「外來戶」進入自己的勢力範圍，多次發兵攻擊大月氏。大月氏人被迫再次向西南方向遷移，最後在媯水（今阿姆河）流域安下身來。

這時的大月氏王是個女子，已經臣服於南面的大夏國（今阿富汗北部）。媯水流域土地肥沃，物產豐富，很少受到外敵的侵擾。大月氏人已由游牧生活開始轉為定居，衣食豐足。張騫拜見大月氏王，轉達了大漢天子的敬意，說明漢朝願與大月氏聯合，共同攻擊匈奴。大月氏王給張騫以使節的禮遇和款待，表示不願因以往的民族仇恨，再重返東方與匈奴打仗。張騫理解大月氏王的心情，不便勉強。他在那裡住了一年多，曾經渡過媯水，到達大夏國的藍氏城（今阿富汗瓦齊拉巴德），考察了當地的許多情況。

張騫通使西域，未能實現漢朝與月氏聯盟合攻匈奴的計劃，但自己的使命已經完成了，決定回歸祖國。

元朔元年（西元前一二八年）秋天，張騫和甘父踏上了歸途。為了避開匈奴騎兵，張騫決定改變路線，由西行時的「北道」，改走「南道」。他們離開大月氏，翻過蔥嶺，沿著崑崙山北麓向東行進，經過莎車國（今新疆莎車）、于闐國（今新疆于闐）、鄯善國（今新疆鄯善）等地，從河西走廊的南沿歸漢。河西走廊南沿屬羌人居住地區，匈奴騎兵亦常在那裡出沒。好事多磨。就在張騫和甘父通過羌人區的時候，又被匈奴騎兵抓獲，再次被押送到匈奴王庭。

軍臣單于憤怒地斥責張騫「忘恩負義」。張騫鎮定地回答說：「單于沒有殺我，這是恩義。可是，大漢是我的祖國，我的家鄉。有國不歸，有家不回，豈不是更大的忘恩負義嗎？」軍臣單于詢問張騫出使西域的情況。張騫拒絕回答。軍臣單于奈何張騫不得，只好再命將他扣留，不許歸漢。張騫的妻子彌切和兒子看望張騫，一家三口，抱頭痛哭，千言萬語，無從說起。

這次扣留又是一年多時間。元朔三年（西元前一二六年）初，匈奴高層發生內訌，伊稚斜殺死軍臣單于，自立為單于，無暇顧及張騫。張騫趁機逃脫，攜帶甘父、妻子和兒子，一起歸漢。進入漢朝境內，張騫就像漂泊的遊子歸來，百感交集。他讓妻子和兒子緩慢而行，自己則和甘父日夜兼程，提前回到了長安，向武帝覆命……

傳奇般的經歷，傳奇般的故事。武帝和文武大臣聽著張騫的講述，時而歡喜，時而驚訝，時而憂傷，時而感歎。大家無不佩服張騫的膽量和意志，尤其是他忠於國家，忠於朝廷，忍辱負重，不忘使命的情操和氣節，讓人感動，催人落淚。武帝長長地喘了口氣，說：「九死一生，不容易，不容易啊！」

百官附和，說：「難得，難得！」

太史令司馬談說：「早在先秦時代，中原人民就和西域各國之間存在著經濟文化往來。古籍中有過不少關於西域的記載和傳說。但是，張騫作為官方的正式使臣，出使西域，這是破天荒的第一次。對此，我朝史書是應該大書特書的。」

武帝說：「很對！這是第一次，應該在史書裡記上濃重的一筆！」他興猶未盡，接著說：「張騫！你剛才講了出使的經過，讓人很受感動。還有時間，你不妨再講講，西域到底有多大？那裡到底是個什麼樣子？」

百官依然附和，說：「對！對！我們都想了解西域的情況。」

武帝命李貴給張騫遞了一杯水。張騫喝了水，接著說：「西域是個很大的概念，泛指玉門關以西的廣大地區，東起玉門關和陽關（今甘肅敦煌西南），西限蔥嶺，東西長約六千餘里，南北寬約一千餘里，大大小小分布著三十六個國家。沿著「北道」，有烏孫國、康居國、大宛國、桃槐國、休循國、捐毒國、莎車國、疏勒國、尉頭國、姑墨國、溫宿國、龜茲國、尉犁國、危須國、焉耆國、車師國（姑師國）、蒲類國、狐胡國、郁立師國、單桓國；沿著「南道」，有婼羌國、鄯善國（樓蘭國）、且末國、小宛國、精絕國、戎盧國、扜彌國、渠勒國、于闐國、皮山國、秅烏國、西夜國、蒲犁國、依耐國、無雷國、難兜國。蔥嶺以外，則有大月氏國、大夏國、罽賓國、烏弋山離國、犁軒國、條支國、安息國、奄蔡國等。」

百官驚呼，說：「呀！這樣多的國家，我們從未聽說過它們的名字。」

張騫繼續說：「西域一帶，山河壯麗，景色迷人，有高山大河，有沙漠鹽澤，更有豐美的草地和綠洲。風土人情跟中原大不一樣，男女老少善於騎馬，愛穿色彩鮮豔的衣裙，夜晚點燃篝火，整個村落的人聚在一起，唱歌跳舞，通宵達旦。」

武帝和文武大臣聽得津津有味，紛紛說：「嗨！真有意思！」

張騫說：「西域各國都很仰慕中原的文化，渴望得到我國的絲綢、瓷器、漆器、鐵器、藥材等物品。他們那裡物產也很豐富，主要有毛布、毛氈、良馬、香料、珍寶等。尤其是各種水果和蔬菜，如葡萄、石榴、西瓜、黃瓜、核桃、苜蓿、大蔥、大蒜、胡蘿蔔等，美味可口極了。我國若能和西域各國開展貿易，前景不可限量。只是河西走廊一直被匈奴人控制著，彼此的人員無法往來。」

武帝插話說：「由此可以說明，匈奴不僅是大漢的敵人，而且是西域各國的敵人。為了國家的安全，也為了打通通往西域的道路，我們有責任進一步加緊攻伐匈奴，剷除禍害！」他停了停，又問張騫說：「那麼，從西域再向西，向南，向北，那裡又是什麼地方呢？」

張騫說：「臣這次出使，最遠只到了大夏國的藍氏城。聽當地人講，大夏國的西南方向，還有一很大的安息國（一名波斯，今伊朗）和條支國（一名大食，今伊拉克）。另外，在藍氏城的市場上，臣曾見到許多產自我國的蜀布和邛竹杖。臣詢問這些東西的來歷。當地人告訴臣說，是大夏商人從身毒國（今印度）販運的。臣再詢問身毒國在什麼地方。他們說身毒國在大夏國的東南，相距一、二千里，地域廣大，風俗跟大夏國相似，只是靠近大海，氣候潮濕炎熱。他們說，身毒國盛產大象，大象經過訓練，可以代步遠行，可以搬運木材，還可以騎著打仗。」

百官再次驚呼，說：「騎著大象打仗？嗨！真是新鮮！」

張騫接著說：「大夏在我國的西南方向，身毒又在大夏的東南方向。身毒既然有我國蜀地的特產，據此推斷，身毒國距離蜀郡應該不會太遠。」

武帝點頭，說：「也就是說，從蜀郡經過西南夷地區，可以到達身毒國。再從身毒國向西北方向，可以到達大夏。」

張騫說：「臣想應該是這樣的。」

張騫有條不紊地講述西域及西域以外的情況，使得武帝和文武大臣見所未見，聞所未聞，心情振奮，胸懷大開。武帝不由地感歎說：「人稱山外有山，天外有天，確實如此啊！原先，我們只知道有大漢，有匈奴，想不到大漢、匈奴以外，世界還大得很哩！」他做著手勢，加重語氣，告誡朝臣們說：「你們務要記住：夜郎自大不可取，井底之蛙沒出息。我們要站得高些，看得遠些，當務之急是攻伐匈奴，然後要通使西域，通使身毒，乃至更遠更遠的地方。朕要勵精圖治，樹威惠利，宣播大漢的文明，造成天下至尊、邦國來朝的宏大氣象！」

群臣拱手稱頌，說：「皇上聖明！」

武帝興致勃勃，目光炯炯，注視張騫，說：「你奉命出使西域，做了一件前人從未做過的大事。朕封你為大中大夫，隨時陪駕侍候。還有甘父，作為匈奴人，歸附大漢，忠心可嘉，封為奉使君。你倆要繼續做好準備，以後還有出使的任務。至於這次出使的情況，可以寫出書面報告，呈朕細閱。」

張騫和甘父跪拜武帝，說：「臣謝恩遵旨！」

隨後，張騫很快寫出了一份詳實而具體的書面報告。報告中，詳細記載了西域各國的山川形勢、地理位置、人口兵力、資源特產以及風俗習慣等。同時記載了西域以外一些國家的情況。如關於安息，報告指出它是一個「大小數百城，地方數千里」的大國，不僅農業非常發達，而且商業也很興隆。安息商人用車船把貨物運銷鄰國，經商範圍遠至數千里，並廣泛採用了鑄有國王頭像的銀幣，出現了橫寫在皮革上的文字。這是中國典籍中對於今伊朗的最早記載，為研究伊朗古代史提供了彌足珍貴的資料。

張騫這次出使，還有一事需要提及，那就是探察了黃河源頭。當初，武帝曾經叮囑張騫說：「黃河對於大漢來說，真是太重要太重要了，儼若一條生命河和母親河。那麼，黃河發源在哪裡呢？我們一直搞不清楚。卿出使期間，如有可能，不妨捎帶著探察一下黃河的源頭。」張騫牢記武帝的囑託，處處留心，時時在意，根據西域人的說法，以為黃河源出于闐。他在于闐專門採集了一塊石頭，帶回長安，獻給武帝，並在報告中寫道：「河源出于闐，其山多玉石。」其實，這是一個錯誤。後世知道，黃河上源卡日曲，出自今青海中部巴顏喀拉山脈的各姿各雅山麓。這裡是真正的黃河源頭，張騫所言，與之相去甚遠。當然，這也怪不得張騫，在當時那種極為原始的條件下，他怎麼可能探察到真正的黃河源頭呢？不過，張騫開拓的勇氣和冒險的精神是難能可貴的，他實是世界上探察黃河源頭的第一人，不僅是一位傑出的外交家，同時又是一位勇敢的探險家。

第十一章

決策「滅胡」

衛青攻伐匈奴，收復了河南之地。張騫出使歸來，帶回了許多新的信息。漢武帝劉徹更加雄心勃發，情緒高昂，臨朝決事，直覺得渾身有著無窮無盡的勁頭和力量。

元朔三年（西元前一二六年）六月，匈奴新任單于伊稚斜，出於對漢朝攻佔河南之地的報復，又出動數萬騎兵侵犯代郡，殺死代郡太守，繼入雁門，殺掠百姓千餘人。武帝怒不可遏，正欲發兵還擊。怎奈王太后突然病故，他只得強按怒火，忙著給母后辦理喪事。

王太后是漢景帝后妃中活得時間最長的女人。她從離婚到進入皇宮，從夫人到皇后到太后，一生算是享盡了榮華富貴。武帝和母后之間，雖然因韓嫣之死和田蚡攬權而有過過節，但關係還是融洽的。武帝作為人子，盡到了孝心和孝道。他為太后治喪，喪禮隆重而鋪張。在王太后靈柩下葬的時候，兩個女人哭得尤為傷心：一人是平陽公主劉玫，王太后和漢景帝的女兒。她最愛太后，母女情深；丈夫平陽侯曹壽，近來得了一種怪病，頭疼腦熱，虛汗漣漣，茶飯不進，面黃肌瘦，只是氣息奄奄地挨度時日了。母親去了，丈夫再撒手人寰，自己的後半生可怎麼過啊？再一人是修成君金俗，王太后和前夫金王孫的女兒。她的一切都是母親帶來的，若不是太后，自己只能是咸陽的一個貧婦而已，怎能置身於尊貴的皇家行列？

伊稚斜單于侵犯代郡和雁門，漢軍沒有回擊。他似乎嘗到了甜頭，越發肆無忌憚。次年，也就是元朔四年（西元前一二五年）夏天，伊稚斜一面命將自己的王庭北移到大漠的南沿地區（今蒙古南部），一面派出兵馬九萬人，分作三路，分別侵犯代郡、定襄（今內蒙古和林格爾西北）和上郡，燒殺搶掠，近乎瘋狂。

匈奴的猖獗激起武帝的滿腔怒火。他連續地召集群臣議事，審視和檢討對於匈奴的政策。他說：「自朕登基以來，對於匈奴的政策，已從『和』改為『攻』。但這個『攻』，從總體上說，還是防禦性質的，所以邊患還沒有解除，百姓依然受苦。這是什麼原因呢？原因在於我們比較保守，沒有擺脫『兵來將擋，水來土掩』的思想格局，頭疼醫頭，腳疼醫腳，相當被動。以河南戰役為轉折，我們由戰略防禦轉為戰略進攻，深入匈奴境內作戰，殲滅敵人有生力量，取得了明顯的效果。實踐表明，匈奴是畏懼我大漢的，我們也完全有能力把它打敗。為了變被動為主動，我們應當重新決策，下定徹底剷除禍根的決心，把『防胡』改為『滅胡』，堅定不移地發動進攻，消滅匈奴！」

此話一出，石破天驚。朝臣中有人驚愕，有人振奮。丞相薛澤遲遲疑疑，站出來說：「匈奴佔地萬里，行蹤飄忽不定。我們僅僅為了防禦，尚且動用了大量兵力，若要『滅胡』，恐怕非要竭盡人力、物力和財力不可。」

武帝攥著拳頭，堅定地說：「被動防禦，禍根難除，看起來費用少一些，但貽患百年，危害極大。主動進攻，剷除禍根，費用雖多，卻能一勞永逸，造福後世，功德無量。」

衛青等一幫將領堅決支持武帝的決策，說：「一個人生了膿瘡，只有把膿瘡剜掉，病才會好，天天抹藥，無濟於事。匈奴就是一顆膿瘡，也應當把它剜掉，剜的時候難免疼痛，但這是根治疾病的最好辦法。」

武帝說：「對！匈奴就是膿瘡，必須連根剜掉！在這個問題上，我們軍臣上下，軍民上下，必須統一思想，統一步調，萬眾一心，形成合力，不滅匈奴，誓不罷休！」

薛澤仍然猶疑，說：「問題不在於要不要『滅胡』，而在於能不能『滅胡』。匈奴境內，地形複雜，條件惡劣。我軍長途跋涉，深入其境作戰，後勤供應便是一大困難。因此，還請陛下三思。」

武帝胸有成竹，針對薛澤的猶疑，滿有把握地說：「《孫子兵法》第一篇，開宗明義地提出了戰爭中的『五事』和『七計』問題。『五事』，一曰道，二曰天，三曰地，四曰將，五曰法。道，指戰爭的性質，有正義戰爭和非正義戰爭之分；天，指天候季節變化的規律，包括晝夜、陰晴、冷熱、風雨等因素；地，指地理位置，是說戰場的地形；將，指將帥，要求他們具有智謀和才能，賞罰有信，愛撫士卒，勇敢果斷，軍紀嚴明；法，指軍隊的組織編制、將吏的職責分工，以及軍用物資供應與管理等規章制度。據此，要從七個方面進行比較，以探求戰爭雙方勝負的情勢。這就是『七計』：看哪一方的戰爭是正義的？哪一方的將帥更有才能？哪一方佔據比較有利的天時地利條件？哪一方的法令能夠切實地得到貫徹執行？哪一方的的軍隊實力強盛？哪一方的士卒訓練有素？通過比較，自會得出結論。」武帝停了停，又說：「『五事』也好，『七計』也好，大漢和匈奴比較，除了天時地利一條外，其他方面，大漢都是勝過匈奴的。這裡，最重要的一條是『道』。我們所進行的是一場正義戰爭，是保家衛國、消滅侵略者的戰爭。得道多助，失道寡助。朕相信，我們的戰爭會得到國人的理解和支持。大漢有著強大的國力做後盾，再加上國人一條心一股勁，那麼，我們就一定能夠消滅匈奴！」

武帝興猶未盡，注視薛澤，繼續說：「丞相剛才所言，不是沒有道理。匈奴自有匈奴的優勢，佔地廣大，騎兵精良，天時地利條件比我們優越。但是，兵法云：『兵者，詭道也。』就是說，用兵打仗是一種詭詐的行為。我們完全可以採取『詭道』，用己之長，克敵制勝。比如，能打裝作不能打，要打裝作不想打；要向近處進軍裝作向遠處進軍，要向遠處進軍裝作向近處進軍；對於貪婪的敵人，要用小利引誘它；對於處於混亂的敵人，要趁機攻滅它；對於力量充實的敵人，要加強防範它；對於力量強大的敵人，要暫時避開它；對於易怒的敵人，要用挑逗的方法激怒它；對於卑視我方的敵人，要使它更加驕傲；對於休整得充分的敵人，要設法疲勞它；對於內部團結的敵人，要設法離間它；要在敵人無準備的狀態下實施攻擊，要在敵人意想不到的情況下採取行動，等等。這些，都是戰爭中取勝的奧妙，虛虛實實，實實虛虛，必須根據隨時變化的戰場態勢，靈活機動地加以運用，無法預先規定的。」

武帝是一位政治家，同時也是一位軍事家。他給他的臣屬講述戰爭，講述戰爭的戰略原則、用兵方略、軍隊建設和為將之道等問題，表現出了精明的智慧和從容的氣度。這使文武百官受到感染，受到鼓舞。當年的下半年，大漢王朝舉國動員，舉國備戰。「滅胡」二字，成為凝聚人心的旗幟，激勵鬥志的號角，各方面全都行動起來，為了共同的目標而準備而忙碌。一場旨在「滅胡」的戰爭即將打響了。

半年時間轉瞬即逝。越年春天，武帝聽到探馬報告，匈奴伊稚斜單于和左、右賢王的王庭均已北遷，只有少數騎兵活動在漠南地區（今內蒙古一帶）。武帝抓住這一戰機，立命車騎將軍衛青為統帥，以蘇建為遊擊將軍，李沮為強弩將軍，公孫賀為騎將軍，李蔡為輕車將軍，共率十餘萬兵馬，出擊匈奴。衛青親率三萬騎兵出高闕，其他四將所率騎兵，俱出朔方。此外，為了迷惑匈奴單于，牽制東部匈奴兵力，武帝又命李息、張次公為將軍，率兵出右北平進攻匈奴，以策應衛青的主力作戰。武帝明確地指示說：「我們這次兩線出擊，主攻方向是西線，目標是殲滅右賢王；東線起牽制和策應作用，不必盲目冒進。」

這是漢軍第一次大規模的出征，軍威雄壯，氣勢逼人。十餘萬兵馬從東、西兩個方向，同時出塞，進入了匈奴境內。其時，匈奴右賢王的王庭設在大漠南沿，距離高闕約六七百里。右賢王憑著以往的經驗，認為漢軍不可能主動出擊，更不可能深入匈奴內地，打到他的眼皮底下來。所以全然不作防備，只顧飲酒作樂，優哉游哉。衛青根據獲得的情報，針對右賢王麻痹輕敵的判斷錯誤，率領三萬鐵騎，日夜兼行，遠端奔襲，決心打他個措手不及。

衛青帳下，聚集了他的幾位部將和好友。其中有公孫敖、韓說、李朔、趙不虞、公孫戎奴等。公孫敖自被贖為庶人以後，一直在家閒居。這次衛青出征，他的妻子秋花透過皇后衛子夫，說動武帝，武帝批准他作為護軍都尉，跟隨衛青，效力建功。

兵貴神速。衛青的騎兵只用三四天的時間，便到達了右賢王的王庭，趁著夜色，迅速將王庭包圍。而這個時候，凶悍的右賢王正酩酊大醉，臥於帳中，摟著愛妾，不省人事呢！衛青一聲令下，金鼓齊鳴，萬馬奔騰，漢軍吶喊著，猛烈地發起了攻擊。公孫敖、韓說、李朔等，更是一馬當先，衝進了敵陣。右賢王正在做著美夢，忽然聽到洪水決堤、驚雷貫耳般的巨響，瞇盹半晌，方才明白是怎麼回事。他嚇得魂不附體，想到的第一件事是：逃。他無心抵抗，急急忙忙，拉了愛妾，帶著數百名親隨騎兵，突圍逃竄，逃向更遠的北方。衛青一面指揮漢軍殲滅餘敵，一面命令校尉郭成率兵追擊右賢王。郭成一直追了數百里，右賢王最終還是逃脫了。

天明時打掃戰場。到處都是敵人的屍體，約有萬餘具。還有無數毀壞的車輛和破爛的旗幟。匈奴裨王十餘人，跪在地上，戰戰兢兢。另有匈奴士兵一萬五千餘人，放下武器，乖乖投降。牛羊馬匹百萬餘頭，亦成了漢軍的戰利品。

這是自古以來從未有過的輝煌勝利！捷報飛馬送達長安。武帝簡直不敢相信這是事實，高興得跳了起來。他雙手抱起皇后衛子夫，就地轉了一個大圈。接著又抱起兒子劉據，高舉過頭頂，說：「呵呵！呵呵！舅舅又打勝仗嘍！又打勝仗嘍！」

子夫甜甜地一笑，說：「這全是皇上決策得好，指揮得好。」

武帝說：「前方將士打得更好！」

武帝立刻召集群臣，宣布了這一天大的喜訊。他興致勃勃地說：「車騎將軍衛青，屢次統兵，屢打勝仗，功勳卓著，了不起啊！朕決定拜他為大將軍，位在所有將軍之上。」

新任丞相公孫弘說：「我朝並無大將軍這一職銜呀！」

武帝說：「大活人還能被尿憋死？這一職銜，過去沒有，朕現在設它一個，不就有了？」

第二天，「大將軍」印信便製作出來。武帝性急，派遣大中大夫張騫為特使，攜帶印信，前往邊塞，授予衛青。衛青的兵馬剛剛入塞，張騫就在邊塞舉行隆重的授勳儀式，宣讀武帝的諭旨：「車騎將軍衛青，躬率戎士，出師大捷，殺敵萬餘人，俘擄匈奴裨王十餘人及匈奴士兵一萬五千餘人。著拜衛青為大將軍，增加封邑八千三百戶。其子衛伉封宜春侯，衛伐封陰安侯，衛登（衛騳）封發干侯。欽此。」

衛青叩謝聖恩，三軍高呼萬歲。

衛青受封大將軍，實際上是全軍的統帥，地位相當於太尉，統管軍事。武帝深知軍權的極端重要性，自田蚡以後，再未任命過太尉，因為他不想把軍權輕易地交給別人。衛青是他的小舅子，為人忠誠，而且精通軍事，屢建功勳。因此，他放心地任命衛青為大將軍，相信衛青能夠擔當大任。衛青原有封邑三千戶，加上增封，封邑總數達到一萬一千三百戶。漢朝建國以來，只有開國功臣蕭何有過這樣豐厚的賞賜。衛青誠惶誠恐：如此巨大的榮耀，自己怎麼承受得起啊？

衛青滿懷勝利的喜悅回到長安。武帝為之舉行了盛大的凱旋典禮。他看到英武的衛青和驍勇的將士，喜形於色，得意非凡。從他的臉上，文武百官看出了他想說而沒有說的話：「朕的『滅胡』決策，朕用衛青為將，豈不是英明睿智，高人一籌嗎？」

衛青拜見武帝，誠懇地說：「陛下皇恩浩蕩，國人咸知。臣征匈奴，幸得大捷，這是上賴陛下神威，下靠將士英勇，軍校們共同力戰的結果。陛下已經重封衛青，然臣的兒子尚在襁褓中，沒有半點功勞，受封列侯，這有違於臣鼓勵、督促軍校們力戰的本意。所以，臣的三個兒子不敢受封。」

武帝哈哈大笑，說：「大將軍不必推辭，朕不會忘記諸位將校。凡是馳騁沙漠，英勇殺敵，報效國家的人，朕是不會吝嗇官爵和錢財的。」他隨即頒旨，封公孫賀為南窌侯，李蔡為樂安侯，公孫敖為合騎侯，韓說為龍額侯，李朔為陟軹侯，趙不虞為隨城侯，公孫戎奴為從平侯，李沮、李息、豆如意、胡絹為關內侯。從征的士兵，根據功勞大小，全都得到了賞賜。

衛青回到自己府中。母親衛媼、妻子春月、外甥霍去病等笑嘻嘻地迎了上來，問這問那。春月懷中抱著新生的兒子衛登。衛青說：「這小東西有福氣，剛出生就封作發干侯了。」

春月說：「可不？皇上還給他賜了名字呢！」

衛青說：「什麼？皇上賜了名字？」

衛媪笑得合不攏嘴，說：「是這樣的：春月生了三孫孫，取名叫衛登。子夫把這事告訴了皇上。那天，恰好有人給皇上獻了一匹黑嘴的馬。皇上愛馬，一高興，就跟子夫說：『衛青的三兒子衛登，乾脆叫衛騧好了。願他像他父親一樣，長大了也成為一匹駿馬，馳騁沙場，殺敵建功。』子夫捎回話來，這不等於皇上賜了名字了？」

衛青大笑，說：「好！但願騧兒日後成為千里馬，勝過爹爹！」

霍去病已經長成大小夥了，剛強健壯，豪勇果敢。因為衛青和子夫的關係，武帝喜歡這個少年，破例任命他為侍中，常在駕前侍候。就連衛少兒的丈夫陳掌，也被提拔為詹事，掌管宮中事務。霍去病羨慕舅舅的軍功，拿著衛青的軍刀，左揮右舞，大聲喊道：「衛啊！殺啊！」衛青瞧那架勢，讚許地說：「呵！滿像回事嘛！」

春月說：「去病最想上前線打仗了，下次你得帶著他。」

霍去病說：「舅舅！你可不要把匈奴人殺完了，好歹給我留些個。」

衛青拍著霍去病的肩膀，說：「傻外甥！匈奴人多的是，殺不完的。再說，我們攻伐匈奴，並不殺普通的匈奴人，只殺那些燒殺搶掠的壞蛋。」

「這個我懂。」

「你懂就好。」

兩天後，衛青、春月帶著三個兒子衛伉、衛伐、衛騧，進宮看望武帝和子夫。衛青在塞外購得兩件裘衣，一件毛色金黃，一件毛色雪白，作為禮物送給皇帝和皇后。武帝和子夫試著穿了一下，非常合身，顯得高雅華貴。衛青還給三位公主各買了一件皮衣。三位公主穿了，就像草原上的牧羊女，清純中倍見俏麗。劉據也有一件禮物，那是採自漠南的一片玉石，橢圓形，青綠色，正面雕刻「長命百歲」四字，背面雕有龍的圖案，懸掛在脖上，能夠驅邪避災，吉祥呈瑞。

子夫和春月落座說話。衛伉、衛伐和劉妍、劉媚、劉娟自去玩耍。武帝和衛青則擺開圍棋，對弈起來。當時的圍棋縱橫各十七條線，合二百八十九個著子點。武帝棋藝高超，弈至一百七十五手，衛青推枰告負。武帝哈哈大笑，說：「大將軍在戰場上所向無敵，在棋盤上還有待長進哦！」

衛青也笑著說：「臣在戰場上和棋盤上都是一個子兒，陛下指向哪裡，臣就衝向哪裡。」

武帝高興，大聲說：「好！」這時，一個更雄偉的攻滅匈奴的計畫，在他的心中醞釀成熟了。

元朔五年（西元前一二四年），對於漢武帝來說，是有重要意義的一年。這一年，衛青等武將實施漠南戰役，給了匈奴右賢王沉重的打擊；儒學代表人物之一公孫弘出任丞相，興辦了太學——中國古代最早的高等學府。前者是武，後者是文。武帝在文治和武功兩個方面，同時取得了巨大的成就。

公孫弘，菑川薛城（今山東滕縣南）人。出身貧寒，小時放牧過豬羊，四十多歲方攻讀《春秋》。漢武帝即位後，徵召天下賢良，六十歲的公孫弘被選為博士。此後，他曾奉命出使匈奴，回國覆命，不合武帝心意。武帝認為老朽無能，不予重用。公孫弘自覺無趣，告病回了老家。

元光五年（西元前一三〇年），武帝為貫徹獨尊儒術的國策，再次徵召精通儒學的儒生。公孫弘又被推薦上來，再至長安，接受對策。武帝策問治民之道。公孫弘回答說：「因能任官，則分職治；去無用之言，則事情得；不作無用之器，即賦斂省；不奪民時，不妨民力，則百姓富；有德者進，無德者退，則朝廷尊；有功者上，無功者下，則群臣逡；罰當罪，則奸邪止；賞當賢，則臣下勸。凡此八者，治民之本也。」

參加對策的儒生共有一百多人。太常官閱了公孫弘的策論，認為是老生常談，近乎迂腐，判為下等。所有的策論呈送武帝審閱。武帝偏偏看中公孫弘的一篇，擢為第一名，親自召見。武帝見公孫弘年近七十，體格健壯，精神矍鑠，兀自喜歡，遂再拜他為博士，進而提升為內史。

公孫弘老來發跡，喜形於色。他在朝廷為官，信奉兩條訣竅：一是逢迎皇帝，二是結納權貴。當時，酷吏張湯深得武帝寵信。公孫弘主動與之交結，彼此互相吹捧，很為莫逆。元朔三年（西元前一二六年），公孫弘升任副丞相御史大夫，張湯升任主管刑法的廷尉，雙雙進入高官重臣的行列。

公孫弘善於談吐和偽裝，有時一個很嚴肅的問題，從他口中說出，往往使人一頭霧水，笑不得，惱不得。主爵都尉汲黯為人正直，鄙視公孫弘陽奉陰違、詭詐多變的品行，一次當著武帝的面，說：「公孫弘多詐而無情，奏事看風，忽東忽西，是為不忠。」

武帝責問公孫弘說：「是這樣嗎？」

公孫弘「嘿嘿」一笑，說：「知臣者以臣為忠，不知臣者以臣為不忠。」

又一次，汲黯當眾揭露公孫弘，說：「公孫弘位列三公，俸祿甚多，而他卻穿麻衣，蓋布被，偽裝儉約，足見其多麼詭詐！」

武帝又責問公孫弘說：「是這樣嗎？」

公孫弘還是「嘿嘿」一笑，說：「誠有此事。現在九卿中，與臣交好者，莫過汲黯。汲黯所言，正中臣病。臣位列三公，穿麻衣，蓋布被，確有沽名釣譽之嫌。不過，臣聽說古時候管仲相齊，擁有三妻，侈擬宮室，齊國賴以稱霸。晏嬰相齊，食不重肉，妾不衣絲，齊國亦賴以大治。由此看，臣屬衣食與否，並不影響國家大局。今臣任御史大夫，仍然穿麻蓋布，簡直與小吏無什區別，難怪遭到汲黯譏諷。不過話又說回來，若非汲黯，陛下又怎能聽到這些話語呢？」

公孫弘憑著一套虛假的面孔，騙得武帝的高度信任。元朔五年初，薛澤因為備戰匈奴不力，被免去丞相職務。於是，七十五歲的公孫弘升任丞相。漢制皆以列侯為丞相。公孫弘並無侯爵，所以武帝頒發詔書說：「朕嘉先聖之道，廣開門路，宣招四方之士，蓋古者任賢而序位，量能以授官，勞大者厥祿厚，德盛者獲爵尊，故武功以顯重，而文德以行褒。著封公孫弘為平津侯，封邑六百五十戶。」先任丞相而後封侯，公孫弘為第一人。

公孫弘拜相封侯，名重一時。他很想使武帝在文治方面有所建樹，因此開閣禮賢，廣延賓客，格外謙恭。其中，他的一大功績是奏請武帝開辦太學，在中國的教育史上寫了光彩的一筆。

開辦太學的建議最早是由董仲舒提出的。董仲舒在著名的《天人三策》中就說過：「太學者，賢士之所關也，教化之本源也。臣願陛下興太學，置明師，以養天下之士。」武帝完全同意這個建議，只是忙於攻伐匈奴的戰爭，建議並未得到落實。而今，公孫弘再次提出這個問題，武帝欣然照准。於是，公孫弘積極籌辦，很快，一所政教分離的官辦太學就在長安誕生了。

漢朝初建的太學規定，太學開設的課程主要是「五經」，即《詩經》《書經》《易經》《禮經》《春秋》。老師由五經博士擔任，學生稱博士弟子。博士弟子由各地推薦，必須年滿十八歲，儀狀端正，身體健康。「五經」每一經招收十人，因此博士弟子共五十人。此外，太學還設旁聽生，旁聽生沒有定員，但必須是各地推薦的「好文學，敬長上，肅政教，順鄉里，出入不悖」的青年。太學教學的形式以老師講經為主，同時可以互相推問，討論經義。太學每年舉行一次考試，稱作「歲試」。考試的方法分射策和對策兩種。射策為口試，對策為筆試。考試合格者即可進入仕途，用作官府小吏，成績優異者，則授以更高的官職，如郎官之類。此後，漢朝的許多高層官吏都來自太學。上太學，讀「五經」，成了新興的地主階級和下層文人奮發進取、飛黃騰達的必由之路。

漢朝太學的講壇是由儒家獨佔的。所以，它實際上是儒家的大學。與此同時，漢朝的私學又有了更大的發展，私學中的精舍（一稱精廬）則相當於私立大學。雄才大略的漢武帝既注重武功，又注重文治，在文、武兩條戰線上，為推動中國封建社會的進步做出了卓越的貢獻。

河南戰役和漠南戰役兩次大捷，印證了武帝主動出擊、攻滅匈奴的決策是非常英明的，同時也印證了武帝大膽任用年輕將帥，尤其是任用衛青是完全正確的。接著，衛青的外甥霍去病又嶄露頭角，更加印證了武帝敢於用人、善於用人的膽識和氣魄。

時間老人邁著沉穩的步伐，不緊不慢地跨入元朔六年（西元前一二三年）。又是春天，東風送暖，豔陽高照，正是用兵作戰的最好時機。大將軍衛青牢記武帝的「滅胡」決策，主動請纓，再次要求率兵攻伐匈奴，以身報國。武帝批准，指示說：「這次戰役還在漠南，爭取把匈奴右賢王的勢力掃除乾淨。」

武帝御殿點將。以大將軍衛青為統帥，統領六位將軍：合騎侯公孫敖為中將軍，太僕公孫賀為左將軍，翕侯趙信為前將軍，衛尉蘇建為右將軍，郎中令李廣為後將軍，關內侯李沮為強弩將軍。共率騎兵十餘萬，擇日出征。大中大夫張騫因在匈奴住了很久，熟悉匈奴的地理情況，以校尉之職，充任漢軍的嚮導。六將中，李廣不是任右北平太守嗎？為何也在其列呢？

事情是這樣的。元朔元年（西元前一二八年），李廣出任右北平太守，築城修塞，加強巡邊，嚴防匈奴入侵。匈奴士兵久聞李廣的威名，不敢輕舉妄動。右北平一帶多有猛虎。李廣在巡邊的時候，憑著高超的射技，連續射殺幾隻老虎。一次，他又巡邊，遙見草叢中似有一虎，連忙張弓搭箭，使勁射了過去。隨從向前察看，發現射著的並不是虎，而是一塊形象似虎的巨石。令人驚駭的是李廣之箭，筆直地插入石中，約有數寸，箭羽露在外面。隨從奮力拔箭，箭鏃紋絲不動。李廣向前察看，也自稱奇，返回原處，再射幾箭，箭鏃彈落一邊，無一能進石內。原來巨石非常堅硬，有意射它，反而不能射穿。這事風傳開來，匈奴士兵嚇得直吐舌頭，說：「神！神！」他們欽佩和畏懼李廣的神勇，遂贈給一個美號，叫做「飛將軍」。

李廣守衛右北平五年，有效地保證了漢朝東線邊境的安全。恰遇郎中令石建病故，李廣被武帝調回，出任郎中令。衛青再次出征，李廣得以隨行，為後將軍。

大軍即將起程，衛青的外甥霍去病吵著鬧著，說什麼也要隨軍出征。衛青不敢擅作主張，請示武帝。武帝欣賞霍去病初生牛犢不怕虎的氣概，說：「年輕人需要在風口浪尖上摔打磨練。大將軍不妨帶他同行，讓他闖蕩闖蕩世面。」衛青遵旨，以霍去病為驃姚校尉，專門挑選八百名精銳騎兵，歸他指揮。

霍去病時年十八歲，首次出征，衛媼最不放心。霍去病是她一把屎一把尿拉扯大的，如今要上戰場，真讓人心疼。霍去病滿不在乎，說：「姥姥！我長大了，又有舅舅保護，沒事！」

衛媼說：「這樣的大事，總得跟你娘商量一下吧？」

霍去病歷來鄙夷母親衛少兒，說：「不用跟她商量，去病只有姥姥，沒有娘！」

衛青統領十餘萬大軍，二月從定襄出塞，深入匈奴境內數百里，殲滅漠南殘敵數千人。然後返回定襄，稍作休整。四月，再度出發，在更廣闊的範圍內消滅敵人。各位將軍殺得性起，分路出擊，攻壘拔塞，所向披靡。衛青坐鎮中軍，公孫敖、公孫賀、李廣、李沮相繼報捷，共殲滅敵人萬餘人。衛青清點兵馬，獨不見趙信、蘇建、霍去病三將，未免焦急，慌忙派出兵馬，搜尋救應。衛青最擔心的是霍去病，毛頭小夥，初上戰場，萬一有個閃失，那可怎麼向母親衛媼和姐姐少兒交代啊？

衛青正在憂慮，忽見右將軍蘇建踉蹌進入軍帳，跪地請罪。衛青詢問說：「將軍為何如此狼狽？」

蘇建流著淚回答說：「末將與趙信兩路兵馬三千人，聯手深入敵境，恰遇匈奴單于主力，激戰一天，部下死亡過半，虜兵也傷亡慘重。趙信原是匈奴小王，降漢封侯，關鍵時刻怯敵變心，竟帶了七八百人投降匈奴。末將部下尚有六七百人，拼死力戰，突圍後退，怎奈寡不敵眾，以致全軍覆沒。剩得末將一人，單騎逃回，特來請罪。」

衛青且命蘇建退下。這時候，霍去病大步進入軍帳，手裡提著一顆血淋淋的人頭。他的部下又押進三人，一看便知是匈奴的頭目。衛青忙問是怎麼回事？霍去病笑著說：「這殺了的，是匈奴單于的本家爺爺，叫什麼產，封行借若侯；這捉了的，是匈奴單于的叔父羅姑，還有一個相國，一個當戶。」

衛青大喜，說：「快說說，你是怎麼將他們殺了捉了的？」

霍去病又是一笑，說：「戰鬥打響以後，我這一部八百騎兵自成一隊，見了匈奴兵，就衝殺過去。漸漸的，我們發現脫離了主力部隊，成了一支孤軍。當時前方還有匈奴兵。我們也顧不了許多，只管追殺，深入敵境約莫四五百里。途中看到一處匈奴營帳，大家發一聲喊，猛衝猛殺，殺了一個頭目，捉了三個頭目。一審問，方知他們的身分。這幾天，我們共殺死匈奴兵二千零八人，馘耳為證。」

「馘耳」是古代打仗的規矩，即割下死亡敵人的左耳，用以計數請功。霍去病的部下扛進一隻麻袋，那裡面裝著的全是匈奴兵血肉模糊的耳朵。

衛青聽了霍去病的敘述，脫口讚道：「好一個驃姚校尉！『驃姚』二字，你是當之無愧了！」「驃姚」，勁疾之貌，就是驃悍、勇猛、迅疾的意思。

衛青評估這次出征的戰績，共殲敵一萬九千人，但也損失了趙信和蘇建兩部兵馬，基本上是得足償失。趙信投降匈奴，無法懲治。唯有蘇建，喪師逃歸，應處何罪？他就這個問題徵求軍正閎、長史樊安和議郎周霸的意見。

周霸說：「大將軍出師以來，未曾斬過一員偏將。現在蘇建喪失全部，獨自逃歸，例應處斬，這樣方可樹立大將軍之威。」

閻閎、樊安說：「不可！不可！蘇建以寡敵眾，不隨趙信投降匈奴，拼死歸來，說明他是忠於朝廷的。假若將他處斬，那會使後來將士，一旦打了敗仗，畏罪降敵，麻煩可就大了。」

衛青點頭，說：「是這樣的。想我衛青，奉皇命統兵，身為大將軍，不怕沒有威信。周議郎提出殺一偏將，用以示威，大可不必。即使蘇建罪當處斬，也應請命皇上，由皇上欽裁。這樣做，可以為將帥們做個榜樣，那就是儘管位高權重，但也不能擅作威福，恣意專權。」

周霸等心服口服，說：「大將軍居功不傲，奉法守職，我等不及。」

衛青命將蘇建押入檻車，回師長安。武帝歡迎大軍歸來，賞賜衛青千兩黃金。他聽說霍去病勇敢絕倫，功冠三軍，格外高興，破格封他為冠軍侯，封邑一千六百戶。十八歲的青年，因軍功而封侯，這在漢朝的歷史上絕無僅有。武帝通過此舉，旨在向國人宣告：「不論是誰，只要在沙場上建功立業，朕都要厚加封賞！」張騫隨軍，憑著豐富的經驗和驚人的記憶力，準確地給漢軍指點行軍路線，尋找水源和草地，也建立了功勳，受封博望侯。至於蘇建，武帝考慮了他的實際情況，赦免死罪，由其家人出錢贖為庶人。

霍去病一夜之間成為英雄。長安城中，上自王公大臣，下至平民百姓，無人不知，無人不曉。慣於趨炎附勢之徒，認識的和不認識的，爭相登門造訪。衛府住了一位大將軍，如今又出了一位冠軍侯，誰不想目睹和領略兩位英雄的風采呢？

這一年，武帝為了刺激國人從軍作戰，批准設置了「軍功爵」，共十一級：戰士每斬殺一個敵人，晉爵一級；等到取得相當的爵級時，便可授職任官。不想任官的，可以把爵級轉讓給父兄子弟，或者賣給別人，價錢隨爵級的高低而定。同時批准罪犯也可以從軍，罪犯只要在戰場上立功，不僅可以減罪免刑，而且可以，得到賞賜，甚至任官封爵。實行這種獎勵攻戰的辦法，既加強了軍隊的戰鬥力，又擴大了兵員的來源，對於攻滅匈奴戰爭的勝利起到了積極的作用。

第十二章

削弱諸侯

漢武帝劉徹在對匈奴用兵的同時，絲毫沒有放鬆對國內的控制。對外用兵是為了維護國家主權，對內控制是為了加強中央集權。一個「主權」，一個「集權」，構成武帝思想的兩大核心。說到底，他是要通過維護主權和加強集權，開疆拓土，安定國民，以使自己的皇權統治更加穩固和長遠。

漢朝前期，地方諸侯王的勢力一直是相當強大的。漢高祖劉邦開國以後，兼而實行郡縣制和分封制，封了許多同姓諸侯王和異姓諸侯王。各個諸侯王擁有自己的土地，自設官吏，自建軍隊，自定政策，自收賦稅，從而成為割據一方、目無中央的土皇上，把諸侯國變成「國中之國」，動輒謀反，企圖獨立。漢高祖生前意識到這種分封制的弊端，花了很大的精力平定了韓信、彭越、黥布等異姓諸侯王的叛亂，臨死時留下遺囑：「非劉氏不得封王」。高后呂雉專權期間，違背漢高祖的遺囑，大封呂氏子侄為王，造就了一個龐大的呂氏外戚集團，險些斷送了劉漢江山。從漢文帝開始，遵從漢高祖遺囑，只封同姓王，不封異姓王。即便如此，同姓王同樣存在野心，時時想著獨立，常與朝廷分庭抗禮，漢景帝時爆發的吳楚七國之亂便是證明。漢武帝即位後，諸侯王的勢力大大削弱，但以淮南王劉安、衡山王劉賜為代表的諸侯王，仍有相當大的實力和能量，他們一旦發難，極有可能成為又一次「七國之亂」。因此，如何進一步削弱諸侯，這是武帝不能不考慮的一件大事。元朔二年（西元前一二七年），中大夫主父偃提出「推恩策」的建議，一下子解決了武帝的難題。

主父偃，臨淄（今山東淄博東北）人。早年學習縱橫術，後來見儒學開始走紅，便又改弦易張，攻讀儒家經典。他的家境相當貧寒，常年破衣爛裳，加之身材低矮，長相醜陋，因此屢遭周圍人的恥笑。遊學燕（今北京）、趙（今河北）一帶，還是遭人白眼，沒奈何只好遠往長安，尋求發跡的出路。他在長安投奔到衛青門下。衛青見其口才不錯，談論《易經》《春秋》等亦有獨到之處，所以便向武帝推薦。武帝忙於他事，未予理會。主父偃滯留長安，生活潦倒，再次遭到周圍人的恥笑，好不狼狽。困窘中破罐子破摔，斗膽上書武帝，論述九件事情，其中八件講律令，一件講戰爭，反對用兵匈奴，說：「安危在出令，存亡在所用，兵久則變生，事苦則慮易。此臣之所以大恐，百姓之所以疾苦也。」武帝很長時間沒有聽過這樣的反面意見了，所以親自召見主父偃。主父偃應對武帝提問，回答得體，大合武帝心意。武帝一高興，遂任命他為郎中。主父偃時來運轉，索性再上幾道奏書，或者面見武帝，暢說朝政之弊，提出改革建議。武帝發現此人具有真才實學，連著提拔他為謁者，為中郎，為中大夫。主父偃一年中四次升官，陡地紅起來了。

主父偃提出的改革建議，最重要的就是「推恩策」。這是專門針對諸侯王的。他說：「古時候諸侯的土地不過方圓百里，天子易於控制。而現在的諸侯大多是連城數十，地方千里，儼然成了『國中之國』。這樣一來，諸侯驕妄奢侈，容易產生淫亂之心。天子如果加強管制，他們就會勾結起來，共同對抗朝廷。如果朝廷按照法律加以制裁，他們就會狗急跳牆，發動叛逆。景皇帝時吳楚七國之亂，不就是前車之鑒嗎？」

武帝說：「是啊！這確實是朕的心腹之患，只是沒個很好的解決辦法。」

主父偃說：「微臣倒有一法，既可以逐步削弱諸侯，同時又不會惹起太大的風波。」

「呃！」武帝立刻挺直身子，說：「你倒說說看。」

主父偃不慌不忙，有板有眼，說：「各諸侯王都有不少兒子，有的甚至多達數十人。可是按照規定，只有嫡長子才能繼承王位，其他兒子雖然也是骨肉至親，卻連一寸土地也分不到。如果陛下頒布詔令，允許諸侯把自己的土地分封給所有的兒子，就像陛下把土地分封給諸王一樣。那麼，一方面體現了陛下廣施恩德，諸侯兒孫會感謝不盡；另一方面，諸侯國會化大為小、變強為弱。這樣一來，他們不可能形成尾大不掉之勢，自然也就不可能對朝廷構成威脅了。」

「啊！這真是高招，而且不露形跡，就這麼辦！」武帝採納了主父偃的建議，立即頒布了「推恩策」，並對帶頭「推恩」的梁王劉襄、城陽王劉延、趙王劉彭祖等進行表彰。那些分得了土地的諸侯王子弟，統稱「王子侯」。全國的「王子侯」一下子多了起來，而他們佔有的地盤很小很小，哪裡還有能力對抗朝廷？

接著，主父偃又向武帝提出一條建議，說：「現在，地方豪強的勢力越來越大，兼併土地，魚肉百姓，隱瞞戶口，私吞賦稅，家產億萬，也是朝廷一大隱患。」

武帝說：「對付豪強，當用何法？」

主父偃說：「茂陵不是正在修建嗎？陛下不妨再頒一道詔令，命郡國豪強以及家產在三百萬緡以上的富戶，徙居茂陵，表面上以示恩寵，實際上是內實京師，外消奸猾，此所謂不誅而害除也。」

「好辦法！」武帝拍手叫好，果真頒布詔令，批准實行。通過「推恩」和「徙居」，武帝的中央集權制大大加強了。

武帝認定主父偃是個人才，接著任命他為齊王劉次昌的相國。這時，他已五十多歲，俸祿加上收賄，腰纏萬貫，一改昔日的窮酸相，穿紅著紫，侍從護擁，稱得上是衣錦還鄉。當年恥笑他的那些人，刮目相看，齊來巴結。主父偃不屑一顧，說：「我自束髮遊學，屈指已經四十餘年。從前時運不濟，以致父母棄我，兄弟嫉我，賓朋笑我，那種苦頭受夠了。大丈夫在世，生不五鼎食，死則五鼎烹，亦屬何妨？古人有言，日暮途窮，所以倒行逆施。我正頗作此想哩！」說著，他取出五十兩黃金置於桌上，說：「諸位原是我的兄弟朋友，還記得過去怎樣待我嗎？現在，我為齊王相國，不勞諸位費心，你們拿了黃金自去，此後再不必進我大門了。」眾人聽了，面紅耳赤，分金而去。

主父偃說到底屬於投機取巧、驟然暴發的勢利型人物，這決定了他不可能有好的結果。他在出任齊王相國期間，眼睛卻盯著北面的燕王劉定國。劉定國荒淫無恥，先是通姦庶母，進而霸佔弟媳，最後連三個女兒也不放過，威逼姦淫，傷風敗德。主父偃將情況奏告武帝。武帝大怒，下詔賜死。劉定國自盡，燕國降格為郡。齊王劉次昌和燕王一樣，也是淫佚成性，毀亂人倫，冷落王妃，卻與庶姐通姦。主父偃又將情況奏告武帝。武帝即命主父偃鞫查姦情。劉次昌年輕膽小，一遭驚嚇，自殺絕命，齊國亦降格為郡。

主父偃兩次奏告，除去兩個諸侯王，未免洋洋得意。不想此舉惹惱了趙王劉彭祖。劉彭祖上書奏劾，揭露了主父偃私受大量賄賂的罪行。主父偃的政敵公孫弘等，趁機推波助瀾，說：「主父偃小人得志，貪贓枉法，不殺不足以謝天下。」武帝平生最恨貪婪受賄之人，這時也就顧不了什麼君臣情分，命將主父偃斬首，並滅族。主父偃貴盛之時，門客多達千人，及至死時，竟無一人為之收屍。有一農民叫做孔車，出面埋葬了主父偃。武帝聽說其事，稱讚孔車為忠厚長者，並不怪罪。

「推恩策」頒布數年，多數諸侯王遵旨執行，唯有淮南王劉安、衡山王劉賜我行我素，置若罔聞。他倆非常清楚所謂「推恩」的用心，不僅不予執行，反而串通一氣，決意謀反，企圖奪取武帝的江山。

劉安和劉賜是一對嫡胞兄弟，已故淮南王劉長的兒子，若論輩分，武帝應稱他倆為叔父。劉長是漢高祖劉邦最小的兒子，劉邦在位時封為淮南王。漢文帝時，劉長曾親手殺死高后呂雉的情夫審食其，名重一時。後來，他蓄意謀反，未果自殺。於是，漢文帝將淮南故地一分為三，分封給劉長的三個兒子：劉安為淮南王，劉勃為衡山王，劉賜為廬江王。劉勃死後，劉賜徙為衡山王。

劉安是個聰明好學的人，喜愛讀書鼓琴，對於行圍射獵、遊山玩水等事不感興趣。他對「黃老之學」素有研究，亦善籠絡民心，門下食客，趨附者至數千人，內有蘇飛、李尚、左吳、田由、雷被、伍被、毛被、晉昌八人，最為有才，合稱「淮南八公」。他和他的門客，作有內書二十一篇，外書三十三篇，這就是古今相傳的《淮南子》，其中保存了不少自然科學史料。中國人愛吃的豆腐，就是劉安和他的門客發明的。劉安還是一位造詣很深的文學家，作有《離騷傳》《頌德》《長安都國頌》等，文辭相當華美。因此，武帝很是敬重這位叔父，每次給劉安寫信，總要字斟句酌，寫完之後，還要讓司馬相如等潤色一番，方才謄清送出，以免出現錯誤，惹人譏笑。

劉安本可以安安穩穩地在淮南當一個文學家或科學家的。然而，他有兩大毛病：一是迷信方士，二是懷有野心。他在王宮裡收羅了許多方術之士，有講求仙的，有講煉丹的，有講點金的，有講星相和占卜的，五花八門，應有盡有。

武帝即位之初，劉安曾經到過長安。負責迎接的田蚡巴結這位王爺，詭祕地說：「大王乃高祖皇帝嫡孫，德高望重。當今皇上無子，萬一駕崩，這皇位嘛，自然非大王莫屬。」從那一刻起，劉安便產生了非分之想，嚮往著能當皇帝。建元六年（西元前一三五年），天上出現彗星。方士們趁機蠱惑說：「景皇帝時，吳楚七國之亂，天上就曾出現彗星，星尾長僅數尺，結果卻是流血千里，屍橫遍野。這次彗星，星尾橫貫天宇，預示著天下又要起大戰亂了，大王應當預作準備。」劉安素來迷信，相信這是真的。他算計著武帝沒有兒子，如果一旦暴死，空缺的皇位必然引起各國諸侯的爭奪，那時誰能當上皇帝，就全靠實力說話了。他聯想到自己的父親劉長謀反不成、被迫自殺的往事，更加激起滿腔仇恨。於是，祕密下令，招募士兵，打造軍械，籌積金錢和糧草，隨時準備造反起事。

元朔年間，武帝發動攻伐匈奴的戰爭，取得了一次又一次的勝利，威望空前提高，深受國人擁戴。劉安不願意看到更不願意承認這一事實，依然做著奪取皇位的美夢。為此，他特將女兒劉陵派到長安，打探各個方面的消息。劉陵利用皇室宗女的身分，自由出入宮禁，祕密遊說政要，還用金錢收買武帝身邊的人。中大夫莊助當年出使南越，途經淮南，私下會見過劉安，二人談得十分投機。劉陵找到莊助，莊助樂於提供一些朝廷機密。劉陵還與岸頭侯張次公、議郎鄂但通姦，憑藉色相，刺探重要情報。劉安除了女兒劉陵外，還有兩個兒子：劉不害和劉遷。劉不害為長子，卻是庶出；劉遷為次子，因是王后蓼荼所生，故被立為太子。蓼荼、劉遷都是厲害角色，唯恐天下不亂，這更促使劉安堅定了謀反的決心。

世界上沒有不透風的牆。漸漸的，劉安及其家人的密謀洩露了。「淮南八公」之一雷被，因與劉遷發生衝突，跑到長安，揭發了劉安父子的罪行。劉不害的兒子劉建，因祖父不願「推恩」和父親受到歧視而懷恨，也派人上書，揭發了劉安、蓼荼、劉陵、劉遷的謀反活動。

武帝召集群臣議事。群臣義憤填膺，紛紛請求處死劉安。武帝搖頭，表示反對，說：「不用急嘛！」

「那麼，起碼也要廢掉他的王位。」

武帝還是搖頭，不予同意。

「那麼，就暫保留王位，可以先削掉他五個縣的封邑，以示警告。」

「五個縣太多了。劉安畢竟是朕的叔父，那就削掉兩個縣吧！」

大臣們對武帝的寬宏大度困惑不解，無不憂心忡忡。武帝氣定神閒，輕輕一笑，說：「現在的諸侯王中，論年齡，劉安最大；論資歷，劉安最高。他在諸侯王中享有一定的威望，如果處置過於嚴厲，勢會必引起其他諸侯王對朕的不滿。所以，朕要做到仁至義盡，讓諸侯王們心悅誠服。再則，朕很清楚這位王爺，心高手低，優柔寡斷，寫文章行，搞政治不行，絕對成不了氣候。他的一舉一動，盡在朕的掌握之中，若再執迷不悟，只能自取滅亡！」

武帝對於劉安的認識可謂透徹，劉安的的確確心高手低，優柔寡斷，難成氣候。他已六十多歲，身體肥胖，長相最大的特點是一對眉毛，很粗很密，而且是平的，橫亙在額頭下方，像是特意為眼睛而設的天然屏障。幾年來，劉安總是在彷徨猶豫中生活著，忽兒決定起兵，忽兒決定暫緩，恍恍惚惚，全無主意。元朔六年（西元前一二三年），武帝派中尉于宏為使者，傳達削奪兩個縣封地的聖命。劉安先是準備斬殺于宏，但見于宏和顏悅色，臨時又取消了斬殺的計劃，只是說：「我行仁義之道，反被削減封地，這讓我的老臉往哪兒擱呀？」更可笑的是這時，武帝的兒子劉據已經六歲了，劉安卻硬是不信。凡是長安來人，他都要出面召見，詢問朝廷情況。如果人說，朝廷治理得不錯，皇上已經有了皇子。他認為這是胡說八道，痛加訓斥；如果人說，朝廷政局混亂，危機四伏，皇上根本沒有兒子。他則手舞足蹈，興奮得幾天睡不著覺。劉安垂涎皇權，覬覦皇位，已經變得有些神經質了。

武帝削減劉安的封地，使得劉安加快了謀反的步伐。他私下製作了皇帝御璽，以及丞相、御史大夫、將軍、二千石官吏、都管令、丞和郡守的印信，整日面對地圖，想像著攻襲長安，應該在這裡駐軍，應該從這裡進兵。他綜合女兒劉陵等人提供的情報，謀劃著派人潛入京師，首先刺殺大將軍衛青。他大言不慚地對僚屬們說：「當今朝廷，衛青最受倚重，除去此人，事成一半。主爵都尉汲諳為人正直，能夠守節死義。至於丞相公孫弘之流，隨勢逢迎，我若起事，發蒙振落，毫不足畏。」

劉安一廂情願地打著如意算盤，殊不知武帝把他的舉動偵察得一清二楚。元狩元年（西元前一二二年）春天，武帝告訴朝臣們說：「多行不義必自斃。現在，是朕下手的時候了！」

有人問：「怎麼下手？得用多少兵馬？」

武帝淡淡一笑，說：「殺雞焉用牛刀？朕的兵馬是用來攻伐匈奴的，對付劉安，一道聖旨足矣！」武帝當即命一廷尉監攜帶聖旨，面諭朝廷安插在淮南的中尉，率領當地一支兵馬，以迅雷不及掩耳之勢，突然包圍了劉安的王宮。劉安及其黨羽幾乎沒有一點反抗和掙扎，束手就擒。廷尉監和中尉搜尋出劉安謀反的所有罪證。劉安嚇得面如死灰，趁人不備，一頭撞牆，自殺而死。蓼荼、劉陵、劉遷，以及劉安蓄養的方士、僚屬等，全被押解長安，交由廷尉張湯審訊。張湯使出手段，順藤摸瓜，大肆株連，凡是和淮南王有過交往的列侯、官吏、郡守等，連上誰算誰，包括莊助、張次公、鄂但等在內，一律處斬，並誅家滅族。這一大案，共殺了三四萬人。

劉安一死，淮南國也就不復存在，降格為九江郡。武帝憑著政治智慧，輕而易舉地剷除了朝廷的一大隱患。

一波未平，一波又起。衡山王劉賜的逆謀敗露，落得了和劉安一樣的下場。

漢朝的諸侯王因是長期割據、稱霸一方的緣故，大多驕奢淫佚，王后王妃及其兒女們更是荒唐無恥。劉賜後宮有著三房妻妾，其中王后叫乘舒，生有兩兒一女，長子名劉爽，已被立為太子；次子名劉孝，女兒名劉無采。另外還有愛姬叫徐來，生有兒女四人；再有美人叫厥姬，亦生有兒子二人。三個女人一台戲，彼此嫉妒，互相爭寵，大有一種你死我活的悍勁。

劉賜和劉安是兄弟，二人的性格頗多相似之處。劉賜學著劉安的樣子，也在王宮中招攬了很多方士，大搞什麼望氣、占卜之類，預測自己的前程。方士奚慈、張廣昌等投其所好，詭稱王爺福大命大，日後可為九五之尊。劉賜大喜，做起了皇帝夢，暗自招兵買馬，製作器械，等待時機，企圖謀反。這一年，王后乘舒病死，劉賜立了徐來為王后。厥姬爭風吃醋，豈能甘心？她去尋找太子劉爽，挑唆說：「你的母親是徐來派人毒死的，為的就是能成為王后。你呀，此仇不報，妄為人子！」

劉爽年輕氣盛，信以為真，由此切齒痛恨徐來，曾經刺殺徐來的哥哥，作為報復。這樣一來，徐來和劉爽之間就結下了不共戴天的仇恨。劉爽的妹妹劉無采時已出嫁，因與丈夫不和，賭氣回了娘家。劉無采生性輕佻，樂得與家客私通，穢不可聞。劉爽非常生氣，多次訓斥妹妹。劉無采不知收斂，反而怨恨哥哥。徐來看到有機可乘，竭力善待劉無采，而且格外關愛劉爽的弟弟劉孝。於是，徐來、劉無采、劉孝三人聯手，共同詆毀劉爽。劉賜昏頭昏腦，相信徐來等人的詆毀，幾次怒斥劉爽，甚至處以杖笞，使劉爽丟盡了臉面。

這一家人的矛盾更加緊張和激烈了。徐來心地詭詐，恣意興風作浪，促使矛盾白熱化。劉賜一次害病，劉爽沒有前去探視。徐來惡毒地中傷說：「大王生病，太子面有喜色，他正忙著繼承王位呢！」劉賜氣得大罵，說：「這個逆子，畜生不如！」因此產生了廢立太子的念頭，意欲廢劉爽，立劉孝。

徐來關愛劉孝，只是為了對付劉爽。她可不願劉孝成為太子，而想使自己親生的兒子劉廣成為太子。為此，她設置了一個醜惡的圈套：將自己的侍女蕻兒送給劉賜作妾，再讓蕻兒與劉孝通姦，然後歸罪於劉孝，使之不能成為太子。那個厥姬更損，為了打擊情敵，慫恿劉爽主動親近徐來，並與之淫亂，從而使徐來說不起話，抬不起頭，落下臭名。那時，她自己便可取代徐來而成為王后。劉爽哪裡知道其中的機關？果真按照厥姬的話去做，假裝和徐來飲酒，乘間抱住庶母，欲行苟且之事。徐來嚇得喊叫起來，跑去告訴劉賜。劉賜氣得渾身打顫，大罵說：「畜生！畜生！」他命侍衛捉拿劉爽，直往死裡打。劉爽咆哮著，大聲說：「劉孝和蕻兒通姦，無采和家客通姦，你為何不問，只顧衝著我來？那好，我這就上書皇上，看你有何話說？」說著，就像癡癲似的，掙脫侍衛，奔向宮外。劉賜忙命侍衛追趕，將劉爽抓住，拖回宮中，關了起來。

俗話說：家醜不可外揚。經過這番折騰，衡山王的家醜人人盡知。劉賜哭笑不得，自顧寵信劉孝，令其佩帶王印，居住舅家，收羅賓客，密謀大事。劉賜本人則指使門客枚赫、陳喜等，抓緊製造車輛、弓箭等器具，刻製天子御璽及丞相、將軍、官吏等印信，以便一有風吹草動，即可舉兵造反。為了造反取得成功，劉賜還和門客周丘等人，鑽進密室，分析當年吳楚七國之亂的得失，研究新的用兵方略。

元朔六年（西元前一二三年），劉賜按例應到長安朝拜武帝，途中路過淮南。淮南王劉安盛情款待弟弟，二人約定，共同謀反。這樣，劉賜也就沒有再到長安的必要，稱病不朝，回歸衡陽。劉孝急於成為太子，積極討好父親。劉賜遂派人上書武帝，請求廢黜劉爽，改立劉孝為太子。劉爽不甘坐以待斃，密派心腹白嬴前往長安，告發了父親劉賜和弟弟劉孝的謀反罪行。劉賜為了自保，再次上書，反告劉爽的種種忤逆行為，其中最重要的一點，就是劉爽企圖姦淫庶母徐來，品行惡劣，猶如豬狗。

武帝對於衡山王的家醜不感興趣，他要的是衡山王謀反的證據。元狩元年（西元前一二二年）春，劉安反情敗露。張湯捉拿劉安黨羽，發現枚赫、陳喜等人正在為劉賜效力。枚赫、陳喜等被捕歸案，和盤托出劉賜謀反的事實。武帝大怒，說：「一個劉安，一個劉賜，一兄一弟，一丘之貉！」他依然沒有動用朝廷兵馬，只派大行令李息和一名中尉，攜帶聖旨，調集當地少許士兵，迅速包圍了劉賜的王宮。劉賜料知難逃一死，識相地自殺了。其他人等被押解長安，處以棄市。張湯再次使出手段，順藤摸瓜，大肆株連。這一案，又殺死了上萬人。

劉安和劉賜兩案，導致了兩場血腥的屠殺。此後，哪一個諸侯王還敢動一動謀反的念頭？哪一個官員還敢和諸侯王沾邊？接著，武帝又命張湯等制定出「左官律」、「附益法」、「阿黨法」等法律，其內容大致相同，就是嚴懲那些和諸侯王交往密切的各級官吏。武帝運用鐵的手腕，粉碎了諸侯王的叛亂圖謀，刨空了諸侯王的政治基礎，中央集權統治堅如磐石，穩似泰山，吳楚七國之亂那樣的事情，再也不可能發生了。

春天總是美好的。秦嶺冰融，渭河水漲，柳枝搖綠，群芳吐豔。一輪鮮活的紅日升起來，整座長安城沐浴著璀璨的金光，顯得格外壯麗。武帝攻伐匈奴連連獲勝，削弱諸侯順風順水，心情就像明媚的春天一樣，開朗，清爽，甜蜜，滋潤。這一年，他已三十五歲，開始蓄起鬍鬚。男人有了鬍鬚，標誌著成熟和穩重。這時的武帝就是這樣的，鬍鬚修剪得整整齊齊，精力旺盛，神采奕奕。他的兒子劉據已經七歲，按照常規，他應該立兒子為太子了。劉據生性溫順，剛勁不足，柔勁有餘，性格的主導傾向像母親而不像父親。但是，武帝還是非常喜歡劉據，因為他是長子，皇后子夫親生，他的舅舅衛青和表哥霍去病拜將封侯，攻伐匈奴，功勳卓著，可以說是支撐著大漢的半壁江山，堪稱中流砥柱。因此，武帝決定立劉據為太子。一來，可以儲作國本，安定人心；二來，可以激勵衛氏外戚，更加忠誠地報效朝廷。

武帝把自己的決定告訴丞相公孫弘。公孫弘拜伏在地，說：「皇上聖明！太子早立，國家幸甚，黎民幸甚！」武帝把決定告訴衛青和霍去病。衛青和霍去病說：「冊立太子是國家大事。臣等作為勳戚，不便多言，聽憑皇上作主。」武帝還把決定告訴子夫。子夫心情激動，熱淚盈眶，說：「臣妾和據兒都屬於皇上，皇上這樣做，臣妾只有感恩，別無他想。」

四月的一天，武帝在未央宮前殿舉行了隆重的冊立太子典禮。劉據首次登臺亮相，百官朝賀，高呼萬歲。武帝想到大漢後繼有人，龍顏大悅，頒詔大赦天下，所有朝臣增加一級俸祿，並派出使者巡行郡縣，訪貧問苦，凡孤寡老人和孝子孝女，皆賜錢帛糧米。一時間，舉國上下，歡聲四起，人人稱頌皇恩浩蕩，天子聖明。

這時候，張騫通使西域歸來已經四年。張騫所說的「海外奇談」，以及異方珍物，時時牽動著和撩撥著武帝的心。他忽發奇想，自己不僅要當大漢的皇帝，而且要開拓大漢的疆土，擁有更多的臣民和邦國，樹威施惠，造福四海。他聽張騫說過，大夏的東南還有一個身毒國，該國距離蜀地不會太遠。大夏市場上有蜀地生產的蜀布和邛竹杖，這些特產是由身毒國轉運的，那麼從蜀地經過西南夷，必然能夠到達身毒國，再從身毒國出發，必然能夠到達大夏國。也就是說，大漢通使西域乃至更遠的西方，存在著兩條通道：一是出河西走廊，二是出西南夷。這後一條通道似乎比前一條通道更近些，而且沒有匈奴騎兵出沒，肯定安全得多。武帝是個敢想敢做的人，由於好奇心的驅使，果斷地派遣張騫再次出使，試通身毒，尋求通往西域的第二條途徑。

張騫熱衷於探險，高興地接受了使命。他帶領幾名副使，從長安經過蜀郡，到達犍為郡，也就是原先的夜郎國。張騫以犍為郡為基地，派遣副使王然、于柏、始昌、呂越人，分成四路，經邛都、筰、徙、冉駹等地，向西南方向進發。各路副使分別前進一二千里，途中所遇，盡是高大險峻的山脈，洶湧湍急的水流，以及參天蔽日的原始森林，根本沒有道路。而且，當地的土著山民，目無君長，肆意搶劫生人衣物，甚至殺人毀屍。王然等無法繼續前進，只好順著原路返回。張騫參加南路而行，跋山涉水，進入滇國境內。滇國乃戰國末期楚國大將莊蹻所建，佔有滇池（今雲南昆明附近）一帶的千里沃野。漢武帝時，莊蹻的後人當羌沿稱滇王，偏處一方，幾乎與世隔絕。當羌見到張騫，詢問說：「我們滇國和你們漢朝相比，哪個更大？」張騫介紹了漢朝的情況。當羌大驚失色，說：「冒昧！冒昧！」他簡直不敢相信，原來漢朝竟是那樣的廣大和富庶。

張騫詢問通向身毒的道路。當羌回答說：「我也聽說過身毒國，不過，它離這裡還很遠很遠。從這裡向西一千多里，另有昆明國和越嶲國（今雲南騰衝、龍陵一帶）……」

張騫睜大眼睛，說：「什麼？還有昆明國和越嶲國？」

當羌說：「對！那裡的人愛乘大象，所以俗稱乘象國。通過昆明國和越嶲國，向西還有都盧國（今緬甸），都盧國的西面，大概就是身毒國了。」

張騫說：「那麼，我們能夠到達昆明國和越嶲國嗎？」

當羌搖頭，說：「很難，因為中間隔著滇池。」

張騫等隨即到滇池邊察看，嚇得直吐舌頭。因為這個滇池異常廣大和險惡，周圍三百餘里，水天相接，白浪滔天，大有吞沒天地之勢，憑著人力，根本無法渡越。張騫無奈，試通身毒不成，只得回京覆命。

張騫回到長安，如實向武帝彙報了情況。武帝大感興趣，說：「這又讓朕開闊了視野，原來西南夷外另有天地。他詳細詢問了滇池的地理形勢，說：「看來，要去昆明、越嶲、都盧、身毒諸國，必須渡越滇池；而要渡越滇池，必須要有一支水軍不可。那好，朕就在長安鑿一池沼，訓練出一支強大的水軍來，以備日後使用。」

此話一出，群臣驚愕。有人說：「長安處於內地，開鑿池沼訓練水軍，談何容易？」

武帝說：「事在人為，只要去做，就沒有做不成的事！朕已想好，長安西南二十里，有一低窪處，為西周靈沼舊址。我們可以利用那個地方，開挖，擴大，鑿成池沼。池沼的名稱嘛，就用我們想去的那個國家命名，叫做昆明池！」

武帝指示，昆明池工程立刻啟動。水工徐伯表主持過渭渠的開鑿，具有豐富的水利建設經驗。武帝命他勘測設計，很快繪出了昆明池的藍圖。武帝再一聲令下，於是，十餘萬民工，以及正在服刑的官吏和監獄裡的囚犯，一起滙聚到工地上，開始開鑿昆明池。京城的駐軍也間或到工地上勞動，挖土背土，抬土推土。廣闊的工地上，飛舞，車輛穿梭，人聲鼎沸，熱火朝天。

這是一項浩大的工程。歷時將近三年，勞動人民打著赤腳，光著脊樑，肩背車拉，硬是在一個廢棄池沼的基礎上，開鑿出一個偌大的昆明池來。竣工後的昆明池周長四十餘里，煙波浩渺，水量充沛，池中池畔建有許多精美的建築，綠樹環繞，芳草萋萋。它與其說是水軍訓練基地，還不如說是以湖光水色為主的優美風景區，兼有漕運、灌溉和向長安供水的功能。武帝曾經多次帶領文武百官，以及后妃、兒女等，到昆明池遊覽，巡視樓船、弋船演習水陣戰法，同時泛舟池中，命花枝招展的宮女張鳳蓋，建華旗，唱棹歌，雜以鼓吹，盡情享受決政之餘的樂趣。昆明池除了它的自身功能外，還有一種創意，象徵著天上的銀河。建造者們根據神話傳說中的牛郎織女故事，發揮豐富的想像力，特地在池的東、西兩岸各豎一座巨大的石雕，一男一女，比喻牛郎和織女。武帝的遊船停於池中，他向兩岸望去，忽然想到樂府徵集到的一首古詩，朗聲吟道：

迢迢牽牛星，皎皎河漢女。
纖纖擢素手，札札弄機杼。
整日不成章，泣涕零如雨。
河漢清且淺，相去復幾許？

盈盈一水間，脈脈不得語。

隨行的人聽了，無不叫好，說：「這首詩寫得極有韻味，恰合眼前情景。」

武帝說：「天上的牛郎織女，隔著天河，每年七夕，才能通過鵲橋見面，未免太可憐了。人間不應當這樣。若有可能，朕還要在這昆明池上建一座橋樑，橫跨東、西兩岸，也叫鵲橋，讓牛郎織女天天見面，隨時團聚，好不好？」

這是一個富有詩意的設想。隨行的人齊聲喝采，說：「皇上不但關愛黎民百姓，而且關愛神話傳說中的人物，胸懷若谷，情深似海，臣等佩服！」

武帝哈哈大笑，說：「不管天上還是人間，有情人都應當終成眷屬嘛！」

第十三章

無畏英雄

封建社會，所謂的中央集權，其實質是皇權，是皇帝個人的獨裁統治。漢武帝劉徹深深懂得這個道理，仿效他所崇拜的秦始皇，採取各種措施，盡可能地集政權、兵權、財權、文權於一身，做一個天下一尊的獨裁皇帝。為此，他在田蚡之後就注意削弱丞相的權力，實行「中朝」和「外朝」制度。中朝由皇帝及其高級顧問和助手組成，行使決策權；外朝由丞相和各行政官署的長官組成，行使執行權。元狩二年（西元前一二一年）初，八十高齡的丞相公孫弘病故，新任丞相為李蔡。李蔡的資歷和能力都很一般。武帝任用此人為丞相，表明丞相已不再具有原先的那種地位和作用。廷尉張湯因為審理劉安、劉賜叛亂案立有大功，所以升任御史大夫。

三月，攻伐匈奴的戰爭再次提上議事日程。廣大將士經過一年多的休整，一個個摩拳擦掌，情緒高昂，渴望奔赴戰場，殺敵建功。武帝理解將士們的心情，說：「養兵千日，用在一時。攻伐匈奴的戰爭進入一個新階段，你們自會大有用武之地。」

為了確定新的攻擊目標，武帝專門召開了軍事會議。他指著御案上的沙盤地圖，鏗鏘有力地說：「前年實施漠南戰役，我們取得了巨大的勝利。匈奴單于像個縮頭烏龜，已將王庭撤到大漠以北。漠南只留有左賢王的軍隊，主要在東方活動，難以對我們構成威脅。現在，我們要將目光集中在河西，即河西走廊地區。這裡是匈奴休屠王和昆邪王的巢穴，距離長安不過千里。他們長期控制河西走廊，不僅威脅著長安的安全，而且掐住了大漢通往西域各國的咽喉，使我們通使西域的計劃不能實現。因此，朕決定實施河西戰役，打敗休屠王和昆邪王，奪取河西地區。此舉具有重要的戰略意義，等於斬斷匈奴的右臂，既可以解除匈奴對於長安的威脅，又可以打通大漢通使西域的通道。所以，全體將士務要聚精會神，同心協力，保證戰役獲得全勝。」

以衛青為首的各位將領贊同武帝的決定，齊聲說：「陛下聖明！我等願統兵出征，消滅匈奴休屠王和昆邪王！」

武帝環視眾將，最後將目光停在霍去病身上，說：「霍去病！朕任命你為驃騎將軍，率領精銳騎兵一萬，深入敵境，迂迴作戰，你可有這個膽量？」

霍去病雙手抱拳，大聲說：「有！一千個有，一萬個有！」

武帝滿意霍去病的回答，笑著說：「好！你的騎兵可從隴西出塞，深入河西，遇到敵人，能戰則戰，不能戰也要摸清休屠王和昆邪王的主力位置，懂嗎？」

霍去病說：「謹遵聖命！」

武帝的這個任命真是太大膽了。因為霍去病時年只有二十歲，是漢朝建國以來前所未有的一位年輕將軍。有人表示出了懷疑和擔心，說：「河西戰役非同小可，讓一個毫無經驗的青年為統帥，單獨出征，這不是太冒險嗎？而且，孤軍深入乃兵家之大忌，河西又多山地多河流，地形複雜，道路崎嶇，霍去病的騎兵能展開活動嗎？」

武帝相信自己的慧眼，說：「你們只知其一，不知其二。霍去病的長處就是年輕氣盛，勇猛無畏，敢於和善於孤軍深入，捕捉戰機。這是上次戰役所證明了的。匈奴人已被我們打得膽戰心驚，這時急需一位火氣旺盛的年輕小將，去衝他一衝，博他一博，出奇兵，建奇功。朕愛的就是奇才，圖的就是奇功。諸位盡可放心，靜候佳音吧！」

霍去病頭戴兜鍪，身穿甲冑，雄赳赳氣昂昂地領兵出征了。多少人為之操心為之擔憂。衛青為之送行，一直送到咸陽，叮嚀說：「戰場形勢瞬息萬變，貴在出奇制勝。一個『奇』字，你要切記切記！」

霍去病說：「舅舅！你放心吧，我會根據形勢，靈活機動地應對敵人的。」

霍去病的騎兵從隴西出塞，經過金城（今甘肅蘭州西北）和令居（今甘肅永登西），翻越烏鞘嶺，渡過狐奴河，轉戰六天，沿途消滅了五個匈奴部落。然後跨過焉支山（一名胭脂山，今甘肅山丹南），迅速向西挺進一千餘里，深入到河西地區，遭遇了匈奴休屠王和昆邪王的部分主力。休屠王和昆邪王根本沒有想到河西腹地會出現漢軍，倉促率兵抵抗。雙方展開了惡戰，戰鬥至為激烈。霍去病的騎兵猶如下山的猛虎，出海的蛟龍，直搗敵陣，左右攻殺。匈奴軍因為是臨時應戰，所以陣腳大亂，一敗塗地。休屠王和昆邪王見勢不妙，帶領殘部，狼狽逃往祁連山（今甘肅酒泉東南）方向。他們的部下折蘭王、盧胡王，被當場擊殺。昆邪王的兒子、相國、都尉等，則被生擒活捉。就連休屠王祭天所用的金人，也成了漢軍的戰利品。

這是第一次河西戰役，共殲滅匈奴軍八千餘人。捷報飛馬送達長安。武帝振奮，群臣吃驚。誰也不敢相信，這一輝煌的戰績，竟出自年輕的軍事統帥霍去病之手。武帝為了獎勵霍去病的赫赫戰功，當即下令：霍去病增加封邑二千戶，全體將士賜予金帛，回師休整，駐軍隴西待命。

霍去病和將士們受到獎勵，更加激發了鬥志。霍去病上書武帝，說：「匈奴休屠王和昆邪王雖然遭受重創，但其主力仍然存在。我軍撤出河西，他們必然會捲土重來。因此，臣請求實施第二次河西戰役，徹底消滅匈奴勢力，奪回河西地區。」

武帝同意霍去病的請求，決定夏天開展第二次河西戰役。為了增加漢軍的戰鬥力，武帝任命公孫敖為將軍，再率三千名騎兵，補充到霍去病騎兵的行列。同時任命李廣、張騫為將軍，率一萬四千騎兵，從右北平出塞，攻擊匈奴左賢王，牽制匈奴兵力，策應河西攻擊戰。

夏天很快到來。漢軍東、西兩線同時發動進攻，深入匈奴境內。霍去病牢記一個「奇」字，沒有重覆原先的進軍路線，改從北地郡（今甘肅慶陽西南）出塞，實行深遠的大迂迴，以圖出其不意地殲滅敵人。

且說東線。李廣和張騫分別率四千、一萬騎兵，合擊匈奴左賢王。李廣部深入匈奴境內數百里，如期到達預定位置，而張騫部卻走錯了道路，沒能如期到達。左賢王的四萬騎兵，立即將李廣部包圍。漢軍見敵人十倍於自己，未免驚恐。李廣故意派兒子李敢外出巡視。李敢回來報告說：「胡虜不足畏也！」李廣說：「聽見沒有？匈奴軍沒有什麼了不起的！」他命漢軍圍成圓陣，外向，嚴陣以待。左賢王向漢軍發起進攻，先用箭射，矢下如雨；接著進攻漢陣，雙方展開了廝殺。激戰進行整整一天，漢軍死傷過半，匈奴軍死傷三千餘人。這時，李廣發現匈奴軍的幾名裨將，搖著旗幟指揮戰鬥。他遂使出高超的射技，連發幾箭，將那幾名裨將射殺。匈奴軍久聞「飛將軍」的大名，嚇得暫且後退，不敢輕易向前。當晚，剩餘的漢軍坐地休息，面無人色。李廣卻意氣風發，談笑自如。次日天明，匈奴軍重新發起進攻，漢軍又死傷一千多人，形勢十分危急。幸好，張騫部的萬名騎兵終於趕到。匈奴軍被迫撤圍退去，李廣部避免了全軍覆沒。

再說西線。霍去病和公孫敖從北地郡出塞後，即兵分兩路，向河西縱深迂迴。不想，公孫敖部因不熟悉地形，迷失了道路，不能如期和霍去病部會合，這使霍去病再次陷入了孤軍作戰的境地。此時他面臨著兩個可供選擇的方案：一是引兵返回，空耗軍資；二是繼續前進，那要冒生死風險。此時此刻，霍去病想到的是掃除匈奴，保家衛國，即使粉身碎骨，也在所不惜。因此，他毅然選擇了後一個方案，率領己部萬名騎兵，實行大迂迴，挺進祁連山。

霍去病的騎兵從靈武（今寧夏靈武西南）渡過黃河，長途跋涉，穿越浩瀚的騰格里沙漠和巴丹吉林沙漠，插向西北，直抵居延海（今甘肅喀順諾爾湖）畔。接著，從那裡沿弱水（今甘肅弱水、黑河）逆流往南，轉向西，再向東南，到達祁連山麓。那裡正是匈奴休屠王和昆邪王大本營的側背，居高臨下，敵人的營帳盡收眼底。

霍去病的這次迂迴，等於畫了一個碩大的半圓，抄到了匈奴軍的屁股後面。休屠王和昆邪王只把眼睛盯著東方，做夢也沒有想到漢軍已經埋伏在身後。霍去病會集部將趙破奴、高不識、僕多等，進行了最後的戰爭動員。隨後一聲令下，驍勇的漢軍猶如神兵天降，以迅雷不及掩耳之勢，突入匈奴軍營，大砍大殺。匈奴軍驚慌失措，不明白漢軍從何而來，有的逃跑，有的投降，許多人尚未反應過來，便成了刀下之鬼。

這是一場短兵相接的戰鬥，殘酷而慘烈。結果，漢軍殺死匈奴軍三萬餘人，俘擄七千餘人，殺死匈奴遬濮王，俘擄匈奴單桓王、酋塗王、稽沮王、呼于耆王，以及單于閼氏、番王、王母、王子六十四人，相國、將軍、當戶、都尉六十三人。霍去病的騎兵，也有兩千人多人命喪戰場。

這次戰役，開創了中國古代騎兵縱深迂迴，圍殲敵人的戰略戰術。霍去病以少勝多，以弱克強，表現出了非凡的膽略和頑強的意志。實踐證明，他是一位出類拔萃的軍事家。勝利捷報傳到長安，整個京師沸騰了，人們由衷地稱讚說：「霍去病，好樣的！你赤膽忠心，英勇無畏，真是大漢的英雄，民族的驕傲！」

霍去病班師回朝。長安人民興高采烈，歡迎英雄凱旋。武帝早就頒下旨來：霍去病封邑再增加五千四百戶；隨征將士均有封賞，其中趙破奴封從驃侯，高不識封宜冠侯，僕多封煇渠侯。公孫敖和張騫貽誤軍機當斬，由其家人贖為庶人。

衛青迎接霍去病，忍不住告訴外甥一個喜訊，說：「去病！你當爸爸啦！」

「得是？」霍去病高興得跳了起來，說：「快說，是兒子還是女兒？」

衛青故意逗逗外甥，說：「你猜猜？」

「舅舅！你就別賣關子了，快告訴我吧！」

衛青一拍霍去病的肩膀，說：「金娥給你生個胖小子！」

「得是？胖小子好啊，日後跟他爹一樣，也上戰場打匈奴！」霍去病急切地想看到妻子和兒子，迅速安排了軍務，快馬加鞭地馳回了衛府。

那麼，霍去病是什麼時候結婚的呢？他的妻子金娥又是什麼人呢？這裡另有一段曲折。

武帝的生母王太后最早的時候，不是嫁給金王孫為妻嗎？她生了女兒金俗後，才和金王孫離婚，從而進入皇宮。她意外地得到了漢景帝的寵愛，又生了三個女兒和武帝。武帝即位，尊母親為太后，得知在平陽公主劉玫之前，還有金俗這麼個姐姐。為使太后母女團圓，武帝不惜以皇帝之尊，親去咸陽，接回金俗，封為修成君，賜予府第、田產和奴婢等，讓她過上了榮華富貴的生活。

金俗生有女兒叫金娥，也就是王太后的外孫女，武帝的外甥女，搖身一變，成了一位尊貴的豪門千金。金娥漸漸長大，算不上什麼天姿國色，恰也是端端正正，娉娉婷婷。王太后在世的時候，一心想使金娥嫁個王爺，成為王后或王妃，這樣金俗就會永享榮華富貴。她逐一觀察各個諸侯王，覺得齊王劉次昌風度翩翩，年輕有為。於是，她派宦官徐甲前去說媒。徐甲前往齊國一打聽，方知劉次昌已經有了王妃，而且還和庶姐通姦。徐甲回報，王太后懊惱不已，說：「罷了罷了。」她心猶不死，轉而看中了淮南王劉安的太子劉遷。輪輩份，劉遷長於金娥一輩。王太后卻全然不顧，硬要劉安作主，讓劉遷娶金娥為妃，而且將金娥送到了淮南。劉安模稜兩可，嘴上答應這門親事，心裡卻犯嘀咕。因為他正蓄意謀反，武帝的外甥女一旦成為兒媳，那麼自己的謀劃還有什麼祕密可言？所以，金娥儘管到了淮南，他卻遲遲不讓劉遷和金娥完婚。

正在這時候，王太后病故了。劉安巴不得已，立刻派人將金娥送回長安，理由是金娥身分尊貴，自己的兒子不敢高攀。

元朔五年（西元前一二四年），霍去病十七歲。衛媼一天和女兒子夫說起霍去病的婚事。子夫樂得一拍手，說：「眼前就有一位千金小姐，何必另尋旁人？」

衛媼說：「你指誰？」

子夫說：「金娥呀！她的年齡和去病相仿，而且模樣端正，性格溫順，通情達禮，手腳勤快，正好和去病般配。」

衛媼點頭，說：「倒也是。」

子夫回宮，把這意思告訴武帝。武帝高興，說：「很好，金童玉女，天作地合，果真是一樁好姻緣。」

於是，武帝和子夫賜婚，霍去病和金娥結成夫妻。這樣，霍去病就成了武帝的外甥女婿，衛氏外戚和皇家的關係更加親密了。

霍去病是由衛媼撫養成人的，一直住在衛府。他結婚以後仍然不願單獨居住，堅持要和姥姥、舅舅等住在一起。他對生母衛少兒態度如初，視若生人，從未叫過她一聲娘。

從一定意義上說，金娥是因禍得福。後來，齊王劉次昌受了主父偃的彈劾，自殺而死；淮南王劉安反情敗露，劉遷被斬首。她若嫁給劉次昌或劉遷，那麼還能成為堂堂的冠軍侯和驃騎將軍夫人嗎？

霍去病飛快地回到衛府，大步跨進住所的大房。金娥正給兒子餵奶，臉上洋溢著母親幸福的笑容。金娥見到丈夫，先是一愣，接著驚喜地說：「你回來了？」

霍去病急匆匆地說：「快！讓我先抱抱兒子。」他從金娥手中抱過兒子，仔細端詳，哈哈大笑，說：「嗯！像我，像我！」

金娥靦腆地一笑，說：「有其父必有其子。小傢伙一生下來，哭聲可洪亮啦！姥姥說，他日後也能當將軍。」

霍去病說：「當將軍好，騎馬射箭，衝鋒陷陣，那才過癮！」

金娥說：「你回來了，得趕快給兒子起個名字。」

霍去病說：「兒子的名字，應該讓姥姥和舅舅起嘛！」

金娥說：「姥姥和舅舅說了，兒子的名字得爹給起。」

霍去病想了想，說：「那好，我就給兒子起個名字，叫霍嬗。『嬗』是傳承的意思，又有演變的意思。希望我們的兒子能傳承爹的品質，並且發揚光大，變得更加英勇無畏。」

這時，衛媼、春月、衛登、衛伉、衛騧等一起到來。霍去病趕忙向衛媼請安。衛媼拉著霍去病，左看右看，說：「這次出征，沒傷著吧？」
霍去病挺挺胸脯，說：「好好的，沒傷著一根汗毛。」
衛媼說：「那就好，那就好。」
春月說：「去病當爸爸了，看把他高興的！」
霍去病說：「那是！舅舅是將軍，我是將軍，我們的兒子將來還要當將軍。」
衛登、衛伐、衛騧說：「我們長大也當將軍。」
衛媼笑得合不攏嘴，說：「行！你們全當將軍，我這個老太婆就是將軍母親、將軍姥姥、將軍奶奶、將軍老太太。」
衛媼幾句話，逗得春月、去病、金娥等都大笑起來。
霍去病連續建立功勳，武帝真是太高興太喜愛了。大漢要強盛，大漢要尊嚴，大漢要開疆拓土，威服天下，最需要的就是像霍去病這樣的人才。先前出了個衛青，如今又出了個霍去病。衛、霍舅甥，每戰必勝，大長了大漢的志氣，大滅了匈奴的威風，古往今來，何曾出現過這樣的局面呢？
武帝視衛青和霍去病為自己的左膀右臂，凡軍事方面的問題，必和他們商量，然後決策。一次，武帝叮囑霍去病，還應學學孫吳兵法。霍去病回答說：「為將之道，必須根據實際情況，隨時運謀，不必拘泥於古法。」武帝考慮到霍去病已有兒子，準備另賜他一座府邸。霍去病婉言相拒，說：「匈奴未滅，無以家為！」
霍去病大忠大勇的品格和憂國忘家的情懷，使武帝深為感動。武帝的心目中，一個衛青，一個霍去病，地位和作用幾乎完全相等，再無什麼高下之分了。

夏末秋初，武帝突然接到駐防隴西的大行令李息飛馬送回的邊報，說匈奴休屠王和昆邪王派遣使者到隴西，表示願意率部降漢，請予聖裁。武帝讀了邊報，大感意外，接著哈哈大笑，說：「匈奴啊匈奴！你不是很強大嗎？怎麼輕而易舉地就認輸了和屈服了？投降可以，但要徹底解除武裝，乖乖地做我大漢的臣民。」他立刻召集群臣，商討受降的有關事宜。

這是一次特殊的朝會。未央宮前殿笑語喧嘩，喜氣洋溢。文武大臣們得知匈奴休屠王和昆邪王請求投降的消息，無不眉飛色舞，喜在心上，笑在臉上。武帝目視臣屬，激動地說：「這些年來，我們和匈奴幾乎年年打仗。經過河南戰役、漠南戰役和河西戰役，總算讓匈奴嘗到了大漢的厲害。實踐證明，匈奴並沒有什麼可怕，只要我們樹立信心，下定決心，實行正確的戰略戰術，我們就一定能夠打敗他們。現在，匈奴河西二王請求投降，這是一個信號，表明匈奴內部發生分裂，他們再沒有和大漢抗衡的實力了。因此，朕決定接受投降。這樣，不僅斬斷了匈奴的右臂，而且打通了大漢通使西域的道路，有利無害。下一步，我們要集中兵力，對付匈奴單于和左賢王，把禍害大漢的毒瘤連根剜掉！」

丞相李蔡說：「匈奴歷來刁詐多變，反覆無常，這次投降會不會是故意設下的圈套，企圖以詐降做誘餌，趁機襲我邊防？」

衛青說：「休屠王和昆邪王在河西戰役中受到重創，匈奴單于必然降罪他們。二王走投無路，這才被迫降漢。詐降不大可能，但我們要做好兩手準備：真降，歡迎；詐降，就毫不留情地將他們消滅！」

武帝點頭，說：「沒錯，我們是要做好兩手準備。那麼誰去隴西受降呢？」

文武大臣不約而同地把目光投向霍去病。因為霍去病年輕英武，有勇有謀，熟悉河西情況，足以擔當大任。匈奴真降，他的官職和威望當得起漢朝的高級使臣；匈奴詐降，他的膽略和智慧能夠克敵制勝。

霍去病恰也當仁不讓，抱拳說：「臣願率兵受降！」

武帝大喜，說：「好！那麼，你準備率多少兵馬前往受降呢？」

霍去病說：「兵馬在精不在多，一萬精銳騎兵足矣！」

武帝素來欣賞霍去病的豪氣，說：「行！一萬精銳騎兵，由你挑選。另外，朕命李息部二萬兵馬，歸你節制。你說過，為將之道，要善於根據實際情況，隨時運謀。這次受降，就全看你的了。」

霍去病說：「陛下放心！臣自會見機行事，不辱聖命！」

霍去病率領著精銳騎兵，很快抵達隴西。李息迎接，報告了匈奴二王的最新情況。原來，河西戰役以後，匈奴伊稚斜單于因為休屠王、昆邪王連連慘敗而惱火，大罵二王無能，有損國威。當時，匈奴國中流傳一首歌謠，唱道：「亡我祁連山，使我六畜不蕃息！失我焉支山，使我婦女無顏色！」伊稚斜聽了歌謠，更加震怒，接連頒旨，宣召休屠王和昆邪王速赴王庭，準備將二人處死。休屠王和昆邪王嚇得渾身發抖，與其赴王庭送命，不如歸降漢朝，尚可保命。二人略一商量，遂派遣使者和李息聯繫，請求投降。期間，休屠王越想越不對勁，突然變卦，又不願降漢。昆邪王箭在弦上，不得不發，索性發兵攻襲休屠王，將他殺死，兩部併作一部，共四萬多人，駐軍黃河西岸，單等漢軍前來受降。

霍去病了解到這些情況，立刻做了周密部署。他自己率領一萬騎兵西渡黃河，李息部二萬兵馬原地待命，準備接應。漢軍和匈奴軍兩相對峙，劍拔弩張。昆邪王的裨將見漢軍人數不多，頓時又心生他想，徘徊觀望，甚至蠢蠢欲試，企圖襲擊漢軍。霍去病早就做好了兩手準備，一面直接馳入匈奴軍，與昆邪王當面談判；一面命部將出擊，斬殺那些膽敢輕舉妄動的敵人。漢軍將士英勇無比，當場擊斃心懷二心的匈奴軍八千餘人。昆邪王還算老實，命令裨將解除武裝，乖乖投降。霍去病命部將收繳了匈奴軍的兵器，同時將昆邪王及其四個裨王，東渡黃河，由李息陪同，用快車送往長安。他則和騎兵一起，押著三萬多名投降的匈奴士兵，緩緩而行。

武帝提前接到報告，喜出望外。為了表示大漢的氣派，他命長安令許槐火速徵調戰車二千輛，前去迎接投降的敵人。許槐費了九牛二虎之力，徵車徵馬，怎奈長安車馬有限，遲遲不能湊齊。武帝認為許槐辦事不力，喝令推出斬首。其時，正直的汲黯已升任右內史，進言說：「長安令無罪，要斬請斬我汲黯好了。」

武帝不解，說：「你這是什麼意思？」

汲黯不慌不忙，說：「匈奴昆邪王來降，自有傳驛接送，足夠了。皇上又何必興師動眾，疲敝百姓，格外禮遇夷人呢？」

武帝細想，汲黯所言，倒也在理，所以收回成命，赦免了許槐的死罪。

昆邪王等由李息陪同，不日便到長安。武帝特在未央宮前殿召見，百官侍立。昆邪王誠惶誠恐，跪拜在地，用不很流利的漢語說：「蕃臣拜見大漢皇帝，願大漢皇帝萬壽無疆！」昆邪王的裨王亦跪拜在地，說著同樣的頌詞。

昆邪王在匈奴國，地位僅次於單于和左、右賢王。武帝是第一次見到這樣高級別的異國人物，見他畢恭畢敬，聽他自稱「蕃臣」，心頭有著一種難以抑制的興奮、喜悅和滿足。他一抬手，說：「平身！」

「謝皇上！」昆邪王等起立，看到大漢皇帝三十五六歲，金冠冕服，氣宇軒昂，暗暗吃驚，心想：他是一位多麼傑出的皇帝啊！再看大漢濟濟一堂的臣屬，以及未央宮裡富麗堂皇的陳設，更是羡慕，心想：難怪匈奴不是大漢的對手呢！

武帝滿臉驕矜之色，說：「你等歸降大漢，便是朕的臣民。朕胸懷天下，富有四海，自當一視同仁，妥善安排你等的生活。」接著，武帝頒旨，宣布封昆邪王為漯陰侯，封邑萬戶；昆邪王的裨王呼毒泥封下摩侯，雁疪封煇渠侯，禽黎封河綦侯，調雖封常樂侯。同時給予他們豐厚的賞賜，金銀珍寶像是流水似的，幾天內就從府庫裡支出上百億緡。

昆邪王等看到大漢皇帝這樣的大度和大方，歡天喜地，反覆跪拜，感謝聖恩。

半月後，霍去病回朝覆命。霍去病河西受降，又立奇功。武帝歡喜不盡，再給他增加封邑一千七百戶。霍去病回朝，帶回一個少年，名叫日磾，乃匈奴休屠王的太子，年方十四歲。武帝念他孤苦伶仃，命罰作官奴，在黃門處養馬。日磾養馬很是精心，將馬養得膘肥體壯，滾瓜流油。武帝喜歡這個少年，提拔他為馬監，未幾又提拔為侍中，並賜姓金，叫做金日磾。這個金日磾虛心學習漢朝文化，後來成為武帝的一位心腹重臣。

接下來的問題是如何處置那些投降的匈奴士兵。武帝徵求了群臣的意見後，決定將他們分散，分別安置於隴西、北地、上郡、朔方、雲中五郡，尊重其社會制度和風俗習慣，史稱「五屬國」。至於河西走廊地區，則陸續設立武威郡（今甘肅民勤東北）、酒泉郡（今甘肅酒泉）、張掖郡（今甘肅張掖北）和敦煌郡（今甘肅敦煌西），由朝廷委派官吏，進行行政管理，史稱「河西四郡」。這樣，漢朝的政治區劃就向西部大大延伸，從金城直到鹽澤（今新疆羅布泊）一帶，匈奴勢力幾乎絕跡，漢朝通往西域的道路完全打通了。

河西戰役的勝利，匈奴昆邪王的歸降，意味著匈奴西部戰線徹底崩潰，失去了侵擾漢朝邊境的能力。武帝及時做出調整，將隴西、北地、上郡的兵馬削減一半，充實到東方，把攻擊的矛頭直接指向匈奴單于和左賢王。可是，一場突如其來的大水打亂了武帝的部署，同時國家財政也出現了危機，攻伐匈奴的戰爭因此不得不暫停一年。

元狩三年（西元前一二〇年），從春天到秋天，老天爺故意搗亂似的，不停地降雨，致使長江、黃河、淮河等大江大河洪水氾濫，關東廣大地區房塌田毀，一片汪洋，受災百姓數以百萬計，苦不堪言。各郡縣的警報，雪片一樣飛到長安，無非是告急求援，懇請朝廷出錢出物，賑濟災民。武帝心急火燎，親自到府庫察看一番，這一察看不由得吸了一口涼氣，原來多年的戰爭、浩大的工程和無盡的封賞，錢物只出不進，府庫近乎空竭。他想到即位之初陳穀散錢、粟紅貫朽的情景，覺得不可思議，自言自語地說：「怎麼會是這樣呢？怎麼會是這樣呢？」

武帝立刻召開會議，研究面臨的嚴峻形勢。他說：「現在，我們正處於一個非常時期。攻滅匈奴的戰爭還要繼續，關東上百萬的災民等待救濟。然而，府庫裡的錢物所剩無幾，入不敷出，怎麼辦？怎麼辦？」

武帝連問兩個「怎麼辦」，大臣們卻無人吭聲。他們所想的是，皇帝這些年來，辦事過於鋪張，花錢毫無節制，比如封賞匈奴昆邪王，一下子就是上百億緡，至於嗎？現在，國家財政陷入困境，你問怎麼辦，誰知道呢？

武帝從大臣們的臉上看出了門道，說：「朕知道你們心中有氣，氣朕大手大腳，氣朕花錢如水。可是氣又有何用？問題總得解決呀！戰爭是要進行的，災民是要救濟的，這是當務之急。你們都給朕開動腦筋，集思廣益，一定要找出解決問題的辦法來！」

大將軍衛青咳嗽一聲，說：「關於救災，臣倒有一法，就是移民。河套地區和河西走廊剛剛收復，土地肥沃，人口稀少，可以組織災民遷移到那裡居住，開荒種地，無須多久，便可豐衣足食。」

武帝眼睛一亮，說：「好辦法！河套地區和河西走廊安置有不少匈奴人，災民遷居那裡，不僅可以解決溫飽問題，而且利於民族融合，加強大漢的西部邊防。」

丞相李蔡說：「移民的辦法不錯，可是這個量太大，實行起來，怕很困難。」

武帝說：「做什麼事沒有困難？重要的是去做，而且要克服困難，把它做好。滄海橫流，方顯英雄本色。只能在池塘裡划槳盪舟，那算什麼本事？這事就這麼著，你李丞相今年的任務，就是負責移民。移民的費用，朝廷給予補助；安家落戶以後，朝廷貸給牲畜和種子。務要使災民移得動，住得穩。」

這是一件痲煩事。李蔡推脫不得，硬著頭皮答應說：「臣遵旨！」

武帝轉變話題，說：「現在再來研究錢的問題。打仗、救災、移民、治河，都得花錢。錢從哪裡來？眼下，朝廷沒錢，農民沒錢，那麼誰有錢呢？我們又該用什麼方法，讓他們把錢拿出來呢？」

御史大夫張湯扶了扶頭上的法冠，說：「要說有錢，地方豪強最有錢，包括大地主、大商賈、大手工業主。他們靠鑄錢冶鐵，靠煮鹽釀酒，靠放高利貸，積攢了大量錢財，富得流油，勝過王侯。這些人有錢就有勢，勾通官府，召集亡命，橫行鄉里，魚肉百姓，什麼壞事都做得出來。皇上心腸仁慈，曾想樹立一個卜式為榜樣，鼓勵富人自願捐錢捐物，支援國家。但那是杯水車薪，於事無補。富豪大多為富不仁，愛財如命，對付他們，必須要用鐵的手腕。」

張湯說到卜式，使武帝想起了其人其事。卜式，河南（今河南洛陽一帶）人，依靠放牧發家，從而成為一個大畜牧主，擁有牛羊千餘隻（頭）以及許多房屋田產。元朔年間，武帝攻伐匈奴，規模空前，勝利空前，軍費開支之大也是空前。卜式看到這種情況，主動上書武帝，自願捐獻一半家產，以助朝廷邊防。武帝感到奇怪，專門派遣使者前往訪問，了解卜式這樣做的動機。

使者詢問卜式說：「你是不是想做官呀？」

卜式回答說：「我從小就放牧羊群，對於做官一竅不通。我不想做官。」

「那麼，你或許有什麼冤屈事，想藉此上訴申冤吧？」

「我生來不和別人爭執。鄉里有窮人，我就借給他錢、米；鄉里有惡人，我就勸導他學好。因此，我所住的地方，人人愛戴我和擁護我，我哪有什麼冤屈事？」

使者糊塗了，說：「那麼，你捐獻一半家產給朝廷，究竟為了什麼呢？」

卜式說：「天子討伐匈奴，歸根到底是為了國家，為了人民。我認為有才幹的人應該效命，有錢財的人應該捐獻。只有這樣，才能將匈奴消滅。」

使者回報武帝。武帝徵求丞相公孫弘的意見，是否接受卜式的捐獻？公孫弘以己之心，度人之腹，說：「卜式一不貪官，二不愛財，憑空把一半家產捐獻出來，這太不合乎人情。此人肯定屬於不軌之徒，懷有不可告人的企圖。所以，陛下萬萬不可接受捐獻，以免亂了朝廷的法度。」

武帝當時正寵信著公孫弘，所以就將此事擱置不提，未予理會。上年，也就是匈奴昆邪王降漢的時候，卜式又將二十萬緡錢捐給官府。河南太守將捐錢的富人名冊呈報朝廷。武帝見到卜式的名字，大感興趣，說：「他就是前些年想捐一半家產給朝廷的那個人！」武帝覺得這樣的富人應該受到表彰，所以特地賜給卜式四百個免除勞役的名額。不想，卜式卻將名額退給官府，還說交納賦稅和服役乃平民的本分，自己不能享受特權。這樣一來，武帝更加認定卜式品行高尚，絕對忠順於朝廷，一道聖旨，便將他召至長安，任命為中郎，賜爵左庶長，賜田十頃，並布告天下，號召國人向卜式學習。

卜式呢？他可不想當官，堅決推辭。武帝說：「那好，朕的上林苑中也有羊群，你就給朕牧羊吧！」卜式樂意牧羊，不久，所牧羊群肥肥大大，母羊又產下很多羊羔。武帝一次射獵上林苑，看到羊群，十分高興，誇獎卜式的能耐。卜式說：「皇上治民和臣牧羊是一個道理，無非是隨時省察，去惡留善，毋令敗群。」武帝一想，此話很有見地，回宮後即頒詔令，任命卜式為緱氏（今河南偃師東南）令。卜式這回卻未推辭，高高興興地赴任去了。

武帝想起卜式，說：「卜式那樣的富人，心裡有國家有朝廷，還是不錯的，可惜那樣的人太少了。現在的富人，正如張湯所說，大多為富不仁，就像鐵公雞，拔一毛而利天下，他都不幹。這樣不行，我們就是要想辦法，在他鐵公雞身上拔下毛來！」

張湯說：「辦法是有的，只是非要大動作不可。第一，可以改革貨幣，廢除通行的四銖錢，改用新造的貨幣代替。而且要將鑄錢權收歸中央，諸侯國和郡縣不得鑄錢，私鑄者違法，罪當處死。第二，實行算緡，就是向富豪徵收財產稅，包括土地、家產、車、船、奴婢等，都得交稅，稅額寧高勿低。如有隱匿或偷漏稅的，加重處罰。這是一筆相當可觀的收入。第三，設置均輸法和平準官，郡國向朝廷貢獻土特產，朝廷予以轉賣，低進高出，接濟國用。」

侍中桑弘羊精於計算，說：「臣補充一條辦法，就是鹽、鐵、酒的經營，利潤巨大。以前，這些重要物資都由地方或私人經營，富了豪強，虧了朝廷。現在，可以將鹽、鐵、酒收為官業，實行壟斷，統由朝廷專賣。這個收入奇大無比，足以充盈國家府庫。」

武帝聽了這些辦法，激動不已，說：「嗨！真是太好啦！張湯和桑弘羊所言，讓人開竅，令人振奮。端著金飯碗，還能餓死人？大地主、大商賈、大手工業主的錢財多數來路不正，現在要叫他們吐出來，為國所用，為民所用。是不是這樣？張湯、桑弘羊，你二人的任務就是制定新的政策，採取一切可行的措施，廣開財源，讓國家的府庫重新充盈起來。俗話說：財大氣粗。我們只要有了足夠的財力做保障，那麼移民、打仗等事，均好辦理。」

張湯、桑弘羊說：「遵旨！」

從元狩三年（西元前一二〇年）到元狩四年（西元前一一九年），漢朝雖然遇到了前所未有的困難，但是由於武帝和群臣的共同努力，各項事業還是取得了明顯成效。移民總數高達七十二萬多人，他們拖家帶口，千里迢迢，遷居他鄉，另謀生計，其中的艱難可想而知。但是，這件事居然完成了，而且相當完滿。昆明池全面竣工，發揮綜合效益。改革貨幣和算緡按計劃進行。廢除四銖錢，更鑄三銖錢，同時發行兩種大額新幣：白鹿皮幣，鹿皮方尺，緣飾紋藻，每張值四十萬緡錢；「白金」幣，銀鉛合金，三種規格，分別值三千、五百、三百緡錢。算緡一年一算，稅額提高到資本總額的百分之六。鹽、鐵經營收歸朝廷，禁止私人煮鹽和冶鐵，起用東郭咸陽和孔僅，任命為大農丞，主管鹽、鐵專賣事項。這些措施都是針對大地主、大商賈和大手工業主的，結果使地方豪強勢力遭到了沉重的打擊，朝廷收入猛增，國家財政狀況大大好轉。

武帝看到府庫的金錢、糧食、絹帛一天天地多了起來，笑上眉梢，喜盈心頭。有了堅實的物質基礎，武帝雄心更雄，壯志更壯，決定加快步伐，完成平生最大的夙願：消滅匈奴，威服四海，做一個開天闢地以來最偉大最風光的皇帝。

第十四章

大漠狂飆

匈奴伊稚斜單于眼看著昆邪王率部降漢，河西廣大地區盡入漢朝版圖，氣得眼睛發紅，咆哮如雷。他是以昏庸無能為由，殺死兄長軍臣單于而登上單于寶座的，沒想到他比軍臣單于更昏庸更無能，因而激起了部族的強烈不滿和嘲笑。他的手下尚有數萬名騎兵，此外就是東方的左賢王，也統領著數萬名騎兵。伊稚斜一方面把王庭撤到大漠以北，以圖自保；一方面命令左賢王不時入侵漢境，旨在顯示匈奴還有實力，足以與漢朝相抗衡。

那個曾降漢朝封為翕侯的趙信，重新回歸匈奴，極受器重，成為伊稚斜的得力參謀。趙信給伊稚斜獻計說：「大王穩居漠北，盡可高枕無憂。大漠相當於一道天塹，別說漢軍無法渡過，即使能夠渡過，也是疲憊不堪。那時我們以逸待勞，出擊疲憊之敵，必能大獲全勝。」伊稚斜點頭稱是，因此更加寵信趙信，封趙信為小王，還築一城供其居住，城名便叫趙信城（今蒙古杭愛山附近）。

漢武帝劉徹洞察匈奴收縮戰線、間或挑釁的意圖。他很清楚，匈奴單于和左賢王的主力不滅，大漢北部邊境就無安全可言。更重要的是匈奴右臂已經斬斷，正像一隻受傷的野獸，對於這隻野獸，必須趁熱打鐵，一鼓作氣，將其生擒或殺死。否則，它會喘息，它會療傷，痊癒後會更加瘋狂和凶惡地反撲傷人。元狩四年（西元前一一九年）春天，武帝再次召開軍事會議，部署新的軍事行動。他說：「自從朕做出『滅胡』的決策以來，我們攻伐匈奴的戰爭取得了一連串的勝利。實踐表明，匈奴一天不滅，大漢就一天不得安寧。現在，伊稚斜龜縮於漠北，左賢王出沒於東方，憑藉大漠，垂死頑抗。朕以為眼下正是『滅胡』的最好機會，只有全殲匈奴單于和左賢王的主力，才能永遠根絕後患。」

衛青第一個表態，說：「陛下為國為民，深謀遠慮，所見英明。」

霍去病接著表態，說：「陛下儘管下令，臣願統兵，直搗匈奴王庭，活捉單于和左賢王。」

武帝指著御案上的沙盤地圖，說：「直搗匈奴王庭，並非易事。吶！這裡是廣闊無邊的大漠，我軍要穿越大漠作戰，困難會很大很大。」

衛青說：「問題在於後勤供應，只要供應跟得上，穿越大漠不成問題。」

霍去病說：「是啊！臣在河西戰役中，就曾穿越騰格里沙漠和巴丹吉林沙漠。事在人為。只要有堅強的意志和毅力，大漠難不倒我們。再說，匈奴單于心存僥倖，錯誤地認為漢軍不敢穿越大漠。這一點，正好可以利用，我們偏偏穿越大漠，火速進軍，打他個措手不及。」

武帝目光炯炯，興奮地說：「好！明知山有虎，偏向虎山行，我們就打到漠北去，消滅匈奴的主力軍。從現在起，舉國上下，都要緊張地行動起來，精心準備。夏天出兵，速戰速決，一切為了前線，一切為了『滅胡』，凝聚所有的力量，奪取最大的勝利！」

這次軍事會議，拉開了大漢和匈奴決戰的帷幕。各地兵馬、軍械、糧草齊向長安集結，熱火朝天，盛況空前。轉眼到了夏天，武帝調兵遣將，組建起兩大集團軍，共十萬名精銳騎兵。第一集團軍，以大將軍衛青為統帥，率五萬騎兵，下置四位將軍：李廣為前將軍，公孫賀為左將軍，趙食其為右將軍，曹襄為後將軍。李廣時任郎中令，年過六旬，本來不在出征之列。怎奈此人偏不服老，堅持要上前線。武帝安撫他的情緒，故任命為前將軍，特別叮囑衛青說：「李廣年老氣傲，命相乖蹇，毋使獨擋單于。」第二集團軍，以驃騎將軍霍去病為統帥，也率五萬騎兵。霍部騎兵都是英勇果敢之士，其中包括從驃侯趙破奴、右北平太守路博德、李廣之子李敢，以及匈奴降將安稽等。為了保障後勤供應，另外組織起五十萬步兵、民夫運輸隊伍，馱運物資裝備的騾馬就有十四萬匹。

按照預定的計畫，衛青部從定襄出塞，進擊左賢王；霍去病部從代郡出塞，進擊伊稚斜單于。兩大集團軍迅速深入大漠，向北挺進。這是自古以來罕見的攻伐大軍，戰馬奔馳，車輪滾滾，旌旗蔽日，刀劍鮮明。將士們一個個精神抖擻，士氣高昂，決心為國家而戰，為民族而戰，充滿壯懷激烈的雄心和豪情。

大漠，那是一片神奇的土地。丘陵遍布，溝壑縱橫，沙嶺連著沙嶺，就像金色的波濤，高低起伏，綿延不絕。大漠的氣候變化無常。忽兒烈日當空，沙粒發燙；忽兒風起雲湧，沙飛石走。陰晴轉換，全在一瞬間。英勇的漢軍，長途跋涉，歷盡艱難，憑著堅韌不拔的頑強毅力和團結精神，順利穿越了這一「死亡地帶」。最可貴的還是那支後勤供應隊伍，他們多是徒步，肩扛背負，驅趕騾馬，在荒涼的大漠上，踩出一條千里「補給線」，騎兵前鋒前進到哪裡，物資裝備運送到哪裡，有效地保障了軍械、糧草的供應。

兩大集團軍渡過大漠方才發現，衛部和霍部捕捉的目標，與預期的正好相反：衛青遇到的是匈奴伊稚斜單于的主力，霍去病遇到的卻是左賢王的主力。再做變更是不可能的，只能面對現實，沉著冷靜，運用智謀，殲滅敵人。

衛青部深入漠北已經一千多里。伊稚斜聽從趙信的計策，將王庭遷至更遠的北方，親率主力以逸待勞，專候漢軍。衛青偵察到這一情況，命李廣前軍和趙食其右軍合兵東行，限期會合，進攻伊稚斜的側翼；自己則率領中軍向北挺進，進攻伊稚斜的正面。李廣很不樂意，說：「我為前將軍，大將軍為何命我繞道東行？況且，我自結髮時就與匈奴作戰，威震敵膽。我願自領一軍，獨戰匈奴，拼著一死，也要砍下單于的頭顱！」衛青記著武帝的叮囑，不敢造次，堅持命李廣和趙食其合兵東行。李廣一臉傲氣，嫌他衛青過於老成，居然不打招呼，扭頭而去。這位「飛將軍」自以為能，勉強和趙食其合兵，然而在行軍中卻迷失了方向，沒有按期到達會合地點。這樣，衛青只能孤軍作戰，陡然增加了意外的風險。

衛青審時度勢，鎮定自若。他命部下用武剛車（一種有皮革防護的戰車）圍成圓形的堅固營壘，將精銳騎兵隱藏起來，偃息旗鼓。然後派出五千名騎兵，向伊稚斜發動進攻。伊稚斜看了看漢軍的陣勢，驕傲地一笑，以為漢軍能夠投入戰鬥的僅僅五千人而已，營壘中必是一些疲憊的傷員和輜重。他很得意，立刻親率萬名騎兵衝殺過來。

雙方展開惡戰。沒有人退縮，因為退縮就意味著死亡。金鼓齊鳴，人吼馬嘶，刀光劍影，血肉橫飛，五千漢軍死死纏住一萬匈奴軍，誰也沒佔上風。雙方直戰到黃昏時分，天氣突變，大風驟起，黃沙撲面，天昏地暗，兩軍對陣，只聞其聲，不見其人。衛青抓住這一時機，一聲令下，武剛車圓陣敞開，隱藏在營壘內的鐵騎呼嘯而出，就像黑色旋風，分成兩股，從左右兩側包抄敵人。頓時，殺聲震天，蹄聲撼地，戰場上鋪天蓋地，全是大漢的戰馬，大漢的士兵。鐵騎所到之處，匈奴軍人仰馬翻，死傷一片。伊稚斜單于驚呼：「上當了！上當了！」關鍵時刻，他丟棄了他的部下，慌忙撥轉馬頭，由數百名親隨護衛，趁著蒼茫暮色，奮力突圍，落荒而逃。

戰鬥仍在繼續。深夜，衛青從捕獲的俘虜口中知道，伊稚斜已經逃往西北方向。衛青立即派出一支輕騎兵，連夜追擊。輕騎兵追擊二百多里，不見伊稚斜蹤跡，這才停止下來。

這場大戰，衛青雖然沒有捉住匈奴單于，但殲滅了伊稚斜的主力，共殺死和俘虜匈奴軍一萬九千餘人。戰後，衛青統領漢軍，進抵寘顏山（今蒙古杭愛山南），入住趙信城。趙信城裡有匈奴軍的大量屯糧。衛青在那裡獲得補給，停留一日，隨後班師。班師時，放火燒毀了趙信城。

當衛青激戰匈奴單于的時候，霍去病的騎兵已深入漠北二千餘里，遭遇匈奴左賢王的主力，發起了猛烈的攻擊。左賢王生性狡猾，善於保存實力，所以部下兵馬多達七八萬人。他乍見漢軍，特別是見漢軍高舉著的斗大「霍」字帥旗時，簡直不敢相信自己的眼睛，驚慌地說：「他……他們是從地底下鑽出來的不成？」他久聞霍去病的威名，不敢和漢軍正面交鋒，只顧自己逃跑。霍去病指揮五萬精銳，突入敵陣，勢如狂飆。共殺死和俘虜匈奴軍七萬餘人，擊斃北車耆王，抓捕葷允王、屯頭王、韓王，以及將軍、相國、當戶、都尉八十三人。

霍去病乘勢追擊左賢王。大軍一直到達狼居山（今蒙古烏蘭巴托東）。在該山的主峰上，霍去病積土為壇，舉行了祭天儀式。隨後又在附近的姑衍山，舉行了祭地儀式。大軍繼續北進，搜捕殘敵，登臨翰海（今俄羅斯貝加爾湖），回師凱旋。

漠北之戰，是漢朝和匈奴之間規模最大的一場決戰。這場決戰，使匈奴遭到了毀滅性的打擊，完全喪失了元氣，一時再無力量振兵南侵。漢朝方面也付出了沉重的代價，士兵死了一萬多人，戰馬損失十餘萬匹。匈奴單于為了休養生息，只得將王庭遷移到更遠的北方。從此，漠南無王庭，漢朝邊境出現了十餘年和平、安定的局面。

衛青和霍去病漠北大捷，早由飛馬將捷報送到長安。武帝和文武百官，以及全城百姓，歡欣鼓舞，激動萬分。大漢和匈奴作戰十餘年，等待的就是取得輝煌勝利的一天。這一天終於到來了，人們內心的喜悅、興奮、驕傲和自豪，變成歡笑，掛在臉上；化作淚水，任情流淌。所有人都在議論，所有人都在期盼：抗擊匈奴的英雄啊，快快回來吧！

衛青大軍班師，念念不忘迷失了方向的李廣和趙食其。直到漠南，李、趙二將方才率領本部追趕上了大隊兵馬。他們這次出征，等於在大漠上白走了一個來回，沒有投入任何戰鬥，空耗了大量軍資。衛青派遣軍中長史詢問李、趙貽誤軍機的緣由。趙食其無言以對。李廣倒很爽快，說：「諸校尉無罪，貽誤軍機，責任在我，我自當領罪。」他召集自己的部下，從容地說：「我李廣自結髮時便與匈奴交手，經歷大小七十餘戰。這次有幸跟隨大將軍再次出征，不想卻迷失道路，貽誤軍機，豈非天哉！我李廣已經六十多歲，死不為夭，怎能再對刀筆小吏，乞憐求生？罷罷！今日便與各位長別了！」說著，拔了佩刀，一抹脖子，自刎倒地。眾人搶救不及，眼看著李廣斃命身亡。衛青聽說其事，嗟歎不已。

霍去病大軍班師，路過平陽，訪知生父仍然健在。他的生父是誰？便是那個霍仲孺。霍仲孺早年在長安平陽侯府當管家，憑著甜言蜜語和小恩小惠的手段，勾引衛媼的二女兒衛少兒，致使衛少兒未婚先孕，生了一個兒子。這個兒子就是霍去病。衛少兒生性風流，生了兒子以後，又與陳掌鬼混，執意和陳掌結婚。霍仲孺到頭來是兩頭落空，一跺腳孤身回了祖籍平陽。他在平陽正式娶了妻子，妻子生有一子，名叫霍光，也就是霍去病的同父異母弟弟。霍去病和霍仲孺、繼母、霍光見面，回首往事，感慨系之。霍去病給父親、繼母留了一些金銀，讓二老購置房屋田產，安享天年；霍仲孺則將霍光託付給霍去病，反覆叮嚀，務要給霍光尋個前程。

衛青、霍去病的大軍同時回到長安。武帝、朝臣和長安人像過盛大的節日似的，給予凱旋的將士最隆重最熱烈的歡迎。武帝打破慣例，特地在白天舉行朝會，聽取衛青和霍去病的彙報。衛青老成穩重，霍去病繪聲繪色，分別講述了漠北大戰的經過。大漠的荒涼，戰鬥的激烈，漢軍的英勇，匈奴軍的慘敗，把人聽得神魂顛倒，盪氣迴腸。武帝滿面笑容，高聲說：「自我大漢開國以來，匈奴一直是北方最大的禍害。先帝景皇帝駕崩時留下遺囑，要朕『外和匈奴』。可是，朕就不信那個邪，堂堂大漢，憑什麼要和侵略者講一個『和』字，蒙受屈辱？從元光二年（西元前一三三年）起，朕就決定對匈奴用兵，用武力保家衛國，維護尊嚴。開始，我們打的是防禦戰，比較被動。後來把『防胡』改為『滅胡』，主動出擊，深入匈奴境內作戰，局面大大改觀。細想起來，大漢攻伐匈奴，先後進行了四大戰役，即河南戰役、漠南戰役、河西戰役和漠北戰役。四大戰役，每戰必勝，基本上殲滅了匈奴的主力，收復了大片土地。我們『滅胡』的目標雖然沒有完全實現，但匈奴在近期內，不大可能再對我大漢構成威脅了。國家沒有邊患之憂，百姓盡可安居樂業。你們說，歷朝歷代，何曾有過這種景象？」

文武大臣呼喇喇地跪地，齊聲高呼：「皇上聖明！吾皇萬歲萬歲萬萬歲！」

武帝聽慣了「聖明」、「萬歲」之類的頌辭，而這天的頌辭，似乎特別的響亮，特別的動聽。他挺了挺腰板，繼續說：「衛青和霍去病統兵以來，攻無不克，所向披靡，為國家為民族建立了罕世殊勳。你們說說看，朕該怎樣褒獎他倆呢？」

這個問題一時把眾人難住了。因為衛、霍舅甥俱已封侯，一為大將軍，一為驃騎將軍，官爵和地位高得不能再高，再加褒獎，難道還要封王不成？可是大漢早有定制，異姓人不得封王啊！

衛青和霍去病聽到「褒獎」二字，趕忙向前，說：「攻伐匈奴，上靠皇上指揮英明，下賴將士浴血奮戰，這才能夠取勝。皇上若要褒獎，就請褒獎將士，先別考慮微臣。」

武帝哈哈大笑，說：「朕說過，凡是肯為大漢出生入死的人，朕是不會吝嗇官爵和金錢的。有功必獎，有功必賞，你兩個就別推辭了。」接著，武帝宣布，新設大司馬一職，衛青為大司馬大將軍，霍去病為大司馬驃騎將軍，二人的封邑和俸祿相等。參加漢北戰役的將校，有的封侯，有的升官，唯李廣和趙食其當斬。李廣已死，不再追究罪責；趙食其態度尚好，由其家人贖為庶人。隨征的士兵，賜予金帛；戰死在沙場的，撫恤從優。

衛青、霍去病以及受到褒獎的將校一起跪地，由衷地感謝聖恩。李敢受封關內侯，得知父親李廣自刎而死，心生疑惑，眼睛瞅著衛青，那神情分明是說：我父英雄一世，隨你出征，怎麼會不明不白地就死了呢？

漢北戰役取得的輝煌勝利，使漢朝和匈奴的戰爭暫時告一段落。漢武帝文治武功的聲望達到頂峰，他感到無比的喜悅和開心。他回到椒房殿，舒展著臂膀，說：「戰事大捷，匈奴遠遁，朕該好好地輕鬆輕鬆了。」

皇后衛子夫讓武帝坐下，輕輕給他按摩後頸，說：「是啊！自從開戰以來，皇上的心思全在前線，廢寢忘食，操心勞神。現在勝利了，是該輕鬆輕鬆了。」

武帝說：「朕要輕鬆，將士們也要輕鬆，你說該怎麼個輕鬆法呢？」

子夫想了想，說：「勝利歸功於皇上的決策，也歸功於將士的英勇和百姓的支持。這時候，皇上應該與民同樂。」

「與民同樂？好！很好！」武帝欣賞子夫的這個主意，隨即下令：官署放假，城門敞開，軍民狂歡，三日不禁。

此令一下，皇宮內外，大街小巷，到處歡聲笑語，就像過節似的，一片忙碌。

狂歡主要在未央宮北面、桂宮和北宮周圍的大街上進行。未央宮的北闕正對著南北向的橫門大街，北闕前面是東西向的直城門大街，橫門大街和直城門大街交匯處，形成一個佔地廣闊的廣場，足以容納十餘萬人。橫門大街西側是桂宮，東側是北宮，二宮的北面是東西向的雍門大街北面，東市和西市相對。北宮和東市的東面是南北向的廚城門大街，再往東則是安門大街。長安城內所有大街都是筆直的，長度不等，安門大街最長，五千五百公尺；橫門大街、直城門大街、雍門大街、廚城門大街，各長三千公尺。大街的寬度幾乎相等，約四十五公尺左右。大街上有兩條整潔的磚砌水溝，道路實際上被分成三股道，中股道專供皇帝行走，故稱「御道」或「馳道」。這一次，因為軍民狂歡，武帝破例下令，官吏和平民可以在御道上來往。此令深得人心，又贏得一片歡呼聲。

未央宮北闕張燈結綵，披紅掛綠。這一天，大漢皇帝武帝、皇后子夫、太子劉據，陽石公主劉妍、諸邑公主劉媚、旬鄉公主劉娟，以及文武大臣和誥命夫人等，早早地登上了北闕城樓。放眼望去，但見廣場上和大街上人山人海，花團錦簇，氣象萬千。子夫和她的兒女們是第一次見到這樣壯觀、這樣熱烈的場景，不由地眼睛發亮，發出驚歎：「啊——！呀——！」

子夫的心裡充滿喜悅和激動。她十六歲進宮，轉眼過去二十年，從歌伎到皇后，從少女到人母，終於迎來了一生中最崢嶸的歲月。她的丈夫是皇帝，兒子是太子，三個女兒俱封公主，弟弟衛青任大司馬大將軍，侄兒霍去病任大司馬驃騎將軍，滿門榮顯，登峰造極，以致民間流傳一首歌謠唱道：「生男無喜，生女無悲，獨不見衛子夫霸天下！」所有這些，真是想也不敢想啊！

劉據感到驕傲和自豪。他是太子，按照傳統的觀念，他不僅是父皇的兒子，而且是上天的兒子，廣大富饒的大漢江山姓「劉」，他日後便是這江山的當然主人。瞧這大街上湧動著的歡樂人群，他們現在是父皇的臣民，若干年後不也是自己的臣民麼？

三位公主都長大了，如花似玉，鮮麗可愛。她們直是驚奇，驚奇場面之大，驚奇人數之多。陽石公主劉妍已經到了少女敏感的年齡，左顧右盼，渴望見到一個熟悉而親切的面影——公孫敬聲。公孫敬聲是公孫賀和衛君孺的兒子，劉妍的表弟。劉妍和公孫敬聲年齡相仿，常在一起玩耍和說笑，彼此間心有靈犀，產生了一種說不清道不明的微妙感情。

武帝、子夫、劉據落座。武帝居中，子夫居右，劉據居左。皇帝，皇后，太子，這是天底下最尊崇最顯要的三個人，並排而坐，猶如三星閃爍，萬眾矚目。

大司馬大將軍衛青和大司馬驃騎將軍霍去病，身穿甲冑，頭戴金盔，腰懸佩劍，威風凜凜地站立在皇帝、皇后、太子的後面。再往後，文武大臣們排成一線，肅然端立。至於三位公主，還有平陽公主劉玫、修成君金俗、衛青夫人春月、霍去病夫人金娥等，則和其他誥命夫人一起，不能佔居中央位置，只能站在城樓的兩角，俯瞰大街上的景象。她們當中，劉玫衣著樸素，神情抑鬱。因為她的丈夫平陽侯曹壽上年病故，她成了一個寡婦，缺少別人那種歡愉的興致。

轟轟隆隆一陣巨響，廣場上敲起了高亢昂揚的鑼鼓。敲鑼鼓的足有七八百人，身穿黃衣黃褲，腰繫猩紅綢，頭紮漂白巾，腳蹬踏雲鞋，腿裹蛇皮帶，胸前英雄結，鬢角武士花，英俊威武，瀟脫不俗。那鑼，有大鑼小鑼，還有鈸、鑔，金光鋥亮。那鼓，有大鼓小鼓，大鼓架在木座上，小鼓懸於胸前或腰間，鼓身大紅，鼓面金黃。鑼槌、鼓槌的一端裹纏著紅纓，敲打起來，紅纓翻飛，上上下下，就像大海中洶湧的紅色波浪。

七八百人一起敲打鑼鼓，並隨著亢奮的旋律，跑動，跳躍，旋轉，進退，變化出各種隊形和圖案，什麼獅子搖頭，雙龍擺尾，金蛇盤陣，仙鶴翹足，什麼百鳥朝鳳，孔雀開屏，葵花向陽，日月爭輝，什麼華山石，驪山松，鑽天楊，插地柳，花樣百出，名目繁多。最撩人心扉的還是那整齊劃一的鑼鼓聲，時而粗獷激越，震天撼地，時而清新爽朗，柔和悠揚。這是一群土生土長的民間演奏家，他們用節奏強烈、格調鮮明的鑼鼓聲，表達內心的喜悅，抒發無限的激情。

武帝的臉上蕩漾著笑意，讚許鑼鼓敲得好，面向子夫，說：「長安鑼鼓，天下一絕，最能體現關中人的性格。」

子夫溫和地一笑，說：「可不是嘛！臣妾自小就愛聽這激動人心的鑼鼓聲。」

武帝說：「此時此刻，朕的手腳直癢癢，真想步下城樓，走到那夥漢子中間，痛痛快快地敲一陣，過把癮。」

劉據聽見這話，說：「走！兒臣隨父皇一塊去，敲一陣鑼打一陣鼓！」

子夫衝著劉據慈愛地一笑，說：「你父皇說說而已，你還當真？人來瘋！」

廣場上和大街上，人頭攢動，彩旗飄揚，人們的歡笑聲和鑼鼓聲響成一片。武帝高興，大聲說：「走！到下面看熱鬧去！」說著，一手拉了子夫，一手拉了劉據，起身就要下樓。

朝臣們一陣騷動，大驚失色。丞相李蔡出面阻攔，說：「下面人多混雜，為陛下安全考慮，是否……」

武帝一揮手，說：「少來什麼『是否』，朕要下樓去與民同樂。」

衛青和霍去病最了解武帝的脾氣，從來是說一不二的。他倆趕忙喚來陽石、諸邑、旬鄉公主，讓她們緊跟在武帝、子夫、劉據的後面，然後率領四五十名精幹侍衛，有的開道，有的殿後，精心負責保衛事項。李蔡等拗不過武帝，誠惶誠恐地隨後緩行。

武帝一行來到廣場，鑼鼓敲得近乎瘋狂，山崩地裂。武帝和子夫向人們招手致意。人們發出歡呼，聲浪猶如倒海翻江。他們通過廣場，沿著橫門大街向北，到了東市和西市附近。那裡是個十字街，街中央正在表演彩蓮船，人群圍得水洩不通。侍衛好不容易擠出一條人縫，導引著皇帝、皇后一家人站到前面。他們看那彩蓮船，是用竹架紮結製成，綾緞裝裱，飾以彩絹花簇。船中間為樓閣式船艙，船艙上配置絲線織成的網眼，點綴各色亮片，四角懸掛明鏡及紅紗燈籠。船頭豎蓮花燈，船尾立鯉魚燈。船中一個俊俏少婦，身著彩衣花裙，滿頭珠翠，耳墜金環，肩繫兩條紅綢繩子操縱船體，走動碎步，晃晃悠悠。船旁一名中年漢子，面塗粉墨，耳戴髯口，扮著艄公模樣，逍遙自在地划著木槳。船舷兩側各有兩名花枝招展的少女，手持彩絹，伴以鑼、鈸、鉦等響器，且行且舞。彩蓮船四周，還有青年男女化裝成的魚、蝦、蚌、龜、荷花、菱角等，左右穿行。大頭侏儒身穿花衣，踩著高蹺，滑稽可笑。船中少婦和艄公配合做出各種舞蹈動作，或月下泛舟，或溯流而上，時而說白，時而對唱，插科打諢，詼諧幽默。直樂得圍觀的人拍手叫好，笑得前仰後合。

武帝和子夫從未見過這樣精采的彩蓮船，眼花撩亂，興趣盎然。劉妍、劉媚、劉娟更是開心，不由得學那少婦的樣子，扭動腰肢，搖搖擺擺起來。衛青和霍去病相視一笑，意思是說：傻公主，皇宮外面的新鮮事，多著哩！

武帝一行接著東行，到了廚城門大街。那裡有鬥雞的，鬥狗的，投石的，擊劍的，還有盪秋千的。劉妍和劉媚看見盪秋千的少女，手抓盪繩，腳踏蹬板，來去擺盪，輕盈如燕，又是歡喜又是羨慕。二人悄悄耳語，退後幾步，靠近霍去病，說：「表哥！我們想盪秋千！」

霍去病說：「你倆的父皇、母后都在，跟他們說去！」

劉妍說：「不行！父皇和母后不會同意。」

霍去病說：「噢！你倆的父皇、母后不同意，就來纏我？」

劉媚甜甜地一笑，說：「我倆最相信表哥了！」

霍去病雖然官任大司馬驃騎將軍，其實還是青年，比劉妍、劉媚大不了幾歲。兩個妹妹求他，他能不辦嗎？於是，他向前和盪秋千的少女商量幾句，少女立刻下來，讓出秋千。霍去病扶著劉媚先盪，劉媚嚇得心跳手軟，雙腳跨不上蹬板。霍去病笑著說：「你不行，還是讓姐姐盪吧！」劉妍膽大，伸手抓住盪繩，抬腳跨上蹬板，一躬腰一使勁，那秋千便前後盪了起來。霍去病說：「你還真行！」

劉妍盪著秋千，一前一後，一上一下，輕輕飄飄，衣裙飛揚，像鶯穿柳枝，像燕舞花叢。四周人鼓掌喝采，引得子夫回頭一瞧，不禁嚇出一身冷汗。武帝也看到了，同時看到了霍去病，笑著說：「有去病護著，不妨事。」

劉妍盪罷秋千，心滿意足，臉泛桃花，香汗涔涔，拉著劉媚趕上父皇和母后。子夫掏出絲帕給女兒擦汗，疼愛地說：「看把你瘋的！」

武帝一行沿著廚城門大街往南，到了和直城門大街的交匯處。那裡是一個丁字街，人們或站或坐，圍了一個大場子。場子周圍跳躍著人扮的假面，面具飾作虎、豹、熊、獅等獸形，有它們在，誰也不敢跨進場子一步。場子中央正在演出名為「唐銻追人」的雜技，也就是後世所說的走索。兩根立柱，架繫四五丈長的繩索，兩個少女一個穿紅，一個著綠，手持花傘，分別從兩頭走向中央。繩索搖晃，少女一閃一閃，就是掉不下來。二人接近，不知怎麼一轉身，便交叉而過，互換了位置。二人再向背而行，猛地同時縱身騰空，連翻兩個筋斗，穩穩地站到了地上，面不紅，氣不喘。

下面的節目有「緣竿」，有「銛鋒」，有「跳丸劍」，都很驚險奇特。太子劉據最愛看的還是「衝狹」，俗稱「鑽透門」。那是用蘆葦裹以茅草，紮成圓環，圓環內側插上利刃，刃尖相對。圓環或並列，或疊架，表演者裸著上身，來去飛躍著從圓環中間穿過，身體竟沒被刃尖劃破！幾個來回以後，還要將圓環點燃，火熊熊，煙騰騰，表演者發一聲喊，縱身從燃燒著的圓環中間穿過，沒傷著，沒燒著，簡直神極了！

人們齊聲叫好。劉據也忘情地大喊：「好！好！」三位公主手捂眼睛，驚呼：「嚇死我了！嚇死我了！」

壓場節目叫「蟃蜒魚龍」。這是化妝樂舞和魔術相結合的大型雜技。神話傳說中的巨獸——蟃蜒，長約百丈，盤臥地上，形象古怪。伴隨著忽緊忽慢的樂曲，蟃蜒似乎從沉睡中醒來，輕輕蠕動。忽然，它的背上出現一座神山，崔嵬嶙峋。由人化妝的各種動物，調皮地在神山上嬉戲，麋鹿奔跑，錦豹跳躍，大象垂鼻，群猴相逐，大魚瞬間變成蛟龍，蛟龍又變成仙車，熊貓、兔子、狐狸、烏龜、蟾蜍等爭著搶著，攀緣仙車緩緩進入山洞……

所有人看著這神奇的一幕，又驚又喜又納悶，不明白是怎麼回事。就連衛青、霍去病以及侍衛們，也覺得不可思議，驚歎說：「絕！太絕了！」武帝所想比他們更深一層，說：「大漢文化博大精深，神奇之人神奇之物多得很哩！」

武帝一行等於圍著北宮轉了一個大圈，意猶未盡，興猶未盡。衛青看看天色，說：「天色不早，陛下還是回宮吧！」武帝點頭，表示同意。於是，侍衛開道殿後，簇擁著武帝一家人和大臣們進了未央宮。廣場上的鑼鼓聲和歡呼聲依然熾熱火爆，咚咚鏘，咚咚鏘，聽去就像大海滾動的浪濤，蒼穹轟鳴的雷霆。

當武帝在長安封賞功臣、歡慶勝利的時候，在遙遠的漠北，匈奴伊稚斜單于驚魂未定，狼狽不堪。他被衛青打敗，倉皇逃竄，早與部眾失去了聯繫。右谷蠡王只當單于已經陣亡，慌亂中自立為單于，派人四處收羅殘兵敗卒。不料幾天以後，伊稚斜又灰溜溜地出現了。右谷蠡王倒還識相，尷尬地讓出位置，仍奉伊稚斜為單于。伊稚斜派人打探左賢王的消息，方知左賢王敗得更慘，主力喪失殆盡，左賢王本人也生死不明。伊稚斜垂頭喪氣，說：「漢軍厲害，真是太厲害了！原以為他們不敢穿越大漠，不想他們穿越了；而且穿越後一點也不疲憊，還是那樣強悍，厲害厲害！」他派人清點軍隊，滿打滿算，也就剩兩三萬人；經濟方面的損失更讓人揪心，驚恐逃竄導致大量牲畜死亡，多少年也恢復不了元氣。伊稚斜哭喪著臉，說：「一敗塗地，怎麼辦？怎麼辦呀？」

趙信忠實於伊稚斜單于，安慰說：「勝敗乃兵家常事，單于不必過於煩惱。我們遭此慘敗，再想和漢朝抗衡，恐怕很難了。當務之急是休養生息，恢復元氣。依我看，不妨派遣使臣前往漢朝，請求和親，以待來日。」

伊稚斜說：「你是癡人說夢。漢朝皇帝早就斷絕了和親，這時重提此事，不是自討沒趣嗎？」

趙信陰險地一笑，說：「問題的實質不在於和親，而在於可以利用和親之名，以求喘息的機會。」

伊稚斜別無他法，只得接受趙信的意見，派遣使臣到了長安，重提和親舊事。武帝心想，你匈奴剛剛打了敗仗，當我大漢外臣倒還湊合，哪有什麼資格再談和親？他拒絕會見匈奴使臣，只命臣屬商量，找個打發來人的藉口。偏有一個叫做狄山的博士，不識時務，居然上書，主張和親，而且列舉了和親的幾點理由。武帝氣得牙根癢癢的，立刻召集群臣議事。御史大夫張湯熟知武帝的心思，批駁狄山的奏書，說：「愚儒無知，不足聽信。」狄山卻不相讓，反唇譏諷說：「臣原是愚儒，尚不失為愚忠；若御史大夫張湯，乃是詐忠！」

張湯和狄山口出惡言，互揭老底，使得氣氛緊張起來。武帝寵信張湯，自然也偏袒張湯，指著狄山，說：「你說你有愚忠，那麼朕命你為郡守，不使胡虜入寇，你能做到嗎？」

狄山搖頭，說：「不能！」

「那麼任命你為縣令，不使胡虜入寇，你能做到嗎？」

狄山還是搖頭，說：「不能！」

武帝沉下臉來，說：「那你就去守衛一個哨所，總能吧？」

狄山不敢再說不能，只得硬著頭皮說：「能！」

就這樣，狄山被派到代郡邊境上去守衛一個哨所。他是朝廷的博士，哪裡懂得守邊事宜？一個月後，有人報告說，狄山被人殺死了，連頭顱也不知去向。武帝一笑置之，說：「百無一用是書生。」當時邊境上並無匈奴軍，那麼狄山是被誰殺死的呢？這是一件懸案，無從證明。

狄山之死，武帝根本不當回事。然而，狄山冒死主張和親，武帝卻不能不引起思考。他從和匈奴的長期交往中意識到，匈奴地域太大，人口很多，游牧性和機動性極強，憑著大漢的實力，可以將它打敗，卻不能將它消滅。所謂「滅胡」，只是一個口號，一種願望，而在實際上是無法做到的。大漢和匈奴接壤，接壤就要交往，就像兩家比鄰而居，老死不相往來，那是不可能的。明智的做法是保持自身的強大，並聯合盡可能多的鄰居，形成高壓態勢，不受欺凌，不受侵害，那就謝天謝地了。因此，武帝又想到西域各國，想到威服天下，大漢只有和西域各國聯合起來，才能從根本上威懾匈奴和遏制匈奴，從而保證大漢的長治久安。

為此，武帝召見已是庶人的張騫，詢問西域各國的情況以及大漢與之聯合的可能。張騫說：「西域各國，論實力，數烏孫國最為強大。從長遠看，大漢若能和烏孫國聯合，那是最理想不過了。」

武帝說：「烏孫國？你且說說該國的情況。」

張騫想了想，說：「烏孫國和月氏國，原先都在河西走廊的西部，即敦煌郡和祁連山之間。後來，烏孫被月氏打敗，烏孫王也被月氏人殺死。烏孫人迫不得已歸服了匈奴，烏孫王的兒子獵驕靡被匈奴單于收養。獵驕靡長大以後，才智過人，英勇豪壯。匈奴單于遂將烏孫國故地交給他管理，依然稱他為烏孫王。這時，月氏已被匈奴擊敗，向西遷徙至伊犂河流域。獵驕靡為報殺父之仇，依靠匈奴的援助，得勢不饒人，繼續進攻月氏，將月氏人趕出伊犂河流域，並在那裡從事放牧和狩獵，建立了家園。烏孫國盛產馬匹，富戶養馬多至四五千匹。因此，西域各國中，烏孫是唯一擁有騎兵十餘萬的強大國家。」

武帝說：「那麼，烏孫國和匈奴的關係，後來怎樣呢？」

張騫說：「彼一時此一時。烏孫國曾和匈奴十分親密，但後來產生了矛盾，臘驕靡不甘臣服於匈奴單于。匈奴單于曾經派兵攻打臘驕靡，結果反為臘驕靡所敗。現在，匈奴已經一蹶不振，河西已入我國版圖，臣想他們的關係不可能再修復了。」

武帝說：「那麼，大漢聯合烏孫，有沒有這種可能呢？」

張騫說：「臣想應該有這種可能。因為烏孫人留戀他們的故土，而且喜愛大漢出產的物品。我們可以給他們多送些禮物，請他們回到原來的地方居住，同時把漢朝的公主嫁給烏孫王做夫人，雙方約為兄弟，世代友好。臣想，他們肯定會答應的。此舉意義非同尋常。大漢聯合烏孫，必然會在西域各國產生連鎖反應，而且烏孫以西的大夏、大宛、安息等國，都可以應召而至，向陛下稱臣。」

讓西域各國乃至更遠的國家向大漢稱臣，正是武帝多年來的夢想。武帝顯得異常興奮，攥著拳頭說：「好！朕這就任命卿為中郎將，持節二次通使西域，怎樣？」

張騫再次受到重用，心情激動，說：「臣願受命，報效朝廷，報效陛下！」

於是，張騫奉命，再次通使西域。這一次比第一次更加風光，張騫率領著幾名副使以及隨從三百人，每人備馬兩匹，同時攜帶價值數千萬的金幣絲綢等貴重物品和一萬多頭（隻）牛羊，浩浩蕩蕩地離開長安，前往西域。他所率領的不僅是個外交使團，而且是個友好商團，兼有通使和通商的雙重任務。這時，河西走廊已經在漢朝的統治之下，張騫一行盡可以躍馬揚鞭，奮力前行，不必再擔心匈奴騎兵的阻撓和襲擊了。

第十五章

皇姐愛將

戰爭烈火考驗人，和平景象侵蝕人。漢武帝劉徹在攻伐匈奴的戰爭中，表現出了政治家和軍事家的雄才大略，充滿奮發有為和昂揚向上的積極進取精神。然而，戰爭取得勝利以後，他變得飄飄然了，開始追求享樂生活，原先的「聖明」逐漸淡薄，做出了一系列反常甚至荒唐的事情。

武帝共有四位姐姐，依次為金俗、劉玫、劉玢、劉玟。論關係，武帝和劉玫感情最深。劉玫封平陽公主，上年死了丈夫曹壽，成為寡婦。平常女人守寡，倒也不是什麼大不了的事，能撐就撐著，撐不了找個男人再嫁就得了。可是，劉玫出身皇家，貴為公主，而且是皇姐，問題就不那麼簡單了。獨守空房的日子，她是過不下去的，非得再嫁不可。那麼，嫁給誰呢？嫁給普通人，有失體面；嫁給富貴人，沒有合適的。劉玫一時心煩意亂，感到懊惱，覺得悽惶。鴛鴦枕頭鴛鴦被，偏偏沒有鴛鴦睡。這不是折騰人和捉弄人嗎？

劉玫失眠了。失眠中總愛胡思亂想，想像著自己應該嫁給一個怎樣的男人。她把朝臣逐一梳理了一遍，忽然發覺一人總在眼前晃蕩，那人便是衛青。衛青自入朝為官以後，率兵攻伐匈奴，屢戰屢勝，封侯拜將，滿門榮寵。況且，此人正值壯年，身材相貌，陽剛雄偉，比起死鬼曹壽來，不知勝出多少倍。自己若能嫁給衛青，最是門當戶對，而且後半生最有依靠。可是，可是衛青比自己年輕十來歲，而且早有妻子春月，這，這……

這天，劉玫很晚很晚才起床。侍女向前幫她梳妝。她面對銅鏡，仔細端詳自己，雖然額頭、眼角生出許多皺紋，但總體上看還是富態模樣，面龐豐滿，眼睛有神，輕輕一笑，風韻猶存。侍女看見主子發笑，討好地說：「公主好久沒笑了，今日笑來，特別好看。」

劉玫說：「死丫頭倒會說話，我都四十五六了，還有什麼好看的？」

侍女說：「公主是金枝玉葉，好看就是好看。」

劉玫很覺受用，反問侍女說：「哎！我且問你，現在朝臣中誰最顯貴？」

「這還用問嗎？」侍女回答說：「自然是大司馬大將軍呀！」

「你是說衛青？」

「可不是嗎？朝廷中只有一個大司馬大將軍呀！」

劉玫心中怦然一動，拿明白裝糊塗，說：「衛青原先只是我家的騎奴，怎麼會是最顯貴的人呢？」

侍女大概猜著了主子的心思，順著話題朝下說：「嗨！現在可不比從前啦！他如今是大司馬大將軍，姐姐為皇后，三個兒子均封列侯，外甥還任大司馬驃騎將軍，除了當今皇上，誰還能跟他相比啊？」

劉玫坐著發怔，思量著侍女的話全然不假。可是衛青已有妻子春月，那麼自己嫁給他，難道當偏房做小妾不成？這……，這……，這使劉玫心亂如麻，渾身不自在。她坐著默想了許久，猛地想到皇后衛子夫，看來只有子夫，或許能給自己幫忙。

劉玫清楚地記得，二十年前是自己促成了武帝和子夫的好事，子夫進宮時，自己特地叮囑說：「日後大貴，可別忘了我哦！」子夫回答說：「公主大恩，子夫至死不忘！」現在，子夫早已大貴，那麼，她總該報答自己的大恩吧？子夫和春月情同姐妹，她們之間容易溝通，難道還會把自己晾起來不成？

劉玫是個想得到說得到做得到的女人，當即淡妝細抹，收拾齊整，乘車進了未央宮，到了椒房殿。子夫見了劉玫，滿臉含笑，說：「喲！什麼風把公主給吹來啦？」

劉玫也笑，說：「專來拜訪皇后妹妹呀！」

子夫說：「不敢當不敢當，公主駕到，這是我們的福氣。」她熱情地招呼劉玫落座，早有宮女獻上茶來。子夫注視劉玫的衣飾，不像先前那樣樸素，笑著說：「平陽侯過世一年多了，公主也該再尋個夫婿了。」

劉玫聽了「夫婿」二字，小鹿撞胸，紅雲抹面，也就顧不得什麼羞恥，說：「我倒是想尋個夫婿來著，可到哪尋去呀？」

子夫說：「可不是嗎？能和公主匹配的能有幾人？這人必須文武雙全，功成名就，起碼得是個王爺或侯爺。」

劉玫是有備而來，心想無須兜圈子，乾脆把話挑明為好。她略一遲疑，然後看著子夫，說：「別人倒給我物色了一人，說是相當匹配，只是……」

「哦？快說說，他是哪一位？」

「他，他……」

「誰呀？」

「大司馬大將軍唄！」

子夫心頭猛然一驚，詫異地說：「公主是說我弟弟衛青？」

劉玫莞爾一笑，說：「除了他，誰還是大司馬大將軍？」

子夫做夢也沒料到事情會是這樣。她想了想，說：「衛青早有妻子春月，且有三個兒子，公主若嫁衛青，這名分……」

劉玫紅著臉，說：「正是因為名分，姐姐我不是求妹妹幫忙來了？」

子夫倒吸了一口涼氣。她聽劉玫口氣，看來是非嫁衛青不可了，而且要當正房夫人。子夫知道，劉玫是自己昔日的主人，也是恩人，自己曾經許諾要報恩的。現在，劉玫提出要自己幫忙，自己實在無法回絕。可是，事情涉及到衛青和春月，他們會怎麼想怎麼說？不得而知。因此，子夫覺得應該留有迴旋的餘地，說：「公主看中衛青，那是衛青的造化，事情成了，你我親上加親，我巴不得呢！不過，事出突然，公主得容我和皇上商量商量，行不？」

劉玫說：「這個自然。只要皇后妹妹幫忙，皇上再說一句話，事情就會十拿九穩。」

劉玫告辭離去。子夫陷入困惑之中。不一時，武帝退朝回宮。子夫急切地敘說了公主來訪的意圖。武帝呵呵大笑，說：「嘿！劉、衛兩家夠黏乎的啊！你嫁給朕，朕的姐姐再嫁給你的弟弟，姐弟互換，各不吃虧，有意思，有意思！」

子夫笑著說：「皇上別說笑話，這事該如何處置？」

武帝說：「衛青身為大司馬大將軍，可娶三妻四妾；皇姐喪夫孀居，可擇意中人再嫁。這有什麼不好處置的？」

子夫說：「一娶一嫁，倒是不難。只是衛青已有妻子春月，她還是朝廷誥命夫人。公主嫁過去，什麼名分？正房還是偏房？算妻還是算妾？」

武帝一摸腦門，說：「是啊！這倒是個問題。皇姐貴為公主，給人當偏房？算妾？恐怕不成。別說皇姐不願意，就連朕的臉上也不好看。」他在殿中來回走動，撓著耳朵，想了好久，說：「這事恐怕只能為難春月了，讓她棄主就賓。」

「棄主就賓？」

「對！棄主就賓，就是叫春月讓出正房當偏房。」

「這……」

「這什麼？就這麼定！你可以回去告訴他們，就說是朕賜婚，命衛青娶皇姐。特別要跟春月說通，違者便是抗旨！」

這無疑就是聖命，子夫還敢說什麼呢？

皇后衛子夫心理矛盾，心事重重，獨自乘車前往衛府。衛媼、衛青、春月、霍去病、金娥，以及衛伉、衛伐、衛騧、霍嬗等歡喜不盡，熱情歡迎。子夫每次回家，都會給全家人帶來喜悅和歡樂。子夫要和衛媼與衛青說話，其他人迴避。子夫開門見山，單刀直入地說明了事情的原委，末了加重語氣說：「顯然，公主再嫁，即將成為衛家的媳婦，已是鐵定的了。公主執意，皇上賜婚，不答應也得答應。我今天回來，也是奉了聖命，根本沒有退路。」

衛媼和衛青聽了子夫的話，驚得目瞪口呆。平陽公主，他們昔日的主人，金枝玉葉，威風八面，衛媼曾是她的女僕，衛青曾是她的騎奴，怎麼忽而陰陽顛倒，天翻地覆，她竟要變成衛媼的兒媳和衛青的妻子呢？

衛青不知所措，急得自顧搓手，說：「這……這……」

衛媼緊皺眉頭，說：「這是哪兒跟哪兒呀？」

子夫拉著母親的手，看著衛青，說：「公主嫁過來，是好事也是壞事。說好，因為衛氏外戚和皇家聯姻，彼此間又多了一層關係，這有利於兒孫們的前程；說壞，因為世事多變，福禍難料，外戚一旦遭殃，後果不堪設想。而眼下最棘手的還是個名分問題，公主嫁過來，算什麼？她是皇上的親姐，難道當偏房當妾不成？這就涉及到春月妹妹的地位，唉……」

衛媼和衛青同時說：「怎麼？公主還要頂替春月的位置？」

子夫說：「可不是嘛！皇上發話了，要叫春月棄主就賓。也就是說，弟弟的夫人只能是公主，而不能再是春月。」

衛青說：「這怎麼行？」

衛媼說：「這些年來，春月侍候娘孝敬娘，跟親閨女一樣，讓她棄主就賓，這話誰開得了口？」

子夫說：「春月那邊，只能由我去說。」

衛媼和衛青苦笑無語。

子夫起身，前往春月房間。春月正在桌邊做鞋。那是一雙虎頭鞋，白底黑面，做成虎頭模樣，再用彩色絲線繡出虎眼、虎鼻、虎耳、虎嘴、虎鬚，造型生動，色彩鮮麗，富有濃郁的民間特色。

春月見子夫進房，趕忙笑臉相迎，說：「姐姐難得回家一趟，真是想死妹妹了。」

子夫拉著春月，走至桌前，拿起虎頭鞋欣賞著，說：「妹妹手工越來越精巧了。」

「什麼精巧？騙兒穿鞋忒費，我是湊合著做做罷了。」

「三個侄兒呢？」

「他們三個？哼！猴子屁股，從沒安分過，不知到哪兒瘋去了。虧得皇上封他們為列侯，我看不如封個尖屁股猴，那才合適。」

子夫大笑，說：「妹妹真會說話。」

春月忙著給子夫斟茶。子夫回身關了房門。房裡只有她們姐妹二人。子夫注視春月，突然膝蓋一彎，跪在地上，說：「春月妹妹！姐姐對不住你！」

子夫跪得突然，說得蹊蹺，嚇得春月驚慌失措，手忙腳亂。春月無暇多想，趕緊也跪在地上，語無倫次地說：「姐姐，皇后，這是，這是……」

子夫雙手抓住春月的雙臂，說：「姐姐有事求你，你要……」

春月說：「姐姐快起，有話好說。別忘了，你是皇后，哪能跪在地上說話呢？」

二人彼此扶持著，站起身來，坐下。春月看著子夫，說：「姐姐有話儘管說，妹妹聽著。」

子夫幾次欲言又止，不忍說，可又不得不說。半晌，這才說：「平陽公主劉玫寡居，急於再嫁。眾多朝臣中，她偏偏看上了弟弟衛青，讓人哭笑不得。昨天，她到椒房殿造訪，求我幫忙撮合。我把情況跟皇上說了，皇上立刻點頭，竟然御賜了婚姻。按說，衛青官高爵顯，納個偏房不算什麼，妹妹寬宏大量，大概也不會介意。可是，公主是皇上的親姐，雖然是再嫁，卻很看重名分。當然，皇上也是偏向他的……」

春月慢慢地低下了頭，木然無語。子夫繼續說：「這樣，問題就出來了：妹妹和公主，到底誰是大司馬大將軍夫人？現在是妹妹，可她公主怎麼辦？你不挪開位置，難道讓她當偏房當小妾不成？所以，皇上命我回來跟妹妹商量，他要妹妹讓位，棄主就賓。姐姐我實在不忍心說這個話，可是事已至此，不說行嗎？」

春月心裡亂成一鍋粥。她從沒想到會突然出現這麼一個問題。她和妹妹秋花自小失去父母，被人賣進皇宮，幸遇不是姐姐的姐姐衛子夫。長期相處，使她們之間結下了深厚的情誼，勝過親姐妹。子夫顯貴，她和秋花跟著沾光，自己嫁給衛青，秋花嫁給公孫敖。接著，衛青拜將封侯，自己成為誥命夫人，三個兒子均封列侯，榮耀至極。不料，平地裡出來個平陽公主，不僅要奪走自己的丈夫，而且要霸佔正房的位置，世界上哪有這個道理？然而，人家不講道理，你又能拿人家怎樣呢？因為平陽公主的後面還有皇帝，他們命子夫說服自己讓位，等於皇帝、公主、皇后三人對付一人，自己不讓位行嗎？子夫夾在中間，的確夠難的，剛才的一跪，說明了她的難處。自己若是拒不讓位，那麼子夫回去怎麼覆命？怎麼交差？罷罷！再難的事情，再大的犧牲，只能由自己承擔，萬萬不可讓姐姐活受罪啊！

春月心平氣靜，苦笑著說：「既然到了這一步，我讓位就是了。從現在起，大司馬大將軍夫人，衛青的妻子和正房，就是她平陽公主了。」

子夫一把將春月攬在懷裡，動情地說：「委屈你了！我的好妹妹，好弟媳！」

春月沒有說話，淚水奪眶而出，就像江河決堤，盡情流淌……

接著便是籌辦婚禮。衛青不知是喜是愧，或閉門讀書，或騎馬射獵，難得開口說話。春月倒很坦然，仍以主婦身分，指揮家人忙這忙那。衛伉、衛伐、衛騸三兄弟心中不平，大發牢騷，說：「平陽公主嫁給爹，我們怎麼稱呼她？我們有娘，難道還要稱她為娘不成？」

婚日，衛青被人裝扮一番，佩戴團花，騎著大馬，帶領吹打的樂隊，前去迎親。衛府和平陽侯府僅有一牆之隔，瞬間即到。平陽公主劉玫早已盛妝豔飾，由一幫侍女導引，緩步登車。婚禮儀式繁縟，雅樂鏗鏘，四座賓朋，男紅女綠。人們歡笑著向新郎新娘賀喜，你一言，他一語，都說這是天賜的美滿良緣。衛青麻木著臉，只管點頭，不見喜色。劉玫笑瞇瞇，樂滋滋，心裡要多甜蜜有多甜蜜。衛媼勉強裝笑，只覺得胸口堵得慌。從前，劉玫是主人，她是僕人，僕人常給主人磕頭；而今，她成了婆婆，劉玫成了兒媳，兒媳跪拜「高堂」。這，真是哪兒跟哪兒呀？

儀式結束，新郎和新娘進入洞房。喜宴開張，衛青返回大廳陪客，凡酒必飲。月明星高，客人散去。衛青略顯醉意，回到洞房。劉玫急不可耐，幫助衛青解帶寬衣。隨後，二人鑽進那翡翠衾，成就那鴛鴦夢。衛青忘卻了多日的煩惱，使出手段，大顯神通。劉玫像是乾柴遇到烈火，恣意張狂，樂不可支。衛青畢竟比死鬼曹壽雄壯，她張狂了一陣，早就心跳氣喘，筋疲力盡了。

良辰美景，一夜好夢。次日天明，金娥發現，春月不見了。金娥慌忙報告衛媼。衛媼慌忙派人把公孫賀和衛君孺夫婦、公孫敖和秋花夫婦叫了來，並派人進宮告訴子夫。子夫一聽，臉色大變，心砰砰亂跳，腦海裡飛快地閃過一個念頭：春月出事了。她急忙乘車趕到衛府，只見全府亂哄哄的，沒個頭緒。衛騧年齡最幼，一頭扎在子夫的懷裡，大哭著說：「姑姑！我要娘，我要娘啊！」

子夫摟著衛騧，說：「怎麼回事？」

衛媼眼中含淚，說：「聽金娥說吧！」

金娥說：「平日，舅母和我起得最早，安排全府的事情。今日卻不見舅母的影子。我去她的房間叫她，房門虛掩，卻不見人。我進房間一看，發覺有點異樣，趕緊派人四處尋找，到現在也沒有找到。」

秋花淚流滿面，說：「姐姐肯定為姐夫和公主的事想不開，尋短見了！」

這句話讓所有人打了一個寒顫。衛伉、衛伐拿眼睛瞪著他們的父親，犀利的眼光分明在說：「是你逼死了娘！」衛青麻木著臉，神情沮喪。霍去病和公孫賀、公孫敖站在一邊，無話可說。

子夫叫了金娥、君孺、秋花，前去春月的房間察看。但見床上放著四堆衣服，分別是衛青、衛伉、衛伐、衛騧的，乾乾淨淨，整整齊齊。那雙虎頭鞋放在衛騧衣堆的上面，已經做好，精緻美麗。梳粧檯上首飾盒子開著，春月用過的首飾全在，一件不少。春月的衣服也不見少，最顯眼的是朝廷賜給誥命夫人的誥服，紅底，黑邊，繡花，沒整沒疊，隨手丟棄在地上，似乎是向人們表示：什麼狗屁誥服，去你的，我不稀罕！

子夫看到房中景象，胸口發悶，淚水簌簌，嗚咽著說：「春月妹妹！姐姐對不住你，你可千萬別做傻事啊！」

子夫思量，春月的性格是外柔內剛，不大可能自尋短見。她的丈夫和名分被人奪走了，可她捨得她的三個兒子嗎？捨得相依為命的妹妹秋花嗎？她極有可能是感到皇權可畏，世態炎涼，所以離家出走，避而遠之，寄身山林了。作為一個女人，她無力與這個世道抗爭，所能做的，唯此而已。

子夫順道去見新娘劉玫。劉玫滿臉悵惘，說：「我前腳進門，春月後腳不見了，這叫我好不難堪，不知該如何是好。」

子夫尷尬地一笑，說：「公主不必在意，一家人不說兩家話，但願春月莫做傻事。」

劉玫說：「但願春月回來，我還回我的平陽侯府。」

子夫無心和劉玫嘮叨，回至大廳，叮嚀了一些事情，乘車回宮。她把春月失蹤的事情告訴武帝。武帝幾乎沒有什麼反應，說：「失蹤就失蹤唄！好在皇姐有了好的歸宿，這是最重要的。」子夫直愣愣地看著武帝，好像不認識似的，心想：皇上啊皇上，你心中只想著皇姐歸宿，不顧春月死活，這是多麼自私啊！

劉玫再嫁衛青，導致春月失蹤，引起了朝野的許多議論。議論的中心是武帝損人利己，公主仗勢，衛青貪色，春月剛強。議論歸議論，議論一陣以後，一切又歸於平靜了。

元狩五年（西元前一一八年），丞相李蔡做了一件蠢事，侵佔了漢景帝陵園的一塊空地，下獄論罪。李蔡惶恐自殺，丞相的位置空缺。御史大夫張湯躍躍欲試，一心想當丞相。武帝可不想讓丞相擁有太大的權力，重新起用年過六旬的老好人莊青翟，由他出任丞相。

李蔡是李廣的堂弟，也就是李敢的從父。漠北戰役以後，李敢受封關內侯，繼承父親原職，官任郎中令。郎中令為宮廷的侍衛長，地位、職權相當重要。李廣自刎，李敢一直耿耿於懷。及至李蔡自殺，李敢更是滿腔義憤。這天，衛青和霍去病宴請將校，酒過三巡，李敢突然站起，橫眉怒目，手指衛青，厲聲說：「我父李廣，一輩子攻伐匈奴，經歷大小七十餘戰，匈奴畏懼，號為『飛將軍』。上年，他年過花甲，仍隨大將軍出征，竟然引刀自刎，死得不明不白。今天當著大夥的面，大將軍需要說個清楚，到底是怎麼回事？」

李敢忽然發難，眾將皆驚。衛青不慌不忙，從容地說：「李廣英雄蓋世，老當益壯，我很佩服。漠北之役，老人家迷失道路，貽誤軍機，我並沒有拿他怎樣，只是派長史前去詢問緣由。不想他怕受刀筆小吏之辱，自刎身亡。對此，我是非常痛惜的。」

「你騙人」，李敢不信衛青的話，一面暴跳著，一面聲嘶力竭地說，「你是恃權仗勢，嫉賢妒能，公報私仇，逼死我父！」

衛青說：「李廣自刎，我不在場。這一點，軍中長史可以作證。」

李敢不聽，吼叫著說：「你用軟刀子殺人，何須在場？」說著，瘋狂似地衝向衛青，攥緊拳頭，擊向衛青面部。眾將驚慌，急忙抱住李敢。再看衛青，面部青腫，鼻孔已流出血來。

霍去病看得真切，怒不可遏，大聲說：「反了！反了！」捲著衣袖，要和李敢拼命。衛青手捂鼻子，止住霍去病，說：「罷了罷了！別跟他一般見識。」霍去病怒視李敢。李敢哼了一聲，憤恨離去。

衛青回府。劉玫發現丈夫受傷，問明原因，好生氣惱，說：「李敢以下犯上，無法無天！不行，我這就去告訴皇帝，非予嚴懲不可。」

衛青攔住劉玫，說：「不就是挨了一拳嘛，無須小題大作。李敢死了父親和從父，憋著火，想不開，發洩發洩也就過去了。」

劉玫說：「哼！他羞辱了你，你還護著他，這是為何？」

衛青說：「怨恨宜解不宜結，寬容一點，大家都好。」

霍去病將李敢毆打衛青之事報告武帝。武帝本想嚴懲李敢，怎奈衛青寬宏大度，主張同僚團結，事情擱置不提。時至秋天，武帝率領群臣去甘泉宮（今陝西淳化北）遊獵。衛青留於長安，霍去病、李敢等隨行。

甘泉宮一帶，山高坡陡，溝深林密，豺狼虎豹出沒，大白天也敢出來捕食。武帝遊獵，擺開陣勢，旌旗飄飄，鼓角陣陣，千騎馳逐，萬人吶喊，嚇得眾多的野獸東奔西突，爭相逃命。

李敢發現一隻麋鹿奔跑，立即抖韁，策馬緊追。偏巧不巧，霍去病騎著一匹大馬，手持弓箭，威風凜凜地站在前面的高崗上。李敢並不介意，自管追趕麋鹿。霍去病年輕氣傲，猛地想起李敢毆打舅舅衛青之事，不由地怒從心頭起，惡向膽邊生。他見李敢毫無防備，隨即左手持弓，右手搭箭，瞄準李敢後心，一箭射了過去。李敢中箭，翻身落馬，掙扎著抬起頭來，手指霍去病，咬牙切齒，恨恨地說：「你，你公報私仇，不……不得好死……」話沒說完，頃刻斷氣。

霍去病射殺李敢，致使李敢斃命。消息傳得飛快，衛青當天就接到報告。他不禁吸了口涼氣，跺腳說：「傻外甥！你怎能這樣做呢？」

劉玫說：「我看去病做得好！誰讓李敢羞辱大司馬大將軍來著？」

衛媼、金娥憂心忡忡，說：「人命關天哪，更何況李敢乃朝廷重臣！皇上怪罪下來，怎麼得了？」

他們趕緊將這個消息轉告宮中的皇后。子夫大吃一驚，說：「這個冒失鬼，怎會闖下這樣的禍事？」

衛青、子夫等焦急地等待著，可是甘泉宮方面並沒有什麼動靜。半月後，武帝駕回長安，霍去病照樣活蹦亂跳，笑呵呵地回到府裡。衛青急切地詢問說：「那事了結啦？」

霍去病大笑，說：「不了結怎麼著？皇上說他李敢是被麋鹿觸斃的，與我無干。」

衛媼、金娥歡喜地說：「無干就好，無干就好！」

衛青沒有言語。他知道，這是武帝欣賞霍去病的戰功，故意偏袒愛將，硬是昧著良心說瞎話啊！

椒房殿裡，子夫陪著小心，問武帝說：「聽說去病射死李敢，皇上……」

「小事一樁，」武帝滿不在乎地說，「霍去病青年英勇，功比天高，朕怎能將他治罪？至於李敢，朕說是被麋鹿觸斃的，這事不就結了？」

子夫心頭一震，說不清是喜是憂。皇帝袒護愛將，人情大於國法，李敢怕是死難瞑目了。

天有不測風雲，人有旦夕禍福。甘泉宮遊獵一年後，也就是元狩六年（西元前一一七年）九月，如日中天的大司馬驃騎將軍、冠軍侯霍去病突然患病，而且病情迅速惡化，前後不過三五天時間，竟然不可救藥，處於彌留狀態了。

霍去病患病非常蹊蹺。前一天，他還在校場操練兵馬；第二天，他臥床再也沒有起來。開始只是頭有點疼，身上發熱，沒當回事。接著便發起高燒，口乾舌燥，面頰赤紅。第三天，嘴裡、腋下、肚臍周圍生出許多紅色斑點，迅速傳遍全身。高燒依然不退，神志漸漸昏迷，口中發出囈語，什麼「匈奴」、「大漠」、「李敢」、「鬼蜮」等等，斷斷續續，互不連貫。

霍去病病重，急壞了所有人。衛嫗和金娥日夜守候在病床邊，說：「這可怎麼好啊？這可怎麼好啊？」金娥哭成了淚人，摟著年僅五歲的兒子霍嬗，說：「去病！你可不能扔下我們母子啊！」衛青和劉玫指揮四處求醫，抓藥熬藥。衛君孺和秋花也過來幫忙，給衛伉、衛伐、衛騧、霍嬗等做點飯吃。衛少兒聞訊匆忙趕了來，她是去病的生母，可是去病恨她，從未叫過她一聲娘。她趕了來，站也不是，坐也不是，只能獨自垂淚。守候在去病身邊的還有一人，就是去病同父異母弟弟霍光。他隨去病到長安後，由武帝授為郎官，單獨居住。哥哥病重，他自然要來侍候，端湯餵藥，格外精心。

武帝和子夫聽說霍去病患病，亦很焦急。武帝親派御醫，天天給去病診治。太子劉據，公主劉妍、劉媢、劉娟，吵鬧著要到衛府探視。因為去病不僅是他們熱愛的表哥，而且是他們崇拜的偶像。

霍去病的病情越來越重，高燒灼手，斑點潰爛，流出白裡帶紅的膿水。神志更加昏迷，已是氣息奄奄了。

衛媪、衛青、金娥等束手無策。這天，武帝、子夫攜帶太子、公主，前來探視。所有的禮儀略過，武帝和子夫逕直走至病床前。衛青俯身就去病的耳邊說：「去病！皇上和皇后看望你來了！」

「匈奴……妖怪……李敢……鬼……鬼……」霍去病沒有什麼反應，沙啞著嗓子，做著惡夢，說著胡話。

衛青輕輕搖動霍去病的身子，說：「你醒醒！皇上和皇后看望你來了！」

這一回，霍去病像是聽見了，艱難地睜開了乾澀的眼睛，朦朧地看到了武帝和子夫。他掙扎著想起身。武帝伸手按住，說：「別動！躺著說話就是了！」

霍去病喘著粗氣，無力地說：「皇上！皇后！臣……臣不……不行了。」

武帝安慰說：「卿是一代功臣，國家棟樑，不妨事的。」

子夫抓著去病滾燙的手，鼓勵說：「好侄兒！拿出前線殺敵的勇氣來，抗擊病魔，戰勝病魔！」

劉據、劉妍等齊聲說：「表哥！你會好起來的，我們還要跟你學騎馬射箭哩！」

霍去病想笑一笑回答太子和公主，可是沒笑出來。他閉上眼睛，停了許久，又睜開眼睛，說：「臣的姥姥，妻兒，弟弟，拜託皇上和皇后了。」

武帝含淚點頭。子夫忙說：「還有你娘，你娘！」她轉臉喊少兒，說：「二姐！你過來！」她讓少兒抓住去病的手，說：「去病！這是你娘，你就叫她一聲娘吧！」

霍去病模模糊糊地看到了生母的面影，眼角滲出一滴淚水，嘴唇蠕動，好不容易吐出一個字：「娘！」

「去病！娘對不起你！」少兒大喊一聲，珠淚滾滾，把臉和去病的臉緊緊地貼在一起。

這時，霍去病身體抽搐，喉嚨痰壅，兩眼發直，接著臉一側，腳一伸，斷氣了。

「去病！」

「外孫！」

「兒子！」

「外甥！」

「侄兒！」

「表哥！」

「哥！」

「爹！」

在場的人不約而同地發出急切的呼喚，繼而失聲痛哭起來，誰也不相信年僅二十四歲的霍去病，就這樣匆匆地離開了人世。他們當中，衛媼、少兒、金娥三人哭得最為傷心。衛媼雖說是去病的姥姥，卻像母親一樣撫養了外孫，看著他長大，看著他從軍，看著他建功立業，看著他娶妻生子，如今他卻先她而去了，這是為什麼呀？少兒雖是去病的生母，卻沒有給去病任何母愛，去病成就大器，她更問心有愧，平時不敢正面看去病一眼，盼星星盼月亮，好不容易盼到去病叫了自己一聲娘，而他竟永遠地閉上了眼睛。金娥嫁給去病，只指望相親相愛，白頭偕老，沒料想去病卻英年早逝，撇下她和年幼的霍嬗，以後的日子可怎麼過啊？

武帝悲痛啜泣。子夫淚流滿面。太子、公主和衛伉兄弟哭得抬不起頭。衛青和劉玫強忍淚水，一人扶武帝，一人扶子夫，說：「皇上和皇后節哀，且到大廳歇息。」武帝、子夫、太子、公主等隨著衛青和劉玫，一起來到大廳。大廳裡，家人開始忙碌，準備布置靈堂了。

武帝、子夫落座。衛青說：「去病在朝，是大司馬驃騎將軍，冠軍侯；在家，是臣的外甥。他的喪事，臣要辦得風風光光的。」

武帝說：「不！去病是國家重臣，功高蓋世。他的喪事應由朝廷來辦，所有費用由府庫開支。」

子夫說：「這樣會不會引起朝臣的非議？」

武帝說：「非議什麼？朕就是要讓天下臣民都懂得，凡國家功臣，民族英雄，朝廷是不會虧待他們的。」

衛青跪地，說：「臣謝聖恩！」

武帝攜太子、公主先行回宮，命子夫留在衛府，幫助料理喪事。一個時辰過後，聖旨下：大司馬驃騎將軍、冠軍侯霍去病，謚景桓侯，陪葬茂陵，停殯五日，王公大臣及三軍將士皆送喪致哀。

聖旨一下，從未央宮到衛府，從長安到茂陵，車馳人走，一片繁忙。長安城十二座城門和未央宮北闕的城樓，皆幛黑布，黑布上綴以大大小小的白花。衛府裡設置靈堂，侍衛守靈，百官祭奠，將士弔唁。茂陵方面，臨時徵調三萬名民工，為霍去病營造陵墓。

茂陵是武帝的陵寢，早在建元二年（西元前一三二年）就開始營建，同時設置茂陵邑，郡國富豪陸續遷居於此。武帝十分喜愛霍去病，所以命將他的陵墓建於自己陵寢東北一里的地方，以便死後能和愛將朝夕相處，共商冥國大事。

霍去病的陵墓幾天內基本竣工。按照設計，陵墓底部南北長九十二公尺，東西長六十一公尺；頂部南北長十五公尺，東西長八公尺；高十六公尺。封土堆上面堆積天然石塊，整體造型像祁連山。不言而喻，這是為了紀念和表彰霍去病在祁連山一帶所創建的輝煌功業。

出殯之日，武帝和子夫親臨衛府祭奠。當霍去病靈柩被抬上靈車的時候，衛媼、衛青淚流滿面，少兒、金娥呼天搶地，哭得死去活來。劉據、劉妍、衛伉等捂臉嗚咽，泣不成聲。靈車啟動，馳出府門。武帝、子夫、衛媼、金俗、劉玫送至門外，眼含熱淚，聲音嘶啞地說：「去病！一路走好，我們永遠想著你啊！」

文武大臣、三軍將士及霍去病的家人、親戚皆去送葬。衣冠、車馬、兵仗等均飾以白、黑兩色，遠遠望去，就像緩緩湧動著的白色和黑色水流。隊伍的最前面是儀仗，一百匹大馬，一百名士兵，高舉著黑布鑲邊的「霍」字帥旗。次是靈車，駕四馬，兩側各有四將騎馬護衛。靈車後面，是家人和親戚，都坐輜軿車。再後面，是文武大臣的車輛和將士方陣，黑鴉鴉一片，不見首尾。

靈車出長安城西面章城門（便門），逶迤西行，跨便門橋，渡過渭河，西向茂陵。從長安到茂陵，每十五里搭一靈棚，靈車經過時，當地官吏率眾焚香進果，跪拜祭奠。不少當初受霍去病招降的匈奴士兵，也自動聚集，身穿黑甲，肅立道路兩旁，面向大漢名將默哀致敬。

靈車至茂陵。茂陵邑萬人空巷，官民爭睹盛景。大司馬大將軍衛青，代表武帝，主持葬禮。哀樂奏響，霍去病靈柩緩緩置於墓穴中。殯工揮鍬填土。這是一個天昏地暗、摧肝裂膽的時刻，少兒、金娥、霍嬗跪地，聲嘶力竭地哭著喊著，撲著要跳進墓穴，隨死者同去。君孺、秋花、衛伉等緊緊地將他們抱住，淚水和黃土攪和在一起，一個個成了淚人和土人。

霍去病入土。民工們將新製作的石刻雕像置於墓上和墓前，包括躍馬、臥馬、臥象、牯牛、野豬、怪獸吃羊、青蛙、蟾蜍等。其中一件叫做「馬踏匈奴」，高一點六八公尺，長一點九公尺，按照天然石塊擬形，雕刻一匹碩壯有力、氣宇軒昂的戰馬形象，馬蹄下踏著一個披頭散髮的匈奴人。馬的造型古樸遒勁，雄渾敦厚，大雕刀，粗線條，微昂的頭顱，深陷的眼窩，健美的腿部，豐滿的前胸和後臀，以及起伏的關節等，簡潔明快，形神兼備，給人以英姿勃發、威風凜凜的強烈印象。那個匈奴人蜷伏在馬蹄下，赤足上屈，仰面朝天，頭髮散開，面目猙獰，手中緊握弓箭，似乎在做垂死的掙扎。一馬一人，馬的高大、雄健與人的微小、猥瑣，形成鮮明的對比，從而表現了一個巨大而深刻的主題：正義壓倒邪惡，侵略者不會有好下場。

喪禮至為隆重，禮遇至為崇高。武帝通過這種方式，表達了對於一位青年將軍、國家功臣的摯愛和悼念之情……

第十六章

秋風悲歌

關中平原的九月，秋高雲淡，風軟花豔，原本是很美麗的。可是，這年的九月，有點反常，有點奇怪，無情的秋風吹個沒完沒了，扯著響音，打著旋兒，夾著塵土，捲著樹葉，把天空吹得灰濛濛的，把人心吹得涼颼颼的，四處景象顯得空曠，寂寥，蕭瑟，肅殺。

漢武帝劉徹，還沒有從愛將霍去病之死的悲痛中恢復過來，忽然又接到蜀郡太守的奏報，說司馬相如日前在成都亡故。司馬相如留下一篇遺書，奏請武帝應該仿效古代聖賢，舉行封禪大典，以求國泰民安，而且還為封禪寫了幾篇頌詩。司馬相如和霍去病，一文一武，接連死去，這使武帝非常傷感。他的心裡空落落的，時時在想：一個大活人，怎麼說死就死了呢？人生無常，人生如夢，人生像白駒過隙，人生似朝露一閃，確實如此啊！

武帝勉強振作精神，臨朝決事。由於長期的戰爭，開支浩繁，國家財政又出現了困難。解決財政問題，武帝指望不了別人，只能倚重御史大夫張湯。當時，張湯正是一個紅得發紫的人物，權勢遠在丞相莊青翟之上。張湯奏事，一講就是幾個時辰，百官聆聽，天子忘食。而且，他還幾次代理丞相職務，敢說敢做，深受武帝寵信。

張湯解決財政問題，第一個辦法還是改革貨幣，廢除三銖錢，更鑄五銖錢。通過廢除和更鑄，朝廷增加了一大筆收入。可是，鑄錢利潤巨大，各郡國乃至許多大商人，置朝廷禁令於不顧，紛紛私自盜鑄，撈取油水。私自盜鑄的五銖錢，粗製濫造，成色不足，以至品質低劣的貨幣充塞市場，攪亂了正常的經濟秩序。張湯使出酷吏手段，嚴懲盜鑄者，一年中殺死數十萬人。儘管如此，盜鑄依然成風，無法禁止。張湯絞盡腦汁，又想出第二個辦法，就是「告緡」，即鼓勵告發大地主、大商人、大手工業主隱匿財產、偷漏交納財產稅的罪行，如果情況屬實，那麼財產全部沒收歸公，告發者可以獲得高額分成。這一損招還真管用，一時告緡遍天下，朝廷沒收的富豪財產數以億計，奴婢數以萬計，田地則不可勝計。這樣一來，國家府庫是充實了，而那些大地主、大商人、大手工業主，包括中產階級卻遭了殃，他們辛辛苦苦積攢的家產，頃刻之間化為烏有，甚至家破人亡，淪為貧民。

張湯斂財有功，更得武帝寵信。一次，張湯生病，武帝親臨其家，探視慰問，足見寵信的程度。然而，張湯為人，太過酷烈，難免會樹立眾多的政敵。大農令顏異，反對張湯的做法，認為他是竭澤而漁，只顧眼前利益，從長遠看必然損傷國家元氣。張湯正在如日中天之時，豈能容得顏異持有異議？於是搜腸刮肚，想出一條「腹誹」的罪名，奏請武帝將顏異處死。「腹誹」即內心誹謗的意思，看不見摸不著，怎能作為罪責？可是，武帝信任張湯，欣然准奏，而且還命將「腹誹」二字寫進刑律，致使漢朝的刑法比前更加苛虐了。

張湯恃寵怙勢，大有順我者昌、逆我者亡的架勢。御史中丞李文，因為不願趨附張湯，所以張湯指使親信魯謁居，隨意捏了個罪名，硬將李文處死。權力的欲望沒有止境。張湯不甘心屈就御史大夫的職位，進而想取代莊青翟而任丞相。這樣，他和莊青翟之間的矛盾便顯露了出來。

恰在這時，漢文帝霸陵發生一樁盜案，有人掘墓盜走了埋葬的金銀等物。這事關係重大，丞相、副丞相均有失察之過。莊青翟考慮張湯在武帝心目中的崇高地位，特意邀請張湯，一起入朝謝罪。張湯佯為允諾，及至見到武帝時，他卻站在一邊，隔岸觀火。莊青翟目視張湯，意思是說：「你倒是說話呀！」張湯假裝未見，始終一言不發。莊青翟無可奈何，只得獨自謝罪，承擔失察之責。武帝當即發話，命御史查緝盜犯，御史的首領恰是張湯。退朝以後，張湯密召御史，叮囑辦案方法，中心意思是應把矛頭對著莊青翟，治他一個明知故縱之罪。

莊青翟手下有三位長史：朱買臣、王朝和邊通。他們原先的官職都高於張湯，及至張湯發跡以後，趾高氣揚，屢屢責難甚至呵斥三人。因此，三人懷恨在心，收集張湯內懷奸詐，欺君罔上，外挾酷吏，結黨為非的罪證。這時候，他們為救莊青翟，遂將收集的罪證寫成奏書，進呈武帝。

武帝閱讀奏書，但見列舉的一件件一樁樁血淋淋的事實，令人觸目驚心。趙王劉彭祖趁機也上一書，專劾張湯的罪行。武帝頓時生疑，懷疑張湯懷詐面欺，遂命御史中丞減宣暗中查證那些事實。減宣查證一番，回奏說：「事實確鑿，惟請聖裁。」

武帝不禁動怒，派人責問張湯。不想張湯極口抵賴，無一承認。武帝雖然寵信張湯，但事關朝廷法度，只能忍痛割愛，命將張湯下獄，由御史趙禹審訊。張湯不服，聲稱自己所做的一切都是為了皇上和朝廷。趙禹微微一笑，說：「張大人也太不知分量！試想大人出任廷尉和御史大夫以來，殺人幾何？滅族幾何？現在大人被人訐告，事皆有據，抵賴得了嗎？皇上器重大人，不忍加誅，欲令大人自以為計，而大人卻嘵嘵置辯，這又有何用呢？依我看，大人還是自量為好，就此自決，或許可以保全家族呢！」

張湯一生，殺人無數。此時此刻，大有一種日暮途窮、罪有應得的感覺。他向趙禹索要筆墨，在一帛上寫道：「臣張湯無尺寸之功，起刀筆吏，幸蒙陛下過寵，忝位三公，無自塞責，然謀陷臣者，乃三長史也。」寫罷，仰天長歎，一頭撞向牆壁，腦顱開裂，自殺斃命。

趙禹將情況回報武帝。武帝見又死了一位寵臣，大為驚駭，派人通知張湯家屬。所派之人發現張湯家境清貧，除了少許俸祿所得外，別無他物。張湯母親仍然健在，兄弟子侄等主張厚葬死者。

張母說：「湯兒身為天子大臣，遭受讒陷，終致自殺，難道還用厚葬麼？」因此，張湯的葬禮極為簡單，草草棺殮，載以牛車，有棺無槨，埋葬了事。

武帝獲知這些情況，不覺懊悔起來，歎息說：「非其母不生其子！」他意識到朱買臣、王朝、邊通三長史的奏書中有誣告的內容，立命收捕三人，處以斬首。莊青翟連坐下獄，嚇得魂不附體，仰藥自盡。

短短三四年間，朝廷高官接連死去，霍去病和司馬相如死於疾病，李廣、李蔡、莊青翟、張湯死於自殺，李敢、顏異、李文、朱買臣、王朝、邊通等則死於嫉恨。武帝弄不明白，這到底是怎麼啦？他感到困惑，感到茫然，甚至感到恐懼，下一步，死神又會降到誰的頭上呢？

年年歲歲花相似，歲歲年年人不同。當武帝跨進四十歲門檻的時候，他深刻地領悟到一個道理，那就是人生短暫，去日苦多。權勢，尊崇，榮華，富貴，生不帶來，死不帶去。因此，應當珍惜生命，及時享樂，否則像霍去病那樣，年紀輕輕地就兩眼一閉，嗚呼哀哉，那麼這個世界對於自己又有什麼意義呢？

武帝正值壯年，精力相當旺盛。相比之下，皇后衛子夫青春已過，容顏漸衰，精神大不如前了。子夫已經生了四個兒女，臉上的皺紋多了起來，皮膚變得粗糙，肌肉變得鬆弛，最明顯的是兩個乳房，鬆軟地下垂著，完全失去了彈性。還有她那一頭烏黑發亮的青絲，也變得稀疏了，仔細察看，還能尋出幾根白髮。床上功夫更是一天不如一天，心有餘而力不足，以致武帝在她身上，再也找不到以前的那種快感和樂趣了。

歷史上從來就沒有過愛情專一的皇帝。武帝也不例外。他曾寵愛一位年輕貌美的王氏女子，封為夫人。王夫人生有一子，取名劉閎。當時，大將軍衛青尚未加銜大司馬，一門五侯（包括霍去病），聲華赫奕。偏有一個名叫寧乘的方士，主動找上門來，開導衛青說：「大將軍食邑萬戶，外甥和三子封侯，可謂位極人臣，一時無兩。然而物極必反，高且益危，大將軍難道就沒想過這個理嗎？」

衛青點頭，說：「衛某平時也曾慮及，但不知先生何以教我？」

寧乘眨巴著小而機靈的眼睛，說：「大將軍如此尊榮，並非全靠戰功，仰賴後宮也是原因之一。現在，衛皇后固然得寵，而王夫人亦大見寵幸。王夫人的母親就住在京城，未獲封賞。大將軍何不贈予金銀，預結歡心？多一內援，即多一保障，此後方可確保無虞啊！」

衛青道謝，說：「幸承指點，自當遵行。」即刻派人給王母送去五百兩黃金。

王母得了厚贈，自然告知王夫人。王夫人轉告武帝。武帝暗想，衛青素來老實，為何無故給王母贈金？一天，武帝當面詢問衛青緣由。衛青紅了臉，將寧乘的話和盤托出。武帝歡喜，說：「難得寧乘有此美意。」當天召見寧乘，封他為東海都尉。寧乘給衛青出了一個主意，撈了一個官職，高高興興地上任去了。

王夫人紅顏薄命，得寵三年病死。武帝怏怏不樂，轉而另尋新歡。他臨時看中一位李姬，李姬生了兒子劉旦和劉胥後，因為姿色平平，便被冷落。一天，武帝和大司馬大將軍衛青、平陽公主劉玫夫婦，一起飲宴，傳召樂師李延年前來唱歌助興。

李延年，中山（今河北定縣）人。出身於歌舞世家，擅長音律歌舞。他先前因犯法而被處以宮刑，留在皇宮充當宦官，負責養狗。因為具有音樂天賦，而且長相英俊婉媚，所以當上了樂師。李延年應召而至，當下抖擻精神，高歌一曲，歌詞是：

北方有佳人，
絕世而獨立。
一顧傾人城，
再顧傾人國。
寧不知傾城與傾國，
佳人難再得！

這首李延年自編自唱的《佳人歌》，歌詞誇張，旋律優美，末尾二句經數次重覆，由高亢轉低迴，餘音嫋嫋，韻味無窮。武帝聽得入神，像著了魔似的，歎息說：「唱得太好啦！可惜，世界上哪有這樣傾國傾城的佳人呢？」

劉玫笑著插話說：「有呀！李延年的妹妹就是，不僅姿色豔麗，而且善歌善舞。」

武帝立刻來了興致，說：「是嗎？那就趕快引來，朕要見她！」

李延年答應「遵旨」，去不多時，便將妹妹引了來，拜見武帝。武帝注目端詳，但見李女十六七歲，身材苗條，衣飾合體，柳眉杏眼，粉面朱唇，淺淺的兩個酒窩，淡淡的一抹笑容，渾身透出清純，現出嫵媚，恰似荷粉露垂，煙花雨潤。武帝龍心大悅，脫口稱讚說：「果然傾城傾國！朕且問你，可願留在宮中侍候朕？」

李女跪地，輕啟嬌喉，羞放鶯聲，說：「侍奉皇上，實乃奴婢之福。」

武帝喜不自禁，忙去扶起李女，攜手同入寢殿，顛鸞倒鳳，暢施雨露。那種激情，那種快樂，自然可想而知了。次日，武帝即封李女為夫人。李延年跟著沾光，由普通的樂師升任協律都尉，佩戴二千石印綬，主管樂府事宜。

子夫見武帝新寵不斷，心裡總覺得酸溜溜的。不過，子夫是個想得開看得開的女人，皇帝嘛，寵幸嬪妃天經地義，爭風吃醋大可不必。再說，女人爭風吃醋，又有何用？當初陳阿嬌就是個活生生的例子，自己可不能當第二個陳阿嬌。因此，子夫對王夫人也好，對李夫人也好，都是以禮相待，友好相處。她親切地稱她們為「妹妹」，在妹妹跟前，從來不擺皇后的派頭。她想，謙恭溫和，寬宏大度，這是一種美德。自己唯有如此，皇后和國母的地位方可穩固。

武帝寵幸李夫人，快慰無比。一年後，李夫人生一子，取名劉髆。武帝心疼嬌妃幼子，愛屋及烏，格外器重大舅子李延年。因此，李延年得以常與武帝同起臥，共飲宴，貴幸至於極點。李夫人的另一個哥哥李廣利、弟弟李季也受皇恩，可以自由出入宮禁。大凡好景不長。元鼎元年（西元前一一六年）秋天，風華正茂的李夫人突然生了重病，臥床不起。武帝守在床邊，焦急萬分。李夫人啜泣著說：「臣妾命薄，恐怕不能再侍奉皇上了。臣妾的兄弟和髆兒，還請皇上多多關照。」

武帝說：「愛妃且莫傷感，朕命最好的御醫給你診治，會康復的。」

數日後，李夫人不僅沒有康復，病情越見嚴重，面皮臘黃，形容枯槁，原先的風韻一絲無存。武帝殷勤前來探視。李夫人以被蒙頭，不肯見面。武帝想揭開被子，看看愛妃。李夫人翻身向裡，被子裹得更緊，怎麼也不肯露出臉面。武帝快快離去。侍女們好心地說：「皇上探視夫人，夫人怎能避而不見呢？你總該把兄弟和兒子的事託付給皇上啊？」

李夫人唏噓流淚，說：「女人以色事君，色衰而愛弛，愛弛則恩絕。現在，我病至將死，容貌毀壞，姿色難看，皇上見了必然噁心。那樣，他還會關照我的兄弟和兒子嗎？」

侍女們聽了，恍然大悟。原來，李夫人拒見皇帝，是為了讓皇帝始終保持一個美好的印象，那樣才會更好地關照她的兄弟和兒子。

沒過幾天，紅顏委蛻，玉骨銷香，二十歲出頭的李夫人竟然死了。

武帝悲悼，命以皇后禮儀安葬了愛妃。繼而命畫師繪了李夫人的遺容，懸於甘泉宮的寢殿，朝夕凝視。俗話說：日有所思，夜有所夢。武帝時時思念李夫人，遂致夢中恍惚，夢見她贈予蘅蕪香草，醒來尚有餘香，歷久不散。武帝倒有情致，因名李夫人住過的寢殿為「遺芳夢室」。

秋風蕭瑟，秋涼襲人。霍去病死在秋天，李夫人也死在秋天。秋天，難道就是死人的季節麼？武帝心情抑鬱，睜眼閉眼，總覺得有一團濃重的陰影在頭頂盤旋，有一雙無形的巨手在高空揮舞。陰影落下來，巨手抓下來，那麼就是人的死期到了，所謂「閻王叫你三更死，無法留你到五更」，說的大概就是這個道理吧？

時代的局限，科學的落後，決定了人的愚昧。武帝和歷史上的許多帝王一樣，相信神仙和鬼魅，相信它們是存在的，而且操縱著和主宰著人間世界。他登基已經二十多年，迷戀皇帝的權力和尊崇，也迷戀皇帝的作為和生活。而這必須以活著、健康、長壽為前提，如果像霍去病和李夫人那樣突然死去，那麼，一切的一切，還有什麼意義呢？因此，他決心效法秦始皇，渴望長生不老和長生不死，渴望和神仙對話，渴望求得神仙的幫助，找到一種能夠不老和不死的祕方。

先前，武帝結識過一個名叫李少君的方士。李少君自稱活了七八百歲，曾和春秋時期的齊桓公打過交道。他雲山霧罩地胡謅說：「陛下只要虔誠地祭祀灶神，就可以役使神鬼。那時再煉丹砂，丹砂可以變作黃金。用黃金鑄成酒器食具，常用便能益壽延年。然後去海上尋訪神仙，再到泰山封禪，便可以長生不死，白日升天。古代的黃帝就是這樣成仙的。」

武帝全神貫注地聽著。李少君進而信口雌黃地胡吹說：「我曾經遊於海上，遇見過仙人安期生。他請我吃棗子，那棗子竟和瓜一樣大。安期生和蓬萊神山的仙人是好朋友。陛下想到蓬萊神山，最好先找到安期生。可是這位仙人脾氣古怪，只有碰到脾氣和他同樣古怪的人，才肯現身。否則，他就隱匿起來，縱然踏破鐵鞋，也是枉費工夫。」

武帝糊里糊塗，竟把這番鬼話信以為真，四時八節，親自祭祀灶神，還召請方士在宮中煉丹砂，派人到海上尋找安期生。前後忙乎了半年，丹砂沒有煉成黃金，安期生也沒見蹤影，李少君卻偶染風寒，一命嗚呼。武帝可不認為他是病死的，硬說是「羽化成仙」了。

神仙令武帝嚮往，神仙使武帝著迷。李夫人死後，武帝痛悼不已。恰又來了一個方士李少翁，聲稱能使一種「招魂術」，招來李夫人的魂靈和武帝見面。武帝心喜，命其作法。於是，李少翁騰出一間淨室，四周張帷，並索取李夫人生前的衣服，預備招魂。到了夜間，帷外點燃紅燭，武帝遠遠落座。李少翁進入帷內，裝神弄鬼，東面噴水，西面念咒，折騰了兩三個時辰，果有一美貌女子，款款而至。武帝從遠處癡望，不覺出神，因為那女子的身材、容貌恰似李夫人。他心情激動，起身向前，想和李夫人說話。李少翁急忙出帷止住，低聲說：「不可！不可！」。武帝定睛再看，那美貌女子忽忽悠悠，隱然不見了。他不由地垂頭喪氣，連連歎息，隨口吟道：「是邪？非邪？立而望之，偏何姍姍其來遲！」

當夜，武帝思不成寐，特援筆作賦一篇，以傷悼李夫人。賦云：

美連娟以修嫮兮，命樔絕而不長。飾新宮以延貯兮，泯不歸乎故鄉。慘鬱鬱兮其蕪穢兮，隱處幽而懷傷。釋輿馬於山椒兮，奄修夜之不陽。秋氣憯以淒淚兮，桂枝落而銷亡。神煢煢以遙思兮，精浮游而出畺。託沉陰以壙久兮，惜蕃華之未央。念窮極之不還兮，唯幼眇之相羊。函荾荴以俟風兮，芳雜襲以彌章。的容與以猗靡兮，縹飄姚虖愈莊。燕淫衍而撫楹兮，連流視而娥揚。既激感而心逐兮，包紅顏而弗明。驩接狎以離別兮，宵寤夢之芒芒。忽仙化而不返兮，魄放逸以飛揚。何靈魂之紛紛兮，哀裴回以躊躇。勢路日以遠兮，遂荒忽而辭去。超兮西征，屑兮不見。浸淫敞怳，寂兮無音。思若流波，怛兮在心。

亂曰：佳俠函光，隕朱榮兮。嫉妒闟茸，將安程兮！方時隆盛，年夭傷兮。弟子增欷，洿沫悵兮。悲愁於邑，喧不可止兮。嚮不虛應，亦云已兮。嫶妍歎息，歎稚子兮。懰慄不言，倚所恃兮。仁者不誓，豈約親兮？即往不來，申以信兮。去彼昭昭，就冥冥兮。既下新宮，不復故庭兮。嗚呼哀哉，想魂靈兮！

武帝歷來喜愛文學，亦有深厚的文學修養。所以，這篇賦寫得辭藻華美，感情真摯，不失為一篇深沉的戀歌和悲歌。

李少翁使了「招魂術」，招來了「李夫人」。武帝佩服得五體投地，視他為「活神仙」，封為文成將軍，賞賜大量金銀。進而命他使出更大本領，招來神仙一見。李少翁煞有介事，在甘泉宮大築台觀，繪塑許多奇形怪狀的泥像，或稱天神，或稱地祇，焚香膜拜，虔誠供奉。武帝深信不疑，由著李少翁折騰。可是過了許久，神仙始終沒有光臨。武帝未免疑惑，李少翁大為心虛，有點坐立不安了。

李少翁深怕露餡，忽又想出一計，以騙武帝。他悄悄用一白帛，糊塗亂畫，寫了一篇所謂的「天書」，摻在草料中，餵進牛肚裡。然後，裝模作樣地告訴武帝說：「夜間神仙顯靈，通知我說，這頭牛的肚子裡有一卷天書。」武帝命人把牛殺了，剖開肚子，果然發現一方捲著的白帛。打開一看，但見文字雜亂古怪，不知何意。武帝反覆細看，心裡一震，「天書」上的文字不正是李少翁的筆跡麼？他知道上當了，立命將李少翁逮捕下獄，嚴刑拷問。李少翁吃刑不過，一一招認了所有的騙術。武帝赫然震怒，憤憤下令，將「活神仙」推出去斬了。

武帝殺了李少翁，生了一場大病，暫住甘泉宮休養，半月不癒。這時，上郡又來了一個巫師，自稱能夠聽到並懂得神仙說話，善知吉凶。武帝派人相迎，詢問自己的病情。巫師故作神祕，假裝和神仙交談，轉而對武帝說：「神仙說了，皇上病無大礙，三天內必定痊癒。」說來也巧，三天後，武帝果然病癒。這一下，武帝來勁了，隨即帶了巫師回長安，命在北宮中開闢壽宮，置神座，供神像，張羽旗，放祭品，號為「神君」，日夜供奉。神君不會說話，聽憑那個巫師轉達，積錄成書，名為「畫法」。巫師通過「畫法」，轉達神仙之語，說李少翁死得冤枉。武帝害怕神仙責怪自己，搪塞說：「李少翁是誤食有毒的馬肝死的，對此，我很後悔哩！」

巫師住在壽宮，吃香的，喝辣的，逍遙自在。一天突然傳話，說神仙準備會見武帝，但要在一個很高很高的地方。武帝樂壞了，遍觀京師，發覺城門門樓、長樂宮前殿和未央宮前殿，雖然巍峨高峻，但還達不到「很高很高」的要求。神仙來去，都是騰雲駕霧，斷然不會屈就這些「低處」。好個武帝，一聲令下，命在未央宮裡再建一座高臺，其高要超過長安城的所有建築，自己要在高臺上會見神仙。

皇帝下令，臣屬遵行。數月時間，一座聳入雲霄的高臺便建成了。此臺位於未央宮北闕的西側，高二十丈，約合四十七公尺。二十四根一抱多粗的銅柱參天矗立，一層一層，鋪設木板，最高層建為尖頂翹簷亭式閣樓。緣台內壁建有螺旋式階梯，供人上下。閣樓樑架以及階梯，均用珍貴、稀罕的香柏木製成，其香風傳數十里，故高臺稱做「柏梁臺」。臺的尖頂部位，露天置一青銅鳳凰，昂首展翅，意欲飛翔。因此，柏梁臺又稱做「鳳闕」。

柏梁臺竣工。武帝迫不及待地登臺遊覽一番。他沿著階梯，拾級而上，登上閣樓，憑欄四眺。呀！那是一種多麼開闊、多麼壯美的景象啊！南山白雪皚皚，渭河碧水如帶，東面的霸陵和西面的昆明池，歷歷在目，似乎伸手可及。整座長安城就在下面，城垣方方，宮殿棋布，大街小巷，車水馬龍……武帝非常滿意，滿意中夾帶著興奮。柏梁臺高聳入雲，自己即將在這裡和神仙見面，那該多麼愜意啊！

為了和神仙見面，武帝幾次登上柏梁臺，焚香禮拜。不知什麼原因，神仙始終沒有出現。這天，武帝在柏梁臺上宴請俸祿二千石以上的王公大臣，酒酣耳熱，突發興致，說：「朕今日和各位愛卿作聯句詩如何？」

王公大臣中有人不善作詩，說：「臣等胸無點墨，哪及皇上的文治武功？」

武帝說：「聯句詩並不複雜，一人一句，句各七字，只要切合身分，各述所職，大體押韻就行。」

眾人說：「那好，恭敬不如從命。」

武帝說：「朕起頭：日月星辰和四時。」

趙王劉彭祖時在長安，聯道：「驂駕駟車從趙來。」

大司馬大將軍衛青想著軍事，聯道：「郡國士馬羽林材。」

莊青翟死後，趙周繼任丞相，聯道：「總領天下誠難治。」

太傅聯道：「和撫四夷不易哉。」

張湯死後，石慶繼任御史大夫，聯道：「刀筆之吏臣執之。」

太常聯道：「撞鐘擊鼓聲中詩。」

宗正聯道：「宗室廣大日益滋。」……

聯句有雅有俗，有優有劣。武帝並不在乎，笑著說：「但願神仙能夠聽到這些詩句，盡快露面才好。」

王公大臣附和著說：「是啊！神仙為何還不露面呢？」

武帝開創的這種聯句詩，傳至後世，竟成為一種詩體，稱作「柏梁體」。這恐怕是武帝始料所未及的。武帝一面等待神仙，一面斷決政事。他任命孔僅為大農令，桑弘羊為大農中丞，掌管國家財政。孔、桑二人吸取張湯的教訓，採取堅決措施，重新改革貨幣。一是把鑄錢權收歸朝廷，嚴禁郡國私鑄，各地銷毀以前各種舊錢，熔成銅錠，解交中央。二是由上林苑水衡都尉所屬的「鐘官」、「辨銅令」、「技巧令」三官，分別負責鑄造、成色審查和技術指導，另鑄一種新五銖錢。新五銖錢又稱「上林錢」或「三官錢」，成色好，品質高，是唯一合法的貨幣，其他貨幣禁止流通。這樣一來，中國的貨幣實現了真正意義上的統一，這對於鞏固中央集權統治，促進商品經濟發展，發揮了重要的作用。

朝廷掌握鑄造貨幣和發行貨幣大權，國家財政狀況好轉。這使武帝更加心安理得，急切地期盼神仙降臨。到了夏天，神仙還是沒有露面，出使西域的張騫回來了，他給武帝帶回了喜悅。

張騫第二次出使西域是在元狩四年（西元前一一九年）。他帶領外交使團和通商商團，順利地到達烏孫國。不想，此時的烏孫國發生內訌。烏孫王朧驕靡已經年過花甲，老態龍鍾。他的長子早死，他想把王位傳給長孫軍須靡。他的次子翁歸靡拒不答應，趁機發動叛亂。朧驕靡和軍須靡率兵鎮壓叛亂，一家三代人，圍繞王位問題，正鬧得不可開交呢！

張騫拜見烏孫王，轉達了大漢天子的旨意，並贈送禮物，表示大漢願與烏孫結為兄弟，共同對付匈奴。年邁的朧驕靡有點心有餘而力不足，說：「烏孫很想親近大漢，只是兩國相距遙遠，國內又處於動盪狀態，本人不便自專。一切等待日後再說吧！」

張騫聯絡烏孫、共擊匈奴的使命沒有完成。他在烏孫住了下來，派遣副使分別前往大宛、康居、安息、大月氏、大夏和身毒等國。元鼎二年（西元前一一五年）夏，張騫回國。烏孫王特意派遣使者數十人，帶著良馬數十匹，還有譯員、嚮導等，隨張騫到長安，答謝大漢皇帝。

武帝在未央宮前殿接見來自異國的客人。他見他們頭戴錦繡小帽，身穿鮮豔長袍，高鼻樑，藍眼睛，齊刷刷地跪地，嘰里咕嚕地高呼。張騫充當翻譯，說：「他們說，奉烏孫王之命，恭祝大漢皇帝萬壽無疆，同時向大漢皇帝敬獻良馬。」

武帝笑逐顏開，虛榮心得到很大滿足。他讓張騫告訴烏孫客人，說：「大漢皇帝向烏孫王致意，歡迎烏孫客人遊覽長安，並賜予絲綢等物。」張騫將武帝的話翻譯成烏孫語。烏孫客人齊聲說：「亞克西！亞克西！」

武帝詢問張騫說：「亞克西？亞克西什麼意思？」

張騫回答說：「啟稟皇上：亞克西是烏孫語，就是好、很好的意思。」

武帝微笑點頭，說：「大漢和外邦友好往來，這是歷史潮流，勢不可擋。朕相信，隨著大漢的強盛，這種往來，次數會越來越多，規模會越來越大。」

張騫說：「皇上所言極是。臣通過兩次出使，深切地感受到西域各國普遍仰慕我國的文化，特別喜愛我國的絲綢、瓷器等物品。他們歎服皇上的神威，願與我國友好交往，並開展貿易，互通有無，互利互惠。」

武帝心情振奮，面向群臣，說：「是啊！我們和西域各國，一要通好，二要通商。這是大漢的國策之一，必須長久地堅持下去。看來，張騫通使西域，等於開闢了一條通道，這是一條友好的通道，貿易的通道。對此，後人肯定會給予足夠的評價，銘記不忘的。」

群臣受到感染，齊聲說：「皇上聖明！」

武帝隨即宣布，任命張騫為大行令，主管外交事務。同時命在長安籌建蕃邸，供外國人居住；培訓譯員，加強與外國人溝通。

時過一年，又是秋天。張騫突然患病，與世長辭了。武帝非常痛惜，說：「好人總是短命，這是為什麼呢？」其後，張騫在烏孫派出的副使，陸續回國，同時帶回了大宛、康居、安息、大月氏、大夏、身毒等國的外交使團。武帝一一接見，每接見一次，他的虛榮心都得到一次滿足。他讓外國使團瀏覽長安市容，參觀東市西市，領略上國文明。外國人哪裡見過這樣宏偉的城市和繁榮的市場？一個個驚得目瞪口呆，嘖嘖讚歎說：「啊！真是天堂，天堂啊！」

說到天堂，武帝決定帶領各國使團參觀柏梁臺。武帝身穿袞服，頭戴冕旒，威嚴落座。王公大臣，華衣麗飾，恭敬侍立。皇家禁軍，氣宇軒昂，專心侍衛。樂曲奏響，各國使團依次向前跪拜，且用各種語言祝福大漢皇帝萬壽無疆。武帝心花怒放，頗有一種飄飄欲仙的感覺，朗聲說：「大漢的國門是敞開的，熱情歡迎八方賓客。各位在長安期間，可以多走走，多看看；回國後，可以宣播大漢文明，並請轉達朕對各國人民的敬意。今天，各國朋友歡聚於此，這是一件盛事。朕特賜每人黃金五十斤、絲綢五十匹，以資紀念。」

各國使團歡呼雀躍，由衷地稱頌和感激大漢皇帝的盛情和慷慨。而後，他們走出閣樓，憑欄四望，八百里秦川和長安城全景盡收眼底，蒼茫，遼闊，雄偉，壯麗。他們欣喜，他們陶醉，「啊！」「哦！」的驚歎聲隨著清風白雲，傳得很遠很遠。

從此以後，西域各國乃至更遠的國家，開始正式與漢朝通使往來。沿著張騫開闢的道路，人來人往，絡繹不絕。西去的有中國的使團和商隊，他們把精美的絲綢和瓷器等運往西方；東來的有西方的使團和商隊，他們把各種工藝品和土特產等輸往中國。一條連接東西方的著名大通道——「絲綢之路」形成了，千古傳為佳話，有力地推動了世界文明的發展。

第十七章

迷信神仙

威服四海，邦國來朝，地位尊崇，生活美好。漢武帝劉徹更加奢望長生不老和長生不死了。他命宮監召巫師問話：柏梁臺竣工多時，神仙為何還不露面呢？宮監回奏說：「巫師十日前離開壽宮，至今未回。他的住處一片狼藉，看來，此人十有八九逃跑了。」

武帝頓時臉色鐵青，尷尬地說：「這是為何？」他命人尋找巫師，搜遍長安，不見蹤影。他悶悶不樂，原因倒不在於受了巫師的欺騙，而是沒有巫師，不懂神語，自己怎麼和神仙見面呢？

恰在這時，樂成侯丁義迎合聖心，推薦一個方士欒大，稱讚此人神通廣大，上天入地，呼風喚雨，無所不能，無所不精，足可幫助皇上找到神仙。武帝一聽，所有鬱悶和煩惱一掃而光，立即傳召欒大。於是，欒大進宮，演出了一幕更加荒誕絕倫的滑稽鬧劇。

欒大是武帝之弟膠東王劉寄的家奴，生性刁猾，長期和劉寄愛妃丁氏私通，穢不可聞。而丁氏的弟弟，正是樂成侯丁義。皇帝迷信神仙，佞人投其所好。欒大看到方士吃香走紅，便也學了幾套騙術，冒充方士。為了榮華富貴，他慫恿情婦丁氏說動丁義，丁義轉向武帝推薦。於是，他便到了長安，應召面聖。

欒大四十五六歲，身材不高，臉色灰黃，賊眉鼠眼，三綹鬍鬚。左眼內側靠鼻樑處長有一顆黑痣，痣上幾根長毛。右下巴則有一個銅錢大的疤痕，又平又亮，很是怪異。武帝初見欒大，以為相貌猥瑣，心中不喜。及與交談，方知人不可貌相，海水不可斗量，這個欒大的能耐大著哩！

欒大能說會道，牛皮吹破天臉都不紅。他說：「臣在膠東，經常出入大海，有幸遇見安期生、羨門生等仙人，得拜為師，接受指點。這些仙人好生了得，親口對我說，丹砂可以煉成黃金，黃河決口可以堵住，不死之藥可以找到，海上仙人可以請來。只是……」

欒大看了看武帝，不說了。武帝急切地問：「只是什麼？」

欒大故作猶疑，許久才說：「只是仙人老師說了，李少翁死得冤枉。有此前車之鑒，他們不願和皇上見面。」

武帝趕忙辯解說：「李少翁是誤食馬肝，中毒而死。此事尚煩先生代為解釋，切莫誤會。並請先生轉告各位仙人，只要能取得仙方仙藥，朕是不會吝嗇錢財的。」

欒大聽武帝稱自己為「先生」，很是得意，繼續說：「臣的仙人老師從不有求於人，只有別人去求他們。陛下想見仙人，以求仙方仙藥，可以派遣使者去請。但有一條，使者的身分必須尊貴，而且要是皇親國戚。否則，仙人是不會會見使者的。」

武帝已經幾次上當受騙，只恐欒大行道不深，法術不精，未免沉吟。欒大窺破武帝心思，隨手從衣袖中取出兩枚石頭磨成的棋子，說：「臣可以讓這兩枚棋子打架，陛下信嗎？」

武帝不信，說：「哪有這種事？」

欒大當場表演，也不知使的什麼手法，但見兩枚棋子互相撞擊，各不相讓，用手拉開，略一放鬆，它們就又撞到一起，叮噹作響，真像打架一般。

武帝和文武大臣看得呆了，嘖嘖稱奇。

欒大矜持地一笑，把棋子收入衣袖，說：「棋子乃仙人老師所贈，不必驚訝。下面再來一手，讓各位開眼。」他命殿前侍衛，取過小旗數百面，分插各處。然後將手一拍，喝一聲「疾！」，立時便有微風徐徐吹來。他再念念有詞，加了幾句咒語，風勢驟然變大，把那幾百面小旗捲到空中，自相碰撞。文武百官見此情景，不甚驚駭，連聲說：「神了！神了！」武帝更是見所未見，聞所未聞，失聲喝采道：「好！」片時，風定旗落，一切歸於平靜。

武帝大開眼界，覺得李少君、李少翁，還有那個巫師，和欒大相比，簡直是小巫見大巫，不值一提。他確信欒大的法術是仙人傳授的，通過欒大，必定能夠找到神仙。因此，他封欒大為五利將軍，隨駕侍候。欒大似乎不滿意這個職銜，道個「謝」字，揚長而去。

武帝見欒大不太高興，料他是嫌一個將軍職銜，不足以使其身分尊貴。數日後，武帝又封他為天士將軍、地士將軍、大通將軍，一個職銜一顆金印。欒大心猶不足。武帝索性再加封他為樂通侯，食邑二千戶，並賜一處上等府邸，車馬帷帳、金銀器皿、日用家具等，一應俱全，另外加上千名奴僕和侍女。一個江湖騙子，平白得此恩遇，位列朝班，神氣活現，直叫文武百官瞠目結舌，難以相信。

欒大一下子尊貴了，可是還未成為皇親國戚，仍不稱心。武帝急於找到真仙，乾脆許諾將女兒陽石公主劉妍嫁給欒大為妻。欒大這時方才滿足，詭祕地一笑，跪拜武帝，說：「臣謝皇上，啊！不！小婿謝過岳父大人！」

群臣目睹此情此景，搖頭歎息，哭笑不得。可是，誰也不敢言語。因為眾人知道，皇帝早被神仙迷住心竅，說什麼也是白搭，倘若惹怒龍顏，丟官丟爵事小，甚者還會丟掉性命哩！因此，還是明哲保身，閉口為佳。

武帝退朝，特意拐到椒房殿，通知皇后衛子夫，說明劉妍許嫁欒大之事。子夫不敢相信自己的耳朵，說：「皇上開什麼玩笑？」

武帝說：「這不是玩笑，朕已決定了。」

子夫看著武帝嚴厲的神色，心裡發慌，說：「欒大年齡比妍兒大一倍還多，這門親事合適嗎？」

武帝說：「年齡懸殊有什麼關係？重要的是欒大身佩四將軍印綬，且封樂通侯，妍兒嫁他也算門當戶對。」

子夫說：「妍兒自小和公孫敬聲相好，二人心心相印，只是沒有把話挑明。現在讓她嫁給欒大，怕是轉不過彎來。」

武帝很不耐煩，說：「首先你要轉過彎來！兒女婚姻，歷來是父母作主，哪能由得了她？朕貴為皇帝，難道作不了妍兒的主麼？」

子夫連連搖手，說：「臣妾不是那個意思。臣妾是說……」

「別說了！」武帝打斷子夫的話，惱惱地說：「當務之急，是朕要尋求真仙，而欒大是唯一能夠接近真仙的人。欒大有了尊貴的身分，並且成為皇親國戚，這樣才能充當朕的使者，去和神仙往來。這個道理，你懂嗎？行啦，什麼也別說了，你去告訴妍兒，準備準備，近日成親。」武帝說完，一甩手，走了。

子夫傻了眼，硬著頭皮叫來劉妍，告訴她武帝的決定。劉妍根本不信，說：「欒大要人樣沒人樣，要品行沒品行，年齡比父皇還大，父皇怎會讓我嫁給那號人呢？」

子夫說：「你父皇滿腦子都是神仙，神仙，什麼事做不出來？欒大封官封侯，賜錢賜物，不就是例子嗎？」

劉妍憤憤地說：「欒大是騙子，是流氓，敬聲兄弟說了，他要的棋子打架、小旗升空之類，不過用了一種障眼法和覘風術，全是騙人的把戲。」

劉妍說的「敬聲兄弟」就是公孫敬聲，公孫賀和衛君孺的兒子。劉妍的意中人正是這位英俊倜儻的敬聲兄弟，醜八怪欒大不過是隻癩蛤蟆，哪配吃她天鵝肉？

子夫理解女兒的心情，說：「娘知道你和敬聲要好，可是父命難違，聖命難違，事情由不得你也由不得娘啊！」

「不嫁！不嫁！」劉妍賭氣，扭頭回了自己的房間。她渾身燥熱，她心煩意亂，悄悄找到宦監令李貴，要了一輛馬車，前往衛府。衛府有她姥姥衛媼和舅舅衛青，她想求得他們的幫助，設法取消這件婚姻。

衛青早朝時得知武帝的決定，驚訝而又無奈，回家把情況告訴母親。衛媼手持拐杖，連連搗地，說：「這不是造孽嗎？皇帝為了自己成仙，竟然捨棄親生女兒，還算人嗎？」

劉妍進來，一頭撲在衛媼懷裡，淚水嘩嘩地說：「姥姥！舅舅！救救我，救救我啊！」

衛媼摟著外孫女，心裡發堵，淚如雨下，轉臉對衛青說：「你是大司馬大將軍，能眼睜睜地看著妍兒讓欒大那畜生糟蹋嗎？」

衛青搖頭歎氣，說：「皇帝家事，外臣不能插手。再則，現在的皇帝早已不是先前的皇帝，別人的話，他是聽不進去的。」

衛媼說：「那就讓平陽公主回去勸勸皇帝，叫他收回成命。」

衛青還是搖頭歎氣，說：「哪有那麼簡單？皇帝一門心思全在神仙身上，誰也勸不轉的。」

衛媼緊緊地摟著劉妍，喃喃地說：「苦了我妍兒了！苦了我妍兒了！」

劉妍到衛府，本想姥姥和舅舅能夠幫助自己擺脫欒大，怎奈皇權蓋天，姥姥和舅舅都無能為力。她絕望了，跺著腳喊道：「我，我，為何生在帝王家啊！」

劉妍失魂落魄，坐車回宮。馬車經過公孫賀府門前，她朝門內注視良久，眼含淚花，深情地說：「敬聲兄弟！你我今生無緣，但求來生來世吧！」

數日後，欒大披紅掛綵，喜氣洋洋地迎娶陽石公主。子夫抱著女兒，大哭一場，眼看著劉妍隨欒大而去。洞房花燭之夜，欒大喝得醉醺醺，看著愛妻，美豔豔，嬌滴滴，恰似仙女下凡，西施轉世。他打了個響亮的酒嗝，向前擁抱劉妍，在她身上亂摸。劉妍感到噁心，使勁一推。欒大沒有站穩，「撲通」一聲跌坐在地。他咧嘴獰笑，說：「哈哈！你父皇只要神仙不要女兒，把你嫁給老子，你就是老子的婆娘。怎麼著？嫌老子年齡大長相醜不是？沒有關係，老子的傢伙可硬梆，包叫你受用快活！」他爬起來，淫笑著，餓狼似的，撲向劉妍，三拉兩扯，扒光她的衣服，露出白淨、光滑的胴體。他等不及上床，趁勢將赤裸的劉妍一把按倒在床前的踏板上……

騙子、流氓欒大拜將封侯，而且成了武帝的女婿，白天出入朝廷，前呼後擁；夜裡懷抱嬌妻，任情取樂。他已當了活神仙了，哪裡還顧得上去尋找什麼仙人老師呢？

武帝催促欒大動身。欒大支支吾吾應付。武帝為了討好欒大，再命刻一天道將軍的玉印，派一大臣夜穿羽衣，授予欒大。欒大再沒有理由延宕了，只好整頓行裝，辭過武帝，暫別劉妍，前往海上尋找仙人老師。

劉妍謝天謝地，折磨她摧殘她的惡魔離去，終於可以喘口氣了。數月以來，每見那個惡魔，她總是戰戰兢兢，不寒而慄。惡魔野蠻凶狠，沒有人性，指派家丁看管著她，不許她邁出房門一步。夜間，他把她的身體當作發洩獸欲的工具，橫七豎八，恣意淫樂，淫樂夠了，便像豬一樣哼哼，自顧睡去。她偷偷哭泣，想殺死他，還想自殺。可是，由於家丁看管得緊，殺人和自殺都沒能成功。

欒大耀武揚威地起程了。武帝有點放心不下，密遣一名內侍，扮做平民，暗中跟隨，偵察他的行蹤。欒大全然不知，一路遊山玩水，走走停停。到了東海邊上，畫地為壇，拜禱一番。然後上了泰山，閒逛數日。繼到膠東，尋著昔日的情婦丁氏，鬼混月餘，送給她無數金銀珠寶。約莫過了三四個月，欒大優哉遊哉，返回長安。

內侍把這一切看在眼裡，記在心裡，覺得可氣可恨。欒大快到長安，內侍抄在前頭，搶先進城，把情況一五一十地報告了武帝。武帝氣得臉色走形，勃然大怒，立命侍衛守住長安城門，捉拿欒大。欒大坐車，嘴裡哼著曲兒，欣然進城。侍衛衝上前去，不容分說，將他五花大綁，押解來見武帝。欒大尚要編造仙人老師言語，辯解開脫。武帝喚出內侍，內侍把他在海邊拜禱、泰山遊玩、膠東鬼混的情節一一說出。欒大情知騙術暴露，趕緊小雞啄食一般，叩頭說：「小婿該死，還請皇上岳父大人饒命，饒命！」

武帝聽了「小婿」二字以及「皇上岳父大人」這種不倫不類的稱呼，不禁面紅耳赤，心火騰起百丈高，大吼一聲，說：「把這東西推出去斬了！」侍衛遵旨，片時呈上欒大一顆血淋淋的人頭。

武帝迷信神仙，在欒大身上下的本錢最多，上的當也最大。他恨恨回宮，無顏去見子夫。子夫尋了來，呼喊著說：「皇上！你把我們妍兒害苦了！」

武帝且羞且愧，說：「走！我們看看妍兒去！」

武帝和子夫乘車前往欒府。欒府是武帝賜給欒大的豪華府邸，門楣上雕刻的「欒府」二字，其大如斗。武帝指著二字，命令隨行的侍衛說：「把它給朕鏟了！從此以後，長安城裡再不許出現『欒』字！」

劉妍聽得父皇和母后駕到，一不跪拜，二不請安，只是嘻嘻地笑著，口中念念有詞，說：「玉皇大帝原是仙人，還要指望升仙，成為仙中之仙，硬將女兒嫁給蛤蟆將軍……」

子夫見女兒衣裙不整，披頭散髮，面黃肌瘦，神情恍惚，胡言亂語，心像刀扎似的，淒然淚下，一把抱住劉妍，說：「我的妍兒！苦了你了！」

劉妍掙扎著，說：「別碰我！我還要去赴玉皇大帝的神仙宴呢！」

武帝見花容月貌、活潑可愛的女兒變成這般模樣，無地自容，訕訕地對子夫說：「你留下開導妍兒，朕先回去了。」

武帝轉身回宮。劉妍緊緊抱住母親，屈辱、痛苦、憤恨一起湧上心頭，喊了一聲「娘」，放聲大哭，淚雨滂沱。

衛府裡，衛嫗也在落淚。欒大死了，衛嫗是高興的，可是想到外孫女劉妍，她的心像被針刺，隱隱作痛。妍兒花一樣的年齡，花一樣的容貌，硬叫欒大那個畜生糟蹋了，這是什麼世道？千不怪，萬不怪，全怪那個想神仙想得發了瘋的老子！老子為了自己成仙，全然不顧女兒終身，枉為人父！唉，妍兒年輕守寡，今後的日子可怎麼過啊？還有春月，這麼多年，活不見人，死不見屍，到底是死是活？世界這麼大，為什麼受苦受難的總是女人？

衛青很少說話，恪守外戚本分，不插手皇家事務，不議論皇上是非。他很同情劉妍的遭遇，卻又愛莫能助。平陽公主劉玫自嫁衛青以後，心滿意足。春月失蹤，曾使她一度難堪，好在事情很快過去了，一切又恢復了平靜。武帝將劉妍嫁給欒大，她有看法卻不便直言，因為她熟知皇帝弟弟的性格，一旦迷戀上什麼，即使九牛二虎，也拉不轉他的。

子夫在劉妍那裡住了三天，劉妍的情緒漸漸穩定。子夫回宮，自然而然地想到了另外兩個女兒諸邑公主劉娟、旬鄉公主劉娟的終身大事。劉妍的不幸對她的刺激很大，假若劉妍早點出嫁，比方說嫁給公孫敬聲，那該多好啊！欒大死了，萬一再出個欒二、欒三，狠心的武帝會不會再拿媚兒、娟兒的婚姻當作賭注？想到這裡，她渾身起了層雞皮疙瘩，於是鼓起勇氣去找武帝，請求讓劉媚和劉娟盡快出嫁。

武帝新近又寵幸一個姓尹的美女，封為婕妤，住飛翔殿。子夫到了那裡，說明來意。武帝這回倒是通情達理，滿口答應，說：「你以為媚兒、娟兒嫁誰合適呀？」

子夫說：「這事須由皇上作主。皇上既然問了，臣妾無妨提個線索，就是衛青的兒子衛伉和衛伐。他倆和媚兒、娟兒是姑表親，年齡相仿，彼此是很熟的。」

武帝故作驚訝，說：「呵！你倒會給娘家打算？朕的大姐已嫁衛青，朕的兩個女兒還要嫁衛青的兩個兒子。你們衛氏可真貪心哪！」

子夫慌忙跪地，說：「臣妾只是提個線索，成與不成，還得皇上說了算。」

武帝嘻笑，說：「起來吧！妍兒的事，是朕錯了；媚兒和娟兒的事，就依你了。」

子夫叩頭，說：「謝皇上！」

次日早朝，武帝頒旨：宜春侯衛伉尚諸邑公主劉媚，陰安侯衛伐尚旬鄉公主劉娟，擇日成親。

幾天後，兩對新人同日成婚，少不了一番喜慶，一番鋪張，一番熱鬧。衛媼緊鎖的眉頭難得地舒展開來，說：「兩個外孫女成了兩個孫媳婦，好，好啊！」

子夫長長地出了口氣，說：「媚兒、娟兒終身有靠，我這懸著的心總算踏實了。」

衛青不見喜色，反見隱憂，說：「衛氏和皇家挨得太緊太近，說不準是福是禍呢！」

平陽公主劉玫瞪了衛青一眼，說：「皇家怎麼啦？皇家是狼還是虎，能把衛氏給吃了？」

實踐證明，衛青的隱憂不無道理，劉玫的氣話不幸而言中。二十年後，爆發巫蠱之禍，以武帝為首的皇家硬是把衛氏給「吃」了。

當武帝迷信神仙如癡如狂的時候，南方的南越國出現了新的情況，事關國家的領土完整。武帝對這類問題歷來是毫不含糊的，立刻全神貫注，決心把南越收歸中國。

還是在建元六年（西元前一三五年），同為漢朝「外臣國」的閩越國進攻南越國，南越王趙胡請求漢朝出面干預。漢武帝出於長遠的戰略考慮，果斷出兵，支援南越。期間，閩越國內發生內訌，弟弟騶餘善殺了哥哥國王騶郢。武帝趁機將閩越國一分為二，另立騶繇君丑為越繇王，同時立騶餘善為東越王，使南越國受到的威脅不解自除。趙胡感激武帝，願意永做大漢的「外臣國」，特意把太子趙嬰齊送至長安，一面充當人質，一面學習漢朝文化。趙嬰齊在長安期間，結識了一個邯鄲女子，姓摎名豔。摎豔人如其名，嬌美豔麗。她與霸陵青年安國少季私訂終身，暗中偷情。一個偶然的機會，趙嬰齊遇到摎豔，一見鍾情，發下誓言，非摎豔不娶。摎豔得知趙嬰齊是南越國的太子，也就顧不上和安國少季的情分，樂意攀附高枝。於是，趙嬰齊和摎豔成婚，越年便生了兒子，取名趙興。可憐的是安國少季，因為地位微賤，所以眼睜睜地看著自己的情人成了外國太子的夫人。

不久，南越王趙胡病死，趙嬰齊回國繼位國王。趙嬰齊致書武帝，請立摎盬為王后，趙興為太子。武帝准請，同時命趙嬰齊按照慣例，定期到長安朝拜。趙嬰齊當了國王，漸生驕怠之心，拒不再到長安，惹得武帝好生惱火。轉眼間到了元鼎四年（西元前一一三年），趙嬰齊因淫樂過度，中年斃命。太子趙興繼承王位，摎王后成了王太后。這時，南越國國內有一股強大的地方勢力，其首領就是歷任三代國王丞相的呂嘉。呂嘉出身望族，家族中為官者達七十餘人，控制著南越的各個重要部門。權力和利益使呂嘉性驕意狂，時時表現出企圖獨立的政治傾向。武帝不允許這種情況發生，所以決定派遣終軍為使臣，前往南越，宣召南越王入朝覲見。他打聽到安國少季曾和摎盬有著一段非比尋常的特殊關係，故而命他隨終軍同行。

終軍，字子雲，濟南（今山東濟南）人。好學早慧，十八歲時即成博士弟子，西入長安。途中經過函谷關（今河南靈寶東北），關吏給他一方繻製的文書。終軍詢問說：「這有何用？」關吏回答說：「這是出入關門的憑證，你以後出關，用得著的。」終軍慨然說：「大丈夫西遊，何至無事出關！」說完，棄繻自去。終軍到了長安，上書言事，受到武帝賞識，兩年後官任謁者給事中，奉旨出使郡國，建節出關。關吏見那氣派那陣勢，驚詫說：「他就是前年棄繻自去的那個青年人，了不起啊！」接著，終軍升任諫大夫，受命出使南越。

武帝會見終軍，說：「這次收歸南越，朕不想動用武力。你的任務，是要說服南越王入朝，改變南越國的性質，從大漢的『外臣國』變為諸侯國。這肯定會有難度，你能完成使命嗎？」

終軍年輕氣盛，慷慨激昂地說：「陛下放心，臣一定完成使命。南越王若不歸附，臣就用一條長繩，將他捆到長安來！」

武帝喜歡終軍這種膽量和豪氣，笑著說：「很好。不過，為了穩妥起見，除了安國少季，朕再給你派個幫手，他叫魏臣，勇力過人。另外，朕還命將軍路博德，率領重兵屯住桂陽（今湖南南部），作為後盾。這樣，你就大可見機行事。」

武帝的安排使終軍深受感動，更加堅定了完成使命的信心和決心。終軍一行到了南越，恩威並施，曉以利害，很快說服了趙興，使他同意將南越國改為大漢的諸侯國。可是，丞相呂嘉出面阻撓，列舉種種理由，竭力反對附漢。趙興未免躊躇，轉告母親摎太后，請命定奪。摎太后是漢朝人，一直對故國懷有深厚的感情。她親自接見漢使，猛然發現舊時情人安國少季，且驚且喜。終軍和安國少季陳述武帝的旨意。摎太后毫不辯駁，一一依從，叮囑趙興，就此變為大漢的諸侯，取消關塞，三年一朝，永做大漢的忠順臣民。

終軍飛快地將情況報告武帝。武帝異常高興，製作印信，分賜給趙興及呂嘉等重要官員，並命南越廢除秦朝時留下的各種酷刑，仿照漢制，改變習俗，建立新的律令等制度。為了穩定漢朝對南越的控制，他令終軍等人暫留南越，妥善做好撫鎮事宜。

但是，呂嘉心懷叵測，反對歸附漢朝。他拿摎太后和安國少季重續舊好大做文章，激起國人對於摎太后的不滿，同時聯絡親家蒼梧王，企圖發動叛亂。

呂嘉的陰謀引起了漢朝使臣的警覺。終軍所能做的只是鼓動趙興和摎太后盡快入朝，而對呂嘉卻沒有什麼辦法。摎太后倒有幾分見識，決定藉助漢朝使臣的權威，除去呂嘉，以絕後患。

元鼎五年（西元前一一二年）冬的一天，摎太后精心做了布置，然後在宮中設宴，招待漢使，呂嘉等奉命作陪。宴間，摎太后突然責問呂嘉說：「南越歸附漢朝，利國利民，而你卻一再阻撓，稱說不便，到底安的什麼心？」

摎太后的本意是要以此激怒終軍等人，只要他們略加表態，她便可以喚出埋伏的士兵，當場將呂嘉殺死。不想，關鍵時刻，終軍畢竟年輕，沒能領會摎太后的意圖，乾坐著，不吭聲。安國少季和魏臣更沒有經驗，面面相覷，默然無語。呂嘉看到情況不妙，慌忙起身離開宴席，匆匆回府。這樣一來，呂嘉興兵叛亂的念頭就更加強烈了。

武帝密切注視著南越事態的變化，拍著几案說：「終軍怎麼搞的？除去呂嘉的大好時機，就這樣白白地錯過了！」

衛青提議說：「事已至此，只有速派大軍，或許可以挽回局面。」

武帝說：「是啊！看來不派兵不行了。可是，摎太后和趙興已經誠心歸附，派遣大軍征討，多有不宜。朕看，派出一兩千人，嚇唬嚇唬就足夠了。」於是，他任命莊參為將軍，率兵兩千人，前往南越。

莊參頗有心機，說：「南越問題，陛下如想和平解決，那就無須出兵，只派幾名特使即可；若想武力解決，那麼兩千士兵顯然是不夠的。」

武帝聽了這話，頓時猶豫起來。偏有武士出身的軍校韓千秋自告奮勇，說：「一個區區南越，且有趙興和摎太后做內應，何勞興師動眾？臣願率勇士三百人，必斬呂嘉人頭，獻於陛下！」

武帝欣賞韓千秋的這種氣概，遂任命他為將軍，連同摎太后的弟弟摎樂，一起率兵兩千人，前往南越。

韓千秋剛剛進入南越邊境，呂嘉就得到報告。他不甘束手待斃，立刻興兵造反，發布蠱惑人心的布告，率兵攻進王宮，殺死趙興和摎太后。同時包圍驛館，將終軍、安國少季、魏臣等全部殺死。而後，他派人通告蒼梧王及郡縣官屬，立了趙嬰齊另外一個兒子趙建德為新的南越王。

韓千秋從本質上說是一個光會吹牛說大話的庸才。他率領漢軍進入南越境內，攻克幾個城鎮，便忘乎所以。呂嘉略施小計，派人供給漢軍飲食。韓千秋更是得意忘形，放膽進兵。及至南越都城番禺四十里處，呂嘉突然率領叛軍攻襲漢軍。韓千秋寡不敵眾，以致一敗塗地，全軍覆沒。

消息傳到長安，武帝勃然大怒，咆哮著說：「豈有此理！一個蕞爾南越，竟敢如此猖狂，是可忍孰不可忍？好啊！那就讓它嘗嘗大漢天子的厲害！」他隨即調兵遣將，命路博德為伏波將軍，出桂陽（今湖南南部），下湟水（今湖南瀟水）；楊僕為樓船將軍，出豫章（今江西南昌），下橫浦（今廣東湞水）；姜嚴為戈船將軍，朱甲為下瀨將軍，同出零陵（今湖南零陵）；再命馳義侯薛遺發夜郎兵，下牂柯江（今貴州北盤江）。五路大軍，共計十萬兵馬，限期在番禺會師。

這場戰爭打了一年。元鼎六年（西元前一一一年）冬，路博德和楊僕的軍隊進抵番禺城外。呂嘉和趙建德等據城固守，城中軍民紛紛投降漢軍。呂嘉眼見得大勢已去，挾持著趙建德，趁著夜色，出城逃往海上。路博德和楊僕進駐番禺，派兵追擊，很快將呂嘉和趙建德等擒獲，驗明正身，處斬示眾。蒼梧王等無力和漢軍對抗，乖乖投降。

姜嚴、朱甲、薛遺三路兵馬尚未趕到番禺，南越已平。武帝接到捷報，決定乘勢解決西南夷的問題，命薛遺率夜郎兵，回擊西南夷諸國。西南夷多數都是小國，懾於漢軍的強大威力，除了滇國以外，爭著奉表歸命。

南方戰事基本結束。武帝命在南越分置儋耳、珠崖、南海、蒼梧、鬱林、合浦、交阯、九真、日南九郡，在西南夷分置牂牁、越嶲、沉黎、汶山、武都五郡。一年後，滇國國王亦降漢，武帝命在那裡置益州郡。這樣，中國南方和西南方的廣大地區，就繼秦朝以後，重新進入中國的政治版圖。這，實是漢武帝開疆拓土的又一項重大貢獻。

武帝派出五路大軍十萬兵馬征討南越，軍餉開支浩大。同時，地處河西走廊南面的西羌又蠢蠢欲動，公然叛漢。武帝不得不再命李息、徐自為為將軍，率兵十萬，前往鎮壓。這樣，軍餉又翻了一番。為了籌集軍餉，武帝一面命加強徵收高額的地租賦稅，一面以秋祭為名，命各地王侯向朝廷進貢黃金助祭，稱做「酎金」。

王侯中多數人屬於鐵公雞之類，敷衍搪塞，或者拒絕進貢，或者進貢的黃金成色不足。武帝滿腔怒火，憤恨地說：「朕的軍隊在前方打仗，你們王侯坐享其福，既不出力，又不出錢，天理難容！」他隨即頒旨，凡拒絕進貢和進貢劣質黃金的列侯，全部以不敬罪論處，一概削去爵號。這一削，就削了一百零六人。列侯叫苦不迭後悔萬分，早知如此，又何必吝嗇錢財呢？丞相趙周在酎金事件中態度曖昧，連坐下獄，情急自殺。武帝毫不憐惜，改而任命石慶為丞相，提拔卜式為御史大夫。就在這時，那個東越王騶餘善自不量力，不僅公開反漢，而且居然稱起皇帝來了。

當初，騶餘善是因為殺了原閩越王騶郢而被武帝封為東越王的。漢朝用兵南越時，騶餘善主動上書，要求率兵八千人，隨樓船將軍楊僕，征討呂嘉。可是，他在行軍至揭陽（今廣東揭陽）時，忽然以海上風大浪急為由，頓兵不前。原來，這時他有了新的想法：南越和東越同是大漢的「外臣國」，地位相等，利害一致，南越如果滅亡，那麼他的東越也就很難保住了。因此，騶餘善屯兵揭陽，祕密派遣使者，約會呂嘉，彼此勾結起來。楊僕偵察到這一情況，一面報告武帝，一面全力向番禺挺進，暫將騶餘善通敵之事放在一邊。路博德和楊僕平定南越後，楊僕請求移兵東向，乘勢吞滅東越。武帝考慮，漢軍出征，鞍馬勞頓，需要休整。所以，他命楊僕先行班師，但要留下部分軍隊駐紮在豫章和梅嶺（今江西廣昌一帶）一帶，等待命令。

南越迅速敗亡，趙建德和呂嘉慘死，騶餘善頗有一種兔死狐悲之感。他見漢軍屯住邊境，心裡恐慌，急忙派兵，扼守通入東越的所有要道。同時還任命將軍騶力等為「吞漢將軍」，襲取白沙（今江西南昌北）、武林（今江西南昌東）、梅嶺，殺死漢朝的三名校尉。微小的勝利使騶餘善驕妄而發昏，他竟然刻了玉璽，自稱起「東越武皇帝」來了。

武帝感到好笑，立刻以韓說、楊僕、王溫舒、姜嚴、朱甲五位將軍，率領五路大軍，分別從海上和陸上，進攻東越，目標是平滅東越，順帶掃滅越繇王。橫海將軍韓說一路進軍神速，很快攻到東越都城。東越的大臣騶敖等為了自保，悄悄聯絡越繇王騶居股，合謀殺了騶餘善，然後率眾獻城，投降了漢軍。

捷報送達長安。武帝微微一笑，說：「蚍蜉撼樹，以卵擊石，焉能不亡？」他命將騶居股、騶敖等皆封為列侯，同時考慮閩越一帶山險路隘，易守難攻，當地之人又反覆無常，屢生事端，索性下令由漢軍監視著，把閩越的官民都遷移至內地，安置在長江、淮河之間居住。韓說、楊僕等遵旨而行。這樣，廣大的閩越地區就曠無人煙了。

南越、東越戰事雖然費了些周折，最終還是勝利了。李息和徐自為也平定了西羌，特置護羌校尉，就地撫治。武帝深感欣慰，褒獎參戰的將士。這天見到中郎東方朔，忽然問道：「哎，東方朔！你看朕是個什麼樣的皇帝呀？」

東方朔觀察武帝臉色，知道皇帝想聽稱頌的話，隨口就來，說：「自開天闢地以來，沒有那個朝代可與大漢相比。臣看皇上的功德，肯定在三皇五帝之上。若非如此，怎麼會賢人輩出，公卿大臣皆稱其位呢？」接著，他列舉一大批古人，包括周公、呂望、孔子、顏淵、子路、子夏、管仲、子產、魯班等等，分別出任武帝的丞相、御史大夫、衛尉、司農、少府、太常、宗正、郡守等官職。這些話既是稱頌，又是調侃，屬於戲謔性質。武帝聽後，大笑一番，全不在意。

又一次，武帝詢問東方朔說：「看朕朝中，產生了多少人才！如董仲舒、公孫弘、司馬相如、主父偃、司馬遷等。可你呢？你比他們怎樣呀？」

東方朔還是沒個正經，信口胡說：「臣雖不肖，足可以兼此數子者！」

東方朔雖然受寵於武帝，但說到底只是弄臣，不可能再升任高官。東方朔很不得志，曾作一篇《答客難》的文章，發洩牢騷和感慨。文章中說：「綏之則安，動之則苦；尊之則為將，卑之則為虜；抗之則在青雲之上，抑之則在深泉之下；用之則為虎，不用則為鼠。雖欲盡節效情，安知前後？」東方朔為人作笑，內心並不快樂，後來默默去世。

第十八章

封禪泰山

沒事找事，無事生非。這話對於至尊至貴的武帝來說，同樣是適用的。從元鼎五年（西元前一一二年）起，武帝突然對巡遊祭祀產生了濃厚的興趣。他的目的只有一個，就是通過巡遊祭祀，取得神仙的好感，從而找到一條會見神仙的「捷徑」，以便得道成仙。

武帝最早祭祀的地方是雍縣（今陝西鳳翔）的天帝廟。天帝是天上第一尊神，祭祀理當擺在首位。他祭了天帝廟以後，進而西越隴阪（今甘肅平涼西），登上崆峒山（今甘肅崆峒山），直到祖厲河（今甘肅祖厲河）才返回。祭過天帝，自然要祭后土。后土是與天帝對應的尊神，主管農業生產，也就是通常所說的土地神。武帝說：「過去祭祀，重天帝而輕后土，這是一個疏忽。有天無地，神靈不悅，難怪朕的願望不能實現呢！」恰好，汾陰（今山西河津南）有座后土祠。武帝又專程前去祭祀，然後取道滎陽（今河南滎陽北），到了洛陽。洛陽住著一個叫做姬嘉的破落書生，據說是周朝的後裔。武帝一時高興，封了姬嘉為「周子南君」，以嗣姬氏香火。這個舉措稱「繼絕世」，行善積德，神仙若是知道，肯定會很讚賞的。

說來也怪，武帝祭祀了天帝廟和后土祠以後，神異之事接踵而來。河東太守奏稱，后土祠旁，新近土地隆起，掘開一看，發現一尊銅鼎，不敢隱匿，故特報聞。武帝以為這是天地賜寶，命將銅鼎迎入甘泉宮供奉，而且親率群臣，前往察看。但見銅鼎形狀怪異，並無款識，不知鑄年。公卿大臣異口同聲，爭相逢迎，有人說是周鼎，有人說是漢鼎。周鼎也好，漢鼎也好，其祥瑞意義是一樣的，那就是天帝、后土顯靈，專門賜予恢廓祖業、功德無量的有道明君。武帝聽了，渾身舒坦，心想精誠則靈，自己對於神仙的虔誠孝敬，終於有了回報了。

沒過多久，方士公孫卿宣布了一個驚人的發現，說：「人文初祖黃帝，當年也曾得過一尊寶鼎，那年冬至是『辛巳朔旦』；今年皇上得到寶鼎，冬至恰好也是『辛巳朔旦』。黃帝因得寶鼎而得道成仙，乘龍升天，以此類比，當今皇上也要成仙升天了。」

這話原是荒誕無稽之談，而武帝卻信以為真，喜得心亂跳，血騰騰飛湧，立刻召見公孫卿，詢問成仙升天之事。公孫卿大弄玄虛，說：「臣已故老師申公，常和仙人安期生來往。安期生傳授給申公一本書，書名叫做《寶鼎神瑞》。書中說：『漢朝的興盛當在高祖皇帝的曾孫之時，屆時當有寶鼎現世，天子舉行封禪大典，神仙就會和天子見面。』自古以來，行過封禪大禮的共有七十二位帝王，其中黃帝最早封禪泰山，然後就成仙升天了。」

武帝掐指推算，自己正是高祖皇帝的曾孫，寶鼎已經現世，所缺者就是封禪泰山了。為了成仙升天，他決定盡快封禪泰山，責成博士徐偃、周霸等，參照古制，抓緊制定禮儀。徐、周二人東拼西湊，制定的禮儀不倫不類。左內史倪寬說：「封禪盛事，經史記載不詳，不若由天子自行裁奪，垂定隆規。」武帝恰也煞費苦心，不厭其煩，自訂了幾條，猛然記起，司馬相如曾在遺書中建議過封禪，而且寫了幾篇封禪頌詩。於是，他把頌詩找了出來，命協律都尉李延年據詩譜曲，以便在封禪時演奏和演唱。

武帝準備封禪，如醉如癡。古制，封禪前必先振兵釋旅，以顯其威。據此，武帝於元封元年（西元前一一〇年）初，先行北巡，向匈奴示威。這次北巡好生了得，設置十二部將軍，十八萬精騎，從長安出發，取道雲陽向北，途經上郡、西河、五原諸郡，逕出長城，登臨單于臺（今內蒙古呼和浩特西）。武帝專門派出使臣郭吉，宣諭匈奴單于說：「泱泱大漢，地域廣大，國力昌盛。東南一帶，皆以蕩平，南越王頭，懸示北闕。匈奴單于有膽，不妨自來與大漢天子交鋒，決一高下，否則便當臣服，大可不必亡匿漠北，龜縮僻隅。」

這時，匈奴伊稚斜單于已死，其子烏維繼任單于。烏維單于派人察看，但見漢軍刀槍閃亮，旌旗蔽日，車馬、營壘綿延數百里，耀武揚威，陣勢雄壯。烏維單于聞報，嚇得直吐舌頭，扣押了郭吉，堅壁不出，聽任漢軍張揚。

武帝在單于臺等候多日，不見動靜，料他匈奴膽小如鼠，不敢露頭。他擺夠了威風，回鑾至朔方，臨北河（今河套一帶黃河），回長安。途經上郡橋山（今陝西黃陵），見那裡有一座黃帝陵，不覺生疑，詢問說：「黃帝不是成仙升天了嗎？這裡為何還有他的墓塚？」

方士公孫卿連忙回答說：「黃帝成仙升天，群臣思慕不已，取其平日的衣冠埋葬於此。因而，這裡實是黃帝的衣冠塚。」

武帝點頭，喟然說：「原來如此。朕若升天，想來群臣也會埋葬朕的衣冠吧？」

公孫卿逢迎說：「那是肯定的。」

武帝命備禮祭祀黃帝陵。那裡長有許多柏樹，高三四十丈，枝繁葉茂，鬱鬱蔥蔥。武帝隨手脫下金甲，懸掛於一株柏樹上，向著墓塚拜了三拜。其後，這株柏樹長得高大壯實，成了一大景觀，世稱「掛甲柏」。

冬去春來，東風解凍。武帝再率十二部將軍，十八萬精騎，前往泰山封禪。文武百官大多隨行，只留太子劉據和丞相石慶鎮守長安。此外，桑弘羊升任治粟都尉，主管財政，也留守長安，負責籌集錢物，供應封禪大軍。

這年，劉據十九歲，已經娶妻生子。劉據七歲時被立為太子，先從老師石德學習《公羊春秋》，繼從學者瑕丘江公學習《穀梁春秋》，學業大進。他原先在北宮讀書，隨著年齡的增長，武帝專門在長安城南新建一座太子宮，稱做博望苑，供劉據居住。劉據住在博望苑，自由自在，通過讀書射獵，結識了很多朋友。他的性格不像父親而像母親，陽剛不足，陰柔有餘。他特別喜好奇珍異玩，注意收集古時候的玉器陶罐、銅鼎甬鐘、漏壺薰爐、金盤銀燈等，分類陳設，擺滿了幾個房間。詹事陳掌即衛少兒的丈夫，負責管理太子宮事務，諸事井然有序。

劉據的嫡妻姓史，封為良娣，人稱史良娣。按照禮制，太子的妻妾有三種名號，一曰太子妃，二曰良娣，三曰孺子。史良娣出身不算高貴，所以沒能當上太子妃。劉據和史良娣婚後一年，生了兒子，取名劉進。劉據興沖沖地進宮向父皇和母后報信，說他們已經有了皇孫，做了爺爺和奶奶了。子夫喜出望外。而武帝卻不見喜色，只是感歎地說了一句話：「唉！兒孫催人老啊！」看得出，他是在為歲月流轉、人生易老而傷感哩！

封禪大軍浩浩蕩蕩，出函谷關，至洛陽。到了洛陽，六十多歲的太史令司馬談突然病倒了，難以繼續隨行。武帝命司馬談留於洛陽養病，同時命司馬談的兒子司馬遷趕赴洛陽，陪伴父親。

司馬遷，字子長，中國歷史上一位偉大的史學家和文學家。他幼年時代在家鄉夏陽放牧牛羊，十歲時隨父親到長安，開始誦讀古文經典，師從董仲舒和孔安國。二十歲時外出遊歷，足跡遍及長江南北和齊魯大地。隨後入朝為官，任郎中。武帝欣賞這位青年郎中的才學，特派他到西南夷地區考察地理和風俗情況。武帝封禪的這一年，司馬遷三十六歲，剛好考察結束，返回長安。途中，他得知父親患病，於是日夜兼程，風塵僕僕，火速趕到了洛陽。

司馬談病入膏肓，遲遲不肯斷氣。因為他還有一個願望，必須等到兒子前來，當面交代清楚。司馬遷跪倒在父親的病榻前，磕頭說：「爹！不孝兒子來了！」

司馬談哆嗦著，伸出乾瘦的右手。司馬遷趕忙將父親的手握在自己手裡，又沉痛地喚了一聲：「爹！」

司馬談感覺到了兒子手上的溫暖，眼角滲出淚珠，使出渾身的力氣，交代說：「兒呀！你要記住：我們司馬氏從西周時就任朝廷史官，我任太史令業已三十餘年。長期以來，我有一個志向，就是想寫一部史書，傳於後世。可惜天不假命，我是不行了。我死後，你肯定還會官任太史令，那時你要繼承我的遺志，把這部史書寫出來。人生在世，講究一個『孝』字。這個孝，始於事親，中於事君，終於立身。而揚名於後世，以顯父母，才是最大的孝。天下稱頌周公，那是因為周公能闡述周文王和周武王的功德，使西周強盛了近三百年。周幽王以後，王道缺，禮樂衰。孔子修舊起廢，論《詩》《書》，作《春秋》，它們至今仍為學者奉行的準則。現在，大漢興盛，海內一統，明主賢君，忠臣義士。我作為太史令，卻不能記載這種盛世景象了，實是一大憾事。兒呀！你應不忘為父想做的事情，堅定意志，克服困難，無論如何也要寫出一部史書來。切記切記！」

司馬遷俯首流涕，說：「爹！兒子不敏，但請你放心，我一定牢記囑咐，拼著性命，也要完成你未竟的事業！」

司馬談臉上掠過一絲欣慰的笑容，慢慢地閉上眼睛，安詳地去世了。司馬遷放聲大哭，購置衣棺，殯殮父親，然後披麻戴孝，護送父親的靈柩回夏陽安葬。

當司馬談病逝於洛陽的時候，武帝的封禪大軍到達緱氏（今河南偃師東）。武帝登臨少室山上的少室祠，望祭中嶽嵩山。百官聚集山下，遙聽嵩山發出聲響，恍似「萬歲萬歲」一般，紛紛報告武帝。武帝相當欣喜，認為這是山中的神靈恭迎天子，大吉大瑞，當即命令擴建少室祠，禁止百姓砍伐山上的樹木，還把山下三百戶平民劃為奉邑，每年用其交納的租賦祭祀山神。

封禪大軍離開緱氏，逶迤東進，不日抵達泰山。泰山古稱東嶽，一稱岱山、岱宗，山勢突兀峻拔，雄偉壯麗，素被譽作「天下第一山」。可是當時正值早春，冬寒尚未退盡，草木尚未生長，山體裸露，巨石嶙峋，不宜舉行封禪大禮。武帝心甚怏怏，臨時決定，暫不封禪，先到齊地（今山東）海邊一遊，順便祭祀那裡的「八神」。哪八神？一曰天主神，二曰地主神，三曰陰主神，四曰陽主神，五曰日主神，六曰月主神，七曰兵主神，八曰四時主神。禮多人不怪。祭祀這些神靈，對於自己成仙升天，只有好處沒有壞處。

齊地原是方士的故鄉。武帝鑾駕至此，當地的方士歡呼雀躍，像過盛大的節日，爭相說神仙，獻仙方，總數超過萬人。方士們說，東面大海中有蓬萊、方丈、瀛洲三座神山，神山上住的全是神仙；那裡出產長生不死之藥，不管誰吃了，都會成仙升天。武帝聽了這些話，心裡熱呼呼的，立刻徵調三百艘大船，載著方士和士兵，去茫茫的大海中尋找三座神山，尋找不死之藥。並派公孫卿持節先行，叮嚀說假若遇見神仙，必須迅即回報。

公孫卿先行到了東萊（今山東掖縣），報告了一條令武帝振奮的消息。他說他在東萊，夜間看到一位巨人，足有三丈多高，仙風道骨，鶴髮童顏，巨人經過之處，地上留下了巨大的腳印。武帝迅速趕到東萊，見那腳印依稀可辨，似乎是獸蹄的印跡，將信將疑。偏在這時，又有兩個從臣報告說，他們遇見一位老者，手牽大狗，邊走邊唱，說是想見皇帝，他們向前招呼，老者一閃身便沒影了。

種種跡象表明，神仙確實是存在的，不由武帝不信。他再派出數千名方士和士兵，乘船下海，騎馬上山，四處尋找神仙。胡亂折騰兩個多月，累得人仰馬翻，卻連神仙毛也沒見到。武帝覺得掃興和沮喪，想到大概尚未封禪，所以神仙故意迴避。於是，他命大軍掉轉頭來，返回泰山，舉行此行最重要的事項：封禪。

四月，封禪大軍駐紮泰山腳下，營壘密布，人聲鼎沸。「封禪」二字，原有講究。在泰山頂上築壇祭天，叫做「封」；在泰山南側的梁父山闢地祭地，叫做「禪」。封禪前夜，武帝命在泰山山頂先立一座石碑，碑上雋刻銘詞，曰：

事天以禮，立身以義，事父以孝，成民以仁。四海之內，莫不為郡縣，四夷八蠻，咸來貢職。與天無極，人民蕃息，天祿永德。

武帝在銘詞中，標榜禮、義、孝、仁，同時吹噓自己統一四海、蕃邦來朝的功業，興許是怕天神、地神疏忽無知吧？

封禪正日，武帝早早起身，戒齋沐浴，盛著衣冠。太陽升起來，泰山、梁父山雲蒸霞蔚，草木蔥蘢，景色很美。武帝心想，這是天神、地神特別賜予的好天氣，所以興高采烈，且帶幾分激動。封禪的禮儀是確定好了的，也沒有什麼特別之處。先至梁父山行禪禮。山腰一塊平地，置放供案，案上供四牲四禽，四蔬四果。四牲為牛、羊、鹿、豬；四禽為雞、鴨、鵝、雁；四蔬為芹、茶、薇、藕；四果為桃、李、杏、梅。案前放有一隻碩大的青銅香爐，香爐裡香炷點燃，紫煙繚繞。一千六百名士兵手執五彩旌旗，恭敬肅立。樂曲奏響，樂隊高歌，那是由司馬相如作詞、李延年譜曲的封禪頌詩。其詞云：

自我天覆，雲之油油。甘露時雨，厥壤可遊。滋液滲漉，何生不育！嘉穀六穗，我穡曷蓄？

匪唯雨之，又潤澤之。匪唯偏我，氾布護之。萬物熙熙，懷而慕之。名出顯位，望君之來。君兮君兮，侯不邁哉！

斑斑之獸，樂我君圃。白質黑章，其儀可喜。旼旼穆穆，君子之態。蓋聞其聲，君子其來。厥塗靡從，天瑞之征。茲爾於舜，虞氏以興。

濯濯之麟，遊彼靈畤。孟冬十月，君徂郊祭。馳我君輿，帝用享祉。三代之前，蓋未嘗有。

宛宛黃龍，與德而升。彩色玄耀，炳炳輝煌。正陽顯見，覺寤黎烝。與傳載之，雲受命所乘。

悠悠揚揚的樂曲聲和頌歌聲中，武帝面南，親手點燃三炷香，插在香爐裡，然後跪地三拜，禪禮便算完成。

接著到泰山行封禮。封禮和禪禮過程基本相同，所不同的是皇帝必須把一隻玉牒埋在祭壇的土裡。玉牒是一塊片狀玉石，上面刻字，說明行禮人的意願。武帝渴望長生不死，玉牒上所刻自然是祈求天地垂愛，讓他早日成仙升天等語。他埋玉牒的時候，神情恭敬，態度虔誠，巴不得立刻像黃帝那樣，飄然升入天堂。

武帝埋了玉牒，士兵搖動旗幟，高呼萬歲，聲震山谷。武帝興猶未盡，還要到泰山頂上看看。這是臨時動議，大臣和侍衛擔心皇上的安全，紛紛向前勸阻。武帝說：「不就是登山嗎？有什麼要緊？你們原地候著，由奉車都尉霍嬗陪朕就行了。」

霍嬗向前，稚聲稚氣地說：「臣遵旨！」

霍嬗字子侯，就是霍去病的兒子，年方十三歲。武帝喜愛英年早逝的霍去病，所以這次封禪，特意帶上霍嬗，封為奉車都尉，隨駕東行。這時，武帝要登泰山，指名霍嬗陪伴，誰也摸不著聖心聖意。

泰山峭拔險峻，名勝很多，南天門、日觀峰、經山峪、黑龍潭等等，雲山霧海，松波柏濤。秦始皇當年也曾攀登泰山，不想中途遇上暴風雨，淋得落湯雞似的，狼狽至極。武帝和霍嬗攀登泰山，卻是風和日麗，花香鳥語，令人心曠神怡。怎奈山勢高峻，道路崎嶇，二人並未走出多遠，早已大汗淋漓，步履艱難。他們實在走不動了，隨便找個地方，坐下休息。休息時，武帝還向著遙遠的南天門方向，雙手合十，閉目禱告。他禱告了什麼？事關機密，無法知曉。

未時過後，武帝和霍嬗回至山下。霍嬗畢竟年幼，登山太累，出了大汗，經山風一吹，冷熱攻心，當天晚上就病倒了。

方士們包圍著武帝，胡言亂語，鼓動說：「陛下已經舉行了封禪大典，神仙肯定喜歡。現在再去海邊，應當能夠見到神仙。」武帝欣喜，滿口答應，同意再去海邊，實現夢寐以求的願望。誰知次日，霍嬗病情急劇惡化，發著高燒，說著胡話，御醫煎熬的湯藥未及服用，竟然暴死了。

事情來得太快太突然，誰也沒有思想準備。武帝傷心，喃喃地說：「這是為何？這是為何？」大司馬大將軍衛青更是傷心，流著淚說：「嬗兒！你這一去，讓我怎麼向你娘，向你奶奶交代啊？」

武帝命用上等棺木殯殮霍嬗，派遣百名士兵，護送靈柩回長安埋葬。衛青強忍悲痛，寫了一信，向母親衛媼、外甥媳婦金娥、二姐少兒，簡述霍嬗暴死的情況。信中叮囑，生死由命，富貴在天，逝者如斯，活著的人還須珍重云云。

霍嬗的靈柩運至長安，衛府的人猶如晴天霹靂，不敢相信這一可怕的事實。等到讀了衛青的信，方才相信一切都是真的，霍嬗確實死了。衛媼老淚縱橫，撲到靈柩上，呼喊著說：「嬗兒嬗兒！這到底是為什麼呀？」金娥撲向靈柩，呼天搶地，嘶喊著說：「嬗兒！你爹扔下娘走了，你姥姥扔下娘走了，你怎麼也扔下娘走了啊？」少兒撲向靈柩，幾欲昏厥，哭喊著說：「嬗兒！你爹和你捨我而去，這是老天在懲罰我啊！」平陽公主劉玫，衛伉和劉媚，衛伐和劉娟，衛騧，以及衛君孺、公孫敬聲、秋花等，也都淚流不止。

子夫聞訊，匆忙趕到衛府。她看到的是一具黑色的棺材，以及哭成了淚人的金娥和少兒，淚水頓時奪眶而出。太子劉據和史良娣也趕了來，見此慘景，歎息啜泣，淚眼模糊。所有人都是一個想法：霍嬗年齡太小，辭世太早，就像一隻活潑可愛的小馬駒，尚未撂開四蹄在原野上馳騁，就莫名其妙地夭折了。

子夫和劉據看過衛青的信，心裡更不是滋味。子夫想，霍嬗之死，不正是武帝造成的麼？劉據脫口說道：「父皇也真是的！封禪就封禪唄，還登泰山幹什麼？登山就登山唄，還讓霍嬗陪著幹什麼？不封禪不登山，霍嬗哪會丟了性命？」

傷心，悲痛，哭泣，流淚，埋怨，憤恨，一切都無濟於事。霍嬗已經死了，靈柩就在眼前。子夫忍著揪心似的痛楚，說：「死者入土為安，還是盡快打點下葬吧。」

衛青信中說，武帝有旨，霍嬗可以陪葬茂陵，埋在其父霍去病的身邊。衛媼反對，說：「茂陵太遠，來去不便。我要嬗兒葬在凹凹莊，這樣我可以常去他的墳上看看。」金娥、少兒也是這個意思。於是，衛伉、衛伐主持，以禮安葬了霍嬗。衛媼、金娥、少兒哭得死去活來，那場景，縱使鐵石心腸的人見了，也會淒然落淚。

當長安安葬霍嬗的時候，武帝率領的封禪大軍再次到達海邊。方士慫恿武帝乘船，訪尋神山。武帝見那雲水蒼茫，浪濤滾滾，未免膽怯，不敢上船，命令沿著海岸向北行進，到了碣石（今河北樂亭西南）。他在那裡看到，洪波洶湧，白浪滔天，日月之行，若出其裡，星漢燦爛，若出其中，陡生感慨，說：「大海無情，朕若乘船，弄不好會搭上老命哩！」

武帝封禪，沒有見到神仙，既很懊惱，又很悵惘。他再北行，巡視了遼西邊塞（今遼寧義縣西），然後折而向西，直至九原（今內蒙古包頭西）。五月仲夏，回到甘泉宮。

這次封禪，歷時近五個月，行程約一萬八千里，耗費的金錢財物難以數計，天下因此而騷動。方士公孫卿等為了開脫罪責，苦思冥想，進而欺騙武帝，胡謅說：「神仙總是在天上往來，必好樓居。陛下已經封禪，不妨再廣造高樓，耐心等待。精誠所至，金石為開。相信神仙會被陛下的精誠所感動，屈尊降臨只是個時間問題。」

武帝時年接近五十歲，急於躲過可怕的衰老和死亡，於是頒旨：擴建甘泉宮，新造飛簾觀，務求其高，以利神仙降臨。

甘泉宮位於甘泉苑內的甘泉山上，宮垣周長十九里。宮內原有紫殿、赤闕等殿闕，窮極奢麗。通過擴建，又增加了前殿、明光宮、通天臺等建築。前殿建在甘泉宮中央偏前部位，巍峨華美。明光宮金鑲玉砌，富麗堂皇。通天臺高三十五丈，臺上建有承露盤，雕刻仙人手掌，托一玉杯，承接雲中雨露，據說長期飲用這種雨露，可以益壽延年。

飛簾觀建於上林苑中，最為高崇，達四十丈，相當於柏梁臺的兩倍。「飛簾」是傳說中的飛禽名稱，其身如鹿，頭如雀而長角，尾如蛇，花紋如豹。此觀落成，武帝命用青銅鑄造飛簾形象，置於觀頂，以便招引起神仙。

說來也怪，就在擴建甘泉宮和新造飛簾觀期間，甘泉宮前殿偏側的齋房裡生出一草，九莖連葉，方士們稱它為靈芝。武帝前往察看，以為是一大祥瑞，特地頒詔大赦天下，改齋房為芝房，並命人作《芝房歌》，作為祭祀樂曲。於是，重新修訂擴建甘泉宮的方案，宮內殿宇增至十二座，臺觀增至十一座，甘泉苑的範圍，緣山繞谷，周長擴展至三百八十餘里。從長安到甘泉宮，築起寬闊平坦的馳道，馳道兩旁，遍植辛荑樹，枝繁葉茂，遮天蔽日。從此，甘泉宮成為京城以外一處規模最大的離宮群。武帝每年五月到此避暑，八月才回長安。甘泉宮，一度成了漢朝的政治中心。

元封二年（西元前一〇九年）四月，武帝再次興師動眾，封禪泰山。然而，神仙就是不給這位皇帝面子，始終沒有出現。秋天，遼東（今遼寧遼陽一帶）突來警報，由此又引發了一場戰爭。

遼東位於漢朝的東北邊陲，其南為朝鮮半島。西周時分封諸侯，商朝後裔箕子受封在朝鮮半島，建立了古朝鮮國。戰國時期，朝鮮為燕國的屬地。秦始皇消滅燕國後，設遼東郡，朝鮮歸遼東郡管轄。漢朝初年，燕地（今河北）人衛滿，率領士兵千餘人，南渡浿水（今朝鮮清川江），趁著朝鮮半島小國林立，分裂無主，而漢朝又無力控制遠方的機會，自稱為王，建都王險城。浿水，自然而然地成了漢朝和朝鮮的邊界線。漢惠帝和高后呂雉稱制期間，遼東太守和朝鮮王衛滿約定：朝鮮是漢朝的屬國，朝鮮王必須定期朝拜漢天子，而且不得阻攔朝鮮半島上的其他小國與漢朝交往。其後，衛滿利用武力，吞併了真番（今韓國漢城北）、臨屯（今朝鮮咸鏡南道北）等小國，擴地千里，而且引誘漢朝遼東郡的人大批遷移至朝鮮。隨著地盤的擴大和人口的增加，衛滿違背了當初約定的章法，企圖對抗漢朝，成為一個獨立的國家。

這種情況，漢文帝和漢景帝尚能置之度外，而對雄才大略的漢武帝來說，那是斷然不能接受的。武帝已經打敗了匈奴，征服了南越、東越和西南夷，豈能容得朝鮮獨立？因此，他騰出手來，全力解決朝鮮問題。

這時，衛滿的孫子衛右渠為朝鮮王，表現出了異乎尋常的獨立傾向。武帝接到遼東太守的報告，立刻派遣涉何為使臣，出使朝鮮，責令衛右渠必須遵守章法，定期朝拜漢天子。衛右渠妄自尊大，拒不奉命，命令裨王金長，禮貌地陪送涉何出境。涉何沒有完成使命，憋著一肚子的火，在過浿水的時候，指示隨從，出其不意地將金長刺死。

涉何飛馳入塞，把出使的情況報告武帝，聲稱自己殺了朝鮮一員大將。武帝認為涉何忠勇可嘉，特任命他為遼東郡的東部都尉。

衛右渠發誓要為金長報仇。一天悄悄發兵，渡過浿水，偷襲漢朝邊城，殺死了涉何，搶掠了大量錢物。

武帝得到報告，恨恨地說：「哼！衛右渠竟敢捋起虎鬚來了！他比得了匈奴單于嗎？比得了南越呂嘉嗎？朝鮮不過是個小國，朕要把它碾成齏粉！」於是，他頒旨號令天下，招募犯罪的刑徒充當士兵。任命楊僕為樓船將軍，率兵五萬，乘船橫渡渤海；任命荀彘為左將軍，率兵三萬，出遼東。兩路大軍從水陸兩個方向，夾攻朝鮮。

衛右渠發現南北受敵，恰也驚慌。他一面堅守要塞，一面先拒荀彘。荀彘有些麻痹輕敵，初次交鋒，便打了敗仗。這時，楊僕先頭部隊七千人進抵王險城下。衛右渠掉轉頭來再拒楊僕，主動出擊，又將漢軍打敗。荀彘和楊僕這才明白，朝鮮這塊骨頭，並不是那麼好啃的。沒奈何，只得駐軍待命。

兩路大軍，雙雙失利。武帝並不著急，改而派遣衛山為使臣，出使朝鮮，藉著兵威，責令衛右渠投降。

衛右渠雖然打了勝仗，但他十分清楚，論國力，論兵力，朝鮮遠遠不能和漢朝相比。戰爭繼續下去，國內必然人心動搖，發生分裂。因此，他決定順著臺階而下，和漢朝講和，向武帝稱臣，專門派遣太子，隨衛山入朝謝罪，並獻戰馬五千匹，此外還帶了一些糧草，準備供應荀彘的軍隊。

朝鮮太子的隨從衛隊，加上送馬送糧的士兵，共有一萬多人。他們都攜帶著兵器，前進至浿水岸邊。這一行人正要渡河，衛山和荀彘卻起了疑心，怕人家心懷不軌，趁虛攻襲漢軍。二人忙對朝鮮太子說：「朝鮮既然投降漢朝，你們的士兵就應當放下兵器，不必再攜帶著過河了！」

朝鮮太子聽不得「投降」二字，說：「我們是和漢朝講和，不是投降！士兵沒了兵器，還算什麼士兵？」

雙方就此爭執起來。朝鮮太子以為衛山和荀彘欺人太甚，同時擔心遭到暗算，一賭氣，索性不渡浿水，招呼部下，掉轉馬頭回了王險城。這樣，本已談定的和議，頃刻間化為泡影。

衛山返回長安，彙報情況。武帝氣得鼻子不是鼻子，眼睛不是眼睛，斥責說：「到手的果子丟了，煮熟的鴨子飛了，你真行哪！朝鮮太子來朝，不就是一萬多隨從嗎？他們攜帶兵器又能怎麼著？堂堂大漢連這點兒氣度都沒有嗎？不要說他們不敢心存不軌，即使真有二心，你們就不能做出兩手準備嗎？當年，驃騎將軍霍去病接受匈奴昆邪王投降的事，你們統統忘記了嗎？」

武帝大發其火，命把無能的衛山殺了，同時也不能容忍首鼠兩端的朝鮮王，重新頒布詔令：楊僕和荀彘兩軍，要不惜一切代價，加強進攻，必須盡快攻克王險城。

楊僕和荀彘受到武帝的嚴厲督責，不敢鬆懈，組織兵馬，奮勇強攻。先是荀彘北路，擊潰防守浿水的朝鮮軍，長驅直入，進兵至王險城的西面和北面。接著，楊僕的水軍登陸，進兵至王險城的南面。衛右渠依靠王險城的天然形勝，率領軍民做頑強抵抗。其後的幾個月裡，雙方陷入了僵持的局面。

這期間，楊僕和荀彘兩位將領之間卻起了矛盾，使得漢軍攻勢難以形成合力。武帝了解到這一情況，特派原濟南太守公孫遂為欽差大臣，前往朝鮮調解糾紛，並授予他根據實際情況便宜決事的權力。

公孫遂持節從陸路進入朝鮮，先到荀彘軍中。荀彘搶先告狀，說：「憑著漢軍的實力，朝鮮早該攻克了。可是，我幾次約會楊僕，共同發動進攻，而他卻故意失約，按兵不動，致使我孤掌難鳴，乾著急沒辦法。而且，聽說楊僕早和衛右渠勾搭上了，我真擔心他們會聯合起來，把我吞滅了呢！」

公孫遂是個糊塗蟲，偏聽偏信，隨即用欽差大臣的符節，宣召楊僕到荀彘軍中議事。楊僕尊重欽差，應召而至，屁股尚未坐穩，公孫遂一聲令下，武士們便將楊僕捆綁起來。楊僕大喊「冤枉」。公孫遂冷笑說：「你冤不冤枉，到時候跟皇上說去！」接著，他使用便宜決事的權力，宣布楊僕的軍隊併入荀彘的軍隊，統由荀彘指揮。

公孫遂以為自己做了一件十分漂亮的事，押解著楊僕，回長安請功。武帝覺得事有蹊蹺，命人審訊楊僕，結果發現，楊僕完全是受了荀彘的誣告。武帝氣壞了，說：「將帥為了爭功，互相嫉妒拆臺，此乃軍事大忌。公孫遂粗率魯莽，忠奸不辨，好壞不分，枉為人臣。來人，將這個沒用的東西推出去斬了！」公孫遂邀功未果，反而白白斷送了性命。

武帝考慮到前方戰事，暫未處治荀彘，只是督促他加強進攻。荀彘統領兩軍，意得氣滿，進攻王險城，倒也賣力。王險城形勢日日吃緊，朝鮮高層集團發生了分化，以丞相路人、韓陶等為代表的大臣，偷偷出城，投降了漢軍。衛右渠繼續頑抗。部將僕參為廣大的軍民著想，毅然殺了衛右渠，提其首級，向荀彘投降。

荀彘統領漢軍進駐王險城，迅速平定了朝鮮全境。武帝命在朝鮮設置真番、臨屯、樂浪、玄菟四郡，將投降的朝鮮大臣俱封為列侯。荀彘班師，滿心指望能夠升官晉爵。然而，明察的武帝再不會重用這樣的小人，以爭功相嫉、乖計弄巧的罪名，將他處以棄市的重刑。

歷時一年的朝鮮戰事終於平息了，朝鮮半島真正劃進了漢朝的版圖。因為封禪，因為戰爭，勞動人民承受了非常沉重的賦稅負擔和兵役負擔。元封四年（西元前一〇七年）夏天，天氣乾旱，關東一些郡縣顆粒無收，人多渴死，因此產生了二百四十多萬流民，掙扎在死亡線上，怨聲載道，少數民族地區甚至爆發了農民起義。此時的武帝已非昔時的武帝，什麼黎民疾苦，什麼蒼生福祉，他早就淡薄了和忘記了。為了加強封建統治，他堅決地動用國家機器，尤其注重刑法，任命酷吏杜周為廷尉，全國獄吏猛地增加至十餘萬人。杜周主管刑獄，羅織各種罪名，逮捕下獄和處刑的每年都有六七萬人。這時，所謂的「獨尊儒術」，只是一塊破爛的遮羞布而已，其實質正像武帝所概括的那樣：「外儒內法」，「尊儒尚法」。賦稅，兵役，災荒，刑律，使得漢朝國內的階級矛盾和社會矛盾更加尖銳了。

第十九章

兵伐大宛

高聳入雲的通天臺和飛簾觀竣工了。漢武帝劉徹照舊東祭天，西祭地，再到泰山封禪。可是，神仙就是不給武帝面子，始終無聲無息。元封五年（西元前一〇六年）四月，大司馬大將軍衛青突然病死，死年只有四十七歲。這使武帝非常傷感，他又一次領悟到：人生就是短暫，就像一縷搖曳著的燭光，說不定什麼時候一陣風吹，它就永遠地熄滅了和消失了。

衛青出身微賤，少年時代生活艱辛，長大後充當平陽公主劉玫的騎奴，屬於供人驅使的角色。他的姐姐衛子夫得到武帝的寵幸，依託裙帶關係，他的命運改變了，得以步入仕途。在攻伐匈奴的戰爭中，這位來自民間的青年將軍表現出了非凡的軍事才幹，英勇果敢，所向披靡，從而成為一位戰功卓著的軍事家，官至大司馬大將軍，地位崇高，聲名顯赫。尤為難得的是，衛青功成名就以後，依然勤於職守，安於本分，遵紀奉法，毫無惡跡。再娶平陽公主，他有難言的苦衷，導致結髮妻子春月失蹤。霍去病、霍嬗相繼早逝，更使他受到刺激，鬱悶填胸。武帝迷信神仙，巡遊封禪，大興土木，建造宮觀。衛青作為臣子，只能順從，別無他法。因此，身居高位的衛青，是在一種和平、繁榮、虛幻、怪誕的環境裡生活著的，生活得並不輕鬆，更談不上開心。

衛青死了，衛府裡又亂成一鍋粥。黑色的輓帳，白色的團花，哭聲喊聲，令人觸目驚心。

衛媪放聲痛哭，說：「我們衛府老是白髮人送黑髮人，這到底是怎麼回事啊？」

劉玫哭得傷心，眼睛紅腫了，嗓子嘶啞了。她再嫁衛青，圖的是衛青位高權重，年輕雄壯。不料他也和死鬼曹壽一樣，過早地撒手人寰，自己又要獨守空房，今後的日子可怎麼過啊？

衛伉和劉媚，衛伐和劉娟，還有衛騧，更是哭得死去活來。在他們的心目中，衛青是一株參天大樹，樹蔭廣覆，而今大樹突然倒了，樹蔭突然沒了，再有什麼地方好乘涼啊？

子夫又一次匆忙趕到衛府。她悲痛欲絕，欲哭無淚。她比任何人都清楚，衛青是因為自己的關係而得到武帝信用，委以重任；衛青建功立業，平步青雲，反轉來又鞏固了自己在宮中的地位。如今，衛青一死，標誌著衛氏外戚氣數已盡，那麼自己在宮中只能是虛度時日了。公孫賀、衛君孺和公孫敬聲，公孫敖和秋花，劉據和史良娣，還有衛青生前麾下的將士們，都趕到衛府，來看衛青最後一眼，默默致哀。

武帝頒旨，衛青陪葬茂陵，謚曰烈侯，葬禮禮儀一如霍去病。其時，武帝正在甘泉宮，並未親臨衛府祭奠。子夫嘴上沒說，心裡感覺得到，衛氏外戚好景不長了。

衛青的墓在茂陵的東北方向，墓塚築成塞北的廬山形狀，以紀念這位傑出的軍事家攻伐匈奴，曾經跨越廬山，所建立的赫赫功勳。

衛青是在平定匈奴十二年以後病死的。這十二年間，匈奴利用武帝迷信神仙的機會，注重修養生息，漸漸恢復了元氣。元鼎三年（西元前一一四年），烏維單于上臺，一面積極發展軍事力量，一面謊稱願與漢朝友好。元封三年（西元前一〇八年），烏維甚至通過使臣傳話，說願意親自到長安朝拜大漢天子。武帝信以為真，專門在長安為之建了一座官邸。可是，烏維根本就沒有到長安朝拜的意思，反而屢屢派兵，襲擊漢朝的邊境，同時向西域各國施加壓力，鼓動樓蘭、車師、烏孫等國與漢朝為敵。樓蘭、車師迫於匈奴的威勢，開始向匈奴靠攏。武帝怒不可遏，斷然任命趙破奴等為將軍，統兵西進，迅速征服了樓蘭和車師。烏孫王獵驕靡權衡利弊，傾向於漢朝，乘勢要求和親。漢朝和烏孫結盟，正是張騫當年提出的建議。武帝滿口答應，決定將已故江都王劉建的女兒劉細君封為江都公主，嫁給烏孫王。元封六年（西元前一〇五年）秋，獵驕靡以一千匹良馬做為聘禮，隆重地迎娶江都公主。武帝親為公主餞行，叮囑說：「你去烏孫國，應當從其國俗。朕欲與烏孫國一起，共滅匈奴。」他賞賜給烏孫王和公主豐厚的金銀珠寶和絲綢等物品，並為公主配備了官屬、宦官、宮女數百人。

江都公主劉細君遠嫁烏孫王，被封為右夫人。匈奴烏維單于仿效漢朝的做法，也把一個匈奴女子嫁給烏孫王，被封為左夫人。其時，臘驕靡已年逾古稀，且老且病，對於女色是心有餘而力不足。可憐劉細君，青春年華，形如守寡，多數時間自居一室，孑身哀歎，加之言語不通，服食皆異，悲苦無聊，只能作歌抒發鄉思鄉情。歌云：

吾家嫁我兮天一方，遠託異國兮烏孫王。穹廬為室兮旃為牆，以肉為食兮酪為漿。居常思土兮心內傷，願為黃鵠兮歸故鄉。

這首歌通常被叫做《黃鵠歌》。歌詞傳到長安，武帝頗為垂憐，遣使慰問，同時賜予錦繡帷帳等物。臘驕靡自知死日將至，按照烏孫習俗，決定將左、右夫人讓給長孫軍須靡。劉細君自覺羞慚，不便下嫁，上書武帝，請求歸漢。而武帝正想著漢朝和烏孫結盟、共滅匈奴的大計，哪裡顧得劉細君的苦處？硬是回書，命她從俗。劉細君無可奈何，只得奉命，轉嫁軍須靡。朝為繼祖母，暮作長孫婦，堪稱一大奇聞。不久，臘驕靡病死，軍須靡繼位烏孫王，臣服漢朝，兩國間保持了十分友好的關係。

江都公主遠嫁烏孫的次年，武帝再次改元，稱太初元年（西元前一〇四年）。這時，司馬遷正如其父司馬談所預言的那樣，當上了太史令。司馬遷不僅精通史學和文學，而且精通天文學。他和天文學家落下閎、鄧平等人一起，制定了一部新的曆法，稱作《太初曆》。它第一次將二十四節氣寫進曆法，規定以正月為歲首，並確定了閏月等內容，因而被譽為中國曆法史上的一次重大改革。

新年新曆法，自當要有新氣象。恰好，武帝用於和神仙見面的柏梁臺失火，火苗騰空，火光閃耀，頃刻之間化為灰燼。武帝兀自驚駭，以為是遭天譴。偏有越地方士勇之進言說：「南方風俗凡遇火災，須亟改造，改造的建築要比焚毀的建築更高更大，方足厭禳災殃。」武帝一聽，頓時來勁，頒旨宣布：再建一座建章宮。

長安城西側上林苑內，原有一座建章宮，只是太小太舊。新建的建章宮沿用原址原名，擴大規模和形制，增加建築和設施，務求其高其大和奢麗。皇帝一聲令下，舉朝聞風而動，不惜人力、財力和物力，很快，一座比長樂宮、未央宮更宏偉更奢靡的建章宮落成了。

新建的建章宮佔地廣大，宮垣周長二十餘里。四面各開宮門。南面為正門，取天門之意，稱閶闔門。門闕高二十五丈，因裝飾玉璧，故又稱璧門。東門闕，建築樣式為雙闕對峙，其上放置一丈多高的鎏金銅鳳凰，稱鳳闕。北門闕，建築樣式為一對圓形閣樓，其上亦放置鎏金銅鳳凰，稱圓闕，也稱鳳闕。東、北、西門闕，皆高二十五丈。

宮中宮殿、臺閣星羅棋布，號稱「千門萬戶」。正殿名叫玉堂殿，為三層臺式建築，高三十丈。殿頂置有一隻鎏金銅鳳凰，高五尺，下安轉樞，迎風自轉，鳳凰似在飛翔。內殿有十二道門，門階均用玉石砌成，玉石上雕刻著各種精美的圖案。此外，還有駘蕩宮、馺娑宮、枍詣宮、天梁宮、奇寶宮、鼓簧宮、承光殿、奇華殿、鳴鸞殿、函德殿等等，無不窮極工巧，高大華麗，金碧輝煌。

建章宮中最高的建築還數神明臺和井干樓，俱高五十丈，約合一百一十多公尺。神明臺建於建章宮的西北部位，高大的臺基上矗立銅柱，銅柱頂端站立一巨大銅鑄仙人，仙人伸出手掌，托一碩大銅盤，再有一隻玉杯，用以承接雲中雨露，故而稱作承露盤。它的作用和甘泉宮通天臺的承露盤是一樣的，用於承接雨露，供武帝和以玉屑飲用，以利益壽延年。

井干樓位於南門闕內西側，積木百層為樓，突兀險峭，猶如長鍔刺天。有人以賦描寫登樓的感受：「攀井干而未半，目眩轉而意迷。舍櫺檻而卻倚，若顛墜而復稽。魂恍恍以失度，降周流以彷徨。」其樓之高之險，自可想見。

建章宮內還有幾處水域，最大者為太液池，佔地百畝。池周雕有石鯨、石鱉，池中建有高約三十丈的漸臺，還有三座假山，分別象徵著東海的蓬萊、瀛洲、方丈神山。池中池邊，更有許多珍奇動物和植物，鳧雛雁子，鶘鴣鸕，鴛鴦黃鸝，紫龜金魚，雕胡，橙擇，綠節等，民間罕見。

在建章宮和未央宮、桂宮之間，凌空架設飛閣，跨越城垣和城河，把三宮連成一體。飛閣又稱複道，實是彩繪的長廊建築。武帝可乘御輦，經過飛閣，去到三宮的任何一個地方，輕便快捷，風雨無阻。

建章宮是中國古代建築史上的傑作，恰似人間仙境。武帝再行頒旨，廣選天下美女，充實宮中。據說，這次選美，一下子就選了一萬八千人，建章宮頓時成了嬌女歡歌、麗姝笑語的花花世界。大凡皇帝，無不好色。四十歲以後的武帝，追求享樂，喜好女色，變本加厲。他建建章宮，本意在於和神仙見面，意外地卻為尋歡作樂提供了最佳的場所。

隨著「絲綢之路」的開通，漢朝和西域各國的交往異常頻繁，關係密切。大漢的威名遠播，大漢的文明傳遍中亞、西亞乃至更遠的地方。同時，外國的奇珍異寶，源源不斷地匯聚到長安，形成了「殊方異物畢至」的局面。武帝酷愛殊方異物，尤其酷愛良馬，為此發動了一場兵伐大宛的戰爭。

大宛為西域古國之一，距離長安約一萬二千多里，盛產良馬。該國共有七十餘座城邑，其中有座城邑叫做貳師（今吉爾吉克斯坦境內），出產的良馬特別珍貴。這種馬身高體長，膘肥性烈，日行千里，超影逐電，流的汗像血一樣鮮紅，傳說是天馬留在人間的後裔，號稱「汗血馬」，又稱「天馬」。武帝恨不得把天下所有珍寶都據為己有，所以對於汗血馬情有獨鍾，必欲得之而後快。

欲得寶馬，先禮後兵。武帝派遣壯士車令為使臣，攜帶千兩黃金和一隻金鑄的馬，外加絲綢等物，前往大宛，換取汗血馬。大宛王毋寡和群臣商議，認為汗血馬乃是國寶，豈能輕易給人？再說了，大宛和漢朝相距遙遠，途中荒涼，人煙稀少，強大的漢軍怎麼也到不了大宛。因此，他們斷然拒絕了漢使的要求，不換。車令碰了釘子，仰仗是大漢使臣，大發脾氣，而且還罵罵咧咧的。毋寡可不買帳，下令將車令驅逐出境。車令無奈，攜帶原物回國，途經鬱城（今烏茲別克斯坦境內），鬱城王接到命令，將車令殺了，劫奪了黃金、金馬、絲綢等物。

車令的手下逃回長安，把情況報告武帝。武帝火冒三丈，說：「這個大宛國好不曉事，敬酒不吃吃罰酒，豈能饒它？」於是，他立刻任命李廣利為將軍，統領五萬兵馬，遠伐大宛。

李廣利是那位已故李夫人的哥哥。李夫人生前深得武帝寵愛，臨死時特別懇請武帝關照她的兄弟，即哥哥李延年、李廣利和弟弟李季三人。李延年是一位傑出的音樂家和歌唱家，官任協律都尉，主管樂府，譜寫了大量優美的樂曲。李廣利供職禁軍，並和武帝的侄兒、涿郡太守劉屈氂結為兒女親家。李季不學無術，遊手好閒，依仗是武帝的小舅子，自由出入宮禁，吊兒郎當地鬼混。

自從霍去病、衛青死後，武帝麾下再無出類拔萃的帥才。這次兵伐大宛，挑來挑去，只好在筷子裡面拔旗杆，起用李廣利為將軍。因為這次軍事行動的任務是奪取貳師城的汗血馬，所以李廣利的名號，乾脆叫做「貳師將軍」。

李廣利時年二十歲出頭，受封將軍，卻也神氣，跨馬提刀，率兵出發。在他看來，大宛不過是個區區小國，豈是堂堂大漢的對手？五萬漢軍開過去，別說打仗，即便人踩馬踏，也會把它踩爛踏平！

八月，李廣利引兵西向，出玉門關，過鹽水（今新疆羅布泊），沿途都是沙漠，地廣人稀，無糧可繼，無水可汲。途經的小國，認為漢軍遠征，旨在掠奪，為防不測，紛紛堅守城門自保，拒絕給漢軍提供糧食。這樣，漢軍的行動就受到制約，每前進一步，都很艱難。李廣利強行動武，攻克城邑，可以得到補給；攻城不克，士兵只能餓著肚皮前進。許多人戰死餓死。等到進抵大宛邊城鬱城的時候，五萬漢軍只剩五千多人，而且都是衣冠不整，面黃肌瘦，筋疲力盡了。

李廣利命攻鬱城。鬱城王殺死漢使車令以後，料定漢軍必會報復，所以早已做了準備，嚴陣以待，堅守不出。一方是疲憊之旅，一方是以逸待勞，結果可想而知。鬱城沒有攻下，漢軍又有不少傷亡。李廣利的傲氣和橫勁一掃而光，灰溜溜地說：「一個小小的鬱城尚不能攻克，哪裡還能打到大宛的都城呢？」為了避免全軍覆沒，李廣利迫不得已，只好帶領殘兵敗將，撤退東歸。這一去一返，歷時五個月，及到敦煌時，五萬漢軍只剩二千人了。

李廣利在敦煌上書武帝，說：「大宛距離我國甚遠，進軍途中缺少糧食。士兵不怕戰而怕饑，況且兵員太少，不足以征服大宛。故請暫且罷兵，等待休整充實以後，再行前往。」

武帝原先聽人說過，大宛國小人少，三千兵馬即可蕩平，這才派了李廣利為將，以利他建立功勳，封官賜爵。誰知李廣利好不中用，不僅慘敗撤退，而且還請罷兵，真讓人喪氣！武帝恨怒交加，專門派出使者前往敦煌，站在玉門關上宣布說：「皇上聖諭：李廣利及其部下，若有敢入關者，斬！」

李廣利見此架勢，嚇得膽戰心驚，沒奈何只得留駐敦煌，等待詔命。

李廣利遠征受挫，消息傳遍京城。人們不由得扼腕歎息，自然地想到衛青和霍去病。那時候，漢軍攻無不克，戰無不勝，何等氣概，何等威風！而今不行了，將不如以前的將，兵不如以前的兵，大漢顯然在走下坡路了。

李廣利遠征大宛期間，關東地區發生了嚴重的蝗災。那蝗蟲飛起來，遮天蔽日，落在地上，密密麻麻，吃莊稼，吃青草，吃樹皮，就連各類作物的莖和葉也被吃得精光。因此當年秋季，關東一些郡縣基本上是顆粒無收，上百萬人淪為難民。

秋末冬初，蝗災漸漸止息。茂陵邑令報告說，董仲舒日前病死，終年七十五歲。董仲舒因為提出「獨尊儒術，罷黜百家」的統治思想，深受武帝信用，出任江都王的相國。可是他又鼓吹「天人感應」，獲罪下獄。武帝赦免其罪，他復出任膠西王的相國，不久告病辭官，徙家茂陵，專心從事著述。武帝遇有大事難以決斷，每每派人前往茂陵，徵詢董仲舒的意見。董仲舒根據自己所創立的儒家思想，對策大多符合武帝的旨意。因此，武帝一直器重這位「大儒」，董仲舒死後，恩准陪葬茂陵。董仲舒傳世著作為《春秋繁露》，共十七卷，八十二篇，在中國哲學史上佔有重要的地位。

李廣利駐軍敦煌。武帝姑且不予理會。太初二年（西元前一〇三年）初，丞相石慶忽又病故。武帝遍觀朝臣，就像黃鼠狼生耗子，一代不如一代，很難找出個合格的丞相人選。沒有辦法，權且任命公孫賀為丞相，王卿為御史大夫。

公孫賀聽了任命，嚇出一身冷汗，跪在地上，涕淚滂沱，說：「臣一介武夫，無德無能，根本當不了丞相，懇請陛下收回成命。」

武帝嘻笑，說：「這就怪了！丞相乃百官之首，此職誰不眼紅？你倒推辭不幹，少見少見。」

公孫賀又推又搡，拒不接受，自顧磕頭，說：「陛下收回成命！陛下收回成命！」一面說著，一面示意，讓人把丞相印綬塞給公孫賀。

武帝還是嘻笑，說：「扶起丞相大人！」說完，扭身自去。

公孫賀一屁股跌坐在地上，神情沮喪地說：「這回輪到我倒楣了！」

公孫賀出身騎士，官任太僕，先後拜輕車將軍、左將軍、浮沮將軍，跟隨衛青攻伐匈奴，立有不少戰功。他的妻子是衛子夫和衛青的大姐衛君孺，生有兒子公孫敬聲，一家三口，生活優裕而又安寧。他和武帝是連襟關係，熟知武帝熱衷於加強中央集權制，由皇帝和親信組成的「中朝」實行決策，以丞相為首的「外朝」只是執行機構，沒有實際權力。他扳著手指數過，武帝登基三十多年來，共任命過十一位丞相，依次為衛綰、竇嬰、許昌、田蚡、韓安國、薛澤、公孫弘、李蔡、莊青翟、趙周、石慶。他們當中的多數人，都是有職無權，到頭來，不是被罷官，就是被誅殺，好幾位還是自殺的，得以善終的不過一二人。因此，他實在不願也不想當什麼丞相，因為那是一個凶險不祥的職位。

當也得當，不當也得當。公孫賀迫不得已，硬著頭皮當了丞相，抱定一個宗旨：少說話，多觀察，凡事聽憑皇帝作主，自己唯命是從就得了。

公孫賀當了丞相，公孫敬聲頂替父親原職，升任太僕。這樣一來，父子二人並居公卿之列，也夠顯貴的了。

公孫敬聲原先和武帝長女、陽石公主劉妍相好，這是幾乎公開的祕密。不曾想半路上出來個騙子、流氓欒大，毀掉了公孫敬聲和劉妍的美好姻緣。欒大騙術敗露，終被斬首。劉妍自慚形穢，杜門不出，想到自己被欒大蹂躪的情景，淒然落淚。公孫敬聲念念不忘心愛的表姐，一天特意登門拜訪。他見她，綠衣粉裙，淡淡梳妝，臉上缺少先前的紅潤，眼睛也沒有先前那樣明亮，但是婀娜的身姿，烏黑的長髮，白皙的皮膚，以及粉頰上的兩個酒窩，還像先前那樣，沒有變化。她看他，高高的個頭，白白的臉龐，粗眉毛，大眼睛，眉宇間透露出一種逗人遐想的陽剛氣概。二人互相凝視，縱有千言萬語，不知從何說起。

許久，公孫敬聲才說：「過去的一切就讓它過去吧！姐姐不必傷感，來日方長。」

劉妍酸楚落淚，說：「像我這樣，來日長什麼呀？」

公孫敬聲走近劉妍，雙手捧起她的臉，直視她的眼睛，說：「有我和你在一起，來日就是長！」

劉姸沒有動彈，淚水嘩嘩，說：「傻弟弟！我的身子叫那畜生糟蹋了呀！」

公孫敬聲說：「那不是你的錯！在我心目中，你還是，而且永遠是先前的姸姐！」

劉姸大受感動，情不自禁地伸開雙臂，緊緊地抱住公孫敬聲，輕聲呼喚說：「敬聲！我的好弟弟！」

公孫敬聲覺得臉燒心跳，熱血奔湧，也緊緊地抱住劉姸，張嘴熱吻她的長髮，她的秀眼，她的粉腮，她的朱唇。二人的舌頭相碰，急速地捲在一起，吮吸，吮吸，直想把對方的身體和魂魄吸進肚裡……

公孫敬聲愛慕劉姸，劉姸愛慕公孫敬聲，誰也控制不了感情，很快睡在一起，恣意偷情。對此，武帝一無所知。這些年來，他幾乎忘記了女兒劉姸的存在，只顧自己迷信神仙，巡遊封禪，嬖愛女色，搜求寶物。子夫通過劉姸眉眼的變化，似乎覺察到了什麼，但沒有說破。因為她十分心疼女兒，女兒享受人生，享受快樂，不正是母親所期盼所祈求的嗎？

這年秋天，匈奴方面出現新的情況，武帝犯了輕信草率的錯誤，導致漢朝蒙受了一場喪師辱國的慘敗。

原來，匈奴那位烏維單于於兩年前病死，其子烏師廬繼任單于，因為年少，人稱「兒單于」。兒單于任性好殺，激起了國人的不滿。左大都尉靈機一動，私派信使通告大漢皇帝說：「我願殺死兒單于，舉國降漢。但因路途遙遠，還請大漢發兵接應。」武帝問明情形，當然大喜，不加考慮，一面命公孫敖為因杅將軍，帶領工役，至塞外築受降城（今內蒙古烏拉特中後聯合旗東）；一面命趙破奴為浚稽將軍，率兵二萬，前往浚稽山（今蒙古阿爾泰山中段），迎接左大都尉。

趙破奴按照約定，行軍二千餘里，如期到達浚稽山，然而卻不見左大都尉的蹤影。派人打聽，方知左大都尉殺君降漢的圖謀暴露，已被兒單于殺死。趙破奴不敢在匈奴境內久留，引軍返回。匈奴軍追殺漢軍，雙方展開廝殺，互有傷亡，誰也沒有佔到便宜。匈奴軍退去。趙破奴料想不會再有追兵，放心南歸，走走停停，全無警戒。這天，漢軍紮營休息。忽見塵土飛揚，剽悍的匈奴騎兵漫山遍野，呼嘯而至。趙破奴不及移軍，閉營據守。而匈奴騎兵足有八萬之多，輪番趨集，向著漢營發動猛烈進攻。可憐漢軍，一來行軍疲憊，二來缺糧缺水，哪裡經得起匈奴騎兵的衝殺？戰鬥進行一天一夜，先是趙破奴被匈奴軍捉了去，接著全軍崩潰，一半人戰死，一半人投降，整整二萬人，無一生還。

匈奴軍大獲全勝，乘勢進兵至受降城。虧得公孫敖早有防備，據城死守。匈奴軍連攻數日，難以得逞，這才退去。

這是武帝開始攻伐匈奴戰爭以來所遭受的一次最慘重的失敗。它表明，漢朝和匈奴之間，力量對比又發生了變化，漢朝對於匈奴，基本上沒有什麼優勢可言了。

趙破奴全軍覆沒的消息傳到長安，朝野震驚。文臣武將紛紛進言，說漢軍不宜在兩個方向同時作戰，相比而言，北方的匈奴才是主要敵人，因此應當停止西方遠伐大宛的戰爭。然而，武帝獨斷專行慣了，聽不進臣屬的意見，說：「大宛是個芝麻大的小國，我軍尚且不能攻克，哪還談得上什麼征服匈奴？再則，大宛若不臣服，那麼西域各國就會看樣子，必然輕視大漢，產生連鎖反應，那會是什麼後果？因此，我們還是要先攻大宛，然後回過頭來再對付匈奴！」

皇上決定，誰敢反對？於是，武帝發布動員令，招兵買馬，大赦囚犯，徵發郡縣惡少年，七拼八湊，共得騎兵、步兵六萬人，全部裝備精良的兵器，仍由貳師將軍李廣利統領，於太初三年（西元前一〇二年）秋，再次進軍大宛。這是一場贏得起輸不起的戰爭，必須保證充足的糧草供應。為此，武帝不惜血本，又徵集民夫七八萬人，牛十萬頭，馬三萬匹，驢和駱駝一萬隻，負責運送糧草及裝備。人手不夠，就連以前犯罪而被處刑的士卒也予釋放，重上前線，戴罪立功。戰爭因汗血馬而起。因此，武帝再派兩名相馬專家為都尉，一曰「執馬」，一曰「驅馬」，隨軍而行，以待攻克大宛後，挑選上等寶馬。

這樣的陣勢，堪與當年的漠北戰役相比。西域各國，莫不畏懼，一改原先的態度，主動出城迎接，並供應糧食。輪台國（今新疆輪台）對於漢軍缺乏熱情。李廣利大怒，攻破其國都，將全城百姓屠戮一空。

漢軍進入大宛國境內。李廣利分出一軍千餘人，由校尉王申生等率領，攻打鬱城；自己則率主力，直撲國都貴山城（今吉爾吉克斯坦境內）。因為是長途跋涉，當漢軍抵達貴山城周邊的時候，只剩三萬人。也就是說，已有近一半的士兵在行軍途中死亡了或逃跑了。

大宛王毋寡見漢軍來勢洶洶，決定憑城堅守，不予交鋒。李廣利攻城四十多日，急切不能得手。貴山城內無井，飲水全靠穿城而過的一條河流。李廣利還算聰明，命人壅土築堰，迫使河流改道。這樣一來，城內斷水，毋寡驚慌，派人向北方的康居國求援。康居國倒是派出了援軍，但是看到漢軍威勢強勁，嚇得不敢介入，只是駐足觀望。這時，大宛上層集團發生內訌，以貴族昧蔡為首的大臣殺死國王毋寡，攜其首級與漢軍談判，提出的條件是：大宛臣服於大漢，但漢軍不得進入貴山城，並立即撤軍；至於汗血馬，大宛可以敬獻給大漢天子。

李廣利記取第一次兵伐大宛的教訓，見好就收，遂與大宛簽訂和約，並立昧蔡為新的大宛王。剩下的問題就是汗血馬了。昧蔡打開城門，放出所有的馬匹，聽任漢軍挑選。兩位相馬專家有了用場，左看右瞧，細細打量，最後挑選了三十四匹汗血馬和三千匹中等良馬，準備帶回國內，獻給武帝。

再說鬱城，那個王申生本事不大，傲氣卻是過人，在對敵人一無所知的情況下，便盲目發動進攻。鬱城王依仗天時地利，於清晨發兵三千人予以回擊，沒費吹灰之力，就將漢軍打敗，王申生等斃命，只有數人逃亡，前去報告李廣利。李廣利大發其火，再派搜粟都尉上官桀，率兵攻打鬱城。城破，鬱城王逃奔康居國避難。上官桀相當勇猛，窮追不捨，直至康居國。康居國不敢得罪漢軍，遂將鬱城王縛了，交與上官桀。回歸途中，上官桀的部下將鬱城王殺了。

李廣利班師，一路耀武揚威。及至玉門關時，他們只剩下一萬多名士兵和一千餘匹戰馬了。李廣利回到長安，恭敬地獻上汗血馬。武帝如願以償，大喜過望，特封李廣利為海西侯，食邑八千戶。並作《天馬歌》，以表達獲得汗血馬的喜悅心情。歌云：

天馬徠，從西極，涉流沙，九夷服。
天馬徠，出泉水，虎脊兩，化若鬼。
天馬徠，歷無草，徑千里，循東道。
天馬徠，執徐時，將搖舉，誰與期？

天馬徠，開遠門，竦予身，逝崑崙。
天馬徠，龍之媒，遊閶闔，觀玉臺。

武帝愛馬讚馬，陶醉不已。至於為了這些汗血馬，先後死去的近十萬名士兵，以及耗費的無數錢財，他並不在意，甚或忘記了。因為他是皇帝，「溥天之下，莫非王土；率土之濱，莫非王臣」，為了自己的喜好和享受，那些生靈，那些錢財，又算得了什麼呢？

武帝兵伐大宛，從本質上說，屬於掠奪性質的非正義戰爭。然而，這場戰爭客觀上卻發揮了某些正面的作用，漢朝威服了西域各國，同時也震懾了更遠的大夏、安息、條支等國家。從此以後，以「絲綢之路」為紐帶，中國和西域、中亞、西亞的來往更加密切，有力地促進了東西方文化的交流和發展。

第二十章

李陵事件

漢武帝劉徹兵伐大宛取得勝利，接著把目光轉向北方，匈奴的重新崛起和強大，成了他惴惴不安的一大心病。

匈奴單于屢屢易人。兒單于烏師廬在位兩年多，因染瘟疫而死，由其叔父、右賢王呴犁湖繼為單于。呴犁湖好搶好殺，派兵入侵漢朝的雲中、定襄、五原、朔方、酒泉、張掖諸郡，殺掠了數千人。呴犁湖在位一年多病死，由其弟、左大都尉且鞮侯繼為單于。這個且鞮侯陰險狡猾，一方面釋放了以前扣押的漢朝使臣，一方面放話說：「漢朝為父，匈奴為兒，論起來，漢天子還是我的丈人輩哩！」他假惺惺地自稱「兒輩」，遣使到長安求和。

武帝原想大舉進攻匈奴，而且發布了文告，待看到且鞮侯這樣卑躬屈節時，心腸一軟，遂放棄了發兵的念頭，改派蘇武為使臣，持節攜禮，前往匈奴，商量和議，釋怨修好。

蘇武，字子卿，杜陵（今西安東南）人，出身將門，其父乃衛青麾下的遊擊將軍蘇建，從征匈奴有功，受封平陵侯。天漢元年（西元前一〇〇年），蘇武不滿三十歲，相貌堂堂，一表人才，而且正直、堅強，極富骨氣。他原為郎官，繼遷栘中廄監，這次出使，升任中郎將。隨行的還有副使張勝、常惠及侍從等一百多人。

蘇武一行到了漢北，拜見且鞮侯單于，獻上武帝贈送的豐厚禮物。不想且鞮侯非常傲慢，收了禮物，越顯驕橫，絕口不提和議之事。蘇武看到且鞮侯沒有誠意，回住驛館，準備回國覆命。偏偏這時，卻生出了一個意外枝節。

原來，匈奴有個衛律，原是漢人，投降匈奴，受到匈奴單于寵信，被封為丁靈王。衛律的親隨虞常也是漢人，深以主子叛國投敵為恥辱。虞常有一好友叫緱王，是當年降漢的昆邪王的外甥，其母已在中國落戶。虞常念國，緱王思母，二人經常密議，意欲殺死衛律，劫持匈奴單于的母親閼氏，一起歸漢。恰巧來了漢使張勝，原先與虞常相識。虞常便與張勝溝通，說出自己和緱王的計劃。這個張勝頭腦簡單，志在邀功，不向蘇武報告，擅自作主，居然贊成並支持虞常和緱王的愚蠢行動。這天，且鞮侯外出射獵。虞常和緱王以為有機可乘，邀集同夥七十餘人，即欲發難。緊要時刻，消息走漏。且鞮侯發兵鎮壓，緱王喪命，虞常被捉。這樣一來，變故鬧大了。

張勝又驚又怕，這才把事情原委報告蘇武。蘇武愕然，說：「事已至此，別說你被扯了進去，就連我，恐怕也要累及。我是大漢正使，若被逮捕審訊，有損國威，還有什麼臉面活在世上？」說著，拔出佩劍，便要自刎。張勝、常惠慌忙將他抱住，說：「別！別！姑且看看情況再說。」

且鞮侯命衛律審訊虞常，動用大刑。虞常吃刑不過，供出張勝。且鞮侯大怒，召集群臣計議，認定漢使策劃了劫持閼氏的陰謀，當予處死。繼又改變主意，逼迫漢使投降匈奴，以便在政治上羞辱大漢天子。衛律奉命，威逼蘇武。蘇武目視常惠等人，鎮靜地說：「民族氣節重於泰山，國家榮譽高於一切。身為漢使，屈節辱命，雖然苟活，還有什麼臉面回歸祖國呢？」說著，又以佩劍刺胸，再次自刎。

衛律大驚，慌忙抱住鮮血淋漓的蘇武，命令左右速召醫生。蘇武已經氣絕。匈奴醫生卻有妙術，掘地為坎，下貯熅火，將蘇武身體置於火上，引足蹈背，使其出血。許久，蘇武漸漸醒來，復有氣息。常惠等人失聲痛哭，抬著蘇武回至驛館，精心照料。衛律把情況報告且鞮侯。且鞮侯欽佩蘇武忠貞不屈的氣節，派人撫慰，只將張勝收繫獄中。

蘇武身體漸癒。一天，衛律奉命，邀請蘇武到場，提審張勝和虞常。衛律先宣布了虞常的罪狀，當場將其斬首。接著恫嚇張勝說：「漢使張勝，謀殺單于近臣，其罪當死，但若投降，尚可寬赦！」

張勝嚇得不敢作聲。衛律舉劍，惡惡地逼近張勝。張勝臉色煞白，連連磕頭，說：「饒命！饒命！我降！我降！」

衛律收劍，得意地一笑，說：「算你識相！」他轉而威脅蘇武說：「副使獲罪，你這位正使理當連坐！」

蘇武正色說：「我和張勝，一未同謀，二非親屬，何謂連坐？」

衛律再次舉劍，指向蘇武。蘇武端坐，巋然不動，神態自若。衛律洩氣，把劍放下，改用緩和的口氣，說：「蘇君！想我衛律，歸降匈奴，幸蒙大恩，封爵為王，擁眾數萬，馬畜彌山，富貴無比。你蘇君今日降，明日就會跟我一樣，豈不快哉！不然，你空以一腔忠心，枉死絕域，葬身草野，誰又知曉呢？」

蘇武注視衛律可惡的嘴臉，懶得應答。衛律提高嗓門，又說：「蘇君因我歸降，我當與君結為兄弟。若不聽勸，今日便是訣別，你就再也見不到我了！」

蘇武赫然震怒，站起身來，手指衛律，罵道：「衛律！你枉為人臣人子，不顧恩義，叛主背親，甘降胡夷，我實在恥於見你！匈奴單于看中你這條走狗，讓你決獄，你不能平心持正，反欲藉此挑釁，坐觀禍敗。你也不想想：南越殺漢使，屠為九郡；宛王殺漢使，頭懸北闕；朝鮮殺漢使，立時誅滅。唯獨匈奴還沒有這麼做。你明知我不會叛國降胡，但卻多方脅迫，欲使兩國相攻。我死算不了什麼，只怕匈奴就此惹禍，而你這個叛主背親的小人，難道獨能倖存麼？」

這番話義正詞嚴，直罵得衛律狗血噴頭，啞口無語。他不敢拿蘇武怎樣，垂頭喪氣，回報單于。

蘇武越是堅貞，且鞮侯單于越加嘉歎，更想逼他投降。且鞮侯命將蘇武置於一個大窖中，不給飲食，企圖摧毀他的意志。時值隆冬，風狂雪猛。蘇武睡在窖中，齧雪嚼氈，數日不死。且鞮侯疑為神助，沒奈何又將蘇武放出，徙至北海（今俄羅斯貝加爾湖）邊上荒無人煙處牧羊，發話說：「什麼時候羝羊產奶，蘇武方可歸來。」羝羊即公羊，永遠不會產奶。這就意味著，蘇武永無回歸之日了。

北海邊上是一片不毛之地，冰雪覆蓋，清冷荒涼。蘇武在那裡牧羊，沒有糧食，只能靠挖野鼠洞，從中尋取一些食物充饑。儘管艱難困苦，但他時時記著大漢使臣的身分，武帝賜予的那根節杖，從不離手。節杖代表國家，節杖象徵使命，它比生命還要貴重啊！

蘇武等人出使匈奴，遭到扣留，飽受凌辱。武帝這才認清匈奴且鞮侯單于的嘴臉，意識到對方的所謂和議是假，挑釁是真。他怒不可遏，說：「且鞮侯有意玩火，朕當奉陪！」於是迅速調集兵馬，再次征討匈奴。然而，這次戰爭進行得很不順利，損兵折將，李陵投降，致使太史令司馬遷受了宮刑。

戰爭於天漢二年（西元前九九年）五月開始。武帝派出貳師將軍李廣利和因杅將軍公孫敖，分別率領三萬騎兵和一萬騎兵，一出酒泉，攻擊匈奴右賢王；一出西河（今內蒙古東勝境），進軍涿塗山（今蒙古杆達勒戈壁），尋找匈奴軍主力。李廣利出師大捷，殺敵萬餘人，算是個不小的勝利。可是，勝利使這位國舅頭腦發昏，洋洋自得，完全喪失了防備敵人的警惕性。匈奴右賢王召集餘部，氣勢洶洶地反撲過來，就在李廣利班師的途中，出其不意地將漢軍重重包圍。李廣利四面受敵，驚慌失措。幸虧部將趙充國發憤為雄，率領士兵百餘人，披甲操戈，殺開一條血路，這才使李廣利得以突圍。李廣利的性命是保住了，而代價卻異常慘重：約兩萬名騎兵葬身於荒漠。公孫敖一軍深入匈奴境內，沒有發現匈奴主力，原路返回，一無所得。

李廣利敗歸，公孫敖返回，武帝覺得大傷面子，轉而把希望寄託在李陵身上。李陵，字少卿，乃已故名將李廣的孫子。他二十多歲，為人頗像李廣，豪壯勇猛，精於騎射，愛護士卒，不甘人下。他官任騎都尉，駐防張掖郡。按照原先的安排，李陵歸李廣利節制，負責監督輜重，保證後勤供應。此人年輕氣盛，渴望獨當一面，建功立業，所以特地到長安，叩頭懇請武帝說：「臣的部下皆是勇敢之士，力能扼虎，射必命中，請願自領一軍，進擊匈奴！」

武帝用懷疑的目光注視李陵，說：「你怕是不想歸貳師將軍節制吧？」

李陵說：「不！臣只想衝鋒陷陣，殺敵立功！」

武帝為難地說：「現在兵力吃緊，朕哪有騎兵劃撥給你呢？」

李陵奮然說：「臣願以少擊眾，無須騎兵，只求步兵五千人，直搗匈奴王庭！」

武帝讚賞李陵的這種氣概，說：「那好，朕給你軍餉和裝備，你可以自募步兵五千人。另外，朕再命強弩都尉路博德充當你的副將，怎樣？」

李陵謝恩退出，很快招募了五千人，均為英勇果敢的壯士。然而，路博德也是個不甘人下的角色，深以副職為恥，遂私自上書武帝，說：「現值秋令，匈奴馬肥，不可與戰。臣與李陵願待來春，進軍浚稽山，力擒匈奴單于。」

武帝讀了路博德的奏書，大為惱火，以為李陵消極怯戰，故意唆使副將上書，拖延時日。他隨即將路博德調離，同時給李陵下了一道死命令：九月必須發兵，進軍至浚稽山，若未遇敵人，可到受降城休整。

李陵接到命令，不敢怠慢，獨自率領五千步兵，出居延，進抵浚稽山。他將那裡的地形繪製成地圖，指派屬下陳步樂，到長安報告軍情。武帝聽了彙報，知道前方將士同心協力，深感欣慰，特封陳步樂為郎官。

陳步樂到長安彙報軍情，浚稽山的形勢風雲突變，匈奴且鞮侯單于親率騎兵三萬人，包圍了漢軍。李陵迅速做出反應，環車為營，列隊為陣，前面的人持戟盾，後面的人持弓弩，發令說：「聞鼓聲則進，聞金聲則退。」匈奴兵欺漢軍人少，放膽進攻。李陵據險堅守，千弩齊發。匈奴前驅，應弦而倒，約略後退。李陵擊鼓，漢軍奮勇殺出，斬首數千級，趁勢拔營，緩緩向南方回軍。

且鞮侯可不想放過這支孤立的漢軍，立刻又調來八萬騎兵，攻襲李陵。李陵且戰且走，大小至數百回合，又殺敵三千餘人。回軍途中，他們陷入一片沼澤地帶，蘆葦雜草叢生。匈奴兵從上風放起火來，意欲燒死漢軍。李陵情急，亦命放火，燒去下風的蘆葦雜草，切斷火勢。漢軍好不容易走出沼澤，暫在一座山下紮營。且鞮侯站在山上指揮，命令騎兵輪番出擊。漢軍憑藉樹木作掩護，又殺敵數千人，同時發射連弩，單射匈奴單于。且鞮侯驚走，回顧部下，疑惑地說：「這是漢朝精兵，連戰不疲，這樣引著我們南下，莫非另有埋伏不成？」部下說：「我軍八萬人，追襲漢軍五千人，若不能勝，豈不惹人恥笑？好在目前都是山谷，單于儘管追擊，待到平原地帶，仍不能勝，那時回軍不遲。」

漢軍也有很大傷亡，但是士氣依然旺盛，鬥志依然高昂，又殺敵二千餘人。且鞮侯損失騎兵萬餘，意欲退去。在這關鍵時刻，漢軍中的軍候管敢膽小怕死，無恥地投降了匈奴。他告訴且鞮侯說：「李陵軍無後援，矢盡糧絕。現在，只有李陵和校尉韓延年，各剩步兵八百人左右，旗分黃、白二色，勉強支撐。單于若用精騎馳射，必破無疑。」

且鞮侯了解到漢軍的真實情況，心中大喜，打消了退兵的念頭，派出精騎，繞到漢軍前面，射殺漢軍，而且高聲喊話說：「李陵速降！韓延年速降！」

李陵和韓延年被困在山谷之中。匈奴兵從山上放箭，矢如雨下。漢軍突出山谷，邊戰邊走，所有的箭射盡了，糧食幾乎斷絕。沒奈何，只得砸毀車輛，人人手持車軸，權當兵器。他們又進入一個山谷。匈奴兵從山上投擲石塊，堵住谷口，漢軍多被砸死。

這天黃昏，李陵身穿便衣，獨步出營，不讓左右跟隨，說：「大丈夫當一取匈奴單于首級！」可是出營一看，到處都是敵人，哪能尋到匈奴單于？良久退回，長歎一聲，說：「此番真要敗死了！」

旁邊一個軍吏進言說：「將軍用少擊眾，威震匈奴，怎奈天命不遂，何妨暫尋生路，且待日後，想來皇上是會寬恕的。」

李陵擺手說：「別說這話！我若不死，非壯士也！」他命士兵撕毀各種旗幟，隨身所帶的貴重物品盡埋於土中，然後說：「我軍若各得數十支箭，或許尚可脫圍。而現在卻是徒有車軸，如何再戰？等到天明，難免盡成俘虜。罷了罷了！你們各自逃生去吧！若有逃得性命者，還請歸見皇上，詳報軍情。」

士兵們含淚啜泣。李陵命眾人各帶二升乾糧，一片冰塊，準備突圍逃生。半夜時分，李陵親自擊鼓，鼓聲嘶啞低沉。李陵和韓延年各騎一馬，隨從僅有十餘人，其他士兵散去。李、韓拼死殺出谷口，匈奴數千騎兵追了上來。韓延年血戰身亡。李陵面向長安方向，流著淚說：「無面目見陛下了！」說罷，下馬投降。漢軍四百餘人僥倖活命，逃至塞內，報知邊吏。

邊吏派人飛馬將情況報告武帝，但還不知李陵投降的事實。武帝以為李陵戰死，召來李陵的母親和妻子，但見李母李妻並無哀容。接著，邊吏報告，說李陵已經投降匈奴。武帝根本沒有想到會出現這樣的結果，大發雷霆，責問陳步樂說：「你不是說前方將士同心協力嗎？這是怎麼回事？」陳步樂哪裡知道這些天來戰事的變化？嚇得伏劍自殺。武帝回想整個戰爭的失敗，腦海裡一片空白，靜靜地坐著，久久說不出話來。

李陵投降匈奴，引起軒然大波，王公大臣眾口一詞，都罵李陵叛國降胡，理應千刀萬剮。武帝仔細思量，覺得自己在李陵事件上也有責任。一，不該輕信李陵，讓他負氣統兵；二，不該在對敵情一無所知的情況下，便讓李陵孤軍進至浚稽山；三，自己也沒想到派兵救應，致使李陵陷入了孤立無援的境地。武帝雖然覺得自己負有責任，但是絕對不會承認。因為他是皇帝，皇帝萬歲，皇帝聖明，皇帝的錯也是對，哪有皇帝否定自己、低頭認錯的道理呢？不過，他一想到李陵投降匈奴這件事，心裡總是痛痛的，恨恨的，像是吃了一隻蒼蠅，要多噁心有多噁心。他認為，打了敗仗不怕，怕的是沒有心志，沒有氣節。你李陵打了敗仗，一拍屁股，叛國降胡，那麼大漢的尊嚴何在？天子的臉面何在？這不是叫人難堪嗎？

這天，武帝召見太史令司馬遷，詢問他對李陵事件的看法。司馬遷時年四十七歲，瘦高個兒，背有點駝，皮膚白淨，沉靜斯文。他一心記著父親司馬談臨死時的囑咐，從太初元年（西元前一〇四年）起，就開始寫作史書。作為太史令，他可以閱讀金匱石室即國家圖書館的典籍，這為他的寫作提供了便利。平時，他除了參加朝會以外，不是在金匱石室整理史料，就是在自己家中從事寫作，幾乎斷絕了和所有人的交往與應酬。

武帝是知道司馬遷在寫作史書的，見面後便問：「你的史書寫得怎樣了？」

「回皇上的話，正在進行當中。」司馬遷恭敬地回答。

「你打算寫怎樣一部史書呢？」

「它應該是究天人之際，通古今之變，成一家之言。」

武帝點頭，說：「對！史書就應該這樣，要有新意，要有創見，切莫鸚鵡學舌，人云亦云。」

司馬遷說：「陛下所言極是。」

「那麼，可以說說史書的框架結構嗎？」

「當然可以」，司馬遷說，「臣想運用五種體裁，總括全書。一曰『本紀』，敘述歷代帝王的政績，這是綱；二曰『表』，簡述各個時期的要事，相當於大事記；三曰『書』，屬於文獻彙編性質，分別敘述天文、曆法、禮樂、封禪、河渠等內容；四曰『世家』，介紹歷代諸侯貴族的事蹟；五曰『列傳』，主要是不同類別、不同階層的人物傳記。」

武帝說：「很好，頗具獨創性！你要抓緊把史書寫出來，這也是我朝的一大盛事。」

「是！」司馬遷受到武帝的讚許，心情暢快，還有幾分激動。

「現在先別談史書」，武帝突然轉變話題，說，「李陵投降匈奴，朝野議論很多，但不知你對這個問題有何看法？」

司馬遷看著武帝，略顯遲疑，說：「陛下要臣說真話嗎？」

武帝說：「朕當然要聽真話。」

「這」，司馬遷認真斟酌詞語，說，「臣與李陵，同朝為官，從來沒有交往，志趣和路數不同。我和他，不曾在一起喝過一杯酒，更談不上其他什麼親熱的表示。然而，臣看李陵，是個能守節操的不尋常的人，事親至孝，講究信用，輕財好義，謙讓有禮，經常奮不顧身以殉國難。這是他平時修養成的品格，很有國士之風。」

李陵的這些品格，武帝是知道的。武帝以為在李陵的身上，可以隱約看到李廣的影子，所以曾命李陵率領八百名騎兵，深入匈奴境內二千餘里，察看地形，然後才任命他為騎都尉。

司馬遷見武帝沒有吭聲，繼續說：「現在處理李陵事件，若有不當，那些只知保全自己性命及其妻子兒女利益的人，隨之就會誇大他的過失，很有點一哄而起、落井下石的味道。記得陳步樂初次彙報軍情時，公卿王侯喜形於色，舉杯相慶；而今李陵兵敗，他們卻是另一副嘴臉。這種風氣，讓人非常痛心。試想，李陵這次出征，所統步兵不滿五千人，深入戎馬之地，抗禦數萬之師，胡虜置死傷於不顧，悉舉全國精銳而圍之，戰場上的形勢自可想見。李陵轉戰千里，矢盡道窮，且無援軍，死人成堆。但是他一聲號召，士兵們無不奮身而起，涕淚橫流，血污滿面，接著就張著空弓，迎著敵人的刀劍，爭著向北，去和敵人死戰，能夠如此，縱然古之名將，恐怕也很難做到。李陵兵敗投降，顯然是失節行為。然而，他以少擊眾，在極其艱難的條件下，仍然殲敵萬餘人，這一點足可以彰於天下。」

司馬遷按照自己的思路，設想李陵的處境，批評朝廷的風氣，其實把武帝也扯進去了。武帝聽著聽著，臉色起了變化，反問司馬遷說：「照你說來，李陵投降匈奴，還是對的了？」

司馬遷連連擺手，說：「不！不！臣剛才說了，李陵兵敗投降，顯然是失節行為。他這樣做，或許是一種權宜之計，大概是為了留住青山，等待時機，以便日後報答大漢吧？」

武帝平生最痛恨權臣、貪官、叛徒之類的人。他認為，作為臣子，不成功，便成仁，李陵沒有戰死疆場，甘願投降匈奴，那就是叛徒，絕對不能容忍。而司馬遷卻振振有詞，稱讚李陵的英勇，為叛徒開脫罪責，很有遊說之嫌，這同樣不能容忍。因此，就在這次召見後數日，司馬遷被莫名其妙地逮捕下獄，接受審訊。

負責審訊司馬遷的是廷尉杜周。這個杜周主管刑獄，生性殘酷，專務逢迎，揣摩武帝的心意，是要嚴厲懲治司馬遷。因為司馬遷盛讚李陵，實是袒護叛徒，弦外之音，還在旁敲側擊，影射和詆毀貳師將軍李廣利不如李陵。這犯了武帝之大忌。凶惡的杜周唯上是從，昧著良心，硬給司馬遷扣了個「欺罔」的罪名，判了死刑。漢制規定，死囚有兩種方法可以贖罪免死，一是花錢，二是以宮刑代替死刑。司馬遷家境貧寒，哪有那麼多的錢來贖死罪呢？他的朋友也不多，無人幫他說話。沒奈何，只能被押進「蠶室」，生生地挨刀受刑。

宮刑一稱腐刑，就是閹割男人的睾丸，使之喪失性交和生殖的能力。這是一種慘無人道的刑罰。商代制定「五刑」，依次為墨刑、劓刑、刖刑、宮刑和大辟。其中，宮刑列第四位，再罪加一等，就該大辟即殺頭了。知識份子遭受宮刑，尤被視為奇恥大辱，有污氣節，有辱祖先，生不如死。而這種恥辱恰恰叫司馬遷遇上了，使他的身體受到摧殘，心靈受到傷害，人格受到侮辱，愁腸百轉，痛不欲生。

司馬遷想到死，死了，一死百了。然而他想到死的價值，人固有一死，或重於泰山，或輕於鴻毛。那麼，自己輕易而死，算是泰山呢還算是鴻毛呢？他更想到父親的囑咐以及正在寫作的史書。理想未遂，事業未竟，就此結束生命，對得起誰呢？因此，他決定苟活，決定偷生，無論如何也要繼承遺志，把那部史書寫出來。數年後，司馬遷曾給朋友任安寫過一封信，敘述自己受刑後的矛盾心情，就是那篇著名的《報任安書》。他在信中寫道：「行莫醜於辱先，詬莫大於宮刑。」「我之所以這樣忍辱偷生，幽禁在污泥濁壤中而甘心受辱，原因是恨理想未能實現，庸碌無為，終結一生，而文章著述不能流傳於後世啊！」他還寫道：「周文王被拘禁而後推演出《周易》，孔子遭受困厄這才寫作《春秋》；屈原被放逐，創作《離騷》；左丘明雙目失明，編出《國語》；孫子被臏足，才有兵法問世；呂不韋被貶黜，才有《呂覽》流傳；韓非遭囚禁，才有《說難》《孤憤》；《詩》三百首，大多是聖賢們抒發內心憤慨的作品。……痛惜書稿未成，因此受到極其殘酷的刑罰也不好流露出怨恨的神色。如果我真能寫出這部史書，藏之名山，傳之其人，通邑大都，那麼，我就償還了受辱的孽債，即使殺我一萬次，豈有悔哉！」

司馬遷忍辱負重，堅持寫作。武帝大概意識到將司馬遷處以宮刑是個錯誤，所以對他依然重用，任命為尚書令。漢朝的尚書令多由宦官出任，掌管文書奏章等事。也就是說，司馬遷在受了宮刑以後，其實是一名宦官，職責所在，使他有了更多的接近武帝的機會。但是，他並不以此為榮，而是把全部心血傾注到自己的著述上。寫作是他的事業，寫作是他的生命。他要像聖賢們那樣，通過寫作，記述偉大祖國的歷史，抒發心中的憤慨和不平……

漢朝和匈奴之間的戰爭，漢朝連連失敗，匈奴一勝再勝。這使武帝難以接受。想當初，衛青和霍去病統兵，漢軍何等強大和威風，攻無不克，戰無不勝；而十餘年過後，趙破奴敗了，李廣利敗了，李陵敗了，漢軍至少損失了四萬多人，事情怎麼會變成這樣呢？武帝的理想是文治武功，威服四海。現在連一個匈奴都征服不了，豈不是笑話！他依然保持著一種雄心，但有點傲，更有點浮，無視敵我力量對比發生的變化，決心將戰爭繼續進行下去，而且擴大規模，增加兵力，不惜代價，務要將胡虜征服。

匈奴且鞮侯單于是另外一種心態，因為打了勝仗，所以氣焰更加囂張。天漢三年（西元前九八年）秋天，他派出精銳騎兵，入侵雁門郡。雁門一帶，多年不遇兵災，早就放鬆了警惕。匈奴騎兵突然入侵，雁門太守張惶失措，不敢發兵迎擊。匈奴騎兵大肆搶掠，滿載而歸。武帝氣壞了，下令把雁門太守腰斬示眾，另外派人鎮守雁門。

半年以後，即天漢四年（西元前九七年）三月，武帝再次發兵征討匈奴。這次戰爭，就兵力而言，是武帝指揮的規模最大的戰爭，招募流民，釋放囚犯，共投入二十萬人。主力部隊仍由貳師將軍李廣利統領，率騎兵六萬人、步兵七萬人，出朔方。強弩都尉路博德，率兵萬餘人，作為接應。同時，遊擊將軍韓說，率步兵三萬人，出五原；因杅將軍公孫敖，率騎兵一萬人、步兵三萬人，出雁門。二十萬大軍，分作三路，出擊匈奴。那麼，負責後勤供應的士兵、民夫，至少也需二三十萬人。可以說，武帝是傾舉國之兵，竭舉國之力，去和匈奴作殊死之戰了。

然而，這次戰爭的結果很令人沮喪。且鞮侯單于看到漢朝大軍壓境，忙將大本營和輜重轉移到余吾水（今蒙古烏蘭巴托西）以北，自率精騎十萬，屯駐水南，嚴陣以待。李廣利和且鞮侯兩軍相遇，展開激戰，互有傷亡。李廣利原非將帥之才，麾下兵馬數量不少，卻多是流民、囚犯之輩，沒有什麼戰鬥力，十餘日間，幾經交鋒，漸漸處於下風。李廣利自知不是匈奴單于的對手，唯恐師老糧竭，不敢戀戰，旋即退兵。匈奴兵隨後追殺，幸虧路博德前來接應，李廣利得以退回塞內。清點兵馬，死傷約有一萬多人。

韓說兵出五原，在匈奴境內轉了一圈，沒有遇見敵人，途中返回。公孫敖兵出雁門，遭遇匈奴左賢王。雙方交戰，漢軍大敗。更要命的是漢軍中的流民、囚犯等，打了敗仗，趁機逃跑，開小差的多達五六千人。公孫敖傻了眼，慌忙退回塞內。

二十萬大軍，糊里糊塗地出征，糊里糊塗地敗歸，大漢的國威丟盡，天子的臉面丟盡。武帝氣得暴跳如雷，近乎瘋狂，拍著龍案，怒吼著說：「丟人！丟人！」

公孫敖為人差勁，偏為自己敗歸尋找理由，說：「臣在匈奴捕得胡虜，供稱有位李將軍深得寵信，教習匈奴備兵禦漢。這位李將軍想必就是李陵，所以臣不敢深入敵境，只得回軍。」

這話等於是火上澆油。武帝怒火沖天，立命族滅李陵全家，李陵的母親、妻子、兄弟等皆被誅殺。事後，武帝發現公孫敖的士兵逃亡最多，又命逮捕公孫敖下獄問罪。公孫敖得知消息，嚇得魂不附體，逃之夭夭，藏匿民間，隱姓埋名，從此沒了蹤影。

李陵在匈奴聽說家人俱死，痛不欲生。恰有漢使前往匈奴，李陵責問說：「我李某率五千步兵橫行匈奴，因為無救而敗，何曾虧負大漢而滅我家？」

漢使回答說：「公孫敖奏告皇上，說有位李將軍教習匈奴備兵禦漢，所以……」

李陵跺腳捶胸，說：「那個李將軍是李緒，不是我李陵！」

漢使愕然。原來，李緒也曾是漢將，早於李陵投降匈奴，積極為匈奴單于出謀劃策，深得寵信。公孫敖張冠李戴，把李緒、李陵混為一談，導致了李陵族滅的慘劇。李陵只能把氣出在李緒身上，提刀去把李緒殺了。李陵原先是想尋找機會歸漢的，這樣一來，他心灰意冷，只能死心塌地地滯留匈奴，充當叛徒。且鞮侯單于看中李陵，給他另娶了匈奴女子為妻子，還封他為右校王。一個衛律，封丁靈王；一個李陵，封右校王。這兩個投降匈奴的漢將，倒像是匈奴單于的夾輔功臣了。

一天，且鞮侯單于又想起在北海牧羊的蘇武。於是，他命李陵前往北海，勸說蘇武亦降匈奴。這是一件尷尬的差事，李陵只能奉命，硬著頭皮前往。李陵見到蘇武，但見他衣衫破舊，蓬頭垢面，頭髮和鬍鬚很長，形如野人。但是，他的目光依然明亮，神態依然堅定，手持武帝賜予的那根節杖，具有一種威武不屈的精神和氣概。

李陵按照且鞮侯的叮囑，置酒設樂，招待蘇武。三杯酒過後，李陵說：「單于聽說我和蘇君素有交情，特讓我來勸說足下。看你現在這個樣子，怕是終生不能歸漢了，孤身待在這無人之地，還堅持什麼信義？你的哥哥蘇嘉，官任奉車都尉，奉皇上出行，因為誤折了車轅，被劾為大不敬，伏劍自殺。你的弟弟蘇賢，官任騎都尉，因捕捉一名宦官不得，因而惶恐，飲毒身亡。我在長安時，你的老母已死，我還去給老人家送葬來著。你的妻子年輕，已經改嫁。你的兩個妹妹，她們共有二女一男，現在不知死活。」

蘇武遠在絕域，第一次聽說家人的情況，沒想到老母已死，心中的悲痛難以抑制，酸楚落淚，趴在地上，向著南方磕頭，說：「娘！原諒兒子不孝啊！」

李陵扶起蘇武，繼續說：「人生好比朝露，何必自苦如此？我始降時，也曾忽忽如狂，自痛負漢，牽掛老母，跟你的心情一樣。不過，現在習慣了，就那麼回事！況且，皇上春秋已高，法令無常，大臣無罪而被夷滅者多達數十家，人人自危，隨時可能丟掉性命。皇上如此，蘇君盡忠守節，所為何來？所以，你就聽我一句話，別再那樣固執了。」

蘇武見李陵勸降，並非議皇上，很不樂意，凜然說：「蘇武父子沒有什麼功德，所有一切均為皇上所賜，位列將，爵通侯，兄弟親近，情願肝腦塗地，報效國家。今得殺身自效，雖蒙斧鉞湯鑊，誠甘樂之。人臣事君，猶如人子事父。子為父死無所恨，你就不要再說了。」

李陵顯得尷尬，說：「行！不說了，不說了！」李陵陪著蘇武在北海住了數日，想著單于委託的差事，不由得再一次說：「蘇君！你就聽了我的話吧！」

蘇武變了臉色，說：「我的心志早定！匈奴單于若非逼我投降，你我之間也就沒有什麼交情可言，我這就死在你的面前！」

李陵驚慌，忙說：「別！別！」他看到蘇武忠於祖國，心如鐵石，想到自己和衛律為了活命，變節降敵，感慨萬千，羞愧難當，喟然歎息說：「嗟乎，壯士！李陵和衛律之罪，上通於天！」他無臉再和蘇武相處，灑淚告別，自回去向且鞮侯覆命。蘇武仍然在北海牧羊，直到西元前八十一年才得以回歸祖國，那是武帝駕崩以後的事了。

連年的戰爭，連年的失敗。沉重的兵役徭役、苛捐賦稅負擔，壓得勞動人民喘不多氣來。他們再也無法忍受，群起造反，一時從黃河兩岸到長江流域，相繼爆發了數以百計的農民起義。起義軍自立名號，攻取城邑，釋放無辜囚犯，捕殺貪官污吏，猛烈衝擊黑暗的暴政。武帝相當驚恐，派出很多御史中丞和丞相長史，趕赴各地，督促郡守、縣令，殘酷鎮壓起義軍。這期間，御史大夫王卿獲罪自殺，廷尉杜周升任御史大夫，加重刑罰。杜周新制一種苛律，規定各地沒有發現農民起義或發現了沒有堅決鎮壓的，那麼從郡守、縣令到小吏，俱坐死罪。此律叫做「沉命法」，「沉命」即「沒命」的意思。儘管如此，農民起義仍然風起雲湧，規模大的多至五六千人。武帝嫌派出的官員督促不力，改而又派出一批欽差，身穿繡花錦衣，手持代表皇帝的節杖和斧鉞，稱作「繡衣使者」。主要有暴勝之、江充等人。繡衣使者的權力極大，凡郡守、縣令以及俸祿二千石以下的官吏，可以生殺予奪，先斬後奏。這樣一來，繡衣使者橫行天下，「沉命法」布下黑網，廣大勞動人民和成千上萬的無辜者可就遭殃了。

第二十一章

巫蠱之禍

天漢四年（西元前九七年），漢武帝劉徹六十歲。六十歲屬於大壽，本應大張旗鼓、熱熱鬧鬧地慶賀一番。但是，戰爭的失敗，農民的反抗，大大擾亂了武帝的興致，使他打不起精神來辦什麼祝壽活動，只是全家人湊在一起，舉行了一次家宴而已。

武帝的家人不算很多。武帝在兄弟排行中位居老九，上有八個哥哥，下有五個弟弟，俱封諸侯王。這時，他的兄弟們由於各種原因，大多死了。有的王國不復存在，有的由他的侄兒繼任諸侯王。武帝實行削弱諸侯的政策，侄兒諸侯王們勢單力弱，除了按規定到長安朝拜外，平時基本上不和武帝來往。武帝有四個姐姐，即修成君金俗、平陽公主劉玫、南宮公主劉玢、隆慮公主劉玟。這時，除劉玫外，金俗、劉玢、劉玟也都死了。

武帝到底有多少妻子？沒有確切的數字。單說取得正式名號的，皇后陳阿嬌和王夫人、李夫人、李姬已死，健在的有皇后衛子夫，還有尹婕妤和邢娙娥。至於武帝一時興起，臨時御幸的美人、宮女，則不計其數。自建章宮建成以後，武帝曾命皇后、嬪妃統統遷至宮內居住，享受那天堂一樣的生活。子夫很有自知之明，不願遷移。她知道，建章宮裡住的都是花季少女，自己一個老婆子混雜其間，人嫌狗不愛的，多沒意思！所以還是住在未央宮椒房殿為好，比較敞快和自由。

尹婕妤二十五六歲，沒有生過兒女，體態、姿色還像大姑娘一樣姣美豔麗。邢娙娥二十歲左右，剛剛進宮就倍受武帝寵愛。尹婕妤很不樂意，說：「姓邢的進宮才幾天？一進宮就封娙娥，比我婕妤只低一級，憑什麼？」她撒嬌纏著武帝，聲稱要與邢娙娥當面比試姿色，看看孰優孰劣。武帝覺得好笑，命一宮女假裝邢娙娥，參見尹婕妤。不想尹婕妤一眼瞧破，以為邢娙娥貌劣心虛，不敢露面，這才推出宮女，蒙混過關。武帝越發開心，當即宣召邢娙娥。邢娙娥款款而來，服飾倒是尋常，而那姿色卻妖冶無比，媚麗絕倫，足以沉魚落雁，羞花閉月。尹婕妤一看，驚得目瞪口呆，半晌說不出話來。邢娙娥微笑而去。武帝說：「怎麼樣呀？」尹婕妤俯首泣下，自愧弗如。從此以後，尹婕妤沒了傲氣，雖和邢娙娥同住建章宮，卻羞於再見其人。所謂「尹邢避面」，說的就是這段軼事哩！

武帝共有五個兒子，分別是衛皇后生的劉據，王夫人生的劉閎，李姬生的劉旦、劉胥，李夫人生的劉髆。其中，劉據早被立為太子，其妻史良娣很能生育，連生了兒子劉進、劉序、劉光和女兒劉暉。劉閎、劉旦、劉胥、劉髆分別被封為齊王、燕王、廣陵王和昌邑王。武帝還有三個女兒，即衛皇后生的陽石公主劉妍、諸邑公主劉媢、旬鄉公主劉娟。劉妍因武帝迷信神仙而失去了青春，孀居期間和公孫敬聲私通。劉媢、劉娟則分別嫁給了衛青的兒子衛伉和衛伐。

武帝在剛登基時說過：「人生在世，親情為重。」他的長女劉妍和長子劉據出生時，他喜悅過，興奮過，那是一種做父親的喜悅和興奮，很有些人情味。然而，封建皇帝的尊貴身分，至高無上的特殊權力，使他的親情觀念逐漸淡薄了，消失了。尤其是在壯年以後，他如癡如狂地迷信神仙，奢望長生不老和長生不死。對於女人，他是追求刺激，喜新厭舊，談不上什麼愛情；對於兒女，他更缺乏關心，很少親近，甚至要兒女做出犧牲，以成全他急於見到神仙的願望。他的孫子輩相繼出生，他不見喜色，而是發出感歎說：「兒孫催人老啊！」正因為這樣，這一家庭的夫妻、父子、父女、祖孫關係非常微妙，表面上維持著和諧，骨子裡卻存在著隔閡和冷漠，甚至存在著仇恨。比如劉妍，自從離開皇宮以後，就再也沒有回來過。武帝生日，她拒絕參加家宴，託人捎來話說：「皇帝還要祝壽？那不更成了神仙了？如果每個人都長生不老和長生不死，那麼世界上的人就會多如蒼蠅和螞蟻，那是一種什麼情景？千年不死老烏龜。皇帝當久了，膩味不膩味？」這話帶有嘲諷和詛咒意味，無人敢告訴武帝。

家宴山珍海味，美酒佳釀，氣氛卻很冷清。以衛皇后、尹婕妤、邢婭娥打頭，劉據、劉進兒孫輩等依次給武帝磕頭祝壽，然後圍桌而坐，吃菜飲酒，不到一個時辰就散了。武帝回到邢婭娥居住的栒詣宮，心情鬱悶，蒙頭睡去。

次日淩晨，繡衣使者江充到栒詣宮報告，說他抓到了公孫敖，而且從其家中搜出了巫蠱，請旨定奪。武帝聞報，隨即移駕建章宮前殿，專門處理此事。

江充，本名江齊，青年時在竇太主劉嫖的莊園當家丁，性格陰險狠毒。武帝嬖愛美人衛子夫，皇后陳阿嬌失寵。竇太主溺愛女兒陳阿嬌，指派家丁去建章宮綁架衛青，敲山震虎，江齊便是其中的一人。結果，衛青被公孫敖率領的騎士解救，江齊等人被狠狠地揍了一頓。竇太主和陳阿嬌死後，江齊回到老家邯鄲，當了趙王劉彭祖手下的門客。趙王太子劉丹品行頑劣，姦淫姐妹，結交豪猾。江齊知情，轉告趙王。劉丹因此懷恨，派人捉拿江齊。江齊倉皇逃跑，而他的父母、兄弟等皆被抓獲，棄市喪命。江齊逃至長安，化名江充，上書武帝，揭發了劉丹的種種醜事。武帝據此認為江充忠誠正直，奉法不阿，可以信用。看其長相，魁梧而又雄壯。武帝越發歡喜，視為奇士，破格任命他為繡衣使者。

江充陡然成了顯赫的人物。他依仗繡衣使者的特殊身分，專門督察勳臣貴戚，任情舉動，凡奢僭者，迫令戍邊，家產充公。勳臣貴戚害怕事發，情願輸錢贖罪，數月之間，贖罪錢數累至六七千萬緡。武帝使用一人，竟有如此成效，樂得眉開眼笑，更加信用江充。

隨後又發生了一件事。武帝駕幸甘泉宮，江充隨行。江充在宮外巡察，發現一輛馬車在皇帝專用的御道上行駛，實屬大不敬行為。他立即喝住馬車，盤問緣由。車夫回答說，車上坐的是太子家使，奉太子之命，前來甘泉宮向皇上問事。江充毫不客氣，當下將家使抓了起來，交由御史審訊。劉據獲知情況，趕忙派人向江充求情，特別說：「拜託江大人，千萬莫將此事報告皇上。」

江充可不理睬太子，回到甘泉宮，將事情經過一五一十地報告了武帝。武帝大喜，誇獎說：「你做得很對！當臣子的就應當這樣，絕對忠誠，不徇私情！」從此，江充平步青雲，威震京師。

江充善於窺測方向，分析形勢。他看到，衛青、霍去病死了，皇后衛子夫失寵了，衛氏家族正好是自己向上爬的階梯。問題在於太子劉據，此人一旦當了皇帝，肯定對自己不利。因此，必須扳倒劉據，而在這以前，首先要拔去劉據的羽翼，那就是衛伉、衛伐、公孫賀、公孫敖等人。他閉門思量數日，方案輪廓漸漸顯露，不由得狡猾地一笑，說：「我江某可要興風作浪、行雲布雨了，走著瞧吧！」

江充心目中的直接敵人是公孫敖。當年綁架衛青時，公孫敖等拳打腳踢，曾把他打得鼻青臉腫。後來，公孫敖還娶了宮女秋花——衛子夫自認的妹妹，拜將封侯。公孫敖作為因杅將軍，征討匈奴，兵敗歸來，因士兵逃亡過多，獲罪當斬，而他卻藏匿了，失蹤了。秋花對外宣稱丈夫死了，還在家中設置靈位，焚香祭奠。江充眼珠子一轉，陰陰地笑著說：「公孫敖啊公孫敖！你的鬼把戲騙得了別人，可騙不了我江爺！你八成是畏罪潛逃，藏匿在家，鬼才相信是死了呢！」

江充急於公報私仇，手持節杖和斧鉞，帶領爪牙，直奔公孫敖府，破門而入。秋花嚇得大叫：「你們幹什麼？大白天擅闖私宅，還有沒有王法？」

江充舉著節杖和斧鉞，推開秋花，厲聲說：「少廢話！奉旨執行公務，搜！」

爪牙們如狼似虎，一擁向前，砸了公孫敖的靈位，前前後後搜了個遍，沒有搜到什麼。江充覺得奇怪，東看看，西瞧瞧，忽然發現靈位的供桌下，一塊地板可以移動，遂下令說：「將地板挪開！」

秋花大驚失色，撲向地板，呼喊說：「不能！不能！」

爪牙拖開秋花，挪動地板，但見下面有個地窖。江充得意地一笑，向著地窖裡說：「因杅將軍，合騎侯大人！請出來曬曬太陽吧！」

公孫敖確實藏匿在地窖裡。他因打了敗仗，士兵逃亡，為避罪責，這才採取了這一下策。只當是人不知鬼不覺，不想江充陰險詭詐，還是找到了他。他料定劫數難逃，乾脆從地窖裡爬了出來。江充命令爪牙，將他五花大綁。

仇人相見，分外眼紅。江充「嘿嘿」一笑，陰陽怪氣地說：「公孫大人！別來無恙乎？」

公孫敖瞪了江充一眼，昂首說：「我不認識你，誰跟你別來無恙？」

江充又是「嘿嘿」一笑，說：「真是貴人多忘事啊！當年，你帶領騎士，解救衛青，拳打腳踢竇太主莊園的家丁，我就是其中的一人呀！怎麼，忘啦？」

公孫敖定睛再看，隱約記起那幾個壯漢中，似乎有這張面孔，便大聲說：「當時真該揍死你，也為天下除掉一隻惡狗！」

江充惱羞成怒，狠狠地說：「惡狗？是呀，我就是惡狗！我這隻惡狗可要咬人見血哩！」他一揮手，命將公孫敖和秋花押走，同時帶上公孫敖的靈位及香燭之類。

公孫敖和秋花被投進大獄。江充又做了些手腳，這才來報告武帝。他除了報告公孫敖畏罪潛逃的罪行外，還擺出了一些實物。那是木製和布製的小人，小人的身上寫著武帝的名諱，頭上、腳上、前心、後心部位，密密麻麻地扎了很多針刺。——這就是通常所說的「巫蠱」，埋於地下，日夜詛咒，據說可以置人於死地。江充指著小人，栽贓說：「這些，都是從公孫敖家中搜出來的。秋花已經供認，是她親手所製。」

武帝最為迷信，篤信巫蠱能夠將人致死。他氣壞了，怒壞了，說：「公孫敖是朕青年時的朋友，四十多年來，朕待他不薄呀！秋花出身宮女，朕御賜婚姻，使她當上列侯夫人。他們，他們為何這樣狠毒，用巫蠱來咒朕呢？」

江充陰沉地說：「這叫畫龍畫虎難畫骨，知人知面不知心。人心隔肚皮，難測啊！」

武帝絕對相信江充，說：「此案就由你來審理，要盡快結案！」

「臣遵旨！」江充喜不自禁，退下照辦。所謂審理，無非是動用酷刑，屈打成招，強行畫押。他把揑造的供狀呈給武帝。武帝略看一眼，提筆批了「腰斬」二字。江充奉旨，於太始元年（西元前九六年）正月，將公孫敖和秋花夫婦腰斬於市。

江充謀劃，武帝支持，一場罪惡的巫蠱妖風就此颳起來了。

武帝將年號天漢改為太始，寓與民更始的意思。既然與民更始，照例要外出巡遊，浮誇功德，把危機四伏的國家，想像成太平盛世。這一年，他巡遊河間（今河北獻縣東南），但見天空瀰漫著一股青紫色雲氣。方士們向前湊趣，說：「青紫色雲氣主女色，此地必有奇女子。」武帝派人查訪，果然發現一個姓趙的少女，十六七歲，容貌出眾，豔麗絕倫。美中不足是這個趙姓少女患有怪病，兩手向上拳曲，任人使力，就是扳擘不開。武帝好奇，召見趙女，撫摩她的雙手，試著扳擘。說來也怪，武帝略一使勁，趙女的手掌居然伸展了。更奇的是，趙女的手掌中，還各自握了一隻小巧的玉鉤。所有的人無不詫異，視為奇絕。武帝更是驚喜，當夜御幸趙女，隨後載回長安，封為婕妤。老夫得著少婦，柔情蜜意，繾綣纏綿，好不快活。武帝特在直城門外南側新建一座宮殿，專供趙婕妤居住。那座宮殿，人稱鉤弋宮；趙婕妤因此又稱鉤弋夫人或拳夫人。

鉤弋夫人獲寵，很快懷孕，十四個月方才分娩，生下一兒，取名弗陵，一稱鉤弋子。這年，武帝已經六十三歲，老蚌生珠，欣喜萬分。武帝聽說，古時候的堯帝母親慶都懷孕，也是十四個月始生堯帝。如今，鉤弋夫人和慶都一樣，堪稱幸事。因此，他決定將鉤弋宮的正門命名為堯母門，給予劉弗陵特別的關愛。這使尹婕妤和邢娙娥非常嫉妒，二人暗暗嘀咕說：「怪了！自己得寵多年，都未懷孕生子，而她姓趙的，怎麼就那樣走運呢？」

武帝年過花甲，新得幼子，而他的孫子劉進正在舉行婚禮。劉進即太子劉據和史良娣的長子，娶妻名叫王須翁。長孫大婚，武帝沒有到場，因為他正陶醉在自我的喜悅裡，無心顧及兒孫們的事情。

皇后衛子夫參加了孫子的婚禮，臉上裝出笑容，內心隱隱作痛。武帝早將她這個皇后撇在一邊了，只顧連續不斷地另覓新歡。而且，秋花之死對她的刺激很大。她在宮中認定的兩個妹妹，春月失蹤，秋花慘死，都是自己的罪過啊！太子劉據理解母親的心情，寬慰說：「進兒大婚，總是喜事。母后權將煩惱和不快丟開吧！」

史良娣噘著嘴說：「父皇也真是的，長孫大婚，不露面，不過問，像話嗎？」她停了停，又說：「噯！父皇會不會改變主意，另立那個鉤弋子為太子？」

沉默。子夫和劉據心頭掠過一片陰影，無法回答這個問題。

劉據的同輩人衛伉、衛伐、衛騧、公孫敬聲、金娥、劉娟、劉娟等都參加了劉進的婚禮。劉妍孀居，忌諱在喜慶場合出現。劉據和史良娣專門前去邀請，好說歹說，總算把她請了來。劉妍自欒大死後，就沒出過府門。這次前來，見到了母后，見到了兄弟姐妹，見到了新郎新娘，很是高興，有說有笑，眉眼生輝。公孫敬聲注視他的妍姐，就像天上的仙女，世界上最美的女人。

公孫敬聲官任太僕，既是丞相公孫賀的兒子，又是皇后衛子夫的姨侄，身分非比一般，和京城的達官權貴子弟俱有交往。他生性豪爽，不拘小節，出手闊綽，一擲千金，老覺得錢不夠花。劉妍是有錢的，答應過他花錢儘管來取，無須計數。可是敬聲顧忌面子，認為一個大老爺們老花情人的錢，算是什麼？因此，他經常挪張借李，拆東牆補西牆。他和北軍都尉蔣磊是要好的朋友，困窘急了，便向蔣磊借錢。蔣磊借給他的錢，都是北軍的軍費，可不是鬧著玩的。這年年底一算帳，蔣磊嚇了一跳：公孫敬聲借用的軍費，高達一千九百萬緡！

蔣磊坐不住了，催促公孫敬聲趕快還錢，補上窟窿。公孫敬聲也很惶恐，這樣一大筆錢，拿什麼還呀？這時，不知何人向武帝上書，揭發了公孫敬聲和蔣磊擅用北軍軍費的罪行。武帝大怒，立命將二人逮捕下獄，嚴查嚴懲。

漢律明文規定：擅自動用軍費者，斬！公孫賀和衛君孺嚇壞了，他們就這麼一個寶貝兒子，死不得呀！劉妍聽說敬聲下獄，跺腳說：「傻兄弟！你要花錢，儘管來取，何必去借軍費呢？」衛媼、子夫、衛伉等無不唉聲歎氣，說：「這不吉利的事一件接著一件，到底怎麼啦？」

這時，有個號稱「梅花大俠」的強盜頻頻出現。這個梅花大俠，在京城裡已經鬧騰多年。據傳，此人姓朱，咸陽人，練就的一身好功夫，穿堂入室，飛簷走壁，來無影，去無蹤。他具有高超的盜竊本領，專盜官府和富貴人家，每次作案，必留一朵梅花作為標誌，故稱「梅花大俠」。更甚者，他還光顧過戒備森嚴的建章宮，去奇寶宮裡盜走了價值連城的明月珠。這顆明月珠是安息國通過「絲綢之路」，貢獻給武帝的禮物，形似雞卵，明如滿月，夜晚置於大殿裡，勝過燈燭，其亮無比，蚊蠅之類，不敢近前。武帝視為奇寶，鄭重收藏，祕不示人，沒料想卻叫梅花大俠盜了去。武帝憤怒至極，搜索未果，命將看守奇寶宮的十餘名宮監，全部斬首，以示懲罰。

事隔兩三年後，梅花大俠重新冒了出來，連著盜了幾個衙署和幾家富豪，攪得人心惶惶。丞相公孫賀溺愛獄中的兒子，主動奏請，願意緝捕大俠歸案，以為公孫敬聲贖罪。武帝一心想著那顆明月珠，准其所請，說：「行！你只要抓住梅花大俠，追回明月珠，朕可以赦免公孫敬聲死罪。」

條件講定，公孫賀向御史大夫暴勝之求助。原來，這時杜周已死，改由暴勝之出任御史大夫。暴勝之因是繡衣使者之一，權力很大，憑藉武帝賜予的節杖和斧鉞，把負責京城治安的執金吾全部調動起來，布下天羅地網，緝捕梅花大俠。大俠也是活該倒楣，這天夜間行盜，可巧扭傷了腳，行動遲緩。執金吾身手矯捷，一下子將他擒住，五花大綁，押解著交給公孫賀。公孫賀救子心切，連夜審訊，確認他就是梅花大俠，名叫朱安世，俗稱朱大頭。朱安世對於所有盜案供認不諱，當問及明月珠時，他狡黠地一笑，說：「明月珠被我藏起來了，十分祕密，至於地點，無可奉告。」

公孫賀把朱安世打進死牢，派人嚴加看管，隨後報告武帝，說梅花大俠已經抓到。武帝說：

「關鍵是明月珠，朕見明月珠，即赦免公孫敬聲。」公孫賀不敢多言，轉而再審朱安世，務要追回明月珠。

梅花大俠落網，長安官民稱快，人人都在期盼著，應將這個江洋大盜處以極刑。朱安世待在死牢裡，卻是神態鎮靜，毫不慌張。他思量，明月珠是自己的生命符，交了出去，必死無疑；藏而不交，反能活命。朱安世一生，盜竊的金銀珠寶不計其數，分別藏在各個隱祕的地方。一天，獄卒送來牢飯：兩片粗餅，一塊鹹菜。他皺了皺眉頭，喚住獄卒，說：「這位兄弟，想發財不？」

獄卒一愣，說：「笑話！誰不想發財呀？」

朱安世一笑，說：「那好，我教你一個發財的方法。」然後附在獄卒的耳邊說：「覆盎門外，護城河邊，石橋下有塊大青石，半淹在水中，左側下方有個陶罐，內放五十兩黃金，你去取了自用。」

獄卒不信，說：「能有這種好事？」

朱安世拍拍獄卒的肩膀，說：「你去了就知道了！」

第二天，獄卒又來送飯，已不是粗餅加鹹菜了，而是二斤牛肉，一隻肥鵝，蔥花油烙餅，外加一壺酒。獄卒告訴朱安世說：「我去了那個地方，果真取了五十兩黃金。」

朱安世說：「小子！你只要把我朱爺伺候好，包你黃金取不完用不完！」

獄卒點頭哈腰，說：「那是！那是！」

朱安世使用這種手段，買通了獄卒，住在死牢裡像休養似的，天天美味佳釀，一點也不受苦。

這天，忽有一人前來探獄，平地掀起一場天大的風波。

這人不是別人，正是繡衣使者江充。江充報復了公孫敖之後，正欲報復公孫賀。公孫賀卻逮著了梅花大俠，鋒頭正勁。江充心想，梅花大俠作案多年，不露破綻，必定長著三頭六臂，需要見識見識。因此，他遂舉著皇帝賜予的節杖和斧鉞，昂然直入牢房。他看到，梅花大俠五大三粗，腦袋很大，鬢角一撮白毛，異常顯眼，先是一愣，接著大叫道：「哎呀！好個梅花大俠！你，你不是朱大頭朱大哥嗎？」

朱安世尚未反應過來，端詳來人，疑惑地說：「你是……」

「我是江齊！當年在竇太主莊園，你我是最好的兄弟呀！」

朱安世再看江充，認出來了，大笑說：「哎喲！果真是江齊兄弟呀！劫後重逢，難得難得！」

原來，梅花大俠朱安世正是當年的朱大頭，他和江充同為竇太主莊園的家丁，一起綁架衛青，被公孫敖打得鼻青臉腫，鼻孔流血，繼被公孫賀帶到建章宮盤問，最後被呵斥滾開。竇太主和陳阿嬌死後，他也離開了莊園，獨自闖蕩江湖，練得一身武藝，以盜為主，特地起了個動聽的綽號：「梅花大俠」。公孫賀審訊朱安世時，本該認識的，可因事隔多年，時變人變，他完全忘記了和疏忽了，鑄成大錯。

朱安世和江充久別再見，分外親熱。朱安世說：「江老弟為何來到這裡？」

江充說：「你梅花大俠的名聲如雷貫耳，我能不來嗎？不過說實話，我原不知梅花大俠就是老哥，來探牢房，純是出於好奇。」

「這是死牢！」朱安世說：「老弟怎麼說進就進來了呢？」

「我有這個東西」，江充舉著節杖和斧鉞說，「我現在已改名叫江充，官任繡衣使者，不管什麼地方，都可以直入直出，沒人敢阻攔。老哥知道嗎？我已將你我的仇人公孫敖給收拾了！」

朱安世一拍手，說：「行哪！老弟！原來腰斬公孫敖夫婦，是你的傑作啊！」

江充說：「我的下一個報復對象是公孫賀。噯！老哥！你可知道那個老東西為什麼要緝捕你？」

朱安世說：「大概是為了明月珠吧？」

「不對！」江充說：「他的兒子犯了法，現在下在大獄。他呀，是向皇上打了包票，抓你，要為兒子贖罪！」

「他的兒子是誰？」

「公孫敬聲，就是當太僕的那個公孫敬聲！」

「公孫敬聲？哈哈！這就有好戲瞧啦！」

「老哥何意？」

「事情是這樣的……」朱安世一邊咧嘴嘻笑，一邊比比劃劃，繪聲繪色地說出一件風流韻事來。

「事情是這樣的」，朱安世說，「我這個人會盜，專盜官府和富豪人家。那一年，我去盜欒大府。欒大就是那個江湖方士，當今皇上不僅將他招為女婿，而且賜給他無數金銀財寶。後來欒大被斬首了，皇上的女兒陽石公主守了活寡。一天夜間，我越牆而入，躡手躡腳地進了公主的閨房。啊哈！可開了眼啦！只見一男一女，赤裸裸的一絲不掛，正在床上顛倒翻滾，熱火著吶！他們猛然見我，嚇傻了，蜷縮一團，不敢吭聲。我手持利刃，衝著他們一笑，說：『老子知道你們是誰，不就是一位公主、一位公孫少爺嗎？但是，老子對你們偷情的勾當不感興趣，老子只要錢。快說！錢在什麼地方？』那個陽石公主渾身哆嗦，指著梳粧檯邊的紅木櫃，意思是說，錢就在櫃裡。我倒退著，打開櫃子。哇！黃金白銀、翡翠瑪瑙、首飾之類，讓人眼花撩亂。我揀最值錢的，裝滿口袋，隨後跟他們說：『打擾了！多謝！』悄然離開，越牆而出。當然，我是在現場留下了梅花的，告訴他們說，我就是梅花大俠！」

江充聽著聽著，眼睛瞇成一條線，拍手說：「太好了！公孫賀父子算是栽啦！」他摸了摸腦門，又說：「這是大材，不可小用，我們不妨據此再做點大文章。」

朱安世說：「老弟的意思是……」

江充身子前傾，詭祕地說明了朝廷的形勢，大意是皇上年邁，皇后失寵，衛氏家族正好是飛黃騰達的階梯，扳倒公孫敖和公孫賀，只是報了私仇，接下來還要扳倒衛伉、衛伐、衛皇后以及太子劉據。

朱安世說：「扳倒皇后和太子，哪有什麼罪名？」

江充說：「巫蠱呀！眼下不管是誰，只要沾著巫蠱二字，沒有不敗的！」

朱安世說：「你說，該怎麼幹？」

江充附在朱安世耳邊，如此這般，這般如此，交代一番。朱安世推了江充一把，說：「你小子好狠毒啊！」

江充說：「無毒不丈夫嘛！」

朱安世說：「醜話說在前頭，事成之後，我有什麼好處？」

江充拍著胸脯說：「事成之後，我領老哥去見皇上，包你無罪。你若交出明月珠，沒準兒皇上也會封你為欽差，弄個繡衣使者幹幹，跟我一樣。」

二人對視大笑，笑聲中布下了一張罪惡的黑網。

轉眼到了征和元年（西元前九二年）十一月，武帝一天在建章宮午睡，恍惚見一陌生男子，手持長劍，經由中龍華門昂然而入。武帝疑是刺客，大喝一聲：「拿下！」左右侍衛莫名其妙，四處捉拿，卻不知捉拿何人。武帝說：「朕明明看見有人持劍入宮，怎麼眨眼間就不見了呢？」他當即下令，調動三輔（長安京畿地區）騎士，大搜上林苑；同時關閉長安城門，挨戶稽查。整整搜索了十一天，卻連刺客的影子也沒見著。武帝未免疑惑：難道自己看到了妖魔鬼怪不成？

武帝心頭疑竇重重。江充入見，呈上一份帛書，聲稱乃梅花大俠在獄中所寫，專門揭發太僕公孫敬聲的罪行。武帝讀了幾行，臉色大變，原來帛書上說，某年某月某日夜間，公孫敬聲和陽石公主赤裸裸地一絲不掛，怎麼怎麼的……

武帝腦海裡飛快地掠過劉姸的身影。她是他和子夫的長女，身材、姿色酷似子夫。他將她嫁給欒大，顯然錯了，可當時自己並不知道欒大是個騙子、流氓呀！父親渴望成仙，做女兒的做點犧牲，難道不該嗎？他最後一次見到劉姸，是在欒大死後。那天，他和子夫一起去看劉姸，劉姸瘋瘋癲癲的，說什麼「玉皇大帝原是仙人，還要成仙，成為仙中之仙」，這分明是對父親冷嘲熱諷嘛！這些年來，他並沒有為難女兒，而她竟然做出了這樣的醜事！當然，主要責任還在公孫敬聲，肯定是那個混帳東西勾引了劉姸。

武帝再往下讀，臉色越發難看。因為朱安世揭發說，公孫敬聲和陽石公主還勾結女巫，施行巫蠱，詛咒皇上，詛咒的話有「天打雷劈」、「五馬分屍」等等，惡毒至極。武帝讀到這裡，心火騰起三千丈，怒吼著說：「反了！反了！大逆不道！大逆不道！」他絕對相信江充的忠誠，相信朱安世的揭發不會有假，因此立命江充將公孫敬聲嚴刑拷問，並將公孫賀、衛君孺夫婦及劉姸，一併捕入大牢。

公孫賀一家三口和劉姸被捕下獄，起初以為不過是公孫敬聲借用了北軍軍費，並未介意，心想設法把那個窟窿補上就完事了。誰知江充陰險奸詐，先把公孫敬聲和劉姸通姦的私情給抖了出來，進而誣陷他們施行巫蠱，詛咒皇上。他不知從什麼地方弄來一堆木製和布製的小人，小人身上寫著武帝的名諱，扎滿針刺，一口咬定是從公孫敬聲和劉姸的住處搜出來的。這樣一來，公孫父子方知問題的嚴重性，有口莫辯，大叫冤枉。江充冷笑說：「冤枉？好啊！過一會兒，你倆就不冤枉了！」他揮手命令爪牙說：「用刑！」

刑具是一方燒得通紅通紅的鐵塊，用鉗子夾著，專烙犯人的要害部位。公孫賀和公孫敬聲被綁在兩根木樁上，四肢分開，動彈不得。爪牙夾了鐵塊，使勁按向公孫敬聲的胸脯。烙鐵灼著皮肉，「嗤嗤」作響，冒出一股青煙。公孫敬聲發一聲慘叫，牢房裡瀰漫著皮肉灼焦了的氣味。公孫賀不忍看兒子受刑，閉上眼睛，痛苦地喊道：「不！不！」

江充獰笑著說：「不？下面該你嘗嘗『烙餅』的味道了！」爪牙取了另一方鐵塊，按向公孫賀的胸脯。公孫賀覺得整個身心都焦了，糊了，額上滾下豆大的汗珠。

江充厲聲喝道：「你們父子招還是不招？」

公孫賀說：「我年輕時就在皇上麾下當騎士，後來從征匈奴，身經百戰，出生入死，官至丞相。我沒有罪，招什麼？」

公孫敬聲說：「我借用北軍軍費不假，私通妍姐也是事實。可我沒有搞巫蠱，沒有咒皇上！」

江充轉向公孫敬聲，說：「好小子！你想避重就輕不是？不行！我就是要叫你招認搞巫蠱，咒皇上！你有種，你嘴硬。來人！這小子膽敢佔皇家公主的便宜，想必是下邊的傢伙癢癢，你們給我扒了他的褲子，專灼他下邊的傢伙！」

公孫敬聲扭動著身子，聲嘶力竭地喊道：「不！不！」

爪牙扒了公孫敬聲的褲子，舉起燒紅的鐵塊，就要按向公孫敬聲的下身。公孫敬聲渾身冒汗，哆嗦著說：「不！我招！我招！」

江充齜牙咧嘴，說：「這不結了？算你小子識相！」

公孫賀喊道：「兒子！招不得呀！招了就是滅門之禍啊！」

江充狠狠抽了公孫賀一個耳光，說：「老東西！不招，就不滅門了？」

公孫敬聲說：「爹！孩兒實在受不了啦！」

江充取出事先準備好的供狀，主要是擅用軍費、私通公主、巫蠱詛咒三條罪行，讓公孫敬聲畫押。公孫敬聲雙手被套在鐵環裡，由著爪牙擺布，在供狀上畫了「十」字，摁了手印。

公孫敬聲低下腦袋。公孫賀歎氣說：「完了！公孫家完了！」

江充再對公孫賀說：「老東西！你是先畫押呢？還是先吃一回『烙餅』呀？」

公孫賀說：「你這個狗娘養的，不得好死！拿來，老子畫押就是！」

江充撇嘴陰笑，說：「你倒學乖了！」

衛君孺和劉妍被關在女牢裡，江充倒是沒有為難她倆。因為江充知道，只要公孫賀和公孫敬聲畫押認罪，她倆也是死定了。衛君孺長吁短歎，說：「我們招誰惹誰了？竟要受此劫難？」劉妍非常冷靜。她明白，不管是誰，只要沾上巫蠱，必死無疑。皇帝大人寵信奸臣，根本不會懷疑更不會追究巫蠱的來歷，遭殃的只能是受誣陷遭迫害的無辜人。她在這個世界上，只牽掛兩個人，一是母親衛子夫，一是情人公孫敬聲。自己死前，若能再看上母親和情人一眼，那就心滿意足了。

衛府的人再次陷入驚恐和惶惑之中。衛媼已經八十多歲，臥病在床，不能再像以前那樣喊叫和流淚了，只是說：「罪過！造孽呀！」

衛伉和劉媚、衛伐和劉娟，內心氣憤，口出怨言，說：「皇上怎麼就這樣糊塗呢？聽信一個江充，黑白不辨，是非不分。」衛騧怒氣沖沖，說：「我看皇上不是糊塗，而是昏庸、愚蠢、荒唐！」

衛子夫在椒房殿獨自垂淚。姐姐君孺和女兒劉妍是她最親近的人，而自己身為皇后，卻救不了她們。這一回，她沒有回衛府，因為回去也無能為力，無濟於事。皇帝只相信江充，皇后和繡衣使者相比，無斤無兩，燈草一般。

江充手持公孫賀和公孫敬聲畫押的供狀，還有物證木人布人等，向武帝報告。武帝約略看過，提筆批了數字：「公孫賀滅門，劉妍賜死！」

這時已是征和二年（西元前九一年）正月，雖值新年伊始，長安城裡卻是風厲雪緊，陰氣森森。江充奉旨，將公孫賀、衛君孺、公孫敬聲斬於東市，劉妍飲鴆於獄中。公孫府中的男傭女僕和劉姸府中的宮監宮女，共六七十人，皆坐巫蠱罪，全部處死。因為罪關巫蠱，沒有人敢出面殮葬這些人的屍首。江充命在渭河岸邊挖了兩個大坑，一坑男屍，一坑女屍，沙土一埋了事。劉姸是公主，蒙受皇恩，有幸得到一口薄木棺材，埋葬於龍首原畔的草叢中。

公孫敖夫婦，公孫賀夫婦，公孫敬聲和劉姸，皆因巫蠱而喪命。巫蠱巫蠱，武帝腦子裡老盤旋著這兩個字，一直心神不寧。這天夜間睡覺，夢見無數木製布製的小人，蹦蹦跳跳，猛擊他的頭部和胸口，不由地嚇出一身冷汗，醒後心驚肉跳，似失魂魄。

武帝害怕巫蠱，索性命新任丞相劉屈氂留住京城，自己攜帶愛妃鉤弋夫人和愛子劉弗陵，遠住到甘泉宮。原先的宦監令李貴早被罷職，改由巧言令色的蘇文出任宦監令，稱黃門郎。黃門郎蘇文，整日伺候武帝，實是武帝的貼身宦官。江充看中這一點，遂用重金買通蘇文。蘇文樂於投靠繡衣使者，隨時把武帝的想法和行動向江充彙報。因此，江充對於武帝的一切情況瞭如指掌，總能選擇適當的時機，實施罪惡的陰謀。

數月過後，劉屈氂派人呈上一封奏書，內附梅花大俠朱安世的檢舉信函，檢舉宜春侯衛伉、陰安侯衛伐、發干侯衛騆大逆不道，三兄弟合謀，共搞巫蠱。朱安世在檢舉信中說，他在入獄以前，親眼看到衛氏兄弟在皇帝專用的御道上埋設巫蠱，地點在甘泉宮正南三里處，附近有三株楊樹為標誌。

這顯然又是江充和朱安世策劃的陰謀。而這時的武帝思想僵化，頭腦昏脹，完全沒有了善惡和是非的觀念。他將信將疑，召來江充，說：「你去甘泉宮正南三里處，附近有三株楊樹的地方，挖開御道，看有什麼東西，即刻回報。」

江充點頭，說：「遵旨！」約莫過了半個時辰，江充返回，報告說：「臣在那裡挖出了木人和布人，好像有人在搞巫蠱。」

武帝察看那些木人和布人，但見模樣古怪，面目猙獰，身上寫有自己的名字，扎有很多的針刺。他看著看著，臉色由黃變紅，由紅變白，由白變青，兩眼冒火，呼吸急促，大聲說：「去！將衛府的人逮捕下獄，審出結果回話！」

「遵旨！」江充嘴角露出一絲笑意，恭敬退出，騎了一匹快馬，直奔長安。

衛府的人對於即將降臨的災難一無所知。衛嫗病情加重，眾人忙著準備老人家的後事。忽然，門外人聲嘈雜，江充帶領五百多名爪牙，迅速將衛府包圍，水洩不通。江充身著繡衣，手持節杖和斧鉞，大搖大擺地走進府門，高聲宣布說：「謹奉聖旨：逮捕衛氏滿門下獄，審訊巫蠱一案！」

此話一出，全府皆驚。接著一陣騷動，男傭女僕紛紛責問江充說：「你胡說什麼？這是大司馬大將軍府哎！你到這裡來抓人，開什麼玩笑？」

江充說：「誰跟你們開玩笑？我是奉旨抓人！」

衛伉、衛伐出來見江充，說：「江使者！你要抓誰？」

江充指著衛伉和衛伐說：「抓你，抓你，還要抓衛府所有的人！」

衛伐攥緊拳頭，說：「你敢！」

江充手舉節杖和斧鉞，說：「老子奉旨，還沒有什麼不敢的！」接著，揮手命令爪牙，說：「給我抓！一個也不准放脫！」

爪牙遵命，狼虎一般，見一個抓一個，見兩個抓一雙，衛伉、衛伐和男傭女僕等束手就擒。江充帶人逕入內室，內室裡多是女眷，圍在衛媪床前。衛媪聽見亂七八糟的人聲，勉強睜眼，氣息奄奄地說：「怎麼啦？」

江充向前，陰陽怪氣地說：「老太太！對不起，你的孫子大搞巫蠱，詛咒皇上，我是奉旨抓人來了！」

衛媪全身一震，兩眼發直，微微抬手，指著江充，使出所有的力氣，說：「你……你……」話沒說完，她的手落下了，老臉歪向一側，停止了呼吸。

「姥姥！」「奶奶！」金娥、劉媚、劉娟等失聲痛哭。衛伉、衛伐聽到哭聲，知道衛媪嚥氣了，掙扎著要衝向內室，喊道：「奶奶──！奶奶──！」那些爪牙好生厲害，持刀執劍，按住他倆，不許動彈。

江充親眼看到衛媪斷氣，幸災樂禍地說：「老太太倒是有福！」轉而命令爪牙，說：「繼續抓人！」

爪牙們正要動手，早惹惱了一個人，就是平陽公主劉玫。劉玫已經七十歲開外，牙齒脫落，頭髮盡白。她怎麼說也是衛媪的兒媳，衛媪屍骨未冷，江充恣意逞凶，使她心生憤恨，忍無可忍，手指江充，罵道：「你這個畜生不如的東西，欺人太甚！老太太剛剛過世，你把我們抓走，難道叫屍體腐爛不成？」

江充知道劉玫是皇上的姐姐，不敢放肆，皮笑肉不笑地說：「沒辦法，我這是奉旨行事。」

劉玫威嚴地說：「奉旨？你去把皇上給我叫來，看他怎麼說！」

江充見來硬的不行，改而來軟的，說：「公主奶奶！你說該怎麼辦？」

劉玫想了想，說：「去！通知皇后和詹事陳掌夫人衛少兒，讓她們來料理老太太喪事，然後衛府的人任你處置。」

江充畏懼公主，按照吩咐，派人通知皇后和衛少兒。子夫和少兒相繼到來，抱著衛媼的屍體，放聲大哭，喊道：「娘啊——！娘啊——！」

劉玫顫顫巍巍地跟子夫說：「妹妹！你可讓人叫太子過來，幫著把老太太殯葬了。奸人告發伉兒他們搞巫蠱，皇上有旨，逮捕衛氏滿門下獄，看來凶多吉少，妹妹自己保重。」

子夫淚流滿面，說：「什麼巫蠱？我們衛府的人怎麼會搞巫蠱呢？」

劉玫歎氣說：「唉！皇上早非當初的皇上，心竅被鬼迷住啦！」

劉玫、衛伉、衛伐、金娥、劉媚、劉娟及男傭女僕，共一百多口人，全被江充抓走，關進監獄。其中沒有衛騧，他因外出給衛媼抓藥，逃過抓捕，去了好友馬何羅家，暫且藏身。

子夫和少兒看到母親屍體停在床上，全府空空蕩蕩，心似刀絞，淚如泉湧，跪在地上哭著喊著，說：「天哪！這到底是怎麼回事啊？」

太子劉據和史良娣得知衛府發生的變故，帶著兒子劉進匆忙趕了來。子夫看到兒子、兒媳和孫子，委屈、痛苦、怨恨，化作滂沱的淚水，盡情傾瀉。劉據發現，自己的娘，堂堂一代國母，突然蒼老了許多，頭髮花白，眼神呆滯，嘴唇抽搐著想說什麼，卻始終說不出來。顯然，她受的打擊太大，刺激太深，以致無法用言語表達自己的感情。

劉據主持，買了一口棺材，將姥姥衛媼殯殮，抬回凹凹莊，草草埋葬。衛媼，這個從凹凹莊走進長安城的農婦，生了四個兒女，撫養一個侄兒和一個外孫，其中一人為皇后，一人為大司馬大將軍，一人為大司馬驃騎將軍，曾經滿門榮寵，死後又回到了凹凹莊。一座極不起眼的土墳，了卻了她酸甜苦辣的一生。

劉據將母親接到博望苑居住。子夫情緒稍稍穩定，說：「死人顧不上了，活人總要設法搭救啊！」

劉據搖頭，說：「活人落個巫蠱的罪名，怎麼搭救呀？」

子夫說：「那是無中生有，栽贓陷害！」

劉據苦笑，說：「這誰都清楚，可跟誰說去？」

子夫說：「跟皇上說去！我要去甘泉宮，找皇上問個明白！」

子夫一向溫順婉約，現在變得剛強和果決了。她不顧劉據夫婦和少兒夫婦的勸阻，帶著貼身侍女雪兒和霜兒，乘車前往甘泉宮。

時值閏五月，風暖日麗，山花爛漫。子夫無心觀賞途中景色，心急火燎地到了甘泉宮。武帝正在林光宮，陪著愛妃愛子。黃門郎蘇文通報說，皇后從長安來，要見聖駕。武帝料定是為衛府巫蠱案事，心中頓顯不快，說：「她怎麼到這兒來了？」

武帝命鉤弋夫人和劉弗陵迴避，勉強接見皇后。子夫跪地叩拜皇上。武帝並沒有像往常那樣命子夫平身，所以子夫只能跪著。武帝不冷不熱地說：「你大老遠地跑到甘泉宮來，所為何事？」

子夫回答說：「一來問候皇上，二來為衛氏鳴冤。」

武帝說：「梅花大俠朱安世檢舉衛伉兄弟搞巫蠱，罪證確鑿，有何冤枉？」

子夫說：「衛伉三兄弟是已故大司馬大將軍的兒子，臣妾的侄兒，其中衛伉、衛伐還是皇上的女婿。他們受封列侯，沐浴皇恩，不可能用巫蠱詛咒皇上。至於所謂的罪證，木人布人之類，誰都可以製作，不能斷定就是衛伉兄弟所為。」

武帝有些惱怒，說：「如此看來，你是說朕年老昏瞶，決事不明了？」

子夫說：「臣妾不敢。臣妾只是憑良心和直覺，相信自己的親人。」

武帝不耐煩了，聲音變高，說：「親人？親人巴不得朕早早地去見閻王呢！」

子夫依然平靜，說：「皇上可以不相信衛伉兄弟，但總應該相信大姐平陽公主，相信媚兒和娟兒，相信外甥女金娥呀！她們也會用巫蠱詛咒皇上嗎？」

「朕誰也不相信！朕只相信自己，相信絕對忠誠的大臣！」武帝按捺不住，咆哮起來。

這時，江充鬼鬼祟祟地進來，手持一束帛書，奏報說：「皇上！衛伉、衛伐招供畫押了！」

武帝接過帛書，掃了一眼，又氣又怒，轉向子夫說：「瞧見沒有？衛伉、衛伐都招供了，畫押了，你還替他們鳴冤叫屈。這……這……」

子夫頓時覺得天旋地轉，滿目金星，身子一歪，癱倒在地。

其實，江充呈給武帝的帛書，完全是捏造的。他事先擬好罪狀，然後嚴刑逼供，強按衛伉、衛伐之手，想怎麼畫押就怎麼畫押，別說一束帛書，就是百束千束，弄來全不費力。可歎武帝聰明一世，糊塗一時，居然不明白其中的道理。這也難怪，六十六歲的他，害怕死亡，畏懼巫蠱，風聲鶴唳，草木皆兵。他只相信自己及所謂的忠臣，哪裡還分得清青紅皂白呢？

子夫迷迷糊糊地離開甘泉宮，迷迷糊糊地返回長安。凶惡的江充跑得更快，飛馬馳至京城，奉旨將衛伉、衛伐和男傭女僕一百多口人，押赴刑場，處以斬刑。平陽公主劉玫、諸邑公主劉媚、旬鄉公主劉娟賜死，三條白綾結束了三條性命。

子夫回到椒房殿，精神恍惚。她已沒有精力過問衛府的事了，聽任江充在渭河岸邊再挖兩個大坑，一坑男屍，一坑女屍，一埋了事。劉玫、劉媚、劉娟和劉妍一樣，也有幸得到一口薄木棺材。武帝似乎垂念他的大姐，特命將劉玫的靈柩載至茂陵，與衛青合葬。

江充利用巫蠱殺人，步步得手。霎時間，巫蠱風吹向三輔，吹向郡縣，全國各地因巫蠱而獲罪，致被誅殺的無辜官民，多達五六萬人。巫蠱像是洪水猛獸，像是瘟疫幽靈，人們談之色變，聞之喪膽，天昏地暗，血腥恐怖，渾渾噩噩，懵懂茫然。

第二十二章

家破夢碎

衛府男女老少一百多口人，一日之間，慘遭誅殺。皇后衛子夫，猶如萬箭穿心，欲哭無淚，欲喊無聲。她的身心近乎崩潰了，神情麻木，昏昏沉沉。太子劉據和史良娣到椒房殿看望母后，說他們的兒媳王須翁生了兒子，取名劉詢。這樣，劉據和史良娣就成了爺爺和奶奶，他們的父皇和母后就又長了一輩，成為曾祖父和曾祖母了。子夫好像沒有什麼反應，只是說：「唉！他不該來到人世，更不該生在皇家啊！」

劉詢的出生，並未給任何人帶來喜悅。因為巫蠱的幽靈正在到處遊蕩，人心惶恐，前景暗淡。劉據曾派家使前往甘泉宮，報告劉詢出生的消息。武帝閉門不見，家使只得怏怏返回。劉據搖頭苦笑，說：「父皇怎能這樣呢？」史良娣發牢騷說：「進兒大婚，父皇不露面；進兒有了兒子，父皇不關心。他，還配做爺爺和曾祖父嗎？」

武帝自滅衛氏滿門以後，身體不適，常做惡夢。江充待在武帝的身邊，眨巴著眼睛，悄悄地打著算盤。他想，武帝已經老邁，不會活得太久；武帝駕崩以後，繼位的將是太子劉據。劉據登基，追查巫蠱由來，那麼，自己還能保住性命嗎？俗話說：先下手為強，後下手遭殃。為了榮華富貴，自己必須趁在得寵的時候，搶先除去劉據，方能永絕後患。

江充信奉無毒不丈夫的信條，凶惡地將黑手伸向劉據。他先命蘇文在武帝耳邊吹風，誣陷說：「太子屢屢出入未央宮，想必是去跟宮女們鬼混吧？」武帝以為這不是什麼大事，索性命給太子宮增置二百名宮女。一計不成，再生一計。江充通過蘇文，指派小黃門常融，誣陷說：「太子聽說皇上生病，面有喜色，打心眼裡高興哩！」武帝派人調查，發現並非如此，立刻將常融殺了。

江充連施二計，均未見效，暗暗說：「老頭子還算精明，一般計策哄他不過，看來還得用巫蠱，一用巫蠱，老頭子準得迷糊！」這天，江充進見武帝，恰好武帝提說惡夢之事。江充趁機說：

「這肯定是巫蠱作祟！臣近日結識一位胡巫叫檀何，他極善望氣，非常靈驗。」

武帝忙問：「他望氣見了什麼？說了什麼？」

江充回答說：「檀何望氣，說巫蠱氣在長安，其氣相當旺盛，遮天蔽日，若不早除，陛下龍體難癒。」

說到巫蠱，武帝果然迷糊了，立命江充，前往長安究治，而且還派按道侯韓說、御史章贛充當江充的助手。江充偷偷發笑，心裡說：「瞧！老頭子迷糊了不是？」

江充帶領韓說、章贛、檀何等人，直向長安。蘇文同行，隨時報告究治巫蠱的情況。

這一夥人到了長安。檀何登高，裝模作樣，東張西望，忽然手指未央宮和博望苑，嘰嘰哇哇說了什麼。檀何是胡人，不會說中國話。江充別有用心，說：「胡巫是說，未央宮和博望苑的巫蠱氣最重。走！去那裡！」

江充率領爪牙直撲未央宮，掄開钁頭，揮舞鐵鍬，挖掘巫蠱。先從未央宮前殿挖起，就連武帝的御座下面，也被掘地三尺。接著挖天祿閣，挖石渠閣，挖「後宮八區」，再挖椒房殿。皇后衛子夫正在椒房殿臥著。侍女雪兒和霜兒向前呵斥說：「哎！這是皇后寢宮，外人不得入內！」江充舉著節杖和斧鉞，說：「這是什麼？本使者奉旨究治巫蠱，任何地方都可進得！」他推開雪兒和霜兒，命令爪牙說：「挖！」

爪牙們朝手心吐口唾沫，撩衣捲袖，掄钁揮鍬，掀翻几案，推倒花瓶，乒乒乓乓，胡挖一氣。子夫臥的錦榻也被挪開，挖深三尺有餘。整整鬧騰了兩三個時辰，富麗堂皇的椒房殿被挖得千瘡百孔，面目全非。誰也不知他們挖到了什麼，江充一聲「撤！」字，方才離去。

雪兒、霜兒攆至門口，罵道：「土匪！強盜！」

子夫很是平靜，說：「挖吧！他們是奉旨而來，這個椒房殿怕是住不成了。」她沉思片刻，又說：「雪兒，霜兒！你倆收拾收拾，趁我還有口氣在，趕快走吧！走得遠遠的，千萬別再沾皇家的邊兒！」

雪兒、霜兒跪地哭了起來，嗚咽著說：「皇后！我們不會離開你，就是死，也要跟你死在一起。」

子夫淒然流淚，說「傻孩子！江充他們是衝著我來的，連皇后也被懷疑上巫蠱了，我的死日還會遠嗎？你倆陪我白白送死，不值得啊！」

雪兒和霜兒鐵了心，說什麼也不肯離開皇后。

江充一夥離開椒房殿，又撲向博望苑。江充對付太子劉據，更是有恃無恐，命令爪牙，把太子宮裡裡外外挖了個底朝天。劉據藏有很多古董珍玩，這個上去一頭，那個上去一鐵，十之八九盡被砸碎。詹事陳掌氣憤不過，說：「你們來挖巫蠱，這些古董珍玩也有罪嗎？」

江充陰狠地說：「你家主子命都難保，還要這些瓶瓶罐罐幹嘛？夥計們！給我挖，砸！」

劉據靜靜地坐著，冷眼旁觀，倒要看看江充之流到底能在博望苑挖出什麼。就在這時，江充像變戲法似的，手裡拿著幾個木人和布人，說：「挖著了！挖著了！」同時又有人說：「這裡還有！」猛然間，劉據的面前冒出了一大堆寫著武帝名諱、扎著很多針刺的木人和布人來。

劉據目瞪口呆，明知江充憑空捏造，栽贓陷害，可是縱有千張嘴萬張口，也無法辯白。江充收起木人和布人，咧嘴陰笑，說：「對不起，太子殿下！你有沒有搞巫蠱，自己跟皇上說去！」

劉據氣得臉紅筋暴，手指江充，說：「你！你！」「你」了幾聲，卻不知該說什麼，眼看著江充一夥揚長而去。

劉據驚懼萬分，忙和老師石德商量對策。石德官太子太傅，若劉據因巫蠱獲罪，他也得坐死。石德想了想，說：「皇上年邁多病，相信巫蠱，迷惑太深。前者，公孫敖、公孫賀、衛伉、衛伐等，皆因巫蠱而被殺，連幾位公主也不能倖免。現在看，江充搞鬼，硬說在博望苑挖出巫蠱，奏告皇上，殿下是無法辯解清楚的。當務之急，必須捕殺江充，究治奸詐，然後再向皇上說明情況。」

劉據時年三十八歲，立為太子已經三十一年，素來講究「忠孝」二字，猶疑地說：「江充是繡衣使者，奉父皇旨意辦差，我若捕殺，於公為不忠，於私為不孝，這……」

石德急急地說：「皇上正在甘泉宮養病，不知京城之事，以致江充敢於這樣胡作非為。殿下若不火速捕殺江充，恐怕就要重蹈秦始皇長子扶蘇的覆轍了！」

劉進、陳掌等人在場，說：「石太傅說得對，再不行動就來不及了。先捕殺江充，至於後事，再作計較。」

劉據此時再無第二個方案可供選擇，於是一橫心，一咬牙，召集太子宮衛士，假託聖旨，追捕江充。

江充離開博望苑，並未急於回甘泉宮，而是在安門大街，尋了一家酒樓，擺開酒席，宴請同夥和爪牙。酒酣耳熱，江充非常得意，吹噓起自己的為官之道，說：「我江某人是個老粗，斗大的字識不了幾升。可是官至繡衣使者，有的是權力，就連皇后、太子，也敢整治。憑什麼？憑的是忠誠，懂嗎？忠誠！忠誠不忠誠，藏在自己的肚子裡，無人知曉。但在皇帝跟前，你得千方百計地顯示你的忠誠，表現恭敬，表現順從，挑他愛聽的話說，選他想做的事做，玩得他團團轉，分不清東南西北。這樣，他就會給你官職，給你權力。你有了官職和權力，想這麼著就怎麼著，誰還管得了呀？比如巫蠱，一個木人和布人，幾根針刺，幾句咒語，它能將人咒死？鬼才相信哩！可是，我們的皇帝相信，那你就順著他來，添油加醋，興風作浪，由你！這不？公孫敖、公孫賀、衛伉全家，還不都栽在巫蠱上了？這一回，我還要把皇后和太子扳倒，讓你們看看我的能耐！」這番高論，若讓武帝聽到，不知該作何感想？

江充口無遮攔，誇耀五馬長槍，說得正在起勁。劉據率領的八百名衛士，包圍酒樓，衝了上來。江充著慌，高舉起節杖和斧鉞，說：「皇上節杖和斧鉞在此，誰敢造反？」

劉據橫眉怒目，說：「奸臣逆賊，人人得而誅之！我也是奉了聖旨，收捕江充歸案！」於是，酒樓上展開了一場短兵相接的格鬥。江充的節杖和斧鉞不管用了，檀何的巫術不靈驗了，二人當場被侍衛擒住。韓說被殺，章贛和蘇文受傷逃跑，逕往甘泉宮。

劉據擒住江充，仇人相見，分外眼紅，罵道：「你一個奴才！擾亂了趙國尚嫌不夠，竟又跑到京城來，挑撥皇家關係！你開口巫蠱，閉口巫蠱，害死多少人！現在我殺了你，總算冤有頭，債有主，為國為民除了一害！」

江充臉色煞白，渾身哆嗦，死到臨頭，還為自己開脫，說：「我是繡衣使者，所作所為，皆是奉旨行事。」

「呸！」劉據朝江充唾了一口，說：「你慣會憑空揑造，栽贓陷害，欺騙皇上，屠戮官民，凶惡超過豺虎，狠毒勝過蛇蠍，天誅地滅，死有餘辜！」

江充的威風全無，跪地磕頭，說：「太子饒命！太子饒命！」

劉據一揮手，說：「拉出去砍了！」衛士向前，拉了江充，拖到大街上，刀光一閃，人頭滾落地上。那個檀何，劉據命押去上林苑，置於火堆上，活活燒死。

劉據處死江充和檀何，前往未央宮看望母后。子夫幾乎沒有反應，只是說：「據兒！你闖了大禍，我們母子誰也活不成了！」

劉據木然。他在椒房殿停留片刻，步出未央宮，迎面颳起一陣狂風，樹葉飄落，塵土飛揚，預示著一場災難即將發生。

章贛和蘇文跑得飛快，跑到甘泉宮，上氣不接下氣，報告武帝說：「太子反……反了，江充和檀何被抓……抓了。」

武帝急切地問：「巫蠱，巫蠱之事怎樣？」

章贛說：「江充挖遍了未央宮和博望苑，好像挖到了巫蠱。」

武帝生氣地說：「什麼叫『好像』？朕是問，到底有沒有巫蠱？到底是誰搞了巫蠱？」

蘇文說：「奴才親眼看到，江充在博望苑挖出了木人和布人。」

武帝驚疑，想了想，說：「這就對了。太子巫蠱事發，遷怒於江充，故而生變。朕當召問太子，太子來了，情況便知。」他立刻命小黃門王弼，前往長安，宣召劉據。

王弼將行，蘇文附在他的耳邊，叮嚀說須如此如此。王弼心領神會，去到長安，根本未見劉據，轉身返回，報告武帝說：「太子已將江充和檀何殺了，反叛屬實。他不肯來甘泉宮，還要殺害奴才。奴才見勢不妙，狼狽逃歸。」

武帝聽了這番言語，勃然大怒，說：「果真反了，反了！」恰巧，丞相府的長史奉劉屈氂之命，前來報告消息。武帝問長史說：「太子反叛，丞相有何舉動？」

長史隨口回答說：「丞相因事關重大，正擬祕密發兵平亂。」

武帝憤然說：「混帳！太子反叛，人人盡知，還有什麼祕密？去！你回去告訴劉屈氂，難道沒聽說過周公誅殺弟弟管叔、蔡叔的史事嗎？」

劉屈氂是武帝的侄兒，劉據的堂兄，武帝故有此喻。接著，武帝口授，內侍筆錄，擬成一道詔書，蓋了璽印，付與長史，命其面交劉屈氂。

長安城裡，丞相劉屈氂正惶急著呢！劉據捕殺江充，京城大亂。劉屈氂不明底細，倉皇出逃，慌亂中竟將丞相大印丟失了。丞相無印，怎麼發號施令？若叫皇上知道，不殺頭才怪哩！正在這時，長史懷揣詔書歸來。劉屈氂轉憂為喜，展讀詔書，內云：

捕斬反者，自有賞罰！當以牛車為櫓，毋接短兵，多殺傷士眾！堅閉城門，毋令反者得出，至要至囑！

劉屈氂詢問長史，皇上還說了什麼？長史如實彙報。劉屈氂稱讚長史隨機應變，回答得好，立刻將詔書頒示，曉諭官民。不一時，又有詔書送達，內稱三輔各縣將士及二千石以下官員，盡由丞相調遣。劉屈氂的權力大了，膽子隨之壯了起來，迅速調集兵馬，氣勢洶洶，平叛定亂。

劉據已沒有退路，索性動用皇后和太子的符節，調集未央宮、長樂宮和太子宮的衛士，赦免監獄的囚犯，打開武庫，發給兵器，以抗擊劉屈氂。梅花大俠朱安世還在獄中，劉據可沒赦免，下令殺了。監北軍使者任安，手下約有二萬兵馬。劉據以符節相召。任安接受了符節，卻是緊閉軍門，按兵未動。所以，劉據七拼八湊，調集的兵馬不過四五萬人。

劉據從博望苑移居城內，長子劉進、次子劉序相隨，紮營於長樂宮。史良娣等仍住博望苑，懸心吊膽，度日如年。

劉屈氂頒示詔書，宣稱太子反叛，奉旨鎮壓。劉據亦假託聖旨，宣稱奸臣作亂，奉命討逆。長安城中的官民不明真相，茫然沒有頭緒。只聽得大街小巷，人吼馬嘶，兵器撞擊，喊聲殺聲，驚天動地。間或什麼地方火起，黑煙騰空，烈焰熊熊，直讓人心驚肉跳，魂飛魄散。

劉屈氂和劉據驅兵交戰。殺了三天三夜，不分勝負。到了第四天，武帝從甘泉宮回到建章宮，人們方知是太子矯詔弄兵。於是，膽大的出來幫助丞相，共討太子。就是普通的平民百姓，也認為太子造反，不敢趨附。太子手下，死一個少一個；丞相手下，死一個反而多一個。長樂宮和未央宮之間的武庫一帶，變成戰場，屍積如山，血流成渠。時值七月，赤日炎炎，酷暑如煮，屍體腐爛，臭氣熏天，招引的蒼蠅密密麻麻，伸手能抓一把。

雙方再戰，死亡的士兵足有五萬人。太子一方漸漸不支，竟至兵殘將盡，一敗塗地。劉據見勢不好，匆忙引了兒子劉進和劉序，南走覆盎門。城門早就關閉。守衛城門的司直田仁，見太子父子倉皇，生了隱惻之心，打開城門，放了他們，說：「快逃命去吧！」

劉屈氂率兵追到，查知田仁放跑劉據，意欲將其斬殺。御史大夫暴勝之多了一句嘴，說：「田仁官位為二千石，有罪當斬，需要稟明皇上。」

劉屈氂回軍，把情況報告武帝。武帝大怒，說：「田仁縱放反賊，丞相理當誅之，暴勝之怎敢阻攔？」結果，田仁被腰斬，暴勝之惶懼自殺。

太子逃跑，武帝可不放過劉據的家人。他命劉屈氂率兵包圍博望苑，將太子宮中的所有人員抓獲，投進死牢。還有和太子交往的賓客，也一起收審。其實，審和不審是一樣的，因為他們都和太子有關係，依法當坐死罪。因此，史良娣、劉光、劉暉、王須翁，石德，陳掌和衛少兒，還有賓客、宮監、宮女等，共四百多口人，均被斬首。劉據和史良娣的孫子劉詢是唯一的倖存者。他當時出生才三四個月，也被關進死牢。行刑的那一天，劉詢被獄卒邴吉抱出去餵奶，得免一死。十七年後，漢昭帝劉弗陵駕崩，無子。有人發現流落在民間的劉詢，原是武帝的曾孫，遂立為皇帝，他就是漢宣帝。

太子逃跑，其母猶在。武帝進而想到皇后衛子夫。三十七年前，他立子夫為皇后，因為子夫是衛青的姐姐，而且生了皇子劉據。劉據成為太子，母以子貴，加之衛氏外戚正在鼎盛之時，子夫的皇后地位似很穩固。後來，子夫的姿色衰敗，霍去病和衛青相繼病死，子夫在他心目中的地位就不那麼重要了。然而，就子夫個人而言，一貫溫順婉約，沒有什麼過錯。所以，他儘管冷淡她和疏遠她，卻無意廢除她的皇后名號。而現在，出了太子叛亂的問題，子夫難逃其咎，沒準兒她還是劉據施行巫蠱、發動叛亂的支持者哩！

武帝想到這裡，怒不可遏，立命宗正劉長樂、執金吾劉敢，前往椒房殿，收取皇后的印璽和綬帶。就是說，武帝再不承認子夫為皇后了，四十多年的夫妻恩情，一刀斬絕。

子夫顯得出奇的平靜，沒有哭泣，沒有悲傷，靜靜地坐著，一言不發。她已經六十四歲，回想進宮以後的曲折經歷，最終歸結為一點，就是榮華富貴如過眼雲煙，不值得留戀。世界是皇帝的世界，天下是皇帝的天下。所有的皇帝都是無情無義的，翻手為雲，覆手為雨，貪婪自私，冷酷暴戾，玩弄感情，喪失人性。虎毒尚不食子，而他武帝，連親生的兒女都恣意殺戮，還算是人嗎？她後悔進了皇宮，更後悔當了皇后，這使多少親人枉送了性命啊！母親衛媼死了，姐姐君孺和少兒死了，弟弟衛青死了，女兒劉妍、劉媚、劉娟死了，兒媳史良娣、孫子劉光、孫媳王須翁、孫女劉暉死了，還有霍去病、金娥、霍嬗、衛伉、衛伐、公孫敖和秋花、公孫賀和公孫敬聲、陳掌等，都死了。兒子劉據和孫子劉進、劉序雖然逃亡，但是他們是逃不出武帝的手掌的，肯定還是死。罪孽，罪孽啊！自己若不是皇后，怎會出現這樣的悲劇呢？

劉長樂和劉敢宣布武帝口諭。子夫努嘴示意雪兒和霜兒，把皇后的印璽和綬帶，連同那頂鳳冠，交給來人。她早就等待著這個時刻了，所以看也沒看交出去的東西，神態安詳而鎮定。劉長樂和劉敢離去。雪兒和霜兒趴在子夫膝上哭了起來，說：「事情怎麼會是這樣呢？」

子夫淒然一笑，說：「安穩了，清淨了！」

當夜，子夫用一條黑色絲繩輕紮長髮，身穿從進宮起就帶在身邊的粗布衣裙，黑鞋白襪，投繯斃命。雪兒和霜兒伺候子夫多年，彼此感情篤厚，亦自盡身亡。

衛子夫，從凹凹莊走進曹府，從曹府走進皇宮，經歷了民女——歌伎——夫人——皇后傳奇般的人生里程，終於走到了生命的終點，離開了充滿喧囂和紛爭的人世。她的一生並不壯懷激烈，只像一株鮮豔的花，一池清澈的水，開放凋謝，豐盈枯竭。她是時代的寵兒，曾為女性世界爭得榮耀；同時又是時代的曇花，匆匆一閃，最終成為那個時代的犧牲品和殉葬品。

武帝聽說子夫自殺而死，心頭一震，臉上卻沒有任何表情。他是皇帝，自然要保持皇帝的尊嚴。子夫的後事無人過問。還是那個早被罷職的宦監令李貴，自備三口薄棺，將子夫和雪兒、霜兒的屍體殯殮，用牛車載出，葬於凹凹莊衛媼的墳邊。子夫生前難得和衛媼歡聚，死後則可以和母親長相廝守了。

劉據和兒子劉進、劉序慌不擇路，策馬逃跑，一口氣逃到湖縣（今河南靈寶）的泉鳩裡，藏匿於一戶窮苦人家。武帝頒布詔書，命在各地緝拿太子，同時屯兵長安城門，以防太子捲土重來。他查得監北軍使者任安，雖然未附太子叛亂，但是接受了太子的符節，是為不忠，將其處斬。他的心情很壞，暴怒無常，以致百官驚恐，不敢多話。這時，壺關（今山西黎城東北）老人令狐茂上書，進言說：

臣聞父者猶天，母者猶地，子猶萬物也。故天平地安，陰陽和調，物乃茂盛。父慈母愛，室家之中，子乃孝順。今皇太子為漢嫡嗣，承萬世之業，體祖宗之重，親則皇帝之宗子也。江充布衣，閭閻之隸臣耳，陛下顯而用之，銜至尊之命，以迫蹙皇太子，造飾奸詐，群邪錯謬。太子進則不得上見，退則困於亂臣，獨冤結而無告，不忍忿忿之心，怒殺江充，恐懼逋逃。子盜父兵，以救難自免耳，臣以為無邪心。往者，江充讒殺趙國太子，天下莫不聞，今又構釁皇宮，激怒陛下，陛下不察，即舉大兵而求之，三公自將，智者不敢言，辯士不敢說，臣切痛之！願陛下寬心慰意，少察所親，毋患太子之非，亟罷甲兵，勿令太子久亡致墮奸人之狡計。臣不勝惓惓，謹待罪建章闕，昧死上聞！

武帝讀此奏書，略有感悟，意識到自己極度寵信江充，認定太子叛亂，可能是個錯誤。偏偏這時，有人報告說：「太子藏匿在泉鳩裡，擬召故舊，聚合起事。」略有感悟的武帝頓時又糊塗起來，命令新安令史李壽，率兵前往拘捕。李壽及其幹役張富昌等將劉據父子包圍。劉據自料難逃厄運，閉門自殺。劉進和劉序，拒捕遇害。

李壽飛章報告武帝。武帝不知是喜悅還是憂傷，踱步徘徊，許久許久說不出話來。他原先曾有一個完整的家，有皇后，有太子，有兒媳，有女兒，有女婿，有孫子，有孫媳，有孫女，甚至還有曾孫，可謂是四世同堂。忽然間，這個完整的家破了，死了那麼多的人，到底為什麼呢？子夫、劉妍、劉媢、劉娟、衛伉、衛伐、劉據、史良娣、劉進、劉序、劉光、王須翁、劉暉果真有罪嗎？他們果真該殺嗎？他想不清楚，他說不明白，心頭像是壓著巨大的石頭和冰塊，沉重而又冰涼。

巫蠱之禍尚未收場，北方的匈奴又大舉入侵。匈奴那個且鞮侯單于五年前死了，繼任單于叫做狐鹿姑。狐鹿姑看到大漢皇帝年老體衰，大漢國力今不如昔，所以派出騎兵侵犯上谷、五原、酒泉諸郡，殺害郡守，擄掠邊民，氣焰十分囂張。征和三年（西元前九〇年）三月，六十七歲的武帝，被迫最後一次對匈奴用兵，仍以貳師將軍李廣利為統帥，率兵七萬從五原出擊。另以新任御史大夫商丘成率兵二萬，重合侯馬通率兵四萬，分別從西河和酒泉出擊。這三位將帥都是第三流的角色，可是武帝除了他們，還有誰可用呢？

李廣利從長安出發，丞相劉屈氂為之送行。李廣利瞧瞧四周，左右無人，悄聲叮嚀說：「我走後，希望丞相能夠奏請皇上，早立昌邑王劉髆為太子。這樣，你我必能長享富貴，永遠無憂。」

劉屈氂滿口答應，說：「將軍放心，此事我當效力。」

昌邑王劉髆乃李廣利妹妹李夫人所生，而李廣利的女兒又是劉屈氂的兒媳。劉據死後，武帝尚未冊立太子。所以，李廣利極想讓自己的外甥成為太子，以便和親家共掌朝政，故有此託。

李廣利出征，初戰還算順利。商丘成和馬通卻是連戰連敗，潰不成軍。六月，武帝急切地盼著前線的消息。忽由內侍郭穰啟奏，稱李廣利和劉屈氂訂有密約，謀立昌邑王劉髆為太子；而且劉屈氂的妻子心腸歹毒，唆使女巫，施行巫蠱，詛咒皇上。武帝赫然震怒，命拿劉屈氂下獄審訊，罪至大逆不道，全家處死。李廣利的妻子、兒女，亦坐罪下獄。

李廣利在軍中接到家人的報告，惶急失色。他想回師請罪，恐又凶多吉少，沒奈何只得孤注一擲，冒險深入敵境，企圖建立奇功，以功折罪。然而，殘酷的戰爭不存在僥倖。李廣利失敗了，而且是敗得一塌糊塗。為了活命，他竟然無恥地投降了匈奴。部下七萬士兵，或死或降，無一歸漢。

李廣利，一直是武帝所倚重的將軍。這倒不是李廣利有什麼能耐，只是因為他是李夫人的哥哥，是皇親，是國舅。司馬遷之所以受宮刑，最重要的原因是司馬遷對李廣利不敬，話語間流露出嘲諷和詆毀的意思。武帝對於李廣利充滿希望，不曾想這位國舅能力低下，喪師辱國，毫無氣節，叛變降敵。武帝且氣且怒，命將李廣利的妻子、兒女斬首，並滅族。李廣利的兄弟李延年和李季受到牽連，坐死。李季勾結宦官，姦淫宮女，死不足道。李延年官任協律都尉，主管樂府，創作和收集了許多優美的歌曲，死於非命，甚是可惜。

武帝登基以後，一心以打敗匈奴和消滅匈奴為己任，曾經創造輝煌，收復了大片土地，把匈奴趕至大漠以北。而今，李陵和李廣利先後投降匈奴，攻伐匈奴的戰爭宣告失敗，他的武功打了折扣，威服蠻夷、獨尊四海的夢想破滅了。他心中不大服氣，同時又有些蒼涼。世運如此，奈何奈何？

李廣利投降匈奴，深受狐鹿姑單于的器重，地位在丁靈王衛律之上，而且成了狐鹿姑的女婿。衛律、李陵、李廣利三個投降匈奴的漢將，同時在匈奴出任高官，頗具諷刺意味。衛律出於嫉妒，略施計謀，在狐鹿姑生病的時候，唆使殺了李廣利，用其頭顱祭祀神靈。李廣利臨死大放狂言，說：「我死必滅匈奴！」此話實在可笑，他一個死人，怎麼去滅匈奴呢？

武帝家破夢碎，精神上受到極大的打擊。他開始總結一生的得失，發現自己確實老了，思想方法出了問題，特別在知人用人方面，大不如前。青壯年時代，他用董仲舒，確立了儒家的統治思想；用公孫弘，創辦了高等學府太學；用主父偃，削弱了諸侯和豪強的勢力；用張湯，加強了國家的法制；用桑弘羊，克服了經濟和財政的困難；用張騫，打通了通向西域的道路；尤其是用年輕的衛青和霍去病，成功地征服了匈奴。而中年以後呢？自己都用了些什麼人呢？用了欒大等一大批方士，用了江充，用了李廣利，用了劉屈氂，結果怎樣呢？弄成現在這個局面，國不國，家不家，危機四伏，焦頭爛額。唉！真是往事不堪回首啊！

武帝進而想到皇后衛子夫，想到太子劉據，想到死去的親人。他隱約意識到，所謂的巫蠱，所謂的叛亂，其中必有蹊蹺，自己很可能是冤枉他們了。

這時，看管高廟的郎官田千秋上書武帝，略言巫蠱一案，純屬捏造，子虛烏有；太子誅殺江充，乃不得已而為之，本意並非造反；兒子要弄父親的兵器，充其量該挨鞭笞；天子的兒子有了過錯，誤殺了人，又能定個什麼罪呢？田千秋特別聲明，這些話是自己在夢中聽一位白髮老人說的，所以報告皇上，不敢隱瞞。

田千秋的奏書，刺痛了武帝的神經。他再也控制不住自己的感情，想到慘死的兒孫，眼裡流出淚來。武帝一生堅強，從不流淚，這次可以說是唯一的一次。他特地召見田千秋，說：「父子之間的事，別人是很難弄清楚的。唯獨你理解朕，明白朕對太子的深厚感情。你所夢見的那位老人，其實是高皇帝的神靈，是他老人家讓你來輔佐朕啊！」於是，武帝提拔田千秋為大鴻臚，負責接待少數民族和邦國來賓事務。

接著，武帝命將御史章贛、黃門郎蘇文、小黃門王弼逮捕下獄，他要弄清太子巫蠱和叛亂事件的真相。章、蘇、王三人吃刑不過，一一招供，說所謂巫蠱，都是江充無中生有，憑空捏造出來的；太子根本沒搞巫蠱，江充在博望苑挖出的木人和布人，是事先安放的。章贛和蘇文特別招供了江充那次在酒樓上說的話，如要偽裝忠誠，把皇帝玩得團團轉云云。王弼也招供，上次奉命宣召太子，自己受蘇文指使，只是到長安轉了一圈，根本就沒和太子見面。

事情終於水落石出。武帝滿心羞愧，無地自容。自己絕對相信的江充，竟是一個陰險狠毒的奸佞！自己身邊的宦官，竟和奸佞沆瀣一氣，誣陷太子！這真是滑天下之大稽。武帝的羞愧轉而變成惱怒，變成憤恨，立命將江充滅族，將章贛、蘇文、王弼綁赴渭橋，架火燒死。

武帝懲治了一夥丑類，更加痛悼死去的兒子。他命在長安建一座「思子宮」，表達思子之情；並在湖縣建一座「歸來望思之臺」，意思是召喚劉據的亡靈能夠歸來，看望一下思子心切的父親。建宮建臺，等於為太子劉據平了反。那麼，對於子夫怎麼辦？武帝感到為難。一方面，子夫的冤情是顯而易見的，她沒有搞巫蠱，更沒有支援太子造反，自己聽了片面之詞，一怒之下，剝奪了她的皇后名號，導致她自殺身亡，實是自己的失誤和過錯；另一方面，皇帝金口玉言，所言所行不能朝令夕改，即使錯了，也得硬著頭皮堅持。為難之下，武帝權且採取一個折衷的辦法，命人將子夫的墳墓加以修葺，並在墓前立一石碑作為標識，石碑上刻字：「衛氏子夫之墓」。他以為，自己這樣做，算是微小的補償，或許可以安慰子夫的魂靈。

越年為征和四年（西元前八十九年）。武帝尚有最後的夢想，那就是希望見到神仙，尋求長生不老和長生不死之藥，避免日見嚴重的衰老和日益臨近的死亡。為此，新年剛過，他又興師動眾，外出巡遊，前往東萊。途中，北風呼嘯，冰寒徹骨，間或大雪紛飛，天地迷朦。武帝坐在載有火爐的御輦裡，撩起車簾向外眺望，但見村落蕭條，田野荒涼，路上很少行人，難得聽到雞鳴和狗叫，清冷死寂，毫無生氣。御輦路過一個又一個集鎮，武帝看到的只是破敗的房屋，逃荒的人群，討飯的乞丐，以及一些凍死在路邊而無人掩埋的屍體。武帝的心在打顫，手在發抖，眼前的一切，難道就是自己的江山自己的子民嗎？歷史上的聖賢說過：「國以民為本，民以食為天。」而自己這些年來，關心過黎民嗎？關心過農業嗎？自己想的和做的，只是戰爭，只是刑法，只是巫蠱，只是享樂，百姓承受了難以想像的兵役、傜役和賦稅負擔，他們怎能不家破人亡，流離失所呢？

武帝心裡沉甸甸的，空落落的，這天終於抵達東萊。他很想乘坐大船，親臨海上，尋求神仙。

可是，暴風怒號，惡浪滔天，使之望而卻步，不敢登船。他在東萊海邊徘徊和觀望，回想自己輕信過和重用過的方士，不由產生懷疑：那些人果真有法術嗎？茫茫的大海裡果真有神仙嗎？數十年來，自己尊重方士，迷信神仙，心不能說是不誠，禮不能說是不恭，神仙若是存在，那麼為什麼始終沒有出現呢？海上尋仙，始於秦始皇帝。從那時到現在，一百多年間，除了方士們自我吹噓以外，誰見過神仙？誰得到過長生不老和長生不死之藥？

武帝在懷疑中度過十餘日，無可奈何，只好離開東萊，踏上歸程。三月，行經鉅定（今山東廣饒東北）。武帝耳聞目睹，全是饑寒的怨聲和凋敝的景象。他臨時決定，要在鉅定舉行一次親耕儀式，以此昭示天下：悠悠萬事，農業為重，自己作為皇帝，還是關心國計民生的。

親耕是遠古時代沿傳下來的一種禮儀，即由帝王親自扶犁耕田，目的在於做出榜樣，鼓勵發展農業生產。武帝即位初期，曾多次在長安上林苑親耕，皇后同時親蠶，表達了朝廷恤黎民、重農桑、輕賦役的態度。然而後來，他將這一傳統忘記了，廢棄了，只知橫徵暴斂，不顧人民死活，致使田地荒蕪，民不聊生。六十八歲的武帝，這次重新親耕，不過是個象徵意義，但它表明：大漢皇帝決心改弦易張，旨在通過發展農業生產，以緩和日益尖銳的階級矛盾。

四月，武帝經過泰山。他懷著最後一絲希望，舉行第五次封禪。然而，跟以前一樣，沒有出現任何靈異的徵兆，武帝成仙升天的夢想徹底破滅了。

夢想破滅，倒也輕鬆。武帝召見群臣，說：「朕自即位以來，做了不少狂妄悖亂之事，害得天下百姓流離失所，怨聲載道。對此，朕後悔莫及，只想亡羊補牢。從今往後，凡是傷害百姓利益、浪費國家錢財的事情，全部停止，不許再做了！」

武帝承認做了「狂妄悖亂」之事，表達了「後悔莫及」和「亡羊補牢」之意。這使群臣非常吃驚。大鴻臚田千秋趁機奏言，說：「皇上如此自責自勉，國家幸甚，百姓幸甚。臣要說的是，那些成千上萬的方士，妄談神仙，全無效驗，擾亂人心，空耗錢財。臣以為，應當全部罷免遣散。」

武帝說：「准奏，照辦！」於是，那些走紅吃香幾十年的方士們，沒有了市場，一個個耷拉著腦袋，嘴噘臉吊，灰溜溜地離去。武帝感到清淨了許多，啟駕返回長安。

第二十三章

悔過絕命

漢武帝劉徹家破了，夢碎了，相對而言，倒變得比較清醒和現實了。他認識到，農民是國家的根本之所在，若要繼續維持大漢帝國的統治，鞏固和加強中央集權，那麼就必須讓廣大農民回到土地上去，實行與民休息的政策，首先讓農民安定下來和富裕起來，否則階級矛盾和社會矛盾將會進一步激化，漢朝將會不可避免地成為亡秦之續。鑒於此，武帝提拔田千秋為丞相，並封富民侯。此舉等於是向世人宣布：當務之急是要休養天下，安定民心，發展生產，緩和矛盾，戰爭、封禪、掠奪之類的蠢事不能再做了，唯有「富民」才是正事和要務。

田千秋既沒有什麼才能，又沒有什麼功勞，在不滿一年的時間內，從郎官升為丞相並封侯，這使許多人感到奇怪，就連匈奴狐鹿姑單于也覺得不解。恰有漢使出使匈奴。狐鹿姑詢問漢使說：「聽說貴國新任命一位丞相，此人素無重望，何堪大用？」

漢使回答說：「田丞相上書言事，均合皇上旨意，故能高升。」

狐鹿姑不懷好意地一笑，說：「照你說來，漢置丞相，未必定用賢人，只須一妄男子隨意上書，便可得到丞相之職嘍？」

漢使無言以對，回國後把這細節報告武帝。武帝嫌他回答失辭，有辱使命，意欲治罪，轉而一想，這也算不上什麼大問題，遂擱置不提。

治粟都尉桑弘羊上書建議，輪台東面有水田五千餘頃，可以派遣駐軍，修建哨所，然後招募壯丁去那裡墾荒，種植五穀，用作向西域用兵的儲備。這在過去，肯定是個很好的建議，而現在已勾不起武帝的熱心了。為此，他專門頒發一道詔書，大意是說：先前，有司奏請增加百姓賦稅，讓每人多交三十文錢，充作軍費。這等於是加重老弱孤寡的困苦呀！現在，你們又提出屯戍輪台，經略絕域。這不是更要騷擾天下百姓嗎？這種事萬萬不能再做了。當今的急務，是要禁絕苛刻的暴政，停止胡亂徵派稅賦，發展農業生產，鼓勵繁殖馬匹。至於軍隊，不要老想著遠征討伐，只要能夠維持防禦力量就夠了！

這道詔書，因輪台屯戍事而發，內容含有悔過之意，史稱「輪台悔過」。它表明，武帝晚年對戰爭、徭役、賦稅等重大問題有了新的認識，決心糾正以往的弊政，停止戰爭，薄徭輕賦，讓百姓重新過上安定富裕的生活。正面的經驗，反面的教訓，使得武帝受益非淺，治國方略又走上了正確的軌道。

這年夏天，御史大夫商丘成獲罪自殺。武帝提拔桑弘羊為御史大夫，任命趙過為治粟都尉。桑弘羊極善理財，努力發展官營商業，在鹽鐵專賣外，又實行酒類專賣，增加了朝廷的收入。趙過是一位傑出的農學家，上任後大力推廣他所發明的「代田法」和新式農具「耬車」。代田法實際上就是輪作制，有利於抗旱保和恢復地力，大大提高了農作物的產量。耬車是一種把開溝、下種、覆土三道工序結合在一起進行的農機具，能夠保證播種品質，而且省時省力，降低農業成本。新的耕種方法和新式農具，在黃河流域廣泛使用，進而推廣到邊遠地區，使大量的荒地得到開墾，人民的生活相對安定了些。這樣，本來已很尖銳的階級矛盾和社會矛盾，多少有所緩和，整個國家的形勢又開始好轉了。

武帝審時度勢，總結經驗教訓，任用田千秋、桑弘羊、趙過等務實人才，致力於發展生產，穩民富民，表現出了悔過改過的精神和勇氣。這是他區別於其他帝王的一個標誌，難能可貴。田千秋等高級官員，以上壽為名，聯合上書，寬慰武帝，奏請在施德省刑的同時，還當玩聽音樂，養志和神。武帝為此再次頒詔，說：「朕之不德，致召非彝。自劉屈氂和李廣利陰謀逆亂，巫蠱之禍，流及士大夫，朕日止一食者累月，哪有心思玩聽音樂？前者，江充逞凶，禍於椒房殿和博望苑。至今餘蠱未息，禍猶不止，陰賊侵身，遠近為蠱，朕甚愧之，何壽之有？」堂堂皇帝，能夠承認「不德」，並說出一個「愧」字，足見武帝自責自律，完全出於真心，絕非應景虛言。

武帝悔過，有一件事實在難以忘懷，那就是對司馬遷施行了宮刑。司馬談、司馬遷父子，對於朝廷是有貢獻的。李陵投降匈奴以後，司馬遷只是設身處地地說明了李陵的一些情況，並沒有為李陵開脫罪責或說情的意思。自己當時不夠冷靜，以致司馬遷被下獄，杜周將之判了死刑，隨後代替以宮刑。這對司馬遷說來，是很不公平的。尤為難得的是，司馬遷在蒙受了奇恥大辱以後，一面出任尚書令，一面堅持寫作，含辛茹苦，硬是寫出了一部史書，多不容易啊！

這天，武帝專門召見司馬遷，開門見山地說：「那年卿受宮刑，屬於朕的過錯。今天，朕鄭重地向你表示歉意。」

是年，司馬遷五十七歲。刻骨銘心的宮刑經歷和年復一年的寫作勞動，使他的健康受到損害，身心疲憊，面容憔悴，手腳也不怎麼利索。他沒想到武帝突然會對自己表示歉意，嘴唇動了動，眼角滾出豆大的淚珠。武帝理解司馬遷心中的委屈和痛苦，說：「對不起！千錯萬錯，都是朕的錯！」

「皇上！」司馬遷再也控制不住感情，跪地說：「過去的事已經過去，就別再提了！臣只願皇上仍像先前那樣，英武聖明，心懷天下，造福蒼生！」

武帝親手扶起司馬遷，說：「是啊！朕也是這樣想的，只想在有生之年，再為百姓做點好事。」他停了停，又說：「聽說卿在艱難之中，堅持將史書寫成了，是這樣嗎？」

說到史書，司馬遷來了精神，說：「是的，史書基本完稿，但有些史實還須核定，有些文字還須修飾。臣想使它更加充實和準確，盡善盡美，能夠經得起時間的檢驗。」

武帝點頭，說：「朕欽佩卿的堅強毅力，也欽佩卿的治學態度。史書記述歷史，理應精益求精。那麼，卿的史書叫什麼名字？寫了那些內容？」

司馬遷說：「史書暫且定名叫《太史公書》，共一百三十篇，約五十二萬多字。其中，《本紀》十二篇，《表》十篇，《書》八篇，《世家》三十篇，《列傳》七十篇。記事時間，上自傳說中的五帝開始，歷經夏、商、周、秦、漢，直至陛下征和年間，前後跨度約三千年。記事範圍，以歷史人物和歷史事件為主，同時記天文、地理、曆法、禮制、音樂、財政、經濟、水利等，除中原地區外，還有少數民族地區、西域地區以及邦國的情況。」

武帝大感興趣，說：「噢？本朝的歷史也寫進史書了？」

司馬遷說：「是的。臣為陛下寫了一篇《本紀》，記述陛下登基以來的大事。為竇嬰、田蚡、韓安國、李廣、衛青、霍去病、主父偃、司馬相如、汲黯、鄭當時、淮南王劉安、衡山王劉賜等人寫了《列傳》，記述他們的生平。此外還有儒林、循吏、酷吏、遊俠、佞幸、滑稽《列傳》等，涉及到本朝的許多人，如董仲舒、張湯、東方朔等。至於邊遠地區和邦國，南越、東越、朝鮮、西南夷、匈奴和大宛等，也都分別寫有《列傳》，反映那裡的山川形勝、風土人情，以及與中原地區和那裡的交往。臣記人記事，奉行一條原則：實錄，力求做到善序事理，辨而不華，質而不俚，其文直，其事核，不虛美，不隱惡。」

武帝說：「哎？卿怎麼沒有提到張騫呀？他奉命通使西域，創建了史無前例的功業，應該大書一筆的。」

司馬遷說：「張騫的事蹟，臣在《大宛列傳》裡做了重點記述，並用『鑿空』一詞，評價了他通使西域的破天荒的意義。」

武帝由衷地感歎說：「嗯！不容易不容易，真是難為卿了！卿為大漢，也為後人，做了一件功德無量的好事。朕感謝卿！」

司馬遷心情激動，說：「陛下雄才大略，文治武功，世人敬仰。我一個刑餘之人、掃除之臣，手無縛雞之力，所能做的，只是為陛下的文治錦上添花，如此而已。」

武帝深受感動，說：「文章千古事，道義世代知。幾百年幾千年後，人們或許會忘記朕這個皇帝，但永遠不會忘記你司馬遷，不會忘記《太史公書》。朕相信，卿和卿的史書，會永垂不朽的！」

司馬遷說：「臣無奢望。此書藏之名山，傳之其人，以俟後世聖人君子，吾願足矣！」

實踐證明，武帝稱讚司馬遷及其史書，是慧眼獨具，別有見地。司馬遷的《太史公書》，在漢昭帝時由外孫楊惲公布於世，立即引起了轟動。後來，人們將它定名為《史記》——中國歷史上第一部紀傳體通史。它不僅是一部偉大的史書，而且《本紀》和《列傳》部分，還是優美的文藝作品。司馬遷因此獲得「史聖」的美譽，《史記》則被譽為「史家之絕唱，無韻之離騷」。司馬遷和《史記》，在中國史學史和文學史上，佔據著無可替代的重要地位，長放光芒，永垂不朽！

征和四年是武帝悔過改過、自責自律的一年。越年改元，再也不用什麼祥瑞字樣，只稱後元元年（西元前八八年）。正月，他去了一趟安定（今甘肅涇川北）。夏天，回到甘泉宮避暑，鉤弋夫人和鉤弋子劉弗陵隨行。這時，武帝六十九歲，頭髮和鬍鬚全白，多數牙齒脫落，老態龍鍾，步履蹣跚，夜間經常失眠，精、氣、神大不如前了。他終於意識到，人總是要老要死的，所謂長生不老和長生不死，那是不可能的。因此，他要考慮和安排後事，趁自己還有一口氣在的時候，選定太子，確定皇位的繼承人。

武帝共有六個兒子。太子劉據死於巫蠱之禍，齊王劉閎早夭，昌邑王劉髆新亡，這樣就只剩下燕王劉旦、廣陵王劉胥和鉤弋子劉弗陵了。劉旦和劉胥各在自己的封國，非經允許，不准擅至京城。因此，武帝身邊，只有劉弗陵一人。

劉旦為人辯略，讀書很多，喜好星曆、方術、倡優、射獵諸事，心術不正。他以為在活著的三兄弟中，自己排行居長，理當立為太子，所以派出使者，請求武帝將自己調回長安，名為充當宿衛，實為準備接班。武帝一眼看穿了這個兒子的用心，下令把使者斬了，還削去燕國的三個封縣，以示警告。劉胥長得膀大腰圓，力能扛鼎，猛能殺虎。他跟劉旦一樣，喜好倡優、逸遊，無視朝廷法度，所以不討武帝喜歡。武帝鍾愛的是小兒子劉弗陵。一來，他是愛妃鉤弋夫人所生；二來他身體壯實，天資聰穎，長相也頗似自己。可是，劉弗陵年齡太小，只有七歲，立為太子，日後能當好皇帝嗎？

武帝心存疑慮，日夜思索，寢食不安。這天夜間五更前後，武帝和鉤弋夫人宿於林光宮寢殿，忽聽得殿外一聲大叫劃破夜空：「有刺客！有刺客！」武帝和鉤弋夫人一起驚醒，慌忙穿衣下床，詢問當值的宮女說：「怎麼回事？」

宮女嚇得哆嗦，說：「外……外面好……好像有刺客。」

武帝走近窗前，撩起帷簾向外察看，但見朦朧中有兩人互相搏鬥，其中一人似是金日磾。顯然，正是他發現刺客並發出了警報。

金日磾，字叔翁，本是匈奴休屠王的太子。元狩二年（西元前一二一年），匈奴昆邪王和休屠王被霍去病打敗，共約投降漢朝。中途，休屠王忽然變卦，猶疑不定。昆邪王於是殺了休屠王，堅持降漢。霍去病前往受降，發現了十四歲喪父的金日磾，遂將他帶回長安。武帝喜愛這個異族少年，命在黃門養馬。金日磾漸漸長大，身材魁偉，容貌威嚴，所養馬匹膘肥體壯，極受武帝賞識，先升任馬監，繼拜為侍中、駙馬都尉光祿大夫，得到的賞賜超過千金。武帝信任金日磾，出則驂乘，入侍左右。有些朝臣很是嫉妒，說：「陛下妄得一胡兒，反貴重之。」武帝說：「胡兒怎麼啦？胡兒正派有本事，朕就當信用！」

金日磾在長安娶妻生子，其長子長得虎頭虎腦，很討人喜歡。武帝命金日磾將兒子帶進宮中，戲謔地稱之為「弄兒」。武帝和弄兒玩耍。弄兒沒大沒小，有時爬到武帝的頭上，大呼小叫。金日磾怒視兒子。弄兒嚇得哭了起來，說：「爹爹生氣了！」武帝責備金日磾，笑著說：「朕和弄兒逗樂，你生的那門子氣呀？」後來，弄兒長至十餘歲，放縱無忌，常在宮中和宮女們嬉戲。金日磾惡其行為不檢，一怒之下，便將弄兒殺了。武帝大駭，說：「你怎能這樣做？」金日磾叩頭流血，請罪說：「皇宮尊嚴，不容玷污。弄兒少年荒唐，日後難免會生出淫亂醜事。為防範起見，臣必須這樣做。」武帝嗟歎不已，因此更加敬重金日磾。

金日磾忠誠於漢朝，時時操心武帝的安全。這天當值警衛，恰遇刺客，一面發出警報，一面奮不顧身地與刺客展開搏鬥。其他侍衛聽到喊聲，一齊前來助陣，立時將刺客擒住，發現刺客原來是侍中僕射馬何羅。

武帝正專注察看殿外的情況，冷不防寢殿的大門被撞開，生生地闖進一個蒙面人來。蒙面人手持短刀，撲向武帝，發一聲喊，說：「昏君！看刀！」

鉤弋夫人和宮女嚇得直往後退，本能地發出尖叫，說：「快！救駕！救駕啊——！」

金日磾聽到了殿門被撞開的聲響，又聽到了「救駕」的喊叫，來不及多想，飛步入殿，看到蒙面人正撲向武帝。他大喝一聲，說：「逆賊！勿傷吾主！」縱身一躍，揮拳擊向蒙面人的後腦勺。蒙面人感覺得到背後的人來勢凶惡，捨棄正面，迎擊後面。就在他轉身的霎那間，金日磾的右拳已到，重重地擊中了面部。蒙面人打了一個趔趄，短刀失手，面罩落地，露出真實面目：他，不是別人，正是衛青的兒子，衛子夫的侄兒，衛伉和衛伐的弟弟，曾被封為發干侯的衛騧！

頓時，所有的人都驚呆了。

四年前，江充帶領爪牙包圍衛府，抓捕巫蠱人等。衛騧外出給衛媼抓藥，僥倖逃脫。他跑到好友馬何羅家，哭訴一切。馬何羅十分同情，頂著天大的干係，將衛騧藏匿家中。衛府滅門，江充畫像通緝衛騧，迫使衛騧不敢自由行動。幾年裡，他想到祖母衛媼、兄長衛伉和衛伐、嫂嫂劉媚和劉娟等一百多口人慘死，姑母衛子夫自殺，表哥劉據全家遇害，五臟俱焚，痛不欲生。他認定武帝是血海家仇的罪魁禍首，發誓此仇不報，妄為男人！馬何羅及其哥哥馬通、弟弟馬安成，都是血氣方剛，俠肝義膽，樂於助衛騧一臂之力，刺殺武帝，報仇雪恨。他們密謀了許久，選擇這天在甘泉宮下手。馬何羅和衛騶潛進宮內，前者掩護，後者行刺；馬通和馬安成則率領家丁，在宮外接應。也許是武帝命不該絕，偏由忠勇兼備的金日磾當值宿衛。金日磾先是擒住了馬何羅，接著進入殿內，一拳擊中衛騶，再經一陣拳腳，衛騶不是金日磾的對手，竟被制服。侍衛向前，像對待馬何羅一樣，又把衛騶結結實實地捆綁起來。

眾人再看武帝，只見他倚著窗戶，手抓帷簾，臉色煞白，驚魂未定。鉤弋夫人和宮女更是狼狽，嚇癱在地上，拉都拉不起來。金日磾面向武帝，抱拳說：「臣護駕不力，讓皇上受驚了！」武帝微微抬手，嘴唇輕輕蠕動，想說話卻說不出來。

衛騶哈哈大笑，破口罵道：「劉徹！你心虛了？害怕了？你一個昏君和暴君，相信什麼狗屁巫蠱，重用江充之類的奸人，濫殺了多少無辜生靈！我爹為你出生入死，立下赫赫戰功。而你對待衛氏，卻恩將仇報，斬盡殺絕。我奶奶怎麼嚥氣的？我娘怎麼失蹤的？我哥哥嫂嫂怎麼死的？還有我姑母，我表哥，他們又有什麼罪？無不死於你的淫威之下！你說，你還是人嗎？告訴你，我與你不共戴天！我生前殺不了你，死後也要變作厲鬼，向你討還血債，剝你的皮，抽你的筋，喝你的血，吃你的肉！」

這一頓臭罵，直罵得武帝臉上青一陣，紅一陣，白一陣。衛騶所罵，俱是實情。因此，他無法辯駁，只是說：「讓廷尉審訊去吧！」

金日磾將衛騶和馬何羅下於大獄，交由廷尉審訊。奉車都尉霍光、騎都尉上官桀聞訊，前來向武帝請安，同時發兵，將馬通、馬安成兄弟緝拿歸案。廷尉經過審訊，以行刺謀反罪，判了衛騶死刑，馬何羅、馬通、馬安成滅族。武帝權衡再三，說：「衛氏只剩衛騶獨苗了，看在衛青和子夫的面上，饒他一死，改為流放，也算給衛氏保留一脈香火。馬氏兄弟，逆亂當誅，至於家族，就不必株連了。」

於是，衛駟被流放於遙遠的樂浪郡，馬氏家族有幸免死。武帝這樣做，表現出了一種難得的寬容和少見的人情味，或許是悔過情切，良心有所發現吧？

武帝受到刺殺的驚嚇，頹然病倒，心緒不寧，常做惡夢，精力更加不濟了。他已經感覺到死神正步步逼近，自己的時日不會很多了。因此得趕快確定太子，否則自己蹬腿而去，皇位將會出現空缺，社會將會出現動盪，後果不堪設想。他反覆分析自己的三個兒子，認為劉旦和劉胥品行不端，難當大任，那麼太子只能立劉弗陵，捨此再無他人。可是劉弗陵太過年幼，即位後能保證天下無事嗎？他想來想去，決定先選一位或幾位心腹大臣，交付託孤重任。可供選擇的大臣有兩位，一是霍光，一是金日磾。然而，金日磾是匈奴人，委以重任，恐怕難以服眾；而霍光則是大司馬驃騎將軍霍去病的弟弟，忠厚勤謹，可託大事。為此，武帝特命宮廷畫師，畫了一幅周公懷抱周成王，接受諸侯朝拜的絹畫，賜予霍光。

霍光，字子孟，即霍去病同父異母弟弟。他十六七歲時，由霍去病帶至長安，被武帝任為郎官，繼遷諸曹侍中。霍去病死後，霍光升任奉車都尉光祿大夫，任務是在武帝外出時奉車護駕。霍光為人謙恭，出入宮闈二十餘年，從未有過什麼過失，因此深受武帝寵信。霍光接過武帝賜予的絹畫，明白畫中的含義，激動而又惶恐。

武帝初步選定託孤大臣，進而又產生一個隱憂，那就是劉弗陵的生母鉤弋夫人。鉤弋夫人時年二十五六歲，劉弗陵日後即位，理所當然地要尊她為太后。年輕的太后，必然會熱衷於權勢，而太后一旦有了權勢，必然會控制皇帝，重用近臣，專權亂政。這在歷史上是有先例的。武帝熟知大漢的歷史，想到他的曾祖母高后呂雉。高祖皇帝劉邦駕崩以後，惠皇帝劉盈繼位，尊生母高后為太后。高后有了權勢，立即將惠皇帝架空，親自發號施令。她殘酷地殺害劉氏子弟和元老勳臣，重用呂氏外戚，違背高祖皇帝「非劉氏不得封王」的遺囑，將呂氏子侄統統封王封侯，從而造就了一個龐大的呂氏外戚集團，掌握了朝廷的所有軍政大權。惠皇帝死後，高后先後擅立兩個小皇帝，自己以太皇太后身分臨朝稱制，還一心想讓呂氏天下取代劉氏天下。高后實際掌權十五年，然後病死。幸虧開國功臣周勃、陳平等人，忠於漢室，發兵討逆，一舉誅滅呂氏外戚集團，迎立文皇帝劉恆，這才使劉氏江山得以延續。那段歷史，驚心動魄，充滿血腥，不能不防啊！

武帝晚年，只寵幸鉤弋夫人。可是為了大漢江山，為了長治久安，他必須忍痛割愛，採取措施。一天，武帝故意找了個碴兒，把鉤弋夫人喚至跟前，聲色俱厲，訓斥一通。鉤弋夫人素來恃寵弄嬌，突然遭到武帝痛斥，嚇得魂飛魄散，茫然不知所措。她慌忙摘去首飾，跪地叩頭，嗚咽請罪。武帝不予理會，喝令宮女將她拖出，打入永巷。鉤弋夫人從沒受過這樣的委屈，珠淚漣漣，倍顯嬌憐，頻頻回顧，伸手喊道：「皇上——！」武帝不敢正面看她，狠狠地說：「去！去！這回你是活不成了！」

永巷是皇宮裡囚禁罪婦的地方。鉤弋夫人進了永巷，又接聖旨：賜死。鉤弋夫人百思不得其解：自己到底犯了什麼罪過？她想見見兒子劉弗陵，可是遭到拒絕。她又羞又惱，自覺無趣，當夜懸樑自盡，玉殞香銷。

鉤弋夫人無端遭遣，年輕身亡。武帝非常傷感，命用厚禮葬於甘泉宮南，殯葬之時，十里以內，聞有異香。武帝疑其並非常人，命建一座通靈臺，以資悼念。

數日過後，武帝詢問侍從說：「鉤弋夫人之死，外面有何反應？」

侍從回答說：「很多人議論說，陛下將立幼子為太子，那麼為何還要殺其母呢？」

武帝喟然說：「庸愚無識，何知朕意？皇帝年幼而母后少壯，最容易導致國家內亂。試想，母后年輕寡居，由著性子胡來，驕縱專權，大臣管不了，皇帝也管不了，那會是什麼情景？你們難道沒聽說過大漢初期高后的故事嗎？朕可不想讓鉤弋夫人成為又一個高后啊！」

侍從恍然大悟，說：「皇上高瞻遠矚，臣等愚昧，豈解聖心？」

這年冬天，武帝基本上是在病榻上度過的。尹婕妤和邢娙娥等未經允許，不能前來甘泉宮。劉弗陵年齡太小，尚不懂事。因而，武帝獨臥病榻，感到一種從未有過的孤獨。孤獨中，他想到三個女人：一是衛子夫，一是李夫人，一是鉤弋夫人。三個女人中，若有一人活著，陪伴自己，那該多好啊！他還想到劉妍、劉媚、劉娟和劉據，自己冤枉和錯殺了女兒和太子，他們的冤魂，能原諒聰明一世、糊塗一時的老父親嗎？

風雪交加，辭舊迎新。後元二年（西元前八七年）正月，武帝最後一次在甘泉宮接受邦國使臣和諸侯王的朝賀。邦國使臣大多來自西域各國，頭戴造型別緻的皮帽，身穿色彩鮮豔的禮服，恭祝大漢天子萬壽無疆。諸侯王以燕王劉旦、廣陵王劉胥為首，跪地高呼：「吾皇萬歲萬歲萬萬歲！」邦國使臣和諸侯王在朝賀武帝的同時，都在窺視武帝的氣色。他們發現，歲月流轉，時光無情，年邁的武帝跟所有衰老的老人一樣，滿臉皺紋，目光散亂，話語不多，動作遲鈍。他金冠袞服，高高地坐在可望而不可及的御座上，儼若一尊莊嚴、冷峻的雕像。劉弗陵站在武帝的身邊，稚聲稚氣，代替父皇答禮。他們意識到，這個劉弗陵很快將登大位，下次朝賀，恐怕就得向一個幼童皇帝俯首稱臣了。

二月，冰雪初融，春寒料峭。武帝的身體略有起色，陡然又生出雄心，還要外出巡遊。誰知這次巡遊，剛剛行至五柞宮（今西安周至尚村鎮附近），武帝就又病倒了。五柞宮是上林苑的離宮之一，宮內生有五株柞樹，樹幹粗壯，樹蔭廣大，故而得名。武帝這次生病，比以往任何一次都重，忽冷忽熱，昏昏沉沉，眼睛一閉就做惡夢，夢見很多很多的恨鬼冤魂，齊來索命。

夜間，五柞宮外颳著狂風，遠處像有狼嗥。寢殿裡燭光搖曳，寒氣森森。武帝蜷縮在御榻的一角，似睡非睡，似醒非醒，漸入夢境……

鼓聲鏗鏘，琴聲悠揚。武帝頭戴金冠，身穿袞服，氣宇軒昂地登上金殿。咦？金殿好像不在未央宮，而是在天上，左邊一輪紅日，右邊一彎皎月。群臣跪拜，山呼萬歲。武帝笑瞇瞇，喜盈盈，開金口，吐玉聲：「平身！」猛然間，披頭散髮的陳阿嬌走進金殿，哈哈大笑，發出怪叫，說：「金屋藏嬌！金屋藏嬌！」金殿搖搖晃晃，忽然變成了無數奔跑的錦鹿。

武帝戎裝快馬，追趕錦鹿，彎弓搭箭，朝著錦鹿射去。錦鹿中箭，在綠油油的草地上翻滾，嘴銜一支鮮豔的桃花。桃花綻開，中間款款走出一位天仙般的美人來。呀！她不是衛子夫嗎？武帝下馬，擁抱子夫。子夫一閃身，又出來個李夫人。李夫人數落武帝說：「貪腥的貓！貪腥的貓！」

武帝兀自懊惱，忽又置身於荒涼的大漠。衛青和霍去病高舉著帥旗，率領著千萬騎兵，風馳電掣般地衝向匈奴軍陣，金戈鐵馬，地動山搖。一顆人頭落地，又一顆人頭落地，片時人頭堆積成山，好多人頭還齜牙咧嘴，衝人發笑。武帝毛骨悚然，拔腳就跑。跑著跑著，鞋子陷在泥裡。他彎腰去提鞋子，卻沾了一手鮮血。鮮血滴在地上，立刻滙成一條殷紅殷紅的血的河流。

血河瞬間變成大海，海上隱隱約約幾座山峰。欒大等一群方士指指點點，說：「那是仙山！」武帝彷彿看到，仙山上住有仙人，鶴髮童顏，騰雲駕霧，逍遙快活。他想乘船下海，一個惡浪打來，驀地陽石公主劉姸走過，瘋瘋癲癲，念念有詞，說：「玉皇大帝原是神仙，還要成仙，成為仙中之仙。」

武帝正欲呵斥劉姸。繡衣使者江充手舉節杖和斧鉞，窮凶極惡地喊道：「巫蠱！巫蠱！」武帝眼前立時出現無數的木人和布人，蹦蹦跳跳，互相撞擊。武帝命令說：「究治巫蠱！」於是，公孫敖和秋花倒在地上，公孫賀全家和劉姸倒在地上，衛伉和劉媢、衛伐和劉娟、平陽公主劉玫倒在地上，還有成千上萬的人倒在地上，身首分離，血肉模糊。江充拍手大笑，說：「好！好！好！」突然，公孫敖、公孫賀、衛伉、衛伐等活了，撲向武帝，說：「還我命來！還我命來！」劉姸、劉媢、劉娟、劉玫也活了，撲向武帝，說：「還我命來！還我命來！」武帝嚇得直往後退，碰著一堵牆。牆「轟」的一聲倒了，看那牆內，橫七豎八，躺的全是屍體，好像是博望苑太子宮中的人。武帝驚懼萬分。迎面來了太子劉據和皇孫劉進，滿身是血，指著武帝說：「你不配做我們的父親和爺爺，不配！不配！」

「我？我？」武帝結結巴巴，什麼話也說不出來。回頭瞧見一位美女，像是鉤弋夫人。鉤弋夫人珠淚漣漣，說：「我有何罪？死不瞑目！」平地裡升起一股青煙。青煙散去，鉤弋夫人變成了皇后衛子夫。子夫雪膚花顏，動情地唱起《關雎》歌。武帝向前挽子夫的手，說：「來世我當皇帝，還立你為皇后。」子夫一甩手，勃然變色，厲聲說：「呸！誰給你當皇后？你對女人，只是為了玩弄，玩弄夠了，就一腳踢開，另求新歡。你殺了我兒子，殺了我女兒，殺了我所有的親人，實是暴君和屠夫！說什麼來世？來世我嫁逃荒要飯的乞丐，也不嫁你皇帝！」武帝納悶，心想子夫一向溫順婉約，怎麼突然變得剛烈了？再看子夫，但見白綾繫頸，高吊空中，舌頭伸得老長，猙獰恐怖。武帝嚇得渾身哆嗦，胸悶氣短，以手捂臉，拼命狂跑。

「昏君哪裡跑？我來了！」武帝止步，回看身後，發現來人是衛騧，手裡握著一把明晃晃的利刀。武帝鼓起勇氣，說：「我是皇帝，你敢怎樣？」衛騧冷笑，說：「我敢怎樣？我要殺了你這個狗皇帝，替所有的恨鬼冤魂報仇！」武帝說：「誅殺皇帝，大逆不道，罪當滅族！」衛騧大笑，說：「我衛氏早被你滅族了，還怕你再滅一次不成？」武帝支支吾吾。衛騧已不耐煩，舉起利刀，照著武帝的心窩，使勁捅了進去。武帝倒地，鮮血飛濺。衛騧再將利刀在武帝心窩轉了幾圈。武帝發出尖叫，淒厲地喊道：「痛煞我也！」

守候在寢殿外面的霍光、金日磾聽到慘叫聲，慌忙進入殿內，呼喚說：「皇上！皇上！」武帝醒來，只見燭光搖曳，人影模糊，方知是南柯一夢。他感覺到內衣濕透，心口隱隱作痛，有氣無力地說：「朕又做惡夢了。」

霍光看到武帝病入膏肓，料難起死回生，「撲通」跪地，淚流滿面，說：「陛下若有不測，請問到底立誰為嗣？」

武帝說：「卿應知朕所賜絹畫的意義：立鉤弋子弗陵為太子，卿行周公事。」

霍光叩頭，說：「論資歷和能力，臣不如金日磾。」

金日磾慌忙跪地叩頭，說：「臣說到底是匈奴人。臣輔幼主，會使邦國譏笑和輕視大漢。再則，臣各方面皆遜於霍光。」

武帝欣賞霍光和金日磾自謙的品格，說：「你二人素性忠純，共同輔佐弗陵便是。此外，朕還有安排。」

霍光和金日磾辭出。武帝想到，輔佐兒子的大臣，最好是一個集體機制，這樣可以防止出現權力過於集中的權臣，避免對皇權構成威脅。因此，他決定在霍光和金日磾之外，再任用騎都尉上官桀和御史大夫桑弘羊，頒詔宣布：立劉弗陵為太子；封霍光為大司馬大將軍，金日磾為車騎將軍，上官桀為左將軍，加上御史大夫桑弘羊，四人共同輔政。其中，霍光為首輔大臣。武帝的這一做法，應當說是很高明的，在中國歷史上開創了多位大臣輔佐幼主的先河。

後元二年二月乙丑日，霍光主持，舉行冊立太子儀式，八歲的劉弗陵成為太子。武帝心裡明白，嘴上卻已說不出話來。過了一天，即丁卯日，這位政治上精明，軍事上強悍，思想上和生活上頗多瑕點的皇帝，終於絕命於五柞宮，離開了他所熱愛和眷戀的人世。享年七十歲。

次日，太子劉弗陵順利即位，成為大漢的新皇帝，是為漢昭帝。霍光等迅速將武帝的遺體運至京城，停殯於未央宮前殿，然後發喪，布告天下。哭喪停殯十八天，三月甲申日，武帝靈柩歸葬茂陵。

茂陵從建元二年（西元前一三九年）開始營建，歷時長達五十三年，論規模，屬於漢代帝陵之最。茂陵底部和頂部平面均呈方形，底部邊長二百三十公尺，頂部邊長四十公尺。封土堆高四十六點五公尺。茂陵周圍建有陵園，築有園垣，園垣周長一千七百二十公尺。茂陵所在的地方置有縣級機構茂陵邑，全邑六萬一千戶，二十七萬七千人。居民都是從各郡國遷徙而來的富豪，所以茂陵邑的繁華富庶，僅次於京城長安。

武帝生前風流，死後也當風流。那麼，該由哪個女人和武帝合葬呢？漢昭帝年幼，尚不解男女間的情事。霍光作為首輔大臣，不能不予考慮。霍光首先想到兩位皇后：陳阿嬌和衛子夫。陳阿嬌早被廢了皇后名號，肯定不能合葬。衛子夫實際上也被廢了皇后名號，而且滿懷悲哀和怨恨，投繯自盡，別說武帝，就子夫而言，合葬恐怕也有悖於她的意願。霍光排除了兩位皇后，接著想到鉤弋夫人。鉤弋夫人是武帝晚年最寵愛的嬪妃，且是昭帝的生母，但是她是被賜死的，表明武帝對她存有戒心，合葬不合時宜。霍光無奈之餘，最後選擇了李夫人。李夫人以傾城傾國之貌，獲得武帝的歡心。她死後，武帝曾為之寫了一篇悼賦——一曲感人的戀歌和悲歌。以她「配食」茂陵，或許最合武帝的心意。茂陵外形高大雄偉，地宮豪華奢麗，除埋有大量金銀珍寶外，還埋有虎豹等珍禽異獸一百九十餘種。在那裡，武帝和李夫人的魂靈盡可以縱情享樂了。

漢武帝劉徹壽終正寢，留給世人的是一個強大的大漢帝國，以及他的許多饒有興味的精采故事。在中國歷史上，漢武帝的名字和秦始皇的名字並列，合稱「秦皇漢武」。秦始皇叱吒風雲，順應歷史潮流，統一天下，建立起幅員遼闊、民族眾多的封建國家。但是受種種條件的局限，他未能將新生的封建國家鞏固住，秦王朝只是曇花一現便迅速滅亡了。漢武帝雄才大略，在位五十四年，既重文治，又重武功，畢生致力於加強中央集權統治，北擊匈奴，平定四方，削弱諸侯，打擊豪強，通使西域，開疆拓土，正是在他的手中，完成了鞏固和發展中國統一的歷史任務，從而使中國封建社會進入第一個鼎盛時期。大漢帝國的威名遠播中亞和西亞，大漢帝國的文明傳向四面八方。從此，中國人被稱為「漢人」，古華夏族被稱為「漢族」，中國的語言被稱為「漢語」，中國的文字被稱為「漢字」。作為皇帝，漢武帝劉徹為中國創造了輝煌，贏得了榮譽。他把他的名字、功績，和一個封建帝國的崢嶸氣象，一起寫進了光輝的史冊。

巍巍秦嶺，鬱鬱蔥蔥。滔滔渭河，波浪洶湧。高聳矗立的茂陵，雄渾，凝重，蒼勁，沐浴著歲月的風雨，經歷著時代的變遷……

漢武大帝／張雲風著. -- 一版.-- 臺北市：大地,
2016.05
面：　公分. --（歷史小說：34）

ISBN 978-986-402-098-0（平裝）

857.7　　105005592

漢武大帝

歷史小說 034

作　者	張雲風
發行人	吳錫清
主　編	陳玟玟
出版者	大地出版社
社　址	114台北市內湖區瑞光路358巷38弄36號4樓之2
劃撥帳號	50031946（戶名　大地出版社有限公司）
電　話	02-26277749
傳　眞	02-26270895
E-mail	vastplai@ms45.hinet.net
網　址	www.vastplain.com.tw
美術設計	普林特斯資訊股份有限公司
印刷者	普林特斯資訊股份有限公司
二版一刷	2016年05月

大地
定　價：320元